Le monde fantastique
de Gérard de Nerval

慶應義塾大学法学研究会叢書 別冊［13］

ネルヴァルの幻想世界

その虚無意識と救済願望

井田三夫

慶應義塾大学法学研究会

1　ネルヴァルの肖像、死の数日前（1855 年、ナダール撮影）

3　ネルヴァルの肖像（1853年または1854年、アドルフ・ルグロ撮影）

2　ネルヴァルの肖像（1855年、ナダール撮影）

5　*La Modestie*（1805年頃）「私は母を見たことがない。その肖像は失われたか、盗まれてしまった。私はただ、母がプルードンかフラゴナールの原画による、*La Modestie*（「内気」）という当時の版画に似ていたということだけを知っている。」（『散策と回想』）

4　母方の大叔父アントワーヌ・ブーシェの家

7　ジェニー・コロン（レオン・ノエル、石版画）

6　マリー・プレイエル（ムニュ＝アローフ、石版画）

8　ステファニー（A・ウーセー夫人）（ナルシス・ディアーズ、油絵）

9　ソフィー・ドーズ（フシェール男爵夫人）

10　ヴィエイユ＝ランテルヌ街
（ギュスターヴ・ドレ、石版画、
1855年、パリ国立図書館所蔵）
1855年1月26日早朝、
ネルヴァル、縊死体で発見される。

11　ヴィエイユ＝ランテルヌ街
（セレスタン・ナントゥイユ、油絵、1855年、
カナダ国立美術館所蔵）

まえがき

四十数年前の学生時代、神田・神保町の山口書店の書棚に一括販売として括られていた『美わしき放浪』とか『火の娘』、『ボヘミアの小さな城』、『暁の女王と精霊の王の物語』そして『夢と人生——或るいはオーレリア』といった作品集を、一つには何とはなしに人の心を惹きつけるその魅力的な作品名のため、二つにはこれらの作品がヘンリー・ミラーの『わが読書』で言及されていたジェラール・ド・ネルヴァルという謎に満ちた詩人の作品であることを知り、大枚を叩いて衝動買いしてしまったことをなつかしく思い出す。学部時代には同じくヘンリー・ミラーが激賞していたアルチュール・ランボーとの選択に最後まで迷ったが、収集した参考文献の質量からネルヴァルを選ぶよう佐藤朔先生からアドバイスを受け、何とか書き上げたのが、卒論「盲いだ基督、ネルヴァル、その夢と現実」である。

ネルヴァル研究は学問的なものに限っても、遠くは前世紀初期のアリスチッド・マリーから、近くはジャン・ギヨーム、ミシェル・ブリックスまで、枚挙に暇ないが、とりわけフランソワ・コンスタンと旧プレイヤード版ネルヴァル作品集の編註者アルベール・ベガンとジャン・リシェの名は挙げておかなければなるまい。というのも彼らは確かにネルヴァルの神秘主義的・霊的側面を重視しすぎた傾向があったにせよ、前世紀から今世紀に至る本格的・学問的研究の基礎を打ち立てた優れた研究者・評論家であり、筆者も多大な影響を受けたネルヴァリアンだからである（リシェについては、ネルヴァルの現実主義的傾向をも重視するレーモン・ジャンとともに、筆者もすでに卒論で、あまりにも神秘主義的・オカルト的側面を強調しすぎる点を批判）。筆者のネルヴァル研究初期・中期では彼らのほか、ジョルジュ・プーレ、マリ＝ジャンヌ・デュリー、シャルル・モーロン、レオン・セリエ、ジャン＝ピエール・リシャール、ロス・チェンバーズなどより示唆や影響を受けたが、本書は最新の第六部でも二十数年前に書かれているので、一九八〇年代以降の研究は――修正を要すると思われる部分は必要に応じて初出原稿に加筆・訂正を加えてはいるが――当然ながらあまり参照されていない。すなわち脱中心的（エクサンリック）という概念で独特なレシ論を展開しているダニエル・サンシュはじめ、プレイヤード版の新ネルヴァル全集で『アンジェリック』や『シルヴィ』などの厳密な校訂を行ったり、自己探求のエクリチュールが表現形式探求のエクリチュールに他ならないとする独自のネルヴァル論を展開したジャック・ボニー、『ネルヴァルとその時代』をドキュメント風に活写した作家のピエール・ガスカール、新聞寄稿家（ジャーナリスト）・ネルヴァルというベガンやリシェたちが解明しなかった文壇人・批評家・日銭稼ぎ生活人としての現実主義的ネルヴァルを初めて本格的に解明、またクロード・ピショワとともに、ネルヴァルの伝記的（新）事実を実証的に解明したミシェル・ブリックス、またギヨームやブリックスらの研究に呼応するかのように、それまで等閑視されていた一九三〇年代までの初期作品を当時の政治的・社会的コンテクストとの関連で考察することで、ネルヴァル研究に新たな局面を切り開いたミシェル・カルル、またネルヴァルの諸作品を、カルル同様、時事的・政治的事象と関連させながら分析したフランソワーズ・シルヴォスやフランク・ポール・ボーマン、さらには母の喪失からくるアイデンティティの根源的喪失感とエクリチュールの関係を解明した若手ネルヴァリアン、ジャン＝ニコラ・イルーズなど、八〇年代以降の研究成果は本書にはあまり反映されていない。したがって以下の引用テクストも、作品、書簡ともに実証的かつ厳密な校訂を経て、編年体で編まれ、とりわけ初期・中期の数多くの詩作品やジャーナリズム文を発掘・収録した点などが評価されているジャン・ギヨームとクロード・ピショワ監修・編集の三巻本プレイヤード新版（第Ⅰ巻は一九八九年、第Ⅱ巻は一九八四年、第Ⅲ巻は一九九三年に刊行）ではなく、明らかな誤りの箇所や未収録作品・書簡はこの新版によるが、それ以外は原則としてすべてアルベール・ベガンとジャン・リシェによる二巻本旧プレイヤード作品集（第Ⅰ巻は一九六六年の第四版を、第Ⅱ巻は一九六一年の第二版を使用）となっている。理由の第一は初出論考が新プレイヤード版ネルヴァル全集以前に書かれ、引用箇所のすべてをこの新版に振り替える手間暇をかけることができなかった筆者の怠慢によるが、第二は新版の監修者・編註者のジャン・ギヨームが批判していたジャン・リシェ編註の旧版の『（ラ・）パンドラ』、『アンジェリック』などの校訂・編集の杜撰さ、さらには多くの紀行文の新版と旧版の異同あるいは田村毅氏も指摘されている旧版の韻文詩に見られる底本・異本の校訂の曖昧さ・杜撰さといった事実にもかかわらず、われわれが以下で主として取り上げる『シルヴィ』、『オーレリア』、『東方紀行』、『十月の夜』さらに『ジェニー・コロン宛書簡』（新版では『愛の書簡』で、われわれもこの新版が出る以前から、ジェニー・コロンと限定しないリシェのミナール版の『愛の書簡集』という仮題の方がいくつかの理由で適切と考えていた）、あるいは『オドレット』、『幻想詩篇』といった韻文作品はじめその他多くの作品が、われわれの新旧両判の比較検討に重大な見落としが無いとすれば、その作品解釈に、あるいは本論考に根本的変更を迫るような大きな異同はほとんど見られないように判断されたからである。

筆者に最も感銘を与えたネルヴァル論をものしたカトリック批評家が二人いる。一人はアルベール・ベガン。その彼は時にイエス・キリストを想い、イエスと同化して、ネルヴァルを論じていかのように見えるが、われわれのネルヴァル論もその出発点と帰結点はネルヴァル＝キリストとなりそうである。すなわち「盲いだ基督、ネルヴァル、その夢と現実について」（卒論題目）である。そしてもう一人はジョルジュ・プーレである。彼の『シルヴィあるいはネルヴァルの思惟』の存在を知る前に書かれた本書第五部第Ⅰ章「『シルヴィ』の世界とその〈虚無〉についてーー昼（生）の意識と夜（死）の意識の葛藤」（一九六七年）が、その後たまたま読み、感銘を受けた同論とその発想の根底においてある種の共通点・近親性が認められることに驚き、このプーレのシルヴィ論を踏まえた上で、『シルヴィ』に再チャレンジして書いたのが同第五部第Ⅱ章「ネルヴァルの『シルヴィ』についてーーヒロイン、**シルヴィ**をめぐって」（慶應義塾大学『教養論叢』、一九七七年）である。また本書では、一九六〇年代にレーモン・ジャンが『彼自身によるネルヴァル』等でミシェル・カルルなどに先立ってネルヴァルのアクチュアリテへの関心や現実主義的精神の重要さを指摘していたように、われわれもネルヴァルのこうした現実志向精神あるいは理性（合理）主義的精神の重要さーー政治的・社会的事象を直接的にはまったく扱ってはいないとは言えーーを強調することも忘れてはいないつもりである。というよりベガンやプーレの言うカトリック的精神とそうした理性主義的精神、現実志向精神とが常に同在し、こうした相対立する二つの精神の間での絶え間ない揺れ動き oscillations と葛藤 conflits のうちにこそネルヴァルの精神のドラマ、ネルヴァルその人と人生の悲劇があったのではないだろうか、というのが本書のもう一つの根本テーマだからである。フランク・ポール・ボーマンも『ジェラール・ド・ネルヴァル、エクリチュールによる自己克服』という著書の末尾で「フランス・ロマン主義は数多くの両極性が激化した形で強烈に同在していると定義づけることができよう。すなわちペシィミズムとオプティミズム、理性信仰と不合理なものへの信仰、コスモポリタン主義＝エキゾチズムと地方色・歴史感覚、文学的伝統意識とそうした伝統を変容させ、作り変えようとする欲求、信仰と懐疑主義、民衆の声 *vox populi* たろうとする作家と象牙の塔に籠ろうとする作家などがそれである。不可能な合一を探求する過程でこのような両極性をネルヴァル以上に見事に体現し得たものは誰もいない。そのために彼は生命を奪われてしまったが、しかしわれわれには彼のテクストが残されたのだ」（二六七頁）と述べて、われわれとほぼ同じ見方をしているが、こうした見方の正否の判断は読者諸兄の判断にお任せする他はないが、少なくとも、数あるネルヴァル理解・解釈の仕方の中にあって、そのような視点からネルヴァルその人と作品を理解することも可能かも知れないと感じつつお読みいただけるなら筆者としては望外の幸せである。

ネルヴァルの幻想世界‡目次

第七部 ネルヴァルの死について 461

ネルヴァルの幻想世界

その虚無意識と救済願望

凡　例

一、本書はこれまで折りにふれて書きためてきたジェラール・ド・ネルヴァルに関する論稿を一冊にまとめたものである。論稿の初出は巻末のとおりである。

一、「論文集」という性格のゆえに、当然のことながら、本書の叙述にはときに重複や繰り返しなどの部分が見られ、全体の統一性に欠ける面があるが、若干の加筆・修正を除いては、各論稿の独立性を考えてあえて全体の統一を図ることはしていない。

一、原文の引用は、Gérard de Nerval, *Œuvres*, texte établi, présenté et annoté par Albert Béguin et Jean Richer, Bibliothèque de la Pléiade, 2 volumes, Éditions Gallimard, 1966 (Ⅰ), 1961 (Ⅱ)、私訳以外の邦訳は、原則として『ネルヴァル全集』Ⅰ～Ⅲ（旧編、筑摩書房、一九七五～七六年）による。なお、引用文のテクストの詳細は、各部末の註で示した。

一、本文・訳文中の〔　〕内の部分は、文章の理解を容易にするために著者が挿入した補足説明である。

一、固有名詞の表記に関しては、原則として原音に近いものを採ったが、長音と促音は慣用を優先した場合がある。

序論

ネルヴァル Gérard de Nerval（一八〇八～五五年）の死後まもなく、アルセーヌ・ウーセー A. Houssaye によって公けにされたこの詩人の遺稿の一つに、こんな戦慄的な断章がある。

イエス・キリストの兄弟たちはイエスを死刑に処した。——使徒たちは彼を知らないといって見捨てた。彼らのうち唯一人として彼のために自らの生命を犠牲にしようとする者はなかった——事が済んでしまうまでは。——彼らはみな信じきれなかったのだ。[1]

この言葉は彼より十数年から三十数年後に生れたボードレール Baudelaire やランボー Rimbaud、ドストエフスキー Dostoevskii、そしてニーチェ Nietzsche が、ようやく顕在化しつつあったヨーロッパのデカダンスとニヒリズムに苦闘する過程で一身に引き受けねばならなかった「宿命」と本質的には同質の「内なる怪物」の告白であったに違いない。そしてこの宿命とは、やや比喩的にいうなら、信じようとして、自己の実存に誠実に生きようとした「近代人」が等しく直面せざるを得なかった「内部の深淵」とも「魂の白夜」とも、あるいはアントナン・アルトー Antonin Artaud が苦しそうに告白したあの「身の内に渦巻く凄まじい嵐」[2]ともいうべき、内面の苦闘であり戦慄であったと考えられる。ところでこの場合、そして以下においてわれわれがしばしば使う「近代人」とはつぎのこと、すなわち永遠や永生への渇望感、あるいは魂の救済願望に身を焼かれながら、他方で信仰などの持つ不合理性、ある種の逆説 paradoxe を信じ得ない精神、あるいは科学的根拠のないものは信じられないとする十九世紀的な合理主義精神——無論これとて実は現代の一つの迷信に過ぎないかも知れないのだが——を超えられぬ人間、こうした二つの意識、二重の意識に自己を引き裂かれた人間の謂いである。

繰り返すが、二十世紀前半から半ばにかけてのネルヴァル研究は、フランソワ・コンスタン François Constan、ジャン・リシェ Jean Richer、アルベール・ベガン Albert Béguin などの研究に代表されるように、ネルヴァルを神秘家、夢想家（幻視者）とみる見方が主流であったが、九十年代におけるジャン・ギヨーム J. Guillaume とクロード・ピショワ C. Pichois による新たなネルヴァル全集刊行を一つの契機として、詩人の生きた時代の社会・経済・政治的状況をも視野に入れた実証的事実に基づいたネルヴァル研究が見られるようになった。その結果従来の神秘家、夢想家（幻視者）としてのネルヴァルから、同時代の社会・政治情勢にも直接・間接にコミットし続けた生活人、愛国詩人ないし愛国者的コスモポリタン、ジャーナリスト、劇評家、紀行エッセイストとしてのネルヴァルが強調されるようになってきた。それにもかかわらずわれわれの考えでは、ネルヴァルが少なくとも晩年のネルヴァルが女性神話を中心としたある種の神話を夢想し、信じようとしていたという意味での神秘家、夢想家でもあったことには少しも変わりないように思う。つまりネルヴァルは冒頭に引用した一文からも想像できるように、近代人としての宿命的な限界——超越的・逆説的なものへの決定的・全的な飛躍の不可能性——を遂には超えることの出来なかったらしい神秘家であったということである。ネルヴァルにおけるこのような近代人としての理性主義的精神、あるいはレアリスム精神の重要性を指摘した研究家は古くは六〇年代のレーモン・ジャン Raymond Jean やマリ＝ジャンヌ・デュリー Marie-Jeanne Durry がいる。また最近では序文ですでに指摘したように、ミシェル・カルル Michel Carle[3]、フランソワーズ・シルヴォス Françoise Sylvos[4]、フランク・ポール・ボーマン Frank Paul Bowman[5]、あるいはミシェル・ブリックス Michel Brix[6] などがおり、われわれも以下において、こうした詩人の現実主義（レアリスム）あるいは理性主義（合理主義）的精神をつねに意識しながら、ネルヴァルの詩的夢想＝神話的世界の考察を進めていくこととしたい。

　理性的なもの・現実的なものへ向かおうとする精神と神秘的・夢想的なものへ傾斜しようとする無意識的精神。ネルヴァルにおいてはこうした二つの相反する意識は互いに緊張関係を保ちながら、というよりむしろ時に激しく衝突しながら、彼の内面のドラマを形成していたのではなかっただろうか。そう考えられるとすれば、この精神のドラマがネルヴァルという一個の「近代人」にもたらしたものは一体何であったのだろうか。われわれは以下においてこのような考え方に立って、主として中期および晩年の作品群を中心にネルヴァルの詩的世界・内面世界の意義を考察していくこととしたい。

註

1 *Œuvres* I, éd. Pléiade, 1966, p. 434. « Les frères de Jésus-Christ l'ont condamné à mort — Ses apôtres l'ont renié; aucun ne s'est fait tuer pour lui qu'après. — Ils doutaient tous. »

2 Antonin Artaud, « Sur les Chimères » (Lettre à Mr. Georges Lebreton), TEL QUEL, 1965, no. 22, p. 3.

3 Michel Carle, *Du citoyen à l'artiste, Gérard de Nerval et ses premiers écrits*, Les Presses de l'Université d'Ottawa, 1992.

4 Françoise Sylvos, *Nerval ou l'antimonde, discours et figures de l'utopie*, 1826-1855. L'Harmattan, 1997.

5 Frank Paul Bowman, *Gérard de Nerval, La conquête de soi par l'écriture*, Paradigme, 1997.

6 Michel Brix, *Nerval Journaliste (1826-1851)*, Etudes nervaliennes et romantiques VIII, Presses Universitaires de Namur, 1986; Claude Pichois / Michel Brix, *Gérard de Nerval*, Fayard, 1995.

第一部　詩作品における二つの精神の流れ

I　初期詩篇『オドレット』試解——「祖母」、「従妹」について

ジェラール・ド・ネルヴァルの詩人としての栄光は彼がフランス詩史にあって記念碑的な意味をもつ『幻想詩篇』*Les Chimères* の作者であるという一事にその大部分を負っているといっても過言ではあるまい。さらに近年この詩人がボードレール、マラルメ、アポリネール、アンドレ・ブルトン、ルネ・ドーマルといった詩人たちの先駆者、シュールレアリスム詩の先駆者として高く評価されるに至ったが、そうした評価もこの詩篇に負うところが大きい。ところでこの詩篇に関する研究もそのような事情を反映して膨大な数にのぼっており、殊に神秘主義的側面を中心としたいわゆる〈出典〉source 研究は、ほとんど研究しつくされた観すらある。たとえばアルベール・ベガン[1]、アンドレ・ルソー André Rousseau[2]、ジョルジュ・ル・ブルトン Georges Le Breton[3]、フランソワ・コンスタン François Constans[4] といった草分け的研究をはじめ一九五、六〇年代ではジャン・リシェ[5]、ジャン・オニムス Jean Onimus[6]、ジャニーヌ・ムーラン Jeanine Moulin[7] といった研究家の本格的研究・注釈、七、八〇年代から今世紀にかけてはノルマ・リンスラー Norma Rinsler の『幻想詩篇』論[8] あるいはジャック・ジェニナスカ Jacques Geninasca の構造分析的研究[9] やエリアーヌ・ジャズナス Eliane Jasenas[10]、マルク・フロマン＝ムーリス Marc Fromant-Meurice[11] などがその例として挙げられよう。だが翻って考えてみるなら、ネルヴァルは『幻想詩篇』という詩集によっての

み詩人たり得ているのだろうか。私はこの詩篇が彼の代表的詩作品であるばかりでなく、フランス詩史にあって、その芸術的完成度と深さ、あるいは詩的感性の新しさ、シュールレアリスティックなイマージュとその音楽性などにおいて、ボードレールの『悪の華』*Les Fleurs du mal* やマラルメ、ランボーの詩にも比すべき傑作であるとすら考える一人だが、それにしてもネルヴァルが詩人として語られるとき、ほとんど常にこの詩篇だけが問題にされるのは不思議なことである。ネルヴァリアンたちは何故この詩篇以外の詩作品を問題にしないのだろうか。たとえば『オドレット』*Odelettes* と題される初期詩篇などの研究は私の知るかぎり、ほとんどなされていない。六、七〇年代におけるネルヴァル研究の第一人者たるジャン・リシェのあの膨大な博士論文にしても一部の詩を除けば同詩篇については不思議な程寡黙を守っている。[12] 私はこの詩篇にすでに後期のネルヴァルに特徴的な夢や幻想、想い出などへの愛着 goût、〈時間〉意識、魂の永遠回帰（霊魂転生思想）、あるいは闇や死への情念といったものが萌芽的な形で見出されるばかりでなく、そうした後期の神秘主義的な傾向とは相反する要素、すなわち〈現実〉le réel や具体的なもの le concret、絵画的なもの le pittoresque への愛着 goût、昼や生への希求といったものが同在しており、しかも後者がより支配的であるという事実に注目せずにはいられない。四〇〜六〇年代のネルヴァル研究は、アルベール・ベガンのネルヴァル論をはじめ、フランソワ・コンスタン、ジャン・リシェの研究に代表されるごとく、そのほとんどが「本質的なジェラール（ネルヴァル）を究めようとするあまり、闇のジェラールしか認めない」類の研究、すなわちネルヴァルの神秘主義的な側面を追求しようとする研究が主流であった。この傾向は七〇年代においてもさして変化はない。ネルヴァルの現実的なもの、具体的なものに向う精神、昼へのあるいは生命の原理への愛着 goût といった側面に注目した研究家としてはレーモン・ジャン[13]とかデュリー夫人、[14] ピエール・モロー P. Moreau[15] などが挙げられようが、彼らといえどもネルヴァルのこの種の側面を本格的に追求したとはいいがたい。レーモン・ジャンはこうした側面をかなり総括的にとり上げているとはいえ、この問題を初期詩篇『オドレット』

と結びつけて考えているわけではない。同じことは九〇年代から今日においてさえ、すでに述べたブリックスやカルル、シルヴォスそしてボーマン[16]でさえ、ジャーナリストとしての動静や作品を当時の社会的・政治的状況との関連で作品を論じているとはいえ、初期詩篇『オドレット』についてはほとんど触れていないかごく簡単に触れているのみである。要するにネルヴァルのそうした現実そのものへの興味、昼ないし生命の原理への志向といった問題を中心にして初期詩篇『オドレット』を本格的に追求した研究家はわれわれの知る限り今日までほとんど存在しないのではないだろうか。そこでわれわれは以下において、ネルヴァルの初期詩作品研究の手始めとして、『オドレット』詩篇中に収録されている二、三の詩に関する私解を試みてみることとしたい。

1.「祖母」« La Grand'mère » 試解

Voici trois ans qu'est morte ma grand'mère,
— La bonne femme, — et, quand on l'enterra,
Parents, amis, tout le monde pleura
D'une douleur bien vraie et bien amère.

Moi seul j'errais dans la maison, surpris
Plus que chagrin ; et, comme j'étais proche
De son cercueil, — quelqu'un me fit reproche
De voir cela sans larmes et sans cris.

Douleur bruyante est bien vite passée :
Depuis trois ans, d'autres émotions,
Des biens, des maux, — des révolutions, —
Ont dans les cœurs sa mémoire effacée.

Moi seul j'y songe, et la pleure souvent ;
Depuis trois ans, par le temps prenant force,
Ainsi qu'un nom gravé dans une écorce,
Son souvenir se creuse plus avant[17] !

祖母が亡くなってから三年になる、
——いい人だった、——葬儀の時には
親戚、友人、みんなが涙した、
本当に辛く、ひどい悲しみに。

僕だけが家の中をうろうろしていた、
悲しいというより、呆然としてしまって。そして、棺の
傍らにいたので、——誰かが僕を叱った、

涙も流さず、泣き声も出さずに見つめていると。

大げさな嘆きはたちまち過ぎ去り、
ここ三年来、ほかの多くの感動や、
数々のめでたいこと、不幸なこと、何度もの革命が、――
大人の心から祖母の記憶を消し去ってしまった。

僕だけが祖母を想い、そしてしょっちゅう涙する。
ここ三年来、時とともにさらに強まってくる、
樹皮に彫られた名前のように、
祖母の想い出が前より一層深く刻まれる！

この詩は一八三四年「社交人新聞」初出。翌三五年に「ロマン派年報」*Annales romantiques* に、一八五二年「アルチスト」誌 *L'Artiste* に《Odelettes rythmiques et lyriques》と題された詩集の一篇として、また翌五十三年に刊行された『ボヘミアの小さな城』*Petits Châteaux de Bohème* にも再録された詩であり、ヴァリアントも二、三カ所あるが重大な意味の変更をまねくようなものはない。[18] デュリー夫人も指摘するように、[19] この詩の創作年代はネルヴァルの祖母が一八二八年八月八日に亡くなっているという事実、同詩中に《il y a trois ans [...]》とあることなどを考え合わせると、一八三一年（ネルヴァル二十三歳）と考えられる。この作品はデュリー夫人とは少々ニュアンスを異にした意味で、恐らくネルヴァルの後期詩作品の本質的な特徴を、そしてこの詩人の精神の本質的な特性をすでに明

らかにしているように思われる。

同夫人はこの詩を「彼はあまりにも深い、それ故に自覚的には認識し得ない悲しみ douleur が生み出した一種の放心・茫然自失 stupeur、感情麻痺 paralysie に捉えられてしまったのだ。あとになってから、少しずつ思い出していく。彼は少しずつその悲しみに近づいてゆく。ジェラールはショックを受けた瞬間より、むしろあとになってから苦しむのだ[20]」と解し、その後のネルヴァルの人生態度はすべて同様の反応パターンを示しているという。それに違いないのだが、この詩はそんな風にしか解せないのだろうか。ところでアルベール・ベガンの「喜びはそれが詩人によって言葉にされたとき、すでにその喜びそのもの、真の喜びからは限りなく遠いイマージュにすぎない。何故ならそうした真の喜びは厳密にいえば沈黙に近いものであり、言葉にして歌いたいという欲求を知らぬものだからである[21]」という言葉はデュリー夫人の言わんとするところを裏から述べたものとみることができようが、それと同時にこの詩にあらわれたネルヴァルの精神の〈現実〉に対する反応の仕方をも明らかにしているように思われる。そしてこの詩が経済的にも精神的にも比較的恵まれた時期、すなわちゴーチェ、ウーセーらとともに「青春の熱狂[22]」に浮かれていたいわゆる「若きフランス」Jeune France、あるいは「ブーザンゴ」Bousingots 時代、遅くとも「ドワイヤネ」時代にはすでに書かれていたという事実は実に驚くべきことといわねばならない。デュリー夫人は後期のネルヴァルに特徴的な「想い出」といった概念でこの詩の意味を探ろうとしているが[23]、私は彼女の見方を踏まえつつ、彼女とは若干異なった立場から、この詩の意味するものを考えてみたい。

Voici trois ans qu'est morte ma grand'mère,
— La bonne femme, — et, quand on l'enterra,
Parents, amis, tout le monde pleura

D'une douleur bien vraie et bien amère !

祖母が亡くなってから三年になる、
――いい人だった、――葬儀の時には
親戚、友人、みんなが涙した、
本当に辛く、ひどい悲しみに。

《Voici trois ans [...]》という冒頭の一行がこの詩の全体の調子と位相とを決定的に決めている。さらにいえばこの一行のうちに、すでにネルヴァルの精神の本質的な在りようが示されている。すなわち作者ネルヴァルの視線が過去へと向けられ、そこに固定され、主人公「私」は《est morte》と複合過去で表現されることによって、「現在化された過去」ないし「過去に浸蝕された現在」を意識している。そしてこの一行は、二行目の《― La bonne femme ―》を支点として第二詩句後半の《et, quand》以下このストロフ最終部までの詩句と見事なコントラストをなしている。すなわち作者ネルヴァルはこの詩の主人公「私」（以下においては、「ネルヴァル」または「彼」と呼んで作者ネルヴァルとこの「私」とを同一視する場合がある）が過去化された現在にあって、現在化されている過去を生きているということを読者に意識させている。また親族はじめ、他の人々の事件（祖母の死）に対する〝反応〟の仕方を《on l'enterra》、《tout le monde pleura》と単純過去形で示す結果、彼らが主人公「私」とは対照的に、現在とは何の係わりもない世界にあり、その「反応」が一回かぎりのもので、今ではそのこと（祖母の死）をすっかり忘れ去ってしまっていることを暗示している。つまり作者は――次の第二ストロフにおいても同様であるが――「人々」（《tout le monde》, 《quelqu'un》）の行為はすべて単純過去で示すことによって、彼らが現在時と「三年前の」現在としての祖母の死の時との間に、「私」のごとく内在的な時の持続性を有さず、単なる一度きりの、しかも現在とは無関係の「出来事」として読者に提示している。「私」の生きる〈現在〉が生々しくわれわれに迫ってくるような印象を与えるのに対して、「人々」の生起する場は奇妙な具合に凝固された世界であり、それはあたかも無声映画でも見ているような、あるいはガラス張りの密室にいる人々の動静を外から眺めているかのような印象をわれわれに与える。この二つの世界を結び合わせているものは《— La bonne femme —》および《et》という等位接続詞である。

《La bonne femme》に付されているティレ tiret（—）の意味は主人公「私」の、ないしこの詩を書きつつある作者ネルヴァルの〈現在〉から祖母が見られていることを示しているように思われる。つまり「私」の主観（感情）の投影をうちに含みつつ、比較的客観的に祖母が見直されていることを示しているのではなかろうか。また《La bonne femme》がこの《tiret》によって強調されるとともに、「私」の世界と「人々」の世界から一瞬孤立させられているようにも感じられる。同時に《La bonne femme》は《et》という中断ないし時の経過 passage du temps、「私」（および作者）の視点（発想）の転換を表象する連接語の働きに助けられつつ、統辞法的にも意味論的にも《ma grand-mère》を介して第一詩句（の世界）——「私」の世界——に連接し、《quand on l'enterra》の《la》を介してそれ以下の詩句（vers 二～四）（の世界）——「人々」の世界——につながっており、こうして二つの異なった〈時〉、二つの異質の世界を対決させて confronter いる。

Moi seul j'errais dans la maison, surpris
Plus que chagrin ; et comme j'étais proche
De son cercueil, — quelqu'un me fit reproche

De voir cela sans larmes et sans cris.

僕だけが家の中をうろうろしていた、
悲しいというより、呆然としてしまって。そして、棺の
傍らにいたので、――誰かが僕を叱った、
涙も流さず、泣き声も出さずに見つめていると。

第一ストロフで潜在的に示された「私」の世界と「人々」の世界の異質性、対立はこのストロフに至って顕在化される。この点については再び触れることとして、まず動詞の時制の問題から考えてみよう。このストロフには《errais》、《étais》と二回半過去時制が使用されている。第一詩句の《j'errais》はいわゆる「物語の半過去」imparfait descriptif ou narratif的なニュアンスを伴いつつ、「過去における現在」présent dans le passé の半過去としての意味を有している。この場合作者は主人公「私」の三年前における現在を、三年前の世界、すなわち第一ストロフで与えられた時と場の枠組――単純過去の世界――の中に作者自らの意識を入り込ませて語っている。別な言葉でいえば作者はここで「私」の三年前の《errer》という行為に対して意識を持続的に集注させており、三年前の過去はいわば現在化され、「私」の内的な〈現在持続〉と化している。また第二詩句の《j'étais》という半過去は同時性、絵画的半過去 imparfait pittoresque といったニュアンスを含みながら、本質的には「過去における現在」の半過去といえよう。それ故われわれは最初の半過去動詞（《j'errais》）により、第一ストロフの単純過去（《l'enterra》、《pleura》）が暗示した時およびその世界――客観的外在的過去（およびその世界）――の枠組から、この半過去の時の流れ――「私」の世界――が浮き出しているような印象を与えられる。ところで「私」の世界と

「人々」の世界との対立という点に関して再び触れるなら、それは第一詩句の冒頭《Moi seul》という言葉、および第二詩句のポワン・ヴィルギュル point-virgule；および《et》の存在によって明らかである。このポワン・ヴィルギュル point-virgule と《et comme j'étais proche / De son cercueil,》が第一ストロフの、《— La bonne femme, — et,》とほぼ同様な役割を果していると考えられる。つまり《j'étais》という半過去時制を介してそれよりも前の《Moi seul [...] Plus que chagrin》の時（世界）に連なり、tandis que ないし au moment où と同義と思われる《comme》という従位接続詞の存在によって、《quelqu'un》以下の単純過去の時（世界）——「人々」の世界——に連なっている。この場合第三詩句にみえる tiret は第一ストロフのそれとほぼ同様な価値 valeur、すなわち作者の視点の転換等の意味を有しているように思える。

それにしても「私」は何故、祖母の死を眼前にして、「悲しいというより、驚いて」《surpris / Plus que chagrin》、「人々」がそうするように「声高に泣き、涙を流すこともなかった」のだろうか。それは彼が祖母をあまりにも深く愛していたために、俗にいう「気が動てんしてしまった」からともいえよう——デュリー夫人の stupeur ないし paralysie 説はこれに近い——。また先に引用したA・ベガンのいうごとく、真に感動した場合、人はそれを表現する手段を失うというふうにも考えられるが、私は以下においてこうした見方を認めた上で、さらに別様な〈原因〉を考えてみたい。

「私」が祖母の死を前にしてそのような反応の仕方をしたのは、デュリー夫人[24]やバシュラール[25]のいう近代人の「瞬間信仰」culte moderne de l'instant のためではなかろうか。同夫人はいう。「人間には記憶がそなわっている。……生きようとする意識的な、あるいは無意識的な欲求から、人間は「気ばらし」divertissement にすがるものである。人間がものを忘れるのは死のことを考えないからであり、あるいは考えまいとするからだ。死のみでなく、過去もまたしかと見すえることはできない。何故なら過去は死に属しているからだ。近代における瞬間の信仰もそのような理由によるのだ。この信仰は今日ではほとんど生き方の一つにさえなっている！　現在の瞬間に十全に没入する結果、われわれにはいかんともしがたい領域、すなわち未来と過去に対して自己を投げ出し se projeter など しない。瞬間は奪われることなき所有、喜びと力の場であるように思われている。ネルヴァルはそれに反して、思い出す人の一人である……」[26]。デュリー夫人とは異なり、私にはネルヴァルもまた（少なくとも出発点においては）そのような瞬間信仰、近代人特有の「現実信仰」の人であったように思われる。そのために彼は「悲しいというより、驚いて」しまったのであり、「声高に泣き、涙を流す」ことができなかったのではなかろうか。つまりこの信仰に裏打ちされた精神は一回かぎりのかけがえのない現実としての「ここでのいま」hic et nunc しか信じようとしないのであり、この場合それは祖母の死という現実である。彼にとってはこの現実 réalité actuelle がすべてなのであり、そう感ずる精神にとって現実とは、つねにその〈瞬間〉への忘我的な没入、というより唯一絶対としての現実に自我が「呑み込まれる」という危険をはらんでいるものである。主体が現実に「呑み込まれる」ということ、それがデュリー夫人のいう一種の「茫然自失」« stupeur » であり、「感情麻痺」« paralysie »[27] である。祖母の死に際して、彼はこのような感じ方をしたのではなかろうか。というのはある現実（出来事）を一回かぎりのかけがえのないもの、あるいはそれがすべてであると——たとえ無意識的であれ——感じてしまうということは、その人にとって「決定的」なことであり、「致命的」なことでさえあるからだ。彼が現実を唯一絶対のものと感じてしまったとするなら、それこそ近代人の「瞬間信仰」に他ならない。だがネルヴァルの場合、ここで〈逆転〉が起こる。唯一絶対の現実としての「ここでのいま」に何者かが不在であるからだ。ある不幸な出来事に対して「たとえこの世では不幸という名しか持たずとも」（キェルケゴール）それにある意味を感じさせ、それをあるがままに受け入れさせる「静かな心」を、あるいは〈祈る〉ような在り方を人間精神に喚起するもの、別の言葉でいうなら、他者性の原理といったものをそこに感じ得なかったがために、「悲しいというより、驚いて」しまったのだ。彼が祖母の死という現実に対して、そのような他者性の原理、いわば絶対者の視線といったものを確実に感じ得たならば、あるいは「人々」と同じように、涙を流し、慟哭することもできただろう。そして「時とともに」（第四ストロフ）それを忘れることもできただろう。あるいはまた「人々」が生きる知恵として身につけていたあの素朴な「瞬間信仰」――喜んだり悲しんだりする生命の在り方そのままに「ここ」**hic**という現実と「いま」**nunc**という時をそれ以上でもそれ以下でもなく受容して生きようとする、積極的意味での一種の感覚主義――をもって生き得たならば、第四ストロフで歌われているように「想い出」が木の幹に刻まれた名前のごとく「時とともに」深まっていくこともなかったであろう。作者ネルヴァルは三年前の「ここでのいま」**hic et nunc**としての祖母の死という出来事を「私」とともに、唯一の現実として固定化し、絶対化してしまっている以上、このように裏返しにされた「瞬間信仰」は作者の視点に立つかぎり、想い出信仰と少しも変わらぬ精神の在り方へと転化してしまっているのだ。つまり彼はここで彼の倒錯した「瞬間信仰」のために、かえって三年前の現実（祖母の死という想い出）を絶対化し、それにこだわり、それと相打ちしてしまったのだ。

Douleur bruyante est bien vite passé :
Depuis trois ans, d'autres émotions,
Des biens, des maux, — des révolutions, —
Ont dans les cœurs sa mémoire effacée.

大げさな嘆きはたちまち過ぎ去り、
ここ三年来、ほかの多くの感動や、

数々のめでたいこと、不幸なこと、何度もの革命が、——
大人の心から祖母の記憶を消し去ってしまった。

この第三詩節で「私」の視線は再び三年前の過去を出発点として、三年後の現在——「私」の現在——へと帰ってきており、作者の視線はこの詩を書いている現在から三年前の過去——祖母の死という現実（想い出）——へと遡求している。そして第一詩句（の世界）はその複合過去 « est passée » によって、再び第一ストロフの冒頭の第一行目（の世界）へと連結されている。この詩節の動詞は « est passée »、« ont effacée » といずれも複合過去であり、こうした時制の使用によって時の経過、二つの「ここでのいま」**hit et nunc**——三年前の祖母の死と「私」の現在——の間に横たわる時間的な〈隔たり〉distance の重みをわれわれに感じさせている。

このストロフではデュリー夫人のいう「人々」の健忘症（amnésie）[28]とネルヴァルの過去——想い出——への執着心の強さとが対比されていることはいうまでもないが、われわれはこの部分からただそれだけの意味しか読み取れないのだろうか。この詩節の意味するものを考える前に、再び詩句の構造面に注目してみよう。このストロフでは « d'autres émotions » が中心的主語として強調されているとはいえ、それ以下の主語が接続詞を伴わず、virgule (,) を介して列挙されているという事実は、« des biens »、« des maux »、« des révolutions » ともそれぞれ独立的な意味をもち、しかも、それぞれの間に〈時の経過〉が存在することを示していよう。しかも « des révolutions » が tiret (—) で包まれているのはそれが比較的具体的な現象の列挙であり、この出来事がとりわけ「人々」の心を動揺させた、といった強調的意味を担っているように思われる。「人々」の心の中で様々な出来事が、そしてそれが人々の心にもたらした色々な感情が過ぎ去った出来事（祖母の死）の想い出を消し去っていくのだ。しかもこれらの主語にいずれも不定冠詞複数の des（d'）が付されているのは、「人々」の古い記憶を消し去る出来事の数々がしかと特定し得ないものであり、「人々」がそれらをたやすく忘れ去ってしまった、あるいはそれらをしかと想い出せないということを示しているように思われる。またここでは「人々」の心そのものだけが問題なのではなく、時の経過とともに、「人々」の心に様々な感情を生じさせる〈現実〉、すなわち外的・客観的世界の変化も考えられている。

以上のような見方から第四詩句の《les cœurs》(← des cœurs)の内容を推論すれば、それが単に〝忘れっぽい〟(amnésie)「人々」の心を意味するのではなく、時間の流れに密着して生きる「人々」の生の在り方のことをもいっているように思われる。このようにデュリー夫人のいう「瞬間信仰」――たとえそれが一つの積極的、自覚的な生き方として意識されないにしても――に生きる人々にあっては未来や過去への精神の志向はなく、したがってネルヴァル流の自我の分裂 dédoublement du soi といった事態も存在しない。それ故この詩句はデュリー夫人のいうような消極的意味での健忘症への単なる反撥を語っているのではなく、むしろ逆にそのように、喜んだり、悲しんだりする生命の在り方そのままに「ここでのいま」**hic et nunc** の生を十全に生きている人々に対する「私」のひそかな羨望をも読み取り得るのではなかろうか。彼は一度はそのような素朴な「瞬間信仰」に生きようとしたが、「ここでのいま」の現実に生の充足感を得ることも、したがってそのような「ここでのいま」の絶え間のない反復・更新としての現実――内在的な現在持続 durée immanente ――を感じ得ることもできないまま、ただ茫然として時の流れに身をまかせているだけだ。そこから、《Depuis trois ans [...]》という離在 distance 意識が生じてくる。《depuis trois ans》という言い方は第四ストロフにも反復されており、しだいに時の経過への意識――時間意識――が強まっていく過程を示しているように思われる。「私」は第一ストロフでは《il y a trois ans》という形で現在から三年前へと遡求しているのに対して、この詩の後半部では三年前の時を起点として、三年という時の経過とその頂点としての現在時を強く意識している。ところで彼の「ここでのいま」**hic et nunc** を信じようとする意識はそのような現在の現実に絶対的な意味を見出し得ないために、かつての「ここでのいま」を絶対化し、いわば「特権的瞬間」instant privilégié 視しようとする意識へと変質していく。こうした意識の志向性こそ、後年ネルヴァルを神秘主義や想い出へと向かわせる動因となっていくのだが、この点に関しては今はふれまい。

Moi seul j'y songe, et la pleure souvent ;
Depuis trois ans, par le temps prenant force,
Ainsi qu'un nom gravé dans une écorce,
Son souvenir se creuse plus avant !

僕だけが祖母を想い、そしてしょっちゅう涙する。
ここ三年来、時とともにさらに強まってくる、
樹皮に彫られた名前のように、
祖母の思い出が前より一層深く刻まれる！

最後の詩節で作者は「私」および読者の意識を完全に現在時に戻す。作者の視点もまた現在時にあり、その現在から三年前の現実を見つめている。« j'y songe »、« se creuse » と現在時制を使用することによってそのことが示されており、そうすることによって、三年前の現実——過去と化した祖母の死——を現在化し、絶対化しようとしている。この詩節の時およびそこに表出された世界はこうした動詞の時制によって第一詩節へと戻り、エンドレスな一つの円環世界を形成している。何者かの現在性によって支えられた瞬間の連続体としての「ここでのいま」**hic** et nunc――〈瞬間〉のこのような見方はそれを〈持続〉durée と峻別するバシュラールの〈瞬間〉観とは相入れない考え方だが――あるいは生命の持続 durée de la vie として考えられた「ここでのいま」の喪失。釘づけにされてしまった仮死状態の「ここでのいま」。この場合釘とは〈時間〉のことだ。いま、ここの生命の在り方に密着して豊かに生きていると実感される赤裸々な現実、そういう現実のもつ即時性、即物性を否定しようとする意志。ネルヴァルの現実脱出ないし現実超克への意志。それは死の原理、闇の意識であり、「人々」のもつ昼の意識、生の原理への従即意識を否定しようとする精神である。ネルヴァルのこうした意識によって彼の心象風景に組み入れられ、石化されたかつての「ここでのいま」hic et nunc は「想い出」と命名される。祖母の死というかつての現実は時間の生み出す〈離在感〉distance が大きくなればなるほど、彼の心象風景の裡にあって、ますます特権化され、絶対視されていく。自己の外部に絶対的な存在を見出し得ない精神は自己の内部にそれを求めるものだからである。さらにこうした想い出の絶対化（無論、この時期にあっては無自覚的なものであったが）は、ある意味で晩年のネルヴァルに特徴的な「闇の情熱」そのものとみることもできるが、また、〝仮象〟としてのいわゆる現実にあきたらず、そういう現実よりも「一層真実な現実」réalité plus vraie を求める真理追求精神としての彼の現実志向精神とみることもできよう。名づけようもない現実、究極的な真理の顕現体と化した〈現実〉を求め、そこにある意味を見い出そうとする彼の視線がいわゆる「現実」突き抜ける。そしてこの場合、視線とは彼の離れようとする情熱である。そしてこの情熱は時間が生み出すものである。想い出すとは人間存在にとって離在体験としての時間意識であり、それは人間存在における本質的な不幸体験に他ならない。そのことはキリストの例をはじめ、ニーチェの晩年やキェルケゴールのレギーネ体験をみてもいえることだ。ところでネルヴァルは時間的に離れれば離れるほど祖母の死というかつての現実――想い出――は彼の心象風景の前面に浮き上がってくる。そしてそこにある意味が、ある人間的な意味が生まれてくる。このとき彼ははじめて感情の麻痺・凝固 stupeur, paralysie が氷解し、「人々」と同じように涙を流すことができる。« Moi seul j'y songe, et la pleure souvent ; » とはそのように解し得るのではなかろうか。祖母の死という想い出は彼の意識のうちにあって、ちょうど木の幹に刻まれた名前のように、時とともに深い意味を帯びていく。最後のストロフは第三ストロフであらわれた彼の死の原理への傾斜（闇への情熱）が一層高揚されている。そこにはなお生の原理への志向（昼への情熱）――「ここでのいま」の生命の在り方に従即しようとする意志――が前者の情念に抵抗しているとはいえ、全体的には前者、死の原理への志向が支配的となっている。

これに対して次の「従妹」は生の原理から歌い出されている。

2．「従妹」« La Cousine » 試解

L'hiver a ses plaisir ; et souvent, le dimanche,
Quand un peu de soleil jaunit la terre blanche,
Avec une cousine on sort se promener...
— Et ne vous faites pas attendre pour dîner,

Dit la mère. Et quand on a bien, aux Tuileries,
Vu sous les arbres noirs les toilettes fleuries,
La jeune fille a froid... et vous fait observer
Que le brouillard du soir commence à se lever.

Et l'on revient, parlant du beau jour qu'on regrette,
Qui s'est passé si vite... et de flamme discrète :
Et l'on sent en rentrant, avec grand appétit,
Du bas de l'escalier, — le dindon qui rôtit.[29]

冬には冬の楽しみがある、そしてしばしば、日曜日には
薄日の太陽が白い大地を黄色に染める頃、
従妹と連れ立って散歩に出かける……
——夕ご飯に遅れないようにね、

と母が言う。そしてやがてチュイルリー庭園で、
黒い木々の下におしゃれな衣装が花咲くさまをよく見た頃には
少女は寒くなり……そして言う、ご覧なさい、
夕暮れの靄が立ち込めはじめたわ、と。

そして家に帰ってくる、あまりにも速く過ぎ去った
美しい一日をなつかしみつつ……またつつましい夕陽の輝やきを語らいながら。
そして空腹を抱えて、戸口を跨ぐと、
階段の下まで匂う、——七面鳥の焼けている匂い。

この詩は前詩「祖母」と同じように、一八五二年「アルチスト」誌に発表された詩集《Odelettes rhythmiques et lyriques》の一部として発表され、一八五三年の『ボヘミアの小さな城』Petits Châteaux de Bohème にも再録されているものだが、デュリー夫人も「〈青年期の習作〉に属する作品」[30]と推定している通り、同詩集の各詩の配列――前出の《La Grand'mère》の詩の次に出ている――および詩の内容から考えて前詩「祖母」とほぼ同じ時期に書かれた詩と見られる。この詩は前の《La Grand'mère》とは反対に昼への意志（生命の原理）が支配的である。すなわちここには牧歌的な優しさ、爽やかさの裡に秘められた現実志向精神――かつての特権的瞬間としての「ここでのいま」hic et nunc の現実を信ずるのではなく、現在持続として理解された「ここでのいま」の現実をあるがままに受け入れようとする精神がある。だが、そうはいってもこの詩の表象する世界はそのような現実そのものを「写実主義的」に模写しているというのではない。それはデュリー夫人が『幻想詩篇』*Les Chimères* について「具象でもなければ抽象ともいいがたい深みの世界[31]」といっているような質のイマージュではなく、あるいはJ－P・リシャールが「メモラーブル」のことばについて指摘しているのと同じことが[31]、この詩についてもほぼ言えるのである。すなわち、詩語 mots は「単義的」monovalents であり、アウエルバッハ Auerbach のいうヘブライ的、旧約的な問題性、悲劇性、深淵性 profondeur というものに無縁であり、それは「ただ一つの感情、ただ一つの場面」un seul sentiment ou un seul spectacle を表現しているだけなのである。さらにそのことばは「フラ・アンジェリコの色彩のように[32]」存在の「単一性」unicité を暗示し、むしろ「現実よりさらに現実的な現実」le réel plus réel que la réalité、いわゆる現実よりも一層濃密でかつ表層的、即物的なイマージュを表出する世界であり、要するに読者をして「新しい現実感」を喚起する底の形象世界なのだ。こうした詩語やイメージの透明性・単一性はネルヴァルの初期の詩の多くに――この詩や「四月」といった生の世界を歌った詩は無論、「リュクサンブール庭園の小道」や「ファンテジー」といった死の世界からあるいは死の世界に向かって歌われた詩でさえ――共通して見られる特徴なのである。ともあれこの詩には何者かの現在性・現存性 présence に裏打ちされることによって〈時間〉の承認、生命のあり方のままに生きるという意味での〈日常性〉、生そのものへの回帰の意志がある。

Et l'on sent en rentrant, avec grand appétit,
Du bas de l'escalier, — le dindon qui rôtit.

そして空腹を抱えて、戸口を跨ぐと、
階段の下まで匂う、――七面鳥の焼けている匂い。

というこの最後の二句はこの詩の意義を何と見事に要約していることだろう。ここにはランボーの初期の、たとえば「これは緑の窪、其処に小川は／銀のつづれを小草にひっかけ、／其処に陽は、矜りかな山の上から／顔を出す、あわ立つ光の小さな谷間。／若い兵卒、口を開き、顔は露き出し／頸は露けき草に埋まり、／眠っている、草ン中に倒れているんだ雲の下、／蒼ざめて。陽光はそそぐ緑の寝床に。」（中原中也訳）« C'est un trou de verdure où chante une rivière / Accrochant follement aux herbes des haillons / D'argent ; où le soleil, de la montagne fière, / Luit ; c'est un petit val qui mousse de rayons, // Un soldat jeune, bouche ouverte, tête nue, / Et la nuque baignant dans le frais cresson bleu, / Dort ; il est étendu dans l'herbe, sous la nue, / Pâle dans son lit verte où la lumière pleut. »（「谷間に眠る者」« Le Dormeur du val »）といった詩句や「私は行こう、夏の陽の青き夕べを通って／麦穂に刺されながら、小草を踏みに、／夢見る私は、草のみずみずしさを足に感じ、／吹く風に私のあらわな頭を思うさまなぶらせよう。

« Par les soirs bleus d'été, j'irai dans les sentiers, / Picoté par les blés, fouler l'herbe menue : / Rêveur, j'en sentirai la fraîcheur à mes pieds, / Je laisserai le vent baigner ma tête nue »（「感動」« Sensation »）といった詩句に認められる感覚的な爽やかさ[33]や新鮮な現実感、物自体のイマージュがそこに迫ってくるような軽快な実在感、あるいは感覚の喜び、生命の在り方そのままに生きている者の「ここでのいま」hic et nunc への参入感といったものがある。この詩にはランボーの初期の詩にみられるこのような他者性の原理が働いている。こうした時間性（日常性）、生命の原理への回帰と他者性の存在を暗示する文体論的特徴がこの詩には随所に認められる。最後の詩節の « Qui s'est passé » を唯一の例外としてまず第一にこの詩には過去形の動詞が存在せず、すべて現在形であるということ（« ce qui s'est passé » についてはあとでまた触れよう）。このことはこの詩の主人公〈私〉および〈従妹〉や母などがすべて現在持続、ないし瞬間瞬間の絶えざる持続として考えられた「いま」nunc の現実をあるがままに生き、受容していることを暗示し、かつそのことを詩的に保証しているように思われる。次に等位接続詞の « et » に注目してみよう。この詩にはやや異様に « et » が多い。各ストロフに二つずつ計六回も使われている。これは時間の経過、すなわち時間性、生命の持続への回帰を暗示しているのではなかろうか。また各ストロフに一回ずつあらわれる trois points de suspension (...) についていうなら、これも « et » とほぼ同様の意味 valeur を有していよう。そのことはこの句読点が必ず « et » に先だって « et » とともに使用されていることでも理解できよう。次に第一ストロフの末尾から第二ストロフのはじめにかけて「擲置《てきち》」rejet が行われているが、これは時間性の問題と他者性の問題のいずれにも関連しているのではなかろうか。次に注目したいのはこの詩にはその主体の表現方法として、« La Grand'mère » に見られる « je » が全然使用されておらず、すべて « on » または « l'on » であるということである。これは前出の « La Grand'mère » の主人公「私」« je » が苦しむ意識の分裂といった自我意識をこの詩の主体は知らないという事実を暗示しており、したがって作中の「私」や「従妹」は生命の持続の頂点としての「ここでのいま」

hic et nunc を十全に生きていることを示しているように思われる。第三ストロフの « on » は nous の意味だろうが、そのことはここではさして問題ではない。さらにまたこの « on » は特定の〈私〉、ないし〈我々〉ではなく、誰でもいい、というより誰でもある〈私〉ないし〈我々〉という « je »（nous）の普遍化、« je »（nous）のアノニム化が認められ、このこともまたこの詩のもつ自我の絶対化の否定の上に立つ他者性の問題を暗示しているように考えられる。

次に第一ストロフの第四詩句が « — Et ne vous faites pas [...] » とティレ tiret（—）で始まっていること。これは別に特徴的なことではないが、しかしこの母の言葉が [...] と ギュメ guillemets « » で包まれた場合を考えてみれば、そのニュアンスは大分異なってくる。すなわち tiret の方が guillemets よりもずっと時間的な流れ、さらには〝意識の流れ〟を感じさせ、また他者性を帯びる上、開かれた存在感、空間の拡大感を強く感じさせ、「私」の〝意識の流れ〟をもずっと自由にしているように感じられる。この事情は最終節の第四行目における tiret についてもいえる。

この詩が生の原理を志向する精神に満ちているとはいえ、死の原理への意志、すなわち過去への意志——かつての「ここでのいま」hic et nunc に遡求しようとする意識——が皆無という訳ではない。それは第三節の前半の二行に顕在的にあらわれている。« Qui s'est passé si vite » という複合過去の時制がそのことを示している。それから、また第一行目 « regrette » という動詞の反省的、懐古的意味によって。複合過去の意味についてはすでに「祖母」« La Grand'mère » のところで触れているのでここであらためて問題にするまでもないだろう。ネルヴァルの詩にあっては、それがどんなに生の原理に支配された明るい詩であってもほとんど必ず死なるものがどこかで（多くは後半部で）現われるのが普通である。「祖母」はその典型例といえよう。

以上のような非常に粗雑な走り書き的考察でも理解できるように、ネルヴァルの初期詩篇は今日まで大部分の研究家が一部の詩を除けばほとんど問題にしていないにもかかわらず、一八四一年を境に次第に顕著になる後期ないし晩年におけるネルヴァルの精神の傾向をすでに萌芽的に示す重要な作品なのだ。このことをもう少し詳しくみてみるなら、そのような晩年のネルヴァルの精神傾向がより強くあらわれている詩作品としては、「祖母」をはじめ、これに近い詩群、たとえば「蝶」《Les Papillons》（一八三〇年）、ドイツの詩人ウーラントの詩から想を得た「病気の娘」《La Malade》（一八三〇年）、「リュクサンブール庭園の小道」《Une allée du Luxembourg》（一八三二年）、「黒点」《Le Point noir》（一八三一年）、「ファンテジー」《Fantaisie》（一八三二年）、「シダリーズたち」《Les Cydalises》（一八五二年発表だが、恐らく三〇年代の作?）などが挙げられよう。『オドレット』詩篇を構成する詩もここに取り上げた「従妹」と同質の詩群、たとえば「四月」《Avril》（一八三一年）、「車上の目覚め」《Le Réveil en voiture》（一八三二年）、「駅伝馬車」《Le Relais》（一八三二年）などは後年、ネルヴァルの詩作品から次第に後退していく要素、デュリー夫人がネルヴァルにおける「印象主義」impressionnisme[34]と名づけた特性、すなわち具体的なものとの接触感、感覚の印象といったものを表出しようとする態度——生命の原理への従即意志——が非常に顕著にあらわれており、したがって初期詩篇『オドレット』を全体的に眺めた場合、そのような現実（生命）志向精神の方が後期ネルヴァルに顕著となる現実（時間）超克願望——死の原理への志向——よりも強くあらわれている、といえよう。またこの詩篇と後期の『幻想詩篇』の詩質といった点についていえば、『幻想詩篇』が「具象でもなく抽象でもない」アレゴリックなイマージュにより超現実的、神秘的なヴィジョンを表象しており、しかもそのイマージュは意味的にも多層的、象徴的であり、深みを帯びているのに対して、『オドレット』詩篇は「祖母」系列の詩群にはそれらが幾分認められるとはいえ、少なくとも「従妹」「四月」、「宿駅」、「車上の目覚め」系列の詩群では、そのようなイマージュの多層性、アレゴリックな象徴性はほとんど所有していないか非常に希薄である。すなわちそのイマージュは輪郭鮮明、具体的かつ絵画的であり、意味の単一性を守っている。このように初期詩篇

『オドレット』は詩に反映されている詩人の精神の在り方やテマティックな側面、たとえば時間意識、時間や現実から脱出しようとする意志、あるいは詩語の柔軟性、音楽性といった点では『幻想詩篇』など後期の詩作品との共通性が認められるが、輪郭鮮明な単一のイマージュを提示しようとする詩語の透明性といった点では両者はきわだった対照を示しているといえよう。

同じネルヴァルの初期の詩でも、「ファンテジー」などと異なり、「四月」や「祖母」や「従妹」などに見られるこうした〈日常的なもの〉、〈具体的なもの〉に密着して詩人の内面を描く特徴に関して、田村毅氏は「サント＝ブーヴが詩集『ジョゼフ・ドロルムの生涯、詩および思想』（一八二九）において」開拓し、「一八三〇年代の文学青年たちに多大な影響をあたえ」た〈アンティミスム（内観主義）〉の手法、つまり「日常生活を描写しつつ詩人の内面を描く手法」からきていると指摘されているが、[35]炯眼であり、われわれもまったく同感である。われわれは初期詩作品のこうした特質を、「ファンテジー」に見られる非現実志向精神（死への願望）との対比で現実志向精神（生への願望）という観点から考察してきたが、以下においてこうした視点からさらに幾つかの初期・中期・後期韻文作品についても概観してみよう。

II

詩作品における生への意識と死への意識の変遷・交錯
――「従妹」から「オリーヴ山のキリスト」をへて「エル・デスディチャド」へ／「ファンテジー」から「黄金詩篇」をへて「アルテミス」へ

1．「ファンテジー」

「ファンテジー」は右に見た「従妹」とは対照的に死なるものが支配的な詩である。

Fantaisie

Il est un air pour qui je donnerais
Tout Rossini, tout Mozart et tout Weber,
Un air très vieux, languissant et funèbre,
Qui pour moi seul a des charmes secrets !

Or, chaque fois que je viens à l'entendre,
De deux cents ans mon âme rajeunit...
C'est sous Louis treize ; et je crois voir s'étendre
Un coteau vert, que le couchant jaunit.

Puis un château de brique à coins de pierre,
Aux vitraux teints de rougeâtres couleurs,
Ceint de grands parcs, avec une rivière
Baignant ses pieds, qui coule entre des fleurs ;

Puis une dame, à sa haute fenêtre,
Blonde aux yeux noirs, en ses habits anciens,
Que, dans une autre existence peut-être,
J'ai déjà vue... et dont je me souviens ![36]

ファンテジー

そのためなら、ロッシーニも、モーツアルトも、ウェーバーも、
彼らのすべてを投げ捨ててもかまわぬ曲がある。

それは、私だけに秘められた魅力をたたえている
もの憂くうら悲しい、遠い昔の調べ。

ふとそれを耳にする度に、
わが魂は二百年も若がえる……
ルイ十三世の御世にまで。そして私には見える気がする、
夕日に黄色く染まる緑の丘が広がるのが。

つづいて、隅々に組石が積まれた煉瓦の城と
赤みを帯びたステンドグラスの窓が見え、
広大な庭園に包まれて、城の足もとをひたしつつ、
花々の合間を小川が流れている。

つづいて、一人の貴婦人が、城の高窓に、
黒い瞳に金髪で、古風な衣装をまとって……
恐らくは前世で私がすでに一度会った人！
——そして今私はその人を思い出す！

一読して明らかなように「ファンテジー」（初出、「ロマン派年報」*Annales romantiques*、一八三二年）は「従妹」や

「四月」などに見られたデュリー夫人の言う「青年期の印象主義」詩法、田村毅氏の言う「アンティミスム」の手法ではなく、「具象でも、抽象でもない、深みの世界」をモザイクかパッチ細工のように、あるいはシュールレアリスム風に一種のコラージュ技法を駆使して書かれている。若き詩人はここで非現実の世界、思い出の世界、ネオ・ピタゴリスムの霊魂転生思想 mêtemprschose に基づいた前世の世界、死の世界、つまり神話——祖型 archétype——の世界を歌っている。そして何よりも『オーレリア』に至って明確に現れることとなる無限＝永生＝絶対なるものへの憧憬とボードレールを思わせるこの世の時間からの脱出願望がみられるのであり、これは紛れもなく〈ロマンティスム〉の本質の一つをなしているのである。一八三二年、ネルヴァル二十四歳にしてすでに、『シルヴィ』や『オーレリア』に見られることになる〈すでに見た（会った）déjà vu〉という〈前世〉の思想を抱いていたのである。高窓に見える貴婦人にしても、ルイ十三世時代の城館にしても、「従妹」や「四月」に描かれた風物や人物のような実在感は感じられない。「古風な衣装をまとって」城の高窓に見える貴婦人はすでに、『シルヴィ』のアドリエンヌ＝オーレリーや『オーレリア』のヒロインの原型 archétype であり、死の世界、ネルヴァルの女性神話の人である。この「スレート葺きの煉瓦作りの」城はすでに「シルヴィ」第二章に描かれているアドリエンヌの城の原型であり、『散策と回想』や『パンドラ』冒頭にも、アンリ四世風の城として再現される。この詩には『アンジェリック』や『シルヴィ』あるいは『散策と回想』などで語られている詩人の民謡への愛着、「そのためならロッシーニや、モーツアルト、ウェーバーのすべての音楽を投げ捨ててもかまわぬ」ほど古くから伝わる民謡の調べに対するネルヴァルの「特権的」愛着がすでに語られている。ネルヴァルにはこのようにごく初期の段階から、死や闇の世界に向かう精神、すなわち後年発表された「シダリーズ」やとりわけ最晩年の「アルテミス」に見られるような死の世界、来世での最愛の女性との再会と共生という女性神話の原型がすでに認められるのである。

この詩と同時期に発表され、詩想が「ファンテジー」と類似したオドレット形式の詩として「リュクサンブール庭園の小道」（初出、「詩神年鑑」*Almanach des Muses* 一八三二年）がある。

Une Allée du Luxembourg

Elle est passée, la jeune fille
Vive et preste comme un oiseau :
A la main une fleur qui brille,
A la bouche un refrain nouveau.

C'est peut-être la seule au monde
Dont le cœur au mien répondrait,
Qui venant dans ma nuit profonde
D'un seul regard ! l'éclaircirait !

Mais non, — ma jeunesse est finie...
Adieu, doux rayon qui m'as lui, —
Parfum, jeune fille, harmonie...
Le bonheur passait, — il a fui ![37]

リュクサンブール庭園の小道

彼女が通り過ぎた、少女は
小鳥のように生き生きと、軽快に
手にはきらめく一輪の花を携えて
はやりの歌を口ずさみながら。

彼女は恐らくこの世でただ一人
心と心が通い合い、
わが深き夜の中にやって来て、
ただ一瞥でわが心を明るくしてくれる人！

いや、――わが青春はもう終わったのだ……
さらば、私に輝いた優しい光よ――
芳しい香りよ、少女よ、音楽よ……
幸福は通りすぎて行き、――逃げ去ったのだ！

日常の風物を、「印象主義的」(デュリー夫人)ないし「アンティミスム的(内観主義的)」(田村毅氏)に描くことによって、初期詩に特徴的な鮮明かつ透明なイマージュの詩となっており、その意味では生の世界を歌っているのであるが、詩の主題というか詩想はこの詩にその原型が認められる「心と心が通い合うこの世で唯一」の女、運命的な女との〈出会い〉と〈すれ違い〉(〈別れ〉)、というテーマは「ファンテジー」の「高窓の貴婦人」や『シルヴィ』のアドリエンヌに、さらには晩年の傑作「アルテミス」の「最初で最後の唯一の女」に通ずるという意味では死の世界、不在の世界に向かって歌い出している詩と見ることが出来よう。「わが青春は終わってしまった!」とか現世での「幸福は過ぎ去り、逃げ去ってしまった!」との叫びは「エル・デスディチャド」の最終節同様、生の世界(現世での幸福)への執着を示すと共に、第二詩節で彼女は「夜の闇に沈んでいるわが心を(またはわが心の闇を)」もしかして「明るくしてくれるかも知れない」「この世でただ一人」の運命的な女性であり得たかも知れないというアドリエンヌ的〈出会い〉=〈すれ違い〉に対する嘆きの裏には、あの世での、死の世界での再会願望があり、この意味では死の世界にも踏み込んでいる詩といえよう。

　これに対して次に簡単に触れる「宿駅」《Le Relais》は「従妹」系列に属する生の詩、「今とここ」**hic et nunc** の瞬間の生命をあるがままに生きるさまを歌った〈現存の詩〉poésie de la présence である。

2.「宿　駅」

Le Relais

En voyage, on s'arrête, on descend de voiture ;

Puis entre deux maisons on passe à l'aventure,
Des chevaux, de le route et des fouets étourdi,
L'œil fatigué de voir et le corps engourdi.

Et voici tout à coup, silencieuse et verte,
Une vallée humide et de lilas couverte,
Un ruisseau qui murmure entre les peupliers, —
Et la route et le bruit sont bien vite oubliés !

On se couche dans l'herbe et l'on s'écoute vivre,
De l'odeur du foin vert à loisir l'on s'enivre,
Et sans penser à rien on regarde les cieux…
Hélas ! une voix crie : « En voiture, messieurs ! »[38]

宿　駅

旅の途中、止まって、馬車から降りる。
そして気の向くままに二軒の家の間を通り抜ける、
馬たちにも、街道にも、鞭にもくらくらして、目は見るのに疲れ、体はしびれたまま。
すると突然姿を現わす、静かな、緑の、
みずみずしい谷間、そこにはいちめんリラの花、
ポプラの木立の間をささやき流れる一筋の小川。――
道のりも騒々しい物音もたちまち忘れてしまう！

草むらに寝そべり、いのちの鼓動に耳を澄ませ、
緑の牧草の香りに心ゆくまで酔いしれて、
無心に空を見つめている……
ああ！　その時声がする、「皆さん、お乗り下さい！」

この詩（初出、「詩神年鑑」一八三二年）は「車上の目覚め」Le Réveil en voilure とともに、馬車旅行の道中のスケッチだが、両者とも非常に「印象主義的」（デュリー夫人）なタッチで、印象鮮明な詩となっている。「従妹」同様、「アルテミス」などのように、重層的・象徴的イメージではなく、むしろ単一で透明なイメージ、輪郭鮮明なイメージで構成された詩となっている。これは言ってみればフランス版「かるみ」の詩であり、ことばを通して〈存在〉そのものに迫るというか、〈存在〉そのものをわれわれに突きつける体《てい》の詩と言えないだろうか。ここには自然に対する共感、大自然の生命と合体して生きる喜びが歌われているように見える。この詩は「今とここ」**hic et nunc** を十全に生きている旅人＝詩人の現存の生を写し取った、まさに「生（命）の詩」、「昼の詩」となっており、先に挙げたA・ランボーの「谷間に眠る者」《Le Dormeur du val》に通ずる「現存の詩」poésie de la présence と言

図１　ネルヴァルの代表的詩作品に現れた二つの精神の流れ

年代／傾向	**初　期** (1831-1840)	**中　期** (1941-1845)	**後　期（晩年）** (1846-1855)
現実志向精神 （生への志向）	宿　駅 → 従　妹 → （祖　母）	オリーブ山のキリスト ——→	エル・デスディチャド →（シルヴィ）
非現実志向精神 （死への志向）	病気の娘 → ファンテジー → （祖　母）	→ 黄金詩篇 ——→ シダリーズたち	アルテミス →（オーレリア）

えるのではなかろうか。俳諧連句で言う最後の「挙句」にも似て、またヴィオーなどバロック詩人も多用する「ポワント」pointe 技法としての最後の「不意打ち句」の「ああ！　その時声がする、『皆さん、お乗り下さい！』」もランボーの「谷間に眠る者」の最終句「見れば二つの血の孔が、右脇腹に開いてゐる。」（中原中也訳）《Il a deux trous rouges au côté droit》という不意打ちの仕方も似ているが、しかしランボーのこの〈不意打ち〉は正解を示す形を取っており、その意味ではむしろ、「車上の目覚め」《Le Réveil en voilure》の「――私は駅馬車の中にいたのだ、目覚めたばかり！」《― J'étais en poste moi, venant de m'éveiller !》という最終句の効果に近いというべきかも知れない。この最終句の〈落ち句〉が第一行「旅の途中、止まって、馬車から降りる」に返され、旅を再び開始するという円環的構造となっている点も「車上の目覚め」と同一の構造となっている。この詩は「従妹」と同じように、ネルヴァルの生に向かう意識、現実の時間と現世の生を十全に生きようとする意識によって歌い出された典型的な生の詩の一つと言えるのではなかろうか。

これら初期詩作品に見られるネルヴァルの生に向かう現実志向精神と死に傾斜する非現実志向精神の、その後の発展を図式化すれば次のようになろう。ただその場合、そのようなネルヴァルにおける二つの精神のいずれが支配的であるか、というよりどちらの精神がその詩の発想の根本となっているかという点を見て類別したにすぎない。実際にはこれまで見てきたとおり、両者が混在している場合がほとんどである。

3．「オリーヴ山のキリスト」

中期におけるネルヴァルの現実志向精神の現われている詩作品としてソネ形式五つよりなる長詩「オリーヴ山のキリスト」« Le Christ aux Oliviers »（初出、「アルチスト」一八四四年）がある。（主としてジャン＝パウルからの）影響関係や〈黒い太陽〉のテーマやヨーロッパニヒリズムとの関係などをめぐるこの詩の詳しい考察は本書第六部で行うことになるので、ここでは概略的にのみ見ておこう。この詩は、一八四四年ネルヴァル三十六歳の時、公にされたものである。これは同じ時期に書かれた「黄金詩篇」« Vers dorés » とともに、彼の事実上の白鳥の歌である『幻想詩篇』*Les Chimères* に再録されていることからしても彼にとって重要な作品であると考えられる。個人的考えで言えば、この詩は小説『シルヴィ』とともに、ネルヴァルという一個の近代人がその魂の奥底に宿していた精神の葛藤なり苦悩を理解する上で欠くことの出来ない重要な作品であるように思われる。

Le Christ aux Oliviers

Dieu est mort ! le ciel est vide…
Pleurez ! enfants, vous n'avez plus de père !
Jean-Paul

Quand le Seigneur, levant au ciel ses maigres bras,
Sous les arbres sacrés, comme font les poètes,
Se fut longtemps perdu dans ses douleurs muettes,
Et se jugea trahi par des amis ingrats ;

Il se tourna vers ceux qui l'attendaient en bas
Rêvant d'être des rois, des sages, des prophètes…
Mais engourdis, perdus dans le sommeil des bêtes,
Et se prit à crier : « Non, Dieu n'existe pas ! »

Ils dormaient. « Mes amis, savez-vous *la nouvelle* ?
J'ai touché de mon front à la voûte éternelle ;
Je suis sanglant, brisé, souffrant pour bien des jours !

Frères, je vous trompais : Abîme ! abîme ! abîme !
Le dieu manque à l'autel où je suis la victime…
Dieu n'est pas ! Dieu n'est plus ! » Mais ils dormaient toujours !…[39]

オリーヴ山のキリスト

神は死せり！　天は虚し…
子供らよ、泣け！
もはや父はなし！

ジャン＝パウル

主は、詩人たちのように、聖なる樹々の下で、
やせ細った腕を天に挙げ、長い間、
言葉にならぬ苦しみの中で我を失っていたが、
やがて、自分が不実な友らに裏切られたことを知った。

そこで主はふり返った、下で彼を待っている者たちの方に、
王に、賢者に、また預言者になる夢をみつつ……それでいて
獣の眠りをむさぼり、ほうけている彼らに向って、
主は叫びはじめた、「いな、神は存在しない！」と。

彼らはその時眠っていた。「友よ、福音を知っているか？
私はわが額で永遠の天蓋に触れたのだ。
だから私は何日も打ちくだかれ、血だらけで、苦しんでいるのだ！

兄弟たちよ、私はお前らを欺いていた。深淵！　深淵！　深淵！
私が犠牲として捧げられるこの祭壇には、神がいない
神はない！　もはや神は存在しない！」だが彼らは相変らず眠りほうけていた。（第一ソネ）

ここには広義のロマンティスムたる彼の理性主義、すなわち強烈な懐疑主義精神がある。このようなペシミスティックな懐疑主義、もっと言ってしまえばニヒリズムはジャン＝パウル（リヒター）の模倣・借り物、すなわちドイツ・ロマン派の鬼才ジャン＝パウル・リヒター Jean-Paul-Friedrich Richter の長編小説『ジーベンケース』*Siebenkäs* から採られてきた『世界の建物の高所から、神はなしと語る死せるキリストの言葉』*Rede des toten Chsistus vom Weltebäude herab, dass kein Gott sei* という散文詩ともいうべき断章を換骨奪胎したものと見ることも出来ないわけではない。だがスタール夫人やA・ベガンの仏訳でこの詩を見てもそうだが、ジャン＝パウルの上記ドイツ語原典を見る限り、ジャン＝パウルのキリストは宇宙論的・哲学的思弁の臭いが強いが、ネルヴァルがこの詩で語るキリストは、本書の序章冒頭に引用した「イエス・キリストの兄弟たちはイエスを死刑に処した。——使徒たちは彼を知らないといって見捨てた。彼らのうち唯一人として彼のために自らの生命を犠牲にしようとする者はなかった——事が済んでしまうまでは。——彼らはみな信じきれなかったのだ」という衝撃的言葉に通底するいわばキリスト以前のキリストの苦悩、神を予感しながら、それにもかかわらず「人の子」としてのキリストがそれを認めまいとするそういう精神のドラマが問題となっているように思われるのである。この意味で言えば発想やプロットはジャン＝パウルに倣っているとはいえ、かなり異質な詩とさえ言えよう。自己犠牲の意味、不幸の意味、それが問題にされている。不幸や苦悩に意味があるのか、ないのか。それをキリストに仮託して問うている。彼のうちの人間的

意志、すなわち理性主義的現実志向精神は意味がないという。なぜなら「もはや神は存在しない！」から。そうだとすれば不幸はどこまで行っても不幸でしかなく、ニーチェとともに「死んだものは死んだまま」« Gott bleibt tot ! »[40] だからである。その時から世界は無意味な物質 matière[41] となる。そこにあるのはただ物質の必然性[42]のみであり、やがてそれは恐ろしい虚無の深淵[43]を彼にもたらす。この時ネルヴァルはキリストの自己犠牲と苦しみに対して人々が無関心であることの意味を彼とともにはじめて理解するのである。それは恐ろしいことだ。恐ろしいが故にやがて彼はそれに耐えることを、耐え続けることを拒否するかに見える。すなわち現実を意味づけるもの、魂の救済者としての超越的な絶対者の視線を求める精神へと変わっていく。

「おお、父よ！　わがうちに感ずるのはあなたですか？／あなたは生きる力、死に打ち勝つ力をお持ちですか？」« O mon père ! Est-ce toi que je sens en moi-même ? / As-tu pouvoir de vivre et de vaincre la mort ? »[44]

こうした意識はさらにこの詩の最終詩節（第五ソネ部）では、

「答えよ！」と皇帝はユピテル＝アモンに向かって叫んだ。
「地上にもたらされたこの新たな神は一体何者か？」« Réponds ! criait César à Jupiter Ammon, / quel est ce nouveau dieu qu'on impose à la terre ? »[45]

というふうに歌われ、ほとんど完全に死なるものへの信仰の精神が優位に立っている。この詩の結論部は確かに死なるものへの信仰に傾斜しているとはいえ、その出発点は生なるものを志向する精神であることに変わりはない。

少なくともこうした精神から歌われている前半部の方がわれわれに実存的真摯さを感じさせるといえよう。

4．「黄金詩篇」

次にこの詩と同じ頃（初出、一八四五年「アルチスト」誌）に書かれた「黄金詩篇」《Vers dorés》という詩についてみてみよう。

Vers dorés

Eh quoi ! tout est sensible !
PYTHAGORE.

Homme ! libre penseur — te crois-tu seul pensant
Dans ce monde où la vie éclate en toute chose :
Des forces que tu tiens ta liberté dispose,
Mais de tous tes conseils l'univers est absent.

Respecte dans la bête un esprit agissant : ...
Chaque fleur est une âme à la Nature éclose ;
Un mystère d'amour dans le métal repose :

« Tout est sensible ! » — Et tout sur ton être est puissant !
Crains dans le mur aveugle un regard qui t'épie :
A la matière même un verbe est attaché...
Ne la fais pas servir à quelque usage impie !

Souvent dans l'être obscur habite un Dieu caché ;
Et comme un œil naissant couvert par ses paupières,
Un pur esprit s'accroît sous l'écorce des pierres ![46]

黄金詩篇

おお、何と！　すべてに感覚があるって！
ピタゴラス

人間よ！　自由な思索者よ！——お前は自分だけがものを考える存在と思っているのか、
あらゆるもののうちに生命が生まれ出ているこの世界の中にあって？
お前の持つ力を、お前は自由勝手に使う、
しかし、宇宙はお前のあらゆる意見に無関心だ。

尊重せよ、獣の中で働いている精神を、
花々の一つ一つは〈自然〉の中に生まれ出た一個の魂なのだ、
ある愛の神秘が金属の中に憩う。
「すべてに感覚がある！」そしてすべてがお前という存在に力を及ぼす。

恐れよ、盲いた壁の中にお前をうかがう一つの視線を、
物質にさえ、言葉が与えられている……
その物質を不敬な使途に利用するな！

しばしば取るに足らない存在の中に、隠された神が住まう。
そして瞼に覆われて生まれ出る眼のように、
純粋な精神は、石の殻の下で育つ！

これは死なるものへの信仰から歌い出された汎神論的な神秘主義的詩である。具体的にいえば後に『オーレリア』第二部第六章で展開されることとなるピタゴラス派の霊魂転生思想に影響されたと思われる宇宙的アニミスム思想、あるいはネルヴァルが影響を受け、論じてもいる十六・十七世紀の詩人たち、たとえばロンサールやサン＝タマン、テオフィル・ド・ヴィオーなどルネサンス以降マニエリスム・バロック詩人たちにほとんど共通して認められる例の宇宙的汎神論ないしアミニスム――森や川は無論、石や月などにも〈世界の魂〉âme du monde が宿り、

遍在しているという信念、宇宙観――から歌い出されていると見ることもできよう。

　晩年における死なるものの系譜に属する詩として「シダリーズたち」や「アルテミス」などが挙げられるが、前者の初出は一八五二年（「アルチスト」誌）だが、実際にはもっと早くに書かれていたのではとも推測される。《Les Cydalises》は先に見た「従妹」とは対照的に死なるものが支配的な詩である。というか「病気の娘」La Malade同様、ほとんど死の原理から歌い出されていると言っていいかも知れない。この詩には女神イシスによる魂の救済という晩年におけるネルヴァルの女性神話の一つの原型というか萌芽が認められるように思う。

Les Cydalises

Où sont nos amoureuses ?
Elles sont au tombeau :
Elles sont plus heureuses,
Dans un séjour plus beau !

Elles sont près des anges,
Dans le fond du ciel bleu,
Et chantent les louanges
De la Mère de Dieu !

シダリーズたち

僕らの恋人たちはどこに行ったのだろう？
彼女たちはみんな墓の中。
ここより美しい処（あの世）に行って
彼女たちはずっと幸せだ！

みんな天使たちのお傍、
青い空の奥にいて、
彼女たちは、聖母様を
讃える歌を歌っている！

O blanche fiancée !
O jeune vierge en fleur !
Amante délaissée,
Que flétrit la douleur !

L'éternité profonde
Souriait dans vos yeux...
Flambeaux éteints du monde
Rallumez-vous aux cieux ![47]

ああ、白い許婚の女よ！
ああ、花咲くうら若き乙女よ！
苦しみにしおれやつれてしまった
捨てられた恋人よ

お前らの瞳には
深き永遠が微笑んでいた……
この世から消え去った松明よ、
天空で再び燃えさかれ！

第一および第二詩節では「僕らの恋人たち」が「墓の中へ」、つまり死の世界へ、といってもそれはこの世よりずっと「美しい処」すなわち天使の傍らで聖母マリアを讃えながら生きる彼女たちの天上での永生を歌い、第三詩節では、その美しい色白な（草稿では「青白い」« pâle »[48]）乙女たちがこの世で恋人たちから捨てられ、失恋の悲しみの中でやつれて死んでいくさまを歌う。最終部第四詩節で、彼女たちが生前より永遠性（草稿では« L'Éternité »と大文字で強調され[49]、彼女たちの宗教的永遠性がより強く暗示されている）を帯びていたがゆえに、その「永遠」を宿した彼女たちの瞳が天の「松明」« flambeaux »たる星となって永遠に輝いてくれと、死の世界を讃えている。このように「シダリーズたち」は全体としては死の原理から歌われ、死なるものが支配的な詩といえるのであるが、後半部、第三詩節では生の原理、この世の側からも歌われている。すなわち「ああ、蒼白い（草稿形、決定稿では「白い」）許婚の乙女よ／ああ、花咲いたうら若い乙女よ／苦悩の中で憔悴し、／棄てられた恋の女よ」と恋多き娘の、生の原理から見たこの世での苦悩・不幸を歌い、同情しているのである。このようにこの詩は第三詩節で、死の世界や天上での永生への憧れを歌っていて、ネルヴァル自身の思い出や過去との実存的な意味づけが、間接的になされているとはいえ、全体としては生の原理は希薄といえよう。この詩には後期の詩に見られる生なるものと死なるものとの対決、せめぎ合いはあまり感じられないにしても、死を志向する精神と生を志向する精神とが他作品同様、同在している事実は注目に値しよう。

5・「エル・デスディチャド」

晩年における生なるものの側から歌った詩の代表作は『幻想詩篇』*Les Chimères* 中の一編「エル・デスディチャド」《El Desdichado》（初出、一八五四年『火の娘たち』*Les Filles du feu*）であろう。この詩も全体としては死なるもの――彼の神話の世界――を歌ったものと見ることもできようが[41]、それにもかかわらず、この詩を生なるものの系譜に敢えて入れる理由はこの詩の発想の根底に〈現実還帰〉の失敗という契機があるように思われるからである。それはちょうど『シルヴィ』が現実回帰、生への回帰という精神から出発しているにもかかわらず、決定的場面で現実や生への還帰に失敗し、最終的には神秘的なもの――死なるもの――への再回帰で終わっているのと同じような意味において、である。

El Desdichado

Je suis le Ténébreux, — le Veuf, — l'Inconsolé,

Le Prince d'Aquitaine à la Tour abolie :
Ma seule *Étoile* est morte, — et mon luth constellé
Porte le *Soleil noir* de la *Mélancolie*.

Dans la nuit du Tombeau, Toi qui m'as consolé,
Rends-moi le Pausilippe et la mer d'Italie,
La *fleur* qui plaisait tant à mon cœur désolé,
Et la treille où le Pampre à la Rose s'allie.

Suis-je Amour ou Phœbus ?... Lusignan ou Biron ?
Mon front est rouge encore du baiser de la Reine ;
J'ai rêvé dans la Grotte où nage la Syrène...

Et j'ai deux fois vainqueur traversé l'Achéron :
Modulant tour à tour sur la lyre d'Orphée
Les soupirs de la Sainte et les cris de la Fée.[50]

エル・デスディチャド

私は暗き者、——妻なき者、——慰めなき者、
廃絶された城塔に住むアキタニアの領主。
私の唯一の星は死んだ、——星ちりばめた私のリュートには
「メランコリア」の「黒い太陽」が刻まれている。

私を慰めてくれたお前よ、墓の夜の中にいる私に、
返してくれ、ポシリポ岬とイタリアの海を、
落ち込んだ私の心をあれほど喜ばせた花と、
葡萄のつるが薔薇に絡まる葡萄棚を。

私は愛の神《アムール》か光の神《フェビュス》か？……リュジナンかビロンか？
私の額は女王の口づけでいまなお赤い、
私は人魚《セイレン》の泳ぐ洞窟で夢を見た。

そして私は勝利者として二度、地獄の河《アケロン》を越えた、
オルフェウスの竪琴に合わせて、かわるがわる

聖女の溜息と妖精の叫び声とを歌いながら。

とりわけ「エル・デスディチャド」のカトラン部はこの詩がいかに『シルヴィ』におけると同じように、生なるものへの回帰の努力とその失敗の自覚から出発しているかを見事に明かしている。人生という現実における失敗と喪失、彼はそれを死の地点から歌い出すことにより、そこに一つの超越的な意味を見出そうとする。現実の「ここでのいま」**hic et nunc** の不幸を意味づけるために、死の世界、すなわち彼の神話の世界を――詩という魔術を通して――現成しようとする意志。そうすることによって理性的な現実志向精神が必然的にもたらす虚無を克服しようとする。ここでこの詩についても要点を一言しておこう。このソネにはエリュアール草稿では「運命」《**LE DESTIN**》という題が付されていること、ウオルター・スコットの『アイヴァンホー』から採られたとされている決定稿の題名のスペイン語《El Desdichado》は「勘当された者」「廃嫡者」の意で、原義は「不幸な者」であること、さらに、A・デュマに捧げられた『火の娘たち』序文中の「かくして、この私、最近まで輝ける俳優、世に知られぬ貴公子、本心を隠した恋人、廃嫡者 le déshérité、歓喜からの追放者、陰鬱なる美青年 le beau ténébreux として、侯爵夫人たちからも、サロン主宰夫人からも熱烈な愛を捧げられた私[51]……」といった言葉なども考え合わせると、詩人は「エル・デスディチャド」という題名に二重の意味、すなわちデュマの記事によって社会や文壇から「廃嫡」させられ、また詩人にとってスキャロンの『ロマン・コミック』における主人公「運命」の宿命的な恋人「星」《Étoile》でもあった女優ジェニー・コロンから恋人の地位を「追放」され、恋の「歓喜から追放されてしまった」「陰鬱な」「不幸者」という二つの意味が込められていると思われる。だからこの詩の主題は詩人の「現世での不幸な運命を、かろうじて生の側にとどまりつつも、死の世界、来世の世界に向かって歌い出した詩」と言えるのではなかろうか。無論第一カトラン部では墓の夜の中にあって、生の世界、光と生命の世界に向かって、

「愛する恋人よ、ポシリポ岬とイタリアの海（喜び・光明と幸福）を返してくれ」といい、第一テルセでは「女王（恋人）よ、口づけ（地上の幸福と喜び）をもう一度与えてくれ」と叫んでいるので、基本的には第一カトンラン同様、生の世界への執着を歌っており、反対に第二テルセでは、詩人は「地獄の河《アケロン》を生きたまま二度、」つまり一度は死の世界に入りながら、生きて再び生者の世界、生の側に戻って来てしまっているので、生の側から死の世界に向かって、いまだ地上の時間から自由になれぬ身の上を嘆いているのである。このように「エル・デスディチャド」は生と死の世界にまたがって詩人の意識が交錯する（そのことは、この詩に限らず「アルテミス」であれ、初期の「祖母」、「リュクサンブール庭園の小道」であれ、中期の「オリーヴ山のキリスト」であれ、ほとんどのネルヴァル詩に多かれ少なかれ言えることだが）微妙な構造を持った詩なのである。ネルヴァルはこの世では、社会からも「廃嫡された者」であり、恋人なき「失恋した陰気な者」le beau tênêbreux、「妻（母）なきもの」であり、要するにこの世では「慰めなき」「不幸な者」であった。詩人の「唯一の星」である女優ジェニー・コロン（ウーセー夫人？）はもう死の世界におり、今や美しい詩を奏で出せなくなっているわがリュートにはアルブレヒト・デューラーの〈メランコリア〉の黒い太陽が刻まれている。かつて私を慰めてくれたお前、「エトワール」よ、墓の夜の暗闇に沈んでいる私に、恋と生の喜びを存分に味わせてくれた「ポシリポ岬」と「イタリアの海」を返してくれと祈願する。数々の不幸・災難に「落ち込み傷ついた私の心をあれほど喜ばせた花」、すなわち今や救済の女神（イシス＝聖女）となったお前の「花」を再び与えてくれ、と。女神＝死んだ恋人＝女王から額に口づけされて救われることを夢見る詩人は死に誘い込む「人魚セイレンの泳ぐ洞窟で」の夢、すなわち死の世界を体験する。そして私はオルフェウスのように生きて二度、地獄の河アケロンを越えてまたこちら生者の世界に戻ってきてしまい生者の世界の幸福と喜びを忘れられないでいる……。

6・「アルテミス」

これに対し「アルテミス」《Artémis》（初出、一八五四年『火の娘たち』*Les Filles du feu*）はほとんど完全に死なるもの、死の世界からの発想であり、それはジャニーヌ・ムーランのいうように、[52]『オーレリア』の世界に直結しているのである。

Artémis

La Treizième revient... C'est encor la première ;
Et c'est toujours la Seule, — ou c'est le seul moment :
Car es-tu Reine, ô Toi ! La première ou dernière ?
Es-tu Roi, toi le Seul ou le dernier amant ?...

Aimez qui vous aima du berceau dans la bière ;
Celle que j'aimai seul m'aime encor tendrement :
C'est la Mort — ou la Morte... O délice ! ô tourment !
La rose qu'elle tient, c'est la *Rose trémière*.

Sainte napolitaine aux mains pleines de feux,
Rose au cœur violet, fleur de sainte Gudule :
As-tu trouvé ta Croix dans le désert des Cieux ?

Roses blanches, tombez, tombez ! vous insultez nos Dieux,
Tombez, fantômes blancs, de votre ciel qui brûle :
— La Sainte de l'Abîme est plus sainte à mes yeux ![53]

アルテミス

十三番目の女《ひと》が帰って来る……それはまた、最初の女《ひと》だ。
そしてそれはいつも唯一の女《ひと》だ、――あるいは唯一の瞬間だ。
なぜって、王妃なのか、おお、お前は！　最初の女か、それとも最後の女か？
王なのか、お前は、ただ一人の、あるいは最後の恋人か？

揺籠から棺の中までお前を愛した人を愛せ、
私一人が愛した女《ひと》はいまなお優しく私を愛してくれる、
それは死だ、――あるいは死の女だ……おお、喜びだ、おお、苦しみだ！
彼女が持つ薔薇は、立葵だ。

両の手が火に満ちたナポリの聖女よ、
菫の心持つ薔薇よ、聖女ギュディールの花よ、
お前は天空の砂漠の中に十字架を見出したのか？

白薔薇たちよ、落ちよ！　お前らはわれらの神を侮辱する、
落ちよ、白き亡霊たち、燃えさかるお前らの天から、
——深淵の聖女は、私の眼には一層神聖に見える！

この詩はほとんど完全に死なるもの、死の世界から歌い出されている。そしてこの場合その死とはネルヴァルにとって積極的な何かを意味するものであり、新しい「第二の生」としての死の世界である。要するにこの詩は理性主義としての生の原理を超えた地点、すなわち超越的な死の原理から生まれた詩である。ネルヴァルにおける超越的なものを希求する精神の現実志向精神に対する勝利。ここでこのソネについても少し具体的に触れておこう。この詩の題名はロンバール草稿では「時の（女神たちの）踊り」《Ballet des Heures》となっており、また「十三番目の女」にも草稿には「十三時の（中軸の pivotale）」との自註があることで明らかなように、「十三番目の女」は同時に十三時という（女神の）時間でもあり、したがって「最初の女」は一時でもあり、生と死の世界がせめぎ合い、螺旋的に接合・融合する円環的時間における中心的・中核的・中軸的 pivotale な特権的時間（時刻）でもある。この「十三時」＝「一時」は「超時間的な〈唯一の瞬間〉」（田村毅氏）でもあり、この時から「現世の時間の廃棄・超越」により死の時間（永遠＝無時間）が始まるのであり、したがってこの詩はそうした死の超時間的瞬間獲得へ

の祈願でもある。「ナポリの聖女」やその「姉妹」（草稿形）である「聖女ギュディール」は「天の深淵」（草稿形）たる「天の砂漠」に昇って「信仰」（＝「十字架」＝神）を見つけようとし、あるいはまた『シルヴィ』第七章における精霊＝聖女＝アドリエンヌのように、地の「深淵」たる地獄に降り立って、人々の魂をキリスト教の神の国へと救い上げてくれるのだ。それゆえにネルヴァルの眼には「深淵の聖女」は地上や天にいる聖女たちよりも「一層神聖に見える」のである。これらの聖女たちは『オーレリア』最終部の「メモラーブル」に現れる大いなる救済者〈仲介者〉たる〈オーレリア＝イシス＝アルテミス＝聖母マリア〉の原型でもある。生の絶望から死の世界での救済、信仰回帰への祈願の詩である。

　このようにネルヴァルは最終的には生なるもの、生の原理より死なるもの、死の原理へと至ったと考えられる。だが果たして本当にネルヴァルの現実志向精神は最終的には死なるもの、死の原理によって消滅させられてしまったのだろうか。別な言葉で言うならネルヴァルの死なるもの、死の原理がわれわれが言う意味での近代の精神原理たる〈ロマンティスム〉の精神を超えたものであるかどうか、それが問題の根本である。答えは諾 oui とも言えるし否 **non** でもある。理由は以下で述べるが、ここではさしあたり **non** の場合のみを考察してネルヴァルにおける〈ロマンティスム〉[54]の理念的な意味を概略的に検討しておこう。

　ネルヴァルにおける〈ロマンティスム〉は彼を次のような二つの局面に導いた。すなわちそれが生なるものを志向する第一のロマンティスムである時、彼に時間の絶えざる頂点として意識された「ここでのいま」**hic et nunc** に自己の生全体の存在意識をかけようとした。この場合〈子供時代〉**enfance** における彼は問題ではない。というのは〈時間〉が意識されることのない子供時代においては、このような実存的な「ここでのいま」**hic et nunc** の、〈存在〉に対する自覚は見られぬものだからである。だがそれにしても子供時代においては自覚されてこそいないが、いや自覚されていないがゆえに、日常生活の中に一つの客観的事実としての絶対的な他者によって包まれ、意味づけられた**hic et nunc**は存在しているのだ、ともいえる。そのような現実はそれゆえにいわば地上の楽園である。それがネルヴァルの子供時代（ヴァロワ地方での生活）の意味であろう。

だがやがて時間が自覚され、他者との関係が意識されはじめた時、彼の意識のうちに〈離在感〉distanceが生ずる。これは言い換えれば近代的意味における〈自我〉の意識の誕生である。というのは〈自我〉とは少なくとものや自己を客体化し相対化する〈自意識〉に他ならないからである。近代人にあっては、おそらくこの時からロマンティスムが始まるのであろう。なぜならロマンティスムとは「何よりもまず、文学および芸術における個人主義の勝利であり、ないしは〈自我〉の全的で絶対的な解放である」[55]とブリュンティエールが言うように、本質的に（超越的な）他者性を認めぬ個人主義の主張であり、〈自我〉の絶対的肯定だからである。そしてこの時からゲーテのいう一種の〈病気〉が恐らく始まるのであろう。[56]なぜなら神なき近代人にとっては〈自我〉がすべてであり、絶対であるからだ。おそらく〈時間〉が意識され、〈距離〉distanceが意識されても、〈自我〉の外にその自我をも包む絶対的な他者性――超越的なもの――が喪失されていない者にはこうしたロマンティスムは生まれないのであろう。というよりそれは〈病気〉とはならないのであろう。ゲーテは直観的にそのことに気づいていて、このような自意識に埋没していく〈ロマンティスム〉の原理を乗り超え、精神の健康性を回復しようとした近代における稀有な作家であったように思う。すなわち自己の存在の原理ないし根拠を自己の外部に、言ってみれば他者性（他者原理）の中に求めた。一つの外的形式、一つの外的秩序で自己を規定し規範化しようとした。その間の事情は『ファウスト』第二部や『ヴィルヘルム・マイスター』の「修行時代」や「遍歴時代」などが示すとおりである。そのようなゲーテを心から偉大と思い、憧れてやまなかったニーチェはゲーテのそうした古典的な教養主義、社会に開かれた行動主義的傾向の中にすら、遂にはウソの臭いを嗅ぎつけざるを得なかった。ともにロマンティスムの不健康を糾弾しながら、一方において半ば、ないし薄々ウソと感じつつも、信じたり、愛したりする生命のあり方そのままに豊かに生き得た人としてゲーテがあり、他方においてウソと知ったがゆえにもはや信じようにも信じられず、生命の、あるいはこの世のウソに敢然と耐え抜こうとした人として、あるいは耐えつづけることによって、ネルヴァルと同じように、遂には狂ってしまった人としてニーチェがあったと言えないだろうか。だが両者ともそこにウソを感じていたという点では同じであり、彼らといえども近代精神としての広義のロマンティスムから根源的に自由になり得ていたわけではないように思われる。ネルヴァルは自ら『ファウスト』第二部を仏訳するほどまでにゲーテを敬愛しつつも、師ほどには他者性を率直には信ずることが出来なかったという意味でニーチェを予告させる近代人であった。とはいえ、ニーチェの透徹した理性主義や徹底したニヒリズムにまでは至っていないという意味で、ネルヴァルは両者の中間点に立っていた近代人と言えないだろうか。

ネルヴァルはあらゆる近代人がそうであったように、いわゆるロマン主義的なもの――〈来世での救済〉思想や超自然的神秘思想、われわれがここで仮に第二のロマンティスムと名づけるもの――にウソを感じて、現実への回帰を試みた。だがそのようにして日常的現実に回帰した時、その現実にはもはや自己の存在を支えてくれる **hic et nunc** での決定的な生の充溢、すなわち超越的なものの根づきまたは反照としての「ヒック・エト・ヌンク」は存在していなかった。というより問題の「ヒック・エト・ヌンク」にもはや自己を包み、その存在を意味づけてくれる外的な秩序、他者性の原理を感ずることができなかったのである。非現実志向のロマンティスムを糾弾する理性追求精神それ自体がすでに別種のロマンティスムにほかならない以上、こうした事態は当然の成り行きである。第一、第二のロマンティスムともに、宗教的逆説を捨象した人間主義的精神、自我崇拝精神そのものにほかならないからである。

近代人はこうした二つの相反する矛盾した精神原理に引き裂かれた存在であり、ネルヴァルもその例外ではない。

ネルヴァルはその現実志向精神から、一方において客観的現実として「ここでのいま」**hic et nunc** しか信じようとせず、しかも他方では、ベルジャーエフが『歴史の意味』その他でマルクス主義や進歩思想、ヒューマニズムにみられる〈現在の手段化〉を批判しているのと同じような意味で、そのヒック・エト・ヌンクを「未来」への手段として形骸化してしまう。やがてその手段化の無意味さに気づいて生それ自体の意味を求めようとするが、そこに彼はもはや絶対者の視線を見出すことが出来ない。そこで生それ自体、現存としてのヒック・エト・ヌンクを再び拒否ないし忌避する。ここから彼の非現実を求める第二のロマンティスム、いわゆるネルヴァル神話への道が始まる。失われてしまったもの、死の世界のもの、闇の世界、眠りや夢の世界のものに対して人間的意味を与えてそれらを現在化しようとする。過去の現在化、思い出や夢の現在化・絶対化（神話化）——霊魂転生説 **mêtempsychose** への傾斜——、生という地平線の彼方に宗教的逆説を介在させることなく、死を直結させる原理、すなわち生 **hic et nunc** 即天国というベガン＝ペギー的逆説を欠いたまま、死というものを人間化してしまう近代精神の原理。ネルヴァルのこうした精神の軌跡は彼が母の死、失恋、精神錯乱といった喪失の不幸や苦悩をどこまでも耐えつづけようとする過程であったのか、それともそれらに耐えられずある種の逃避を示すプロセスであったのだろうか。もし後者であるとすれば、そうした精神の全過程は近代精神としての人間主義の原理、われわれのいう広義のロマンティスムの精神原理にほかならない。ネルヴァルは彼の悲惨で不幸な現実を直視した時、そうした現実（日常性）そのもののうちにそれ自身としての深い意味をもはや感じえなかった。現実のこのような意味性の喪失は、それが悲惨で悲しいものである時、耐え難いものとなり、恐ろしい虚無感をもたらす。ニーチェはこの虚無、このニヒリズムに耐えようとした。が、ネルヴァルは当初耐えようとしつつも、最終的には耐えることを拒み、再び神秘的な第二のロマンティスム、つまり自我の願望の投影としての女性神話への道へと進んだように見える。そうして二人とも狂気に襲われ、遂にはのたれ死に同様の悲惨な死に至った。この事実は象徴的である。そういえばニーチェも超人による永遠回帰とか生の根源的エネルギーによるニヒリズム超克といった神秘主義思想を持ち出しており、この意味では現実の虚無性、ニヒリズムに耐え抜いたとは言えず、むしろ彼もまたネルヴァル同様、自ら創出した神話への道へと進んだとも言えるのである。あるいはもしネルヴァルが、前者、すなわちおのれの不幸や苦悩をどこまでも耐えつづける生のただ中にある意味、ある種の超越的意味を見出そうとしていたとするなら、それはわれわれの言う第一、第二のロマンティスムをも超えた原理、すなわちある種の宗教的飛躍を内包したベガン＝ペギー的カトリック世界の精神原理、言ってみれば復活後のキリスト的精神原理に回帰しようとしていたと言えるのではないだろうか。

ところでネルヴァルの場合、後期（晩年）における神秘的ロマンティスム、いわば死の世界への志向精神は、初期の「祖母」« La Grand'mère » や「ファンテジー」« Fantaisie » の頃の夢想的ロマンティスム、いわば原型憧憬的ロマンティスムとはその個人的悲劇性という点で性格を異にしている。事実彼は遺作となった『オーレリア』の中では自己の願望の反映としての〈オーレリア＝アドリエンヌ＝母（聖母マリア）＝女神イシス〉Aurélia-Adrienne-Mère-Isis といったネルヴァル固有の女性神話や近代的な自我執着を捨てようとし、正統的なキリスト教の、つまりカトリック信仰への復帰を試みている。だが『オーレリア』というこの最後の作品で、彼は本当にわれわれがこれまで述べてきたような意味でのロマンティスムを完全に超克でき、カトリックに回帰することができたのであろうか。

われわれは以下においてネルヴァルにおけるこうしたロマンティスムの行方を少し別な観点より再度追求してみることとしたい。すなわちネルヴァルにとって〈エクリチュール〉とは何であり、〈現実〉とは一体何であったかというある意味で認識論な視点をも含む幾つかの問題がそれである。

註

1 Albert Béguin, *Gérard de Nerval*, José Corti, 1945.

2 André Rousseau, *Sur trois manuscrits de Gérard de Nerval*, Trois Collines, 1946.

3 Georges Le Breton, *Gérard de Nerval, poète alchimique — la clé des Chimères —*, Fontaine, nos, 44, 45, 1945.

4 François Constans, « Artémis ou les fleurs du désespoir », *Revue de littérature comparée*, 1934, etc..

5 Jean Richer については数多くの『シメール』研究があるが、初期のものとしては、*Gérard de Nerval et les doctrines ésotériques*, Griffon d'or, 1947 があり、*Nerval, expérience et création*, Hachette, 1963 では *Les Chimères* に関する彼なりの決定的な解釈を出している。

6 Jean Onimus, « Artémis ou le ballet des heures », *Mercure de France*, mai, 1955.

7 Jeanine Moulin, « Les Chimères », *exégèses*, José Corti, 1963.

8 Norma Rinsler, Les *Chimères*, The Athlone Press, 1973.

9 Jacques Geninasca, *Analyse structurale des Chimères de Nerval*, Baconnière, 1971.

10 Eliane Jasenas, *Le Poétique, Desbordes-Valmore et Nerval*, jean-pierre delarge, 1975, pp. 141-293.

11 Marc Froment-Meurice, *La Chimère, Tombeau de Nerval*, Belin, 2001.

12 Jean Richer, *Nerval, expérience et création*, pp. 285-288. 七百頁にのぼる同書の中で、この *Odelettes* についての解題はたった四頁で済ませている。

13 Raymond Jean, *Nerval par lui-même*, coll, « Ecrivains de toujours », du Seuil, 1964.

14 Marie-Jeanne Durry, *Gérard de Nerval et le mythe*, Flammarion, 1965, pp. 23, 24-26, 49-52.

15 Pierre Moreau, *Sylvie et ses sœurs nervaliennes*, Société d'édition d'enseignement supérieur, 1966, pp. 43-49.

16 Frank Paul Bowman, *Gérard de Nerval, La conquête de soi par l'écriture*, Paradigme, 1997, pp. 29-33.

17 Œuvres, t, I, éd., Pléiade, 1966, p. 19.

18 ヴァリァントは Vers 5 : Pour moi, j'errais........
10 : ....d'autres affections,
13 : Mais moi, j'y songe........
14 : Chez moi toujours, par le temps........
15 : Ainsi qu'un nom taillé........ である。

19 Marie-Jeanne Durry, *op. cit.*, p. 186.

20 *Ibid.*, p. 10.

21 Albert Béguin, Gérard de Nerval, p. 100.

22 Œuvres, t, I, éd, Pléiade, 1966, p. 65.

23 Marie-Jeanne Durry, *op. cit.*, pp. 8-12.

24 *Ibid.*, pp. 7-8.

25 Gaston Bachelard, *L'Intuition de l'instant*, Gonthier, 1932.

26 Marie-Jeanne Durry, *op. cit.*, p. 8.

27 *Ibid.*, p, 9.

28 *Ibid.*, p. 9.

29 *Œuvres*, t, I, éd, Pléiade, 1966, pp. 19-20.

30 Marie-Jeanne Durry, *op. cit.*, p. 8.

31 J-P, Richard, *op. cit.*, p. 85.

32　Ibid., p. 85.
33　Jean Richer, *Nerval, expérience et création*, p. 285. 同氏はここで « La Cousine » も含めて « La Grand'mère » が感情の爽やかさ、事物の列挙のもつ直接的な簡潔性といったものを感じさせる詩質を有していることを指摘している。
34　Marie-Jeanne Durry, *op. cit.*, pp. 17, 20.
35　新編『ネルヴァル全集Ⅰ』（筑摩書房、二〇〇一年）、注解、七三五～七三六頁。
36　*Œuvres*, t. I, éd., Pléiade, 1966, pp. 26-27.
37　*Ibid.*, p. 16.
38　*Ibid.*, p. 16.
39　新全集テクストに拠る。Œuvres complètes, t. III, Gallimard, 1993, pp. 648-649.
40　Friedrich Nietzsche, "Die Fröhliche Wissenschaft" (« La Gaya Scienza »), mit einem Nachwort von Alfred Baeumler, Alfred Kröner Verlag in Stuttgart, 1956, III, 125, pp. 140-141.
41　たとえばこの詩の第二ソネの世界。
42　*Œuvres*, t, I, éd., Pléiade, 1966, p. 7.
43　*Ibid.*, p. 7.
44　*Ibid.*, p. 7.
45　*Ibid.*, p. 8.
46　*Ibid.*, pp. 8-9.
47　リシェの旧版には誤まりがあるので、テクストのみ、新全集Œuvres complètes, t. III, édrion publiée sous la direction de J. Guillaume et cl. Pichois, Gallimard, 1993, pp. 417-418 による。（以下、Œ. compl. III と略）
48　Œuvres, t. I, éd., Pléiade, 1966, p. 1219.
49　*Ibid.*, p. 1219.
50　*Ibid.*, p. 3.
51　*Ibid.*, pp. 151-152.
52　Jeanine Moulin, *op. cit.*, p. 4.
53　*Ibid.*, pp. 5-6.
54　ネルヴァルはボードレールがそういわれるように、ロマン派の人、つまりロマン主義者であると同時にそれを超えた詩人であるといわれる。ロマン派を超えるものとは二人に共通したある種の近代性modernitéであり、この近代性こそがわれわれ現代人とも共有し合えるある種の矛盾した意識、自我の二重性であり、引き裂かれた自我意識であるといわれる。が翻って考えるとそうした矛盾した自我意識さえ、広義のロマン主義精神であり、ロマン主義的な精神の有り方とみることも不可能ではない。そこで以下において少なくともネルヴァルにとっての「ロマン主義精神」とは一体何であったかといった問題、その特質――いわばその根源と構造――といった問題をわれわれなりに概略的に考察して確認しておこう。

ブリュンティエールはロマンティスムの本質を「自我の解放」émancipation du moi にあると定義した。すなわち「ロマンティスムとは何よりもまず、文学および芸術においては個人主義の勝利であり、ないしは〈自我〉の全的で絶対的な解放である」Ferdinand Brunetière, *Manuel de l'Histoire de la Littérature française*, 1925, éd. Delagrave, p. 421. « le romantisme, c'est avant tout, en littérature et en art, le triomphe de l'individualisme, ou l'émancipation entière et absolue du Moi » と。多岐にわたる広範なロマン主義文学を包括的に、しかもその本質においてこれほど鮮やかに捉えた言葉も少ないのではないだろうか。さらにソーニエはブリュンティエールのこの考え方を敷衍して、プレ・ロマンティスム Préromantisme から写実主義 réalisme、自然主義 naturalisme をも含めた第一次世界大戦にまで至る文学現象一切を広義のロマンティスムの文学であるとした（V.-L. Saulnier, *La Littérature française du siècle romantique*, 3ème, éd, P.U.F., 1952, pp. 6-26.）。確かにブリュンティエールがロマン派文学の本質であるとした個性の主張あるいは自我の解放ということはまさに十九世紀以降現代に至るまでのあらゆる流派の文学について同様のことが言える以上、ソーニエのこうした考え方はわれわれに大きな説得力を持つ。そして今日ではこうした考え方はある意味で常識であり、通説にすらなっている。このように考えてくると、われわれは〈ロマンティスム〉という語はさらに大きな概念を含み得るのではないかと考える。すなわち〈ロマンティスム〉とは（最）広義には「近代精神」の一切を含み得るのではないか、と。たとえば最近では本書「はしがき」でもすでに引用したように、フランク・ポール・ボーマンがフランス・ロマン主義を「ペシミスムとオプティミスム、理性信仰と不合理なものへの信仰、コスモポリタン主義＝エグゾチスムと地方色・歴史感覚、文学的伝統意識とそうした伝統を変容させ、作り変えようとする欲求、信仰と懐疑主義」といった「数多くの両極性が激化した形で強烈に同在している」（Frank Paul Bowman, *op. cit.*, p. 267.）と定義したように。中世の終焉の過程で現れ、その後支配的となった一切の人間主義、人間中心主義の思想はそれがたとえ合理主義思想であれ、反合理主義思想・神秘主義思想であろうと、すべてロマンティスムの根本原理をなすあるものを内包し共有しているように思われるからである。

ベルジャーエフ Berdyaev やヤスパース Jaspers あるいはエーリッヒ・フロムを俟つまでもなく、私見によればロマンティスム精神とは人間が神から離れ、〈個〉を自覚し、近代的な意味での〈自我〉に目覚めた時から始まったのではなかろうか。ロマンティスムはドイツや英国から誕生した一事を見ても明らかなように、発生的にも原理的にもプロテスタンティスムの徒花という側面があるように思う。そう考えるとわれわれは、エーリッヒ・フロムが『自由からの逃走』の中でそのことを暗示しているように（Erich Fromm, *Escape from Freedom*, 1941. 邦訳『自由からの逃走』〔日高六郎氏訳、創元新社〕、ロマンティスムの果てにある悲劇が何であるかを予感して戦慄するのである。ネルヴァルの悲劇、あるいは彼の躓き scandale の遠因も実はここまでたどることができるのではなかろうか。プロテスタンティスムが神に前に一人で立つことであるとすれば、まさにロマンティスムは何者かの前に一人で立つ在り方にほかならないだろう。そうだとすればプロテスタンティスムがそうであったように（上掲書〔邦訳版〕、五一－一五二頁、「第三章　宗教改革での自由」、「近代人における自由の二面性」）、ロマンティスムもすでに虚無 néant と背中合わせの〈自由〉の淵に出ていたのである。このことをさらに進めて言えばそれは人の世の器としての既成の客観的秩序（儀式・習慣・伝統等々）に不信を抱き、もはや自己以外の何者をも信じられぬ精神へと転落する契機を内包しているということである。

このような意味におけるロマンティスム精神のプラス面の顕われが、ルネッサンスよりはじまり十九世紀に絶頂となった実証主義的な進歩の理論であり、その反動としてのマイナス面の顕われがいわゆるロマンティスム——象徴主義や実存主義をも包含したものとしての——である、といえるのではなかろうか。そして前者の科学性、時間とともに〈より良くなる〉という進歩の観念、それらと後者のユートピア渇望意識とが結合して成立したものがマルクシスム Marxisme という一種の「ロマンティスム」ではなかったろうか（われわれがたとえばマルクス主義はロマンティスムである、という時、それはもっぱらこの思想が生まれた心理的・精神的な背景とその原理的同質性・類似性を問題としている。こうした思想の成立に不可欠な経済的・社会的要因は直接的には考慮されていない）。

　われわれがこれらすべての近代精神を何故ロマンティスムと呼ぶかといえば、それは次の理由による。すなわちそのような近代の精神・思想のすべてが正統的なキリスト教が内包させているある種の逆説 paradoxe ないし飛躍（あるいは超越 transcendance といってもいい）といったものが捨象された「人間的」な土壌から生まれ出た精神原理であるという一事に基づいている。この事情を簡単に述べれば次のようになろう。科学万能主義としての「進歩の理論」は典型的な人間主義、人間の自我主張の原理でもある。これは逆に言えば超越的なものの否定を通して人間に絶対的な自由をもたらす精神原理であった。そしてこの自由は超越的なものによって支えられていないが故につねに無に転化する危機を内包させていた。いわゆるロマン主義なるものはこのような恐ろしい絶対的な自由に耐えられず、それから逃げ出そうとする精神のあり方から出てきた原理といえよう。どこへかといえば一度は否定した永遠なるもの、絶対的なものへ、だが依然として宗教的な逆説は除かれたまま。要するに両者とも「ここでのいま」hic et nunc に何者かが不在であるということが問題の根本なのである。

　アルベール・ベガンが『現存の詩』で「彼（アラン＝フルニエ）は一個の〈亡命者〉だが、しかしやがてその流謫の地が美しい地であることに気づき、御伽噺の国が何処とも知れぬまったき架空の空間に逃れているのではなく、〈現存する〉事物の中に隠れていることを理解するのである。彼が霊的なものの確かな現存を求めてゆくのは他の場所ではなく、ヒック・エト・ヌンク、すなわちここでの今においてなのだ」（Albert Béguin, *Poésie de la présence de Chrétien de Troyes à Pierre Emmanuel*, Édition de la Baconnière, 1957, Neuchâtel, p. 191. なお訳文は一部、山口佳己氏訳に依ったが、その他の部分も参照させていただいた。« il est un "exile", mais qui parvient à trouver beau le lieu de son exil et à comprendre que la féerie est cachée dans les choses, non pas réfugiée en quelque espace tout imaginaire. Ce n'est pas ailleurs qu'il va quêter la sûre présence du spirituel, mais *hic et nunc*, ici et maintenant. »）と言っている意味でのキリスト教的な「ここでのいま」hic et nunc の喪失が問題なのである。すなわちベガンが同書の中で「フランスの伝統の真のあり方をなしているものとは、精神がどんな瞬間にも肉化して、具体的なものの中に根づくという確信であり、ペギーが述べているように、現世の事物や構成が天国の〈前兆（一端）〉であり、〈始まり〉であるという確信である」（*Ibid*., p. 196. « Ce qui est l'attitude véritable de la tradition française, c'est cette conviction que, à tout instant, l'esprit s'incarne, s'enracine dans le concret, que les choses et les odronnances de cette terre sont, comme le dit Péguy, "l'essai et le commencement" du ciel. »）と語っている意味での霊的（超越的）なものの「肉化し、根づいた」ヒック・エト・ヌンクの喪失。このことがロマンティスムの根源的な「病性」なのである。ベガンの言うキリスト教的な「ここでのいま」hic et nunc とはアンヌ・モロー・リンドバーグ夫人が『海からの贈り物』（Anne Morrow Lindbergh, *Gift from the Sea*, The New American Library Books, 1955, p. 40. 1955）の中で "The past and the future are cut off : only the present remains. Existence in the present gives island living an extreme vividness and purity. One lives like a child or a saint in the immediacy of here and now. Every day, every act, is an island, washed by time and space, and has an island's completion."（過去と未来は切り離され、ここには現在しか存在していない。そして現在の中でだけに生きているということ

は、島での生活をこの上なく生き生きとした純粋なものにする。人は「ここ」と「今」という直截性の中で子供、あるいは聖人のように生きることになり、毎日が、そして自分がする行為の一つ一つが時間と空間に洗われた島であって、どれもが島と同様の、それだけで充足した性格を帯びている）と言った場合の稚児や聖人の生のあり方に通ずる "here and now" の持つ直接性、即時性そして充足性 completion と決して無縁ではないように思われるのである。彼女のこの言葉もそのことを暗示しているが、宗教的あり方の一つの特徴として、たとえば来世とか天国といった超越的・彼岸的概念を含みながら、それにもかかわらずいやそれゆえにこそかも知れないが、現世でのこうした「ここでのいま」hic et nunc を意味ありとして十全・完璧に生きようとするあり方、あるいはある種の聖人・宗教人に見られるように、意味ありと感じて自ずから十全に生きているあり方、そうした逆説的な生のあり方が認められるように思われる。そしてこの場合大事なことは先に引用したベガンの言葉で明らかなように、この hic et nunc は何らかの超越的なもの・霊的なものが宿ることによって、絶対的に意味づけられているということである。

西洋近代人はこうしたキリスト教的逆説を除くことによってキリスト教のユートピア神話を世俗化していった。それがここに言う「ロマンティスム」、いわゆる近代精神の発展の歴史であったといえよう。周知のごとく、トーマス・モア Thomas More のユートピア思想やサン・シモン Saint-Simon やとりわけネルヴァルが影響を受けたと思われるフーリエ Charles Fourier の空想的社会主義は無論、マルクシスムも含めた実証主義的進歩思想はベガンやペギーが言っているような意味でのヒック・エト・ヌンクすなわち天国の前兆 essai であり、始まり commencement でもあるヒック・エト・ヌンクを捨象することによって、キリスト教の超時間的なユートピアを地上に引き降ろし、物理的時間の直線的延長線上にそれを設定した。結果としてわれわれのヒック・エト・ヌンクは後の世代が得ると想定されたユートピア実現のための手段に堕してしまった。この事態はベルジャーエフが言うように、われわれのヒック・エト・ヌンクにおける生の否定、生の意味の喪失である。十九世紀におけるロマン主義精神は進歩の思想のこうした不毛性に気づき、中世的な意味でのヒック・エト・ヌンク意識、すなわちヒック・エト・ヌンクの只中に超越的・霊的なものや永遠を感じようとするあり方に回帰しようとした。だがそのヒック・エト・ヌンクにはもはや絶対者の超越的・霊的視線を感ずることが出来なくなっていたため、再び空間的に漠然とユートピアを夢想することとなった。このようにロマン主義精神は近代合理主義思想と源泉はまったく同一なのであり、前者は後者から反作用的に派生してきたとさえいえるのである。いわゆるロマン主義と合理主義とは、先に見たボーマンのフランス・ロマン主義の定義がそのことを示唆しているように、まったく同一の精神原理——近代人間主義——から派生しており、両者は同一の精神の裏表の関係にあるとさえいうことが出来るように思う。

55 Ferdinand Brunetière, *op. cit.*, p. 421.

56 ゲーテのこのような見解は彼自身の言葉として対話集などに残されている。例えばエッケルマン著『ゲーテとの対話』（小口優訳、春秋社）、六二、六三、二六一頁など。

57 ニコライ・ベルジャーエフ『ベルジャーエフ著作集第一巻——歴史の意味』（白水社、一九六〇年）とりわけ「ルネサンスの終焉とヒューマニズムの危機」や「進歩の理論と歴史の終末」を論じている後半第七〜一〇章、一五五〜二七六頁。

第二部　偶然・夢・狂気・現実

ネルヴァルにおける認識論的懐疑

I　アザール意識の変容――偶然の問題

「ライオンを殺す者がいる。私はそういう人たちに感服する。しかし私はライオンを手なずける人、そういう人たちを一層愛する。――ライオンは王者のように、森のように立ち去って行く」[1]（『パンセ』[2]）。この世のさまざまな不幸を取り除こうとする人々がいる。そういう人々をネルヴァルは尊敬する。だがそれ以上に、不幸は不幸のままで、それら一切を意味づけ（手なずけ）、そこに積極的な諦観を見い出す人、そういう人々をネルヴァルはさらに愛するのである。そのとき不幸はやはり不幸のままであるにしても――この世では不幸という名しか持たずとも――ネルヴァルの眼には、それが何かなつかしいもの、とさえ映じてくるのである。すなわち、その時から不幸は王者のように輝かしく、森のように美しく荘厳なものとして、遊びはじめ、飛びはじめるのである。それは軽やかなるもの、喜々とした悲しみとして、至福への予感に貫かれた苦悩として、歌いはじめ、踊りはじめるのだ。

　このときからネルヴァルは「世界そのものをではなく、世界に対する自己のあり方を変えていく」[3]（『逆説と真理』）ことの意味に気づきはじめる。比例定数たる不幸（世界）そのものには何ら変更がないにしても、それに対する自己の係わり方が自在に変容し、豊穣化されるなら、不幸（世界）の意味もまた自ら、変質し、ますます深められ、豊かになっていく、ということ。彼はそのことに気づきはじめる。

こうしてネルヴァルは世界に対して自己の係わり方をさかんに「動かし、試み、疑って」みる。するとそこに思わぬ視界が開ける。世界が変ったように見える。「それとも私が変ったのだろうか」と思う。関係が変ったのだ。世界との硬直した関係が一瞬断ち切られ、意識が宙にうかび上がるということ。つまりこの時ネルヴァルの、世界との「関係意識」[4]（『ドルブルーズ手帖』一六〇）は一瞬〈エポケ〉されたのである。稚気に帰った意識 conscience disponible。ネルヴァルはこうした認識論的懐疑を試みることによって世界（不幸）との絶望的な桎梏関係 brouillement を止揚するに至る。

そこでわれわれは、ネルヴァルの、世界に対するこのような係わり方、さらにはその係わりの過程で現われる意識の運動の諸相を追求してみることにしよう。この場合われわれが以下において「ネルヴァル」と呼ぶ人物は伝記上のジェラール・ラブリュニではなく、書簡を含めた作品に現われた「意識主体」であることを念のため断っておこう。

ネルヴァルはしばしば偶然アザール hasard という言葉を使う。この hasard（アザール）という言葉は日本語に訳すと多くの場合、「たまたま」par hasard といった意味に使われている。だが同時に、偶然 hasard なる語が原文では――他作家と厳密な比較を試みたわけではないが――非常にしばしば主語として使用されている事実に注目しないわけにはいかない。無論これはフランス語自体のもつ構造的問題でもあり、西洋人一般の世界観の反映であって、一人ネルヴァルにのみ特徴的なことではないのかも知れない。そのことを認めてもなお、ネルヴァルの偶然 hasard なる語の使用法には何かある特殊な意味合いが含まれており、そこに彼固有の精神の在りようが反映されているように思われてならない。問題の性質上、直訳体で例を挙げると、たとえば『散策と回想』*Promenades et souvenirs* では、私は偶然が私をそこへ生れさせたパリを、こよなく愛する。——しかし、同様にして、私は船の上で生れることも出来たわけだ。[5]（第七章）

とか、あるいは、

私の人生においては偶然がきわめて大きな役割を演じてきたので、それ（偶然）が私の誕生に際して奇妙な仕方で重要な役割を果したことに想いをめぐらせても、別に驚きもしない。[6]（第四章）

さらに、

南部の男が、偶然《たまたま》そこ（パリ）で北部の女と結婚したとしても、生粋のパリッ子をもうけることはできない。[7]（第七章）

などがその一例であり、『オーレリア』*Aurélia* には、

偶然が二人（マリ・プレイエルとジェニー・コロン）を互いに知り合いにし、最初の女はその心から私を追放した女の気持を私のために和げてくれる機会を持った。[8]（第一部第二章）

とか、

彼女との出会いの偶然が、また私の遠い国々への歴訪の偶然がそうさせた、私的、公的な、また有名な人の、無名の人の覚書や書簡の山を私はどんなにわくわくしながら抽出の中に整理したことだろう。[9]（二・六）

とかさらにもう一例挙げれば、

私は長い間オーレリアの墓を探したがとうとう見つけることができなかった。墓の位置が変っていたからだ。――ことによると私の記憶もあやふやになっていたのかも知れない……こうした偶然、このような忘却は私の罪をさらにいっそう重いものにするように思われた。[10]（二・二）

などが見られるが、これらの例でもわかるように偶然 hasard なる語は主語として使用されている場合が多く、しかもこの語は私の知るかぎりでは『オーレリア』と『散策と回想』の二作品においてことにしばしば使用されている。『オーレリア』も『散策と回想』も共に死の直前に書き上げられたことを考え合わせるとき、それが単なる偶然とは思えないのである。この事実は一体何を語っているのであろうか。

偶然 hasard なる語がこのように主語として多用されているという事実は単にフランス語のもつ構造的統辞法的な問題であることを超え、ネルヴァル固有の精神構造をも反映しているのではないだろうか。つまりネルヴァルにあっては偶然性は著しく客体化され、実体化されて hypostasié おり、他者性を帯びた一個の客体として自覚されている。これが問題の第一点である。

次にネルヴァルは偶然性に関して二つの相異なる概念を抱いていたように思われる。すなわち一つは蓋然性＝プロバビリテ probabilité ないし可能性として自覚された偶然性であり、このように自覚される限りにおいてそれは真の偶然であり、いわば本来的偶然ないし純粋偶然と名づけ得るものである。『散策と回想』にみられる〈私〉のアザール（偶然）意識はおおむねこれである。このアザール意識は認識主体が出来事自体のもつ物理的・宇宙的必然性の存在を自覚しない時に現われる。他は宿命として意識された偶然性であり、したがって必然性 nécessité――ただし意識主体には予知され得ない――とほとんど同意義を帯びた偶然性である。『オーレリア』にみられるアザール（偶然）意識はさきほど示したように、多くの場合これである。

　ところで平井啓之氏は『ランボオからサルトルへ』において芸術創造との関連から偶然性の問題に対してすぐれた考察を試みているが、同氏はベルクソンの偶然論を「偶然性とは（…）意識と物質の相互交渉に於いて成立し、而して、意識と物質との実存的相互関係が緊密であればある程、偶然の感は強いものである」[11]と規定し、氏もこの説をおおむね首肯しているように思われる。だがわれわれにはこうした偶然性の定義はいまだ不充分であるように思われる。偶然性ほど定義しにくく、プロテウス的変幻自在な性格をもつ概念は他にないように思われる。つまり偶然性は一方において、アンリ・ピエロンのいうように「主観的関心」intérêt subjectif という人間的側面が重要な役割――たとえば古本屋である本を見つけた場合、その本に特別の関心がなければ別にその出逢いが偶然とは感じられないが、反対にそれがかねがね読みたいと思っていた本であれば、その出逢いを偶然と感ずる――を果していることは事実だが、他方においてその本が自己の研究に決定的な役割を果すほどに感じられた場合、次の瞬間にはそれを何か運命的なものとして、つまり単なる偶然としてではなく、結果的にはある種の必然的なものと感じられるものである。フリードリッヒ・ランゲの指摘を俟つまでもなく、偶然と必然とはたがいに矛盾し合うものでありながら、両者はしばしば混同され、同一化される傾向がある。ヤスパースもこのことを「人間はかわるがわる一によって他から逃れようとする。必然性という思想によって任意な偶然から逃れようとし、偶然の可能性と機会《チャンス》という思想によって無慈悲な必然性から逃れようとする」といっているが、このように偶然性の概念は生起する出来事（客体）に対する精神のゆれ動き――意識のあり方――によってその性格が変り得るものなのである。さらにまた偶然性はそれを意識主体の心理的側面からみた場合、すでに述べたように、宿命性（必然性）に近づくのみでなく、「たまたま」という自覚の仕方を通して、自由ないし自発性（自在性）に接近し、さらには――意識主体が超越性（宿命性）を認めぬ場合――無意味性、不条理性、虚無性に迫る概念である、ということができる。このように偶然性の概念は一義的には把握し得ぬ多義的な概念なのである。ネルヴァルのアザール（偶然）意識にもこのような偶然性のもつ多義性が反映されていることはいうまでもない。たとえば『ニコラの告白』*Les Confidences de Nicolas* には「運命というものは一見無意味な一連の偶然から成り立っている」[12]といったことばが見えるが、これは運命（必然）と偶然が同一視され、混同されて意識される過程を示す用例ではなかろうか。

さきほどの議論に再び帰るなら、ネルヴァルにあっては、出来事との「実存的相互関係」がそれほど緊密でない時に、「どうでもよかったのだ」または「それ以外でもあり得た」といった意味での純粋なアザール意識、いわば本来的意味での「偶然の感」を抱くのであり、逆に主体と出来事との「実存的相互関係」が緊密であればあるほど、偶然としてより運命的なものとして意識主体に迫ってくるのである。つまりネルヴァルには「彼女（ジェニー・コロン）との出逢いの偶然」は「きっと私には宿命的なものだったのだ」と偶然を実存的に内面化し、意味づけてしまうのである。しかしこの場合でも意識主体は平井氏のいわれる「偶然の不可思議」さ、偶然への驚異を伴うこと、および第一義的にはあくまでも偶然として意識することには何ら変わりのないことはいうまでもない。したがって厳密にいえば、偶然性は客観的には存在せず[13]、問題は意識主体が必然的秩序に従って生起するある出来事に主観的な意味、別な言葉で言うなら、実存的意義を付与するかどうかによってそれが偶然的にみえたり、宿命的（必然的）に感じられたりするのである。ネルヴァルにはこのような二つのアザール意識が常に並存している。正確にいうなら「並存」というより「融在」というべきだろうか。つまりそれぞれの場合に「偶然」hasardなる語が、一様に使われているが（ごくまれにcontingenceという語も使われる）、ある場合には純粋なアザール意識が前面に現われ、その結果、宿命としてのアザール意識は背面に後退しており、またある場合にはその逆になったりしている。まれにどちらのアザール意識とも明確には判じ難い場合もある。すでに述べたように『散策と回想』には純粋なアザール意識——偶然性を蓋然性、可能性としてみる意識——が多くみとめられ、この例は『東方紀行』*Voyage en Orient* にも散見される。『オーレリア』には偶然性を宿命性を帯びた必然としてみるアザール意識が主調低音となっている。ネルヴァルはこの二つのアザール意識の間をたえず揺れ動き、あるいは同時に感じつつ、最終的には宿命としてのアザール意識へと傾斜していったように感じられるのである。

　ところでさきに挙げた『散策と回想』の引用文に認められるアザール意識についていえば、そこにはさらに二つの可能性が開けている、ということに注目しよう。たとえば最初の例では〈私〉は偶然パリに生れたが、同様に〈私〉は船の上で生れることもできたわけで、この場合彼は偶然性を「どのようにでもあり得たもの」として意識している。つまり「パリでの誕生」という偶然それ自体には意味がなく、それ自体はどうでもいいものとして自覚している。言い換えるならある出来事が「いま」のこの一瞬、「ここで」そうあり得たことがすでにまったくの偶然（たまたま）であり、だとすればそうあり得なかったことも同じ程度確実に考え得るわけで、こう意識することによって彼の精神は偶然性を「自由」ないし自在性spontanéitéに近いものとして自覚する。ネルヴァルはこのようなアザール意識を通して、現実（不幸）そのものに囚われている自意識を断ち切り、遠ざけ、別の視座からその現実をもう一度見つめ直すモメントを獲得することになる。さらにいえば彼はこうして世界に対するコペルニクス的「価値転換」、「認識論的懐疑」doute épistémologiqueを試みるモメントをつかむことになるのである。この点に関しては、第III章「夢・狂気・現実——認識論的懐疑へ」において詳しく論じることとしたい。

純粋なアザール意識がそうした精神の自在性を成立させる限り、それは積極的なアザール意識といえる。だがネルヴァルにあっては時としてそのような強靭な意識のかわりに、消極的な意識が現われることがある。すなわち彼は偶然性をそれ自身無意味なもの、無なるものを内包した〈もろい〉ものとして意識する時、偶然性のもつ虚無性、不条理性を嗅ぎつけて戦慄する。そうあり得たかも知れぬ出来事。そうあり得なかったかも知れぬ出来事。存在はすべてたまたまだ。すべての出来事が内に無《リヤン》を含んで漂っている。それは存在と無（非存在）の水面をふわふわと漂っているにすぎないのだ[14]。ネルヴァルはこのことに気づいて慄然とする。

ネルヴァルが偶然性のもつこの不条理性、この虚無性を自覚した時、アザール（偶然）意識にある種の変質が起こる。つまり偶然を偶然としてその不条理性、虚無性のままに受け入れることを拒絶し、偶然を意味あらしめようとする意識の運動が発生する。さきに挙げた『散策と回想』の引用文にもこのような純粋なアザール意識の彼方に、「それは名づけられぬ何者かによってあらかじめ定められた必然的な出来事ではなかったろうか」といった諦念に似た第二のアザール意識、すなわち宿命として自覚されたアザール意識がかすかに見えかくれしている。『オーレリア』における偶然hasardなる語の用例にはこうしたアザール意識の変容過程が一層明確に感じられる。たとえば「彼女との出会いの偶然が、また私の遠い国々への歴訪の偶然がそうさせた……」を考えてみると、ここで彼女といわれている女性は主人公〈私〉にとっての永遠の恋人オーレリアである。この意味で意識主体と出来事との平井氏のいわれる「実存的相互関係」の緊密さはきわめて高いといえる。つまり意識主体はその偶然にかけがえのない実存的意義を付与しているわけである。〈私〉はこの出逢いの偶然をそれと同じ程度に知り合うことのない偶然もあり得た、と考えるというより、出逢いの宿命性をより強く意識している。この意味で〈私〉のアザール意識はシャンフォールのいう「〈神の摂理〉プロヴィダンスとは〈偶然〉の洗礼名《べつめい》にすぎない」（『箴言と思索集』）という地点から「〈偶然〉とは〈神の摂理〉プロヴィダンスの渾名《べつめい》に他ならない」という地点の近くにまで迫っているといえる。つまりネルヴァルは『散策と回想』にみられる純粋なアザール意識、すなわち、世界の在り方は結局偶然的かつ蓋然的 probable なものであり、そこにはいかなる超越的な意味も秩序も存在しないといった意識に耐えつづけることを拒否し、偶然にある意味と宿命性とを求めるようになる。このアザール意識の変容過程をわれわれに明確に示す作品として『幻想詩篇』中の一篇「オリーヴ山のキリスト」《Le Christ aux Oliviers》(III) がある。

不動の「宿命」、黙せる歩哨、
冷たい「必然」!……「偶然」があなたを進ませながら、
永遠の雪の下で、死せる世界の間に
蒼ざめた宇宙を、徐々に冷やして行く。

Immobile Destin, muette sentinelle,
Froide Nécessité !... Hasard qui t'avançant,
Parmi les mondes morts sous la neige éternelle,
Refroidis, par degrés l'univers pâlissant,[15]

ここでわれわれはまず次のことに注目しよう。すなわち宿命とか必然とか偶然といった語がいずれも頭文字が大文字で《Destin》、《Nécessité》、《Hasard》と表現されているという点。われわれは先にネルヴァルが偶然 hasard なる語を主語として多用する理由として彼が偶然というものを客体化され、実体化されたものとして、いいかえれば他者性を帯びた何ものかとして意識していたからに他ならない、ということを指摘した。ここでもまた同じことがいえる。つまり偶然なる語は単に主語としてばかりでなく呼格として強調的に使用され、しかも大文字使用により〈人格化＝実体化〉がなされているのである。次に二行目「偶然」が明らかに直前の「冷たい『必然』」や第一行の「不動の『宿命』」と同格であり、言い換えである、という点に注目したい。とはいえ、それが直線的な言い換えではなく、その間にある種の意識のためらい、屈折があったことが当然考えられる。「必然」《Nécessité》に付された感嘆符およびこの語と「偶然」《Hasard》の間に置かれた《…》というポワン・ド・シュスパンションがそのことを暗示しているように思われる。

「オリーヴ山のキリスト」（Ⅲ）のこの一節では、ネルヴァルは「偶然」、「必然」、「宿命」を一体化・同一化し、それらを〈偶然―必然―宿命〉といった三位一体として意識しているわけである。この場合、まず「宿命」が意識され、次にそれが「必然」として自覚され、それはまたある意味で「偶然」ではなかろうか、といった意識の運動が考えられる。それはわれわれが今問題にしている意識の運動とは逆の運動プロセスだが、そのことは別に問題にするに当らないだろう。なぜならわれわれは今純粋アザール意識から宿命としてのアザール意識へと移る意識の変容過程を問題にしているのであり、何であれ、過渡期には必ず逆流現象がつきものだからである。さらにいうなら、ネルヴァルはさきに挙げた一節につづく第二詩節の第一行に出てくる「原初的な力」《puissance originelle》[16]を森羅万象を支配している原理とみ、その作用をあるときは偶然的なものとみ、あるときは必然的なものと意識するわけである。この一節はネルヴァルがそのように二つのアザール意識の間をたえずゆれ動きつつ、偶然を宿命として受容するアザール意識へと次第に傾斜していくプロセスを示しているのである。すでに述べたように『オーレリア』では「人生においては偶然というものを考慮に入れなければならない。偶然とはつまるところ神なのだ」（アナトール・フランス『エピキュールの園』）といったアザール意識、つまり宿命としてのアザール意識が支配的となる。いいかえれば出来事のうちに神の摂理（意志）たる必然性、人間の側からいえば運命性をみようとするわけである。

こうして偶然 hasard が生み出すさまざまな事件や不幸はネルヴァルにとって「かつて自分が愛したあらゆる人たちが不死で」あり、「彼らとともに生きる」[17]（『オーレリア』二・六）ことのできる国へ至るための試練 épreuve として意識されることとなる。事実さきに挙げた例でも、彼はオーレリアとの出逢いの偶然をそれ自体意味のない単なる偶然として意識しているというより、むしろそうした偶然の出逢いこそ、〈私〉にとっては宿命的なものであり、何者かにあらかじめ決定づけられていたのではなかろうか、といった自覚が行間に読み取れるのである。そうした出逢いの偶然性に驚異と不可思議さを異常なまでに強く感ずれば感ずるほど、その偶然は宿命的なものとしてますます強く意識され、いわば実存的に内面化され、深化され、ついには必然化されてしまうのである。このことは『散策と回想』において彼自身、「私の人生においては偶然が大きな役割を演じていた」[18]と述べていることでも理解できるように、彼はそうした偶然さえ、単なる偶然、無意味かつアルヴィトレールなものとしてではなく、宿命的なある意味を内包したものとして理解しようとしている。『オーレリア』の次の一節はネルヴァルにおけるそのようなアザール意識の変容の過程を明らかにしてくれる好例といえよう。

人々は恐らく言うであろう、ちょうどその時偶然がどこかの苦悶する女をして私の住いの近くで叫ばせたということもあり得る、と。――しかし私の考えによれば、地上の出来事は目に見えぬ世界の出来事と結びついていたのだ。それは私自身にも説明しようのないものだが、何であるか定義するよりこれだといって指し示すほうが容易な、あの不可思議な関係の一つである[19]……。（一・十）

この世のさまざまな偶然的な出来事を、超越的な意味に浸されたある種の必然的なものとして見ようとするアザール意識。われわれはここでネルヴァルの意識が偶然性をかくも宿命化し、必然化して考えている以上、もはやそれを「アザール（偶然）意識」と呼ぶのは適切でないことに気づく。われわれの周囲で起こるさまざまな出来事が偶然として感じられるのはただそうした目に見えない不思議な関係がわれわれ人間には了解し得ず、またその秘密を知ることができないからにすぎない、と彼は考える。ネルヴァルはそうした超越的な関係叢の中で起こる出来事を自己の宿命として受け入れていこうとする。彼はそれを愛する人々との永遠の「共生」《co-existence》[20]を得るために甘受せねばならぬ秘儀入門イニシアッションの試練と見做すに至る。

　このようにして、ネルヴァルは当初偶然事として意識されたさまざまな出来事——たとえば母との死別、女優ジェニー・コロンとの出逢い、彼女との愛の破綻、狂気の発作、彼女の死など——を内面化し、宿命化し、意味づけることによって、それらを救済に至る「一連の試練」として受容していくのである。そこでこの出来事の宿命化、不幸の意味づけがどのようにして行われたかが問題となるが、この点に関しては次章においていま少し詳しく考察してみることとしよう。

II 「いまひとたび」の神話

前章ですでにみたとおり、ネルヴァルにおけるアザール意識には大別して二つのパターン（厳密には三つのパターンが認められたが）がある。一つは偶然なるものを純粋に偶然として、つまりそれをどのようにでもあり得たものとしてみる本来的アザール意識であり、他は偶然を宿命的なものとみ、そこに必然的な力のはたらきを認めるアザール意識であった。ややもすると前者のアザール意識は後者のアザール意識へと転化してしまう傾向がある、ということもすでにみた通りである。このようなアザール意識の変容はどのようなモメントを介して起こるのであろうか。それは恐らく根本的にはネルヴァルが「不幸は不幸なままだ」という意識に耐えつづけることを拒み、不幸を意味づけることによって自己救済を得ようとする意識がきわめて強烈であった、ということに尽きるかと思われる。カバラをはじめ、魔術、錬金術、フリーメースン、イシス信仰といった秘教的《エゾテリック》、神秘主義的諸説への彼の異常なまでの傾倒は一つにはこのような苦悩の意味づけを補強するためであった。そしてアザール意識の変容のモメントとしての「苦悩の意味づけ」はいくつかの手だてを通して行われた。一つには旅行（散策）という空間的移動により、また一つには読書という想像空間（「未知なる世界の魔術的地理」[21]）への飛翔により、また想像的時間（想い出）への沈潜により、さらには表現という追体験を通して、「自己の運命の深化」（マルロー）を試みることによって行われた。以下においては主として表現による意味づけという偶然性の宿命化の過程を考察してみることにしよう。ネルヴァルにとって作品を書くとは悲哀や苦悩にみちた自己の人生を「いまひとたび」生き直す、というよりむしろ生きはじめる、ということを意味していた。すなわち彼は単に過去や想い出ばかりでなく、現実そのもの、「この世」自体のもつ悲哀や苦悩をも「書く」行為（エクリチュール）を通し、またその行為のうちに、「いまひとたび」受容していく。こうして作品のみならず表現行為そのものまでが「いまひとたび」の神話を成立させる場と化していくのであった。書くということ、それはネルヴァルにとって一つの「第二の人生」であり、「いまひとたび」の人生であった。「いまひとたび」生き直す、そのことを彼は『ニコラの告白』第二部でこんなふうにいう。

　未来を思えばぞっとして、彼は死を免れようとして過去にしがみつく。もう一度人生をやり直したいと思う。[22]
（傍点筆者）

単にもう一度人生をやり直そうとするのではない。「書く」という行為を通して、現実そのものをも、この世の一切の不幸や悲哀をも「いまひとたび」受容していこうとするのである。たとえば一八五三年に刊行された『ボヘミアの小さな城』*Petits Châteaux de Bohême* の序文で、彼はこう語る。

　私は君に詩人の三つの時期（に書かれたもの）を送ろう。――もはや私には偏屈な散文作家しか残っていないが。私は最初の詩を、青春の熱狂によって、第二の詩を愛によって、最後の詩を絶望によって作った。詩神《ミューズ》は金色の言葉を持つ女神のように、私の心の中に入った。彼女は古代巫女《ピチー》のように、苦悶の叫びを投げながら遁れ去って行った。ただ、その最後の語勢は、遠ざかるにつれて和げられた。彼女は一瞬振り返った。そして私は蜃気楼のように、過ぎし日の尊い面影を、再び見た！
詩人の生涯は万人の生涯である。（…）そして今は、

世界の吐息が砂上に投げた
亡びる城を、友よ、建て直そう。
フランドルの絵の下に、もう一度、ソファーを置いて。[23]（傍点筆者）

この『ボヘミアの小さな城』（一八五三年）をはじめ、ネルヴァルの晩年の作品『シルヴィ』*Sylvie*（五三年）、『オーレリア』（五五年）、『散策と回想』（五四年〜五五年）あるいは『ローレライ』*Lorely*（五二年）といった作品には「再」（もう一度）を意味する接頭辞 re-をともなった動詞が多用されていることに気づく。右に挙げた引用文中にも「再び見る」revoir、「再び建てる」rebâtir、「再び置く」replacer などが見え、このすぐ前には「再び見い出す」retrouver といった動詞が使用されている。他にも重要と思われる主なものを挙げれば、「再び組み立てる」recomposer、「再び沈潜する」replonger、「再び生きる」revivre、「（もう一度）それと認める」reconnaître、「再び帰ってくる」revenir、「もう一度生まれる」renaître などがあるが、この種の動詞が多用されている事実はそこにネルヴァルの精神構造とその特徴が反映されているということを示すものではなかろうか。さらに「もう一度」の意味で使用されている encore という副詞も相当数認められ、ことに『ローレライ』や『十月の夜』*Les Nuits d'Octobre* などで頻繁に使用されていることに気づく。さらにいえば、たとえば、

それから一人の貴婦人が城の高窓に

黒い瞳に金髪で、古風な衣裳をまとって……
恐らくは前世で、私がすでに一度会った人！
——そして今、私はその人を想い出す！[24]（「ファンテジー」）

といった例にみられるように、動詞の接頭辞 re- と同じ働きをする「すでに」déjà という副詞も相当数見い出される。またこの詩には、「想い出す」se souvenir という動詞も見えるが、この動詞も意味論的には「もう一度」の在り方を内に含んでいる。こうした文体論的な特徴はネルヴァルの意識が過去や想い出、さらには「集団的過去」passé collectif へと回帰し、「再確認し」reconnaître つつ、ある種の意味づけを行いながら、それらを「再び生きなおし」revivre ていることを示している。同時にこうした「再び〜する」という動詞群や「すでに」déjà などの副詞群が相互に響き合い、照応し合うことによって、そこに「いまひとたび」の神話をおのずから成立させる関係叢を形成している。ネルヴァルはこれらの動詞や副詞を使用しながら、同時に書きつけられたそれらの言葉が作者のペンを動かしはじめ、彼をして「いまひとたびの（言葉の）世界」へと誘いはじめるのである。こうしてネルヴァルは確実に「いまひとたび」の神話を形成していくこととなる。『ボヘミアの小さな城』中の「第三の城」では、

砂上の城、ボヘミアンの城、幻想の城——それらがどんな詩人といえども果さねばならぬ最初の巡歴の数々である。シャルル・ノディエがその生涯を語ったあの有名な王のように、我々はその放浪の生活の中で少なくとも七つの城をもつ。——そして青春時代に夢見た、煉瓦と石の、あの名高い城にたどり着く者は我々のうちのごく少数の者だけである。——そこでは髪長の美しい女性が、ただ一つ開け放たれた窓辺から、愛に満ちた微笑を送る。その時格子模様の入った窓ガラスには夕べの荘麗な光が照り返っていた。その城に行く途中、私は一度悪魔

の城を通過したように思う。私のシダリーズは私から失われてしまった！……北国で結末がつけられてしまった物語――それは他の多くの物語と同じようなものだ。私はここでは、熱と不眠の裡に構成された、次の詩のモチーフを暗示するにとどめよう。それは絶望に始まり、諦念に終る。それから苦々しい青春の、清らかな吐息が立ち返る。そして詩の花々が、愛すべきオドレットの形をとってもう一度姿を垣間見せる。[25]（傍点筆者）

詩人としての栄光（「煉瓦と石の城」）を得られなかった不幸、ジェニー・コロンとの愛の破綻、それにつづく最初の狂気の発作、そして彼女の死という不幸、そうした「悪魔の城」との出逢いをネルヴァルはもはや単なる偶然の出来事とはみていない。前章で述べたネルヴァルの本来的なアザール意識がそのような不幸な出来事の裡に偶然性のもつ不条理性 absurdité、虚無性を認めた時、彼は絶望感を抱いた。だが、今ではそのような不幸な出来事を偶然としてではなく、運命として受容しつつある。この絶望から諦念への意識の運動、それは書くという行為を通してはじめて実現されたものだ。表現行為を契機とした想起によるこの現実慈悲力、この現実諦視力、それもまた「いまひとたび」の神話を支えるファクターである。この想い出す力、それはネルヴァルにとって想像力 imagination の一つであった。彼にとって「想像的創造《inventer》とは実は想起すること《se ressouvenir》で」[26]（『火の娘たち』序文）あった。

ところでネルヴァルのこの見解は、想起と想像力とを厳密に区別しているサルトルの考え方に抵触する。だがそのことを今は問題とすまい。ネルヴァルにあっては「書くとは想い出す」ことであり、想い出すとは想像することでもあった。想起しつつ慈しみ、それを表現する力、ネルヴァルにとってはそれもまた想像力であった。彼は想い出を表現する過程で、サルトルのいう「過去における現在的所与」の内実にある種の「不在的所与」をとけ込ませる。こうして過去における現実的なものを「非現実的なもの」で変質させ、新たな意味づけを行なう。だから「こういうこまかな点について記憶をたどって（書き進めて）いくうちに、私ははたしてこれが現実にあったことなのか、夢でみたことなのか、と自問したい気持になる」[27]（『シルヴィ』）わけである。ネルヴァルはこうして過ぎ去った自己の人生を新たな意味、かけがえのない実存性を帯びた「第二の人生」[28]としてふたたび「生きはじめる」のである。もはや偶然性のもつあの「もろさ」、あの恐ろしい「虚無性」に脅かされることもなく。というのはこの「いまひとたびの人生」はネルヴァル的言語叢内に成立した主観的な世界であり、したがってそこでは偶然性そのものは排除され得ないにしても、その偶然性を主体が宿命化し、自由に意味づけることによって「偶然」の内包する恐しい不条理性、虚無性には触れずにすませることができるからである。こうして彼は「書く」という行為を通して想起しつつ想像し、想像しつつ想起していくわけであり、そこにいよいよ遠く、いよいよ親しいイマージュを現成させていく。だからそのイマージュは昔日の想い出のようでもあり、はじめて接する「未知」«inouï»[29]の世界であるようにも感じられてくるのである。

　子供の頭の中でこのように形成された世界は非常に豊かであり、とても美しいので、人はそうした世界がその後に得た想念«idée»が誇張された結果でき上がったものであるのか、それとも以前の生を想起して生じたものであるのか、未知なる惑星の魔術的地理であるのかわからなくなってしまうのである。[30]（『東方紀行』序章、傍点筆者）。

ネルヴァルは子供時代の想い出や睡眠時の夢、あるいは狂気の発作にともなう幻覚などをこのように「誇張し」、豊かにし、「再構成して」recomposer いく。単に夢や子供時代の想い出だけでなく、さまざまな不幸な出来事の記憶すら、もう一度再構成し、荘厳化しつつ、ある種のなつかしい情感を得ようとする。

この「なつかしさ」の感情はとりわけ「再認」reconnaissanceという行為から引き起こされる。この行為はいうまでもなく想像空間においても成立する。「再認」という行為に含まれる反復の原理、それは「書く」という行為を通していよいよ親しいイマージュ、いよいよなつかしいイマージュを成立させるモメントとなる。

エルムノンヴィル！　ゲスナーの詩からさらに仏訳された古代の牧歌がなおも花咲いていた地方よ！　私の上に二重の光輝を放って玉虫のように輝いていたただ一つの星をそなたは失ってしまったのだ。青に、また薔薇色に、かわるがわる、幻惑星のアルデバランのように光を変えたその星は、アドリエンヌだったのか、シルヴィであったか——それは私の唯一の愛の両半面だった。一方は気高い理想であり、他方はなつかしい現実だった。今となってはエルムノンヴィルよ、そなたの影ふかい森も、湖も、砂漠さえ、私にとって何になるだろう？　オチス、モンタニー、ロワジー、あわれな近在の村々、修復中のシャーリ、そなたらはあの過ぎた日の面影を何一つ残していない！　時として、私はそれらの孤独と夢想の土地を訪れてみたくなる。私はその地を訪ねて、自然をこよなく愛した一時期のはかない跡を心の中で淋しくたどりなおしてみる。[31]（『シルヴィ』十四、傍点筆者）

こうした「なつかしさ」の回復、それがネルヴァルにとって「書く」ということの一つの意味であった。そしてこの「なつかしさ」は表現行為を通して「おのれ」から、世界からかぎりなく遠ざかるプロセスにおいて、おのずと満ちてくる情感である。そうした「おのれ」や世界に囚われている時、人は絶望の中にいる。「おのれ」を捨て、世界を捨て、それらから遠く離れ得たとき、絶望はかそけき諦念に変わる。そのときはじめて「なつかしさ」の情感が漂う。「それは絶望にはじまり、諦念に終る」（『ボヘミアの小さな城』）。

「おのれ」から、悲哀に満ちた世界から、かぎりなく離れるということ——それはまたある意味でかぎりなく近づき、いとおしむことでもあるのだが——ネルヴァルにとってはそれが「絶望」からの「不幸は不幸のまま」である救いのなさからの自己救済の方法であった。「離れて、いとおしむ」そのことをネルヴァル自身はこんなふうにいう。「私がこの上なくせつない思いに耽るのはあなたから遠く離れてある時だけです[32]」（『愛の書簡』）。あるいは「一緒にいることだけが友情のあかしであると考えるのはあやまりである。友情には愛情におけると同じく、自由と信頼が必要なのである。——精神のない人たちは近くで愛し合い、精神的な人間は離れて愛し合う[33]」（『パンセ』、傍点筆者）と。「女とは近づいてはならないもの[34]」と心得ている彼はイタリアのポシリポ岬にまでやってきて「私のために存在しながら、私の存在さえ知らないで、私から三〇〇里も離れて[35]」いる彼女を想ったりする。離れることによってかえって、一層なつかしくかつ確実にわが物となる、ということ、彼はこの「プラトニックな逆説[36]」（『シルヴィ』一）を生きようとする。「その人〔旅人〕は一つの険しい上り坂を登ったあと、うしろを振り返り、あたかもストラスブールの鐘楼から彼が長い一日の間、今しがたやっとたどって来た道程を眺めるかのように、唯一の、そして至高の一点から自己の人生を眺めやるに至るのである[37]」（『ドイツ便り』）。時間的・空間的離在distance、さらには心理的な離在を介して「いまひとたび」想いやり、眺めやる、というあり方、それが彼の想い出への回帰運動を特徴づける基本的な性格である。子供時代のヴァロア地方の想い出、それは彼にとってすでに充分「離れて」あるわけであり、時がたつにつれて、いよいよしみじみとなつかしい想い出として眼前に迫ってくるのである。彼がしばしば行った旅行もまた、日常的なしがらみから彼を自由にし、ストラスブールの鐘楼からその日一日たどってきた道程を眺めるように自己の人生を眺めやることを可能ならしめたのであった。このように、単に空間的のみでなく、時間的にも、心理的にも「できるだけ離れてある」あり方、それがネルヴァルに「今ひとたび」の神話の成立を可能にし、人生を慈しみ、諦視させる視座を与えるのである。われわれはそのことを「今は」maintenantという副詞の独特な使用法から裏づけることもできる。

たとえばさきに挙げた『ボヘミアの小さな城』の「そして今は……しよう」といい、『シルヴィ』最終章(一四)の「今となっては……」といい、それらは視点を転換させ、〈私〉(ネルヴァル)の意識をある地点から離泳させ、新しい地点へと移動させていることがわかる。つまり「今は」maintenantという副詞は「いまひとたび」の神話のもつ過去への志向性と未来への志向性——「いまひとたび」の神話は単に過去の追体験という消極的原理ではなく、「新しい現実」をはじめて生きるという積極的な原理でもある——とを接合し、結び合わせる特権的な〈場〉の役割をはたしているのである。さらにいうなら、この「今は」という〈場〉を契機として、表現行為は新たな認識論的視座を開く。すなわち、表現行為を通して「再構成され」意味づけられた想い出をはじめての現実、はじめての人生として生きる時、そこに「いまひとたび」の神話が成立する。この時「今は」ということばが開示したそのような新たな認識論的視座から「神話的眼」、すなわち世界に対する新しい眼、新しい世界認識の眼が浮び上がる。

この「神話的眼」なるもの、それはいいかえるなら創造行為を通しておのずから現成した言葉の世界が確実な「ポエジー」として結晶し、「ある新しい現実の発見と同じ意義をもち、ある究極的な客観性といったものと接合し[38]」(アルベール・ベガン)た時、はじめて成立し、作用するものである。そしてこの「書く」という行為がそのようなポエジー化、いいかえるなら、「さまざまな想念が誇張された結果なのか、それとも以前の生の想い出であるのか、さらには未知なる惑星の魔術的地理であるのか判然とせぬ[39]」現実を喚起する「神話的眼」の成立に成功した時、先に引用した『シルヴィ』最終章などに認められる人生諦視力、人生慈悲力が生れるのである。

彼は自分の失われた青春時代の日々を、苦い思いで夢みながら歩き回った。歩きながらジャネット・ルソーのことを思った。彼女は、これまで愛した女たちの中で、彼がついに一言も声をかける勇気を持てなかったただ一人のひとだった。「あそこには恐らく幸福があった！　ジャネットを妻にし、クールジで一生を送る、律気な農夫として、――恋の遍歴もなく、小説を書くこともなしに。それが私の生活であっただろう、私の父がそうだったように[40]」

これは『シルヴィ』最終章を想わせる『ニコラの告白』第二部の最終章の一節だが、ここには『シルヴィ』の悲哀感に近いが、それ以上にほのぼのとした「あたたかさ」、しみじみとした「なつかしさ」の情感が漂っている。それはネルヴァルが「書く」行為を通し、またその行為のうちに「おのれ」から、世界（不幸）から充分に離れることができたからではなかろうか。そしてまたその表現行為がはじめての現実として感じられるまでに変容した「想い出」を親しく現成させながら、生きる行為にまで高められているからではなかろうか。

このような「いまひとたびの変容」を通して、ネルヴァルは自己の人生における挫折や不幸に耐える力を、いわば人生諦視力、人生慈悲力とでも呼び得る生きる力を得るにいたったように思われる。そしてこのことが同時にネルヴァルにおけるアザール意識の変容のプロセスをも明らかにしているといえるのではなかろうか。なぜなら彼は自己の不幸や悲惨をそのような「いまひとたび」の神話力を通して、宿命化し、内面化し、手なずけることができた、と考えられるからである。したがって彼はもはや「運命」というものを「無意味な一連の偶然からできている」とは考えない。彼は今では偶然を〈神の摂理〉の別名と見做し、一切を宿命的、必然的なものと考えようとする立場に立っている。「人はその宿命を堪え忍ぶだけでなく、愛さなければならないのだろうか？」と。

だが世界のこのようなところではすべてを支配しているのは宿命なのだと信じてはいけないのだろうか。可哀想なゼイナッブの星と私の星と巡り合うことを望んだのはその宿命に他ならないのだ。そして彼女の不幸な境遇

を幸いにも私が変えてやることを望んだのも恐らくその宿命なのだ。[41]（『東方紀行』、傍点筆者）

ところで夢や想い出、あるいはこの世なるものの一切を「いまひとたび」書き＝生き＝慈しむということの中から生れてくる「神話的眼」、それはすでに述べたように、世界や人生に対するネルヴァルの新しい見方、新しい認識の成立をも意味しているのである。そこでネルヴァルのこのような「新しい現実認識」なるものがいかなる意味内容を有しているか、ということが問題になるが、この問題は次章において詳しく考察してみることとしよう。

III　夢・狂気・現実——認識論的懐疑へ

ネルヴァルは一八四一年に最初の狂気の発作に見舞われるが、その直後、アレクサンドル・デュマ夫人に宛てて書かれた手紙の中で自分の狂気について次のように述べている。

昨日デュマに会いました。彼から今日あなたに手紙があると思います。彼は私が世間で理性と呼ばれることになっているものを回復したとあなたに言うでしょうが、そんなことは全然お信じにならないで下さい。私はいつも同じですし、いつだって同じでした。ですからこの春先の何日かに私が変わったと人々に思われたことに驚きいってる次第です。幻覚や逆説、あるいは憶説といったものはすべて良識にとって敵対物です。ところで私はそうしたもの（幻覚や逆説や憶説）に決してこと欠いておりません。実のところ私はとても面白い夢を見たので、今それを失ってしまったのが残念でなりません。私としてはその夢の方が、今日ただ説明でき、自然に見えるだけのものよりも、一層真実だったのではなかろうか、と自問するまでになっている次第です。ですがここには医者や職員がいて、天下の公道を犠牲にして詩の領域を拡大することなどないように見張っているので、私は自分が病気だったとはっきり認めぬ限りは、外に出て理性をもっている人々の間をさまようことが許されなかったのです。このことは私の自尊心を、さらにまた私の真実を尊ぶ気持をひどく傷つけるに足るものでした。（…）そのため私は医者たちが定義し、医学辞典の中で無造作に〈神憑狂〉テオマニーとか〈魔憑狂〉デオマニーとか呼ばれている〈疾患〉の項目に分類されることを認めざるを得ませんでした。科学（医学）はそのような医学辞典の二つの項目に述べられた定義を援用すれば、私もひそかにその一人であると自認しているヨハネ黙示録によって預言されたあらゆる預言者たちや見者 **voyant** たちをも人目から遠ざけ、口を封じてしまう権利をもっていることになる[42]！（傍点筆者）

ネルヴァルは同様のことを『オーレリア』の中でもしばしば口にしている。たとえば「私もまた、彼らにならって、絶えず私の精神の深みに起こった長い病気の印象を、努めて筆に移してみよう。——ところでなぜ自らこの〈病気〉という言葉を用いるのか、我ながらわからないのである。というのは私に関するかぎり、いまだかつてこれほど身の健康を感じたことはなかったからである。時として私は自分の力と活動力が倍にも増したような気がした。一切を知り、一切を理解するように思われた。人々が理性と呼ぶものを回復したために、このような喜びを失ってしまったことを残念がらなければならぬのであろうか[43]？」（一・一）。

ネルヴァルの狂気に対するこのような見解は、他にもたとえばエミール・ド・ジラルダン夫人[44]やヴィクトール・ド・ルーバンにあてた手紙[45]、あるいは『火の娘たち』序文等[46]、随所に見られる。これら一連の文章を読むとき、われわれはそこにネルヴァルの自己の精神病に対するある種の「負け惜しみ」の心理を感じないでもない。だがはたしてそれだけだろうか。われわれはこれらの文章、ことにさきほど引用した「デュマ夫人への手紙」（一八四一年）は『オーレリア』、『幻想詩篇』*Les Chimères* といった後期の作品の出発点となっているばかりでなく、これらの作品の成立を基礎づけるある種の思想を内包しているように思われる。さらにいえば、ネルヴァルの世界観にも通ずる重大な思想の萌芽が含まれていると考えられるのである。つまりそこには狂気と理性（正気）の関係についての議論に隠れて第一章で考察した「偶然性の問題」がそれとなく問われているのである。引用した二文に即して考えてみよう。そこで議論されている問題は二点あり、一つは医者たちが彼の体験した精神の錯乱状態を〈病気〉と規定し、医学的常識でのみ処理してしまうことへの不満、もう一点として、錯乱状態の時にみた夢（幻覚）の方が単に理性的に説明可能な、常識的意味からいって自然に見えるものよりも一層真実なものと思われた、という主張がそれである。第一の点では主として「狂気と正気」をめぐる問題が問われ、第二点ではそうした「狂気と正気」の問題を含みながら、さらに「夢と現実」の関係をめぐる問題が問われている。はじめに「狂気と正気」をめぐる問題を考えてみよう。ネルヴァルが〈病気〉と見做されることに不満を示す理由は、そうした錯乱状態にあるとき、力と活動力が倍にも増すように感じられ、さらにまたロジックも記憶力を失うことなく、一切を知り、一切を理解できるように感じられたからである。それ故、彼は「理性」と呼ばれているものを回復したために、その時にみた非常に楽しい夢を失ってしまったことをむしろ残念にすら思っている。ネルヴァルのこうした見解を「病人の負け惜しみ」とはみまい。そうみてしまったのではわれわれもまた彼が非難した精神医の無理解の中に陥ちてしまうことになろう。ともあれ、ここでネルヴァルは世の「常識」に対して真正面から挑戦しているのである。ネルヴァルの目には自らを理性をもてる正常人《オム・ノルマル》と思い込み、常識的世界に埋没しきっているわれわれの姿が恐らくは何と滑稽に映ったことであろう。われわれは自らが健康、かつ正常であるとの前提に立って狂人といわれる人々を病人として、あるいは精神的失格者として裁く。だが「健康」とは一体何であり、その判定規準は何によっているのだろうか。ネルヴァルは狂気と呼ばれる精神状態にある時の方が一段と身に健康を覚えた、と告白しているのである。健康ということが正常であるというなら、そのように気分爽快な、楽しかった私の〈病気〉はまさに正気と呼ばれるにふさわしい。そう呼ばぬというのなら、いわゆる〈正気〉もまた病気と呼ばざるを得なくなるのではないか。

ネルヴァルはわれわれにそう問うているのである。そうだとすれば、狂気とは世にいう所謂健康よりもさらに一層健康であり、世にいう正常以上に一層正常な状態のことであり、いわば超健康、超正常のことである、ということが考えられぬであろうか。世の大多数の人々の正気が実は病気である、ということは考えられぬであろうか。そんなことはあり得ぬ、とわれわれは反論する。だがそう思うのは数千年の昔からたまたまそう思われ続けてきたからであり、理性と呼ばれるものを持てる常識人《オム・ノルマル》の数がたまたまきわめて多いからにすぎない。それはたまたま〈正常〉と呼ばれる状態にある大多数の人々が宇宙における無数の真理の一つにすぎぬ医学上（精神病理学上）の真理を唯一つの普遍的真理と思い込んでいるからにすぎぬ。われわれ正常人といわれる人々が絶対的多数であるということも、また数限りなく存在する真理の一形式たるにすぎぬ精神病理学がわれわれの間に信じられている（らしい）ということも、考えてみればまったくの偶然にすぎぬといわなければならぬ。そうした人々の間にわれわれ正常人のおよそ想像もつかぬまったく新しい真理が存在しても一向に不思議はないはずである。そういう偶然も充分あり得たわけだ。[47] 人間存在におけるそのような恐しい偶然性に気づかず、たまたまあり得た現実をあたかも唯一の絶対的現実と信じ込んでいる人々、ネルヴァルはそういう人々を硬直した精神の持主、想像力のきわめて貧しい「明盲《あきめくら》」と考える。先に挙げた例文でネルヴァルが持ち出している議論の背後には、このような「偶然性の問題」——第一章でとり上げた蓋然性として考えられた本来的偶然の問題——が存在しているのである。

ところでネルヴァルにとって狂気と正気との関係がそのような偶然性を内包し、その限りにおいて、所謂「狂気」もまた正気（健康）と呼び得る以上、「狂気」が生み出す夢もまた同様な意義を担っていることが当然考えられる。ここで狂気による夢および睡眠時の夢に関していま少し詳しく考察を加えてみよう。

> 睡眠は確かに考えてみるべき一つの別の人生である。（…）私は夢の中でソリマンよりこのかた鎖を解き放た

> れているあらゆる精霊ディーヴや巨人たちに会った。フランスでは眠りがはぐくむ精霊デーモンのことなど一笑にふされてしまう。そして人々はそこに高揚された想像力の産物しか認めない。だが（…）われわれはこのような状態（睡眠時の夢）にあっては（覚醒時の）現実の人生とまったく同一の感覚を体験してはいないだろうか。[48]
> （『東方紀行』、傍点筆者）

これは主人公〈私〉がカイロでみたある夢についての感想である。彼はここでいみじくも夢の性質を語っている。つまり、夢をみている者は目覚めぬかぎり、その夢をかならず現実と見做している、ということ。いいかえれば決して「これは夢なのだ」と思って夢をみているのではない、ということ。ネルヴァルはそのことを〈私〉の口を借りて指摘している。夢のこうした性格は単に睡眠時の夢ばかりでなく、「狂気による夢」についてもいえるわけで、ネルヴァルはそのことをさきに引用したデュマ夫人への手紙の中で「私としてはその夢（精神錯乱中にみた夢）の方が、今日ただ説明でき、自然に見えるだけのものよりも、一層真実だったのではなかろうか、と自問するまでになっている」と語っている。これらの引用文によって理解できるように、ネルヴァルは覚醒時の意識（あるいは狂気から正気に帰った時の意識）——常識——から一方的に睡眠時（あるいは精神錯乱時）の夢の非現実性、非実在性を論難することに強い疑義を提出しているのである。人は何故、また何を根拠として覚醒時の現実の方が睡眠時（錯乱時）の夢よりも真実であり、現実的でなければならないと考えるのであろうか。ネルヴァルは荘子とともにそう問うているのである。

> いつのことだったか、ひと寝入りした荘子は、夢の中で一匹の胡蝶となっていた。ひらひらと舞う胡蝶！　彼は何ともいえず楽しい気持になって、胡蝶の自由を心適《ゆ》くばかりひらひらと舞っていた。自己が夢に胡蝶となっ

ていることも忘れて……。

やがて彼はふと目がさめた。彼は目ざめの中で、まぎれもない荘周である彼自身に返る。しかし我に返った荘周は、はてなと考えてみる。一体、いま目覚めているこの自分は何であろう。このいま目覚めている自分が胡蝶となった夢を見ていたのか、それとも、今までひらひらと舞っていた胡蝶が夢の中で今、人間となっているのであろうかと。

彼には結局、今までの胡蝶であった夢が本当の現実なのか、今人間である現実が実は夢なのか、さっぱり分からない。しかしそれが一体自己にとってどうだというのだろう。なるほど、世間の常識では、夢は現実と区別され、現実は夢と違うとされる。また胡蝶であって人間ではなく、人間はあくまで人間であって胡蝶ではないとされる。しかし、その夢が現実でなく、その現実が夢でないと誰が保証し得るのか。実在の世界では、夢もまた現実であり、現実もまた夢であろう。荘周もまた胡蝶であり、胡蝶もまた荘周であろう。[49]（「荘子」斉物論篇第二、福永光司氏訳、傍点筆者、一部訳者）。

荘子のこの議論に対してカイヨワは「自分に問いを提出するという事実こそ、まさしく彼がとにもかくにも目覚めていることを証明して」おり、したがって、夢においては決して「自分に問いを提出するなどということはあり得ないことだと答えれば十分」であるとするのが常識的な反論の仕方であるとしている。[50]この夢論議に対して山本信氏も「夢とうつつ」という論文（『哲学』第十四号）において、同様の反論を試みている。すなわち夢の中では「これは夢である」ないし「これは夢かも知れない」といった判断（推理）や疑い（問い）の意識は存在せず、したがって荘子のいう「今人間である現実」が夢であることはあり得ないと。[51]だが、われわれにはこうした見解は近代の偏見たる科学的分析精神に密着しすぎた推論のように思われてならない。すでにカイヨワも荘子の夢論議に対するそのような反論が夢と現実とを確実に弁別する決定的徴表とはなり得ない、と述べている[52]。われわれとしても夢の中では「これは夢ではないか」といった問い（疑い）や推論は存在しない、ということを認めるのに吝かではない。だが山本氏は、夢の中で、そのような問いや推理を行っている夢をみることもまたあり得るということ、そして「現実」がその中で問いや推論を試みる夢をみている当の夢ではないという根拠はどこにもない、という経緯に気づいていない。したがって問い・疑い・否定、あるいは推論といった意識作用がそこに働いているかどうかということ――このことを同氏は「意識態度」の相違と呼んでいる――の確認もまた夢と現実とを弁別する絶対的な基準とはなり得ない、というべきだろう。こう考えるならば依然として荘子の議論を否定するものはなにもない、ということになろう。この点を確認した上で本題に帰ろう。

どちらが真の実在であり、どちらが夢であるかを決定する確実な基準がどこにも存在しない以上、荘子には今まで胡蝶であった夢が真の現実であることも、今人間である現実が実は夢であることも、等しく考えられることなのである。ネルヴァルにとってもこの関係は同じである。精神の錯乱中に見た夢のほうがいわゆる現実よりもさらに真実であり、実在的である、ということも充分あり得るではないか。なぜなら覚醒時の現実が夢でなく、狂気や睡眠時の夢が真の実在でないという確実な証拠などどこにも存在しないからである。そのことはさしものデカルトすら認めざるを得なかった。「夜の夢の中では私は（それを現実のように）信じていることがなんとしばしばあることだろう。……しかしよく考えてみると私は覚醒と夢とが決して反駁の余地のない指標や確実な標識によって区別されえないことを明らかに認めて驚かずにはいられない。この驚きがあまりに大きいので、わたしは現に眠っているのだと説得されかねないほどである」[53]（『省察』）。ネルヴァルもまた目覚めた現実の人生において、自分が現に夢をみているのではない、という確信がもてないのである。そこで彼はこう自問する。夢が真の現実なのか、覚醒時の現実が真の現実なのか、と。あるいは一歩進めて夢と少しも変わらぬ現実、現実と少しも変わらぬ夢。そういうことがあるのではないか。夢がそのまま現実であり、現実がそのまま夢である、ということがあるのではないか。ネルヴァルが夢にネロとなっているのか、ネロが夢にネルヴァルとなっているのか、と。「夢のまた夢」である現実、現実を超えた現実である夢。そういうことがあるのではないか。「ひょっとするとわれわれの思考や行動もうひとつの夢なのではないか。またわれわれの覚醒はある種の眠りなのではないか」[54]（モンテーニュ）。ネルヴァルはデカルトやモンテーニュの夢と人生（現実）の関係をめぐるこうした懐疑を単に懐疑としてとどめるだけでなく、その懐疑から夢の真実性、実在性を確信するところにまで進んでいく。つまり彼は一つの信念として夢の方がいわゆる現実よりも一層真実なもの、実在的なもの、したがって一層真の人生なのではなかろうか、と考えるにいたる。ネルヴァルがそのような確信を得るのは夢の中では「推理力が決して論理を失わず、力と活動力とが倍加したように感じ、すべてを知り、すべてが理解できるように思われ」[55]たからであり、要するに夢が現実と少しも変わらぬように思われたからである。つまり「自分がしかと見たもの（の存在）を疑うことはできなかった」[56]（『オーレリア』一・九）からである。ネルヴァルはニーチェとともにこういいたげである。「哲学的な人間ならこんな予感をすら抱く。すなわちわれわれが生きかつ存在しているこの現実の下にも、第二のまったく異なった現実が隠されており、したがってこの現実もまた仮象である、と」[57]（『悲劇の誕生』）。ネルヴァルが夢を「第二の、一つの人生である」というとき、それはニーチェがここでいう「第二のまったく異なった現実」に近いものを意味しているようにも思われる。なぜならすでに見てきたようにネルヴァルにとっては睡眠時や錯乱時の夢は覚醒時の現実と同じ実在性、いやそれ以上の現実性を帯びたものとして認識されていたからである。こうして彼は夢の世界を自己の真の人生として受容し、そこに実存的な意味を認めるにいたる。したがって彼が「夢を定着し、その秘密を認識する」ことによって、「目に見え、耳に感じられるもの（可視的世界）にもてあそばれるのではなく、それらを支配し、のりこえ、看破していこう」[58]（『オーレリア』二・六）などというとき、それは具体的には狂気や夢や現実に関して、あるいはそれら相互の関係に関して、右のような認識を得ることを意味していたと考えられるのである。同様に「自己の夢の意味を探していく」（同前）とはそのような認識の獲得過程、すなわち彼にとって真の現実（人生）とは何かといった問いかけの過程を意味していたわけである。そしてこの問いかけの過程で、偶然性の問題が介在してくることはすでに述べた通りである。次にネルヴァルの夢や現実に対するそのような認識が彼にとってどのような意義と内容を有していたか、という問題を考えてみることとしよう。

> こんなとき、生真面目な人々ならこうも言うであろう。人は世間とまったく異なったように振舞うのは誤りである、と。そしてその人がヨーロッパの一介のナザレ人〔キリスト教徒〕にすぎないとき、トルコ人〔回教徒〕となろうとするのは誤まりである、と。そういう人々の言い分が正しいのだろうか。誰が一体その正しさを知っていようか。（…）そんな同情心を起こすとはなんという軽率と君は言うだろう。だが正にそういうところに君のヨーロッパ的偏見があるのです。[59]（『東方紀行』）

ここにはネルヴァルの常識的価値観への懐疑の精神がある。そのことはまた疑問形、「多分」、「恐らく」を意味する副詞 sans doute、peut-être といった文体上の特徴からも確かめられる。世界認識においては唯一かつ絶対的な認識というものは存在せず、すべては相対的、関係的な認識にしかすぎない、ということ。ニーチェは世界は無限に解釈可能であるといった。たまたま世に通用している「科学的」、したがって常識的な解釈を唯一かつ絶対の解釈とすることは知的怠惰による無知か、さもなければ知的思い上がりである。常識的価値観は打破されなければならない。ネルヴァルはニーチェとともにそう考える。この考え方は先に引用した「デュマ夫人への手紙」にみえるいわゆる「科学性」を信奉する医師への抗議の中にもそれとなく認められる。

ネルヴァルは自分の体験した精神の錯乱状態が「狂気」と呼ばれ、「病気」と診断されることに反撥する。そう呼び、そう「処理」するのは常識である。ネルヴァルは精神病理学という科学的真理すら一つの偏見にしかすぎず、ましてや世の常識などこれすべてある種の偏見にしかすぎない、と心得ているのだ。「この世にあって人々が『客観的』と呼んでいるもの、それは知覚の誤まりであり、錯覚にすぎないのだ」[60]（『ドルブルーズ手帖』二二九）。自分が「気違い」と呼ばれ、病人と見做されるのは、数千年来の知的悪癖によってたまたまそう呼ばれるにすぎないのだ。そう呼ばれるのは考えてみればまったくの偶然にすぎない。太古の人間は「正気」をたまたま、悪戯に「気違い」と呼んだかも知れないのだ。

ネルヴァルはこうして常識的価値観のしがらみから自由になろうとする。数千年来の人類の知的悪癖たる「常識」を悪意ある偏見としてしりぞけようと試みる。「価値の転換」である。「牢番も、また一種の囚人である。——牢番は、自分が番をしている囚人の夢を、羨しいと思わないだろうか？」[61]（『パンセ』）。常識的権威に盲従して昼夜囚人にひき廻されている番人は、奔放な想像力と価値の転換力に恵まれた囚人の眼にはその人こそ別種の囚人と映るのである。問題なのは事実ではない、事実は太古よりこの方、そしてこれからも永遠に変わりはしないだろう。問題は意識であり、意識主体のありようである。世に不幸というものはない。あるのは不幸の意識だけだ。意識が変容されれば世界も変わる。これがネルヴァルの現実認識であり、世界観である。このことを彼自身は「出来事は精神との関係においてしか存在しない」[62]（『ドルブルーズ手帖』二七五）とか、「私は神に対して、諸々の出来事を少しでも変えて欲しいとは思わない。願うのは事物に対する私の在り方を変えて欲しい、ということだ」[63]（『逆説と真理』）という。彼はこうして「物自体」から、正確にいうなら常識的価値の世界から離れる。離れながら同時に「世界」と新しい関係に入る。その関係は固定されたものではない。彼の意識は世界のはるか上空に気球のように浮んでいるのだ。こうして彼は自己の不幸や悲惨から離れ、それを「いまひとたび」、ほほえみながら受容するのである。

『ドン・キホーテ』は「名は思い出したくないが、ラ・マンチャのさる村に、さほど昔のことでもない」という書き出しではじまっているが、この一句が『ドン・キホーテ』全篇を成立せしめ、その性格を決定づけた、といわれている。[64] 名ざされるはずであった現実の村が真の現実であり、真の人生空間であるのか、「さる村」とされた村、『ドン・キホーテ』の中で語られる村こそが、真の現実であり、真の人生空間であるのか。事実をかくし、事実から離れてみることによって現実の人生との人間的な、あまりに人間的な桎梏、しがらみから解放される、ということ。そのように、悲哀存在としての現実の人生を「手玉」にとるということ。「手玉」にとりながら、同時に「いまひとたび」自在な、軽やかなあり方で生きなおす、いや生きはじめる、ということ。そして世界から離れ、「おのれ」から離れて「生きなおす」過程で、はじめ不条理な偶然として意識された出来事を今度は己れに課せられた運命としてにこやかに受容しようとするということ。それが第二章で問題にしたネルヴァルにおける「『いまひとたび』の神話」のあり方と本節の「認識論的懐疑」のあり方とが「幸せな結婚」を実現した場合である。

だがこのような理想的な結びつきは現実にはごくまれにしか存在しないものである。多くの場合、ネルヴァルの精神はこの二つのあり方の間をゆれ動き、ひき裂かれている。……そしてついには「認識論的懐疑」による価値転換の精神がくずれ落ち、ついでパリの下町、雪深いヴィエイユ＝ランテルヌ街の路地裏で、ネルヴァルその人とともに、「『いまひとたび』の神話」のあり方もまた崩れ去ったのだろうか。

註

1　*Œ*. I, p. 432.

2　リシェの旧版では『ある手帖より』だが、ここではプレイヤード新全集による。というのはこのテクストはアルセーヌ・ウーセーによって一八五五年五月一三日の「アルチスト」誌に、さらに一八六五年一〇月一〇日の「プレス」紙に「ジェラール・ド・ネルヴァルの思想」という表題で発表されたもので、ウーセーによればこれは死の当日、詩人が身につけていた手帖に書きつけられていたもののことだが、調書にはそれらしき書類を持っていたとの記録がないので、リシェはこの話を伝説としている以上、『ある手帖より』としているのは不適切と思われるからである。

3 Œ. I, p. 435. ウーセーによって、一八四四年六月二日の「アルチスト」誌に発表されたもの。

4 J. Richer 編 G. de Nerval, *Le Carnet de Dolbreuse*, *Paris. Athène*, 1967, p. 55.

5 *Œ*. I, p. 141. 中村真一郎・入沢康夫氏訳（旧編『ネルヴァル全集 I』）による、ただし一部変更。

6 *Œ*. I, p. 135.

7 *Œ*. I, p. 141.

8 *Œ*. I, p. 361.

9 *Œ*. I, p. 406.

10 *Œ*. I, p. 389.

11 平井啓介『ランボオからサルトルへ—フランス象徴主義の問題—』弘文堂、一九頁。

12 *Œ*. II, p. 1045.

13 偶然性は客観的にも存在するとする立場もあり、九鬼周造氏はこの立場に立っている。なお私事にわたるが、本稿を書き上げた段階で、久野昭氏の御教示により、九鬼氏の『偶然性の問題』という本を手にしたが、同書には私がネルヴァルの例に即して規定した偶然性の諸性格が私とほとんど同じ立場から、厳密かつ詳細を究めてすでに論究されていることを知った。若干の補筆を試みたが、ネルヴァルにおける偶然性の問題は稿を改めて、考え直してみる必要があろう。

14 偶然性の概念の無の観念への接近という偶然性のもつ性格もすでに二、三の人々が論及していることを知った。九鬼氏は前掲書の冒頭で「偶然性とは存在にあって非存在との不離の内的関係が目撃されているときに成立するものである。偶然性にあって、存在は無に直面している」と述べているのをはじめ、本田修郎氏は「ヘーゲルの偶然論」（『哲学』第七号、日本哲学会編）という論文においてヘーゲルの偶然とは「存在することも存在しないこともできる」ものであるということばを引用しつつ、ほぼ九鬼氏の立場を認めている。本田氏はまたヘーゲルの偶然 Zufalligkeit という言葉が「崩れ落ちる」zufallen という言葉に連なっていることに注目している。たしかに、たとえば偶然を意味する仏語の chance といった言葉がラテン語の cadere（落ちる）から出た後期ラテン語 cadentia（落ちる）に由来しており、さらにこの cadere や cadentia はフランス語の tomber 以上に「崩れる」「滅亡する」という意味に使われている例が数多くみられ、こうしたことばが死や無の観念に近づいている点、われわれにとってはなはだ暗示的である。ただ九鬼氏は hasard という語がラテン語の casus（落ちる）と同一語源であるとしているが、疑義なしとしない。Littré 仏語辞典などによればこの語の語源には諸説あり、定説はない、とある。いずれにしてもここでわれわれは偶然性の概念が語源的にも、無の観念に結びつく、という事実に注目しておこう。

15 *Œ*. compl. III, p. 649.

16 *Ibid*., p. 649.

17 *Œ*. I, p. 413.

18 *Œ*. I, p. 133.

19 *Œ*. I, pp. 384-385.

20　Œ. I, p. 413.
21　Œ. II, p. 19.
22　Œ. II, p. 1066. 入沢康夫氏訳（新編『ネルヴァル全集IV』）。
23　Œ. I, p. 65. 中村真一郎・入沢康夫氏訳（旧編『ネルヴァル全集I』）。
24　Œ. I, p. 19.
25　Œ. I, p. 75.
26　Œ. I, pp. 150–151.
27　Œ. I, p. 257.
28　Œ. I, p. 359. *Aurélia*.
29　Œ. II, p. 19.
30　Œ. I, p. 19.
31　Œ. I, p. 272.
32　Œ. I, p. 756 ; *Œuvres complètes* I, par J. Guillaume et C. Pichois, *éd. Pléiade*, 1989, p. 709.
33　Œ. I, p. 434 ; *Œuvres complètes* III par J. Guillaume et C. Pichois, éd. Pléiade, 1993, p. 783.
34　Œ. I, p. 242.
35　*Un Roman à faire*, *Œuvres complètes* I par J. Guillaume et C. Pichois, *éd. Pléiade*, 1989, p. 697.
36　Œ. I, p. 243.
37　Œ. II, pp. 886–887.
38　A. Béguin, *Gérard de Nerval*, *José Corti*, *1945*, p. 36.
39　Œ. II, p. 744.
40　*Ibid*., pp. 1087–1088.
41　Œ. II, p. 339.
42　*Ibid*., pp. 910–911.
43　Œ. I, p. 359.
44　*Ibid*., p. 904,
45　Œuvres complètes III, par Jean Guillaume et Claude Pichois, *éd. Pléiade*, *1993*, p. 1487. この手紙は一九九二年に発見され、一九九三年に刊行された新プレイヤード版ネルヴァル全集第三巻に巻末補遺として収録されたもの。引用したデュマ夫人宛書簡と酷似しており、後半部は「オリーヴ山のキリスト」や「アンテロス」などのもととなったと思われる詩が書きつけられ、『オーレリア』や『幻想詩篇』の成立過程の一端を示唆するきわめて重要な書簡。
46　Œ. I, pp. 149–159.
47　この点に関してはアルベール・ベガンも指摘しているように、ネルヴァルの根源的な認識の場においては、正気ボン・サンスも狂気も互いに矛盾し合うことをやめている、と考えることもできよう。世界の根源的な深みにまで沈潜したネルヴァルにとっては、所謂「正気」や所謂「狂気」はもはや対立概念とは見えず、彼はそこに両者を矛盾なく包括するより高い原理を発見していたのではないか、という解釈も成り立つ。これが神秘家、幻視者、見者ネルヴァルを信奉するネルヴァリアンの定説と思われる。われわれもまたこうした解釈を認めるに吝さかではない。ただわれわれはここでは「偶然性の問題」という視座から別様に解釈してみたまでである。
48　Œ. II, pp. 104–105.
49　福永光司著『荘子 内編』（新訂中国古典選弟七巻）、朝日新聞社、昭和四十一年刊、一〇七～一〇八頁。
50　**Roger Caillois**, *L'Incertitude qui vient des Rêves*, éd. Gallimard 表題は「夢（論議）からもたらされる（夢と現実の弁別の）困難性」といった意味だが、最近思潮社から『夢について』という題名で出版された（金井裕氏訳）。

51　山本信「夢とうつつ」、日本哲学会編『哲学』第十四号、法政大学出版会、四八～五五頁。
52　Roger Caillois, *L'Incertitude qui vient des Rêves, éd. Gallimard.*
53　René Descartes, « Méditation touchant la première Philosophie dans lesquelles l'existence de Dieu et la distinction réelle entre l'âme et le corps de l'homme sont démontrées, Première méditation », in *Œuvres philosophiques* II, *textes établis, présentés et annotés par Ferdinad Alquié*, éd. Garnier, 1967, p. 406. なお訳文は『世界文学大系―デカルト／パスカル―』(筑摩書房、一九五八年）の枡田啓三郎氏訳を参照。
54　Michel de Montaigne, *Les Essais*, édition établie et présentée par Claude Pinganaud, Aréa, 2002, p. 433.
55　*Œ*. I, p. 359.
56　*Ibid*., p. 381.
57　筑摩書房『世界文学大系―ニーチェ―』昭和三五年刊、二四三頁。
58　Œ. II, p. 412.
59　*Ibid*., p. 339.
60　Jean Richer 編 G. de Nerval, *Le Carnet de Dolbreuse, Paris. Athène*, 1967, p. 61.
61　*Œ*. I, p. 434.
62　Jean Richer 編 G. de Nerval, *Le Carnet de Dolbreuse, Paris. Athène*, 1967, p. 65.
63　*Œ*. I, p. 435.
64　『ドン・キホーテ』のこうした認識論的な意義については作家茂木光春氏が小説集『ぶらり奇病譚』（文化堂出版部）に付せられたエッセー「わが隣人ドン・キホーテ」の中でヴァーレ（さらば）という末尾のことばを一つの手がかりにして、ユニークなドン・キホーテ論を展開している。

第三部　空間的・心理的動性への欲求

ネルヴァルの救済願望をめぐって

I　「移動」への欲求の諸相とその意義

ジェラール・ド・ネルヴァルはわれわれ現代人の多くに認められるある種の心理的性向、すなわち〃動性〃mobilité への欲求 désir といった性格をすでに一世紀半以上も前に先取りして生きた作家といえるような気がする。ところでネルヴァルのこうした〃ホモ・モーベンス〃homo mobens（動く人）としての性格は彼の友人達の証言によって確かめることができる。たとえばゴーチェ Théophile Gautier は「〔ネルヴァルは〕止まる足もなく、生涯飛び続ける遍歴の雨燕にも似て、立ちどまることのできない人だった」[1] と述べており、またアルセーヌ・ウーセー Arsène Houssaye も「彼はコレージュ時代を別にすれば——といっても何度授業をさぼったことか——子供の頃から決して一日中同じ暖炉のわきに身を落着けていることはなかった。彼はいわば茂みに飛び交うつぐみであり、池の水面を飛翔するつばめであり、麦畑に飛ぶひばりであり、葡萄畑のつぐみであった。彼とは二十年もの間つき合ったが、その間彼が一度たりとも安定した生活の場を築いたのを見たことがなかった」[2] と述べている。このようなネルヴァルの〃運動〃mouvement への好み goût は彼が行った外国旅行の頻繁さから窺うこともできよう。たとえばイタリアには一八三四年に、ベルギーには三六年、四〇年、四四年と三度程旅行しており、またオランダには四四年、五二年に、ロンドンには四五年、四九年に、ドイツには三八年、五四年にそれぞれ旅行している。また三九年にはウィーンに出かけ、そこで長期間滞在している（三九年十月〜四〇年九月）。さらに一八四三年にはほぼ一年の歳月をかけてオリエント地方を旅行している（四二年十二月末〜四三年十二月）。また国内でもたとえばブルターニュ地方やトゥレーヌ地方（一八五一年二月）などへも旅行したことがジャン・リシェ Jean Richer によって確認ないし推測されており、とりわけネルヴァルの実質的な故郷となったヴァロア地方へはしばしば足を運んでいる。またパリ市内や近郊の散策 promenade や放浪 nomadisme はすでにみたように友人の間でも評判であったが、こうした彼の放浪癖は晩年に至るほど顕著になっている。[3] またネルヴァルのこうした flâneur（放浪者）としての性格はジャン・リシェによって明らかにされた彼の転居の頻繁さから窺うこともできる。[4] すなわち最初の狂気の発作にみまわれた一八四一年以後繰り返された精神病院への入院も含めると実に五十数回にも及んでいる。

このようにみてくると、旅 voyage や散策あるいは放浪といった絶えず〝動いている生活〟がネルヴァルの人生の大半を占めていたことがわかる。ところでこうした大小の旅行をはじめ、散策や放浪といったネルヴァルに特徴的な現象、それは voyage（旅）というより、むしろ « déplacement »（移動）ないし « mouvement »（動き）といった概念で捉えていく方がより事実を的確に把握し得るのではないか、とさえ思われる。だが、ここでは紙数に余裕がないのでそのようなネルヴァルの〈運動〉« mouvement » の動因を考察するにとどめておくこととしたい。この mouvement の諸相およびその構造、さらにその vitesse（速度）の問題といったテーマについては次章で検討することとしよう。

それにしてもネルヴァルのこのような〈運動〉mouvement といった現象は何を動因として起っているのだろうか。具体的にいうなら、何故彼は一箇所に〝定着する〟se fixer ことがなかったのだろうか。何故たえず〈旅〉をしていたのだろうか。そうした原因、動機としてはさまざまな要因が考えられるが、大別すると(1)社会的・時代的な要因（一般的要因）、(2)個人的・本質的な要因と二つに分けて考えることができよう。それらを次に列挙すると、

(1) 社会的・時代的な要因として、

①次に述べる②の延長線上にある一現象としての当時の旅行熱の高まり、異国趣味《エグゾティスム》の流行

②ヨーロッパ社会全体が十七・十八世紀以来経験しつつあった〈運動〉mouvement への欲求

③個人的要因ともいえるが、文壇・ジャーナリズムでの活動のための資料集め

などがあり、

(2) 個人的・本質的な要因としては、

④精神的・肉体的な健康回復のほか（彼は一八四一年最初の狂気の発作により大きなショックを受ける）、

より本質的な要因として、

⑤ボードレール流の「出発のための出発」partir pour partir（自我意識や〈時間〉からの脱出）

⑥彼のユートピア願望（救済願望）

⑦ ①と関連して〈日常性の回復〉

などが挙げられるが、この⑤⑥は(1)の社会的・時代的要因の②と非常に密接な関係を有する要因である。以下においてはこうした要因について、主として東方旅行（Voyage en Orient）を中心にして考えてみたい。というのは東方旅行がネルヴァルの最も本格的な旅行であり、そこに彼の旅 voyage ないし〈運動〉mouvement の問題が集約されているからである。さらにつけ加えるなら、『幻視者たち』*Les Illuminés*、『オーレリア』*Aurélia*、『幻想詩篇』*Les Chimères* といった彼の傑作とされる作品はすべてこの旅以後に書かれており、それらの代表作に共通した内面性、時間意識、夢想性、神秘的性格といったもののほとんどがこの旅の体験をもとに書かれた同名の紀行文『東方紀行』*Voyage en Orient* の中にすでに認められるからである。このように東方旅行はネルヴァルとその文学においてきわめて重大な意義をもっているのである。

1. 社会的・時代的な要因

一八四三年の東方旅行の動機として、まず考えられるのが当時流行していたオリエンタリスム orientalisme である。ネルヴァルと同時代の作家、芸術家たちの間には現代のわれわれには考えられないようなオリエント地方への憧れ、Orient（中近東、東方）への異国趣味《エグゾティスム》が流行していた。そういう当時の風潮にネルヴァルも染っていた、ということが考えられる。この点に関しては、ルメートル Henri Lemaître、カルコ Francis Carco、ルージェ Gilbert Rouger といった研究家の見解は一致しているが、ただその強調のしかたにそれぞれニュアンスの違いが感じられる。H・ルメートルは、ネルヴァルはT・ゴーチェやA・デュマらと異なり、東方 Orient に単なる異国趣味 exotisme やピトレスク pittoresque なものを求めたのではなく、後に触れる彼の「失われた楽園」paradis perdu を求めていたことを強調している。[5] F・カルコはラマルチーヌの『東方紀行』*Voyage en Orient*（一八三五年刊）とか、シャトーブリアン Chateaubriand の『パリからエルサレムへの巡礼』*Itinéraire de Paris à Jérusalem*（一八一一年刊）そしてことにV・ユゴー Hugo の『東方詩集』*Les Orientales*（一八二九年刊）の影響を強調。[6] G・ルージェはやはり以下に述べるネルヴァルの職業上の実際的な目的のために彼がこうしたオリエンタリスム orientalisme の流行を巧みに利用しようとした点を強調している。[7]

彼が当時のこうした一般的なオリエンタリスムの流行に影響され、オリエント Orient に対して漠然とした憧憬、というより一種の〈オリエント偏執観念〉obsession orientale ともいうべきものにとりつかれていたことを示す彼自身の言葉がある。

「こうしたことが私を東方《Orient》へとかりたてるのです。[8]」

「その日から私は東方《Orient》のことを夢見ることしかしなかった。」[9]

といった言葉にそれがうかがわれるが、他にもこれに類するオリエントへの、それも想像上のオリエントへの言及は彼の書簡、作品の中に数多く見い出される。[10] だが翻って考えてみれば、こうした当時の異国趣味 exotisme や東方趣味 orientalisme の影響による東方への憧憬はネルヴァルにかぎらず、ほとんどのロマン派の詩人、作家たちが共通してもっていた感情である。つまり異国への好寄心、〈旅への願望〉は時代的なものであり、この傾向はスタンダールやメリメあるいはボードレールやフローベールにさえ認められるわけで、したがってそれは十九世紀中葉から後半にまで及ぶ一般的な趨勢とみることができる。さらにいうなら、ポール・アザール Paul Hazard が名著『ヨーロッパ（人の）意識の危機——一六八〇～一七一五——』*La Crise de la conscience européenne*（1680–1715）において見事に明らかにしているように、[11] それはすでに十七世紀末からみられる近代ヨーロッパの全般的な趨勢といえる。つまりルネサンスないし新大陸発見以来、ヨーロッパ全体が〃固定から運動へ〃という意識変革を体験してきたわけで、ロマン派の人々の異国への憧れ exotisme の意識も、したがってネルヴァルの場合もこうしたヨーロッパ全体の時代的・社会的・思想史的 contexte に含めて考えることができるわけである。ところでヨーロッパにおけるこうしたアザールのいう「固定から運動へ」という意識変革の根源的動因としては、ルネサンス期、より正確に言うならルネサンス後期、すなわち宗教・宇宙観はじめ、社会・思想界全般にわたる相対主義、懐疑主義が支配的となっていったマニエリスム期にようやくその兆候が現われはじめ、十八世紀に至って顕在化したキリスト教信仰の実質的衰退および教会の権威の全般的失墜という事実が挙げられよう。ただポール・アザールも指摘するように、[12] フランスの場合、十七世紀という時代はルイ十四世によって象徴されるように、絶対主義時代であり、文芸では古典主義の時代であるため、複雑かつ特殊な性格を有している。すなわちデカルトによって代表されるようなルネサンス以来の人間理性への信頼の精神とパスカルによって代表されるようなキリスト教や教会権威あるいは

「秩序」といったものへの信頼の精神とが微妙な平衡を保っていた時代であった。ヨーロッパ人の〝移動〟mouvement への欲求の根源的動因としてのこのキリスト教信仰の衰退ということに関していうなら、神の愛と安定した秩序感を日常生活のうちに絶えず感じていた者には、日々の生活空間の外に満たされぬ何ものかを求めるといった事態は原則的には起こらなかったと考えられる。事実、パスカルは「人間のあらゆる不幸は一カ所にじっとしていられないという、この一事から生ずる。生活に困らないだけの財産をもっている人なら、自宅で楽しく暮していくことができるだろうし、何もわざわざ出かけていって船に乗ったり、町の包囲戦に加わったりしなくともいいだろうに」[13]といっている。それ故、繰り返せば、絶対王制と教会権威の動揺およびそれにともなう人々の日常生活における精神の安定感、秩序感、充足感といったものの希薄化すなわちアーノルド・ハウザーのいうヨーロッパ社会・精神の全般的な〈マニエリスム化〉を最初の動因として、十七世紀末から十八世紀はじめにかけてのヨーロッパ全体に「旅への欲求」や「他処に何かを求める意識」が急速に起ってきた、と考えられる。それ故ネルヴァルを含む当時のロマン派の〈旅への欲求〉や〈異国への憧れ〉の意識はこうした時代的・社会的ないし思想史的側面から説明しうる一面を有している、とみることができよう。

このことをネルヴァルに即していうなら、彼は日常的な生活空間のうちに（具体的に）神の視線（愛）を感ずることができず、また秩序感や魂の充足感を感ずることができないため、生活空間の外に、つまり「ここ」ici ではなく「彼方」la-bas にそれらを求めて旅に出る、という無意識的欲求があったと考えられる。なお以下に述べる個人的・内的要因の、①「失われた楽園」の追求、②〈時間〉からの脱出、③（神の愛の代償としての）理想の愛、永遠の女性像の探求、といったものもこうした時代的・思想史的な要因と密接に結びついている、と考えことができる。

次に考えられる社会的・時代的な要因としては、右に述べた①とも関連しているが、ネルヴァルの作家としての社会的要請、ということが考えられる。これはある意味で個人的な要因ともいえるものだが、具体的にいえば当時のそうした東方趣味《オリエンタリスム》の流行に合致したピトレスクな作品、異国趣味的exotiqueな作品を書くことによって読者と出版社の要求に答え、あわせて自己の文学的成功をも得ようとしたわけで、オリエントへの旅行はその素材集めであった、ということ。実際彼は友人シュタルダーに「私は新聞小説の題材を探すために旅行するのだ」[14]といっており、同様のことを父親にもしばしば口にしている。[15]この点に関してH・ルメートルやA・マリーMarieあるいはF・カルコといった研究家たちは無視ないしほとんど触れていない。反対にR・ジャンJeanとG・ルージェRougetはネルヴァルの旅行のこうした面をも指摘するのを忘れない。G・ルージェはネルヴァルの東方旅行をあまりに神秘的・神話的に解釈しようとする研究家を暗に批判しながらこういっている。「彼が行おうと考えていた旅行はvoyage utile[16]〔実利的な旅〕なのである」[17]。

いずれにしても彼はこうした意図をもって旅行したことは事実で、それは、オリエント旅行に限らず、一八三四年のイタリア旅行や三九年のドイツ旅行〔ウィーンに長期滞在〕などについても同様のことがいえる。このことは彼が旅行中、多くの資料や書物を収集している、[18]ということ、また彼が旅行中にあってもたえず母国の文学や文壇の動静を気にし、手紙を通して友人や出版社との関係を保っている、という事実からもうかがえる。[19]

次に今述べた理由とも関連して第三に考えられることは、自分が精神的にも肉体的にも健在であることを社会に示すデモンストレーションとして各種の旅行を行った、という側面が認められることである。たとえば東方旅行に関していえば、一八四一年二月末、最初にその発作にみまわれた「気違い」という社会的不名誉によって失われた自己の社会的・経済的地位の回復の手段としてオリエントへの旅を計画した、ということが考えられる。したがってこれは一面では個人的要因である。彼は一八四二年十二月二十五日付の手紙で父親にこう訴えている。「こうした想い出〔狂気の発作によるショック〕のすべてを消しさってくれるような一つの大きな計画〔東方旅行〕を考えることによって苦境から逃れ出ねばならなかったのです。そうすれば人々は私が新しい局面を持っていることを認めてくれるでしょう。ですからどうか私の一つの大きな幸福、来たるべき〔社会的、文学的〕地位獲得のための gage〔質物〕としてこの計画が実行される、という風に考えて下さい[20]」。彼はこの点では一応の成果を収めたといえる。というのは帰国後この体験をもとに紀行文や物語などを次々に新聞や雑誌に発表し、八年後それらの集大成としての『東方紀行』*Voyage en Orient* という作品を出版しているからである。

2．個人的・本質的な要因

彼の旅行の個人的動機ないし目的として、前節はじめに挙げた(1)の①と③に関連して異国の女性・風俗・習慣への興味が挙げられるが、この点はとくにここでとり上げる必要もないかと考えられるので、以下では個人的でかつ内的な要因について考えてみたい。すでに述べたように(2)の時代的・社会的要因①②に密接に関連して、ネルヴァルは旅に自己の Salut〔救い〕をひそかにか半無意識的に期待していた、ということ。すなわちH・ルメートルの言葉を借りれば、彼はオリエントやドイツあるいはヴァロア地方に「失われた故郷」patrie perdue、プーレ Georges Poulet のいう「原初的な楽園[21]」paradis primitif を求めていた、ということが考えられる。このことはたとえば『オーレリア』の次の一節によっても確かめられる。「ポール某という友人の一人が私を家まで送ってくれるといったが私は帰らないといった。『じゃ、どこへ行くんだい』彼はたずねた。『東〔の〕方に！』« vers l'Orient ! » そして彼がついて来ている間にも私は自分では見覚えのあるつもりでいるある一つの星を、それが私の運命に何らかの影響を与えているかのように、空に探しはじめた[22]」。このようなほとんど宗教的とまでいえる「東方へ！」« vers l'Orient ! » という obsession はネルヴァルの作品や書簡の中に随所に認められる[23]。この場合注目したいことはネルヴァルにあっては〈オリエント〉Orient ことに〈東方〉vers l'Orient といったとき、それは単にオリエント地方のみをさすのではなく、文字通り東の方の国々、すなわちフランス（北部）から見て東方に位置する国々、たとえばイタリア、ギリシャ、さらにはドイツをも意味している、ということである。したがって彼のドイツへの憧れ（母の死んだ地）は東方（へ）vers l'Orient という叫び、〈東方〉Orient という観念の中に包含されている、と考えられることである。このことは彼の『東方紀行』という作品が実際の東方旅行の経路とは異なり、ドイツを下り、ウィーンに滞在した後、アドリア海に出、さらにギリシャに立ち寄ってエジプトに行ったように書かれている事実からも理解できる。[24] ネルヴァルにとってはオリエント地方のみでなく、イタリアもギリシャも、さらにドイツも等しく《Orient》であったわけである。そしてさらにつけ加えるなら、リシェも指摘するごとく、[25] Est（東方）に向かうということはネルヴァルにとって〈時間〉を遡り、若返ること、あるいは人間 humanité の源 origine に帰っていくことをも意味していた。

ネルヴァルの「失われた楽園」を求める意識は単にオリエント Orient ばかりでなく、「ドイツ」に対してもまた晩年においてはさらにヴァロワ地方に対しても認められる。例えばジョルジュ・ベルあての手紙ではこう言っている。「驚くべきことです！ ライン河の岸に触れたとき、私は自分の（内面の）声と自己の力とを再発見したのです！」[26] といい、また父親にも「ドイツ。何という素晴しい国でしょう。私達だけのことしか考える必要がないならば、私はこの国で生活したでしょうに」[27] と言っている。このようにネルヴァルにとってライン河を越えてドイツに行くことはリシェのいう「故郷」pays natal に帰っていくことを意味しており、それは同時に《vers l'Orient !》（東方へ）であることをも意味していた。G・ルージェもネルヴァルのオリエント旅行のこうした意味を認めており、そこに青春時代の一つの夢の蜃気楼を見、自己の「真実の国」véritable patrie を求めていた、[28] といっている。

ネルヴァルの東方旅行がこのような性格を帯びていたことは作品の上からも裏付けることができる。すなわち彼の後期の作品群、たとえば『東方紀行』、『火の娘たち』*Les Filles du feu* 中の「イシス」Isis、「オクタヴィ」Octavie あるいは『パンドラ』*Pandora* そしてことに『幻想詩篇』といった作品を検討すると、こうした「オリエント」《Orient》に対する深い渇望感を認めることができる。一例を示せば、

私はお前を想う、ミルトよ、神々しい誘惑者よ、
高々とそびえるポシリポ岬に　無数の光が輝き、
お前の額には東方《オリヤン》の光あふれ、[29]（「ミルト」）

といったものだが後期の作品においてはこのようにオリエント Orient は観念としての〈オリエント〉、一つの神話にまで高められている。

ネルヴァルの〈オリエント〉への渇望感という問題は上に述べたH・ルメートルやG・ルージェあるいはA・マリーといった研究家たちとは異なった観点から考えることもできるのではなかろうか。すなわちネルヴァルは第一義的には彼の職業上の必要から旅行したにしても、内面的にはボードレールがそうであったように、ネルヴァルもまた自己を責めさいなむ〈自意識〉から、あるいは〈時間〉というものから逃れ出ようとする欲求にかられて「出発のために出発」partir pour partir したのだ、と考えるR・ジャン Jean[30]、J・リシェ[31]の見解にも一面の真理があるように思われる。少なくともネルヴァルにとって《vers l'Orient》（東方へ！）とはJ・リシェの指摘する通り、〈時間〉を遡り若返ることを意味していた、ということは充分考えられる。G・ルージェはこうした見方を完全に否定しているが[32]、無論われわれもR・ジャンが考えているほど、ネルヴァルはこうした自覚があったとは考えていない。たしかにそこにはボードレールの「この世の外ならどこへでも」といった強烈な自意識、時間意識はみられ

ない。それにもかかわらずこうした一面も否定できないように思われる。たとえば友人であった作曲家のリストにあてた手紙の中で「私のこのたびのドイツ旅行はもはやアストルフの月世界旅行のようではなく、目覚めてしまったものの分別くさい旅となるようです。しかしあなたは私の口の中にあっていつも数音節でできていた、この永遠に消えようとしない私の〈自我〉を許してくれるでしょう[33]」といっているがこうした言葉には自意識の存在が暗示されているように思われる。たとえば『ローレライ』*Lorély* において「時間が私をかりたてる[34]」とか「ああ！　もし時計の針を止め、それを後へもどすとができたなら！　しかし所詮は時計の表面上の動きを狂わすことしかできず、永遠の時はつねに進みつづけるのだ[35]」ともいっている。彼の旅のこうした性格、すなわちネルヴァルのこうした時間から逃れようとする意識は常に《partir en voyage》（旅に出よう）という意識へと転化されていたと思われる。事実彼は「ここに生活しているとほとんど十年若返ります[36]」と告白している。同様のことをこれよりはるかに深刻な言葉で『東方紀行』においても語っている[37]。

こうした自我 soi や時間 temps から自由になろうとする欲求と密接に結びついた自己の救済という欲求はH・ルメートルやA・マリーによれば究極的には彼の魂を救済してくれる「永遠の女性」type feminin éternel の追求、ということに他ならない。だがわれわれには彼が現実に旅に出かけ、旅をしている時点では彼の旅 voyage がこうした意味をそれほど持っていたとは思われない。ただ作品化された次元で考えた場合、G・プーレも指摘するように[38]、彼がいわゆる《bionda e grassota》[39]（金髪のグラマー女性）なる女性（の幻影）を求めて旅行していた、という一面があることは事実である。たとえばイタリア旅行の体験から書かれた『パンドラ』*Pandora* の中の女性カティ Kathi やパンドラ Pandora（マリー・プレイイーン滞在の経験をもとにした『オクタヴィ』中の英国婦人、ドイツ旅行、ウィーン滞在の経験をもとにした『東方紀行』中のアッカレ Akkalē といった女性たちがネルヴァルのいう《bionda e grassota》（ブロンドの髪をした豊満な女性）ないし blonde aux yeux noire（黒い瞳のブロンド女性）なる「理想の女性」であった。こうした永遠の女性の典型 type féminin éternel に関し、例えば彼は『東方紀行』の中でこう述べている。「友よ、想像してみて下さい。これはわれわれがあれほどまでにしばしば夢見てきた美人の一人なのです。——イタリア派の絵画の理想的女性なのです。すなわちゴッズー《Gozzi》のヴェニスの美女、〈ブロンドの髪をした豊満な女性〉《bionda e grassota》、その女性がここに見い出されたのです！」[40]

こうした「永遠の女性像」そのものが何であり、またそれがネルヴァルにとってどのような意味をもっているか、という問題はすでにほかのところで論じているのでここでは触れまい。

ネルヴァルの〈旅〉の動機およびその意義という問題に関して最後に考えられるのは「日常性の回復」ということがあると思われる。日常性とは英語の routine という言葉が意味する日々のきまりきった生活習慣ということではなく、「具体的なもの」との触れ合い、そういう触れ合いのもつ直接性、現在性 actualité を意味する。ネルヴァルはこうした直接性、現在性を voyage の過程で回復しようとしているように思われる。ネルヴァルには本質的に夢想家 rêveur、幻視者 visionnaire としての資質が備っており、そうした彼の夢 rêve なるものへの傾斜は彼の理想の女性であったソフィー・ドーズ Sophie Dawes の死（一八四一年）やジェニー・コロン Jenny Colon の死（一八四二年）、あるいは最初の狂気の発作（一八四一年）などによってますます強まっていった。この狂気の発作によって彼のいういわゆる「地獄降り」descente aux enfers——狂気による「現実生活への夢の氾濫」l'épanchement du songe dans la vie rêelle の現象——がはじまる。こうした夢 rêves insensés[41] や幻想 illusions oniriques の過剰が自己の生命力を蝕むことを本能的に感じ取り、それから逃れるために緑と太陽を求めて「東方へ」(vers l'Orient) 行ったという面がある。シャルル・モーロン Charles Mauron によれば[42]、ネルヴァルは『ファウスト第二部』*Le Second Faust* を翻訳した頃（一八四〇年）より「曖昧な形而上的深淵」の中に自己を失いはじめ、一八四一年の狂気の発作とともに、「彼の無意識の中に、いいかえれば彼の慰安所であった夢の中心そのものの中に死と狂気」を認めることとなる。このときから「現実への出口を見い出そうとする苦悩にみちた努力」が始まる。同氏によればネルヴァルが東方 Orient に向ったのはこうした努力の一つのあらわれである、という。[43] いいかえればそうした常軌を逸した insensé な「夢と外部世界との和解」[44] « compromis entre le monde de l'extérieur et le rêve » の試み、それがネルヴァルの東方旅行ないし〈東方へ〉vers l'Orient の意義であり、根本的動機であった、とみる。

ところでレイモン・ジャンはネルヴァルにとって〈旅〉voyage とは何よりもまず世界 le monde との触れ合いによってもたらされる感覚の若やぎ rajeunissement あるいは爽やかさ fraîcheur を与えるものであった、としている。[45] 具体的なもの、現実的なものとの接触感、この接触感にともなう感覚的な喜び。「物」choses そのものとの触れ合いを可能にするものとしての〈旅〉。彼が現実に旅を行っている過程にあっては、こうした経験も大きな意味をもっているように思われる。状況に即応していく能力、その状況に即して現実の具体的な事物そのものを享受し、楽しもうとする意識が認められる。彼の精神のこうした在り方は作品『東方紀行』の中の(1)「ウィーンの恋」と題された一節[46]とか、あるいは(2)アラブ女の結婚式に立ち合おうとしてアラブ人の衣裳を身につけ、結婚式場にしのびこむ場面、[47] (3)アレキサンドリアの港でバナナやなつめやしの実を買う場面、[48] さらに(4)レバノンで凝乳 lait caillé や羊の焼肉をわけてもらうところ[49]などに認められる。そこには voyage nu（実際の旅）の残香がたゆたっており、R・ジャンも指摘するように、大地を所有した「生きている人間」« homme vivant »[50] としてのネルヴァルの姿が見え隠れしている。ネルヴァルのこうした物に密着して生きようとする意識の反映はたとえばカイロから父親にあてた手紙の中で語っている「季節はいつも輝かしく、常にヨーロッパの夏のようです。緑や花々はこの心楽しい国では永遠に生きつづけるかのようです」[51] といった言葉にも認められる。

〈時間〉が直接的な感覚世界の中に停止しており、そこではネルヴァルにとって voyage（旅）は présence（現存性）の体験そのものであり、「今とここ」**hic et nunc** の充足した体験そのものとなっている。具体的世界への没入による〈物質的恍惚〉extase matérielle。ネルヴァルは voyage によってこうした生命感をも体験していたように思われる。少なくとも彼が現実に旅の途上にあるいくつかの瞬間にはH・ルメートルやA・マリーらのいうきわめて精神主義的・観念的な「失われた楽園」の追求という意識は後退し、R・ジャンのいうこうした感覚的な側面が第一義的に意識されていたと思われる。

最後に旅の動因という問題を離れ、彼の旅の性格を考えてみると、今述べたことがらと密接な関連をもつ、というよりこれをさらに発展させたもう一つの性格があることに気がつく。それはJ－P・リシャール Richard も触れていることだが、[52]〈即興性〉という旅におけるネルヴァルの在り方である。これはたとえば「旅の覚え書」« Notes de voyage » の中に収められた「ロンドンの一夜」の次のような一節に認められる精神の在り方である。「予約してホテルに宿泊する必要がないということ、またそこで部屋を取り、食事を注文し、衣服を整えてもらったりすること、四、五人のボーイにチップをやったりするということ、そういう必要がないということは何と楽しいことだろう！（…）――私は好きなとき町に出、町を思いのままにする。最初に目にとまったレストランの前で足を止め、そこで思いつくままに注文する。それから今夜はどこのホテルにしようかなどと思いわずらうこともなく、カフェに入ったり、劇場にいったりする……」。[53]同じことを彼は『東方紀行』の中でも述べている。「私は少々物事を偶然に任せるのが好きだ」[54]、あるいは「私はただその地方へ行く道や馬車の便あるいは現在の瞬間にそこここで何が言われ、何が起こり、何が食べられているかということしか確かめようとはしない」[55]ともいっている。旅人としてのネルヴァルにとってはこの「現在の瞬間」le moment actuel のみが問題なのである。そこにおいては「あちこち」ça et là はここ ici となり、彼は世界 le monde そのものの中に「時間」に密着し、時間の流れの中に潜り込んで生きている。このような在り方にあっては「時間」ないし時間の流れを自覚することがないため、ある意味で「時間」が停止し、果てしない現存 présence sans fin の中にあるように感ずるのである。彼の生にとってこの moment actuel と ça et là（ici）がすべてであり、その生の流れは偶然 hasard に支配され、委ねられている。このような生の在り方が狂気と幻覚に悩まされているパリでのネルヴァルを救ってくれるはずである。このように彼は旅を通して精神の自由 liberté d'esrpit[56] と健康を得ようとしたといえよう。逆にいえば(2)ですでに述べたように、自己の病気（精神病）を癒やし、ないしは忘れるために、さらには狂気による幻覚から逃れるために旅をしたという一面が認められるのである。

旅にこうした積極的な目的と意義があったにもかかわらず、他方で彼は現実の旅に失望している。旅そのものに対する失望というより、旅先の地に対する失望なのであるが、それは旅先の地に「日常性の回復」を求めたネルヴァルの失望ではなく、そこに自己の「失われた楽園」を求めていたネルヴァルの失望である。すなわちこの失望は(2)で考察したネルヴァルのいわゆる〈東方〉« vers l'Orient » という観念としてのオリエント Orient が現実のそれと同一 identité ではあり得なかったということの痛ましい確認から生じたものである。それ故このことは右に述べた旅における感覚世界との接触による生命感の享受といった問題と矛盾し合うものではない。ネルヴァルにおけるこうした「観念としてのオリエント」と現実のオリエントとの乖離という問題は別の機会に検討することとしたい。

ところでポール・アザールが「世界の果てまで行った旅人でもやはり彼は自分の持っているもの、すなわち自己の人間の条件以外には決して何も見い出しはしない[57]」といっているように、旅のただ中に（すなわち現実のただ中に）〈失われた楽園〉や〈理想の女性〉を求めるという試みはそれ自体不可能なことであり、その意味ではこれは狂気 folie といえる。こう考えてくると、チェンバーズ Ross Chambers も指摘しているように[58]、ネルヴァルは旅に〈健康回復〉と〈狂気の追求〉という相矛盾したものを求めていた、とさえいなくはないのである。このようにネルヴァルの旅 voyage は多くの動機ないし目的のもとに試みられたものであり、決して一義的には律し得ない幾つかの意義、性格を有していたといえよう。

II　意識の運動・志向性とその諸相

前章でみたネルヴァルのそうした大小の旅行 voyages、散策 promenades や放浪 nomadismes といったネルヴァルに特徴的な一連の現象に認められる《mouvement》（運動）ないし《déplacement》（移動）への止みがたい欲求はどこから来ているのだろうか。こうした《mouvement》（運動）なるものを発生させている動因についてはすでに前章でかなり詳しく考察しているので、ここではその要点のみを再度簡単に触れておこう。ネルヴァルの《mouvement》の動因としてはさまざまな要因が考えられるが、大別すると、(1)時代的・社会的な要因と、(2)個人的要因とに分けて考えることができよう。それらを列挙すると、

(1)　社会的・時代的な要因として、

①ヨーロッパ社会全体がルネッサンス時代以来経験しつつあった mouvement への欲求

②①の延長線上にある一現象としての当時（十九世紀）の旅行熱の高まり、異国趣味 exotisme の流行

(2)　個人的・本質的要因としては、

①ネルヴァルのジャーナリストとしての資料収集

②精神的・肉体的な健康回帰

のほか、より本質的な要因としては

③ ②と関連して〈現実との直接的な接触〉[59]による〈現存〉présence や〈生〉の回復

④ボードレール流の「出発のための出発」partir pour partir[60]（自我意識や〈時間〉からの脱出）

⑤自己のアイデンティティ identité の追求

⑥ (1)の②に密接に関連して、彼の救済願望、すなわち彼に著しく特徴的なユートピアおよびメシア願望

などがあげられよう。

だがこのようなさまざまな要因のうち、より本質的なものとしては(1)の①および(2)の（④⑤も含めた）⑥を挙げることができるが、この二つの要因はより深いところでは一つのものとみることができる。すなわちネルヴァルの〝運動への欲求〟は、前章ですでに指摘したことだが、より根源的にはポール・アザール Paul Hazard が『ヨーロッパ意識の危機』*La Crise de la conscience européenne* (1680–1715) において明らかにしているように[61]、十六世紀後半のマニエリスム期にはじまり、十七世紀にその兆候が現われはじめたにもかかわらず、一時潜在化し、十八世紀に至って顕在化したキリスト教信仰の実質的衰退および教会の権威の全般的失墜という事実と深く係わり合っていると考えられるのである。ネルヴァルも含めてヨーロッパ人の mouvement への欲求の根源的動因は正にこのキリスト教信仰の衰退という事実の裡に存在しているように思われる。つまり、神の愛と安定した秩序感を日常生活そのもののうちに感じていた者には、日常の生活空間の外に何ものかを求めるといった事態は原理的には起こり得ないと考えられるからである。この意味ですでに前章で引用した、キリスト者・パスカルの次の言葉はわれわれにとってきわめて象徴的・暗示的である。「人間のあらゆる不幸は部屋にじっとしていられないという、この一事から生ずる。生活に困らないだけの財産をもっていて、しかも自宅で楽しく暮していく術を心得ている人なら、海外に乗り出したり、町の包囲戦に加わるために、わざわざ出かけていったりはしないだろうに[62]」。そこでいえることはネ

ルヴァルもパスカルもともに本質的にホモ・レリジオスス homo religiosus（宗教的人間）でありながら、前者は十九世紀という教会権威とキリスト教信仰の実質的衰退の時代に生きたが故に、内的にも外的にもホモ・モーベンス homo mobens（動く人）たらざるを得なかったのであり、後者はそれらがなおかろうじて存在していた十七世紀初頭に生き得、かつそれらを信じ得たが故に、少なくとも外的・空間的にはホモ・イムモーベンス homo immobens（蟄人）たり得たのではなかろうか、ということである。言いかえるならネルヴァルはやがてニーチェ Nietzsche やドストエフスキー Dostoievski がその精神史的・実存的意味を明確に自覚することになる〝近代〟という〈神なき時代〉にありながら、同時代のロマン派作家の誰よりもその感受性において、ホモ・レリジオスス homo religiosus であったが故に、すなわち〈神の不在〉を自覚しながら、というより、それ故にこそますます神へのそしてまた絶対なるものや無限なるものへの渇望感・飢餓感を募らせざるを得なかったが故に、その〈失われてしまったもの〉への絶望的な追求者として、内面的にも外面的にもホモ・モーベンス homo mobens たらざるを得なかったのではなかろうか、ということである。少なくともそのことが、ネルヴァルの「一カ所にじっとして se fixer していられない」といった不安な生の在り方、その何ものかにつかれたような落ち着かない意識の在り方を成立させている根源的な要因の一つとなっているような気がしてならない。

こう考えてくるとネルヴァルにおける〝運動現象〟phénomène de mouvement なるものはある意味では近代のヨーロッパ・ニヒリスム nihilisme européen の問題と深く係わった思想史的・精神史的問題とみることができるが、この点に関しては「ネルヴァルにおけるロマンティスムと虚無意識」といったテーマで稿を改めて考察しなければならないだろう。またこうした彼の「運動」mouvement への欲求を成立させるさまざまな成因については前章で考察したので[63]、ここでは彼の運動への欲求そのものが示す性格と構造ないしパターンを、別の言葉でいうなら、現実空間での〝運動現象〟（旅や散歩や放浪）は無論、想像空間での〝運動現象〟（すなわち昇行や飛翔あるいは下降や墜落のイマージュなど）をも成立させている彼の精神の〝運動〟mouvement――われわれはこれを仮に〝意識の運動〟と呼ぶこととしたいが――のいくつかの運動パターンとその性格を中心にみていくことにしたい。この場合そうした〝意識の運動〟の主要な動因と考えられる彼の〝救済願望〟に関しても、あわせて若干の考察を試みることとなろう。したがって以下においてわれわれが〝意識の運動〟という場合、それは①現実の空間的運動 mouvement を成立させるネルヴァルにおける〝運動〟への内的・心理的な衝動ないし意志 volonté を、さらに②としてそうした精神の意識的・無意識的な反映と考えられる想像世界 l'univers imaginaire にあらわれるイマージュや〝主題〟thème に認められる運動性（この場合移動感、速度感も含まれるが、多くは方向性――より厳密にいえば、ヴェクトル性――として現われる）をも意味する場合があることを断っておこう。

すでにみたように、旅行、散策、放浪といった彼の現実空間での一連の〈運動性〉の現象をはじめ、作品世界に認められる彼の内的・想像的〈動性〉mouvement を成立させている根本的な成因は彼の〝救済願望〟すなわち絶対や無限への深い渇望にあると考えられる。より具体的にいうなら、彼独特のユートピア願望であり、またある場合には『オーレリア』*Aurélia* 第二部やそれに続く「メモラーブル」《Mémorables》などに認められる如く、ある種のメシア願望的な欲求にあると考えられる。

このような二種類の救済願望がネルヴァルにあって広義の〝運動現象〟phénomène de mouvement なるものを成立させている主要な要因であったと考えられる。そこでまずネルヴァルのユートピア願望について簡単にふれておくとそれはたとえば『東方紀行』*Voyage en Orient* にみえる次のような空間願望と見ることができよう。

〔キャプテン・クックは〕ある日はかもめやペンギンを見たとか、また他の日には丸太が一本波間に漂っているのしか見なかったとか、またそこでは海が青々と澄みわたり、かしこでは褐色に濁っていたとか書いている。だがそのような空しい〝徴表物《シーニュ》〟や変転きわまりない波浪を通して、彼はある未知な、芳しい島々のことを夢見ていたのだ。そして遂に、ある日の晩のこと、至純の愛と永遠の美とに包まれたそのような隠棲地に到達するにいたったのだ。[64]

この「至純の愛と永遠の美とにつつまれた隠棲地」とはまた秘儀 initiation の入門者 initié が最終的に獲得するとネルヴァルの夢想する次のような至福の地でもある。

飼い慣らされた動物たちはこうした驚異に満ちた光景に生命を与え、そして入門者は完全に眠った状態で芝生の上に横たえられる。そして目覚めとともに、自分が、創造された完璧な自然そのものとさえ思われるある世界の中にいることに気づく。彼は立ち上がり、暁の澄み切った空気を胸一杯吸い、彼がひさしく目にすることのなかった太陽の輝きに包まれて再生する。彼は小鳥たちが美しい旋律の歌を歌うのを聞き、咲き出でた花々を愛でる。そしてまた紅いの棗椰子《ロテュス》が星の如く咲き乱れ、パピルスに縁どられた潮の静かな水面、そこには紅鶴、薔薇色の紅鶴やときが優雅な弧を描いて飛び交っているのであった。だがここにはこの孤独を活気づけるにはまだ何かが欠けていた。——人の婦人、汚れない——人の処女が現われる。その女性はかくも若々しい故に、朝の純粋な夢から自ら生れでてきたようにさえ思われる。彼女はまたかくも美しいので、近づいて眺めてみると、彼女自身の中に女神イシスのほれぼれするような姿を認めることができた。[65]（『東方紀行』）

ネルヴァルはこうした理想の地での幸福——自己の「究極的かつ絶対的な幸福」bonheur suprême et absolu——

の実現を夢見て、旅を行っていたと考えられる。しかもこのような「理想の地」の夢が現実の地平では実現不可能であることをなかば意識しつつ、それにもかかわらず「現実空間のただ中」au sein de l'espace rèel のどこかにあるいは存在するかも知れないという〝曖昧かつ不条理な信仰〟croyance ambivalente et absurde を内に秘めていたように思われる。そしてこのような夢——彼が手紙[66]の中で「白日夢」« rêve éveillé » と呼んだ〈理想〉l'idéal ——が当然のことながら現実空間では決して得られないことを身をもって知らされた一八四三年の東方旅行を契機として、彼は次第に時間的・想像的な領域にその理想を求めていくこととなる。つまり晩年のヴァロワ地方やドイツへの旅は、ある意味で〈時間的な旅〉voyage temporel ないし〈想像的な旅〉voyage imaginaire と呼び得る内的な旅であり、そこに恋人であり、かつ女神イシスでもある母のイマージュを求め、「天国のように思われた」幸福な子供時代を求めていくこととなる。さらにまた『オーレリア』第一部に語られているように、この世の終末を予感しつつ、救世主キリストの再臨を想ってパリの町を放浪することとなる。また『東方紀行』や『十月の夜』*Les Nuits d'octobre*、『オーレリア』といった後期の作品群はそれ自体一種の〈想像的な旅〉あるいは〈時間的な旅〉としての意味を有しているとすらいえるのである。彼はこうした作品世界（想像空間）の裡に——狂気や夢の体験を通して——その「理想」の実現（自己救済の獲得）を求めていたと考えられる。事実これらの作品には救済願望を動因とする意識の運動を暗示する運動性（方向性）に満ちたイマージュが数多く認められるのである。

このようにみてくると、彼の意識の運動には大別して二つのパターンというか方向性が認められることに気づく。つまり一つは水平的な運動性 mobilité horizontale を示す場合であり、これは彼の救済願望（ユートピア願望）が空間を通じて現われる場合であり、主として現実空間に成立する運動例だが、想像世界（夢や幻覚から得られたイマージュ）に現われる場合も少なくない。他は垂直的な運動性 mobilité verticale を示す場合であり、これは空間的な運動性 mobilité spatiale を示す場合と時間的な運動性 mobilité temporelle を示す場合——すなわち意識が時間的に自己の内部へ想像的に遡行したり、未来の時を先取りして現在化してしまう場合――の二種の運動例を認めることができる。無論この二種の運動例にもそれぞれ、現実空間に現われる場合、想像世界に現われる場合があり、計四種の運動例があることはいうまでもない。空間的な垂直運動例としては、たとえば、実人生におけるネルヴァルの山（たとえばヒマラヤやアルプスなど）や丘といった高み en haut やたとえば地下室などといった下方 en bas への愛着、あるいは昇行 ascension や墜落 chute への偏執 obsession などの例にみられる意識の運動、あるいは想像世界における天 ciel とか山 montagne といった〝上方〟en haut や高み hauteur のイマージュに認められる、あるいは逆に井戸 puits とか深淵 abîme とか地獄 enfers（地下世界 monde souterrain）への偏執などにみられるそれ、さらにはそうした上方への昇行や飛翔、下方への降下や墜落のイマージュなどに認められる意識の運動などが挙げられよう。次に時間的な垂直運動の例としては、たとえば実人生における彼の母や子供時代の想い出、またいわゆる〝集団的過去〟つまり個人の体験を超えて人々の記憶に生きつづける過去、いってみれば伝説的意義を帯びた民衆的・民族的な過去への回帰、あるいは考古学 archéologie や系図学 généalogie、伝説などへの偏愛にみられる意識の運動、さらには想像世界における過去の英雄、神話的人物たちとの再会の夢、あるいはメシア再臨による黙示録的世界到来の夢などのイマージュに認められる意識の運動などが考えられる。

ここで時間的な運動性を示す意識の運動を垂直的な運動例とみる理由を説明しておく必要があろう。ネルヴァルにあっても夢や想起により、あるいは表現行為 écriture を通して、バシュラール Gaston Bachelard[67] のいう物理的――この意味で水平的――時間を超えて、ある詩的・特権的な、いわば〝流れない〟時を実現しようとする場合が認められるのであり、したがってこうした意識の運動の在り方は水平的・物理的時間に従って生きることを拒否しようとするという意味で、バシュラールに倣って比喩的に〝垂直的〟な運動とみなしたわけである。

そこで今述べたいくつかの意識の運動例を図示してみると次のようになるかと思われる。

ネルヴァルにおける意識の運動

- I水平的運動
  - ①現実的運動（旅行、散歩、放浪、転居への関心）
  - ②想像的運動（空間移動、水平的飛翔の夢やイマージュに認められる意識の運動）
- II垂直的運動
  - (1)空間的運動
    - ①現実的運動（現実生活での山や丘あるいは下方への関心ないし偏執）
    - ②想像的運動（山や丘、天空といった高みのイマージュあるいは地獄、地下世界さらには深淵のイマージュ、ないし、天への上昇や下方への墜落のイマージュなどに認められる意識の運動）
  - (2)時間的運動
    - ①現実的運動（母や子供時代への回帰／系図学や集団的過去、伝説などへの関心）
    - ②想像的運動（祖先や英雄たちの再会の夢、メシア再臨の夢などを表象したイマージュに認められる意識の運動）

図2

1．意識の水平的運動性

そこでまず水平的な運動性 mobilité horizontale を空間において示す運動例をみていくと、これはいわゆるデペイズマンとしての性格すなわち日常的な生活空間からの離脱 dépaysement による〝未知なるもの〟の発見を目指して行われた旅行などに認められる意識の運動がこれに当たるといえよう。たとえば彼は作品『東方紀行』Voyage en Orient の中で、

①「アフリカでは、われわれがヨーロッパにあってアフリカに憧れているように、人々はインドに憧れている。理想というものは常に現実的地平の彼方に輝いているものだ。」《En Afrique, on rêve l'Inde comme en Europe on rêve l'Afrique ; l'idéal rayonne toujours au-delà de notre horizon actuel.[68]》

といっているように、彼はこの「理想」l'idéal を常に現実の地平 horizon actuel の彼方 au-delà に求めて、旅を思い、旅に出、旅していたと考えられる。

彼はこれとほぼ同じことを一八四三年の東方旅行の帰途、マルタ島付近の船中から、友人ジュール・ジャナン Jules Janin に宛てた手紙の中でもいっている。

②「要するに〔現実の〕オリエントは二年前から私がそれについて思い描いていたあの白日夢とはほど遠いものでした。言いかえればこの種の〔理想の〕オリエントはさらに遠く、さらに高いところに存在しているということなのでしょう。」《En somme, l'Orient n'approche pas de ce rêve éveillé que j'en avais fait il y a deux ans, ou bien c'est que cet Orient-là est encore plus loin ou plus haut.[69]》

ロス・チェンバーズ Ross Chambers はここにいう「白日夢」《rêve éveillié》をネルヴァルが一八四一年の最初の発作時にみた夢――狂気による幻覚 hallucination ――すなわちネルヴァル自身がその手紙でいっている「とても面白い夢」《rêve très amusant[70]》あるいは「持続する夢」《reve continuel[71]》とほぼ同一の意味内容を所有しているとみているが[72]、必ずしもそうみる必要はなく、むしろ『東方紀行』でいわれている「不条理な夢」《mon rêve absurde[73]》あるいは先に引用した文中の「理想」l'ideal と考えるべきだろう。つまりここにいう白日夢とは現実空間では実現不可能な「理想」を「現実地平の彼方に」au-delà de l'horizon actuel 追求するといった不条理な自己の「夢」をやや自嘲的に《rêve éveillé》といっているように考えられるのである。

彼の意識の水平的・拡大運動は先に引用した例文に認められるように現実地平内 en deça de l'horizon actuel にお

けるこの「白日夢」« rêve éveillé » たる「理想」l'ideal の不在性 absence、それが彼の意識の空間における水平的（さらには垂直的）遠心運動を支える原動力となっていると考えられる（« cet Orient-là est encore plus loin ou plus haut »）。つまりこの「現実の地平よりさらに遠くに行く」という水平的・遠心的な運動性を示す意識のあり方が彼の現実空間での〝水平的運動〟mouvement horizontal たる旅 voyage を成立させているといえる。

　このようにネルヴァルにあっては〈理想の地〉lieu utopique、彼のいう「理想」l'ideal を地平線の果てに求める意識、さらにいえば地平線 horizon そのものが、ある〝究極的な幸福〟bonheur suprême を約束する終局的な目標地点であるかの如くの印象を与える場合さえある。つまりネルヴァルにあっては〈地平線〉horizon へのある種の信仰が認められるようにすら思える。というのは地平線とは視覚的・現実的には確かに「現実空間のただ中」au sein de l'espace rêel に存在しているにもかかわらず、近づけば近づいただけ、地平線そのものも「奥へ奥へと後退して」しまい、現実にはどこまでいっても到達不可能なものである。この意味でそれは彼にとっては此岸的なものと彼岸的なものとの接点、有限と無限との結接地点としての意味を有しており、いわば現実空間内での「理想」l'ideal（ユートピア）の実現地点としての象徴的価値を所有していると考えられるからである。実際ネルヴァルの作品中には随所にこの « horizon »（地平線、時に水平線、またある場合には視界という意味で使用されている）という言葉に出会う。そしてしばしばこの言葉に深いニュアンスが与えられていることに気づく。例をいくつか挙げてみると、

③バラ色の曙光が地平線をほんのりと染めていた。朝日が現われるところであった。（『東方紀行』）

Une lueur rose frangeait l'horizon ; le jour allait paraître.[74]

④広い並木道ははるか彼方に続き、青い灰色にくすんだ魅力的な地平線に消えていた。（『東方紀行』）

Les grandes allées *se terminaient très loin* par des horizons gris et bleus charmants.[75]

⑤フェヌロンも言っているように、私は「眼の楽しみにお誂え向きの」地平線の方が好きだ。そこには日の出も日の入りも楽しめるのだが、ことに日の出がいい。（『散策と回想』）

J'aime mieux tel horizon « à souhait pour le plaisir des yeux », comme dirait Fénelon, où l'on peut jouir, soit d'un lever, soit d'un coucher de soleil, mais particulièrement du lever.[76]

⑥地平線はまだ薄暗かったが、明けの明星の放つ透明な光が海面に白い筋をひいていた。（…）「この海の彼方にはとコリーヌはアドリア海の方に向き直って言った。「ギリシアがあるのです……この考えは人を感動させるに十分ではなかろうか」。（『東方紀行』）

L'horizon était obscur encore, mais l'étoile du matin rayonnait d'un feu clair dont la mer était sillonnée. [...] « Au delà de cette mer, disait Corine en se tournant vers l'Adriatique, il y a la Grèce ... Cette idée ne suffit-elle pas pour émouvoir ? »[77]

⑦谷が開け、広大な地平線が見渡す限り広がっている。もはや足跡も道も見当たらず、大地は至るところに凸凹した灰色っぽい円柱状の筋が長々と認められる。（『東方紀行』、傍点筆者）

La vallée s'ouvre ; un immense horizon *s'étend à perte de vue*. Plus de traces, plus de chemins ; le sol est rayé partout de longues colonnes rugeuses et grisâtres.[78]

⑧ほんのりと蒼白い空の下に、地平線はもみの木の永遠の緑にずっと染まっていた。頂きに城の見える山々は百里もの拡がりを見せているこの「黒森」の真中に相変わらず聳えていた。（『ローレライ』）

Sous un ciel un peu pâle, l'horizon se teignait toujours de la verdure éternelle des sapins ; les monts couronnés de châteaux s'élançaient toujours du sein de cette Forêt-Noire qui règne sur une étendue de cent lieues.[79]

などであるが、ここには少なくとも彼の〈地平線〉horizon への特別な愛着 goût が認められるように思う。また特に④、⑥、⑦、⑧などの用例は彼の意識が水平的・遠心的な運動性を示していることを物語っているように思われる。また地平線のもつ地上的なものと天上的なものとの融接点としての象徴性を示している例としては、前に引用した「理想というものは常に現実地平の彼方に光輝いているものだ」« l'idéal rayonne toujours au delà de notre horizon actuel » の例があげられるが、他にもたとえば、

⑨われわれは世界のもう一つの部分が所有するそのような魔術的な地平、その爽かさ、その心に泌み入るような香りからやっとのことで離れた。そこはまるでわれわれが奇蹟によってその地に運ばれたかと思われるような世界であった。(『東方紀行』)

Nous nous arrachâmes avec peine à cet horizon magique, à cette fraîcheur, à ces senteurs pénétrantes d'une autre partie du monde, où il semblait que nous fussions transportés par miracle.[80]

⑩「埃っぽい堡塁内にかくも長い間閉じ込められる破目になったが、それはオリエントの素晴しい水平線のただ中で楽しい日々を過したことに対する辛い報いなのであった」(『東方紀行』)

« Séjourner si longtemps dans les casemates poudreuses d'un fort, c'est une bien amère pénitence de quelques beaux jours passés au milieu des horizons splendides de l'Orient.[81] »

⑪われわれは出発した。昔日のエジプトの栄光をかくも物悲しく縁取っているこの砂漠の外縁が紺碧の海の水平線にぼやけ、落ちかかり、ついには消え入るのが見える。砂漠の砂ぼこりだけが水平線に残っている。(『東方紀行』)

Nous partons : nous voyons s'amincir, descendre et disparaître enfin sous le bleu niveau de la mer cette frange de sable qui encadre si tristement les splendeurs de la vieille Égypte : le flamboiement poudreux du désert reste seul à l'horizon.[82]

⑫彼女〔暁の女神〕が近づいてくる、そしてシテール島の住民たちに生命を与えた聖なる波面を優しく滑ってくる（…）われわれの前方、はるか彼方の水平線には、あの真紅に輝く岸辺が、雲のように見える紫色をしたあの丘々が見える。それこそ女神ウェヌスの島、斑岩石に富んだ古代のシテール島なのだ。（…）それが私の夢であり……そしてこれが私の目覚め！　空と海は変らずかしこにある——オリエントの空、イオニア海、それらはくる朝もくる朝も聖なる愛の女神アウローラの愛撫を受ける。だが、陸地は死んでしまった、人間たちの手によって。そして神々はこの地から立ち去ってしまったのだ。（『東方紀行』）

Elle vient, elle approche, elle glisse aomoureusement sur les flots divins qui ont donné le jour à Cythérée [...] devant nous, là-bas, à l'horizon, cette côte vermeille, ces collines empourprées qui semblent des nuages, c'est l'île même de Vénus, c'est l'antique Cythère aux rochers de porphyre [...] Voilà mon rêve ... et voici mon réveil ! Le ciel et la mer sont toujours là ; le ciel d'Orient, la mer de l'Ionie se donnent chaque matin le saint baiser d'amour ; mais la terre est morte, morte sous la main de l'homme, et les dieux se sont envolés ![83]

⑬なるほど回教徒の地であるが、すでに祖国を思い出させるこのヨーロッパの大地〔ガラダ〕に来ている私を取り巻く静かな地平線の彼方に、私は相変わらず感じている——想い出の中で埃にまみれつつも燃えつづけるあの遠い幻のような地が輝いているのを……。（『東方紀行』）

Au-delà de l'horizon paisible qui m'entoure, sur cette terre d'Europe, musulmane, il est vrai, mais rappelant déjà la patrie, je sens toujours l'éblouissement de ce mirage lointain qui flamboie et poudroie dans mon souvenir...[84]

などが挙げられよう。このような例からも、ネルヴァルが空間的・水平的なプラン plan に、そのユートピックな救済願望 désir du salut の実現をひそかに期待していたという事実を窺うことができよう。逆にいうなら、前に見た如くの彼のユートピア願望が彼の現実空間での水平的な運動たる旅 voyage を成立させる大きな動因であったことが確認できるように思う。ネルヴァルのこうした「現実地平の彼方」au delà de l'horizon actuel への志向ないし〈地平線への視線〉regard sur (vers) l'horizon に見られる意識の水平的拡大運動例はいうまでもなく《horizon》という用語が含まれていないテキストにも認めることができる。先に引用した②の例がそれだが、ほかにもたとえば、

⑭私は一体どこへ行こうというのだろう。この冬、一体どこへ行くことを望み得るというのだろう。私は春を迎えに行くのであり、太陽を迎えに行くのだ！　太陽は目の前に、オリエントの色鮮やかな霧の中に燃え立っている。(『東方紀行』)

Où vais-je? Où peut-on souhaiter d'aller en hiver ? Je vais au-devant du printemps, je vais au-devant du soleil... Il flamboie à mes yeux dans les brumes colorées de l'Orient.[85]

などがある。ネルヴァルの作品にはこうした意識の水平的拡大運動例（あるいはこうした意識の運動性を暗示するイマージュ例）が数多く挙げることができるが[86]、殊に『東方紀行』をはじめジャン・リシェの手で Notes de Voyages としてまとめられた一連の旅行記、『アンジェリック』*Angélique*、『ローレライ』*Lorély* などに数多く認められる。ほかにもたとえば『エミリー』*Émilie*（『火の娘たち』*Les Filles du Feu* の一編）、『十月の夜』*Les Nuits d'Octobre*、『散策と回想』*Promenades et Souvenirs*、『ニコラの告白』*Les Confidences de Nicolas*、『オーレリア』*Aurélia* といった作品

にもその例は少なくはない。

現実空間での homo mobens〔動く人〕としてのネルヴァル的旅人 voyageur nervalien およびそれを作品〔手紙も含めて〕の中で成立させている彼の精神は自己を責め苛む〈時間〉から脱出するために、あるいはより積極的には自己救済の場としての「理想の地」lieu utopique を求めて、そのような果てしないとまでいえる「より遠くに行く」aller plus loin という運動を続けようとするが、引用した②、⑦、⑪、⑫などの例文に見られるように、現実空間でのこうした水平的遠心運動は遂には挫折せざるを得ない。生身の人間であるかぎり、人間としての限界、いわば人間の条件を超えることはできないからである。この「現実の地平線」horizon actuel のもつ欠如性というか、不在性 absence そのものが一方においてマラルメ Mallarmé における〈蒼空〉azur のごとく、彼を水平的遠心運動へと駆り立てる強力な誘因となっているのだが、他方において、この〈無限に遠くに行く〉aller plus loin sans fin ことの不可能性を自覚した時、彼はこの「現実の地平線」horizon actuel のもつ不在性それ自体に失望させられることとなる。というのは、そうした「かしこ」là-bas を、「現実地平の彼方」au delà de l'horizon actuel のもつ彼岸性を強引に現実化 actualiser し、「ここ」ici 化しようとすれば、そこには「色あせた散文的な現実」しか存在せざるを得ないからである。

⑮しかしだからといってこのような魅惑的な〔世界への〕扉の一つを今一度打ち破るのを誰が一体控えることができようか。たとえその扉の背後には時として散文的な自然、色あせた地平しか存在しないにしても。(『ローレライ』)

Mais qui pourrait se retenir pourtant de briser encore une de ces portes enchantées, derrière lesquelles il n'y a souvent qu'une prosaïque nature, un horizon décoré?[87]

理想の地 terre utopique たる「魔術的地平」« horizon magique »[88] はそれを追求 courir すればするほど、背後 décor に、あるいは高みに、つまり au delà de l'horizon actuel へ逃れ去ってしまい、理想の地が当初そこにあると思っていた現実空間は常に彼の期待を裏切りつづける。そのことはたとえば次の例文をみても理解できよう。

⑯私はといえば、すでに王国から王国へ、地方から地方へと、世界の最も美しい半面さえ失ってしまいました。そしてやがて私はもはや自己の夢をどこに憩わせてよいのかわからなくなってしまうでしょう。私が自らの想像力から追い出してしまったのをもっとも後悔しているのはエジプトです。ですから今後はそれを私の想い出の中に悲しく住まわせておくことにしました！（一八四三年ゴーチェ宛書簡）

Moi, j'ai déjà perdu, royaume à royaume, et province à province, la plus belle moitié de l'univers, et bientôt je ne vais plus savoir où réfugier mes rêves ; mais c'est l'Égypte que je regrette le plus d'avoir chassé de mon imagination, pour la loger tristement dans mes souvenirs[89] !

これとほとんど同じことを『東方紀行』や『ローレライ』の中でも述べており[90]、たとえば同書の序文中では「だからそれは町から町へ、国から国へとだんだん遠くに行くにつれて、若い頃読書と絵画を通して、あるいは夢想を通して形成されたそうした美しい世界の一切を失ってしまうという非常に辛く悲しい感じなのだ」といい、さらにこれに続けて「子供の頭の中でこのように形成された世界は非常に豊かで、かつ美しいので、それが習得された観念の誇張された結果なのか、それとも前世 existence antérieure の回想であるのか、未知なる世界（惑星）の魔術的地理 « géographie magique d'une planète inconnue » であるのかわからなくなってしまうほどである。だからある種の風景、ある種の国々がどんなに素晴しいにしても、われわれの想像力を申し分なく驚嘆させ、あるいはまた啞然とさせるような前代未聞の何かあるものをわれわれに提示するような風景や国々といったものは決して存在しないのだ」[91]といっており、あるいはすでに引用した⑮の直前で「ファウスト博士の小宇宙《les microcosmos》は幼年時代を過ぎたわれわれのすべてにもたらされる。だが現実世界《le monde rêel》の中にわれわれが一歩一歩、歩を進めるにつれて、そうした幻想的な世界《ce monde fantastique》はその星の一つを、その美しい色彩の一つを、おとぎの国のごとくの領域の一つを失っていくのだ。かくして私はすでに世界の多くの国々の土を実際に踏んできたが、それらが私に残した想い出はそうした国々に対して抱いていた素晴しい夢の数々とは比較すべくもないひどいものだ。つまり現実の世界の国々は私からそのような素晴しい夢を奪ってしまったのだ」[92]とも述べている。

現実空間でのこのような「魔術的地平」horizon magique[93]、別な言葉でいえば「未知なる世界（惑星）の魔術的地理」géographie magique d'une planète inconnue[94]の追求に失敗したとき、というよりそうしたものを現実的地平内で追求することの不可能性を認識したとき、上に挙げた例文②や⑯にも認められるように、彼の意識は「より遠く」plus loin ではなく、「より高く」plus haut ないし「より深く」plus profondément という垂直的運動性 mobilité verticale を示すに至る。あるいは一八四三年のジャナンにあてた手紙の中で、引用した②に続けて、「ポエジーを求めてかけ回るなんてもううんざりです。それはあなたの家の戸口に、そして恐らくはあなたのベットの中にあるのだと思う。私の方はまだ（poêsie を）追い求めている男ですが、そのうち私も立ち止まって、それを待つべく努力しようと思う」[95]と述べているように、彼の意識は現実空間 に poêsie（理想）を求めて、水平的に「より遠くへ」行こうとする意識の在り方から、「立ち止まって待つ者」l'homme qui s'arrête et attend の意識のあり方へ、すなわちその種の理想（poêsie）を——主として垂直軸に沿って（à votre porte）——追求しようとする意識、さらにいえば夢見る者 rêveur として、夢の中に（à votre lit）すなわち深淵や地下世界への降下の夢や〈かの地〉への飛翔の夢の中に、垂直的にその「理想」を追求しようとする意識の在り方へと変っていく。

2．意識の垂直的運動性

ネルヴァルが旅行 voyage といった現実空間内での水平的運動 mouvement horizontal から得た教訓、それはすでにみたように、〈現実地平内〉en deça de l'horizon actuel には決して彼のいう〈理想〉l'idéal[96] は存在しないということであった。何度かの旅行——ことに東方旅行——の経験を通して、こうした事実を身をもって確認するにつれて、前に引用した一八四三年のジャナンやゴーチェ宛の手紙[97]にみられるように、彼の意識は次第に垂直的な運動性を示すことが多くなる。つまりネルヴァルは〈理想〉l'idéal ——ジャナン宛の手紙でいう〈白日夢〉rêve éveillé を「より遠く」plus loin ではなく、「より高く」plus haut に、あるいは「より下方」plus bas に——主として夢や狂気による幻覚の体験を通して——求めていく傾向が次第に強まっていくこととなる。あるいはさらに空間の裡にではなく、例文⑯で「私が自らの想像力から追い出してしまった理想のエジプトを今後は想い出の中に住まわせておくことにしました」といっているように、時間的な相 plan に求めていくこととなる。無論この運動パターンは旅行といった実生活における mouvements horizontaux の過程にあっても数多くみられるものであり、この意味では意識の運動における水平的な方向性と垂直的なそれとは現実には併存しているといえるが、それにしても晩年に至るにつれ、後者の運動性を示す場合が多くなるということはいえるように思う。

そこでまず空間的な垂直運動例からみていくと、これはたとえば『東方紀行』の中で語られているアルプスの山[98]とか、レバノンの山や高地[99]、エジプトのピラミッドへの憧憬ないし愛着[100]などの例にみられる彼の意識の現実空間での垂直的な志向性と『オーレリア』などに顕著にみられる想像空間でのイマージュに認められるそれとがあるが、前者は引用が長くなりすぎることもあり、ここでは後者の問題を中心に検討してみることとしたい。ネルヴァルの作品には高み hauteur への憧憬、あるいは高み hauteur や上方 en haut への上昇運動 mouvement d'ascention を示すイマージュが散見される。代表的なものをいくつか挙げてみると、たとえば、

①私の眼には彼〈〈私〉の友人〉の姿が大きくなってゆき、使徒の顔立ちを帯びるように認められた。二人のいる場所が持ち上がってゆくのが見えるように思われた。（…）広漠とした孤独に包まれた丘の上にあって、この光景は、二人の精霊の闘いや、聖書に出てくる誘惑の光景のようなものとなった。[101]（傍点筆者）

②星はますます大きくなるように見えた。そこで、私は腕を大きく拡げて、霊魂が磁気を帯びた星の光で吸い上げられるように、肉体から離れる瞬間を待った。その時私は思わず戦慄を覚えた。地上とそこで私が愛した人々との離別の悲しみが私の心をとらえたのだ。[102]（傍点筆者）

③私はそこに＊＊＊の顔立ちをみとめた。われわれは勝利に向かって飛翔し、われわれの敵は足下にあった。使者の鳥ヤツガシラが私たちを空の一番高い所にまで導いていった。そして光の弓がアポリオンの神々しい手の中できらめいていた。[103]（傍点筆者）

④私の魂から徐々に離れていき、私に無意味な警告を与えたのはまぎれもなく彼、この神秘的な兄弟だったのだ。この人好きのする夫、栄光にみちた夫、私を裁き、断罪し、私に与えられる筈だった女性を、もはや私にはふさわしくないとして、天空高く永遠に奪い去ってしまうのは、まさしくあの男なのだ[104]！

⑤苛立った亡霊たちは、嵐が追ってくるときの如く、叫び声を上げ、虚空に幾つもの不吉な円を描きながら、逃れ去ってゆくのであった。[105]

といった『オーレリア』にみえる例、あるいは⑥「その時彼女はまとっていた金襴の衣裳から若々しく飛び出した。彼女の飛翔する姿は、柱付寝台の緋色の天蓋の中に消えていった。私の浮き立つ心は空しく彼女の後を追おうとした。彼女の姿は永久に消え去ってしまっていたのに」[106]といった『パンドラ』*Pandora*の例を挙げることができるが、これらはいずれも主人公〈私〉の天空への上昇願望を暗示するイマージュと考えることができる。すなわち例①は自己の運命の星に憑かれて、夢遊病者のように街を進む〈私〉を連れ戻そうとした聖霊（実は〈私〉の友人）と争って「いや、私はおまえの属する天界のものではない。あの星には、私を待っている人たちがいるのだ。（…）私をその人たちに会わせて欲しい。私が愛している女性は彼らの一人だし、私たち二人はそこで再会することになっているのだから！」[107]と叫ぶ場面であり、また例②は主人公〈私〉が「神秘的な讃美歌」を歌いつつ、〝昇天幻想〟にとらえられて「何ともいえない喜び」« une joie ineffable »[108]を体験する場面である。③の例は文字通り、救世主メシア再臨によるオーレリアと〈私〉との救済を語っており、例④は主人公〈私〉の分身、神秘的な兄弟が恋人オーレリアと天界で結ばれる場面となっている。これらのイマージュはネルヴァルの意識の振幅がその救済願望に促がされて、上方への垂直的な運動性を示していると考えられる。こうした意識の在り方はネルヴァルのユートピア願望がメシア的救済願望と結合することによって、垂直的にあらわれた場合に示す運動性であり、これは必ずしも空間的・水平的なユートピア願望の挫折からもたらされたわけではなく、むしろ両者はある場合には同時的・共存的ですらある。というより、両者は本質的には同質の救済願望であり、それが座標軸を異にして表出されたにすぎないと考えることもできよう。とはいえ、このような二つの意識の運動性、ないし志向性は『ローレライ』や『東方紀行』の序文の部分には空間的・水平的な遠心運動性を示す場合がきわめて多く、『東方紀行』の後半部、特に『暁の女王と精霊の王ソリマンの物語』*Histoire de la Reine du Matin et de Soliman, prince des génies* の部分では（ことに下方への）垂直的な振幅を示す場合が多くなり、『オーレリア』に至っては垂直的な運動性を暗示するイマージ

とえば、

ュが著しく多くなっているといえよう。

次にネルヴァルの山や丘といった高み hauteur への関心 goût ないし偏愛 obssession を示す例をみてみると、た

⑦お前を思う、ミルト、神々しき魅惑者よ、
幾千もの火輝く、誇り高きポシリポ岬を
オリエントの輝きに包まれたお前の額を
お前の金色の巻髪と絡み合う、黒ぶどうの房を、[109]（「ミルト」）

⑧私は洞窟の上のポシリポ岬に登りはじめた。すっかり頂上に登りつくと、すでに青くなった海や（…）市街を眺めながら歩き回るのであった。[110]（『オクタヴィ』）

⑨私はめまいを覚えるほど高いところまで行きすぎてしまったのだろうか。（…）いくつもの丘陵にとりまかれたその都会は、人家の密集した山をいただいていた。この首都の住民の中に、私はある特殊な国に属する人たちの姿をみとめるように思えた。彼らの活気にみちた確固たる態度、その目鼻立ちの精力的な特徴には、異邦人の訪れることのほとんどない山岳地方や島々に住む、独立心が旺盛で好戦的な民族を思わせるものがあった。（…）この人たちは一体何者なのだろう。私の案内人は、（…）急な坂道を、私によじのぼるように歩かせるのであった。私たちがなおも長い一連の階段を登って行くと、行手に視界が開けた。（…）幸せな一民族が、自分たちのために、小鳥と花、澄みきった空気と明るい日差しの愛でるこの隠れ家をつくりあげていたのだ。案内人が私に言った。「あの人たちは私たちが現にいるこの町を見下ろす山の、昔ながらの住民なのです。長い間彼らはここでこの世のはじめの日々の自然な美徳を守りながら、質素だが、愛情にみちた正しい生活を送ってきたので

す。まわりの人たちは彼らを尊敬し、彼らを手本にしていたのです」。（…）どうやら人々は、私がこれらの隠れ家の秘密に深く立ち入るのを妨げようとしているかのようであった。案内人には何もたずねなかったが、私には高台と底知れぬ深い場所《ces hauteurs et en même temps ces profondeurs》とが、この山の原始民族の隠れ家となっていることが直観的にわかった。（…）彼らはそこで、質素に、優しく正しく、たくみに、ゆるぎなくまた巧妙に暮らしていた。（…）何ということだろう！　彼らが堕落せず、滅亡せず、隷属もしなかったとは。無知を克服しながら、清純さを失わず、安楽な暮らしのなかにも清貧の美徳を失わないでいるのだ！（…）私は、ある失われた楽園を思い出すかのように、熱い涙を流しはじめた。その時自分がこの懐かしい他界では一介の通行人にすぎないという気持が堪えがたいものに思われ、この世に立ちもどらねばならないと思うと慄然とした。[111]

（『オーレリア』）

などが挙げられるが、こうしたhauteurないしaltitudeとしての山montagneや丘collineへの偏愛が彼のユートピア願望の変型variantesの一つであることは宗教学者ミルチャ・エリアーデMircea Eliadeのいう「地上界《Terre》と天上界《Ciel》と地下界《Enfers》との交流可能地点」たる〈世界の中心〉《Centre du Monde》としての宗教的・象徴的価値valeur religio-symboliqueを有する山や丘のもつ「聖性」、その清浄性云々といった議論[112]を俟つまでもなく右に挙げた例文⑨の中で「この高地が島と花と清純な空気と光に恵まれた隠れ家」であり、「この高地の住民は長い間簡素な風俗で、優しく正しく、世の初めの頃の自然な美徳をもって暮していた」といい、さらに「彼らは堕落もせず、滅亡もせず、奴隷にもならず、無知を征服し、しかも純粋である」といい、あるいはまた〈私〉がこの地を去って現実の人生に再び戻らねばならなくなった時「失われた楽園《paradis perdu》を思い出すかのように悲しくなった」といっていることから理解できよう。事実リシェによれば[113]、『オーレリア』におけるこの山上の都市のイマージュには一般にトーマス・モア Thomas More と並んでユートピア思想家と考えられているカンパネルラ Campanella の『太陽の都』*La Ville du Soleil* における理想都市（国家）のヴィジョンをはじめ、バランシュ Pierre-Simon Ballanche の『贖罪都市』*La Ville des expiations* 等の影響が窺えるという。[114]

高み hauteur での救済を求める意識の垂直的志向性は小説「オクタヴィ」Octavie（例⑧）や『幻想詩篇』*Les Chimères* の一篇「エル・デスディチャド」《El Desdichado》（例⑪）あるいは「ミルト」《Myrtho》（例⑦）などにみえるイタリアのポシリポ岬のイマージュなどにも認めることができる。なお意識の高みや上方への志向性は他にも『東方紀行』に描かれるピラミッドやレバノンの高地地帯への異常な愛着などに認めることができるが、[115] さらにたとえば、

⑩その夜私は久しくみたことのない甘美な夢を初めてみた。私はとある塔の中にいた。この塔はあまりに地中深く、かつ空高く聳えているので、それを上ったり下りたりすると私の全生命が使い果たされてしまうのではなかろうかと思えるほどであった。[116]（『オーレリア』、傍点筆者）

⑪私は暗き——妻なき者——慰めなき者、
廃絶された城塔に住むアキタニアの領主[117]（「エル・デスディチャド」）

といった塔 tour のテーマ、あるいは、

⑫階段——登り、降り、また再び登っていく階段、その下部は橋の巨大なアーチの下を水車で動かされている黒い水の中にいつも浸っている。……入り組み錯綜した骨組の間から！——昇り降り、あるいは廊下を走り廻る

ということ――そしてこうしたことは幾万劫年もの間自らの誤ちのために、私に負わされた刑罰でもあるのだろうか?[118]

といった『十月の夜』にみられる階段や『東方紀行』の一篇『カイロの女たち』の第四章「ピラミッド[119]」とか、『シルヴィ』*Sylvie* の第六章「オチス[120]」などにみられる階段 escalier のテーマなどが考えられる。右に挙げた塔や階段のテーマ、あるいはピラミッドにおける階段のイマージュなどには例⑩に「地中深く、かつ空高く聳えているので」« si profonde du côté de la terre et si haute du côté du ciel » という表現がみえるように意識の上昇運動ないし高みへの志向性と下降運動ないし深みへの志向性が同時的に存在していることに気づくが、この点については後で再び触れることになろう。また『シルヴィ』の階段の場合、叔母夫婦の婚礼衣装を着るためにそれを登って二階に行くことが叔母の青春時代と重ね合わされた自己の子供時代の特権的瞬間を再び生きるということ、そして再び階段を降りてくることが、そうした過去の時間から現在の時へと戻ってくることを象徴しており、この意味で意識の垂直的な志向性は空間的であると同時に時間的であるといえる。さらにピラミッドにおける階段はそれ自体秘儀《イニシア》入門《ション》のための試練を意味しており、したがって、こうした彼のピラミッドへの関心もまた救済願望 désir du salut に支えられた意識の上・下両方向への垂直的な運動例の一つとみることができる。

〝高み〟hauteur としての山 montagne のテーマが最も高度な象徴的意義を獲得しているのは、『オーレリア』第一部第六章のユートピックな山（先に引用した⑨の例）および「メモラーブル」における山のイマージュであろう。

⑬オーヴェルニュ山地にそびえ立つ尖峰の頂に、牧人たちの歌声がひびきわたった。かわいそうなマリアさま! 天国の女王よ! 彼らは、あなたに向って敬虔な祈りを捧げているのです。このひなびた旋律が、女神キ

ユベレーにつかえる司祭《コリュバント》たちの耳に響いた。すると今度は彼らが歌いながら、「愛の神《アムール》」が、隠れ家としてあたえた人知れぬ洞窟から現われる。――ホザナ！　地には平和を、天には栄光あれ！

ヒマラヤの山々の頂に一輪の小さな花が咲き出でた。――私を忘れないで！――一つの星の玉虫色に輝く眼差しが一瞬この花に注がれた。すると甘い異国の言葉で返事が返ってきた――「忘勿草《ミオゾチス》」

一粒の白銀の真珠が砂の中で輝き、空には金色の真珠が一つきらめいた……。世界が創造されたのだ。神々の清らかな愛、神々しい溜息よ！　この神聖な山を紅いの炎で包め[121]……（『オーレリア』、「メモラーブル」）

「メモラーブル」に現われるこのような山のイマージュは彼の空間的なユートピア願望が時間的なメシア願望と垂直軸上で結びついて成立したヴィジョンと見ることができよう。この場合、意識の時間的な運動は空間的な垂直運動と共振し、ほとんど同一化してしまっていると考えられる。しかもそうした救済願望がこの夢のヴィジョン内で現に実現されているという意味では、意識の運動はその極限点にまで達しており、したがって意識の志向性ないしヴェクトル性もまたほとんど止揚されていると見ることができよう。少なくともこのような〈幸福な夢〉を見つつある主人公〈私〉の内的意識の在り方に限っていえば、そう推定することができるだろう。また〝第一の生〟〈覚醒時の生〉を生きている語り手 narrateur としての〈私〉は夢を「第二の生」であると信じている以上、こうした救済の夢のイマージュを想うその意識のあり方は「彼方」là-bas における「理想」l'Idéal の絶対的な不在性 absence をその動因としているのではなく、覚醒時の生の延長線上――夢――に〈救済〉salut の契機が存在していると思っているという意味で、意識それ自体の裡に内在化された上方への〈幸福な〉垂直的運動性を示していると見ることができるだろう。そのことは先の例⑬に続けて「おお〈死〉よ、お前の勝利がどこにあるというのか？　勝利者たる救世主メシアがわれわれ二人の間に馬を進めている以上、（…）その軽やかな鞭が〈新しきエルサレム〉

の螺鈿の扉に触れると、われわれ三人ともあふれんばかりの光につつまれた[122]」といい、さらに続けて「私はまことに甘美な夢から覚めた。それは、かつて私が愛していた女性に再会するという夢だった。彼女は見違えんばかりに変貌し、光り輝いていた。空があけ、すっかり栄光につつまれた。私はそこにイエス・キリストの血でしるされた〈赦免《パルドン》〉という言葉を読みとった。その時星が突如輝き出で、この世と他のさまざまな世界の秘密を私にもたらすのであった。[91]」と語られているように、救世主メシアの再臨と仲介者Médiatrice（オーレリア）の出現によって高みとしてのヒマラヤやオーベルニュの山々の上で、贖罪rédemptionあるいは救済salutが実現されたことが語られているという事実、さらにはこの山が最終的には〈新しきエルサレム〉に変貌していること、しかもこの〈新しき世〉が同時に「ああ神聖な讃歌の最初の音階よ！　汝の祝福されんことを、日曜から日曜までのすべての日々をお前の魔法の網の中に捕えてしまえ。山は谷間のため、泉は小川、小川は大河、大河は大洋のために聖なる讃歌を歌うのだ[123]……」といったすべての存在が互に「和解」しつつ、エリアーデのいう「永遠の現在」の中で生起するといったユートピックな世界をも表象しており、この意味からいっても、「メモラーブル」における一連のイマージュはネルヴァルの空間的な救済願望たるユートピア思想と時間的な救済願望としてのメシア思想とが結びついて成立した独特な救済ヴィジョンとみることができるだろう。なおこの山もまたすでにみた例⑨の山同様、エリアーデのいう〈世界の中心〉« Centre du Monde » としての聖なる意義を所有していることはいうまでもない[124]。

次に意識の下降運動ないし下方basへの志向性を暗示するイマージュ例を考えてみよう。意識のこうした下降運動や下部への志向性は井戸puits、墓tombe、洞窟caverneあるいは深淵abîme、地下世界monde souterrain（地獄enfers）、さらには（下降する場合の）階段escalierや梯子échelleあるいは（地球の）中心火feu centralなどが語られたイマージュのあるものに認められる。

⑭この花崗岩の城砦の下にあるそうした近づき難い洞穴の内部に、われわれは遂いに自由を見い出すことができた。ここここそ主アドナイの嫉妬に狂った暴政が絶え、死ぬこともなく〈智恵の木〉の実を目にすることができる場所なのだ。[125]（傍点筆者）

⑮この火（中心火）から生れた地上の全生命は、地球の中心《centre》に存在しているこの火に惹きつけられているのだ。[126]（傍点筆者）

⑯火の精霊よ、と彼は叫んだ。私を深淵の底に再び連れて行って下さい。そうすれば大地が私の恥辱を隠して下さるでしょうから。[127]（傍点筆者）

⑰穹窿が光に照らされて巨大な天空の如く拡がる。その穹窿からは青味を帯びた白い光がこの上もなく広大で、不可思議な工房の上に、奔流となって激しく落下していた。[128]（傍点筆者）

⑱入門者はピラミッドの中央部に到ると、下位祭司たちの出迎えを受けるのであった。彼らはその入門者に井戸を指さして、下に降りていくようにうながすのであった。（…）彼は注意して井戸の中に下りて行かねばならなかった。中に入ると、彼はあちこちに突き出している鉄製の支柱に出会ったが、その上に足をかけることができた。[129]（傍点筆者）

などが『東方紀行』にみえる一例だが、『十月の夜』や『オーレリア』にみえる例としては、たとえば、

⑲それじゃ、僕らはまた地獄のパリの錯綜したところにもっと深々と潜み込もう。友人は私に「パンタン」の夜を過ごしにつれて行くと約束した。[130]（『十月の夜』、傍点筆者）

⑳さらば、さらば、永遠にさらば！……お前はダンテの黄金色の熾天使に似ている。ポエジーの最後の閃きを闇の世界に放ち――そしてその冥界は巨大な螺旋形をなして縮まりつづけ、遂にはルシフェルが最後の審判の日までつながれている暗い井戸と化すのだ。[131]（『十月の夜』）

㉑――そうしているうちにも、夜闇は次第に濃くなり、あたりの景色、物音、場所の感覚が半睡状態の意識の中で互に混り合っていった。私は地球を貫く深淵の中に落ち込むような気がした。[132]（『オーレリア』、傍点筆者）。

㉒雲が簿れて透けてきた。すると眼前に深い深淵が開くのを認めた。その中に凍ったバルチック海の波浪がごうごうと流れ落ちていた。青い水を湛えたネヴァ河の流れが、すっかり地球のこの裂け目に呑み込まれてしまうように思われた。クロンシュタートとサン・ペテルスブルグの船舶が錨を激しく引っ張り、今にもこの深渕の中に姿を消さんばかりであった。とその時上方から一条の神々しい光《une lumière divine》が射し込んできて、この暗澹たる場面を照らした。[133]（『オーレリア』、傍点筆者）

などが挙げられるが、『東方紀行』の⑭〜⑱の例のうち⑭〜⑰は後半部に挿入された『暁の女王と精霊の王ソリマンの物語』にみえるものであり、例⑱は『カイロの女たち』*Les Femmes du Caire* に出てくるピラミッドの中での密儀 initiation の試練 épreuve の様子を語った部分で、いずれも〈下方での救済〉――エリアーデの言葉を借りるなら、「天上への上昇をともなう地獄下り」《descendre aux Enfers suivie d'ascension au Ciel》[134]による救済――が問題になっている点が注目されよう。すなわち、前者にあっては巨大な建築物の創造に失敗した〈火の息子〉アドニラム《Adoniram》が自己の〝ルーツ〟である地球の中心へ、その〈内部の火〉《feu intérieur》へと帰ることによって再生しようとする場面であり、また後者にあってはピラミッドというそれ自体が意識の垂直的な上昇運動を暗示するイマージュでありながら、――事実、ピラミッドの上部の平坦部までは長い階段を登っていく、といったイマージュが呈示されている――入門者«l'initié»はその上方からピラミッド内部の深淵に向けてできている「神秘的な井戸」puits mystéreux[135]、その「深く暗い巨大な井戸」«un vaste puits profond et sombre»[136]の中に降りていき――このイマージュを通して意識の垂直的な下降運動を暗示――イシス像の置かれた底部で遂に試練が成就し、再生するという場面である。また『十月の夜』にみえる⑲、⑳の例は錯綜し、汚辱に満ちたパリの下町（パンタン）に降りて行くことによって至高なものに達しようとする彼の意識の在り方を示しており、また⑳の『オーレリア』の例は、先に挙げた⑮、⑯、⑰例同様、ネルヴァルの本質的テーマの一つとなっている〈中心火〉のことが語られている場面であり、これが『暁の女王と精霊の王ソリマンの物語』とほぼ同一の意義を所有していることは、この場面のすぐ後にこう語られていることで理解できよう。すなわち、

㉓私は熔解した金属の流れに何の苦痛もなく運ばれてゆくのを感じた。無数の同じような河が、色の具合で化学的成分の差異を示しながら、脳葉内をくねくねと走っている動脈や静脈のように、大地の内部に幾重にも分かれて流れていた。これらの流れは、分子状態にある生きた霊魂から出来ているのだが、私の移動速度が速すぎるためにそれがしかと識別できないのだという感じがした。白味がかった一条の光が次第にこの地下道にしみ込んできて、ついに私は、巨大な円天井とともに、新しい地平線が開け、そこに光輝く波に包まれた島々が現われるのを認めた。私は太陽のないこの明るみに照らされたとある浜辺に来ていた。一人の老人が大地を耕しているのが見えた。私はこの人が今しがた鳥の声で私に語りかけた人と同一人であることに気づいた。老人が私に語ったのか、自分が心の中でそう理解したのか、いずれにせよ、祖先たちは動物の姿をとって地上のわれわれを訪れ、無言の観察者としてわれわれの生活のさまざまな局面に立ち合っているのだということがはっきりと理解できた。[137]
（『オーレリア』）

ここには前例㉑における主人公〈私〉の「地球を貫く深淵」への落下という語り手〈私〉の意識の垂直的下降運動を暗示するイマージュを受けて、今度は「分子状態にある生きた霊魂」から成る金属熔岩流の無数の流れを目撃し、次に「新しい水平線が開け」、太陽を失ってはいるが不思議と明るい地——父祖の住むユートピックな島々——を認めるという、意識の空間的・水平的な運動性を示すイマージュが呈示されている。しかもこの地下世界で「動物の形をとって」、「地上のわれわれを訪れ」、地上での人間の生活を見守っているという祖先達の「分子状態にある生きた霊魂」の無数の流れを目撃するというイマージュは、同時に意識の時間的な振幅をも示していると考えられる。したがって例㉑を含む『オーレリア』におけるこの場面全体に認められる語り手〈私〉の意識の運動は、垂直的な運動性と水平的なそれ、空間的な運動性と時間的なそれとが互いに結合された在り方を示しているといえよう。別な言葉でいうなら、この場面は時間的な救済願望、すなわち「かつて地上にあって愛した人々[138]」や祖先たちとの幸福な「共生への確信」« la certitude de l'immortalité et de la coexistence[139] »というネルヴァル独特なメシアニックな救済願望 désir du salut messianique と空間的・ユートピックな救済願望 désir du salut spacio-utopique とが結合して成立したイマージュとみることができるように思われる。

ところで意識の垂直的な下降運動を示すその他のイマージュ例としては、先に引用した⑩、⑪の塔、あるいは⑫の『十月の夜』における階段の例など挙げられるが、これらの例を含め、塔とか階段のイマージュには上昇と下降の両運動性とが同時に存在している場合が多い[140]。もっともネルヴァルにあってはこうした垂直運動の場合、これまでみた山や高地のテーマをはじめ、またある意味で次にみる深淵 abîme や地獄 enfers のテーマについても下降運動性（または下方への志向性）と上昇運動性（または上方への志向性）は程度の差こそあれ、共在している場合が多い。そのことは、例えば⑧の例では主人公〈私〉はポシリポ岬の「頂上に登りつくと、すでに青くなった海や

(…)市街を眺め」ており、また例⑨では人々の住む隠棲地が「高台であると同時に深い場所」« ces hauteurs et en même temps ces profondeurs » であるといっており、さらに例⑩では「この塔はあまりにも地中深く、また空高くそびえている」« une tour, si profonde du côté de la terre et si haute du côté du ciel » といっていることからも確認できよう。同様のことは例文㉒の『オーレリア』の深淵 abîme の場面でもいえる。すなわちこの場面はバルチック海の波浪、ネヴァ河の水、クロンシュタートとサン・ペテルスブルグの船のそれぞれが底無しの深淵に呑み込まれる(あるいは呑み込まれかかっている)というイマージュが呈示されており、そこに意識の下方への垂直的な運動性を認めることができるが、最後に「上方からの一条の神々しい光が射し込んできて、この暗澹たる場面を照らした」といい、さらにこれに続けて「霧を貫くこの強烈な光を受けるや、ピョートル大帝の彫像を支える岩が現われるのが見えた。この堅固な台石の上に、雲が群がり、集まって天頂にまで立ち昇っていった。その雲の上には光輝く神々しい人たちが乗っており」と述べて、深淵への墜落というこの暗い場面全体を明るい〈聖なる場面〉へと、天への上昇というイマージュへと転換させており、従ってこの部分では語り手〈私〉の意識は上方への垂直的な運動性を示すに至っている。ところでこれら一連の上・下方運動両存例はネルヴァルにあっては地下世界(地獄)、深淵といった下方への降下が最終的には聖性と救済を獲得するための〈過程〉ないし〈試練〉として意識されているという事実を物語っていると考えられる。このような垂直的な上・下方運動を示すイマージュ例としては他にもたとえばドイツを旅行した折の「ストラスブールの鐘楼」の場面を挙げることもできよう。

㉔その人(旅人)はある険しい上昇 montée のあと、背後を振りかえり、まるでストラスブールの鐘楼の高みから、彼がやっとたどってきたばかりの長い一日の道程を見渡すかのように、唯一の、そして崇高な一点から、自らの人生を眺めるに至るのである。[141]

ここでは人生という時間的な旅 voyage temporel が空間的・水平的な mouvement たる旅の体験に喩えられ、しかも同時に上昇運動と下方（登ってきた道程およびたどってきた人生）を眺めわたすという下降運動も存在している。したがってこの場面にあっては意識の運動の在り方は空間的な水平的運動性から上下の垂直的運動性へと変容しており、しかも過去の時間（人生）を高み――唯一の崇高な一点――から眺めるという空間的な比喩を通して、時間的な意識の運動にも垂直的なヴェクトル性が与えられている。旅という現実的・水平的な mouvement の果てにネルヴァルが求めていたもの、それはこの「唯一の、崇高な一点」un point unique et sublime に他ならなかったとも考えられ、この一点の延長線上に、これまでみてきた高み＝深み hauteur = profondeur での救済というテーマが成立しているようにも思われる。

意識の下方への志向性を暗示するイマージュ例として、最後にいわゆる「地獄下り」descente aux enfers のテーマを考えてみよう。ネルヴァルにとって「地獄」enfers とは――ことに後期にあっては――狂気や睡眠中に現われる夢の世界であり、「地獄下り」とはそうした世界への沈潜を意味している。彼はそのような夢の体験を自己救済を得るための「試練」épreuve と見做し、さらにはそうした狂気や夢そのもののうちに自己救済の可能性をも見ていたと考えられるが、その辺の事情は『オーレリア』や『火の娘たち』*Les Filles du Feu* 序文さらには一八四一年にデュマ夫人 Madame Alexandre Dumas に宛てた手紙[142]などから理解することもできる。たとえば『オーレリア』の冒頭では、

㉕〈夢〉は第二の人生である。私は目に見えない世界からわれわれをへだてているこうした象牙ないしは角の扉を、戦標を覚えずには潜ることができなかった。睡眠の最初の数瞬は死の映像である。漠茫とした麻痺がわれ

われの思考をとらえ、われわれは〈自我〉が一つの別の形で存在の業《わざ》を持続する瞬間を正確に知ることはできない。そうした瞬間とはいわば、次第に明るくなるに従って、冥界《ランボ》にとどまっている人々の重ったるくかつ動きのない蒼白の姿が、闇と夜から浮かび上がってくる薄暗い地下なのである。ついで、場面が現われ、一条の光が真新しく射し込み、これらの奇怪な亡霊たちの蠢きを照らし出す。こうして〈精霊たち〉の世界がわれわれの前にひらかれるのだ。[143]

と語られてていように、ネルヴァルにとって夢の体験（それが精神錯乱から生ずる夢であれ、睡眠時の夢であれ）はいわば冥界《ランボ》にとどまっている亡霊の蠢く仄暗い地下の世界への降下（地獄下り）を意味しており、この場合こうした夢の体験を語る話者〈私〉の意識の運動をみるかぎり、垂直的な下降運動を示しているといえる。しかもこうした亡霊の蠢く暗い地下の世界の夢はそこに「一条の新しい光が射し込む」ことによって、前にみた例⑬のような「救済」の場としての積極的な夢へと発展していく。つまり、

㉖こうしたことが、恐らくあなたには少しも苦にならないのでしょうが、私をこの上もなく奇妙な精神錯乱に陥し入れてしまったのです。私は、ほかならぬ自分自身の物語を書くのだという確信を一度得るや、自分のすべての夢、すべての感情を言葉に移す作業にとりかかりました。運命の夜の中に一人私を打ち棄てておいた束の間の星への愛故に胸をつまらせ、涙を流し、眠りの中に現われるむなしい亡霊たちを見ては慄然とするのでした。が、やがて一条の神々しい光《un rayon divin》が現われて私の地獄を照らし出しました。おかげで私はそれまで自分がわけもわからず闘ってきた化け物たちになおとりまかれてはいましましたが、ついにアリアドネーの糸をつかんだのです。そしてこの時から、私のみるすべてのヴィジョンは天上的《céleste》なものとなったのです。

後日私はこの〈地獄下り〉の物語を書くつもりですが、そうすれば、この〈地獄下り〉には相変らず理性は欠けていたにしても、論理までまったく失われていたわけではないということが、おわかりいただけることでしょう。[144]（『火の娘たち』序文、傍点筆者）

㉗以上がこの種の病気（狂気）のもたらす奇怪な観念である。私は心の中でかつての私はかくも異様な確信をほとんど信じ込んでいたことを認めた。だが手当を受けたために、私はすでに家族や友人たちの愛情の手に返されていた。おかげで、私は自分がかなりの間体験していた幻想の世界を、より一層正しく判断することができた。とはいうものの、私はそのような数々の信念を獲得することができて、自ら悦ばしく思っており、そして自分が経てきたこの種の一連の試練を、古代の人々にとって、地獄下りという観念に相当していたものになぞらえているのである。[145]（『オーレリア』）

狂気の発作によって引き起こされる幻覚 hallucination や睡眠時の夢がもたらすさまざまなヴィジョンの体験を彼が「地獄下り」とみているという点からいえば、すでにみてきた『暁の女王と精霊の王ソリマンの物語』や『オーレリア』にみえる地下の世界 monde souterrain や、「地球の中心」centre de la terre あるいは中心火 feu central といったネルヴァルにあって一種のオプセッションobssession ともなっているヴィジョンもまた「地獄下り」の体験の具体的一例とみることができよう。なぜならこれらがいずれも主人公アドニラムや〈私〉の幻覚として、あるいは夢として語られているからである。少なくともこれらのヴィジョンは彼のいう「地獄下り」の一変型とみることができる。したがって彼のいう「地獄」ないし「地獄下り」のもつ象徴的意義も、すでに取り上げた「深淵」や「地下世界」あるいは「中心火」といった語り手「私」の意識の下方への垂直的な運動を暗示する一連のヴィジョンとほぼ同一の意義を担ってると考えられる。すなわち右に挙げた『火の娘たち』序文で彼自ら「一条の神々しい光が射し込んできて私の地獄を照らし出した。おかげで私は、それまで自分がわけもわからず闘ってきた化け物たちになお取りまかれてはいたが、ついにアリアドネーの糸をつかんだ。そしてこの時から、私の見るすべてのヴィジョンは天上的なものとなった」（傍点筆者）といっている通り、「亡霊」« apparitions » や「化け物」« monstres » の現われる恐しい夢や幻覚――『オーレリア』冒頭でいう「冥界にとどまる奇怪な亡霊たち」の世界――はそこに「一条の神聖な光」« un rayon divin » が射し込むことによって、「天上的なもの」と変わり、やがて『オーレリア』の「メモラーブル」で語られる「とても甘美な夢[146]」へと変容していく。その結果それらは地獄（下方）での救済、少なくとも救済のための〈試練〉といった意味合いを帯びるに至る。

㉘「そなたに課せられていた試練は時が満ちた。お前が降りたり昇ったりして疲れ果てた無数の階段こそ、お前の思考を乱した古い幻想の絆そのものだったのです。さあ今度はあの日を思い起こしてごらんなさい、聖母マリアに祈りを捧げ、そのマリアは死なれたと思いこんで、お前の精神が錯乱に陥った日を。お前の祈願は、この世の数々の緊縛から解き放された純白な魂によって、マリアのもとに運ばれていかねばならなかったのです。その魂はお前のすぐそばに来ていたのです。だからこそわたしがここに来て、お前を勇気づけることが許されたのです」。この夢が私の心にもたらした喜びのために私はとても甘美な目覚めを得ることができた。[147]（『オーレリア』）

こうしてネルヴァルの数々の「地獄下り」としての狂気の幻覚や夢は自己救済のための試練 épreuve として自覚され、やがてすでに取り上げた「メモラーブル」における高み hauteur であると同時に深み profondeur でもある山 montagne での救済の夢へと連なっていく。ところでネルヴァルにおける深淵や地下世界（への下降）を含む一連の「地獄下り」のヴィジョンは、例㉖にみられるように、それ自体としては語り手〈私〉の意識の垂直的な下降運動ないし下方への志向性を示しているといえるのであるが、やがてそこに「一条の新しい光」や聖なる光、あるいは女神イシスとか祖先の霊魂が出現することによって、それはしだいに⑨、⑬にみられるようなユートピックともメシアニックともいうべき明るく「幸福な」ヴィジョンへと変質していく。この意味では語り手〈私〉の意識は同時に垂直的な上昇運動ないし上方への志向性を示していると考えられる。こうした意識の上方（天上的、聖なるもの）への志向性と下方（地獄、深淵、地下世界）への志向性の同在ないし結合はたとえば『幻想詩篇』中の「エル・デスディチャド」の、

㉙そして私は勝利者として二度三途の川を越えた。
オルフェウスの竪琴に合わせて、かわるかわる
聖女の溜息と妖精の叫びとを歌いながら
Et j'ai deux fois vainqueur traversé l'Achéron :
Modulant tour à tour sur la lyre d'Orphée
Les soupirs de la Sainte et les cris de la Fée[148]

といったイマージュ、あるいは「アルテミス」における、

㉚お前は天空の砂漠の中に十字架を見出したのか？
As-tu trouvé ta Croix dans le dêsert des Cieux ?

白薔薇たちよ、落ちよ！　お前らはわれらの神を辱しめる、
落ちよ、白き亡霊たち、燃えさかるお前らの天から、
――深淵の聖女は、私の眼には一層神聖に見えるのだ！
Roses blanches, tombez ! Vous insultez nos Dieux,
Tombez, fantômes blancs, de votre ciel qui brûle :
— La Sainte de l'Abîme est plus sainte à mes yeux ![149]

といったイマージュのうちに認めることもできる。したがって彼の一連の「地獄下り」のイマージュは地獄（地下世界）への下降＝聖性への超越といったボードレール Baudelaire にも似た、いわば〝超越的下降〟transdescendance としてのきわめてアンビヴァラントな意義 valeur ambivalente を担っていると考えられるのである。あるいは少なくともそれは『オーレリア』第二部などから理解できるように、女神イシス（＝聖母マリア＝オーレリア）によって課せられた試練、すなわちイニシアションにおける試練（死）としての象徴的意味――宗教的意味――を有しており、その試練の成就（死の完成）は引用㉘が暗示するように、そのまま天上界や失われた楽園への上昇（永世への復活）を意味しているといえる。つまりネルヴァルにあっては、上方や天空への昇行の夢、ないし高みや天空への意識の志向と下方や地獄への降下の夢や意識のそれらへの志向とは、二つの別個の意識の運動というより、むしろ一つの意識、すなわち自己救済を求める彼の宗教的意識の運動の一つのあらわれとみることができよう。すなわちそれはエリアーデのいう聖なる〈世界の中心〉《 Centre du Monde 》に存在する（と考えられた）〈宇宙軸〉《 Axe cosmique 》ないし〈世界軸〉《 Axis mundi 》上を下降・上昇することによって、天上 Ciel と地上 Terre と地界 Enfers（le monde d'en bas）との自在な交流を実現し、かくして永世への復活を願うという、彼の宗教

的な意識の独特な運動形態の一つとみることができる。[150]

このような見方に立つと、すでに引用した例文⑱のピラミッドや例文⑫の『十月の夜』における階段などにみられる上昇と下降の運動を同時に喚起するイマージュや、あるいは例文⑩の「あまりに地中深く、空高く聳えている」塔といった一見矛盾するような複雑なイマージュも理解できるように思われる。無論意識の運動やその志向性を暗示するすべてのイマージュやテーマがこうたエリアーデ流の宗教的サンボリスムで解釈し得るわけではなく、むしろバシュラールが『空と夢』*L'Air et les Songes* で述べている如くの解釈がより適切な場合も少なくない。しかし、われわれが問題にしてきたネルヴァルにおける下方（地獄）への墜落や階段・梯子などの降下のイマージュ（夢による）などに限っていうなら、それらをバシユラールがいうように、「裏返しにされた上昇」ascension inversée[151] とみる——無論こういう意味づけも不可能ではないが——必要は必ずしもなく、ましてや「上昇の想像力の一種の病気として、高み hauteur へのいやし難い郷愁として」« comme une sorte de maladie de l'imagination de la montée, comme la nostalgie inexpiable de la hauteur[152] » みる必要はないように思う。

3　夢のもつ時間的・空間的凝縮作用

ここでネルヴァルの夢（幻覚も含めて）に認められるもう一つの特徴に注目してみたい。それはロス・チェンバーズ Ross Chambers もその著『ジェラール・ド・ネルヴァルと旅の詩学』*Gérard de Nerval et le poétique du voyage* の中で指摘している夢の注目すべき作用、すなわち夢現象にしばしば認められる「時間的・空間的な凝縮作用」« concentration temporelle et spatiale[153] » である。具体的に言うなら、ネルヴァルのある種の夢——それが精神錯乱による幻覚的夢であれ、睡眠時の文字通りの夢であれ——にあっては、夢見者 rêveur が次の例に認められるように、時間と空間からほとんど完全に解放され、あたかもあらゆる過去や未来を現在時にしてしまっているかのように、複数の時を同時に生き、あるいはまたあたかも神の如き遍在性 ubiquité を得ているかのように、複数の空間にほとんど同時に存在しているといった現象を認めることができるのだ。

①ハシシュは私の魂の最も深いところに逃れてしまっていたある想い出を私の眼前に展開させた。というのは私はこの聖なる顔をすでに見たことがあるからです。たとえば私はその人とすでにどこかで会ったことがあるのだろうか。どんな世界でその人に会ったのだろうか。昔のどのような生《existence antérieure》が私とその人とを結びつけたのだろうか。[154]（『東方紀行』）

②広大な意味を帯びた幾つもの、思惟の宇宙の数々を包含した言表《エクスプレッション》、消滅した世界のこだまが反響する神秘的な言い回し《フラーズ》、それらが私の脳裡に次々と浮んできた。私の魂は過去と未来の中に大きくなっていった。私は今述べた愛を太古の昔から《de toute éternité》、ずっと感じていたのだと確信した、[155]（『東方紀行』、（傍点筆者））。

③おうむは私をローマの、ヴァチカンに花咲くアーチ型の葡萄棚の下に移した。そこでは美しいインペリアが法王選挙会員の枢機卿らに取り巻かれて、聖卓に臨んでいた。（…）その時私は、自分の精神が大地を貫くのを感じた。それからオセアニアの珊瑚礁と熱帯地方の深紅の海を泳いで渡り、愛の島の、樹々の生い繁る浜辺に打ち上げられた。それはタヒチ島の海岸であった。[156]（『パンドラ』、傍点筆者）

①や②の例は『カリフ・ハーキムの物語』*Histoire du Calife Hakem* における主人公の一人ユズーフ Yousouf が見た幻覚として語られているが、③の『パンドラ』の例は主人公〈私〉の夢の体験として語られている。これらの夢のヴィジョンから窺われるネルヴァルの意識の運動を考えてみると、①、②は時間的なそれであり、しかも①では

過去を現在化しようとする運動であり、②にあっては意識は過去と未来を同時に志向し、終局的には永遠としての現在、いわば無時間的な現在時を志向しているといえよう。また③例における意識の運動は最初は空間的・水平的な運動性を示しているが、突如下方への垂直運動に転じ再び上昇して、水平的な運動性を示している。しかもこうした夢のヴィジョンに認められる〈私〉の移行運動はきわめて高い速度を伴っており、ほとんど一瞬のうちに成立しているような印象を与えており、この意味で夢見者〈私〉は複数の場所にほとんど同時に存在するといった在り方を獲得しているとみることができよう。

夢の現象に認められるこうした瞬間的な移動感覚を示すイマージュ例としては、他にもたとえば『東方紀行』にみえる「彼（アドニラム）は空間を星のような速度で自分が流れていくのがわかった。一切のものが次第に識別できなくなっていった[157]」とか、あるいは「それ（精神）は空間と光の中を自由に嬉々としてさまよう。（……）精神は翼を何気なく一羽ばたきするだけで、何んとも名状し難い幸福な雰囲気の中を横切るのです。そして　この現象は一瞬のうちに起こるのですが、その一瞬が永遠のように見えるのです。それほどまでにこうしたさまざまな感覚が次々と急速に現われ、生起するのです[158]」などの例を挙げることができよう。ここには精神錯乱時や睡眠時の夢において、空間を極限的な速度で移動する結果、主人公は空間から解放され、「一種名状しがたい幸福な雰囲気」に酔い、しかもあらゆる現象が「一瞬のうちに起こる」結果、時間からも解放され、現に在る「一瞬が永遠であるかのように」思う。このような瞬間的な移動感覚を表象した例をさらに幾例か挙げてみると、

④ある晩、私は確かに自分がラインの岸辺に運ばれたと思った。[159]（『オーレリア』）

⑤私は心の中で去年訪ねたサールダムにいるのだった。[160]（同）

⑥その夜私の夢はまずウィーンへと運ばれていった。[161]（同）

などがあるが、これらの例はいずれも夢見る人としての主人公〈私〉が一瞬のうちに他処 là-bas に運ばれてしまっており、この意味で時間から解放され、かつ複数の場所にほとんど同時に存在しているといった感覚（同時遍在感覚）を体験していると考えられる。

こうした一連の〝瞬間移動〟の夢のヴィジョンは例文③の場合も含めて、そこにネルヴァルの〈同時遍在性〉ubiquité の渇望が投影されているという意味で、彼の夢見る千年王国的な世界の一属性――神の時としての〈永遠の現在〉――とユートピア的楽園の時間的特性――〈無時間的現在〉――とが結合して、成立したヴィジョンとみることができよう。というのはたとえば前に引用した『パンドラ』の夢のヴィジョン（例文③）には、ヴァチカンの花咲く園というイマージュを通して、彼のメシア的救済願望――メシア再臨による天上楽園到来への期待――が反映されており、また樹々の生い繁る常夏のタヒチ島というイマージュを通して、ユートピックな地上楽園――〈高貴なる自然人〉bon sauvage が生きる〈幸福の島〉――への彼の憧憬が反映されていると考えられるからである。次に時間的な凝縮作用の認められる夢のヴィジョンの例をもう少しみてみると、たとえば『オーレリア』の、

⑦「われわれの過去と未来とは互いにかたく結ばれている。私たちはわれわれの一族のなかに生まれており、われわれの一族は私たちの中に生きているのだ」と彼（叔父の霊魂）は語った。この思想はたちどころに実感できるものとなった。広間の壁が果てしない広がりに向って開かれたとみる間に、大勢の男女からなる切れ目のない一本の鎖が見えるように思った。その男女の中に私が宿り、彼らはまた私自身なのである。あらゆる民族の衣裳、あらゆる国々の影像がともにくっきりとその姿をあらわす。現実の一世紀を夢の一分間に凝縮させるという、あの時間的現象にも似た空間現象によって、私の注意力が混乱もせずに増大したように思えた。[162]（『オーレリア』、

傍点筆者）

といった例を挙げることができよう。この場合語り手〈私〉の意識の振幅は時間的であると同時に空間的でもある。すなわち、前半部では意識は時間という垂直軸をたどって上方へ志向している（「私たちはわれわれの一族のなかに生まれており、」）と同時に下方へも志向している（「われわれの一族は私たちの中に生きている」）。しかも夢をみている主人公〈私〉はこうした未来に連なる現在と現在化された過去を同時に生きており、この意味ではあらゆる〈時間〉を生きているともいえ、これはいわば無時間的な現在であり、したがって彼は物理的時間を脱していると考えられる。さらにまたこの夢にあってはあらゆる国々、あらゆる民族が「ここ」ici に存在し、それを目のあたりにしているという意味では、主人公〈私〉は遍在性を獲得している、とみることができよう。したがって主人公〈私〉の意識には彼があらゆる過去の時や未来さえ、現在時に同時的に生きている以上、もはや下方や上方への運動性は存在していないともいえる。後半部では語り手〈私〉はこの「現実の一世紀を夢の一分間に凝縮させるという時間現象」« celui (phénomène) du temps qui concentre un siècle d'action dans une minute de rêve » を一つの空間映像として、つまり彼自身の言葉を借りるなら「一個の空間現象」« un phénomène d'espace » として語っている。したがって夢をみている〈私〉があらゆる過去の人々、あらゆる民族、あらゆる国々の姿が無限のひろがりの中に水平的に列んでいるのを目撃していると語る〈私〉の意識は空間的な水平的拡大運動を示しているといえるが、同時にそれは時間現象＝空間現象となっているという意味では、意識の運動は空間的・時間的とか、あるいは垂直的・水平的とかの区別は消滅し、それらがこの夢のイマージュを通して融合してしまっていると考えられる。

無論この夢が地下の世界 le monde d'en bas（ネルヴァルにあってはすでにみてきたように、深淵とか地下の都市、地下の火、中心火といったテーマは等しく、Enfers としての意義を有しているが）への下降を経て、この世界が楽園的・ユートピア的な島のイマージュへと変容する夢の一場面（前節㉓例）である以上、すでにみたごとくエリアーデ流の宗教的サンボリスムによる意味づけも可能であることは言うまでもない。すなわちこの夢の場面もまた、主人公〈私〉によってあらゆる過去や未来が聖なる時、〈永遠の現在〉の下に再び生きられ、彼の天界・地上・地下界への同時的かつ自在な飛翔——といってもネルヴァルの場合この夢の例でも明らかなように、必ずしも厳密な意味での垂直的運動に限られるわけではなく、斜向的運動 mouvment oblique や抛物線的飛翔 vol parabolique は無論[163]水平的飛翔も含まれるが——による〈私〉の救済（永生への復活）を可能にする場としての意味を、つまり聖なる〈世界の中心〉Centre du Monde という宗教的な意義を所有しているとみることもできよう。なお、こうした見方に立った場合でも、この夢の語り手〈私〉の意識の運動は空間的にも時間的にも、また重直的にも水平的にもそれぞれがほぼ同時的に存在しているとみることができる。

これまでみてきた深み＝高み profondeur＝hauteur での救済という夢のヴィジョンは前節㉒例の深淵や同㉓例の地下世界に開かれる島、イニシアティックな世界の夢や同⑨例の高台でのユートピックな都市の夢を経て、「メモラーブル」におけるオーベルニユやヒマラヤの山上での仲介者 Médiatrice（女神イシス＝聖母マリア＝オーレリア）による贖罪実現の夢（同⑬例）へと発展していったと考えられる。すなわち、先に挙げた夢のヴィジョン（本節⑦例）は『オーレリア』第一部第四章にでてくる地下の深淵に落ちた主人公が大洋の島で祖先に会うという夢（前節㉓例）の続きであり、この夢は次の第五章で高地でのユートピックな民族の住む理想都市の夢（同⑨例）へと発展し、さらにこの夢は次の第六章および同章に続く「メモラーブル」に至って、イニシアションにおける試練成就による永生への再生の夢へと発展していると考えられる。したがってすでにみてきたあの「メモラーブル」における救済の夢をはじめ、深渕や地下の世界あるいは高地での理想都市の夢に認められた属性、すなわち、過去と未来が同在し、あるいはあらゆる過去が現在化し、過去の人々、祖先やかつて愛した人々が共に生きる高みであると同時に深みでもある理想の世界といった属性は、すべてこの夢のもつ時間的・空間的な凝縮作用 concentration spatio-temporelle による〈時間・空間〉l'espace-temps からの解放によって得られた属性ということができよう。その上、これらのイマージュは、彼の救済願望たるユートピックな空間願望とメシアニックな時間願望とが同時に投影されて成立したヴィジョンとみることができる。そしてこの場合、殊に「メモラーブル」における救済のイマージュの場合、主人公〈私〉の意識の運動は、すでにみたように、空間的な運動性と時間的なそれ、垂直的な運動性と水平的な運動性とが融合され、止揚されており、この意味ではすでに意識はその志向性、運動性を消滅させていると見ることとすらできる。それはある意味で意識自体の消滅した〈幸福な状態〉とさえいえる。無論、話者としての〈私〉はそれらの夢を語りつつ、追体験し生き直すという意味では主人公〈私〉と同一化しており、その限りでは主人公〈私〉の意識状態とほぼ同一と考えられるが、他方語り手〈私〉とは作者ネルヴァルでもあるといえ、その彼は語るかぎりにおいて主人公のようにはこの狂気、この夢を現に生きてはいない。この意味で語り手〈私〉はこれらの夢を語りながら、やはり自己の救済を求めつづけている以上、依然として意識の運動は存在しているのであり、この意識の運動は語り終えた時より、作者ネルヴァルの意識の運動として、現実空間の中に、再び拡がっていくこととなる。そして現実の作者ネルヴァルのそのような意識の運動はヴィエイユ・ランテルヌの悲劇まで、すなわち彼の死の瞬間まで続くこととなろう。

そこで最後に晩年のネルヴァルの現実空間での意識の運動について一言しておくこととしたい。

ネルヴァルの意識の運動が主として、そのユートピア的な空間願望とメシアニックな時間願望から成立していることはすでに述べたが、そのような救済願望をその主要な動因とする意識の振幅の在り方を実生活における意識の運動と想像世界におけるそれに分けて考えた場合、すでにみたように一八四三年の東方旅行を契機として、彼は

〈追い求める者〉《l'homme qui court》[164]から、〈立ち止って待つ者〉《l'homme qui s'arrête et attend》へと次第に変貌していったとみることができ、この点から考えると晩年は想像空間内での意識の運動が、すなわちポエジーや夢の中に自己救済の契機を追求するといった意識の在り方が支配的となっている。だが他方で現実空間内での意識の運動もまた少なからず認められることはいうまでもない。たとえば実生活での彼の子供時代や死んだ母への追想、系譜学 généalogie や民俗学 folklore（特に民謡 chanson populaire や民話 légende）への関心などのほか、ヴァロワ地方やドイツへの愛着などに認められる意識の運動がそれである。ここで現実的運動としての晩年のヴァロワ地方やドイツへの旅行に関して一言するなら、そうした現実的地平のうちに、ある「失われた楽園」paradis perdu の存在をひそかに期待して、旅をしたという意味では、これらの地への旅行を成立させていた彼の意識の運動は空間的・水平的といえるが、他方そこに失われた母との〝邂逅〟、祖先との交感、子供時代の「幸福な日々」の回復を求めていたという意味ではその意識の運動は時間的・想像的・垂直的とみることができる。さらに彼のヴァロワ地方への旅（愛着）に関して、エリアーデ流の意味づけをするなら、同地に向かうということが黄金時代としての彼の子供時代を追体験することを意味しており、さらにまた『シルヴィ』や『アンジェリック』に語られているように、同地の村祭が氏神への拝礼といった各種の儀式を通して、エリアーデのいう〝祖先の原型的な生〟la vie archétypale を再現することによって〈世界の更新〉を行うと同時に永遠の現在たる〈始源の時〉le temps de l'origine を回復するといった宗教的意義を有していたのではなかろうか。もしそう言えるとすれば、ヴァロワの地は、ネルヴァルの求めていたユートピア的な夢とメシアニックな夢とが現実空間のただ中で一時的に実現される特権的な場として意識されていたのではないだろうか。またそのような祭礼中のヴァロワとは彼にとって天上 Ciel と地上 Terre とを、彼岸的なものと此岸的なものとを結び合わせる聖なる場であり、エリアーデのいう〈世界の中心〉といった象徴的意義を担った場であったと考えられる。このような意味で、ヴァロワの地に向かおうとする意識——旅行への意志

——それ自体は空間的・水平的な意識の運動といえるが、同地を想うその意識の在り方は時間的・想像的・垂直的な運動性を示していると考えることができよう。ネルヴァルがそのように、ヴァロワ地方やそしてことにパリの街を放浪しつつも、常に垂直方向にその〈救い〉を求めていたということ、すなわち現実空間では絶えず水平的な運動過程にありながら、彼の意識は常に垂直軸に沿って振幅していたということ、そのことはすでに何度も取り上げてきた『オーレリア』や『十月の夜』といった作品あるいは書簡[165]、さらに友人の証言[166]などから確かめることができるのである。

註

1 Théophile Gautier, *Souvenirs romantiques*, Garnier, 1929, p. 217.

2 Arsène Houssaye, *Histoire du 41e fauteuil de l'Académie Française*, Hachette, 1856, pp.. 328–329, cité d'après Ross Chambers, *Gérard de Nerval et la Poétique du voyage*, José Corti, 1969, pp. 13–14.

3 Aristide Marie, *Gérard de Nerval, le poète et l'homme*, Hachette, 1955, pp. 335–360.

4 *Œuvres* t. I, éd. Pléiade, 1966, pp. XXIX–XXXII（以下 *Œ.* I と略）

5 Henri Lemaitre, Introduction des *Œuvres de Gérard de Nerval*, t. I, éd. Garnier, 1958, pp. iv–v.

6 Francis Carco, *Gérard de Nerval*, Albin Michel, 1953, pp. 99–100.

7 Gilbert Rouger, « Gérard de Nerval et le Voyage en Orient », dans le *Voyage en Orient*, Richelieu, t. I, 1950, p. 20.

8 *Œuvres de Gérard de Nerval*, t. II, éd. Pléiade, 1961, p. 741.（以下 *Œ.* II と略）

9 *Ibid.*, p. 741.

10 たとえば①Gautier にあてた手紙（*Œ.* I, pp. 936–942, Cors. no. 100). ②Jules Janin あての手紙 (*Ibid.*, I, pp. 949–950, Cors. no. 106) ③*Aurélia*, I–2 (*Ibid.*, p. 362), I–8 (*Ibid.*, pp. 378–379), II–6（*Ibid.*, p. 402). ④*Voyage en Orient*（*Œ.* II, p. 12) など。

11 Paul Hazard, *La Crise de la Conscience Européenne (1680–1715)*, Fayard, 1961, pp. 3–25.

12 *Ibid.*, pp. 415–416.

13 Blaise Pascal, *Pensées*, Gallimard (Chevalier), 1962, no. 205, p. 10.

14 *Œ.* I, p. 884, Cors. 74.

15 たとえば①*Œ.*, I, pp. 915–916, Cors. no. 89. ②*Ibid.*, p. 917, Cors. no. 91. ③*Ibid.*, pp. 924–925, Cors. no. 95 など。

16 このことばをネルヴァル自身何度も使っている。Cf. *Œ.* I, p. 1151, Cors. no. 324.

17 Gilbert Rouger, *op. cit.*, p. 20.

18 たとえば①*Œ.* I, p. 923, Cors. no. 94. « Je regrette qu'il faille aller si

loin pour trouver des impressions un peu nouvelles et de sujets d'études de quelque attrait pour le public. », ②*Ibid.*, p. 923, Cors. no. 94. « Nous ne remonterons alors que lorsque nous aurons épuisé la bibliothèque égyptienne qui nous permettra de voir les antiquités avec fruit. »

19 たとえば、①一八四〇年十一月六日付、Bruxelles より H. Heine あての手紙 Cors. no. 71 (*Œ*. I, pp. 877–879)、②一八四三年三月一日付 Damiettes より T. Gautier 宛の手紙 Cors. no., 97 (*Ibid*., pp. 929–931)、③一八五四年三月三十一日付 Strasbourg より G. Bell 宛の手紙 Cors. no. 311 (*Ibid*., pp. 1129–1133.) など。

20 *Ibid*., pp. 915–916, Cors. no. 89.

21 Georges Poulet, « Sylvie ou 1a pensée de Nerval », dans *les Trois Essais de Mythologie Romantique*, José Corti, 1966, p. 19.

22 *Œ*. I, p. 362, Aurélia I-2.

23 たとえば、①*Œ*. II, p. 61,②*Ibid*., p. 741 など。

24 現実の東方旅行と作品『東方紀行』との比較検討は Gilbert Rouger が前掲書において詳しく行っている。

25 Jean Richer, *Gérard de Nerval*, Seghers, 1965, p. 107.

26 *Œ*. I, p. 1129, Cors. no. 311.

27 *Ibid*., pp. 1143–1144, Cors, Cors. no. 319.

28 Gilbert Rouger, *op. cit*., p. 17.

29 *Œ*. I, p. 3, Les Chimères.

30 Raymond Jean, *Nerval par lui-même*, éd. du Seuil, 1964, p. 103.

31 Jean Richer, *Gérard de Nerva1, Seghers, 1965*, p. 107.

32 Gilbert Rouger, *op. cit*., p. 17.

33 *Œ*. I, pp. 1169, Cors. no. 339.

34 *Œ*. II, p. 785.

35 *Ibid*. p. 1033.

36 *Œ*. I, p. 923, Cors. no. 94.

37 *Œ*. II, p. 336.

38 Georges Poulet, Nerval et Gautier et la blonde aux yeux noirs, *dans les Trois Essais de Mythologie Romantique, José Corti, 1966*, pp. 82–134.

39 *Œ*. I, p. 350, *Œ*. II, p. 33.

40 *Œ*. I, p. 33.

41 *Deux Faust de Gœthe*, Baldensperger, p. 239.

42 Charles Mauron, Nerval et la Psycho-critique, dans *les Cahiers du Sud*, no. 293, 1949, p. 89.

43 *Ibid*., p. 89.

44 *Ibid*., p. 89.

45 Raymond Jean, *op. cit*., pp. 98–99.

46 *Œ*. I, p. 31.

47 *Ibid*., p. 94.

48 *Ibid*., p. 362.

49 *Ibid*., p. 321.

50 Raymond Jean, *op. cit*., p. 99.

51 *Œ*. I, p. 924, Cors. 95.

52 Jean-Pierre Richard, *Poésie et Profondeur*, Seui1, 1955, p. 15.

53 *Œ*, II, p. 859.

54 *Ibid*., p. 12.

55 *Ibid*., pp. 16–17.

56 *Œ*. I, p. 953, Cors. 108.

57 Paul Hazard, *op. cit*., p. 3.

58 Ross Chambers, *Gérard de Nerval et la poétique du voyage, José Corti, 1969*, pp. 14–15.

59 Raymond Jean, *Nerval par lui-même, éd. du Seuil, 1964*, p. 101.

60 *Ibid.*, p. 103.
61 Paul Hazard, *La Crise de la conscience européenne* (1680–1715), *Fayard*, 1961, pp. 3-25.
62 Blaise Pascal, *Pensées*, *Gallimard* (*édition établie et présentée par Jacques Chevalier*), 1962, no. 205, p. 101.
63 拙論「ネルヴァルにおける "Mouvement" の意義」(『日本経済短期大学紀要』第四号、一九七三年）参照。
64 *Œ.* II, 1961, p. 31.
65 *Ibid.*, p. 225.
66 *Œ.* I, p. 950. Cors. no. 106.
67 Gaston Bachelard, *L'Intuition de l'instant*, Gonthier, 1932, p. 104.
68 *Œ.* II, p. 196.
69 *Œ.* I, p. 950.
70 *Œ.* I, p. 910. Cors. no. 86.
71 *Ibid.*, p. 911. Cors. no. 86.
72 Ross Chambers, *Gérard de Nerval et la poétique du voyage*, José Corti, 1969, pp. 19–23.
73 *Œ.* II, p. 428.
74 *Ibid.*, p. 362.
75 *Ibid.*, p. 39.
76 *Œ.* I, p. 121.
77 *Œ.* II, p. 63.
78 *Ibid.*, p. 245.
79 *Ibid.*, p. 776.
80 *Ibid.*, p. 194.
81 *Ibid.*, p. 623.
82 *Ibid.*, p. 260.
83 *Ibid.*, p. 64.
84 *Ibid.*, p. 433.
85 *Ibid.*, p. 12.
86 たとえば *Œ.* II, p. 112.（『十月の夜』）、p. 144（『散策と回想』）、pp. 187, 189, 190, 225, 236（『アンジェリック』）、pp. 327, 329（『エミリー』）、pp. 367, 402, 405（『オーレリア』）、*Œ.* II, pp. 7, 12, 63, 216, 340, 362, 422, 450, 503, 531（『東方紀行』）、pp. 770, 788, 836（『ローレライ』）、pp. 854, 868（『旅行記』）、pp. 1009, 1015（『ニコラの告白』）、pp. 1152, 1164（『ジャック・カゾット』）などを挙げることができる。
87 *Œ.* II, p. 744.
88 *Ibid.*, p. 194.
89 *Œ.* I, p. 940, Cors. no. 100.
90 *Œ.* II, p. 744, Lorély.
91 *Ibid.*, p. 19.
92 *Ibid.*, p. 744.
93 *Ibid.*, p. 194.
94 *Ibid.*, p. 19.
95 *Œ.* I, p. 950, Cors. no. 106.
96 *Œ.* II, p. 196.
97 一八四三年十一月十六日付ジャナン宛書簡（*Œ.* I, pp. 949–950. Cors., no. 106.）。一八四三年八月末のゴーチェ宛書簡（*Œ.*, I, pp. 936–942. Cors., no. 100）。
98 *Œ.* II, pp. 12–18.
99 *Ibid.*, pp. 285–309, 310–335.
100 *Ibid.*, pp. 214–228.
101 *Œ.* I, p. 363.

102 *Ibid.*, pp. 363-364.

103 *Ibid.*, pp. 413-414. 稲生永氏訳（『新集世界の文学8ネルヴァル／ボードレール編』中央公論社）。

104 *Ibid.*, p. 388.

105 *Ibid.*, p. 385.

106 *Ibid.*, p. 355.

107 *Ibid.*, p. 363.

108 *Ibid.*, p. 363.

109 *Ibid.*, p. 3.

110 *Ibid.*, p. 289.

111 *Ibid.*, pp. 369-371. 稲生永氏訳（新集世界の文学ネルヴァル／ボードレール』）。ただし一部変更。

112 Mircea Eliade, *Images et Symboles*, Gallimard, 1952, p. 50. « Dans les cultures qui connaissent la conception des trois regions cosmiques — Ciel, Terre, Enfers — le "centre" constitue le point d'intersection de ces régions. », *Ibid.*, p. 59. « Mais il ne peut obtenir la rupture des niveaux cosmiques qui lui permettra l'ascension ou le vol extatique à travers les Cieux, que parce qu'il est censé se trouver au Centre même du monde ; car, nous l'avons déjà vu, c'est seulement dans un tel Centre qu'est possible la communication entre la Terre, le Ciel et l'Enfer. » あるいは *Le Sacré et le Profane*, Gallimurd, 1965, p. 34. « Les trois niveaux cosmiques — Terre, Ciel, régions inférieures — sont rendus communicants. Comme nous venons de le voir, la communications est parfois exprimée par l'image d'une colonne universelle, **Axis mundi**, qui relie et à la fois soutient le Ciel et la Terre, et dont la base se trouve enfoncée dans le monde d'en bas (ce qu'on appelle "Enfers") »

　エリアーデによれば山や都市は寺院や樹木、柱あるいは階段や梯子などと共に、天界 Ciel と地上 Terre と地界（地獄）とが接合し、交流し合う〈世界の中心〉としての象徴的価値を有しているという。したがってたとえばキリスト教徒にとってはゴルゴタの丘も〈世界の中心〉であったし、また〈大地の臍〉nombril de la terre たるアダムの楽園も〈宇宙の中心〉Centre du cosmos に位置していたという（*Images et Symboles*, pp. 53-55）。そしてこうした聖なる地点 point sacré において、「何らかの罪を犯したために失われてしまった原初的な楽園」« paradis primordial perdu à la suite d'une faute quelconque » の回復や天上界との交流を再び回復し得るのは、特殊な人間による特殊な方法によってのみ可能になるという。（*Ibid.*, pp. 51-52.）。ネルヴァルにおける〈山〉あるいは〈理想都市〉といったテーマもこのようなエリアーデ流の宗教的サンボリスムから詳しく考察することも可能だが、それは別の機会に譲ることとしたい。

113 Gérard de Nerval, *Aurélia*, texte publié par Jean Richer, Minard, 1965, p. 27.

114 文化史家アルフレート・ドーレン Alfred Doren は「願望空間と願望時間」（『海』一九七〇年八月号）という論文の中で「ユートピアの歴史上、きわめて有名な作品を書いてモアの直接の後継者・追随者とみられがちなカンパネルラが、詳しくみると、その実、神の救済計画や未来の在り方、一切の此岸的なものの終末などについての知識、忘我的な信仰の喜びに支えられ、ヴィジョンや夢によって絶えずはぐくまれた知識にすっかり満たされていて、その正体は、千年王国論的思想の典型的な代表者であり、真正の予言者、黙示録信奉者であることがあきらかになってくる」（岡田浩平氏訳）。とか

　あるいは「彼〔カンパネルラ〕が確かに知っていたモアの作品から、外的な形式や幾つかの具体的なものを得たにしろ、その本質から判断して、カンパネルラの示すヒエラルキー的に積みあげられた

構築物、いうなれば、ただ高みの唯一の光源から、一切を支配する太陽神の鋭い強烈な光線の照射を受けた御堂と、モアの描く、幸福な極楽境の上にふり注いでいる、残る隈なき柔らかい輝きのあの明るい落ち着きとの間には、天地ほどの開きがある。前者には、各個人の幸福を無慈悲にも犠牲に供させる全能の国家理性と教会理性とがあり、後者には、すでに検討したごとく、一般的な幸福の均等な分け前を各人に約束する穏健なエピクロス的幸福主義がある」（同氏訳）

　と述べて、トーマス・モアとカンパネルラの〝ユートピア〟の相違を強調しているが、私には両作品の雰囲気は同氏がいうほど対照的でもなくまた「天地ほどの開きがある」ようにも思われず、むしろかなり共通した考え方、雰囲気も認められるように思われる。

　ここに引用した『オーレリア』第一部第五章に描かれている理想都市のイマージュにはモア流のユートピックなヴィジョンも認められるが、理想の地であると同時にメシア再臨による贖罪実現の地として描かれる「メモラーブル」における山のイマージュにはカンパネルラの千年王国的な救済のヴィジョンの影響を認めることができよう。

115 たとえば『カイロの女たち』第七章（*Œ.*, II, p. 305.）や『ドルーズ人とマロン派の人々』（*Ibid.*, pp. 312–339.）

116 *Œ.* I, p. 408.

117 *Ibid.*, p. 3.

118 *Ibid.*, p. 104.

119 *Œ.* II, pp. 215–229.

120 *Œ.* I, pp. 254–256.

121 *Ibid.*, p. 409.

122 *Ibid.*, p. 410.

123 *Ibid.*, p. 410.

124 Mircea Eliade, *Images et symboles*, *op. cit.*, pp. 52–55.

125 *Œ.* II, p. 553.

126 *Ibid.*, p. 555.

127 *Ibid.*, p. 564.

128 *Ibid.*, p. 553.

129 *Ibid.*, p. 221.

130 *Œ.* I, p. 88.

131 *Ibid.*, p. 92.

132 *Ibid.*, p. 370.

133 *Ibid.*, p. 412.

134 Mircea Eliade, *Images et symboles*, *op. cit.*, p. 62.

135 *Œ.* II, p. 221.

136 *Ibid.*, pp. 220–221.

137 *Œ.* I, pp. 366–367.

138 *Ibid.*, p. 413.

139 塔や階段のイマージュに意識の上・下方両運動が同時に存在しているといった事実は、次にみる深淵や地獄のテーマ同様、註112ですでにみたごとくエリアーデ流の宗教的サンボリスムから解釈することも可能であろう。すなわちネルヴァルは半ば無意識的にそのような塔や階段が天上界 Ciel と地上 Terre と地下世界 Monde souterrain（地獄 Enfers）との自在な交流を可能にする聖なる一点としての〈世界の中心〉であることを知っており、またそれらが「絶対的な実在」« réalité absolue » への道を象徴しており、「また世俗的な意識にあっては、こうした実在への接近が、恐怖と喜び、魅惑と嫌悪などのアンビヴァランな感情を呼び起こすのだ。それ故聖化、死、愛、そして救済といった諸観念は階段のサンボリスムに繰り込まれるのだ。実際こうした存在様式のいずれもが、世俗的な人間の条件の廃絶を、すなわち存在論的レベル « niveau ontologique » の破棄を表象しているのだ。人間は、愛、死、聖性、形而上学的認識を通して、『ブリハッド・アーラニアカ・ウパニシャッド』のいうごとく、〈非実在なるものから実在へ〉と移行していくものなのだ。

　だがここで忘れてもらっては困るが、階段がこうしたすべてのことを象徴するのは、それが〈中心〉に聳えていると見なされていればこそであり、そしてまた存在の種々の異なった水準の間での相互の交流を可能ならしめればこそであり、要するにそれが三つの宇宙界を互いに結びつける神話的な梯子の、夢の、あるいは蜘蛛の糸の、宇宙木 « Arbre Cosmique » の、ないしは全宇宙的支柱 « Pilier universel » の具体的な一形式であればこそなのである」(Mircea Eliade, *Images et Symboles*, p. 65.) ということを知っていたが故に、このような意識の上・下両方向への垂直運動性を暗示するアンビヴァラントなイマージュを表象し得たとみることもできるのではなかろうか。

140 Œ. I, p. 412.

141 Œ. II, pp. 886–887.

142 Œ. I, pp. 910–911. Cors. no. 86. « J'ai rencontré hier Dumas, qui vous écrit aujourd'hui. Il vous dira que j'ai recouvré ce que l'on est convenu d'appeler raison, mais n'en croyez rien. Je suis toujours et j'ai toujours été le même et je m'étonne seulement que l'on m'ait trouvé *changé* pendant quelques jours du printemps dernier. L'illusion, le paradoxe, la présomption sont toutes choses ennemies du bon sens, dont je n'ai jamais manqué. Au fond, j'ai fait un rêve très amusant, et je le regrette ; j'en suis même à me demander s'il n'était pas plus vrai que ce qui me semble seul explicable et naturel aujourd'hui ; mais comme il y a ici des médecins et des commissaires qui veillent à ce qu'on n'étende pas le champs de la poésie aux dépens de la voie publique, on ne m'a laissé sortir et vaguer définitivement parmi les gens raisonables que lorsque je suis convenu bien formellement d'avoir été *malade*, ce qui coûtait beaucoup à mon amour-propre et même à ma véracité. Avoue! avoue! me criait-on, comme on faisait jadis aux sorciers et aux hérétiques, et pour en finir, je suis convenu de me laisser classer dans une *affectijon* définie par les docteurs et appelée indifféremment Théomanie ou Démonomanie dans le Dictionnaire médical. A l'aide des définitions incluses dans ces deux articles, la science a le droit d'escamoter ou réduire au silence tous les prophètes et voyants prédits par l'Apocalpse, dont je me flattais d'être l'un! Mais je me résigne à mon sort, et si je manque à ma prédestination, j'accuserai le docteur Blanche d'avoir subtilisé l'esprit Divin. [...] Quel malheur qu'à défaut de gloire la société actuelle ne veuille pas toutefois nous permettre l'illusion d'un rêve continuel. Il me sera resté du moins la conviction de la vie future et de la sympathie immortelle des esprits qui se sont choisis ici-bas [...] » なお同書簡の持つ問題点については本書第二部「偶然・夢・狂気・現実——ネルヴァルにおける認識論的懐疑」および『思潮』(第六号、一九七二年)の同題の拙稿も参照されたい。

143 *Ibid*., p. 359.

144 *Ibid*., p. 158.

145 *Ibid*., pp. 413–414.

146 *Ibid*., p. 40.

147 *Ibid*., p. 408.

148 *Ibid*., p. 3.

149 *Ibid*., pp. 5–6.

150 註17および44参照。

151 Gaston Bachelard, *L'Air et les songes*, José Corti, 1943, p. 24.
152 *Ibid.*, p. 111.
153 Ross Chambers, *op. cit.*, p. 32.
154 *Œ*. II, p. 362.
155 *Ibid.*, p. 362.
156 Jean Guillaume, *Gérard de Nerval, Pandora*, éd. critique, Namur, 1968, p. 102 ; *Œ*. III, éd. Pléiade par J. Guillaumeet cl. Pichois, 1993, p. 1298.
157 *Œ*. II, p. 564.
158 *Ibid.*, p. 361.
159 *Œ*. I, p. 366. 稲生永氏訳。
160 *Ibid.*, p. 411.
161 *Ibid.*, p. 411.
162 *Ibid.*, p. 368. 稲生永氏訳。
163 本章ではネルヴァルの意識の〝運動〟を水平的なそれと垂直的なそれというように二種類に大別して考察してきたが、厳密にいえば斜行的 oblique ないし抛物線的 parabolique な運動といった両者の中間的な運動性を示すもの、さらにこれらの運動形態のいずれにも類別し難いものとして螺旋的 spiral および円環的 circulaire な運動を考えることができる。事実ネルヴァルにあっては斜行的（ないし抛物線的）運動をはじめ螺旋的および円環的な運動例も数多く認められる。ただし最後の円環的運動例は今回はまったく取り上げなかった。というのは、この問題はすでにジョルジュ・プーレ Georges Poulet が「ネルヴァルとその夢幻的円環」« Nerval et le cercle onirique » という論文（一九五五年、カイエ・デュ・スユッド誌 *Cahier du Sud*, no. 331 に発表、後に『円環の変貌』*Les Métamorphoses du cerlce*, Plon, 1961 に収録）の中で、特にネルヴァルの意識における円環的運動のもつ形而上学的、心理的意義を詳細に論じており、ここで、それを敢えて再論する必要もないように思われたからである。
　ただ、ここで意識の円環的運動に関して一言しておけば、そもそも厳密な意味での円環的運動には、それ以外の意識の運動に共通して認められるようなある種の方向というか志向性が欠如しており、したがって本来方向性を内在させている彼の救済願望はこの運動形態を取った場合、それがたとえば螺旋運動などに変容しないかぎり、円環の裡に閉じ込められてしまうこととなり、そのため救済願望そのものもいってみれば自家中毒を起こし、挫折してしまっている場合が多い。円環運動以外の運動例についても、こうした運動性を明確かつ典型的に示す例はほとんど挙げなかったが、ただある意味では斜行的な運動性を示していると考えられる例としてはたとえば本章第2節㉔例の「ストラスブールの鐘楼」の場面とか同⑧のポシリポ岬の例、同⑨例の理想都市のある丘に登り下りする場面とか、さらに同⑫例の階段を登り降りするイマージュなどが挙げられよう。

　また抛物線的運動（飛翔）を示す例としては本章第2節⑤の亡霊が飛翔する場面や㉓の地下世界の場面や同第3節③のヴァチカンからタヒチ島へといったイマージュ例が挙げられよう。これらの例は仔細にみると垂直的な運動性と斜行的なそれと水平的なそれとが微妙に複合した運動例であるが、見方によっては上方から下方へ次に下方から上方へというわば「裏返しにされた」抛物線的運動とみることもできる。同様に第3章で取り上げた④、⑤、⑥といった瞬間移動の夢のヴィジョンに認められる意識の運動もある意味では抛物線的運動と考えることができよう。

　ネルヴァルの作品中では今述べた二種の運動形態の他に螺旋的運動性 mobilité spirale を示すものも幾例か認められるが、本節では第2節⑳などがその典型的なものとして挙げることができる。

　ネルヴァルの意識の〝運動〟におけるこれら三つの運動形態を図

示してみるとおよそ次のようになろう。螺旋的運動（図5）はA点からB点までの移動過程で、たえずその方向性を変化させてはいるが、ある意味で水平的な運動局面（A′→B′）も認められ、全体的にみた場合、C→Dという垂直的な方向性（志向性）の強く意識された運動形態とみることができよう。また斜行的運動（図3）はA点からB点への移行運動にあって、A→Cという水平的方向性とC→Bという垂直的な方向性とが認められる。同様に抛物線的運動（図4）もA点からB点へという運動過程（実線部）にあって、点線で示された、A→Bという水平的な方向性とC→D（またはC′→D′）という垂直的な方向性とが存在する。したがってこれらの運動は二つの方向性を併せ持った複合的な運動形態であり、ある意味で水平的な運動と垂直的なそれとの中間に位置する運動といえる。

それにもかかわらず本書ではこれら三つの意識の〝運動〟を敢えて垂直的な運動例として扱った。理由は、なるほどこれらの運動には水平的な方向性も認められるとはいえ、本章第1節後半や第2節ですでにみたように、こうした運動を成立させている彼の救済願望は、ほとんどの場合、最終的にC→BないしC→D（またはC′→D′）という垂直軸に沿った上・下方にその実現地点が求められているからである。だがもとより、こうした水平的および垂直的といった単純な類別法に問題がないわけではない。本書では意識の運動形態そのものの精密な分析を意図した訳ではないが、もしそれを試みようとするなら、水平的、斜行的（ないし抛物線的）、垂直的、さらには螺旋的といった四分法（ないし五分法）に従って考察を進めていく必要があろう。

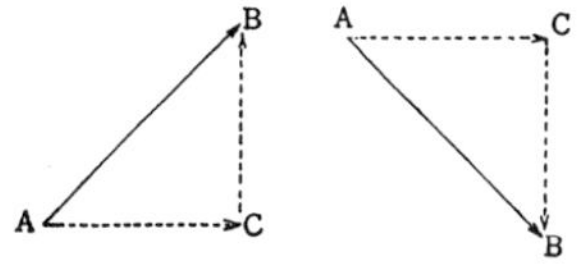

図3　斜行的運動の二つの方向性（志向性）
実線：実運動
点線：方向性 以下同じ

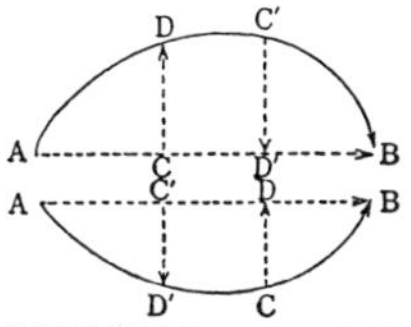

図4　抛物線的運動の二つの方向性

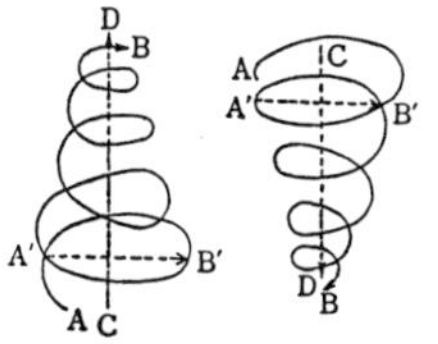

図5　螺旋的運動の二つの方向性

164 *Ibid.*, p. 950.

165 たとえば一八四三年の東方旅行の折に書かれたゴーチェやジャナン宛の書簡（*Œ.* I, pp. 936-942. Cors. no. 100 ; *Ibid.*, pp. 949-950. Cors. no. 106. etc.）

166 Léon Cellier, *Gérard de Nerval*, Hatier, 1963, p. 166.

†なお、引用例のうち、一部はそれぞれの注に記した各氏の訳文に拠ったほか、（第三部）『オーレリア』からのものは一部稲生永氏訳、その他の場合も同氏及び佐藤正彰氏の訳文を参照、また『幻想詩篇』、『火の娘たち』等からの引用は一部中村真一郎氏訳、その他の場合も同氏および入沢康夫、田村毅の各氏の訳文を参照させていただいた。

第四部　罪責意識について

『愛の書簡』『オーレリア』の精神的・宗教的意味

ジェラール・ド・ネルヴァルは一冊の手帖を絶えず持ち歩いていたという。彼の死後発見されたというその手帖にはこんな恐しい言葉が走り書きされていた。[1]

どうしろというのか。来世に対して眠りに対するように心の備えをしておくこと。まだ間に合う——いやもう間に合わぬかも知れぬ。

　聖書によれば、救われるためには悔悟するだけで充分だが、それは真摯でなければならないという。だがもしこの悔悟を不可能にしてしまうような災難におそわれてしまったら？　またもし熱病や狂気の状態に陥ったら？　もし贖罪への扉が閉ざされてしまったら？……[2]

この言葉はネルヴァルの晩年の精神の在り方がどのようなものであったかをわれわれに語ってくれているように思われる。ここにはわれわれが『オーレリア』を一読して気づくあの救済へのいやしがたい渇望とともにそこにみられる彼の一見奇異にさえ感ずる罪の意識というかあの悔悟の意識が見られるように思う。ネルヴァルは一八四〇年代より、そしてことに五〇年以降死に至るまでこうした罪の意識に悩まされていたように思われる。それは彼の晩年の書簡をはじめ、先に引用した一句が見える覚書類（たとえば『逆説と真理』*Paradoxe et Vérité* とか『パンセ（旧版：ある手帖から）』*Pensées*（*Sur un carnet*）、あるいは『愛の書簡（旧版：ジェニー・コロン書簡）』*Lettres d'amour*（*Lettres à Jenny Colon*）、そしてとりわけ『オーレリア』*Aurélia*）に顕著に認められる意識である。

　この一見異常とも見える罪責感 sentiment de la faute、それは一種の罪のオプセッション、デュリー夫人 M.-J. Durry の言葉を借りるなら「罪責コンプレックス」[3]« complexe de culpabilité » とすら呼び得るほどのものであった。しかもこの意識は、その拠ってくる背景、生因あるいはネルヴァルにとっての意義などについて仔細に考えようとするとき、そこにさまざまなデリケートな問題が隠されており、ことのほか複雑な意識であることに気づく。ジャン・リシェ Jean Richer はそれをいみじくも「曖昧な罪責意識」« l'obscur sentiment de culpabilité »[4] といっているように、確かにこの意識は不可解かつ曖昧であり、暗い感情といえるが、このネルヴァル学第一人者でさえ、ネルヴァルにおける罪の意識という問題に限ってはあまり多くを語っていない。この問題はネルヴァル研究の上で、きわめて重要と思われるにもかかわらず、われわれの知るかぎり、ほとんどの研究家はこの点に関しては断片的にしか語っていない。確かにデュリー夫人やシャルル・モーロン Charles Mauron がこの問題に関して注目すべき若干の考察を試みてはいるが、これとて本格的な研究とはいいがたい。[5] ネルヴァルのこうした罪責意識の成因を本格的に追求したのはセビヨット Sébillotte であり、[6] また断片的とはいえ、この意識の宗教的な深い意味について最も鋭い考察を試みているのはやはりアルベール・ベガン Albert Béguin であるように思われる。[7] そこで以下においては、これら何人かの研究家の見解をも参照しつつ、ネルヴァルにおける罪の意識 sentiment de culpabilité について若干の考察を試みることとしたい。

この問題を考察するにあたってまず気づくことは一口に罪の意識といっても、この意識を構成する内実というか要素にはかなり多様かつ質の違った各種の要因が認められることである。それはある場合には「過失」の意識 sentiment de la faute であり（日本語でいう「過失」ないし「過ち」、あるいは「間違い」にあたる仏語としてネルヴァルは faute を多用しているが、時に torts ないしは erreur という言葉も使っている。ただし本書ではこれらの仏語がそれぞれ contexte の中で示す微妙な意味内容の相違については特にその必要のある場合を除き、とりたてて問題にはしていない）、またある場合には悔い repentir の感情であり、またある場合には良心の呵責ないし悔恨 remords であり、またある場合には後悔（遺憾）regret の感情と絡み合った意識であったり、さらには負い目の意識、自己のいたらなさの意識 sentiment d'indignité ないしは劣等感 sentiment d'infériorité を伴う罪責感であったりしている。さらに注目すべきことは、そこに自分が「罰せられている」といった意識 sentiment de punition（châtiment）、ないし「罪を宣せられている」といった意識 sentiment de condamnation、あるいは「罪（過失）を償わなければ」といった感情 sentiment de réparation（贖罪意識 sentiment d'expiation）を含んだり、あるいはむしろこの感情の方が強調されているとすら思われる罪責意識も認められるということ、しかもこうした複雑なニュアンスをともなう罪責意識はネルヴァル独特の救済観念や「試練」épreuves といった観念と結びついた形而上学的とも宗教的ともいうべき罪の意識となっている場合も少なくないという事実である。またこうした罪の意識をその対象、つまり何に対して罪の意識を抱くかという点から、より具体的に考えてみると、それはまず(1)オーレリア（ジェニー・コロン）に対する〈罪〉があり、これが彼の罪責コンプレックスの出発点ないし原核となっており、この意味で主要な〈罪〉といえる。次に(2)人々（友人、父親、親族、その他の人々）に対する〈罪〉があり、さらに(3)神に対する〈罪〉および(4)自分自身の人生や考え方、行いの中で犯した〈罪〉などが考えられるが、この(4)の罪は今挙げた(1)、(2)、(3)のすべてに関連し、その〈真因〉ともいえ、したがってそうした(1)、(2)、(3)の罪は本質的には(4)の罪と考えることもできよう。

ところで恋人ジェニー（オーレリア）や人々、そしてさらには神や自己自身に対して犯した（と彼が思っている）〈過ち〉は具体的には一体何であり、その〈過ち〉のもつ罪性 culpabilité に対するネルヴァルの意識の仕方（受けとめ方）はどのようなものであったのだろうか。さらにまたその罪の意識の仕方には、時間的な変化が認められるのだろうか。あるいはまたそうした〈過ち〉を彼に〈罪〉と思わせるものは一体何であったのだろうか。要するにそうした各種の罪の意識を成立させているより根源的な〈動因〉、その真の〈原因〉は一体何であったのだろうか。そしてそのような罪の意識はネルヴァルにとってどのような意味を所有していたのだろうか。そこで以下においてこうしたネルヴァルの罪の意識のもつさまざまな問題性を、具体的な各種の罪の意識にあたりながら考えていくこととしよう。最初に『愛の書簡』*Lettres d'amour*（*Lettres à Jenny Colon*）にあらわれる奇妙な罪の意識からみていこう。

I 『愛の書簡』における罪責意識

①あなたのお手紙を熟読してみて、やっとあなたのいわんとしていることが理解できました。あなたに対して犯した自分の過ち《torts》を思う時、あなたのお手紙はなんと立派でやさしいことでしょう。でも同時に、なんと分別にあふれ、なんと用心深いのでしょう。（書簡二、傍点筆者）

Vous voyez que j'ai étudié votre lettre, et qu'enfin je l'ai comprise. Que je la trouve bonne et douce, quand je songe à mes torts envers vous ! Mais, qu'elle est raisonnable, qu'elle est prudente ![8]

とか、あるいは、

②ああ、私はあなたに無理な要求をしたために、したたか罰せられました。あなたはそれに対して私を情容赦なく罰しました。どうして私はあなたのために自分のしたことをただ一度あなたに言ってしまったのだろう。（書簡二の乙）

Ah ! Je suis bien puni de mes exigences ! Vous m'en avez cruellement puni ! Pourquoi vous ai-je dit une seule fois ce que j'avais fait pour vous ?[9]

とか、さらには、

③ああ、わが友よ、あなたはどういう夢を御覧になったか知りませんが、私はといえば、今しがた恐しい一夜を過ごしたところです。私は不幸です、恐らく私の過ち《faute》のためであって、あなたのせいではないのですが、ともかく私は不幸なのです。そうです！ 恐らくあなたは私に対してかつてなにがしかの好意を抱いて下さったのに、私はきっとそれをみすみす無にして、ある時あなたのお怒りに身を晒す破目になってしまいました。ああどうか、私の混乱をお赦し下さい、私の魂の闘いをお赦し下さい。（書簡九、傍点筆者）

Ah ! ma pauvre amie ! je ne sais quels rêves vous avez faits ; mais moi, je sors d'une nuit terrible. Je suis malheureux par ma faute, peut-être, et non par la vôtre ; mais je le suis. Oh ! peut-être vous avez eu déjà quelques bonnes intentions pour moi, mais je les ai laissé perdre sans doute et je me suis exposé à votre colère un jour. Grand Dieu ! excusez mon désordre, pardonnez-moi les combats de mon âme.[10]

などであるが、最後にもう一つだけ挙げておけば、

④もし私がもっと自分の心を偽ることができたなら、きっと見事な小説《ロマン》をしたためて、あなたに送りもするでしょう！ 一句の中に、一語の中に、おし寄せようとしている、いく歳月もの苦悩、夢、計画の数々があります。

あなたのお手紙は私に自分の過ち《torts》を十分に償わせました。私はまた自分の行動のあらゆる軽率さと武骨さ〔峻厳さ〕をも感じました。（書簡十九）

Le beau roman que je vous écrirais, si j'étais moins sincère !... Il y a des années d'angoisses, de rêves, de projets qui voudraient se presser dans une phrase, dans un mot... Votre lettre m'a fait assez expier mes torts ; j'ai senti également toute l'imprudence et toute la dureté de ma conduite.[11]

これらの書簡にみられるネルヴァルの罪の意識を考える前提として、ここで同書簡自体のもついくつかの問題点を簡単に整理しておく必要があろう。すなわちこの書簡の執筆年代の問題、あるいはその執筆意図の問題つまり、はたしてジェニー・コロン Jenny Colon に宛てて書かれたのか、書かれたとしても実際に送られたのかどうか、あるいは少なくともそういう意図をもって書かれたのか、それとも公表を前提とした文学作品の素材として利用することを意図して執筆されたのかどうかといった問題がそれである。この書簡はネルヴァル自身が『ジェニー・コロン宛書簡』*Lettres à Jenny Colon* という題を与えたわけではなく、旧プレイヤード版の編注者リシェの与えた仮題であり、そのリシェもミナール版では『愛の書簡集』*Lettres d'Amour* としており、ガルニエ版の編者ルメートル Henri Lemaître は『オーレリア書簡』*Lettre à Aurélia* という題名を与えている。また一九八九年に刊行されたピショワとギヨームによる新プレイヤード版（第I巻）では「愛の手紙」（[Lettres d'Amour]）とカギカッコが付され、はっきりと仮題であることが強調されている。こうした異なった仮題のつけ方には編者のこれら一連の手紙に対する見方が反映されており、リシェはプレイヤード版では現実のネルヴァルとジェニー・コロンとの関係を重視しており[12]、ルメートルはこの書簡に認められる名宛人の無名性 anonymat、神話性および同書簡のもつ文学性、この書簡と『オーレリア』の世界との連関性を重視して『オーレリア書簡』としている。[13]ピショワとギヨームはリシェなどそれまでの研究がこれらの書簡集をあまりにも女優ジェニー・コロンと結びつけ過ぎていた点に対して疑問を提起、彼女以外の女性も考えられるとして、ジャン・ギヨームはたとえばアルセーヌ・ウーセー夫人を提起しているが[14]、われわれは「オーレリア」なる女性（オーレリア神話）の原型に彼女以外の女性、たとえば彼の母やフシェール夫人、ギヨームが主張するようにウーセー夫人その他の女性も入っているとは思うがそれでもジェニー・コロンが一番大きな比重を占めていたことには変わりないように思う。われわれもテクストはリシェの旧プレイヤード版によっているが、書簡の名称はギヨームの新プレイヤード版やリシェのミナール版にならって時に「愛の書簡（集）」とも呼ぶこととしたい。

ところでジャン・リシェやアンリ・ルメートルがプレイヤード版（およびミナール版）やガルニエ版において、これらの書簡の底本としたシャンティイのロヴァンジュール文庫 Collection Spoelberch de Lovenjoul à Chantilly に残されている肉筆稿やこれにない六通の書簡の底本としたサルドゥ＝マルサン版 version Sardou-Marsan の肉筆草稿（これは今日個人蔵となり、参照不可能という）がいつ書かれたか、という問題は、今日まで確実なことは何もわかっていないが、リシェはこれらの書簡のうちの何通かはネルヴァルがジェニー・コロンと親しかったと思われる一八三七年から一八三八年の冬の間に書かれ、その中の一部は実際に彼女に送られただろうとみている[15]。またルメートルはロヴァンジュール文庫に収められている草橋（肉筆稿）の方が、サルドゥ Victorien Sardou やマルサン Jules Marsan がもとにした草稿よりもより完成された原稿とみている[16]。確かにサルドゥ＝マルサン版による書簡の方がより生の体験を語っているとみられる点などを考えると、ロヴァンジュール草稿は少なくともサルドゥ＝マルサン草稿よりはより完成した原稿とみることはできるが、しかしルメートルがいうようにこれをもってただちに前者が後者より後に推敲されたものとみることはできないだろう。というのはロヴァンジュール草稿による書簡の中にも『小説素材』Roman à faire に入れられた六通の手紙を例外とすれば、かなりとり乱れた言い廻しや、途中で切れた文を含む下書的なものも何通か数えることができるからである。したがってこれらの草稿の執筆年代については決定的なことは何もいえないのであるが、私見によれば、このように同一の手紙に何通もの控えがあり、しかもそれらの控えの一部はすでに一八四二年代に、たとえば「小説素材」といった形で発表されているといった事実を考えるとき、彼はこれらの手紙をジェニー・コロンとの破局以来、自己の作品の素材として利用するため、恐らく五〇年代まで何度となく書き直しつづけたと考えられる。それゆえ篠田知和基氏も指摘するように、これらの手紙は「女優が結婚し、彼が狂気に落ちたあとの手紙[17]」とみることさえ不可能ではなく、少なくとも彼女との関係がつづいていた頃（三七年から三八年の初め）に出されたかも知れない手紙の控えそのものではなくこの控えをもとに創作された「文学的書簡」である可能性が充分にある。要するにこの書簡はリシェが推定するようにその一部が現実にジェニー・コロンに送るために書かれたにしても文面その他から考えて現在残されているものがそのままの形で送られたとは考えられず、かりに送られたとするなら、それは現在残されているものよりももっとソフィスティケイトされたものであったと考えられる。したがって現在われわれがプレイヤード版などで読むことができる同書簡とは、彼女に出されたものの下書的なものおよび当時書かれたとしても出されなかったもの、あるいは彼女と別れた後でその恋愛体験の自分にとっての意味を考えるために書かれたもの、さらにはそれら三種のものをその後何度か書き直し推敲したものの計四種のそれぞれ質を異にした書簡から成立していると推測することができるように思う。

そこで本書ではこうしたわれわれの仮説を前提として、これらの書簡に現われたネルヴァルの〈彼女〉（ジェニー・コロン）に対する罪の意識を考えていくこととしよう。先に挙げた書簡の中にみられる罪責意識ないし自責の念は〈彼女〉（ジェニー・コロン）に対する自己の〈過失〉、たとえば引用した手紙でいう「無理な要求」、「軽率な行為」あるいは「武骨な振舞」といった過失への後悔や自責の念からきているらしいことが想像できる。ところでここにいう「誤まり」fauteないし「責められるべき行為」tortsとは何であったのだろうか。[18] カステックスP.-G. Castexによれば次のようなことが考えられるという。(1)アルセーヌ・ウーセーの『告白』*Confession d'Arsène Houssaye*よれば、ある日ジェニー・コロンのところであまりいい気になりすぎて、こっぴどく撥ねつけられ、後ずさりしたとたん、オルレアン公から贈られて、非常に大切にしていたセーヴル焼の盆cabaretをこわしてしまったという。この話それ自体は信じられなくもないが、しかしネルヴァルがこんな「過失」fauteを赦されpardonner得ない〈過ち〉と思っていたとは考えられない、という。また(2)ネルヴァルを最後まで献身的に世話した数少ない友の一人であるジョルジュ・ベルGeorge Bellによると、ジェニー・コロンは既婚の女優しか招かれないある宴席に招待されなかったことに屈辱を感じて、ジェラールに結婚話をもちかけたが、彼はじっくり考えてみるといって結局は逃げてしまったらしいという。[19] そしてカステックスは「恋する男が自らの非を責めているというより、言訳をしているある〈誤解〉malentenduの形跡の認められる『ジェニー・コロン書簡XX』の方がより真実を明かにしているのではないか[20]」という。この手紙から判断するかぎり、彼は「ある考えられる軽率」、すなわち愛する女性に「自尊心からそれをあまりにも重要視しすぎたにしても、ともかく自分の名誉の守れるある申込み[21]」をしたと考えられるという。同氏はこの申込みを留保条件つきのプロポーズと考える。つまり彼女は非常に自由奔放な生活を送っていたが、自己の品位を傷つけるように思われるそうした生活にみられるある種の習慣や交際を断つという条件で彼女にプロポーズしたのではないかという。そして、恐らくネルヴァルのこうした要求が彼女の怒りを買ったのではないかと推測する。こう考えれば、先にみたジョルジュ・ベルの話とも一致するという。[22]『愛の書簡』にみられるネルヴァルの過失の意識の成因それ自体、すなわちこの〈過失〉そのものが具体的に何であったかということを強いて詮索するなら、カステックスが推測したこのような事柄もその原因の一つ、すくなくともその破局の直接的なきっかけとしてあるいはあったかも知れない、と考えられなくもない。というのは同氏もいっているように

『ジェニー・コロン書簡 XIX』の中で「自分の振舞いのあらゆる軽率さと峻厳さ」« toute l'imprudence et toute la dureté »[23]（引用④参照）のことをいっているが、これはカステックスのいう「留保条件つきの」プロポーズを推測させるし、またさらに同書簡で「あなたがかって他の男のものであり、またもしかすると現在もそうであったとて、そんなことは私にはどうでもいいのです」[24]といっており、ここでは「どうでもいい」といっているにもかかわらず、こうした派手な男関係を断てば結婚しようと彼女に言ったということも全然考えられないことではないからである。だが翻って考えてみるとカステックスがその根拠としている書簡 XIX と XX とは二人の仲が決定的に悪くなった恐らく最後の頃の（彼女に対する心情を語る）手紙――かりにこれとほぼ同一の内容のオリジナル・レターが実際に出されたと仮定しても、この二つの手紙は恐らく破局後に書き直されたものと考えられるが――であり、二人の仲がこの二通の書簡にみえるほどにはまだ決定的に悪くなっていない頃の（恋情を語っている）手紙、たとえば書簡 I, II bis にも、あるいは書簡 IX や XIV にもすでにこの種の罪責意識が現われているという事実を考えるとき、このカステックス説にも少々無理があるように思われる。つまり同氏のいう〈条件つきプロポーズ〉とは、かりにそういうことがあったとするなら、二人の仲を決定的に悪くした一因、破局の直接的・表面的な原因にすぎず、それが書簡でしばしばいわれている〈過ち〉ないし〈過失〉の具体的な内容であったとは、少なくとも彼の罪の意識を成立させている原因のすべてであったとは思われない。というのは『愛の書簡』ではこんな罪の意識の例もあり、この意識はネルヴァル自身の受けとめ方という点からみるなら、これまで見てきた罪責意識と同質であるにもかかわらずその〈原因〉としての〈罪〉は明らかに〈条件付プロポーズ〉とは言えないからである。

⑤そうです、私はあなたに恥をかかされるだけのことはありました。そうです、私はさらに多くの苦しみによって、自分の陥ったあの思い上がった一時を償わなくてはなりません。ああ、それは全く笑止千万な野心でした。

あなたのような才能と美しさを備えた女性のかたわらで、自分が何がしかの者であると思い込むとは！ 自分が世間にもっている何か知らぬ力でもってあなたをバックアップしてやろうなどと恩きせがましいことをいい、そんなつまらぬ権威の名において、昔日のあなたの成功に対してまるで冠をいただいた王様然として、あなたとお話をするとは！」。（書簡十四）

Oui, j'ai mérité d'être humilié par vous ! oui, je dois payer encore de beaucoup de souffrances l'instant d'orgueil auquel j'ai cédé !... Ah ! c'était une risible ambition que celle-là ! Me croire quelque chose près d'une femme de votre talent [et] de votre beauté ! pretendre vous prêter l'appui de je ne sais quelle puissance [dans le monde] et vous parler comme un roi couronné, [dans votre succès d'antan] au nom de cette misérable autorité[25] !

ここにいう「野心」とは、伝記的にはある劇場支配人に対して運動してやろうと申し出たことを指しているということだが、ここには彼の野心や権威を笠にきせた底心 arrière-pensée の罪、そういう自己の思い上がり orgueil に対する自責の意識をみることができよう。だが実をいえば上にみたカステックスのいう〈過失〉やここにいう〈罪〉が彼の罪責意識の本質的原因とは考えられない。これらはそうした意識を成立させている真の原因を〈隠す〉ための口実のようにさえ感じられる。カステックス説も含めてこんな〈原因〉では彼の罪責意識にみられるあの異常なまでの執拗さ、激しさを説明し切れないように思われるからである。そうではなくて、むしろこんな風に考えるべきではなかろうか、すなわち同書簡中でしばしばいわれている〈過ち〉とは彼女に対する彼の特異な態度そのもののことをいっているのではなかろうか、と。ところでこの〈特異な態度〉とは、たとえば「世間一般の男女の習慣から離れましょう」とか「女性に対して無理強いするやり方は私の好むところではな」く、「昨今の男たちが自分の手に入れた女たちに示す態度は私の好むところではない[26]」といった〈私〉の言葉にうかがえる愛における肉体的なものをむきになって否定する態度、あるいは「あなたのためなら死んでみせる」[27]といった言葉からうかがえる彼のその思いつめた一途な愛し方を挙げることができよう。〈彼女〉は〈私〉のこうした極度に禁欲主義的・精神主義的な愛し方を理解できないばかりか、そこにある種の薄気味悪さと恐怖を覚え、その結果彼に対して冷淡になり、時には嫌悪の態度を示したのではなかろうか。そして〈私〉は彼女の不興を招いたそうした自分の振舞い方のうちにある種の〈過失〉を漠然と認めていたのではなかろうか。事実この書簡には篠田氏も指摘するように[28]、ほとんどすべての手紙に「私に会うのを恐れないで下さい」とか「私に会うのを恐がらないでください」とか、さらには「何も怖がることはないのです」とかあるいは「それに私の熱狂の激しさ « la vivacité de mes transports » も怖がらないで下さい[29]」といった言葉がみられること、またこれらの言葉に対応するかのように、書簡 XIII では「私の興奮があなたを怯えさせる[30]」という言葉や書簡 XII では「必ずしも自分で責任を取ることの出来ないあの恐ろしい興奮」« l'exaltation terrible dont je ne puis répondre »[31]といった言葉がみえる。この興奮が〈私〉のその一途な愛し方とともに彼女を怖がらせる原因の一つであり、また〈私〉のいう「軽率な行為」や「武骨な振舞」の一つとして考えられないではない。それゆえネルヴァルがこの『愛の書簡』でいっている〈過ち〉とは、このような〈私〉の〈彼女〉に対する特異な態度、すなわち篠田氏がそのネルヴァル論の中で「あやまちは、あまりに控え目だったこと、愛すべき時に求めなかったことと、その反動として愛の冷えきったときに強引に求めて失敗したこと、乱暴な強迫によって女の恐怖をそそったこと、そのふたつなのではないだろうか[32]」、とより具体的に指摘しているような彼の特異な態度それ自体のことをいっているように思われる。ただ私は篠田氏がここにいう「乱暴な強迫」といういい方には少々抵抗があり、『書簡』からみるかぎり、むしろそうしようと意図することなく、〈私〉の激情や精神の高揚・興奮が彼女を怯えさせ、恐がらせたとみたい。それに彼女の恐怖の原因はそういう〈私〉の精神の興奮だけに限らず彼の一途な思いつめた態度（これは必ずしも精神の高揚・激情を伴うとは限らない）にもあったように思う。そこでこの『書簡』にあらわれる罪の意識の問題点を整理してみると(1)カステックスのいう〈条件つきプロポーズ〉ということもこの一連の書簡が二人の破局後にその関係を反省しつつ、書かれ(書き直され)たとも考えられる以上、全然あり得ないことではないが、(2)むしろ本当の〈原因〉は篠田氏もあげる、「あまりに控え目だったこと、愛すべき時に求めなかったことと、その反動として彼女の〈私〉に対する愛がさめているときに、求めて失敗したこと」、「必ずしも自分でも責任のとれない」恐しい興奮やその一途な思いつめ方によって彼女を恐がらせたことなどにあると考えられるが、(3)他方、この書簡には「傲慢の罪」、思い上がりの罪、あるいは自己の権力顕示欲に対する反省からくる罪責意識も認められるわけで、したがって同書簡に認められる〈私〉の執拗な罪責意識はまったく当然のことながら、決してただ一つの、具体的な〈原因〉からきているのではないということができよう。だが見方をかえればこうしたさまざまな具体的〈過ち〉は彼の罪責意識を成立させる一つの、表面的・直接的な動機 motif であり、きっかけにすぎず、本当の原因はもっと別なところにあるのではないか、というふうにも考えられないではない。もっとも篠田氏のあげるいくつかの〈原因〉には本質的な問題に密接にかかわる部分があり、必ずしも表面的な〈動機〉とはいえないことも事実である。というのは同氏はそういう言い方はしていないが、〈原因〉はすでにみたように〈私〉の〈彼女〉に対する特異な態度にあるといっているからである。つまり上に挙げたような具体的な〈過ち〉を彼に犯させてしまうもの、たとえば彼に「軽率な行為」や「武骨な振舞」をさせ、あるいは彼女を恐がらせ、彼女に対して恩きせがましい態度を取らせてしまう彼自身の内部にあるもの(彼の心的態度)こそその真の〈原因〉であり、それが彼の罪の意識を成立させているのではないかということである。少なくともそれが彼の罪の意識のあのような執拗さ、激しさを決定づけているのではなかろうか。

これらの書簡が彼女と別れた後に推敲され、そのうちのあるものは相当の時間あたためられていたものであると推定されることを思いあわせるとき、こうした異常とも思える罪責コンプレックス complexe de culpabilité の底にはネルヴァルの心性そのもの、その魂の在り方そのものにすら微妙に係わるあるものが潜んでおり、そしてそれが彼の罪の意識を決定づけているようにも考えられるのである。そのことはたとえばカステックスもその根拠として挙げている同書簡XXの一節が――同氏の説をくつがえすかのように――何よりも雄弁に語ってはいないだろうか。

⑥私の自尊心がそれをあまりに重要視しすぎたにしても、ともかく私の心に恥じない申し出を、あなたが疑念をもって撥ねつけたにせよ、私はあなたを恨みはしません。あったかも知れない軽率な振舞に対するこのような残酷な仕打ちを私は甘受しましょう。もっとも私は今日でもそれがどのように軽率であったのか納得し難いのですが……。しかし私はこうしたすべてのことがらに、どのような償い得ないものをも認めることが出来ないのです。女性にとって許せないといった罪は一つとして身に覚えがなく、それに隠さずに言ってしまえば、（…）（書簡二十、傍点筆者）

que vous ayez même flétri d'un doute une proposition qui honorait mon cœur, même en admettant que mon amour-propre en eût mis trop haut l'importance, — je ne vous en veux pas, j'accepte cette punition cruelle d'une imprudence probable dont j'ai peine à me rendre compte même aujourd'hui ... Mais je ne vois dans tout cela rien d'irréparable. Je ne suis coupable d'aucun de ces crimes qu'une femme ne peut pardonner et, vous l'avouerai-je,[33] [...]

すでにみたように確かにここにいうある「申し出」とはカステックスが推定するように結婚申込、彼女からみれば軽率な、まずい仕方のプロポーズのことをいっていると考えられないではないが、しかし彼はその「軽率な振舞」とやらがどのようなものであったか理解できず、また「女性にとって許せないといった罪«crimes»は一つとして身に覚えがない」といっているのである。したがってこの書簡から判断するかぎり、カステックスのいう相手に対して失礼な「留保条件つき」《conditions restrictives》[34]結婚申込という行為が彼の過失ないし罪の意識の原因とする説は成立しがたいように思われる。[35]少なくとも『愛の書簡』の全編を貫くあの固定観念というか強迫観念にも近い罪責コンプレックスの主因とみるには少々無理があるように思われる。同書簡に一貫して流れている罪の意識はデュリー夫人もいうように、「とにかく私が悪いのだ」という「自責地獄」《torture d'auto-accusation》[36]、「自分は彼女にふさわしくない男なのだ」といった劣等感《sentiment d'infériorité》[37]の入りまじった「曖昧な感情」《vague sentiment》であり、したがってこの点を考えあわせるなら、ジェニーとジェラールの間にあったかも知れない男女間の感情のあつれき、〈失敗〉それ自体が、彼の内部にあって、あのように執拗な罪の意識を成立させているというより、むしろそういうあったかも知れない過失はある意味でその〈口実〉であり、単なるきっかけにすぎず、問題は彼にそのような〈失敗〉をさせ、〈軽率な態度〉をとらせてしまうその特異な心的態度やそうした〈過失〉を罪と感ずるその感じ方それ自体にあるのではなかろうかということである。ではその〈特異な心的態度〉とは一体どのようなものであり、それがどのように罪の意識と係わり、さらにいえば、ネルヴァルにとってこの罪の意識とは一体どのような意味をもっているのであろうか。こうした問題点は内容的に『愛の書簡』と密接な関連性を有する『オーレリア』における罪責意識の考察を通してはじめて解明され得るように思われるので、次にこの作品にあらわれた罪の意識をみていくこととしよう。

II　『オーレリア』における罪責意識

『オーレリア』にみられる罪の意識は『愛の書簡（ジェニー・コロン書簡）』に見られるそれより一層複雑な意味内容をともなっており、またその罪責感も必ずしもオーレリアに対するものに限られてはいない。とはいえ、第一部の前半では彼女に対する罪の意識が顕著にみられ、したがってこれは『愛の書簡』にみられた罪責意識の延長線上にあり、それとほぼ同質の罪の意識とみることができよう。

①愛していた女性から罰せられ、もはや赦される望みのないある過失を犯したこの私は、ただ卑俗な陶酔に身を任せるよりほかにしかたがなかった。（…）「何という馬鹿げたことか」と私は思った。「もう自分を愛してくれてない女性をプラトニックな愛で愛するなんて。これは本を読みすぎたせい«faute»だ。僕は詩人たちの作りごとを真に受けて現代のごくありきたりの人間をラウラとかベアトリーチェに仕立て上げたのだ……」。

Condamné par celle que j'aimais, coupable d'une faute dont je n'espérais plus le pardon, il ne me restait qu'à me jeter dans les enivrements vulgaires ; [...] « Quelle folie, me disais-je, d'aimer ainsi d'un amour platonique une femme qui ne vous aime plus. Ceci est la faute de mes lectures ; j'ai pris au sérieux les inventions des poètes, et je me suis fait une Laure ou une Béatrix d'une personne ordinaire de notre siècle... »[38]

『オーレリア』第一部第一章の中ほどにみえるこの一節は「以下にオーレリアという名で呼ぶことにする女性」が〈私〉の〈過失〉のためにすでに失われてしまったにもかかわらず、今なお「プラトニックな愛」で愛さずにはいられないその女性との愛について語った部分であるが、ここに認められる彼女に対する「ある過失」une fauteは『愛の書簡』でしばしばいわれている過失とほぼ同一の意味内容を帯びているといえるが、ただ『オーレリア』の場合、以下に述べる理由によってより韜晦化、といって悪ければより神秘化され、より深化された意味内容が与えられているように感じられる。

ジャン・リシェによれば右の例にみられる罪の意識はネルヴァルのプラトニスムから来ているという。[39]つまりネルヴァルが彼女に対して犯した過失とは彼のプラトン主義的な考え方ないしそのプラトニックな愛し方それ自体にほかならない、という。確かにこの一節でもそうした〈過失〉を反省して、あるいはその苦しい恋からの逃避として「たやすい愛」« faciles amours »[40]に「卑俗な陶酔」を求めたとか、あるいは「普通の女をラウラとかベアトリーチェにまつり上げてしまった」などといっている事実を考えると、リシェのこの説は納得がいかないでもないが、翻って考えてみると、ネルヴァルがこの一節でいわんとしていることは、「愛していた女性から罰せられ、もはや赦される望みのないある過失を」すでに犯してしまったために彼女を失うことになったのであり、現実にはすでに別れてしまった彼女をなおプラトニックに愛するなど馬鹿げたことだといっているのであって、その逆ではない。この意味からすると、リシェの説には論理的に少々無理があるように思われる。だがこの一節から離れて現実のネルヴァルとジェニー・コロンとの関係、あるいは『愛の書簡』における〈私〉と〈彼女〉との関係ということで考えるなら、このリシェ説もそれなりの説得力を有しているように思われる。というのはここで再び『愛の書簡』に帰れば、同書簡はそのほとんどがプラトニックな愛の告白に終始しているからである。一例を挙げると、「私は他の人たちとは違ったふうにあなたを愛しております、この私は。何よりも私が愛しているのはあなたの魂です。[41]」(書簡 II-bis) とかあるいは「ああ、そのとき私が敬意を捧げていたのは女性に対してではなく、芸術家に対してでした。恐らく私はいつもこの役割に満足し、それまで非常に遠くから崇拝していたこの美しい偶像を、その台座から降そうなどと試みるべきではなかったのかも知れません[42]」とか、さらには「ですが、よろしいですか、あなたは私にとっては他の女たちのようなものとは違った存在なのです。私も恐らくあなたにとって他の男たち以上の存在です。ですから世間なみの情事の習慣からは離れようではありませんか。あなたがかつて他の男たちのものであり、またもしかすると現在もそうであったとて、そんなことは私にはどうでもいいことなのです。[43]」などといった言葉にも〈私〉の禁欲主義的な態度を認めることができよう。これとほとんど同じことが『コリッラ』*Corilla*、『シルヴィ』*Sylvie* その他でも言われている。たとえば『シルヴィ』では「愛、ああだがそれは漠とした形態への愛、(…) あまりにも形而上的な幻影への愛だったのだ。近くで見れば、現実の女性はわれわれの無垢な魂を裏切るのだった。だから女性とは女王か女神のように見えなければならず、そしてとりわけ近づいてはならない存在なのであった。[44]」とかさらに、「〈ぼくであれ、他のだれであれ〉と私はいった。〈ぼくにとってはどうでもいいのだ。いずれにしてもそういう男が一人はいなくてはならなかったわけだし、それにあの男は恋人として選ばれるだけのことはあるように見えるがね〉〈じゃ、君はどう?〉〈ぼく? ぼくが求めているのはイマージュなんだ、ただそれだけなのだ〉[45]」(いずれも第一章) といった言葉を認めることができる。ネルヴァルが現実のジェニー・コロンに対しても、こうした異常なまでのプラトニックな態度を示したとするなら、それは彼女にとってはかなりありがた迷惑な話であり、ある場合には屈辱的ですらあったろう。なぜなら彼女にとって愛されるとは精神と肉体からなる彼女自身、それ以上でもそれ以下でもないこの〈彼女〉自身が文字通り愛されることを意味していたであろうから。したがって〈彼女〉の向こう側や彼女の上方にある彼女のイマージュなどを死ぬほど愛してもらっても少しもありがくなかったに違いない。彼女は実体のある現実的な愛、生活をともなった堅実な愛を望んでいたのであり、少なくともリシェの調べた伝記的事実からみるかぎり[46]――彼女はすでに三十歳になるかならないかの年齢であった――、そういう女性であった。つまり彼女はむしろ「地に足のついた[47]」愛、いわば静かな結婚愛を望んでいたように思われる。事実彼女はネルヴァルと別れた直後、オペラ゠コミック座付フルート奏者のルプュス L.-M.G. Leplus という男と結婚してしまう。それゆえレギーネ・オルセン Regine Olsen がキェルケゴール S. A. Kierkegaard のあれほどまでの一途な精神主義的愛を理解できなかったように、あるいはまたマドレーヌ Madeleine がジッド A. Gide のあの禁欲主義的なプラトニック・ラヴに耐えられなかったように、『ジェニー・コロン書簡』における〈彼女〉や現実のジェニー・コロンもまた、〈私〉やネルヴァルのそうした精神主義的な愛を理解しなかったばかりか、そこに屈辱に近い感情、ある種の薄気味悪さを感じたに違いない。セビヨットも言うように[48]、同書簡の〈彼女〉は〈私〉からそのような精神主義的な愛、その「霊と肉とを分離した愛」« amours désincarnées[49] » を告白されて、はじめは悪い気はしなかったに違いないが、やがてその「普通の男とは違った」愛し方に異常さと不安を覚え、彼を遠ざけるようになったと考えられる。同書簡によれば、〈彼女〉は〈私〉に会う日を延ばしたり、予め指定したりしており、またその言葉は「この上なく冷静で用心深く」なる。彼は彼女にこのような冷たい態度をとらせた原因が自分の側に、自分の犯したある種の〈過ち〉――それが何であるかは彼自身理解できないにしても――にあると感じており、それが「もっとも私は今日でもそれがどのように軽率であったのか納得し難いのですが」とか「女性にとって許せないといった罪は一つとして身に覚えがない」といわせているものであり、また彼の「多分私が悪いのであってあなたのせいではないが」という漠然とした自責感、罪責感の形をとるようになったというふうにも考えられる。

ところで『オーレリア』のこの一節に認められる罪の意識に関しても、ある意味ではリシェのプラトニスム起因説がそれなりの根拠をもっているともいえる。というのは『オーレリア』の執筆年代について、すくなくとも最終的な推敲は一八五四年末からと考えられており[50]、この執筆時期とネルヴァルがジェニー・コロンと特に親しかったと思われる一八三七～三八年という時期との間に存在する二十年という時間的隔たりを思うとき、彼女に対する具体的な〈過ち〉faute自体が何であれ、『オーレリア』執筆までの間にネルヴァルのジェニーへの思い方、その愛し方に対する反省が深められ、二人の破局は、あるいはそういう愛し方に一因ないしその潜在的な破局の可能性があったのではなかろうかと感ずるにいたり、この感情が彼女に対するあのような罪責意識へと成長していった、というふうにも考えられるからである。ジャン・リシェはネルヴァルの過失（とくに『オーレリア』第一部でいわれている）がそのプラトニックな態度にあるとした上で、こうした見方は必ずしもセビヨット流の性的不能といった仮説を導き出す訳ではない、という。そうではなくて、むしろそこに「愛と肉体的な欲望との乖離」« dissociation de l'amour et du désir charnel » をみるべきではなかろうか、という[51]。リシェのこのネルヴァル不能説への反論は「愛と肉体的欲望の乖離」としかいっておらずそのいわんとするところがはっきりしないが、同氏のこの見解については再び触れることとして、ここでセビヨットのネルヴァル不能説について一言しておこう。このセビヨットのネルヴァル論はちょうどランボーRinbaud研究におけるあのショッキングなモーリス・フォリッソンMaurice Faurisson説にも似た役割と意味を持っているように思われるが、ただこのセビヨット説はその後のネルヴァル研究において、ランボー研究におけるフォリッソン説ほどには重要視されず、コンスタンFrançois Constansはじめ、スヌリエJean Senelierやカステックスに至るまで大方の研究家は同説に対して否定的ないし無視の態度を示しており、同じ精神分析的手法から出発しているシャルル・モーロンですら批判的である（もっともリシェはミナール版の『オーレリア』の註釈では部分的にセビヨット説を認めているが）。だが私からみるかぎり、少なくとも罪責意識の〈原因〉やネルヴァルがたえず口にしている〈過ち〉fauteが何であったかといった問題に限っていうならば、セビヨットの見方は今日にあっても無視し得ない仮説であり、この点では同氏を批判するリシェもモーロンもセビヨット説から大きく出ているとは思われない。たとえばネルヴァルの罪の意識のうちに「愛と肉体的欲望との乖離」からくる精神的葛藤をみるリシェの見方はセビヨットが、ネルヴァルの「劣等感、無意識の〈抑制〉が、愛の情熱と肉体的な欲求との乖離 « dissociation de la passion amoureuse et de l'asssouvissement physique » を引き起こすことによって、男としての行動を彼に禁じている」[52]といっているように、すでに指摘されていることなのだ。モーロン説はセビヨット説を批判しつつ、それを修正し、精密化させることによって、より発展させているにすぎず、その根本的な発想は同一と考えられる。[53]そこでセビヨット説にかえれば、彼は『オーレリア』第一部の前半にあらわれたオーレリアに対する罪の意識の出発点というか源泉をネルヴァルとジェニー・コロンとの交際およびその破局に求める。彼によれば『愛の書簡』にみられるあのように執拗な激しい罪の意識、すなわち罰せられているという感情 sentiment de châtiment、あの自責の意識 sentiment de l'auto-accusation、彼女にふさわしくないといった感情 sentiment d'indignité ないし自分は駄目な男だといった感情 sentiment d'infériorité、そうした一連の感情は、彼の性的不能〈意識〉に起因しているという。つまり彼は「無意識のうちに自分の〈不能〉感を彼女にふさわしくないといった感情とか罪責感によって融和 « se neutraliser » 解消しているのであるが、しかしこの感情もまた不能感と同じ結果、すなわちジェニー・コロンを自発的であれ、そうでないにしろ〈所有〉する « posséder » ことを諦めようとする気持へと変っていったのであり、こうした後者の感情の方が前者よりも彼にとって屈辱的でなく、より受け入れやすかった」のだという。[54]セビヨットのこの説は説それ自体としてはまことに理路整然としていて、他のどの研究家の説よりも説得的である。同氏も指摘している通り、ネルヴァルは『愛の書簡』でも、また『オーレリア』の中でも罪そのものが何であったかは決して一言も口にしないし、また同書簡 XX では、自分でもその罪の原因がわからないといっている事実、さらには彼の作品には『ニコラの告白』*Les Confidences de Nicolas* といった伝記的作品を除くと、性的でエロチックな描写なり言及がほとんどみられず――この現象は別の解釈も可能だが――種々の「女性的特質」ないし「男性欠如」的兆候が認められるといった事実はこのセビヨット説を側面から支持しているように思われる。またこの説に立てば、同書簡や『オーレリア』における彼の罪の意識がなぜそのように執拗なオプセッションにまでなっているのかという理由をもよく説明できるように思われる。ところでセビヨットのこの不能説は『オーレリア』第一部第十章にあらわれる奇妙な夢を根拠にしている。主人公〈私〉の分身が恋人オーレリアを奪って彼女と結婚しようとする場面を語るこの夢は、ネルヴァル自身にはその真の意味がわからないとはいえ、彼の〈不能〉の無意識的な告白であるという[55]。そこで以下にこの一節を挙げてみよう。

②人びとは結婚式のことや花婿のことを話していたが、その花婿は披露宴の開宴時間を告げにやってくるはずであるとのことであった。すると私はたちまち分別を失った激昂にとらえられた。みなが待っている男が私の〈分身〉であって、その彼がオーレリアと結婚することになっているのだと想像した私は破廉恥な振舞を仕出かし、一座の人々をひどく仰天させたらしかった。そこで私は自分の不満を申し立て、顔見知りの人たちに助けを求めて、激しく話し始めた。すると一人の老人がいった。「ともかくそんなふうに振舞うものではありません。みんながあなたをこわがっているじゃないですか」。そこで私は叫んだ。「前にもあいつが凶器で私を殴ったことはよくわかっているんです。でも私はびくともしないで奴を待ってるんです。それにあいつをやっつけてしまうはずのサインを知っているんです」。その時、先刻入りしなに見学した仕事場の職人の一人が、先が火で真赤になった球のついた長い棒を手にして現われた。私は飛びかかろうとしたが、彼のじっと支えている球がたえず私の頭を窺っていたので駄目だった。みなが私のこの無力さ（不能）« mon impuissance » をあざわらっているようにみえた。その時、私は何ともいい難い自尊心で胸が一杯になってはいたが、ひとまず王座のところまで後ずさ

りし、腕を上げて、魔力を帯びるように思われたサインをした。と私は胸をはり裂くような苦痛の色を帯びた、はっきりと響き渡る女性の叫び声を耳にして、はっと目を覚ました。(…)それは私にとってオーレリアの声であり、調子であった。[56]

『オーレリア』第一部最終章のこの一節に対する解釈に限っていえば、コンスタンは、ネルヴァル文学のうちにその神秘的・精神主義的な要素を強調する彼の立場からすれば当然なことだが、ここにセビヨットのいう性的不能をみる見方を全面的に否定している。すなわち彼によれば〈私〉のこの〈失敗〉は彼の「絶望への転落」« la chute dans le désespoir » を意味しており、したがってこの結合不首尾には潜在意識ということを考えた場合ですら性的なものは全然ない」という。その理由として「この結合が広い意味で、すなわちその象徴的位相のもとで、とりわけ宗教的な意味で、死後の、それゆえプラトニックかつ神秘的な結合である」からだという。[57]カステックスもコンスタンのこうした見方をほぼ踏襲し、ネルヴァルの恋愛生活における失敗の原因がこの種の性的不能にあるというセビヨット説を批判し、「だがはたしてこれが『オーレリア』の主人公のなめた失敗だろうか? なぜなら恋人は既に死んでしまっているのであり、彼はもはや神秘的合一 « communion mystique » のみを考えており、まだ自分がそれにふさわしい身になるに到っていないだけだ」から、という。[58]たしかに〈私〉が恋人(オーレリア)の死をすでに知っていた以上、このコンスタンやカステックスの考え方にも一理あるように思われるが、しかし別の立場からみれば、セビヨットはこれを『オーレリア』における〈私〉の問題として考えているのではなく、この夢を作者ネルヴァル自身の問題に〈還元〉し、そこにネルヴァルの潜在意識の反映(性的不能の無意識的告白)をみているわけで、文学作品にあらわれたイマージュやオプセッションを作品自体から切り離し、作者の個人的問題に還元してしまうその方法には大いに疑問があるにしても、そのやり方——すなわち作品を精神分析による夢判断の材料とする――をかりに認めさえすれば、それなりに論理一貫しており、セビヨットの仮説自体はそれほど見当はずれともいえないように思う。それはともかくスヌリエもコンスタンとほぼ同一の立場から、ここに性的なものを認めない。彼によれば「これがはたして〈失敗〉といえるかどうか」さえ疑問であり、むしろ「この神秘的結合の中断は主人公が（分身に対して）勝利を得ることを可能にするようなある魔力――だがそれは彼が、目に見えない世界の掟を犯せば、そのためにふたたびこの世に投げ返されてしまうようなそういう魔力――の持ち主であることを意識した時、現われる」と考えるべきだという。[59] こうしたスヌリエ説はこの場面およびこの直後の一節で語られていることをそのまま要約したような見解で何をいいたいのか要領を得ない。またこの一節に関するリシェの見方はコンスタンやカステックスの説とセビヨット説とを折衷した感じで、ここに性的な要素が存在することを認めている。すなわち彼は〈私〉の「〈失敗〉は性的であると同時に精神的なものであり」したがってここには〈私〉の「神秘的結合への渇望が性的イマージュ（長椅子、長い棒）の介在により、少なくとも部分的には表現されている」[60]と考える。このように、この一節に対してはもろもろの解釈が提出されているわけだが、上にみた仮説にほぼ共通している点はこの一節を『オーレリア』における〈私〉にとっての問題、すなわちこの一節の意味するものを作品内部の問題として考えているということで、こうした立場に立てば確かにセビヨット説は批判されるべきところがあるといえよう。しかし、かりにネルヴァル個人の精神分析的な夢判断の材料とする立場に立つならば、セビヨット説はかなり説得力があることも事実である。すなわち、精神分析学の立場からこの夢のヴィジョンを解釈するなら、ここに語られている夢が不能 impuissance の、少なくとも〈失敗〉« fiasco » の無意識的な告白であることはほとんど自明といえるのではなかろうか。そこまでいえないにしてもリシェのいうように「性的であると同時に精神的な失敗」のことをいっていることは否定できないように思う。ところでこの立場からネルヴァルの作品にあらわれた〈私〉とヒロインの関係をみるとき、そこにある種の共通したパターンが存在することに気づく。すなわち

『愛の書簡』の〈彼女〉であれ、『シルヴィ』における女優オーレリーないしシルヴィであれ、『パンドラ』*Pandora* におサるヒロインであれ、あるいは『オクタヴィ』*Octavie* に現われる英国女性であれ、あるいは『オーレリア』におけるヒロインや名高い夫人（マリー・プレイエル）であれ、〈私〉が真剣に愛した女性との仲はどれ一つとしてうまくいかず、しかも多かれ少なかれプラトニックな愛で終っているという事実に気づく。そしてその〈失敗〉の原因も一様に自分の責めに帰していることに気づく。たとえば『シルヴィ』では「私は自分の過失によってシルヴィを失ってしまったのだ」« **Sylvie m'échappait par ma faute** »[61]といい、あるいは『オーレリア』では非常に名高い夫人に対して「こうして結局、彼女を誘惑することによって自分自身の気持をも欺いていたのだと、涙ぐみながら白状するはめになってしまった」« **de sorte que je fus réduit à lui avouer, avec larmes, que je m'étais trompé moi-même en l'abusant** »[62]と言っており、同じ事は『パンドラ』にもいえ、そこでは〈私〉の失敗やその屈辱感が強調されており、たとえば〈私〉は「ぼくは遠まわしにプラタ—庭園（への）散策のことを切り出してみた。しかし風向きはすでに変ってしまっていた。みじめな気持で彼女を自宅にまで送って行かなければならなかった。（…）怒りにふるえながら家に帰ってとじこもってしまったが、そこで熱を出してしまった」[63]とか、あるいは「おお、ジュピターよ、一体いつになったら、私の刑罰は終るのだろうか」[64]などといっている。また『火の娘たち』序文の「高名なるブリザシエ」では〈私〉は観客から「あの口笛、彼女の目の前で、彼女のかたわらで、彼女が原因の、あの野次の口笛！　彼女は自分のせいにしているが——私の過失がしからしめたあの口笛」[65]で辱しめられ、怒り狂って、劇場に火を放とうと想像する。そして火焔の中から彼女だけを連れ出せば、「その瞬間から死刑台まで、さらに死刑台から氷遠の中までも」[66]彼女を自分のものとすることができるだろうと夢想する。こうした〈彼女〉を前にしての失敗やそこからくる激しい自責感、屈辱感、あるいはその気違いじみた激昂は上に挙げた『オーレリア』の場面と共通するものがあり、そこにネルヴァルの不能をみるのはそれほど不自然ではない。ともあれ何らかの意味でネルヴァルにこうした〈秘密〉を認める研究家の間では、それをスタンダール Stendhal が『恋愛論』De l'Amour の中でいっている « fiasco »（性的失敗）と現象的には共通した不能、すなわちまったくの不能なのではなく、ある場合にそうなることがあるという意味での不能とみる点ではほぼ一致しているように思われる。セビヨットもモーロンもそして篠田氏もほぼこの見方に立っていると考えられる。ただモーロンはセビヨットがその点にはあまり触れていないネルヴァルのこの〈秘密〉の成因を詳しく分析している。彼によればそれはネルヴァルの特殊な家庭環境にその「最初の外傷性疾患」« traumatisme initial »[67]があるという。つまり母を奪った父への無意識的な反撥、父性への拒否からくる男性としての資質の欠如 « manque de virilité » のために愛する女性に対して男性としてのノーマルな行動をとることを不可能にしている、という。[68] こうしたネルヴァルの性的不能の原因説はモーロン自身認めているように、セビヨット説とほとんど変わるところはないが、ただ彼はセビヨットが性的不能という仮説自体にこだわりすぎ、この仮説を例証するために、各種のコンプレックスやあらゆる文学事象をその一事に〈還元〉しようとし、あるいは逆にこの仮説ですべてを説明しようとする点に難があるという。[69] 事実、セビヨットはそのネルヴァル論においてほぼ中ほどでこの不能説を提出し、それ以後はネルヴァルのあらゆる心的傾向や文学現象をこの一事をもって精神分析でいう〈抑圧〉、〈補償〉といった概念を援用しつつ説明しようとする傾きがある。それを提してモーロン自身は〈秘密〉自体より、むしろネルヴァルがそうなるにいたった過程に注目して、各種の仮説を出しているが、ここでは本題にあまり関係ないので、ジェニー・コロンとジェラールの破局の原因についての見解を紹介しておくにとどめておこう。モーロンはネルヴァルとジェニー・コロンとの仲がうまくいかなかったのは彼のナルシシスム narcissisme にあるという。[70] つまり彼はジェニーの中に彼女その人ではなく、彼自身の幻しか見ようとはせず、それが彼女をいらだたせ、傷つけ、結局は彼女に捨てられたと考える。つまりネルヴァルは『愛の書簡』でみるかぎり、彼女に対して「現実的で深い愛情」« tendresse réelle et profonde »[71]を抱いているとはいえず、ただ彼女に「つかれて」《obsédé》いるだけであり、彼女とはじめて会ったときにも彼女への失望を語って彼女を傷つけたと考えられるという事実、あるいは彼女との関係にはたえず彼の自尊心があり、そこには「愛他主義的情愛」《tendresse altruiste》[72]は希薄であるということ、またジェニー・コロンが死んでも表面的には無関心であったという事実があり、他方において『オクタヴィ』、『愛の書簡』や『小説素材』で語られるようなナポリでの「好きになった女性」との情事があり、そこには愛する女性に対する性的「禁止」《tabou》はみられないという事実がある以上、セビヨットやリシェのいう「愛情と男としての力（生殖力）との乖離」《dissociation entre tendresse et puissance virile》という仮説は成立しないのであり、そこにあるのはむしろ「解消しそこなったエディプス・コンプレックス」《complexe d'Œdipe mal résolu》だという。[73]モーロンのこの見解は精神分析の立場を認める限りにおいては一概には否定し得ない説といえよう。同氏のこうした説すなわちジェニー・コロンとネルヴァルの不仲の原因をその「うまく解除できなかったエディプス・コンプレックス」からくるナルシシスムにあるとみる説には抵抗はあるが、ある意味では同意せざるを得ない。というのはネルヴァルのジェニー・コロンに対する愛情が自尊心と自己顕示欲、力の意識によって彼女を「やさしく愛する」のでなく、征服しようとする「執拗な愛」《amour de caractère obsédant》とみることも、たとえば前章Iで引用した「愛の書簡」XIXなどを考え合わせるなら、あながち間違っているともいえないからである。ただ『愛の書簡』にあらわれている〈私〉のあの自信のなさ、あの自責の意識といったものの精神分析学的意味をあまり問題にしていない点、また『オクタヴィ』で語られているように、彼がナポリで好きになった女性と情事を楽しむことができた（モーロンはこれを《fiasco》であったとはみない）という事実にもとづいて、ネルヴァルには「永遠の恋」《amour permanent》にも「かりそめの恋」《amour passager》[74]にもセビヨットやリシェがいうような意味での「愛と肉体的欲望との乖離」はないとみることには疑問がある。なぜならセビヨットやリシェがいう「乖離」《dissociation》とは彼が情熱恋愛の対象となった女性ないし真剣に愛した女性に対してのみ〈失敗〉するのであり、『東方紀行』*Voyage en Orient* や『オクタヴィ』あるいは「愛の書簡」Vで語られるような行きずりの恋に対してはノーマルな男性として行動できたと考えられるからである。なるほど、たとえば『散策と回想』*Promenades et Souvenirs* の中で彼自身が語っている幼年期の特殊な家庭環境、すなわち生れてまもなく里子に出され、叔母や従姉妹の中で育てられたといった事実、あるいは母を奪ってしまった父親に対する幼年時の特異な体験、たとえば復員してきた将校の一人（父）にあまりにしっかりと抱きしめられたために、思わず彼は「お父さん……痛いよ！」と叫び、「その日から私の運命は変った」といった[75]（最初のトロマティックな体験 expérience traumatique（『散策と回想』第四章）ことなどを考え合わせるとき、ネルヴァルのうちに〈父性拒否〉ないし〈男性欠如〉manque de virilité といった特性、あるいはエディプス・コンプレックスといったものをみるこうしたモーロンの見方は全面的には否定し得ないのも事実である。そして彼のそうした無意識的な〈男性拒否〉がジェニー・コロンをはじめ、真剣に愛した女性たちとの関係に影響していたであろうことも考えられないではないが、しかしここにいうジェニーとの恋愛関係は自己の偉大さや自分が有力者であるといった誇大妄想的な感情の反映された、フロイトのいうナルシシスムの愛であって、そこには精神分析でいう〈愛他主義〉altruisme の愛はない、といってしまってはいいすぎのように思われる。

彼の罪責意識の真の〈原因〉、つまり生理的というより、むしろ精神分析学的な要因としては確かにセビヨットやモーロンがいうような〈秘密〉にあったと考えられるが、しかしそれがはたして真の〈原因〉といえるだろうか。ある精神の傾向をより即物的な要因、より下位の要因に〈還元〉してしまうことがはたしてより真実な〈原因〉を発見するための唯一の方法といえるのだろうか。ネルヴァルの罪の意識、少なくとも『オーレリア』や一八五〇年代以後の『書簡』などにみられる罪の意識の根底にあるもの、それを支えている真の要因は、やはり、彼のあまりに精神主義的な愛の在り方、そのプラトニックな精神の在り方、あるいは少なくとも意識の「愛と肉体的欲求との乖離」感、ないしそういう意識の葛藤の中にこそ求めるべきであり、ネルヴァルのそうした精神の在り方や意識の葛藤が拠って来たところにまでその〈原因〉を探すべきではないし、またその必要もさしてないように思う。理由の一つは彼が生理的・先天的〈不能症〉なのではなく、そのあまりにプラトニックな精神態度、その「霊肉分離的な愛」のためにたまたまそういう情熱恋愛の対象に対して不能に陥るにすぎないと考えられるからである。つまりモーロンやセビヨットがいうように、〈不能〉だからプラトニスムに走ったのではなく、愛においても認められる彼の霊肉分離主義的な精神の在り方とそのプラトン主義的世界観のためにたまたま〈不能〉に陥ることがあったのであり、この〈失敗〉が彼の感じやすい心に『愛の書簡』でみたような自責意識、自虐意識、劣等感といった各種の感情をともなった罪責コンプレックスを育てた側面はあるが、そうしたコンプレックスさえ、彼の精神の底部にあるそのプラトン主義的世界観への間接的な、そして無意識的な断罪という側面もあると考えられるのである。したがって『愛の書簡』や『オーレリア』第二部にみられる彼の罪の意識をその根底にあって直接的に成立させているもの、それは彼の〈霊肉分離主義的な〉精神態度、別なことばでいえばその〈霊肉合一〉たるカトリック的な世界観、ないし感受性と相対立すプラトン主義的な考え方、感受性にこそあると考えられるのである。[76] そしてさらにそうした精神態度は何によって決定され、どのように成立したか、ということまで敢えて問題にするなら、それはすでにみたようにセビヨットやモーロンがいうように彼の幼年期の、特殊な家庭環境や特異な体験、具体的にいうならエディプス・コンプレックスないしナルシシスムに求めることも可能であろう。

そこでこれまでみてきたことをまとめると少なくとも『愛の書簡』にみられる罪責意識の〈原因〉、つまり彼のいう〈誤まり〉や〈罪〉とはすでに前章Iで簡単にふれたように、

(1)「あまりに控え目で、愛すべきときに求めなかったこと」、すなわちあまりに精神主義的に愛してしまい、彼女に愛の証したる行動に全然でなかったこと。

この反動として、

⑵「私の興奮の激しさ」あるいは狂気に近い激情、発作をともなう彼女のいう「軽率」な振舞い。すなわち『火の娘たち』序文の「高名なるブリザシエ」の〈私〉のように、そうした「過度の興奮の結果、彼は男性として女性を求めることができず、絶望のあまり狂暴な態度」をとって彼女をおびえさせたこと。

などがあり、これは篠田氏の指摘したものだが、このほかに、

⑶彼女に対する自己顕示欲、権勢によって女性を支配しようとしたこと（モーロンのいうナルシシスムの〈罪〉）、などが同書簡でいう〈過失〉の具体的な内容であったと考えられるが、これら⑴、⑵といった具体的〈罪〉（過失）を彼に犯させてしまうネルヴァルの内なるものをリシェはプラトニスムとみ、われわれも同氏とは幾分異なった意味でネルヴァルのその霊肉分離的なプラトン主義的精神態度とみてきた。またセビヨットはこの、⑵の過失の真の〈原因〉を不能とみ、モーロンは⑴、⑵および⑶の原因をセビヨット説を含めてエディプス・コンプレックスないしナルシシスムとみているといえよう。ここでネルヴァルにおけるエディプス・コンプレックスについて一言しておくなら、『愛の書簡』についてもある程度いえることだが、ことに『オーレリア』第一部にみられる罪責意識には、このコンプレックスが直接的に影響していると考えることも不可能ではない。というのは、たとえば『オーレリア』第一部第二章にでてくる「蒼白い顔をした、眼の落ち窪んだ一人の女性」[77]であるオーレリアが初稿では「それはシレジアで死んだ私の母の亡霊であった」[78]となっている事実から明らかなように、ネルヴァルはオーレリア（ジェニー・コロン）のうちに母の面影を融合させており、したがってモーロンも指摘するように、ジェニー・コロンのうちにもこの母のイメージを無意識的・潜在的に求めていたということが考えられるのである。その結果、彼の内部にある父性拒否、男性拒否の意識、男の攻撃的・暴力的な行為を「禁止」しようとする意識が、彼女との関係にノーマルな男女関係を望む彼のうちなるもう一人の自己に対して罪責意識を抱かざるを得なかった、という

ふうにも考えられるからである。本章IIの冒頭に挙げた『オーレリア』第一部にみえる罪の意識の背景にもこうしたエディプス・コンプレックスが微妙に影響していると考えることもできよう。

それにフロイトS. Freudによればノイローゼ患者は非常にしばしば「理由のわからない」罪責意識に苦しめられることがあり、この意識の「もっとも重大な源泉」はこのエディプス・コンプレックスにあるという。[79]たしかにネルヴァルも「愛の書簡」XXで彼女に対する罪が何であるか、自分自身わからないといっており、また『オーレリア』における罪の意識でもこの理由のない罪の意識、フロイトのいう、「汝にはとにかく罪がある」[80]といった漠然とした罪の意識が語られている部分も少なくない。たとえば『オーレリア』では「〈私は過ちを犯してしまった〉といいながら、フォワの廻廊を歩きまわっていたが、自分ではナポレオンのものと信じ込んでいる私の記憶にあたってみても、それが一体どんな過ちか見当もつかなかった」[81]（第二部第五章）といった原因不明の漠然とした罪責意識を挙げることができよう。また『十月の夜』*Les Nuits d'Octobre*第十七章には「廊下——果しなく続く廊下！　階段——登り、降り、又再び登っていく階段、その下部は、橋の巨大なアーチの下を水車で動かされている黒い水の中にいつも漬っている。……入り組み錯綜した骨組の間から！　昇り降り、あるいは廊下を走り廻るということ——そしてこうしたことは幾万億年もの間……自らの過ちのために、私に課せられる刑罰ででもあるのだろうか？」[82]といった夢のヴィジョンが語られているが、この夢に認められる罪責意識sentiment de la fauteないし「罰せられている」といった意識sentiment de châtimentは「私の過ちのため」には違いないが、その過ちが何であるかは恐らく彼自身にも不明であり、この意味でフロイトのいう「自己には理由のわからない罪責感」[83]とみることができよう。そしてそこにエディプス・コンプレックスが何らかの意味で微妙に関係しているとみることも不可能ではないように思う。もっともこの夢自体は、精神分析学でいういわゆる夢解釈に従うなら、ネルヴァルに存在したかも知れないある種の性的障害を暗示しているようにも思われるが。

このような意味で、ネルヴァルを苦しめたあの執拗な罪責コンプレックス、自分にも原因不明の罪責意識の源泉を、こうしたエディプス・コンプレックスに求めることも不可能ではなく、事実今挙げた二例のようにある場合にはこれで説明のつくものもあるが、しかしそれでもなお、これだけでは彼の罪責意識のすべてを説明しきれるとは思えない。少なくとも『愛の書簡』や『オーレリア』第一部にみられる彼女に対する罪の意識を直接的に決定づけているものは、やはり先にみたように彼のプラトニスムを考えるべきであり、そのプラトニスムを決定づけているさらに下次の原因にまで還元する必要はないのではなかろうか。なぜならわれわれの意図は罪の意識のネルヴァルにとっての意味とその役割を探ることにあり、精神分析学的にみたその具体的な〈原因〉を探すことのみにあるわけではないからである。

『オーレリア』第一部にあらわれるヒロインに対する罪の意識は、本章IIの冒頭に挙げたもの以外にも、次のような幾つかの具体例を挙げることができる。そこで次にこうしたオーレリアに対する罪責意識をもごく簡単にみておこう。

③彼女〔さる名高い夫人、マリー・プレイエル〕とはその後、別の町で再会したが、この町には私が希望とてないままに愛し続けている婦人も来ていた。彼女はたまたまこの婦人と知り合いになり、私のためにとりなしてくれたらしく、その心から私を追い払ってしまっていたその婦人は私に対して優しい態度を示してくれた。そこで私はある日、その婦人も来ているさる社交界に顔を出してみたが、彼女が私の方に歩み寄ってきて、手を差しのべるのを認めた。この仕草と会釈をしながらみせた深い悲しげな眼差しを一体どのように考えたらいいのだろう。私はそこに〔私の〕過去に対する赦しを見るように思った。その神々しい憐れみの音色が、私に対して発せられたさりげない言葉に何とも言い難い意味を与えるのであった。それはちょうどそれまで世俗的であった優しい愛

に、宗教的なものが混り、その愛に永遠の性格を付すかのようであった。[84]

オーレリアに対する罪責意識は、次章IIIにおいてみるように、『オーレリア』第二部に至ってその性格が次第に変質し、多分に宗教的なニュアンスを帯びるにいたるのであるが、ここにあらわれた罪の意識は第一部第一章とは異なり、潜在化し、むしろその〈罪〉が彼女によって〈許される〉pardonner可能性を予感しており、しかもその〈赦し〉pardonが何か宗教的なものと係わっていくであろうことを予告しているように思われる。つまり〈私〉はこの〈赦し〉という言葉のもつ宗教的な意味合いをもすでに自覚しており、したがってここにはオーレリアに対して犯した絶対的な過ちは彼女の〈赦し〉がなくてはとうてい償うことはできないのではないか、といった〈私〉の意識が存在しているように思われる。とはいえ第二章にみえるこの例についてもいえることだが、第一部第二章から六章までの間にはオーレリアに対する罪責意識、すなわち彼女に対して犯した〈過失〉を悔悟しようとする意識は直接的には語られていない。確かに第六章最終部では、夢に現われたオーレリアを追い求めていくと、彼女の影像が次第に拡散していき、ついには消えてしまい、跡には彼女の胸像と信ずるものがあり、あたりの庭は墓地のようになるという場面が語られている。ここには彼女が〈私〉の〈過失〉、のために失われてしまったという悔恨の念、ないし自責の意識は潜在的には認められるとはいえ、〈私〉の意識の表面にはまだ現われてはいない。[85] 第七章にいたって、この夢がオーレリアの死を知らせるものであったことを知り、そこで〈私〉はこういう。

④私は当時、その精神状態のため、希望の入り混った漠とした悲しみしか感じられなかった。私自身ごくわずかの時間しか生きられないものと思い込んでいたので、それ以後愛し合う心と心とが再会する世界の実在を確信していた。それに彼女はその生前よりも死後においてより一層私に属しているのであった。この利己的な考えに

対して私の理性はのちに苦い悔恨を支払わねばならなかった。

Par suite de l'état de mon esprit, je ne ressentis qu'un vague chagrin mêlé d'espoir. Je croyais moi-même n'avoir que peu de temps à vivre, et j'étais désormais assuré de l'existence d'un monde où les cœurs aimants se retrouvent. D'ailleurs, elle m'appartenait bien plus dans sa mort que dans sa vie ... Egoïste pensée que ma raison devait payer plus tard par d'amers regrets.[86]

とか、このあとに続けて、

⑤だが私は当時、あまりにもまたたくまに過ぎてしまったわれわれの契りの思い出にすっかり心を奪われていた。私は以前彼女に（…）指輪を贈ったことがあるが、この指輪は彼女の指には大きすぎたのでこれを切ってもらってサイズを小さくしようという、とりかえしのつかない考えを心に抱いてしまった。金鋸の音を耳にして、はじめて私は自分の過失にはっと気づいた。私は血が流れるのを見る思いがした。

mais je fus alors vivement préoccupé d'un souvenir de notre union trop rapide. Je lui avais donné une bague [...] Comme cette bague était trop grande pour son doigt, j'avais eu l'idée fatale de la faire couper pour en diminuer l'anneau ; je ne compris ma faute qu'en entendant le bruit de la scie. Il me sembla voir couler du sang...[87]

などがみられる。このうち後に挙げた例にみえる〈私〉の〈罪〉とは彼女に贈る指輪のサイズを小さくするために切らせたこと、ないしそうしようという考えを抱いたことを指しているが、こんなことが『愛の書簡』でしばしばいわれている〈私〉の過失の一つであったとも思われない。ここにある罪の意識は明らかに彼女と別れた後も彼女を思いつづける過程で、ネルヴァルがそうしたつまらない行為にさえ、そこに自己の過失を認めてしまう彼のその精神の在り方それ自体からきており[88]、この意味では『愛の書簡』における罪責意識とはかなり性格を異にしたものと考えられる。つまり指輪を切断するというつまらない行為を自分とオーレリアとの間の契りの切断、すなわち「現世における愛の不可能性のみならず、彼岸における愛の不可能性をも象徴する行為[89]」とみ、同時に「オーレリアの死を予告する不吉な行為[90]」、とみてしまう彼の特異な精神の傾向、すなわち種々の神秘学説や異教信仰あるいは稲生永氏が指摘するように[91]、ホフマン E.-T.-A. Hoffmann の『王の許嫁』といった幻想小説から得た〈神秘な指輪〉、〈魔力をもつ指輪〉といったものの存在を信ずる彼の神秘的な指輪信仰にこそこうした罪責意識の真の成因があると考えられる。また最初に挙げた例文にみられる罪の意識も『愛の書簡』や先に挙げた『オーレリア』第一部第一章の引用①に見られたそれとはかなり性格を異にする意識であるように感じられる。すなわち同書簡ではどちらかといえば〈彼女〉（ジェニー・コロン）に対する罪の意識が強調され、表面に現われているのに対してここでは「この利己的な考えに対して私の理性はのちに苦い悔恨を支払わねばならなかった」といっているように、〈私〉の彼女の思い方、彼女への愛の在り方、さらには彼のそういう考え方それ自体に対する自責感が強調されているように思う。しかもこの一節はすでに述べたわれわれの立場、すなわちオーレリアに対する罪の意識のプラトニスム起因説を裏づけているようにも思われる。つまりここで〈私〉は彼女が病気であるという知らせを受けても、「希望の入り混った漠とした悲しみしか感じられなかった」のであり、それが死病であると思われたにもかかわらず、「愛する心と心とが再会する[92]」死後の世界の存在を確信していたので、あわてることなく、むしろ内心彼女の死を望んでいるかのような態度を示す（「それに彼女はその生前よりも死後においてより一層私に属しているのであった」）。事実ネルヴァルは伝記的にみてもジェニー・コロンの病気や死に対して少なくとも表面的には、まったく無関心な態度を示していたという。こうした「利己的な考え」、このような「精神が自己自身のうちにしか存在しないものを外部に投影するといったナルシシスムの最終形態である」[93]（A・ベガン）エロス的愛しか彼女のうちに見ないその現世否定のプラトン主義的な考え方に対して、さらにまた「異教の儀式に則って、彼女を女神と崇め[94]」、彼女の霊魂と再会することのみを願うその異教的・ピタゴラス主義的考え方に対して悔恨と自責の念を感じているとみることができよう。つまりあるがままの彼女に現実的な「優しい情愛」tendress réelle を示すことなく、ただ墓の彼方でしか愛そうとしない自己のプラトン主義的な精神態度に対して罪の意識を感じているのであり、別な言葉でいえば、敬虔なキリスト者として死んだ彼女をそのような異教的な信仰で愛する、その愛し方に対して罪責意識を抱いているとみることができよう。

次に『オーレリア』第一部第九章に現われる罪の意識をみてみよう。

⑥私は発熱した。自分がどこから転落したのか考えていると、今しがた見入っていたところが、ある墓地それもオーレリアの墓のある墓地に、臨んでいたことを思い出した。（…）このこと自体、私に一層明確な宿命感を抱かせた。それだけになおのこと、自分が死んで、彼女と結ばれなかったことが残念であった。だがよくよく考えてみると、自分はそれに値いしないのだと思った。私は、彼女の死後自分の送った生活を思い起こして、苦々しい気持になった。彼女を忘れてしまったからというのではなく、そんなことなどついぞなかったのだが、行きずりの恋を重ねて彼女の思い出を瀆《けが》してしまったことに対して、われとわが身を責めるのであった。

La fièvre s'empara de moi ; en me rappelant de quel point j'étais tombé, je me souvins que la vue que j'avais admirée donnait sur un cimetière, celui même où se trouvait le tombeau d'Aurélia. [...] Cela même me donna l'idée d'une fatalité plus précise. Je regrettai d'autant plus que la mort ne m'eût pas réuni à elle. Puis, en y songeant, je me dis que je n'en étais pas digne. Je me représentai amèrement la vie que j'avais menée depuis sa mort, me reprochant, non de l'avoir oubliée, ce qui n'était point arrivé, mais d'avoir, en de faciles amours, fait outrage à sa mémoire.[95]

これは死後のオーレリアに対する〈私〉の罪の意識の例だが、ここで〈私〉は自分が彼女にふさわしくなく、ましてや「死後の世界で彼女と結ばれる」資格などはないのだと感ずる理由としてオーレリアを「片時も忘れたことはなかったにせよ、行きずりの恋 « faciles amours » を重ねて彼女の思い出を潰してしまったこと」を挙げているが、しかし考えてみるとそうしたオーレリアに対する不実 infidélité が『オーレリア』第一部の前半でいわれている「自分は彼女にはふさわしくない」といった引け目の意識 sentiment d'indignité の真の、少なくとも充分な理由とはなっていないように思われる。このように、偏執観念にまで化したオーレリアへの罪の意識を成立させている真の〈原因〉はもっと深いところにありそうである。『オーレリア』第二部にあらわれる罪の意識はその真の〈原因〉が何であるかを明らかにしているように思われる。そこで次に第二部にあらわれた罪の意識をみていくこととしよう。

III　倫理的罪責意識

『オーレリア』第二部の前半にみられる罪の意識は『愛の書簡』などのそれにはまだ明確には現われていなかったあるもの、すなわちネルヴァルの罪責意識を成立させている真の〈動因〉、それが拠っている基盤といったものをわれわれに暗示しているように思われる。同時に主人公〈私〉自身も第二部に至って自分を苦しめるその罪責感がどこからきているのか、漠然とではあるがわかりはじめる。幾例か列挙すると、たとえば第二部第二章では、

①私はしばらくオーレリアの墓を探したが、どうしても見つけ出せなかった。墓地の配置が変えられてしまっていたし――それに恐らく私の記憶も混乱していた。この偶然、……この忘却が私に対する罪を一層大きくするように思われた。――宗教上からみて自分には何の権利もない死んだ女性の名前をあえて墓守に尋ねる気にもなれなかった。（傍点筆者）

Je cherchai longtemps la tombe d'Aurélia, et je ne pus la retouver. Les dispositions du cimetière avaient été changées, — peut-être aussi ma mémoire était-elle égarée... Il me semblait que ce hasard, cet oubli, ajoutaient encore à ma condamnation. — Je n'osai pas dire aux gardiens le nom d'une morte sur laquelle je n'avais religieusement aucun droit ...[96]

とかこのあとに、

②〔彼女の墓のある場所を示してある〕二枚の紙片を携えて、再び墓地に出かけようとしたその瞬間、私は決心を翻した。「いや、いかん、僕はキリスト教徒の女性の墓前に跪く資格はないのだ。あれほど多くの冒瀆を犯しておきながら、さらにもう一つを加えるのはやめておこう！」〔傍点筆者〕

Je pris sur moi les deux papiers, et, au moment de me diriger de nouveau vers le cimetière, je changeai de résolution. « Non, me dis-je, je ne suis pas digne de m'agenouiller sur la tombe d'une chrétienne ; n'ajoutons pas une profanation à tant d'autres ! ... »[97]

などがあるがさらにもう二例挙げると、

③一瞬、私は彼女の結婚、われわれを引き離したあの呪わしい出来事〔第一部第十章〕を思い出した……「そんなことがあり得るのだろうか？　彼女は私のもとに帰ってくるだろうか」と思った。「あなたは私を許して下さったのでしょうか？」と涙ながらにたずねた。しかし一切は消え失せてしまっていた。〔傍点筆者〕

En un instant, je me représentai son mariage, la malédiction qui nous séparait ... et je me dis : « Est-ce possible ? reviendrait-elle à moi ? » « M'avez-vous pardonné ? » demandai-je avec larmes. Mais tout avait disparu.[98]

などがみられる。またこのすぐあとでこんなふうにもいっている。

④「彼女は失われてしまった」と私は叫んだ。「だが何故に？　わかった、――彼女は僕を救おうと最後の努力をしたのだ――それなのに僕は赦しがまだ可能だった彼女の臨終の場にかけつけなかったのだ。天空の高みから、彼女は僕のために『聖なる夫』キリストに祈ってくれたかも知れないのだ。だが僕自身の救いなど問題ではない。深淵はすでにその餌食を呑み込んでしまったのだ。彼女は僕からもすべての人々からも、失われてしまったのだ……」（…）「おお、神よ、神よ、あのひとのため、ただあのひとのために、赦し給え」と私はひざまずいて叫んだ。

« Elle est perdue ! m'écriai-je ? et pourquoi ?... Je comprends, — elle a fait un dernier effort pour me sauver ; — j'ai manqué le moment suprême où le pardon était possible encore. Du haut du ciel, elle pouvait prier pour moi l'Époux divin... Et qu'importe mon salut même ? L'abîme a reçu sa proie ! Elle est perdue pour moi et pour tous !... » [...] — Mon Dieu, mon Dieu ! pour elle et pour elle seule, mon Dieu, pardonnez ! m'écriai-je en me jetant à genoux.[99]

これら一連の例から理解できるように、『オーレリア』第二部の罪の意識はアルベール・ベガンも指摘するように[100]、しだいに宗教的なそれへと変質していることに気づく。すなわち③例では、たとえば夢に現われたオーレリアに対して「あなたは私を赦して下さったのでしょうか？」と尋ねているが、ここには『愛の書簡』や『オーレリア』第一部でみたような私の犯した具体的な罪（たとえば『オーレリア』第一部第十章では〈私〉の乱暴な振舞）の許しを求める意識を認めることができるが、同時にキリスト者としての彼女が罪の人（神に対する）としての〈私〉を許してくれる pardonner ことによって、私のもとに帰ってきてくれるだろうか、といった宗教的色合いを帯びた罪責意識をも認めることができるように思う。また①や②の例ではキリスト者として死んだオーレリアに対して犯した「多くの冒瀆」（たとえば《faciles amours》）の罪そのものに苦むというより、むしろ「赦しがまだ可能だった彼女の臨終の場にかけつけなかった」こと、およびそこで得られたかも知れない〈私〉自身の「救い」をキリスト教徒として求めようとしなかったことに対する悔悟の意識が強くでている。キリスト教信仰を持っていない〈私〉が「キリスト教徒の女性の墓前に跪く資格はない」という意識、そうした意識が〈私〉の罪責意識を成立させているように見うけられる。無論ここでも『オーレリア』第一部にみられたオーレリアに対する不実という〈過失〉に起因する罪責感がないわけではないが、それが自己と彼女との宿命的関係の自覚（第一部第九章）とからみ合う形で深化され、自己の救いという宗教的意識と結びついてその〈過失〉への悔悟意識が強調されてきているといえよう。したがってこの第二部第二章（第一章もそうだが）の罪の意識は自分が正統的なキリスト教信仰に躓いているという自覚の上に成立していると考えられる。事実そのことをネルヴァル自身、この第二章の冒頭でこういっている。

⑤「そうだ、僕は創造主よりも被造物を愛してきたのだ。僕は自分の愛する女性を神格化して、最期の息をキリストに捧げた女を、異教の儀式に則って崇めてきたのだ。だがもしキリスト教が真実を語っているとするなら、神はまだこの僕を赦されるかも知れないのだ」。（傍点筆者）

《Je comprends, me dis-je, j'ai préféré la créature au créateur ; j'ai déifié mon amour et j'ai adoré, selon les rites païens, celle dont le dernier soupir a été consacré au Christ. Mais si cette religion dit vrai, Dieu peut me pardonner encore.[101]

つまり、オーレリアに対する、少なくとも『オーレリア』第二部における彼女への贖罪意識の根底には、こうした異教的な信仰から離れられない自己の精神態度それ自身に対する罪責意識が存在しており、さらに言えば前者は後者の罪責感の一つの具体的なあらわれとみることさえ出来るように思う。すなわち、キリスト教徒の彼女を「神格化して」、「異教の儀式に則って崇めてきた」ことに対する罪責感であり、ここには彼自身のそうしたプラトン主義的な精神態度に対する自責の念、そのために自分は正統的なカトリック信仰を得ることが出来ないのだ」という悔恨の意識が認められるように思う。そしてこの感情が「キリスト教徒である彼女をもう想う資格はないのだ」といった意識となってあらわれているとみることができよう。

第三、四章に入ると彼の罪の意識ないし悔悟の意識は彼女（オーレリア）へのあれこれの〈過失〉に対する負い目、罪責感といった性格は薄れ、かわりに人生や日常生活における自己の誤った生活態度ないしものの考え方などに対して抱く罪責感、悔悟の感情、すなわち人生や日常生活において犯してきた数々の〈過ち〉、あるいは自己のものの考え方、精神のあり方に内在する各種の〈過ち〉に対する罪責感、自責意識へと変わっていく。

⑥――ここにいたって、私は口をつぐむ、というのは私のおかれていた精神状態が、ただ恋の思い出によってのみ引き起こされたと主張したのでは、あまりにも傲慢にすぎるからだ。むしろこう言うべきだろう、悪がしばしば勝利を得、不幸な出来事に何度も見舞われてはじめてその過ちをさとった、途方もなく、濫費した人生に対する以前にもまして激しい悔恨の情を、私は無意識のうちに、その恋の思い出によってごまかしていたのだ、と。最後の赦しの眼差しはただ彼女の優しく神聖な憐憫のおかげであるだけに、生前には傷つけ、死後もなお苦しめているあのひとをもう考える資格さえ自分にはないように感ずるのであった。

— Ici je m'arrête ; il y a trop d'orgueil à prétendre que l'état d'esprit où j'étais fût causé seulement par un souvenir d'amour. Disons plutôt qu'involontairement j'en parais les remords plus graves d'une vie follement dissipée où le mal avait triomphé bien souvent, et dont je ne reconnaissais les fautes qu'en sentant les coups du malheur. Je ne me trouvais plus digne même de penser à celle que je tourmentais dans sa mort après l'avoir affligée dans sa vie, n'ayant dû un dernier regard de pardon qu'à sa douce et sainte pitié.[102]

⑦幼年時代に私の世話をしてくれた女性が夢の中に現われて、昔私の犯した非常に重大な過ちをとがめた。私が最後に会った頃よりもずっと老けてみえたが、それでも彼女だと判った。そのこと自体がまた、彼女の臨終に際して見舞いに行くのを怠ったことを苦々しく思い出させるのであった。このひとは私にこう言っているように思われた。――「お前は年老いた自分の身内の死を、あの女〔オーレリア〕の死を嘆いた時ほどには深く嘆き悲しみはしなかった。そんなことでどうして赦しを望むことなぞできますか」。

Une femme qui avait pris soin de ma jeunesse m'apparut dans le rêve et me fit reproche d'une faute très grave que j'avais commise autrefois. Je la reconnaissais, quoiqu'elle parût beaucoup plus vieille que dans les derniers temps où je l'avais vue. Cela même me faisait songer amèrement que j'avais négligé d'aller la visiter à ses derniers instants. Il me sembla qu'elle me disait : « Tu n'as pas pleuré tes vieux parents aussi vivement que tu as pleuré cette femme. Comment peux-tu donc espérer le pardon ? »[103]

⑧「神」は私を悔い改めさせようと、この〔十年間という〕時間を自分に残しておかれたのに、私はそれを少しも活用しなかった。

Dieu m'avait laissé ce temps pour me repentir, et je n'en avais point profité.[104]

これらの例が第二部第三章にあらわれた罪の意識の例だが、最初の例はオーレリア（ジェニー・コロン）との恋愛体験が自己の精神に与えた影響を過大視してきたことに対する反省意識と、数々の〈過ち〉を犯してしまった自己のひどく濫費した人生 vie follement dissipée、間違った人生に対する悔悟 remords から成立している罪責意識、ないし悔悟感といえよう。そしてすでにみたようにそういう道を踏みはずした自分、すなわち正統的なキリスト教信仰を得ていない自分には、「優しく、神聖な憐憫」« douce et sainte pitié » でもって、私に「最後の赦しの眼差し」« dernier regard de pardon » を与えようとした女性、キリスト者として死んでいった彼女のことを考える資格はないと感ずる。ここに窺える彼女への罪責感、自責感は『愛の書簡』や『オーレリア』第一部にみられるような性格はうすれ、むしろ〈私〉の「赦し」pardon と救い salut を実現してくれる仲介者 médiatrice すなわち「神」との間をとりなしてくれる女性としてのオーレリアを慕い求める資格が自分にはもうないのだ、といった悔恨の念、いたらなさの感情 sentiment d'indignité となっているといえよう。⑦例ではオーレリアを偶像崇拝してきた〈私〉の「昔犯した非常に重大な過ち」に対する罪責意識が問題になっており、ここにいう「重大な過ち」とは恐らく彼のその偶像崇拝の罪であり、彼にその罪を犯させたものは、オーレリアをエロス的愛の対象としてひたすら来世での再会を願うそのプラトン主義的精神態度とみることができよう。したがってここにいう罪の意識とはそういう異教信仰に迷っている者にはキリスト教的な赦し pardon などとうてい望むことができないのではなかろうかという自責感のことをいっていると考えられる。臨終間際の身内の老婦人を見舞わなかったことに対するこのような悔悟の念、自責の念は、ネルヴァルがそのような異教的な偶像崇拝を断念し、正統的な信仰に復帰しようとしているという事実をも暗示しているように思われる。同様の例は第二部第一章の後半にもすでに現われている。「人は自分が不幸に感ずるとき、他人の不幸を思うものである。私は、以前親友の一人が病気だという話を聞いたが、その彼の見舞いをちょっと忘れていた。彼が治療を受けている病院に行く途中、私はこうした過ちを犯した自分をひどく咎めるのであった」《Quand on se sent malheureux, on songe au malheur des autres. J'avais mis quelque négligence à visiter un de mes amis les plus chers, qu'on m'avait dit malade. En me rendant à la maison où il était traité, je me reprochais vivement cette faute.》[105]。⑧の例における罪性は〈神〉に対する不信の罪、というよりむしろ「懐疑の時代の子」[106]としての宿命的な罪、すなわち異端や異教的偶像崇拝に迷い込むことによって犯した「神」への不敬・冒瀆の罪といえる。つまりここには「救われるためには」そうした異端的ないし異教的な信仰の罪をはじめ、自己の犯してきた数々の罪を「悔い改めるだけで充分である」[107]にもかかわらず、十年間もの間、それをおこたってきたという自責の意識を伴った宗教的な罪責意識を認めることができよう。

こうした不信または懐疑の罪、あるいは神への不敬・冒瀆の罪に対する罪責感・自責感は次の第四章冒頭の一節に一層明確に現われている。

⑨私は幼年時代、フランス大革命から出てきた諸思想にあまりにも浸透されすぎた上、教育もあまりに自由すぎ、生活はあまりにも放浪性を帯びていた。そのため数多くの点で今なお私の理性に反するような束縛を、安易には受け入れることができないのだ。もしここ二世紀間の自由思想からもたらされたいくつかの原理、さらにまた各種の宗教研究がこの坂道を転げ落ちてゆく自分を止めることが出来ないならば、私は一体どのようなキリスト教徒になるのだろうか、と思って、慄然とするのであった。

Mes premières années ont été trop imprégnées des idées issues de la Révolution, mon éducation a été trop libre, ma vie trop errante, pour que j'accepte facilement un joug qui sur bien des points offenserait enore ma raison. Je frémis en songeant quel chrétien je ferais si certains principes empruntés au libre examen des deux derniers siècles, si l'étude encore des diverses religions ne m'arrêtaient sur cette pente.[108]

ネルヴァルは「大革命から出てきた各種の自由思想」のために、すなわち合理主義や科学主義にもとづいた幼年時以来の教育のために、理性と矛盾する〈真理〉を含む信仰を――その魂は信仰を激しく渇望しているにもかかわらず――信じようにも信じられないでいるわけで、そこに知性と魂との痛ましい葛藤が生じ、その葛藤が罪の意識となって現われていると考えられる。そのことはこの一節の直前で、「私は自分でもよくわからない誤った差恥心のために結局告解所に（懺悔しには）行かなかった。それは恐らく、いくつかの点に対して、以前からある種の哲学的偏見を抱いていた恐れ多い宗教のもつ教義と実践（宗礼）に身も心も投げ入れる勇気がなかったからだ[109]」といっているように、彼はキリスト教信仰を〈真の道〉« la vraie route » と考えているにもかかわらず、そしてまた悔悟し、告解して真に救われることを願いながら、大革命以来の自由思想と合理主義的な教育によって値えつけられた哲学的先入観のために、正統的なカトリック信仰を得ることができないままである。これらの言葉のみえる『オーレリア』第二部第四章はネルヴァルの精神がこの作品のどの章よりも正統的なキリスト教信仰に近づいた――前章二、三章もこの章について近づいているといえるが――事実をわれわれに教えているように思われる。ここにあげた二節のあとで彼は「叔母の一人にキリスト教の美点と偉大さを教えられ、ある英国人から〈山上の垂訓〉を教えられた折、一冊の新約聖書をいただいた[110]」といっている。だがそれでも第二部第五章や第六章で一層明らかになるように、「長い間遠ざかっていた[111]」キリスト教信仰という〈真の道〉に彼を連れ戻してくれるのはやはり死んだオーレリアを想うことを通してである。そしてこのオーレリアは、やがてイシスともなり、「聖母マリアであり、おまえの母でもあり、又あらゆる姿の下に常におまえが愛してきたその人である[112]」（第五章）ような諸教混淆的 syncrétique な女性となっていくわけで、この点のみをみるとやはりネルヴァルは第五章、第六章および「メモラーブル」に至ってはキリスト教に惹かれながらも再び異端や異教の混融したサンクレティスムへと接近していったとみることができるが、その場合でもこの諸教融合的な〈神との仲をとりなす女性〉Médiatrice のもつ聖母マリアのイマージュに重点をおき得るとすれば、彼はなかばカトリック的、なかばサンクレティックな信仰への道を進んでいったといえよう。

本題から幾分それたが、次に第四章にみえる罪の具体例をみていこう。

⑩「私は自分の人生をひどく間違った仕方で過ごしてきてしまった。でもかりに死者たちが赦してくれるとするなら、それは悪業を永久に絶ち切り、自ら行った悪事の一切を償うという場合に限られるに違いない。そんなことがはたして可能だろうか……今からさっそくもう間違った行いはしないように努め、われわれが負い目をおっていそうな一切に対してその代償を支払うこととしよう」。

« J'ai bien mal usé de la vie, mais si les morts pardonnent, c'est sans doute à condition que l'on s'abstiendra à jamais du mal, et qu'on réparera tout celui qu'on a fait. Cela se peut-il ?... Dès ce moment, essayons de ne plus mal faire et rendons l'équivalent de tout ce que nous pouvons devoir.[113] »

こうした「人生を間違って過ごしてしまった」という意識は晩年のネルヴァルにあって一種の偏執観念《オブセッション》にまでなっている。それはたとえば『シルヴィ』最終章における〈私〉のあの失意と悔恨のうちに、そしてことに結婚したシルヴィの楽しそうな家庭を訪れたときに発する「おそらく私の幸福はそこにあった、しかし……」« Là était le bonheur : cependant...[114] » という言葉、あるいは『オクタヴィ』最終章にみえる〈私〉の「おそらく、私はあそこに幸福をおいて来てしまったのだ」« peut-être j'avais laissé là le bonheur[115] » といった言葉のうちに認めることができる。すなわちこれらの言葉には「間違った」愛し方のために次々と愛する女性たちを失ってしまった自己の人生、そうした自分の「間違った生き方」、「間違った」精神の在り方への自責と悔恨の意識が象徴的に暗示されているように思われる。こうした感情はまた「作家という、いやな職業」[116]を選んでしまったこと——たとえ好きで選んだにせよ——への悔恨として語られたこともあり、またあるときは『ニコラの告白』*Les Confidences de Nicolas* 第二部第五章にみえる次のような言葉で語られることもある。「彼は自分の失われた青春時代の日々を、苦い思いで夢みながら歩き回った。歩きながらジャネット・ルソーのことを思った。彼女は、これまで愛した女たちの中で、彼がついに一言も声をかける勇気を持てなかったただ一人のひとだった。あそこには恐らく幸福があった！　ジャネットを妻にし、クールジで一生を送る、律気な農夫として、——恋の遍歴もなく、小説を書くこともなしに。それが私の生活であっただろう、私の父がそうだったように……でもジャネット・ルソーはどうなったのだろうか？　誰かと結婚したのだろうか？　生きているのだろうか、まだ？[117]」。『シルヴィ』における〈私〉もエロス的愛を求めるそのあまりに異教的・プラトン主義的な世界観に毒されていたために、そのような結婚生活の幸福、カトリック教会によって祝福された愛、いってみれば〈アガペの愛〉を得ることができず、かわりに、小説書きとなってただ失恋の古傷をなめるばかりの現在の生、そういう自己の人生に対して、悔恨の念を覚える。

『オーレリア』第二部第四章にみられるそのような「間違ってすごした人生」に対する罪責意識は、単に過ぎてしまった人生に対する自責と悔恨の感情に終始するだけでなく、残された人生において「悪業を絶ち切り、自らがおかしてきた誤まりを償おう[118]」とする贖罪意識をも伴っていることに気づく。事実晩年のネルヴァルは『オーレリア』第二部第四章できわだってみられるこうした贖罪意識を非常に強く持っており、そのことは書簡から確かめることもできる。たとえば彼は一八五四年十一月十一日ドイツからエミール・ブランシュ医師に宛てて、「父のことを考えては大変つらい思いをしております。（…）どうか今すぐにも父のところにだれかを遣わして下さい。（…）

今これを書きながらぼくは泣いています。これが悔恨《regret》のしるしでないとしても、ぼくが間違っていたか、正しかったか、ぼくは善良なのか性悪なのか、どうしてぼくにわかるでしょうか。あなたのこと、父のことを考えると心がなごむのです。ぼくはどうすべきか書いて下さい。ほんとうに悩んでいるのです、心底から。まだ悔い改め《se repentir》の時が少しでも残っているのなら、もちろん！　ぼくは悔い改めます。しかしぼくはまだ闇の中を歩いているのです」[119]と書き送っている。われわれはこの手紙から彼の晩年の精神状態がどのようなものであったかを知ることができる。すなわちこの手紙はネルヴァルが年老いた父親をどんなに心配していたか、また自分のことで父親に心配させたことに対してどんなにすまないと思っていたかを、さらには次にあげる『オーレリア』における彼の罪責意識（例⑪〜⑬）同様、彼がどんなに過度な罪の意識ないし善良であろうとする深い倫理意識をもって生きていたかを、そしてまた「やりすごした」人生に対してどんなに深い悔恨の意識を抱いていたかということをわれわれに語っている。またこれとほとんど同じことをそれから四日後の一八五四年十一月十五日付の同医師あての手紙の中でもいっている。「ぼくは、たとえ人生をひどく間違って理解してしまったとしても、それにもかかわらず自信をもってこう考えております。ぼくは決して悪い行いをしようと思ったことはない、ただ私の数々の過ち《fautes》はものに引きずられるという点であった、と。（…）孤独な時に必ずぼくを襲う苦しみのたねはきまって父のことでした。父に与えた精神的苦痛《les maux》が絶え間なくぼくの心に重くのしかかってきます。もし想像し得る限りの最も苦しい贖罪の模範を示すべく定められているとするなら、ぼくは喜んでそうすることに、つまりそうした唯一の考えに同意するでしょう」[120]。やり損なってしまった人生への痛恨、自分のことで心配をかけ、つらい思いをさせてしまい、今もなおさせている父親へのすまない気持、間違ったこと、悪い事をしようとは決して思ったことはないのに結果的には父親をはじめ多くの人々に心配をかけ、迷惑をかけてしまったという思い、そしてそれゆえにそうした罪や〈過ち〉を心底から償おうとする気持。これらの書簡には晩年のネルヴァルのそういう痛ましい悔悟感や罪責感、そしてまた贖罪意識があますところなく語られている。

このように『オーレリア』第二部第四章に現われる罪の意識は『愛の書簡（ジェニー・コロン書簡）』や『オーレリア』第一部でみられたような彼女に対する特殊な〈罪〉ないし〈過ち〉を原因とするものではなく、大部分は上にみたごとくの人生や生き方に対する一般的な〈罪〉ないし〈過ち〉を原因とする罪責感から成立している。無論この章に彼女に対する罪の意識がまったく現われていないというわけではないが、しかし少なくとも同章ではこの意識は直接的には問題にされてはいない。たとえば「パリ郊外の小さな村で」たまたま出会った一人の女の声や容姿がオーレリアに似ていたので施し物をしてやると不思議と幸福な気分になったといったエピソード[121]（前半部）とかさらには「聖母マリアの祭壇の前に跪いて、自分の数々の過ちに対する赦しを願った」といったエピソード[122]（後半部）がみられるが、前者の例ではそこにオーレリアに対する無意識的な贖罪意識、〈過ち〉を償おうとする意識が暗示されているとみることができるし、また後者の例では、ネルヴァルが聖母マリアの裡にオーレリアを融合させている事実、およびここにいう「自分の数々の過ち」の中に当然彼女に対する過ちも含まれていると想像される点などを考え合わせるとき、そこに彼女に対する罪責意識が間接的な形で暗示されているとみることはできよう。

⑪さきごろ私はある人に迷惑をかけた。それは単なる不注意にすぎなかったが、〔贖いの生活への〕手始めに詫びを言いに行った。この償いから受けた喜びは私にこの上なくよい結果をもたらした。そのことが私に以後生き、かつ行動する動機を与えた。私は世の中に再び関心を抱くようになった。

J'avais un tort récent envers une personne ; ce n'était qu'une négligence, mais je commençai par m'en aller excuser. La joie que je reçus de cette réparation me fit un bien extrême ; j'avais un motif de vivre et d'agir désormais, je reprenais intérêt au monde.[123]

⑫父が一人で物置に薪をとりに行こうとしているのに、私は彼に必要な薪を一本手渡すという手助けしかできなかった。そんな自分が情けなく茫然として外に出た。

Il voulut aller seul chercher du bois à son grenier, et je ne pus lui rendre que le service de lui tendre une bûche dont il avait besoin. Je sortis consterné.[124]

⑬クリシーの市門のところを曲がろうとした時、たまたま喧嘩を目撃した。間に入って分けようとしたが、うまくいかなかった。(…)私は今しがた起った争いの折、私に力がなかったために自分が罰せられたのだと思った。(…)ヴィクトワール街あたりで一人の司祭に出会ったので、取り乱しながらも彼に懺悔したいと申し出た。

En tournant la barrière de Clichy, je fus témoin d'une dispute. J'essayai de séparer les combattants, mais je n'y pus réussir. [...] Je m'imaginai [...] que j'étais condamné pour avoir manqué de force dans la scène qui venait de se passer. [...] Vers la rue de la Victoire, je rencontrai un prêtre, et, dans le désordre où j'étais, je voulus me confesser à lui.[125]

ここにみられるネルヴァルの罪の意識はわれわれが日常生活においてしばしば体験する単なる〈不注意〉や無力感、一般には〈過ち〉ともいえない、またそう感じられることもない〈不注意〉や無力さを〈過ち〉と意識するところからきている。したがってこのような罪責意識はその具体的な〈成因〉を探っても意味がなく、むしろ問題はこのような些細な不注意や過失に対してさえ、そんな風に意識せずにはいられない、彼の精神の倫理的・宗教的態度それ自体のうちにあるといえよう。すなわち、ここにみられる罪責意識は償いと「善行」« bonne action »[126]の生活を実践することによって赦しpardonと救いsalutを願う彼の求道的意識の一つの具体的なあらわれと考えることができる。さらにいえば例⑪の最後のところで、「このことが私に生きかつ行動する動機をもたらした。私は再びこの世«le monde»に関心を抱いた」といっているように、ここには現世をいみ嫌い、否定し、ただ死後の世界にのみ、関心を寄せる、いってみればマニ教的二元論に支えられた自己の世界観を捨て、現世をも肯定する正統的なキリスト教信抑に回帰しようとする意識をも読みとることができよう。[127] 事実、例⑬で〈私〉は「司祭に告解«se confesser»したいと申し出て」おり、このことは例⑪同様、ネルヴァルが、こうした正統的信仰への回帰（改心）を通して、隣人とともに「不幸でありながら、生きているうちより、創造的で、喜びにあふれた境地[128]」を約束するカトリック的世界観を得ようとしている事実を物語っているように思われる。

これら一連の引用にみられる、彼の善良であろうとし、償いを果たそうとする意識、人に〈隣人愛〉をもって接しようとする意識は彼の晩年の書簡、たとえば先に引用したエミール・ブランシュ宛の書簡をはじめ、父親宛の手紙、あるいは一八五三年十一月五日付のモーリス・サンド宛の手紙、さらに（J・ギヨームとC・ピショワにより新プレイヤード版全集より、削除されてしまったが、われわれはネルヴァルのものと今でも信じている[129]）一八五三年一月二日付のド・ソルム夫人宛の手紙などにも顕著にあらわれている。たとえばド・ソルム夫人宛の手紙では悲惨な「極貧の一家」に自分のもち合わせていたもの全部、外套と四十サンチームをあげてきたといい、夫人にも「お年玉として私に約束して下さったあの豪華本」よりももっとよいもの、つまり「善行」«une bonne action»をその気の毒な人々に対して施して欲しいと頼んでいる。[130] そしてさらにモーリス・サンド宛の手紙では「ですが私自身も善良になった、あるいは少なくとも前よりはすっかり善良になったと感じております。度重なるひどい病気はわれわれの精神と肉体を純化するのに役立ちます。私はあまりにも清められてしまったので[131]」という言葉がみえる。この手紙からわれわれは彼がその「ひどい病気」（狂気の発作）を自己の精神と肉体を清めるための一つの「試練」と考えている事実を知ることができる。このような「善行」bonne action を行うことによって自己の〈罪〉を償おうとする、彼の宗教的・倫理的な心性、それが彼の罪の意識、その罪責意識を成立させている基盤の一つとなっていると思われるが、しかし彼自身はなぜ自分がそんな罪の意識に悩まされているのか明確には理解できない。〈私〉は「自分の非力さを思うとき、果すべき償いのあまりの多量さに、おしつぶされそうであった」« La masse des réparations à faire m'écrasait en raison de mon impuissance »[132]が、その償うべき〈罪〉が「一体どのような過ちなのか見当がつかな」[133]い。見当がつかない理由はすでにみたように彼の晩年や『オーレリア』第二部にみられる執拗な罪責意識が個々の〈過ち〉からきているのではなく、贖罪と救いを求める彼の求道的意識、ことに『オーレリア』第二部第四章にあっては、正統的なキリスト教信仰へ回帰しようとする意識自体からきているからである。そのことはこの『オーレリア』第二部第四章の後半部にみえる次の言葉からも確かめることができる。

⑭絶望した私は、泣きながらノートル・ダム・ド・ロレット教会の方に進み、そこで私の数々の過ちに対する赦しを乞うために、聖母マリアの祭壇の下に跪いた。私の内部の何ものかが私に言った。「聖母マリア様は亡くなった、だからお前の祈りも無駄だ」。

Désespéré, je me dirigeai en pleurant vers Notre-Dame de Lorette, où j'allai me jeter au pied de l'autel de la Vierge, demandant pardon pour mes fautes. Quelque chose en moi me disait : « La Vierge est morte et tes prières sont inutiles. »[134]

つまり、彼の晩年や『オーレリア』第二部、少なくともこの第四章にみられる罪の意識は、ここで「自分の数々の過ちに対する赦し」« pardon pour mes fautes » とあるように、宗教的な赦免 pardon を求める彼の救済意識の具体的な現われ、その具体的な発現形態と考えることができるだろう。しかもこの例で注目されるのは「聖母マリア様は亡くなった、だからお前の祈りももう無駄だ」とあるように、彼が〈真の道〉すなわち正統的なキリスト教へ復帰し、キリスト教的な救済を願っていたにもかかわらず、結局はその試み（努力）が挫折してしまったという事実である。そのことはこの第二部第四章の最後の一節にみられる次の言葉から確かめることもできよう。すなわち近くの教会から聞えてきた「キリスト、キリスト、キリスト」という子供たちの合唱を耳にした〈私〉は「――だがキリストはもういないのだ、あの子たちはまだそれを知らないのだ――と私は思った[135]」といっており、このことは彼が第四章にいたってほかのどの章よりもキリスト教信仰に近づきながら、結局その信仰を得ることができなかったという事実を、あるいは少なくとも「一切を信じよう[136]」とする魂と「触れてみなければ信ずることができない[137]」といった彼のデドモ的知性との葛藤、すなわち罪を悔い改める se repentir ことによって、さらには慈悲 charité と「善行」bonne action の生活を実践することによって、「償い」réparation を果たし、キリスト教的な救済を得ようとする求道的意識とそうした意識を拒否する「哲学的偏見」« préjugés philosophiques[138] » を抱く懐疑主義的精神との葛藤がそこに存在しているという事実を暗示しているように思われる。

ところで『オーレリア』第二部後半（第五章および「メモラーブル」を含む第六章）は、この点で前半（第一～四章）とはかなり性格を異にしているといえよう[139]。というのは第五章および「メモラーブル」を間にはさむ最終章（第六章）――ただし「メモラーブル」前後に出てくる〈私〉がサテュルナンと名づける精神病院の患者のエピソード部分は第四章の意識に近い――は第一部に示された世界、すなわち「月の世界」たる地下の霊たちの世界への回帰となっていると考えられるからである。彼はこの「万物が生き、うごめき、照応し、交感している」世界、「かつて私の愛したすべての人々が共生 « co-existence » している[140]」この霊魂不滅の世界の実在を信じ、そうした世界での人々との共生や永生を得るためにカバラの秘法やエゾテリスム、あるいは占星術などによって宇宙の秘密を探ろうとし、あるいは女神イシスによるイニシアションに服そうとしたりする。つまり第五章および第六章には、ネルヴァルの、とりわけその「聖母マリア」信仰への愛着により、キリスト教的、というよりカトリック的な要素もかなり認められるとはいえ、Vierge-Mère-Amante たる女神イシスを介した〈救世主〉Messie による「世界贖罪」« Rédemption universelle »[141]と自己の救済を夢見るネルヴァル独自のサンクレティスムが語られている。したがってこの第五章以後には第二章や四章に顕著にみられたあの罪の意識や贖罪意識は背後に退き、かわりに赦し pardon、それも女神イシスを介しての「天の赦し」« pardon des cieux »[142]という問題が強く表面に現われているといえよう。無論第五章にもたとえば「〈私は過ちを犯したのだ〉と言いながら、フォワの廻廊を歩き廻っていたが、ナポレオンのものと思い込んでいる自分の記憶にあたってみても、それが一体どのような過ちだったのか皆目見当がつかなかった[143]」と言っているように漠然とした罪の意識はなお認められる上、聖母マリア信仰を介してキリスト教信仰へ復帰しようとする意識(「サン＝トゥスターシュの教会に行き、そこで聖母マリアの祭壇の前に跪いて敬虔な祈りを捧げた[144]」)やルメートルが言うように[145]、「慈悲の行為」« acte de charité » によって全人類の贖罪と救済を求めるキリスト教的意識(女や子供を「大洪水」から救うためにサン＝トゥスターシュ教会付近で買った指輪を「水たまりの一番深いところに投げ込む」ことによって暴風雨を鎮めようとしたこと[146])もなお認められるとはいえ、全体的には「マリアその人であり、おまえの母であり、またあらゆる姿の下につねにお前が愛してきたその人」である女神イシスが「自分にしたと思われる(救済の)約束[147]」を希求する意識が強調されている。この傾向は「メモラーブル」を含む最終章(第六章)に至るとますます強くなる。すなわち、この章では罪の意識や贖罪意識はほとんど表面には現われず、かわりに東方の諸教、カバラ、占星学といった秘教的知識と秘伝による宇宙論や万物交感思想、さらにはピタゴラス派的な霊魂転生(不滅)思想、あるいは試練 épreuve および贖罪 expiation の夢、すなわち「時として古代のウエヌスの姿の下に、また時としてキリスト教徒たちの聖母マリアの面影をもって現わ[148]」れる〈私〉の夢の女神 la divinité de mes rêves、「母でもあり、聖なる妻でもある永遠の女神イシス」[149]を仲立ちとした救世主メシアによる〈私〉と全人類の赦し pardon と救済 salut の夢が語られている。この事実は一体何を意味するのであろうか。それは第一部および、ことに第二部前半部（第一章～第四章）において顕著に認められた悔悟（罪の意識）や善行 bonne action と慈悲行為 action de charité を通して贖罪を果たそうとする意識が、そのような赦し pardon と救い salut を約束する〈回心〉をネルヴァルにもたらしたことを意味しているのだろうか。われわれには必ずしもそうとは思われないが、こうしたネルヴァルにおける〈救済〉の問題、すなわちネルヴァルは、少なくとも『オーレリア』におけるネルヴァルは果たして〈真の救済〉を獲得し得たのだろうかといった問題は、本題である罪責意識の問題に係わるかぎりにおいて、本部最終章Vにおいて、再度、若干の考察を試みることとし、次に、これまでみてきた罪責意識とは幾分異なった罪の意識を考えてみよう。

IV　形而上学的・宗教的罪責意識

ネルヴァルの罪の意識にはこれまでみてきたような各種の〈過ち〉、すなわちオーレリアに対する罪責意識、人々に対するそれ、あるいは自己の人生を間違って過ごしてしまった、といった悔恨にも似た罪責意識のほかに、これらすべてに密接に関連し、ある意味でこれらの意識をその底部で支えているともいえる別種の罪の意識があることに気づく。つまり自己自身の精神の在り方に内在する〈過ち〉からくる罪責意識がそれであり、したがってこの〈過ち〉は『オーレリア』における彼女や人々に対する各種の〈過ち〉を程度の差こそあれ、何がしか決定づけているものともいえる。

この〈過ち〉とは「不信のというよりむしろ懐疑の[150]」罪であり、異教ないし異端崇拝の罪であり、さらには自ら〈神〉になろうとする、ないし〈神〉の立場に立とうとする罪である。このうち不信・懐疑と異教崇拝を主動機とする罪責意識についてはオーレリアに対する罪の意識を扱った折に、すでに考察してきたが、繰り返せばそれは『オーレリア』第二部冒頭で「しかしながら彼女は神を信じていた」すなわち唯一神たるキリスト教の神を信じていた。しかるにこの〈私〉は「自己の精神の内部に形成されている宿命的な思考大系のためにこの孤高なる王位を認めていなかった[151]」といっており、そういう〈私〉がキリスト者オーレリアを慕うのは冒瀆であり、不敬であり、罪であると彼は考える。同じ例はすでにとり上げた第二部第二章の「僕はキリスト教徒の女性の墓前に跪く資格はないのだ。あれほど多くの冒瀆を犯しておきながら、さらにもう一つを加えるのはやめておこう」等々がある。またすでにみた『オーレリア』第二部第二章の「そうだ、僕は創造主よりも被造物の方を愛してきたのだ。僕は自分の愛する女性を神格化して、最期の息をキリストに捧げた女を、異教の儀式に則って崇めてきたのだ」という言葉は、キリスト教徒としてのオーレリアに対する冒瀆の罪をいっていると同時に、そのように彼女を神格化し、崇める自己の異教崇拝ないし偶像崇拝それ自体の有罪性を告白した言葉とみることができよう。さらにまた『オーレリア』第二部冒頭には、「不信というより懐疑」から、理性と信仰のより高い総合を求める彼の理神論的信仰への関心とともに、その不敬性、罪性の告白をもみることができる。すなわち彼は「しかしあらゆる信仰が崩壊させられてしまった数次にわたる革命と嵐の日々に生れたわれわれにとって、――また幾つかの形式的な宗礼でお茶を濁しているあのうわべだけの信仰、それに無自覚的に同意することは恐らく不信や異端にもまして罪深いとさえいえるのだが、そういう漠とした信仰の中で育つのがせいぜいであったわれわれにとって――、その欲求を感じたからといって、純心無垢な人々や素朴な人々が心の中ですでに描かれている図面通りに受け入れるそうした神秘の殿堂を、にわかに再建することはきわめて困難なのである。（…）もしかするとわれわれは予言された時代に入りつつあるのかも知れないのだ。そこでは科学が総合と分析、確信と肯定の統一的大系《cercle entier》を完成することによって、それ自体純化され、混乱と廃墟の中から未来の驚嘆すべき都市を湧き出させることができるかも知れないのだ。……それに人間理性は、自らを全面的に卑下することによって、何ものかが得られると思うほどに、理性の安売りをする必要はあるまい。なぜならそんなことをすれば、人間理性の神的起源を難ずるに等しくなるからだ。……神は多分これらの意図の純粋さを評価してくれるであろう。それにまた、息子が自分の面前で論理《raisonnement》と誇りをまったく放棄するのを見て喜ぶような父親がはたしているだろうか。さわってみなければ信ずることができなかった使徒も、そのために呪われるようなことはなかったのだ[152]」と述べたあと、すぐ続けて、「私はここに何を書いたのだろう。これは冒瀆の言葉の数々であり、キリスト教的謙譲の精神をもってすればこんな風には語れない筈だ。このような思想は決して魂を感動させることなどできない。これらの思想はその額に悪魔の冠の傲慢な輝きをいただいている」« Qu'ai-je écrit là ? Ce sont des blasphèmes. L'humilité chrétienne ne peut parler ainsi. De telles pensées sont loin d'atteindre l'âme. Elles ont sur le front les éclaires d'orgueil de la couronne de Satan »[153] といって、そういう自己の理神論的な考え方を批判している。つまりそうした考え方は、正統的なキリスト教信仰からはほど遠く、むしろそれを冒瀆するものであり、したがってそれは「魂を深く感動させる」ことを通してのみ可能となる心の底からの全き回心、〈真の回心〉をもたらすことは決してあり得ない、という。そしてネルヴァルはこうした思想のうちに、キリスト教的謙譲とは相容れないサタニックな傲慢さと不敬、人間のもつ思い上がりの罪をみている。彼のこうした自己批判の意識、それが『オーレリア』第一部では潜在的な形で存在し、第二部にいたって顕著にあらわれてくる宗教的な罪責意識をその根底で支えているものの一つであったように思われる。

ところで先に挙げた一節にみえるネルヴァルのサタンへの関心（サタニスム）という問題は、ネルヴァルのみならず、たとえばラマルチーヌ Lamartine、ユゴー Victor Hugo といった当時のロマン派の詩人たちが好んでとり上げたテーマであるが、ネルヴァルはこの、神に反抗し、反逆する原理、自ら創造主になろうとする原理をサタンをはじめカインあるいはプロメテウス像に求め、そこに〈火の息子〉enfant du feu を自認する自己の〈自我〉主張、その知性主義、詩人＝世界創造者としての自己の運命を仮託していたように思われる。ネルヴァルは自己のこうした精神原理をたとえば『東方紀行』*Voyage en Orient* の中に見える『暁の女王と精霊の王ソリマンの物語』*Histoire de la Reine du matin et de Soliman, prince des génies* の主人公アドニラム Adoniram に代弁させている。すなわち、この主人公は、「火の元素から生れたエロヒムの子[154]」、旧約の唯一神ヤーヴェに反逆して地下の世界、すなわち「火の世界」に閉じ込められたカインの末裔であるが故に、「神（ヤーヴェ）の創った自然を模倣する」ことなく、そうした自然を超えた「創造神も戦慄する名づけようもない作品」[155]を創造しようとするのであり、そのために神の怒りにふれ、ついには滅ぼされてしまう。ネルヴァルはこうした人物を創造することによって、そこに自らの内部にあるカイニスム、サタニスムあるいはプロメテウス主義とも呼び得る精神原理、すなわち神の掟に挑戦し、神と競って独自の創造世界をつくろうとする詩人としての宿命的な精神原理を反映させているように思われる。だが彼は同時にそういう自己の詩人としての反逆者的宿命に無意識のうちに、有罪性をも感じており、それが『オーレリア』にいたって、あのような罪責意識となって現われているという風にも考えられる。事実この『ソリマンの物語』の中で大王ソリマンはアドニラムが巨大な「青銅の海」を建造中遭遇した大事故は神エホヴァによる神罰だといっており（「エホヴァが彼を罰したのです、とソリマンはその賓客（シバの女王バルキス）にいった。そして神は私をも罰したのです」[156]）、ソリマンのこの言葉は同時に作者ネルヴァルの神に対する罪責意識をも物語っているように思われる。

またこうした神（エホヴァ）に対する挑戦というテーマは『幻想詩篇』*Les Chimères* 中の一篇「アンテロス」« Antéros » という詩にも現われている。ただここではカインの末裔を自認するネルヴァルのカイニスムともサタニスムともいうべきものの積極的な側面、すなわち神（エホヴァ）によって地下の世界に閉じ込められているが、なお神の原理に反抗し、抵抗することによって、すなわち美と〝火〟によって世界を創造しようとする詩人＝天才の宿命性が歌われていて、その罪性はまだ表面には現われてきてはいない。

お前は訊く、なぜ、私の心がかくも憤怒に満ち、
首を押さえられながらも、頭をもたげるのか、と。
それは私がアンタイオスの種族の出だからだ、

私は勝ち誇る神に向って、投槍を向け直す。

そうだ、私は復讐神にいのちを吹き込まれた者の一族だ、
額にはあの怒り狂った神の唇の痕跡をつけられている、
ああ、血まみれのアベルの蒼ざめた顔面から
カインの拭いきれぬ赤みが、時折私に現れる！

おお、エホヴァの神よ！　お前の聖霊に打ち負かされた最後の者は
地獄の底から叫んだ、「おお、圧制！」と。
それはわが祖父ベルスか、あるいは父ダゴンか[157]……

同様の例は『オーレリア』第一部にも認めることができる。たとえば第九章では「結構だ、と私は心に思った。そのときは宿命の精霊と闘おう。神秘学の秘伝と学識とを武器として、神そのものとさえ闘おう。彼が夜と闇の中で何をしようとも、私は存在するのだ。そして私になお現世で生きるべく、私に与えられている全時間を、神を打ち破るために使おう。」« Et bien, me dis-je, luttons contre l'esprit fatal, luttons contre le dieu lui-même avec les armes de la tradition et de la science. Quoi qu'il fasse dans l'ombre et la nuit, j'existe, et j'ai pour le vaincre tout le temps qu'il m'est donné encore de vivre sur la terre. »[158] という言葉がみえるが、ただここでは主人公〈私〉は「アンテロス」における〈私〉同様この種の神への挑戦をまだ〈罪〉とは自覚していないが、次の第十章では、はっきりとこの〈罪〉の罪性 culpabilité を意識しており、そこに神に対する罪責意識があらわれている。

もしかすると、私は神の掟にそむいて、おそるべき神秘を盗み見ようとしたために、呪われてしまったのかも知れない。こうなってはもはや神罰と侮蔑しか望み得ぬ身の上であった！

J'étais maudi peut-être pour avoir voulu percer un mystère redoutable en offensant la loi divine ; je ne devais plus attendre que la colère et le mépris ![159]

この、人知によって神の秘密を、そしてさらにはその創造の秘密を知ろうとして罰せられた者というテーマはネルヴァルの作品の随所に現われるテーマであるが、ただ『オーレリア』の場合、他例と異なり、このテーマが彼自身の問題としてより内在化され、深刻に受けとめられているといえよう。このテーマはたとえば一八四四年に「アルチスト」誌に初めて発表され、後に『幻想詩篇』の中に入れられた詩「オリーヴ山のキリスト」« Le Christ aux Oliviers » の中にも現われている。

それこそ正しくキリストであった、この狂人、この至高の錯乱者は……
天空に昇りゆき、打ち捨てられたイカルス、
神々の雷《いかづち》に打たれて息絶えたパエトン、[160]

ネルヴァルはここで、この至高の錯乱者キリストはギリシャ神話におけるイカルスやパエトン、すなわち神の秘密を知ろうとして天空をめざしたため、罰せられ、滅んだ人物でもあるといっているように思われる。ただこの詩ではこれに続けてキリストはまた同時に「虐殺された後、大地母神キュベレーによって生き返った美男のアッチス

でもある」[161]、といって、彼らがいずれも死のあと再生し、いわば永生（世）に復活した人物とみており、この意味でそのプロメテウス的罪、すなわち神の秘密を盗もうとする者の罪、人間の神に対する傲慢の罪はそれほど強調されているわけではなく、むしろ重点は永生（世）への復活のための死を体験した人物という点にある。したがってこの「オリーヴ山のキリスト」ではそのように神の秘密を敢えて知ろうとする人間の思い上がりを明確に罪と意識していると考えられない。少なくともこの罪を自己自身の問題として内在化し、深化させているとはいいがたい。同様のテーマを扱いながら、この「オリーヴ山のキリスト」におけるよりもはるかに神に対する罪の意識が現われている詩がある。それは「黒い点」《Le Point noir》と題された比較的初期の詩（一八三一年「閲覧室」紙に「太陽と栄光」《Le Soleil et la Gloire》として初出）である。

太陽をじっと見つめた者は誰でも、
自分のまわりの虚空に、灰色の汚点が
しつこく飛び回るのをまのあたりに見るように思う。

そんな風に、まだとても若く、もっと大胆であった頃
私は敢えて一瞬栄光を凝視した。
黒い点が私の貪るような眼の中に残った。

以来、喪のしるしのように全てに混在し、
どこであろうと、目のとまるところに

そいつもまた身を置くのが見える、黒い汚点が！

何だって、いつもそうだって？　絶えず私と幸福の間に！
ああ、それは——不幸にも、われわれには不幸なことに——鷲だけだからだ、
罰せられることもなく、太陽と栄光を凝視できるのは。[162]

この詩は太陽をじっと見つめた時、眼前というか眼の中というか、とにかく眼にちらちら残る「黒い点」を歌っており、それは誰でも日常ごく一般的に体験する事実であるが、ネルヴァルはこの日常茶飯事的な体験から出発して、神と人間の問題、知ろうとする人間すなわち絶対を直視しようとする人間の罪性を歌っている。いうまでもなくここにいう「太陽」とは神であり、あるいは神の秘密であり、「黒い点」とはそれを敢えて凝視し、のぞき見ようとした者が受けた神の罰であろう。われわれ人間にとって、神そのもの、神の秘密そのものを対象化して〈認識〉しようとすることは許されない行為であり、それにもかかわらず敢えてそれを試みようとする不敵な者は罰として、呪いとして、不在としての神、神の陰画としての「黒い点」を永劫に与えられてしまう。[163]ちょうど女神イシスの信者の中の最も大胆な者が女神の神性を敢えて見とどけようと、その「神聖なヴェールをたくし上げたために、死のイマージュに直面してしまった」[164]（『イシス』*Isis* 第三章）ように。ネルヴァルはこの詩において、そういう〈認識〉と〈分析〉の悪魔としての、そしてことに自我意識過剰な「近代人」の宿命的な業、その罪性を明確に自覚しており、この意味でそこに彼の神に対する罪の意識をみることができよう。

ネルヴァルにあっては、この〈神そのものを対象化して認識しよう〉とする罪、あるいは「神の秘密に真正面から迫り（天空に昇っていき）、それをのぞき込み、盗み取ろうとする人間の罪、その悪魔主義的な傲慢の罪に対する

罪責意識の他に、さらにこの罪の進化したもっと「大きな罪」、すなわち自ら〈神になろう〉とする罪――これも旧約でのヤーヴェに対する天使サタン（これは本来光の天使、すなわ認識の天使であった）の挑戦という意味ではやはり人間の犯すサタニスムの罪の一種といえるが――に対する罪責意識も認められる。その典型的な例としてたとえば『東方紀行』の中に挿入された『カリフ・ハーキムの物語』*Histoire du Calife Hakem* における主人公ハーキムと老人との口論の場面を挙げることができよう。

「サバ教徒と信仰を同じくしていないのなら、君は何をしにここにきたのかね。君はイエスの教派の者かね、それともマホメットのかね。」

「マホメットもイエスもぺてん師だ。」見知らぬ男〔カリフ・ハーキム〕は、信じられないような冒瀆の言辞を弄して、叫んだ。

「おそらく君は、パルシーの宗教〔ゾロアスター教徒〕なのだな、火を尊ぶという……」

「そんなものはすべて、妄想であり、嘲弄であり、虚言だ！」と黒い袖なし衣を着た男は、憤慨を倍加してさえぎった。

「それでは一体君はだれを崇めるのかね。」

「彼は私がだれを崇めるのかと尋ねる！……私はだれも崇めない。私自身が神なのだから！　他のものはその影でしかない唯一の、真の、比類なき神なのだから。」

この思いもよらない前代未聞の、気違いじみた断言をきいて、サバ教徒たちは神の冒瀆者に飛びかかっていったが、（…）

« Si tu ne partages pas la croyance des sabêens, qu'es-tu venu faire ici ? es-tu sectateur de Jésus ou de Mahomet ?

— Mahomet et Jésus sont des imposteurs, s'écria l'inconnu avec une puissance de blasphème incroyable.
— Sans doute tu suis la religion des Parsis, tu vénères le feu...
— Fantômes, dérisions, mensonges que tout cela ! interrompit l'homme au sayon noir avec un redoublement d'indignation.
— Alors qui adores-tu ?
— Il me demande qui j'adore !... Je n'adore personne, puisque je suis Dieu moi-même ! le seul, le vrai, l'unique Dieu, dont les autres ne sont que les ombres. »
A cette assertion inconcevable, inouïe, folle, les sabêens se jetèrent sur le blasphémateur,[165] […]

われわれがすでにみた『オーレリア』第一部最終章にみえる神に対する罪の意識の根底には、ネルヴァルの内にあるこうした〈神になる〉ことへの願望とともにそういう願望をもつ人間の思い上がり、神への冒瀆性、有罪性へのおそれをも読みとることができよう。事実、このカリフ・ハーキムはその神がかり的な考え（自己の神性な血統保持を理由とした妹との結婚）のために妹セタルムルク Sêtalmulc の手の者にかかって殺されてしまう。そして彼自身はこうした断罪を占星術によって予知するが、彼はそれをディーブの種族の「嫉妬深い神」が彼の神性とその「宇宙創生的・天命的な結合」« couple cosmogonique et providentiel[166] » を嫉妬して、自分を亡き者にしようとしているに違いないと考える。

ネルヴァルが生涯苦しめられたあの「原因不明」の罪の意識をその無意識の深層にあって成立させている〈原因〉の一つにはこのような〈神を対象化して、見すえ、認識しようとする〉ことの有罪性、あるいは右にみた〈自ら神になろうとする〉ことの罪性があったように思われる。そしてそれは同時にある意味で創造主と競って新しい宇宙、「未知なる世界〔惑星〕の魔術的地理」《géographie magique d'une planète inconnue》[167]を創造しようとする彼の詩人としての宿命的な罪性への自覚でもあったように思われる。ネルヴァルはそのことを自ら『逆説と真理』の中でこういっている。

私は神にもろもろの出来事を何も変えてほしいとは望まない、ただ事物に対する私の関係の仕方を変えてほしい。私のまわりに私に属する一つの宇宙を創造する力を、私の永遠の夢をただ受身に耐え忍ぶのではなく、かえってそれを支配する力を残してくれるよう願う。そうなれば確かに私は神ということになろう。

Je ne demande pas à Dieu de rien changer aux événements, mais de me changer relativement aux choses ; de me laisser le pouvoir de créer autour de moi un univers qui m'appartienne, de diriger mon rêve éternel au lieu de le subir. Alors, il est vrai, je serais Dieu.[168]

われわれはこの断章からネルヴァルの相対主義的な世界観、その極度に主観主義的な精神態度を知ることができるが、そのような精神態度を詩人の宿命として自覚していたネルヴァルは、自分だけに属する「一つの宇宙を創造する力」と彼の「永遠の夢をただ受身に耐え忍ぶのではなく、かえってそれを支配する力」を与えてくれるよう神に求める（Je demande à Dieu）。すなわち「自ら作った世界を実在させるために、現実の世界なしで済ませる」（G・プーレ、後出）ような力を獲得したいと考える。それはいわば神の創造の営みへの挑戦、その秘密を盗み取ることをも意味しており、すでにここに彼の神に対する畏れ、罪の意識の萌芽が潜在的に存在している。というのはネルヴァルはこの断章の最後のところで「そうなれば確かに私は神ということになろう」といっているが、これは原文では、《Alors, il est vrai, je serais Dieu.》と条件法現在であり、そこには「実際には自分は神とはなり得ないが、〈神〉と同じような立場に立ってしまうことになろう」という意識があり、この意識の底部には現実にはなり得ないのに敢えてそういう立場に立とうとする人間の傲慢さ、詩人としての自己の宿命的な罪業性への自覚が潜んでいるように思われるからだ。ジョルジュ・プーレ Georges Poulet もネルヴァルのこうした詩人＝世界創造者としての呪われた宿命性、その罪業性をこう指摘している。「ネルヴァルの精神の歴史《histoire spirituelle》は彼のつくった世界を存在させる《faire exister》ために、現実の世界なしで済ましてしまおうと望んだ者の歴史といえる。そしてその失敗の歴史《histoire》、そういう思い上がった者の悲劇（あるいは偉大さ）の物語《histoire》なのである。（…）このこと（自らの宇宙 univers をつくり、それを信じ込もうとしたこと）が正に彼の過ち《faute》であり、彼のいう罰 punition に他ならない」[169]。彼の罪の意識にはプーレの言うこうした「過ち」やその「（神からの）罰」《punition》の自覚を出発点として成立しているものも決して少なくないように思う。それ故、彼が一八四四年「アルチスト」誌に発表した劇評「ディオラマ」《Diorama》の中で、ラマルチーヌ Lamartine の『天使の失墜』*la Chute d'un ange* に言及してこういった時、彼は人間が〈神になろうとする〉ことの罪性を明確に自覚していたと思われる。「だが、人間がその抜目なさと術策でもって〈神〉になろうとする正にその瞬間、〈神〉は人間を押しとどめ、彼にこう諭すのである。人間が自分のところにまで昇ってくるにあたっては、ただ精霊と愛とに頼るべきであると」。《C'est à ce point juste où l'homme se fait Dieu par son adresse et par son industrie, que Dieu l'arrête et lui démontre qu'on ne doit s'élever à lui que par l'esprit et par l'amour.》[170]

『オーレリア』第二部第一～四章に現われる罪の意識はこの地点に、すなわち人間が神の国に入るには「ただただ（カトリック教会でいう）精霊と愛とを通してのみ可能なのだ」という内なる声が、それにもかかわらず、彼女〔オーレリア〕を神格化し、異教的な方法で偶像崇拝せずにはいられない自己の「誤った」信仰心に対してその有罪性を糾弾しようとする地点に成立する意識といえよう。つまり、そうした二つの意識が彼の内部にあって衝突・葛藤する過程であらわれる魂の悲痛な叫び、それが第二部第一～四章に認められる彼の罪責意識であり、少なくともこうした罪責意識を成立させている根源的な、少なくとも主要な要因であるように思われる。そのことはたとえば『オーレリア』第二部第二章から第三章にかけて〈私〉が彼女に対して犯してきた偶像崇拝の罪を反省し、彼女との「愛と死の形見」《reliques d'amour et de mort》[171]を焼き捨ててしまうといったエピソード、あるいはアラビア銘の入った「東洋の指輪」《bague orientale》――〈私〉が以前友人からもらい受けたもので、彼はこれが霊魂に対して神秘的な護符力をもっていると思っている（第一部第三章）――をあらかじめ指からはずした上で、自分の過失《mes fautes》に対する赦し《pardon》を乞うべく、聖母マリアの祭壇に祈りを捧げたといったエピソード[172]（第二部第四章）に認められる罪の意識についてもいえよう。すなわちこれらのエピソードは、ネルヴァルがそのような「精霊と愛」とによってカトリック的正統信仰《orthodoxie catholique》[173]に回帰するために、「〈東方的〉な誘惑」[174]あるいは「〈東方的〉な誤り」《erreurs orientales》[175]すなわち古代ギリシアや古代オリエント起源の各種の偶像崇拝、さまざまな神秘説や秘教《オキュルティスム》、異端への「誘惑」を〈過ち〉とみなし、それらを「断念」しようとしている事実を暗示しているように思う。あるいは、それは少なくとも彼がそうした異教的なものへの過度の執着を〈真の信仰〉への回心を妨げる障害ないし〈過ち〉として自覚している――宗教的な罪の意識――事実を示しているように思う。実際、ベガンも『オーレリア』第二部冒頭の「ふたたび失われてしまった！」より「つまり彼はおのれの際限もない拡大の中に失われてしまった無力なルクレティウスの神なのであった」までを引用した上で、「ネルヴァルのいう誤り《erreur》は、したがって秘教から得たこれらの宇宙的ヴィジョンに執着しすぎたことにあったのかも知れない」[176]といって、彼のオキュルティスムへの過度の執着が罪責意識の一つの原因であったことを認めている。無論第一部にもこうした異教的な信仰を通して来世での彼女の霊魂との再会を確信したり、あるいは諸々の神秘学の「秘法」と「伝承」によって神の秘密を認識し、さらには神そのものにさえ迫ろうとする意識と、ただ「精霊と愛とによって」、カトリック的正統信仰 orthodoxie catholique に至ろうとする意識とが存在し、この二つの意識が葛藤していることも事実であるが、ただ第一部の葛藤が第二部のそれと異なる点は、第一部にあっては、すでに挙げた第九章や第十章にみえる神への反抗例で明らかなように、前者の意識が後者より優位にあることである。たとえば第一部第二章の最後の一節にみえる「私の眼には彼（〈私〉の友人）の姿が大きくなってゆき、使徒の顔立ちを帯びるように認められた。（…）広漠とした孤独に包まれた丘の上にあって、この光景は、二人の精霊の問いや、聖書に出てくる誘惑の光景のようなものとなった。『いや、私はおまえの属する天界のものではない。あの星には、私を待っている人たちがいるのだ。その人たちはお前が告知した啓示よりも前からいるのだ。私をその人たちに会わせて欲しい。私が愛している女性は彼らの一人だし、私たち二人はそこで再会することになっているのだから！』[177]」といった言葉にはルメートルのいうように「秘教学的《オキュルティスト》ないし新異教的《ネオパイヤン》な夢とキリスト教的願望《タンタッション》の間の（魂の）闘い[178]」を認めることができるが、そこではまだ前者、すなわちオキュルティスムに傾斜しようとする意識の方が後者の「キリスト教的天空」« ciel chrétien »[179]（J・リシェ）を求める意識を圧倒している。また第一部第六章の後半部に語られる夢のヴィジョン、オーレリアの姿を追って、庭園の中に分け入っていく夢にもこれとほぼ同じ意識の振幅の仕方が認められる。すなわちここにも、リシェの言葉を借りるなら「神秘的異教とキリスト教との間で両分されたジェラールの形而上学的不安や宗教的とまどいが現われて[180]」おり、したがってこの夢は、数々の異端の神秘説や異教の信仰に走ることによって、真の信仰（キリスト教）から離れてしまったことに対する悔恨と漠然とした罪の意識をそれとなく暗示しているように思う。

　このように第一部にあっても二つの意識の葛藤がみられるとはいえ、異端や異教の教義によって彼女（オーレリア）の魂と再会する世界を発見しようとする意識が、キリスト教信仰へ復帰しようとする意識より優位にあるため、この二つの意識の衝突・葛藤はそこに「形而上学的不安」や「宗教的ためらい」を成立させるにとどまり、第二部にみられるごとくの罪の意識を彼に明確に自覚させるには至ってはいない。

V　最後に——罪責意識の精神的・宗教的意味

このようにみてくると『オーレリア』にあって、ネルヴァルの真の回心の可能性が考えられる部分とは、救済実現の夢や試練成就の夢を語る第二部後半（第五、六章および「メモラーブル」）ではなく、むしろ、これまでみてきたごとくのあの罪の意識、あるいはあの愛他主義 altruisme と慈悲の感情の認められる第一部およびとりわけ第二部前半（第一～四章）および第六章の「メモラーブル」の前後にあってそれを挟み込んでいるサテュルナンと呼ばれる男との交渉を語る部分であるように思う。その理由は第III章においてすでにみてきたように、「メモラーブル」を含む第二部後半部には上にみた二つの意識のうち異教的・秘教主義的信仰に執着する意識の方がキリスト教的な救済を求める意識より優位にあり、しかも両者の間には深刻な葛藤がみられないからである。それにベガンもいうように『オーレリア』はまず何よりも「愛の発見と慈悲《シャリテ》による治癒の物語以外の何者でもない」[181]（傍点筆者）からであり、そしてこうした方向が最も顕著に示されるのは第二部第一章から四章においてであるからだ。さらにまた『オーレリア』にあっては「博愛主義」« altruisme »、他者への思いやり、「慈悲による善行」といったテーマは「〈試練〉« épreuve » を受け入れることによって獲得される救済の行為と渾然と一体となって」[182]おり、しかもそうした彼の博愛主義、他者への思いやり、あるいは慈悲といったものは、すでにみたように、彼の罪責意識と表裏一体をなす感情であり、もっと正確にいうなら、そうした他人への慈悲、思いやりの感情は彼の罪責意識あるいは贖罪意識を前提として、それに支えられて成立している感情であるからだ。それゆえ繰り返すが「メモラーブル」を含む第二部第五章以下にあってはサテュルナンのエピソードを除けば、こうした罪責意識や贖罪意識、さらには右にみたような慈悲の意識がそれほどみられず、むしろカバラや占星学による秘教的な宇宙論が語られ、聖母マリアであり、彼の母でもあり、ソフィーでもあり、オーレリアでもある女神イシスによる世界と〈私〉に対する赦し pardon と救い salut の夢が描かれているという事実を考える時、『オーレリア』のこの後半部には彼の救済願望の投影は認められるにしても、本当の意味での彼にとっての救済は、実現されていないように思う[183]。リシェはそのことをこんなふうに指摘している。たとえば『ジェラール・ド・ネルヴァルと秘教的教義』*Gérard de Nerval et les doctrines ésotériques* という著作においては「『オーレリア』ないし『幻想詩篇』の作者は神秘的ないし直接的な認識 « connaissance mystique ou immédiate » には到達していない」のであり、また「究極的実在 « ultime réalité » にもっとも近くまで迫ったのは恐らくそれら〔『幻想詩篇』〕を書く過程においてであり、この意味でネルヴァルの半ば神秘的な体験 « expérience semi-mystique » の有効な部分とはゲーテやユゴーのそれと同じ性格のものである[184]」といい、また「ネルヴァルとその亡霊」« Nerval et ses fantômes » という論文では「ネルヴァルは純粋な霊的世界 « pure spiritualité » に触れることもなかったし、その後ではいかなる退行 « régression » も不可能であるような、そういう決定的な閾 « seuil » をも越えることはなかった[185]」とかあるいは「ネルヴァルはこれまでいかなる真の入門 « initiation véritable » にも接せず、いかなる深い改心 « conversion profonde » も心中に起こることはなかった。〔真の信仰に入るのを妨げる〕障害 barrière は依然同じままであった。ネルヴァルが数々の夢の啓示を、神によって与えられた救済の保証たる、こうした〈パス〉« passe » と恐らく同一視することができたのは、彼の〈自己暗示〉« auto-suggestion » によってなのである。(…) それゆえ彼の体験には何ら神秘的な価値 « valeur mystique » を与えることもできないし、又彼自身そうした自己の体験の限界をよく知っていた」[186]といっている。ネルヴァルが『オーレリア』にあっても〈真の回心〉を得るに至っていないと考えられる根拠は幾つか挙げられるが、まず第一に第二部最終章やその中の「メモラーブル」にみられる救済の夢――「〈私〉の夢の女神」《la divinité de mes rêves》の仲立ちが〈私〉にもたらした救世主メシアによる赦し pardon と救い rédemption の夢――が〈私〉に与えた影響を考えることができる。つまりネルヴァルはこの夢が〈私〉に与えた影響として、(1)「〔この夢〕以後、すぎ去った日々に犯した私の過失《les fautes》からわが身が清められているという意識」《la conscience que désormais j'étais purifié des fautes de ma vie passée》[187]および(2)「かつて自分が愛したあらゆる人々が不死であり、われわれと共に生きているのだという確信」《la certitude de l'immortalité et de la co-existence de toutes les personnes que j'avais aimées》[188]さらに、(3)自分が「絶望のただ中から信仰の輝かしい道へと連れ戻された」《qui, du sein du désespoir, m'avait fait rentrer dans les voies lumineuses de la religion》[189]という信念を挙げているが、これら三つの信念は必ずしもキリスト教的信仰の属性とはいえないからである。(1)、(2)は女神イシス信仰あるいはオルフェウス教ないしピタゴラス派的な霊魂不滅（転生）説とこれらの信仰のもつ霊魂浄化のための禁欲主義的な斎戒（身）儀礼を思わせるし、また(3)も必ずしも正統的なキリスト教信仰への復帰、つまり〈真の道〉la vraie route への回心をいっているようにも思われず、むしろ(1)、(2)といった異教的な要素の濃いある種の〈信仰〉の道への回帰をいっているように思われるからである。また「メモラーブル」の前後に出てくるサテュルナンと呼ばれる気の毒な精神病患者と〈私〉との交際のエピソード、すなわち〈私〉がこの男――リシェのいうように[190]、ネルヴァルは彼に自己の弱い面と不幸な境遇とを投影させており、この意味でネルヴァルの分身 double ――を、その「不幸と見捨てられた境遇ゆえに好きになり、この同情と憐憫の情によって、自分が再び立ち直るような気がした」[191]のであり、その彼に対して懺悔聴聞僧のごとく親しく接し、献身的な「善行」を施すという事実、それは『オーレリア』第二部第一～四章、ことに第四章の〈私〉の生の在り方ないし精神態度とまったく同質であり、そこに「善行」と隣人への愛や慈悲を通してキリスト教的救済を獲得しようとする意識を認めることができるからである。それに「メモラーブル」に語られている赦し pardon の夢から醒めたネルヴァルが『オーレリア』最終部で語る〈私〉とサテュルナンとの会話、すなわち「じゃ今、君はどこにいると思っているのかね」という〈私〉の問いに対して、作者ネルヴァルの分身とも考えられるこの男が「煉獄にいるのさ。そこでぼくは自分の贖罪 expiation を果しているところなのだ[192]」と答えている事実から判断するかぎり、彼はまだ〈天界〉にも〈地獄〉にも行けず、死者たちが一時的に留まる煉獄、すなわち「地下の霊たちの世界」で自己の罪を償っているにすぎず、この意味でサテュルナンおよびこの人物の背後にあるネルヴァルの〈救済〉はなお実現されていないと考えられるからである。さらにいえば『オーレリア』におけるこうした夢の啓示をネルヴァルが本当に信ずることができたなら、あのヴィエイユ＝ランテルヌでの悲劇（自死）は少なくともあのような形では存在しなかったように考えられるからである。もっともこのヴィエイユ・ランテルヌの悲劇と『オーレリア』におけるあの救済の夢との関係は多くの研究家たちが問題にするところで、種々の解釈が提出されてきているが、この問題は本書の第七部で考察するので、ここではこれ以上立ち入るのは差し控えることとしたい。

それゆえネルヴァルにあって、真の救済の可能性といったものが考えれらるとするなら、それはこの第四部の冒頭にあげたあの恐しい言葉が意味するような地点、すなわち『オーレリア』第二部第一〜四章にみられるあの、魂と知性との痛ましいまでの内的葛藤、あの生きてあること自体からくる深い悲しみとその罪業性への自覚、そしてその自覚に支えられたあのように激しい贖罪意識と限りない謙譲と慈悲の情に満ちたその求道的心性にこそ求められるように思われる。少なくとも晩年の書簡、たとえばすでにとり上げたエミール・ブランシュ医師をはじめドゥ・ソルム夫人とかモーリス・サンド宛の手紙あるいは『オーレリア』といった作品から窺えるネルヴァルはそのよう

な地点にこそ、〈真の回心〉の可能性をみていたように思う。すなわち、

　どうしろというのか。来世に対して眠りに対するように心の備えをしておくこと。まだ間に合う――いやもう間に合わぬかも知れぬ。
　聖書によれば、救われるためには悔悟するだけで充分だが、しかしそれは真摯でなければならないという。だがもしこの悔悟を不可能にしてしまうような災難に襲われてしまったら？　またもし熱病や狂気の状態に陥ってしまったら？　贖罪への扉が閉ざされてしまったら？……

　Que faut-il ? Se préparer à la vie future comme au sommeil. Il est temps encore. — Il sera peut-être trop tard. L'Écriture dit qu'un repentir suffit pour être sauvé, mais il faut qu'il soit sincère. Et si l'événement qui vous frappe empêche ce repentir ? Et si l'on vous met en état de fièvre, de folie ? Si l'on vous bouche les portes de la rédemption ?...[193]

という地点、それは『オーレリア』第二部前半の精神風土そのものといえないだろうか。『オーレリア』第二部第二章にもでてくるこの「もう遅すぎる」« Il est trop tard ! »という叫びはキリスト教徒であるオーレリアが〈私〉から永遠に失われてしまったという絶望の叫びであると同時に彼女のとりなしによって得られたかも知れない真の信仰への回心の機会が失われてしまったのでないかという絶望的な悔恨の告白でもある。ある意味で罪責意識以上に、罪を悔い改め、償おうとする意識に憑かれていた晩年のネルヴァルは、このような「まだ間に合う」という意識、すなわち「来世」la vie future において「救われるために」ひたすら悔悟する時間がまだ残されている « Il est temps encore » という意識と、悔悟するには「もう遅すぎる」のではないかという意識の間を絶えず動揺しつづけ

ていたように思う。あるいはまた精神錯乱という恐しい病気のために、もし悔い改めることが不可能になってしまったらどうなるか、という絶望的な意識に苦しめられていたように思う。ネルヴァルの魂はこの二つの意識の動揺の果てにはたして何を見たのだろうか。ついには〈病気〉が贖罪の門を閉ざしてしまったのだろうか。あるいは『オーレリア』に語られているように彼女が救いの手を差しのべたのだろうか。その彼女との「幸福な再会」を信じて死に旅立っていったのだろうか（「あの世でなら死はぼくの愛する女《ひと》を返してくれるでしょう。ここで今ぼくが聴いているのは夢の声ではありません、神の聖なる約束なのです」[194]——一八五三年十一月二十七日、エミール・ブランシュ医師宛書簡）。それともこの「もう遅すぎる」という意識にどこまでも耐えづつけることのなかからあらわれでた「黒《くら》く、そして白い夜」に、そういう〝魂の白夜〟に「神の聖なる約束」を求めて旅立っていったのだろうか（「今夜はぼくの帰りをお待ちにならないで下さい。夜は黒くそして白くなるでしょうから」[195]——一八五五年一月二十四日、ラブリュニ夫人宛書簡）。それはわからない。というのはベガンもいうように、[196]われわれはネルヴァルをヴィエイユ＝ランテルヌの袋小路（自死）に導いたのが何であったかについては決して知ることができないからである。だが少なくとも彼が生涯、殊に死に先立つ数年間苦しみつづけたあの一見不条理で不可解な罪責意識の根底には、このような魂の白夜が——すなわち魂の「暗く、白い夜」にあって、救いへの、あるいは〈真の道〉への予感を確実に感じながら、あくなき真昼の意識で、どこまでもその夜自体を見据えつづけようとした者が引き受けねばならなかったそのような魂の苦悩、絶望が存在したことだけは確かであろう。

無論彼の罪責意識には、これまでの考察で明らかなように、この意識の直接的・具体的な成因、すなわち彼のいう「過ち」（「過失」）という点からみるなら、各種の罪の意識があり、この意味でいえば、そうした各種の罪責意識の成因をすべてこのような宗教的な要因に求めることができないのはいうまでもない。

そこで最後に、こうした各種の罪の意識を成立させている成因をここで改めて列挙してみると、(1)恋人ジェニー・コロンに対する〈過ち〉（愛すべきときに男として愛さなかったとか、狂暴な振舞に及んで彼女をおびえさせたとか、といった〈過ち〉――『愛の書簡』、(2) オーレリアに対するそれ（行きずりの恋に走って彼女に不義を働いたといった〈過ち〉――『オーレリア』）、(3) 人生を間違って送ってしまったという罪（世界をかけ廻って「通俗的陶酔」や「変化と気まぐれにうつつを抜か」して人生を無駄に過したとか、かたい職業についてシルヴィと一緒に暮す機会を逸したとか、祖父から受けた遺産をむだ使いして、その後の人生を不安定なものにしてしまったとかいった〈過ち〉――『オーレリア』、『シルヴィ』、書簡）、(4) 人々に対して「悪い行い」、「すまないこと」をしてしまったという罪（病気のために父親や友人に迷惑をかけてしまったとか、ある男をなぐってしまったとか、さらには病人を見舞いにいくのをおこたったとか、さらには父親の希望した職業を選ばず、悲しませたといった罪――『オーレリア』第二部、書簡）、(5) 異教や異端信仰の罪（彼女を神格化して偶像崇拝したとか、東方の秘教や占星術を偏愛した罪――『オーレリア』、『東方紀行』）、(6) 神や創造主に対する罪（神の掟を犯して、その秘密をのぞき見ようとしたとか、神自体を対象化し、認識しようとしたとか、神自身になろうとした罪――『オーレリア』、『東方紀行』、『イシス』、『黒い点』、『アンテロス』、『オリーヴ山のキリスト』）などが挙げられよう。

だがわれわれのこれまでの考察から得られた結論は、上に挙げたこうしたさまざまな〈原因〉は、真の成因とはいえず、むしろそうした具体的な〈原因〉をネルヴァルが〈罪〉と意識するその意識の仕方それ自体のうちに真の〈原因〉、その根源的な〈原因〉が存在しているという事実であった。すなわちその真の原因は(1)や(2)すなわち『愛の書簡』や『オーレリア』第一部の〈彼女〉に対する罪責意識の場合、彼の霊肉分離主義的な精神のあり方、そのプラトン主義的な世界観にあったということ――そしてこれは『オーレリア』第二部前半部（一~四章）にあらわれる〈彼女〉に対する罪責意識の根源的な成因となっており、さらにいえば右にあげた(3)、(4)、(5)、(6)に対する罪責意識の根底にさえ、正統的信仰からの逸脱意識と結びついて存在しているということ。つまり(5)や(6)でいう罪がキリスト教信仰への回帰を妨げる障害として意識され、そういう「東方的な〈過ち〉を断念し」て、(3)、(4)の罪を慈悲と償いの行為を通して「浄め」purifier、贖罪する expier ことによって〈真の信仰〉に還帰しようとしているからである。したがって、彼のあらゆる罪責意識をその意識の根底で支えている真の成因はネルヴァル独特のそのプラトン主義的な精神態度、その霊肉分離による現世否定の二元論的な世界観それ自体、あるいは神を認識し神自体に自らなろうとする態度、そういう彼の宗教観・世界観にあるのであり、少なくともそういう彼の精神の在り方がこの罪の意識と深く係わっているということである。

無論ネルヴァル自身はこうした罪の意識の〈真の原因〉を右に列挙したような各種の罪責意識の中に一様に認めていたわけではなく、あるものはいわばその〈遠因〉として漠然と意識しているにすぎず（例えば『愛の書簡』）、あるものはかなり明確に意識されており、この意味で直接的かつ主要な成因となっているものもある（たとえば『オーレリア』第二部）。

そこでいえることは、ネルヴァルにみられるこれら一連の罪の意識は時間の経過とともにその性格が変化しているということである。そのことをベガンは「そこでは（『オーレリア』第一部）過失のテーマはジェニーに対する侮辱という形でひかえ目に姿を現わすだけだが、やがてもっとも劇的な最後のヴィジョンが出現した後（第二部後半部）、罪性は突如神に対する人間の冒瀆や罪 péché という意味になる」[197] といっている。つまりネルヴァル自身の〈過ち〉fautes に対する意識の仕方、その過ちの受けとめ方、それに対する意味づけ方が、ジェニー・コロン（オーレリア）に対する罪の意識に限っても、時間とともに変質しているということである。この点もわれわれのこれまでの考察で明らかなことであるが、たとえば『愛の書簡』では〈私〉は彼女に対する〈過失〉とその過失を自らに犯させたものが何であるか理解できないでいるが、『オーレリア』第一部では彼女に対する直接的・具体的な過失の原因が自己のプラトニスムにあるらしいことを漠然と理解するに至っている。そして第二部に至るとその過失が実は彼女に対する過ち（罪）であるばかりか、神に対する冒瀆や不信の罪でもあることに気づく。というより彼はオーレリアに対する〈過ち〉をそのように受けとめ、意味づけていく。このように確かにネルヴァルの罪の意識にはその意味と性格に時間的な変質が認められることは事実だが、他方右にみたような〈過ち〉の意識の仕方、その意味づけ方といった観点を離れて、これら一連の罪の意識を成立させている根源的な要因それ自体に注目するなら、そこには時間的な変化は認められないということもできよう。なぜならすでにみたようにそのような各種の〈過ち〉を彼に犯させてしまうもの、つまり彼のあまりに禁欲主義的ないし霊肉分離主義的な精神態度、死後の霊魂転生と永生を願うその現世否定的な新プラトン主義的ないしピタゴラス派的信念あるいは神自体を認識しようとする精神態度は一八三〇年代の「太陽と栄光」（「黒い点」）をはじめ『愛の書簡』そして『オーレリア』や晩年の書簡にさえ、一貫して認められるからである。それにもかかわらず罪責意識の性格とそのネルヴァルにとっての意味に変化が認められる理由は、一つには、彼の内部にあるもう一つの意識、すなわちそうした異教的・異端的な世界観を断念して、正統的なキリスト教信仰へ復帰しようとする意識がこの世界観と衝突し葛藤する過程で示すその力関係の変化が罪責意識のあらわれ方に反映されているといった事情を挙げることができるかと思われる。この点でネルヴァルの次の言葉はそこに、人生を無意味に過ごしてしまったことに対する悔恨とそれにもかかわらず自己の精神が時間による変質を拒否してきたことへの誇りとが窺われて、はなはだ象徴的である。

私はこの間（ナポリ再訪まで）の十年という歳月をまったく無意味に失ってしまった。しかしながら私は自分が少しも変っていないと感じている（白髪はふえたと思うが）。一体何が変ったというのだろう？　何も、そうだ、何一つとして変ってはいない、何もかわってはいないのだ。

Quant à mes dix ans d'intervalle, ils sont bien perdus ; et pourtant, je me sens le même（je crois que j'ai plus de cheveux)；qu'y a-t-il donc de changé ? Rien, ma foi, rien du tout, rien je crois.[198]

註

1　この断章は旧プレイヤード版に『ある手帖から』*Sur un carnet* と題され、新プレイヤード版では『パンセ』と仮題されて収録されている一連の箴言風の覚書の一つであるが、ウーセー Arsène Houssaye によれば、これらの覚書はネルヴァルの死の前日、死者のポケットから出てきた手帖に記されていたものだという。リシェ Jean Richer は死体公示所《ラ・モルグ》の調書にはこの手帖についてのいかなる言及も見られないので、この話は恐らくウーセーの作り話であろうが、しかし同時にウーセーがこのテキストの最初の公表責任者である以上、ネルヴァルが晩年持ち歩いていたかも知れないある手帖を何らかの方法で入手していたということは十分あり得ると推定している（Gérard de Nerval, *Œuvres*, t. I, éd. Pléiade, p. 1316. 以下 *Œ*. I と略）。

2　*Œ*. I, p. 432.

3　M.-J. Durry, *Gérard de Nerval et le mythe*, Flammarion, 1956, p. 146.

4　Jean Richer, *Gérard de Nerval, expérience et création*, Hachette, 1963, p. 481.

5　M.-J. Durry, *op. cit*, pp. 146–148 ; Charles Mauron, Nerval et la psychocritique, dans les *Cahiers du Sud*, no. 293, 1949, pp. 76–97.

6　L.H. Sebillotte, *Le Secret de Gérard de Nerval* José Corti, 1948.

7　Albert Béguin, *Gérard de Nerval*, José Corti, 1945.

8　*Œ*. I, p. 754.

9　*Ibid*., p. 756.

10　*Ibid*., p. 763.

11　*Ibid*., p. 772.

12　*Ibid*., p. 1348.

13　Gérard de Nerval, *Œuvres* t. I, présentation, notices, notes, par Henri Lemaître, éd. Garnier, 1958, pp. 827–831.

14　*Etudes nervaliennes et romantiques, IX, Nerval masques et visage*, Presses Universitaires de Namur, 1988, pp. 70–72.

15　Gérard de Nerval, *Aurélia ou le rêve et la vie*, lettre d'amour, édition établie et présentée par Jean Richer, Minard, 1966, p. 150.

16　*Œuvres* I, ed. Garnier, p. 828.

17　篠田知和基氏著『ネルヴァルの生涯と文学』牧神社、一九七七年、一三四頁。

18　この問題、すなわち同書簡や『オーレリア』第一部前半で繰り返し述べられているジェニー・コロン（オーレリア）に対する〈過失〉が具体的には何であったかという問題は、ネルヴァル自身がそれについて具体的なことを一言もいっていないという事情もあって、今日にいたるまで同書簡の執筆年代の問題同様、決定的なことは何もわかっていないらしい。したがって次に紹介するカステックス説をはじめ、これまで提出されてきた多くの説は、われわれの説も含めて、いずれも推測ないし仮説の域を出ていないといえよう

19　Gérard de Nerval, *Aurélia*, texte présenté et commenté par P.-G. Castex, S.E.D.E.S., 1971, p. 96.

20　*Ibid*., p. 96.

21 *Œ.* I, p. 772.
22 P.-G. Castex, *op. cit.*, pp. 96–97.
23 *Œ.* I, p. 772.
24 *Ibid.*, p. 764.
25 *Ibid.*, p. 768.
26 *Ibid.*, p. 764.
27 *Ibid.*, p. 757.
28 篠田知和基氏、前掲書、一三二頁。
29 *Œ.* I, p. 764.
30 *Ibid.*, p. 768.
31 *Ibid.*, p. 767.
32 篠田知和基氏、前掲書、一三五頁。
33 *Œ.* I, pp. 772–773.
34 P.-G. Castex, *op. cit.*, p. 97.
35 もっともカステックスは「軽率な振舞」、すなわち「留保条件つき結婚申込」という行為がネルヴァルのいう「過ち」の具体的内容だったのではないかとはいっているが、それが『愛の書簡』や『オーレリア』第一部前半部に認められる〈私〉の罪責意識の具体的原因であったと明言しているわけではない。とはいえコンテクストから判断するかぎり、同氏はそのようなあったかも知れない具体的事実が、少なくとも「ネルヴァルの全作品に認められる罪責コンプレックス」の成因の一つであったと考えているようにみうけられる。
36 M.-J. Durry, *op. cit.*, p. 146.
37 *Ibid.*, p. 146.
38 *Œ.* I, p. 360.
39 J. Richer, *expérience et création*, p. 464.
40 *Œ.* I, p. 380.
41 *Ibid.*, p. 757.
42 *Ibid.*, p. 762.
43 *Ibid.*, p. 764.
44 *Ibid.*, p. 242.
45 *Ibid.*, p. 243.
46 J. Richer, *Gérard de Nerval*, Seghers, 1962, pp. 19–29.
47 *Œ.* I, p. 266.
48 L.-H. Sebillote, *op. cit.*, pp. 87–93.
49 *Ibid.*, p. 91.
50 Jean Richer, *Gérard de Nerval, expérience et création.*, pp. 418–461.
51 *Ibid.*, p. 464.
52 L.-H. Sebillotte, *op. cit.*, p. 271.
53 Ch. Mauron, *op. cit.*, pp. 76–97.
54 L.-H. Sebillote, *op. cit.*, pp. 143–144.
55 *Ibid.*, pp. 128–129.
56 *Œ.* I, p. 384.
57 Gérard de Nerval, *Aurélia*, édition établie et présentée par Jean Richer, avec la collaboration de F. Constans, M. I Belleli, J. W. Kneller, J. Senelier, éd. Minard, 1966. p. 57.
58 P.-G. Castex, *op. cit.*, pp. 187–188.
59 Gérard de Nerval, *Aurélia*, éd. Minard, p. 57.
60 Ibid., p. 57.
61 *Œ.* I, p. 269.
62 *Ibid.*, p. 361.
63 *Ibid.*, p. 356.
64 *Ibid.*, p. 356.
65 *Ibid.*, p. 155

66 *Ibid.*, p. 155

67 Ch. Mauron, *op. cit.*, p. 79.

68 *Ibid.*, pp. 76-81.

69 *Ibid.*, pp. 76-81, 90-97.

70 *Ibid.*, pp. 80-81, 91-97.

71 *Ibid.*, p. 81.

72 *Ibid.*, p. 81.

73 *Ibid.*, pp. 80-81.

74 *Ibid.*, p. 81.

75 *Œ.* I, p. 135.

76 ネルヴァルに認められるプラトン主義的な世界観、感受性といったものの具体的な意味内容については、本書第五部第II章およびこの部分の原論考である「ネルヴァルの『シルヴィ』について――ヒロイン、**シルヴィ**をめぐって――」（慶應義塾大学法学部『教養論叢』第四十五号、一九七七年）を参照されたい。

77 *Œ.* I, p. 361.

78 *Ibid.*, p. 420.

79 フロイト著、懸田克男氏訳『精神分析学入門』（『世界の名著』第四十九巻）、中央公論社、一九六六年、四〇七頁）。

80 同前、四〇七頁

81 *Œ.* I, p. 400.

82 *Ibid.*, p. 104.

83 フロイト、前掲書、四〇七頁。

84 *Œ.* I, p. 361.

85 第一部第六章に現われるこの〈庭園の夢〉の意味するものおよびそこにみられる潜在的な罪責意識については第IV章において再びとり上げることとなろう。なおリシェはここに「神秘的異教とキリスト教との間で両分されたジェラールの形而上学的不安や宗教的とまどい」を認めている。cf. J. Richer, *Gérand de Nerval, expérience et création*, pp. 472-473, etc.

86 *Œ.* I, p. 374.

87 *Ibid.*, pp. 374-375.

88 ネルヴァルの作品、殊に『オーレリア』には指輪のテーマが顕著に認められるが、しかもこれらの指輪はほとんどの場合、ある種の神秘的・象徴的意味が与えられている事実に気づく。たとえば①神秘的な護符力をもつ東洋の指輪（第一部第三章）、あるいは②この第一部第七章にみられる切断され、切り口から血が流れる指輪、さらには③キリスト教信仰への復帰を妨げる「異教信仰の象徴」（稲生永氏）としての呪われた指輪（第二部第四章。ただしこれは①と同一の指輪）であり、また④「この世の終末を告げる大洪水を鎮める聖なる力」（稲生氏）を秘めた指輪などがそれであるが、こうした『オーレリア』における〈神秘な指輪〉というテーマのもつ、ネルヴァルにとっての神秘的意義、その典拠などについては稲生永氏が「ネルヴァルの神秘の指環㈠――『オーレリア』研究――」（『明治学院論叢』第一九二号、一九七二年、六九～一一八頁）という論文において詳細な考察を試みているので参照されたい。

89 稲生永氏、前掲論文、九八頁。

90 稲生永氏、前掲論文九六頁。

91 稲生永氏、前掲論文一〇四～一一五頁

92 *Œ.* I, p. 413.

93 Georges Poulet, *Trois essais de mythologie romantique*, José Corti, 1966, p. 64. 金子博氏訳。

94 *Œ.* I, p. 389.

95 *Ibid.*, p. 380.

96 *Ibid.*, I, p. 389.
97 *Ibid.*, p. 390.
98 *Ibid.*, p. 391.
99 *Ibid.*, p. 391.
100 A. Béguin, *op. cit.*, p. 26.
101 Œ. I, p. 389.
102 *Ibid.*, p. 392.
103 *Ibid.*, p. 392.
104 *Ibid.*, p. 393.
105 *Ibid.*, p. 387.
106 *Ibid.*, p. 299.
107 *Ibid.*, p. 432.
108 *Ibid.*, p. 393.
109 *Ibid.*, p. 393.
110 *Ibid.*, p. 394.
111 *Ibid.*, p. 394.
112 *Ibid.*, p. 399.
113 *Ibid.*, p. 395.
114 *Ibid.*, p. 273.
115 *Ibid.*, p. 292.
116 一八四一年八月二十四日付ジュール・ジャナン宛書簡（Œ. I, p. 909. Cors. no. 85 quintum)。
117 Gérard de Nerval, *Œuvres* t. II, éd. Pléiade, 1961, p. 1087.（以下 Œ. II と略）。
118 Œ. I, p. 395.
119 *Ibid.*, p. 1157. Cors. no. 328. 井村実名子氏訳。
120 *Ibid.*, p. 1160. Cors. no. 331.
121 *Ibid.*, p. 395.
122 *Ibid.*, p. 396.
123 *Ibid.*, p. 395.
124 *Ibid.*, p. 396.
125 *Ibid.*, p. 396.
126 *Ibid.*, p. 1051.
127 ネルヴァルが復帰しようとしたこの正統的キリスト教信仰 orthodoxie catholique や、それへの入信（改心）を通して得ようとしていたカトリック的世界観が彼にどのようなものとして理解されていたかといった問題は前掲拙論「ネルヴァルの『シルヴィ』について——ヒロイン・シルヴィをめぐって」およびこれを採録した本書第五部第II章を参照。
128 Denis de Rougemont, *L'Amour et l'occident*, Plon, 1939, p. 52.
129 問題の書簡と同封されていたという二篇の詩作品をわれわれが本物と信じている理由については、本書第六部「喪神意識と黒い太陽について」の註118および同第七部「ネルヴァルの死について」第IV章「残された謎」本文参照。
130 Œ. I, p. 1051. Cors. no. 223.
131 J. Richer, *Nerval au royaume des archétypes*, Archives des Lettres Modernes, no. 130, 1971, p. 45.
132 Œ. I, p. 395.
133 *Ibid.*, p. 400.
134 *Ibid.*, p. 396.
135 *Ibid.*, pp. 397–398.
136 *Ibid.*, p. 300.
137 *Ibid.*, p. 386.
138 *Ibid.*, p. 393.

139 事実ジャン・リシェも「第二部第五章から〝第三部〟とも言うべきものが始まる」と言って、第五章以降とそれ以前の章との異質性を指摘している（J. Richer, « Nerval et ses fantômes », dans la *Mercure de France*, no. 1054, 1951, p. 289）。

140 Œ. I, p. 403.

141 J. Richer, Nerval et ses fantômes, *op. cit.*, p. 291.

142 Œ. I, p. 400.

143 *Ibid.*, p. 396.

144 *Ibid.*, p. 399.

145 Gérard de Nerval, *Œuvres* t. I, éd. Garnier (H. Lemaître), 1958, p. 805.

146 Œ. I, p. 399.

147 *Ibid.*, p. 401.

148 *Ibid.*, p. 404.

149 *Ibid.*, p. 404.

150 *Ibid*, p. 299.

151 *Ibid.*, p. 385.

152 *Ibid.*, p. 386.

153 *Ibid.*, p. 386.

154 Œ. II, p. 558.

155 *Ibid.*, p. 508.

156 *Ibid.*, p. 550.

157 Œ. I, p. 4.

158 *Ibid.*, p. 382.

159 *Ibid.*, p. 385.

160 *Ibid.*, p. 8.

161 *Ibid.*, p. 8.

162 *Ibid.*, p. 26.

163 この詩の持つこうした宗教的でメタフィジックな意義に関しては久世順子氏の「ジェラール・ド・ネルヴァルと虚無の克服」という優れた論考（『現代文学』第八号、一九七三年）を参照。

164 Œ. I, p. 300.

165 Œ. II, pp. 364-365. 前田祝一氏訳（旧編『ネルヴァル全集II』）。

166 *Ibid.*, p. 390.

167 *Ibid.*, p. 19.

168 Œ. I, p. 435. ネルヴァルはこれとほとんど同じことを『ドルブルーズ手帖』第二九三番の断章で述べているが（Gérard de Nerval, *Le Carnet de Dolbreuse*, essai de lecture par Jean Richer, Athènes, 1967, p. 70.）、ただそこでは最後のところが、「私がその幻想 l'illusion をしかと感じられるようにして欲しいと思う」となっている。また「私の永遠の夢を」以下「かえってそれを支配する力を残してくれるよう願う」までにあらわれている考え方は『オーレリア』最終部にみえる「私は夢を固定し、その秘密を探ろうと決意したのだ。――なぜ全意志力で武装して、その神秘への扉をこじあけ、自己の感覚に屈従するのではなく、かえってそれを支配するということができないだろうか（…）――と私は思った」といった部分にも対応していると思われ、この意味でも、この断章や『ドルブルーズ手帖』にみえる第二九三番の断章は『オーレリア』との思想的連関性を持っていると考えられる。

169 G. Poulet, *Les Métamorphoses du cercle*, Plon, 1961, p. 263.

170 Œ. II, p. 1236.

171 Œ. I, p. 391.

172 *Ibid.*, pp. 396-397.

173 J. Richer, *Gérard de Nerval et les doctrines ésotériques*, Le Griffon d'Or, 1947, p. 179.

174 Albert Béguin, *Gérard de Nerval*, p. 35.

175 *Ibid.*, p. 53.

176 *Ibid.*, p. 42.

177 Œ. I, p. 363.

178 H. Lemaître, *op. cit.*, p. 759.

179 Œ. I, p. 1298.

180 Gérard de Nerval, *Aurélia*, éd. Minard, *op. cit.*, p. 33.

181 A. Béguin, *op. cit.*, pp. 126 ; J. Richer, *Gérard de Nerval et les doctrines ésotériques*, p. 186.

182 A. Béguin, *op. cit.*, p. 32.

183 ネルヴァルが救済を得たかどうかといった問題も研究家の間で意見が分かれるところであるが、たとえばコンスタンやベガン、そしてある意味で『ネルヴァル、その体験と創造』におけるリシェ、また前掲（註169）の『円環の変貌』*Les Métamorphoses du cercle* (pp. 263-264) におけるジョルジュ・プーレなどは、ネルヴァル救済説をとっていると考えられるが、『彼自身によるネルヴァル』*Nerval par lui-même* (Seuil, 1964, pp. 45-47) におけるレーモン・ジャン Raymond Jeanや前掲（註139）『ネルヴァルとその亡霊』Nerval et ses fantômes におけるリシェ J. Richer はこうした見方に否定的といえる。典型的な救済説をとるコンスタン F. Constans やベガンの見解について、ここで一言しておくなら、たとえばコンスタンは「ソフィ、オーレリア、アルテミス」*Sophie, Aurélia, Artémis* (*Mercure de France*, no. 1064, 1951, p. 268) という論文の中で「ジェラールは彼自身のパスカルの夜を体験したのであり、彼もまたパスカル同様、神性な血によって保証された自己の個人的救済への確信を獲得したのだ」といっており、またベガンはそのネルヴァル論では「それでは『オーレリア』とはキリスト教的作品にほかならず、ジェラール・ド・ネルヴァルがこの雄々しい営為の終りに到達する〔心の〕平安を、改宗の一法式として解釈するところまで進んでもよいだろうか？　それに全く疑問の余地はない。彼自身そう考えていたし、われわれもそのことを見てきたのだ」（A. Béguin, *Gérard de Nerval*, p. 52. 小浜俊郎氏訳）とか、あるいは「だがジェラール・ド・ネルヴァルを救われた何者かとして考えることは、全く禁じられていないのだ」（*op. cit.*, p. 129. 同氏訳）といって、両研究家ともネルヴァルにある種のキリスト教的な回心とその救済とが存在したとみている。だが、ベガンはプレイヤード版全集の序文ではこうした見方を幾分修正して「洗礼を求めていない作品に洗礼を施し、死の前日に拒んでいた魂の回心を仮定するという危険を冒さないようにしよう。というのはネルヴァルは教会には帰らなかったわけであり、おのれが受けた異端的誘惑は拒絶したとはいえ、彼は依然として〈不決断〉のなかにとどまっていたのだから」といって、厳密な意味でのキリスト教的回心は否定しているが、ただ彼はこれに続けて「彼の治癒が（…）一連の慈悲の行為 actes de charité によって内的に確実に獲得されている」（Œ. I, p. xiv.）と述べ、ネルヴァルがある種の救い（魂の治癒）は得ていたという見方をとっている。プレイヤード版序文におけるベガンのこの説は、①ネルヴァルはキリスト教的な真の回心〈救い〉こそ体験することはなかったとはいえ、②『オーレリア』第二部にみえるあの「一連の慈悲の行為」のうちに、おのれの魂の治癒とキリスト教的な真の救済の可能性を求めていたのではなかろうかとみるわれわれの見方に最も近いように思われる。

184 J. Richer, *Gérard de Nerval et les doctrines ésotériques*, p. 186.

185 J. Richer, « Nerval et ses fantômes », *op. cit.*, p. 283.

186 *Ibid.*, p. 291.

187 *Ibid.*, I, p. 413.

188 *Œ*. I, p. 413.
189 *Ibid*., p. 413.
190 Jean Richer, « Nerval et ses fantômes », *op. cit*., pp. 283, 290.
191 *Œ*. I, p. 407.
192 *Ibid*., p. 413.
193 *Œ*. I, p. 432.
194 *Ibid*., pp. 1098–1099.
195 *Ibid*., p. 1186.
196 A. Béguin, *Gérard de.Nerval*, *op. cit*, p. 129.
197 *Ibid*., p. 25.
198 *Œ*. I, p. 950. Cors. no. 106.

†なお引用例のうち、一部は文中ないしそれぞれの註に記した各氏の訳文に拠り、その他の場合も佐藤正彰、稲生永、中村真一郎、入沢康夫、篠田知和基、田村毅、井村実名子の各氏の訳文を参照させていただいた。

第五部　『シルヴィ』の世界から『オーレリア』の世界へ

虚無意識と救済願望の間

I 『シルヴィ』の世界とその〈虚無〉について――昼(生)の意識と夜(死)の意識の葛藤

小説『シルヴィ』*Sylvie* は何よりもまずネルヴァルの混沌とした闇の情念 obsession、危険な情念 passion dangereuse からの決死的な脱出の試みとその挫折の物語として読める。すなわち過去あるいは夢、夜（死）、狂気 folie といったものから必死に逃れようとする試みとして、逆に言えば現在あるいは現実、昼（生）、理性 raison といったものへの回帰の試みとその最終的な挫折の物語として読めるのである。主人公〈私〉は死や闇や狂気の情念から逃れ、生なるものへ必死に回帰しようとするが、結局は失敗に終わるのである。この失敗の確認から『シルヴィ』の続編ともいえる遺作[1]『オーレリア』*Aurélia* が生まれてくる。最近の研究家はこの小説のもつ『オーレリア』や『幻想詩篇』*Les Chimères* の世界と同質の悲劇的宿命性[2]や神秘性[3]を強調しているが、それは必ずしも『オーレリア』や『幻想詩篇』の大部分の詩と同質の宿命性、神秘性とは言い難い微妙な性格を有しているのである。『シルヴィ』の神秘性は言ってみれば迫り来る大いなる夜に向かって羽ばたこうとしている者のそれであり、いわば黄昏時の予感、予兆といったものである。つまり『シルヴィ』の神秘性はいわゆる現実ないし現実的なるもの、昼や生なるものとある種の係わり合いをいまだ失っていないのである。この意味で『シルヴィ』の宿命性は『幻想詩篇』や『オーレリア』のそれよりも緊張感があり、それゆえに一層悲劇的なのである。

1.『シルヴィ』の時間的構造と虚無意識

レーモン・ジャンはその優れた『ネルヴァル論』の中でプルースト的〈時間〉の立場から、『シルヴィ』の構造を分析しているが、[4] われわれは以下においてレーモン・ジャンのこの小説構造についての考え方を援用して、小説『シルヴィ』に現れた虚無 néant の発生過程を検討してみよう。ジャンは『シルヴィ』が作者によって綿密に構想された時間的構造をもっていることに着目し、各章がどのような時間の中で展開されているかを明らかにしている。彼は作者ネルヴァルがこの物語を書いている頃、その時間をプランA «plan A» と名づけ、それは一八五二〜五三年頃と推定する。次に第一章および第三、第八章から第十二章までをプランB «plan B» とし、これは『シルヴィ』における現在である、としている。ジャンのこの説を図式にして示すと次頁の図6のようになろう。

われわれがここで特に注目したい点はジャンがプランBすなわち『シルヴィ』における現在に与えられた重要な意味である。[5] 彼によれば、このプランBという過去はプランA（『シルヴィ』が書かれている時としての現在）の持つ役割と同じような役割と意味を持っており、それはいわば記憶の再生力を通して、ほとんど現在として認識されているような、そういういわば第二の〈現在〉présent である。われわれもここから出発しよう。ジャンの言うプランBとは一体どのような世界であろうか。それは何よりもまずこの物語の女主人公シルヴィとアドリエンヌの対決の場であり、言葉を変えて言えば、狂気 folie（危険な情念 passion dangereuse）と正気 raison（智慧 sagesse）の対決の場なのである。なぜならシルヴィは生なるものの一切を象徴しており、アドリエンヌは死なるものを象徴しているからである。それゆえネルヴァルはこのプランB（『シルヴィ』における〈現在〉）でシルヴィないしシルヴィ的なものがアドリエンヌないしアドリエンヌ的なものを克服し得たならば、最終章で暗示的に示されたプランA（『シル

図6 R・ジャン説に基づく『シルヴィ』の時間構造図

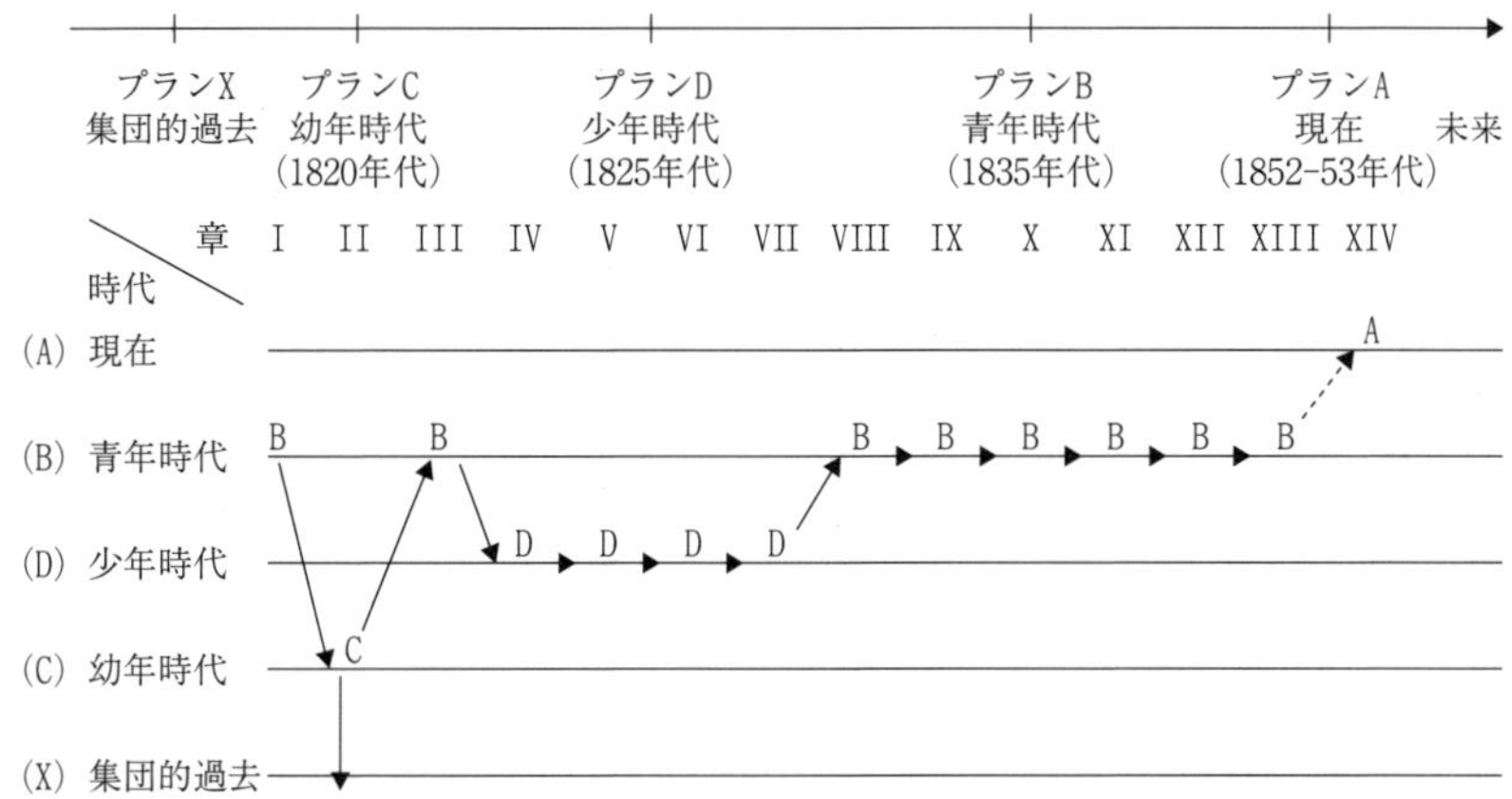

ヴィ』が書かれている現在）の、いやそれのみではく、「ここでのいま」**hic et nunc** としての現に生きている現実の人生にすら帰り得、生き得たであろう。ところが実際にはアドリエンヌ的なもの、すなわちある種の闇の情念が彼の内部にすでにあまりにも奥深く食い込み、巣くっていたために、そうした死の情念から遂には逃れ得なかったのである。こうしたネルヴァルの精神の苦闘の過程を『シルヴィ』という作品に即して考察してみよう。

　ネルヴァルの非現実なものへの執着、いわば観念的なもののうちに真実なるもの、真実の生を求めようとする傾向はこの小説の第一章「失われた夜」の中にすでに見て取れる。「一年このかた、今もなお私はあの女が舞台の外で何をしているか調べようなどと思わなかった。私は彼女の幻影《image》を伝えてくれる魔法の鏡を揺り乱すことを恐れていたのである」《Depuis un an, je n'avais pas encore songé à m'informer de ce qu'elle pouvait être d'ailleurs ; je craignais de troubler le miroir magique qui me renvoyait son image.》[6]。これはネルヴァルが現実の女、日常的現実に生きる生身の女に興味がなく、ただ女優としての女、要するに「非現実化」され、理念化された女性なるものにのみ関心を寄せていたことを示している。同様の考え方は『オーレリア書簡』や『火の娘たち』中の『コリラ』にも認めら

れる。例えば前者では、

「ああ、その時私は女性に対してではなく、芸術家に対して敬意を捧げたのでした。恐らくは、私はいつもこの役割に満足し、それまで遥か遠くから崇拝していたこの美しい偶像を、その台座から下ろそうと試みるべきではなかったのかも知れません。

　しかしながら、私はあなたをより間近に見て、或る幻滅を覚えたことを申し上げてよいでしょうか。いや、やめましょう、……ともかくも現実にぶつかってみると、私の恋は性質が変ったのでした。

Ah ! Ce n'était pas alors la femme, c'était l'artiste à qui je rendais hommage. Peut-être aurais-je dû toujours me contenter de ce rôle, et ne pas chercher à faire descendre de son piédestal cette belle idole que jusque-là j'avais adoré de si loin.

　Vous dirai-je pourtant que j'ai perdu quelque illusion en vous voyant de plus près ? Non... mais en se prenant à la réalité, mon amour a changé de caractère.[7]

ここにはジェニー・コロンという生身の女性ではなく、女優という芸術家、「この美しい偶像」のみを愛するという『シルヴィ』第一章における主人公「私」と同じようなネルヴァルの精神態度が認められるのである。ネルヴァルは同様の考え方を『コリッラ』の女主人公の口を通して、表明している。「ファビオさん（主人公）は多分私の中の女優しか愛していないし、その恋情には距離と照明ライトの光が必要なのです」« Le seigneur Fabio n'adore en moi que l'actrice peut-être, et son amour a besoin de la distance et la rampe allumée.»[8]。また彼はこうも言う。「愛、ああ！　この漠たるもの《フォルム》、薔薇と青の染物、形而上的な亡霊《ファントーム》への恋！　近づいて眺めれば、現実の女性は私の純粋さを裏切った。女は私にとって女神のように見えなければならなかった、そしてとりわけ近づいてはならない存在だった」。« Amour, hélas ! Des formes vagues, des teintes roses et bleues, des fantômes métaphysiques ! Vue de près, la femme réelle révoltait notre ingénuité; il fallait qu'elle apparût reine ou déesse, et surtout n'en pas approcher.»[9]。こうしたプラトン的なイデア化された女性像はジャン・リシェも言うように、[10]確かにユングのいう集合的無意識のうちに息づいている〈原始心象〉archetypos（archétype）に近いものとも見られよう。この点についてわれわれの私見を述べるならば、『シルヴィ』の後に成立することとなる『オーレリア』に見られる〈永遠の女性像〉type féminin éternel のもつ役割と性格から逆推して、フィロン Philon のいう « dunamis » が通俗化され、女性人格化されたものに近いようにも感じられるのである。『シルヴィ』や『コリラ』におけるこうした女性像や女性観はネルヴァルが大きな影響を受けたゲーテの『ファウスト』における〈永遠に女性的なるもの〉、あるいは聖母マリアや女神イシス、ギリシア神話におけるアルテミスといった多くの女性像がそこに混入・融合されて、『オーレリア』や『幻想詩篇』において完成されることとなるサンクレティックな女性祖型 archétype féminin としての〈永遠の女性像〉type féminin éternel へと発展していき、最終的には『オーレリア』に見られるような晩年のネルヴァルの聖処女マリア＝母＝恋人 Vierge-Mère-Amante（あるいは聖母マリア＝女神イシリス＝女神アルテミス Vierge-Isis-Artémis）といった女性神話信仰の原核の一つとなっていったように思われる。

本題に戻れば、同じ『シルヴィ』の第一章で彼は自分が執拗に追い求めているのは、一つの幻の像 image に他ならず、それがすべてである（« C'est une image que je poursuis, rien de plus. »）[11]とも言っている。こうした観念性が先に問題にした hic et nunc（ここといま）としての現実（生なるもの）の犠牲を彼にどれだけ強いていることだろう。彼はやがてそのことに気づく。だがそう気づくのは皮肉にも過去としてのプランBの次元においてなのである。すなわち第三章「決心」の冒頭で彼は「夢うつつの中で見たこの想い出によってすべてが私に解き明かされた。夜毎公演の時間になると私を捉え、眠りの時にしか私を去らないかの女優に対して私が抱いていた漠とした望みのない愛は、蒼白い月の光に花咲いた夜の花、白い露に浸った緑の芝生の上を静かに滑っていった薔薇色と金髪の亡《ファン》霊《トーム》、アドリエンヌの想い出の中にその萌芽をもっていた[12]」ことに気づく。つまり「——数年来忘れられていた一人の女性の顔とこの女優のそれとが似ているということがその時から不思議な鮮やかさを帯びて明確になってきた[12]」のである。彼が現実の女、生身の女としてのオーレリーを愛することができない理由はここにあったのである。幼年時代に夢見た、そして後に修道女となったというアドリエンヌの亡霊への運命的なオプセッション。それが今や女優オーレリーの中に侵入してきたのである。この両者の類似性 ressemblance、そしてついには二人が同一人 identité ではないかという問題はアドリエンヌとオーレリーとが対決させられることとなる第十三章「オーレリー」における城前の広場の場面や最終章（第十四章）におけるシルヴィを通した両人の同一性の最終的な確認場面と呼応している。だが『オーレリア』ではピタゴラス的な霊魂転生思想 métempsychose（transmigration des âmes）に基づいた類似性 ressemblance ないし同一性 identité への信頼がほとんど不動の信仰にまでなっているのに対して、ここではまだ霊魂転生思想への疑念が存在している[13]。だから彼は「女優の形のもとに修道女を愛する！……しかももしそれが同一の女だとしたら！——そこには人を気違いにするものがある！」《 Aimer une religieuse sous la forme d'une actrice !... et si c'était la même ! — Il y a de quoi devenir fou ! 》[14]と叫ばざるを得ないのである。ここでは彼における健康な精神、理性的精神が非理性的なものを信じようとする闇の意識に抵抗している。つまり彼はここでは目覚めようとしている。それにもかかわらずそうした死なるものへ致命的に傾斜していこうとする無意識的意識に理性的意識が衝突した時、薄気味悪い虚無 néant が現われる。それが「澱んだ沼の灯心草の上を逃れていく鬼火のように未知なるものが引き寄せる致命的な手招きである」（傍点筆者）《 C'est un entraînement fatal où l'inconnu vous attire comme le feu follet fuyant sur les joncs d'une eau morte 》[15]と比喩された『シルヴィ』的虚無 néant

である。つまりこの虚無の意味はこうである。女優の中に修道女を見、しかも二人が同一人であるという考えはこの世的なあり方を超えた世界、いわば死の世界でしかあり得ない。しかもそうした死の世界の存在を疑う理性的意識にとってはこの考えは狂気でしかあり得ない。狂気とは無意識であり、不条理である。そうしたものと対決させられたネルヴァルの理性的意識はそこに虚無 néant を感じざるを得ないのである。このように『シルヴィ』的虚無は彼の理性的意識が狂気や不条理な無意識的意識、いわば夜の意識に抵抗する過程で現われるものなのである。そこでネルヴァルはこうした虚無を生み出す夜の意識を克服しようとする。「……だが現実に足を下ろそう」« Reprenons pied sur le réel »[16] この虚無克服の過程は二つの局面を示すこととなる。その第一の過程は第四章から第七章で示されるプランD（ネルヴァルがアドリエンヌへの情念、あるいは闇や夜の情念などを持たず、ただシルヴィのみを健康な日常性の中で愛し得ていたネルヴァルのいわば黄金時代）を第八章から第十二章のプランB（『シルヴィ』における現在の世界）において再び生きなおそうとする過程である。すなわちプランDの幸福感をプランBで再び得ようとする試みの過程である。第二の局面は第十三章と最終章（第十四章）で示される理性的意識から出発したオーレリーとアドリエンヌとの同一性を確認する過程である。前者においてはそのようないわば〈シルヴィ的現在〉で生なるものを象徴するシルヴィを再び得ようとする試みであり、後者にあってはオーレリーとアドリエンヌの同一性を疑う理性的精神の最終的な抵抗の試みとして理解される。だが注意すべきは前者においては生なるもの（シルヴィおよびシルヴィ的なもの）が死なるもの（アドリエンヌおよびアドリエンヌ的なもの）に敗れるのに対し、後者にあっては死なるものが生なるものに第一義的、表面的には敗れることである。後者の場合、死なるものの敗北は彼の意識の内ではやがて勝利と同義のものへと転化していく過程が含まれているが、そのことにはひとまず触れずにおこう。ともあれここにレーモン・ジャンの言う[17]この小説の持つ二重性、あるいは二つのテーマの共存といった問題があるように思われる。確かに最後の二章はそれ以前の章とは異なった調子を帯びており、作者の意識の志向も微妙に異なってくる。

ここで改めて小説『シルヴィ』の構造を示すと、第一章から第三章は問題提起のプロローグであり、第四章から第十二章はシルヴィ的現実への回帰の試みとその失敗の物語であるがこれをさらに詳しく見ると、第四章から第七章までは馬車の中でのプランDの幼年時代（アドリエンヌやシルヴィと無心に遊んでいた黄金時代）の回想であり、第五章から第十二章までがプランBとしてのこの小説での〈現在〉（青年時代）におけるシルヴィ再発見、彼女への求婚の試みとその失敗の物語である。最後の二章はアドリエンヌとオーレリーとを対決させる理性的精神の夜の情念に対する表面的勝利、だがそれゆえにかえって現実ないし現在としての生身の女オーレリーを失ってしまうという理性的意識の自爆過程を示す物語である。なお第一章から第三章はそれ以後のすべての章に関係しているいわば扇の要的中枢章となっている。具体的に言うなら、例えば第一章では恋する女優オーレリーへの恋と、主人公〈私〉の生きる現代を革命や偉大な世紀の後に続く衰退した時代とみなす時代認識、あるいはそういう不信と懐疑の時代にあっても「輝かしい理想郷」や「本来の自己の再生への願望」とか「美しい女神イシスへの憧れ」[18]を抱いているが、そうした宗教的なものを単純には信じられない懐疑の時代の子としての〈私の〉の屈折した心理などが語られる。そして第二、第三章では女優への恋が実は幼年時のアドリエンヌへの恋に根ざしていたという類似 ressemblance ないし同一性 identité のテーマが提起されているのである。これらのテーマはすべて以下の章で再び現われ、さまざまに展開することとなる。

先に述べた第八章から第十二章における生なるもの（シルヴィおよびシルヴィ的なもの）が死なるもの（アドリエンヌおよびアドリエンヌ的なもの）に敗れるのに対し、第十三章から第十四章にあっては死なるものが生なるものに第一義的、表面的には敗れるというこの二過程はいわば理性的精神の自爆作用の過程とも言えるかと思う。このような作用を引き起こす導火線が正にネルヴァルの死なるものへの偏執オブセッションにほかならないのである。死なるものが昼の光の中で敗れることはそのまま闇の中での死なるものの勝利を保証することとなるのである。それゆえこうした後半のテーマ、すなわち生なるものの死なるものに対する勝利というプロセスは最終的には前半のテーマが辿ったと同じ地点に至るのである。つまり最終的にはネルヴァルの狂気、闇の情念が目覚めた意識、昼の理性を圧倒してしまうこととなるのである。ここから再び死なるもの、夢幻なるものへの道、すなわち『オーレリア』への道が開けてくるのである。

こうした二つの局面において現われる虚無はしたがって本質的には同一の意味内容を有している。言いかえれば両者の過程に現われる二つの虚無はともに理性的意識の闇の情念への抵抗とその挫折の後に生まれた喪失感に根ざしているということである。

まず第一に前者の虚無の現われる過程を簡単に検討してみよう。

ネルヴァルはロワジーに行く馬車の中での回想という形で自分の幼年時代の楽園性を、当時少女であったシルヴィを称えることによって、強調する（第四〜七章）。すなわち幼年時代の彼が **hic et nunc** としての日常的現実の中で自我意識に悩まされることもなく、いかに生き生きと幸福に生きていたかを仄めかしている。この世界はレーモン・ジャンのいうプランD（ネルヴァルの幼年時代）の世界である。つぎに第八章から第十二章において現在（プランB＝ネルヴァルの青春時代）の自分がどれほど闇の情念にとりつかれているかを示しながら、同時にそれから逃れようとする意志をも表明している。すなわちかつて存在した健康な現実、非常に具体的なものの世界へ回帰しようとする意識も認められるのである。彼はアドリエンヌ（またはオーレリー）そしてアドリエンヌ的なものを捨て、シルヴィないしシルヴィ的な「やさしい現実」douce réalité[19]にすがろうとする。例えば第八章における主人公〈私〉とシルヴィの次の会話を見てみよう。彼はシルヴィから「パリに素敵な人がいるので、私をこんなに長い間ほうっておいたのでしょう」となじられ、言葉に詰まる。シルヴィのこの言葉が主人公〈私〉を長い間苦しませていた空しい面影を彼に再び思い出させる。

私は彼女の足許に身を投げ出し熱い涙を流しながら、私の不決断、浮気の数々を打ち明けた。私は自分の生涯を横切っている不吉な亡霊を思い浮かべた。私はさらに続けた。

「私を救っておくれ！　私は永久にあなたのところへ帰って来たのです」

彼女はやさしい眼差しを私の方にむけた……

Je me jetai à ses pieds; je confessai en pleurant à chaudes larmes mes irrésolutions, mes caprices; j'évoquai le spectre funeste qui traversait ma vie.

— Sauvez-moi! Ajoutai-je, je reviens à vous pour toujours.

Elle tourna vers moi ses regards attendris…[20]

ネルヴァルは主人公〈私〉を通してシルヴィというやさしい現実に帰ろうとしているのである。そこに生涯彼につきまとって離れない危険な情念 passion dangereuse としての「不吉な亡霊」« spectre funeste » から逃れ得る道を見出そうとしているのである。彼はそうした闇の情念の持つ観念性が人を不幸にするのではないかということをおぼろげながら気づいているのである。がシルヴィというやさしい現実は長い間忘れ去っていたが故にいまや彼には決定的に失われようとしていることが明らかとなる。ネルヴァルがアドリエンヌという過去の一点に釘づけにされている間に、シルヴィという〈生〉そのものである〈やさしい現実〉は時間の中で確実に変わりつつあったのである。彼は現実復帰の意識を持って、シルヴィの許へ帰ってきたにもかかわらず、時間によって現実が確実に変化し、したがってシルヴィも変わってしまっているという事実を認めることを拒もうとする。過去・狂気としてのアドリエンヌという亡霊が時折そうしたシルヴィ的現実の中に侵入してくるため、彼はついにシルヴィにさえ問題にされなくなってしまう。シルヴィという〈現実〉から彼は信用を失ってしまうのである。

あの日、アドリエンヌが歌うのを聞いた城館の広場へ、私はシルヴィを連れて行った。「ああ！ きみが歌うのを聞きたい！」と私は言った。「君の良い声がこのドームに響いて、私を苦しめているあの亡霊を追い出してくれたらなあ、あれが神聖な霊か不吉な霊かはとにかくとして。」彼女は私が教える通りに、せりふと歌を繰り返した。

天使らよ、降り給え、すみやかに、
煉獄の底にまで……
「とても陰気な歌ね！」と彼女は言った。
「崇高だよ……」[21]

これは彼がアドリエンヌという死なるものにどんなに決定的にとらわれているかを示しているが、しかも注意すべきはこうした闇の情念が彼にとっては「崇高」« sublime » なものと意識されていることである。彼は現実志向を試みながら、他方で死なるものの崇高性をも認めているのである。この意識は『オーレリア』において明確となる先験的な愛の原型 archétype への宿命的な執着に通ずる闇の情念への偏執である。彼のこうした意識の内に、シルヴィは主人公〈私〉の不決断、現実回帰を願って自分の許に帰って来たと言いながら、相変わらず闇の情念たる不吉な亡霊にこだわっている主人公〈私〉の曖昧な態度に不信の念を抱く。したがってこの会話の結末は、

「あの修道女はどうなったろう？」と不意に私は言った。「まあ！　たいへんなのね、あの尼さんのこととなると……。いいわよ！　いいわよ！　おあいにくさまね。」

シルヴィは、このとについては、それっきり一言も話そうとはしなかった。[22]

ということになり、シルヴィから信用を失ってしまうことになる。こうして〈私〉（ネルヴァル）の現実回帰の契機は一つ一つ崩れていくのである。シルヴィは主人公〈私〉のそうした精神のありかたに不健康なものを感じて（《C'est triste !》）、彼をこう諭す。「だけどもっとしっかりしたことを考えなければいけないわ。あなたはパリでご用がおありですし、私も仕事があるのですもの」《mais il faut songer au solide. Vous avez vos affaires de Paris, j'ai mon travail》[23]。シルヴィのこの言葉はネルヴァルの精神の内に深く浸透している近代ヨーロッパ・ロマンティスムの、ゲーテやニーチェが言う意味での不健康性を指摘しているのである。二人のこの会話の場面において、主人公〈私〉の内では自己の日常性《ヒック・エト・ヌンク》の中に生の意味を求めようとする意識は一つの頂点に達する。そこで彼は「答えようとし」て、一つの決断を下そうとした。「私はそれに答えようとした。シルヴィの足もとにひざまずこうとした。伯父の遺した家でいっしょに暮らそうと申し出ようとした。あの家は、私のほか数人が相続することになっていたが、この小さな遺産の配分はまだ終っていなかったから、私はまだそれをそっくり買いとることもできたのである」《j'allais répondre, j'allais tomber à ses pieds, j'allais offrir la maison de mon oncle, qu'il m'était possible encore de racheter, car nous étions plusieurs héritiers, et cette petite propriété était restée indivise.》[24]。〈私〉は「ここでのいま」**hic et nunc** としての現実を決定的にわがものとするために、シルヴィという客体にわが身を投げ出そうとする。すなわち彼はシルヴィに結婚を申し込もうとする。シルヴィという客観的現実、生そのものと結婚しようとする。がその時、二人はすでにロワジーの家に着いてしまう。彼は結婚を申し込むチャンスを永遠に失ってしまったのである。そこには皮肉にも彼がシルヴィを得れば彼女とともに味わえたであろう〈あるもの〉の匂いが漂っていた。すなわち **hic et nunc** としての具体的現実の中での生の幸福、日常性の中での生の意味、そのようなものの一つである「玉葱のスープの家庭的な匂い」（「玉葱のスープの族長制時代をしのばせる古風な匂いが、遠くまでひろがり漂っていた」《la soupe à l'oignon répandait au loin son parfum patriarcal》[25]）を見出す。食事後、〈私〉はシルヴィに自分がもはや問題にされていないことに気づく。彼の乳兄弟グラン・フリゼ（縮れ毛ののっぽ）とシルヴィの間で結婚話が進んでいたのである。翌日彼はナントゥイユ＝ル＝オードワンの馬車でパリに戻る。闇の情念、夜の亡霊からも逃れられず、シルヴィも〈シルヴィ的な現実〉をも失ったまま……。この時、主人公〈私〉の心に大きな虚脱感、挫折感が生まれる。そしてそれはやがて彼の理性的意識によって、虚無感へと変容していくこととなる。主人公〈私〉における **hic et nunc** としての現実、生なるものへの還帰の挫折。シルヴィは彼にとっては何よりもまず死なるもの、夜の深淵から自分を救ってくれるべき人であっただけに、彼にとってこの挫折感・虚無意識はほとんど致命的である。「以後私は、彼女を微笑をたたえた立像として、『知恵』の女神の神殿に安置することにした。私が深淵のふちで踏みとどまることができたのは、彼女のまなざしのおかげだった」《**Je la (Sylvie) plaçais désormais comme une statue souriante dans le temple de la** ***Sagesse. Son regard m'avait arrêté au bord de l'abîme.***[26]》シルヴィは理性と叡智の人であり、時間と共に生きることを教える人生の智者であったからである（傍点筆者）。死なるものへの執心を断ち切れぬまま、現実選択の決断をなし得なかったという自らの愚かな誤り《**faute**》[27]のために、叡智 **sagesse** の人であるシルヴィその人を、永遠に失ってしまったのである。

　シルヴィへの失恋と現実回帰の挫折という二重の失敗。それが彼の心にもたらしたものは絶望というより、人生に対する諦念、現実の人生に対する見切りといったものである。自分はもはや **hic et nunc** としての〈現実〉には帰り得ないのだという事実の確認の意味をもつ失敗、それが『シルヴィ』前半の一つの結論であり、この作品全体の結論でもある。だが依然としてネルヴァルの裡には生命のあり方をそのまま受け入れようとする現実志向の理性的精神が残っており、その限りにおいて彼の眼前に大きな、だが秘められた虚無 néant が広がる。この虚無ないし虚無意識の内実については後で検討することとして、つぎに最後の二章（第十三、十四章）に現われる虚無 néant を考察してみよう。この二章は最初の第二章および第三章冒頭部と緊密な関係を持っており、そこにパラレルな対照関係が認められるのである。

　すでに述べたように、第一章から第三章までに、ことに第三章前半部に、最後の二章の諸テーマのほとんどがほぼ完全な姿で現われている。すなわち現在のオーレリーに対する愛は実はかつて子供時代に出会ったアドリエンヌに対する愛にほかならず、しかも両人が単に似ている ressemblance のみでなく、同一人 identité ではなかろうかという考えがそれである。主人公〈私〉のこの偏執観念は先に見たように、常識的・理性的人間には受け容れ難い考え方であり、すでに狂気と紙一重の神秘的世界である。ネルヴァルは『シルヴィ』第二、第三章で提起したこのテーマを最後の二章において理性によってその正当性・真実性を確認しようと試みる。すなわちオーレリーとアドリエンヌの霊魂転生 transmigration des âmes による同一性の確認を此岸的秩序の中で行おうとする。これはあたかもオルフェウスのように、神秘の存在を現にこの眼でしかと見届けなければ信じられぬといった彼の内部にある理性的・実証的精神がもたらした悲劇性を示している。そこで主人公〈私〉は女優オーレリーと尼僧アドリエンヌとを彼の〈真実の地〉« le terrain de vérité »[28] で対決させる（「私は前もって考えていたように、オーレリーをオリーに近い城の、初めてアドリエンヌと出会った例の緑の広場につれて行った」« j'avais projeté de conduire Aurélie au château, près d'Orry, sur la même place verte où pour la première fois j'avais vu Adrienne. »[29]）。——だがオーレリーはいかなる反応も示さない。これはもうほとんど決定的なことである。ネルヴァルのうちで死なるものへの信仰、イニシアッション（秘儀入信）としての霊魂転生思想への信念はいまや崩壊の危機にさらされることとなる。なぜならネルヴァルにとってもし霊魂転生が客観的事実であるとするなら、たとえアドリエンヌとオーレリーがまったくの別人であろうとも、〈真実の地〉に立った時にはなんらかの反応を示すはずだからである。この危機は第十四章の最終部において〈私〉がシルヴィにオーレリーを見せ、彼女がアドリエンヌに似ていないかと尋ねるくだりで完全に決定的となる。シルヴィは答える。「何という考えでしょう！（…）可哀そうなアドリエンヌ、彼女は聖Sの修道院で亡くなったわ……、一八三二年頃」《Quelle idée ! [...] Pauvre Adrienne ! Elle est morte au couvent de Saint-S..., vers 1832.》[30]。これでネルヴァルの精神における生なるものと死なるものとの決着は完全に決したのである。なぜならアドリエンヌの死という事実は彼女とオーレリーとが同一人ではないかというひそかな信念を完全に否定するものだからである。この二つの事件によってそのような気違いじみたことはあり得ないということが確認されたのであり、これはいわば彼における昼の意識の夜の意識に対する復讐である。がここで彼の意識の中で逆転作用が発生する。**hic et nunc** の人、すなわち現実と現在に生きる生身の女性としてのオーレリーを過去のいわば観念としての女アドリエンヌに還元し、しかもそのような還元の正当生を確認しようとする意識自体がすでに狂気であり、闇の情熱であるからである。これはいわば理性的意識の自壊作用であり、闇の意識の、現実を志向する昼の意識への雪辱のプロセスであり、言ってみれば〈過去なるもの〉、〈闇なるもの〉による〈現実〉の虚無化、空洞化作用なのである。このことを具体的に見てみよう。オーレリーに「あなたって、とっても変な方ね」《Vous etes bien fou》[31]と言われ、あるいは「あなたは、私を愛してはいないのですわ！　あなたは私にこう言ってもらいたいのでしょう、女優の私が実はその尼さんなのです、と。あなたはドラマを求めていらっしゃるのね。それだけだわ、でもあなたが願っている大団円は実現しないわ。私はこれからはもうあなたの言うこと信じませんから」[32]と宣告され、〈私〉は現実の生身の女性オーレリーをも失ってしまう。

二人の女性の同一性という神話の太陽の下での実現不可能性[33]とシルヴィやオーレリーへの失恋によって象徴され

る現実喪失ないしは現実回帰への失敗というこの二重の破綻。それはやがてネルヴァルの眼前に大きな虚無を広げる。この虚無意識（感）は〈生なるもの〉と〈死なるもの〉とが地上的水準にあっては絶対的に和解し得ないということの確認から生じたものである。

2.「オリーヴ山のキリスト」的虚無

ところでこうした虚無意識、いわば『シルヴィ』的虚無意識は一体どのような意味内容を帯びているのだろうか。それは結論的に言えば「幻想詩篇」中の「オリーヴ山のキリスト」« Le Christ aux Oliviers » の詩の前半部で示されている虚無（意識）に近いものと言えるのではなかろうか。あるいはドストエフスキー――ドストエフスキーと言えば、ナダールの写真が捉えたネルヴァルは何と彼に似ていることか！――が示したあのイヴァン[34]（『カラマーゾフの兄弟』）的虚無 néant にさえ通ずる虚無意識と言えるのではなかろうか。

主は、詩人たちのように、聖なる樹々の下で、
やせ細った腕を天に挙げ、長い間、
言葉にならぬ苦しみの中で我を失っていたが、
やがて、自分が不実な友らに裏切られたことを知った。

そこで主はふり返った、下で彼を待っている者たちの方に、
王に、賢者に、また預言者になる夢をみつつ……それでいて

獣の眠りをむさぼり、ほうけている彼らに向って、
主は叫びはじめた、「いな、神は存在しない！」と。

彼らはその時眠っていた。「友よ、福音を知っているか？

私はわが額で永遠の天蓋に触れたのだ。

だから私は何日も打ちくだかれ、血だらけで、苦しんでいるのだ！

兄弟たちよ、私はお前らを欺いていた。深淵！　深淵！　深淵！

私が犠牲として捧げられるこの祭壇には、神がいない
神はない！　もはや神は存在しない！」だが彼らは相変らず眠りほうけていた。（第一ソネ）

Quand le Seigneur, levant au ciel ses maigres bras,
Sous les arbres sacrés, comme font les poètes,
Se fut longtemps perdu dans ses douleurs muettes,
Et se jugea trahi par des amis ingrats ;

Il se tourna vers ceux qui l'attendaient en bas
Rêvant d'être des rois, des sages, des prophètes...
Mais engourdis, perdus dans le sommeil des bêtes,

Et se prît à crier : « Non, Dieu n'existe pas ! »

Ils dormaient. « Mes amis, savez-vous *la nouvelle* ?
j'ai touché de mon front à la voûte éternelle ;
Je suis sanlgant, brisé, souffrant pour bien des jours !

Frères, je vous trompais : Abîme ! abîme ! abîme !
Le dieu manque à l'autel, où je suis la victime...
Dieu n'est pas ! Dieu n'est plus ! » Mais ils dormaint toujours !...[35]

と歌われた虚無意識、『シルヴィ』という作品の根底にはこうした実存的虚無、すなわち神なき世界における犠牲の無意味さ、人間存在の意味を根源的に問う過程で顕現化した虚無意識が存在しているように思われるのである。ネルヴァルは『シルヴィ』の世界において、人間的・理性的意識の極限に立った時、キリストの「エロイ・エロイ・ラマ・サバクタニ[36]」（わが神、わが神、なんぞわれを捨て給ひし）という叫びの持つ恐ろしい意味をはじめて理解する。神が自分に不在であるとすれば、そしてまた自己の行為の一つ一つに神の視線[37]が注がれていないとすれば、自己の一切の悲惨・不幸は無意味であり、自己の犠牲は犬死に等しいのではないか。神が不在だとすれば、「すべてが許され得る」のであり、そう思う時、彼ら弟子たちが自分らの救済者キリストの不幸に無関心であり、常に「獣の眠り」« sommeil du bête[38] » を貪っていることの意味を思い知らされざるを得ないのである。そう感じてしまった者の眼前には、ただ意味のない底無しの深淵[39]、恐ろしい虚無[40]が広がるばかりである。『シルヴィ』における虚無ないし虚無意識は根源的には「オリーヴ山のキリスト」前半部で歌われているそれとほぼ同質なのであり、さらに言えばきわめて人間的（理性的）な意識がその根源において生み出すこのような危機なのである。ただ『シルヴィ』の世界ではこうした危機は潜在的に存在しており、「オリーヴ山のキリスト」ほどには明確に顕在化されてはいないとはいえ。

ところで「オリーヴ山のキリスト」で語られている深淵 «abîme» とは『散策と回想』*Promenades et souvenirs*——これは幼年時におけるヴァロワ地方や恋人たちへの思い入れや諦念において明らかに『シルヴィ』との近親性を感じさせる作品であるが——の中で表象されている次のような虚無 **néant** をその根底において含んでおり、これが発展・深化したものと考えられ、『シルヴィ』の虚無 **néant** は、根源的には「オリーヴ山のキリスト」のそれと同質と思われるが、喪失感を出発点としているという意味では、これよりむしろ『散策と回想』の虚無意識に近い。

エロイーズは今は結婚している。ファンシェットもシルヴィもアドリエンヌも私には永遠に失われてしまった。——世界は砂漠となった。愁訴をもたらす亡霊たちに満ちて世界は今、私の虚無の残骸の上で愛の歌をささやく[41]

Héloïse est mariée aujourd'hui; Fanchette, Sylvie et Adrienne sont à jamais perdues pour moi : —le monde est désert. Peuplé de fantômes aux voix plaintives, il murmure des chants d'amour sur les débris de mon néant !

こうした愛の喪失感、これがシルヴィを失い、さらにはアドリエンヌの変身、生まれ変わりである（と〈私〉には思われた）オーレリーを失ったことの意味である。喪失という意識——今、ここにいない、不在であるという意識——は、人間的・理性的意識であり、そのかぎりにおいてこの喪失、不在は虚無、虚無の残骸と彼の眼には映るのである。あるいはそれはまたそうした喪失を人間的に意味づけるもの（彼の場合、女性神話）をまだ確信をもって信じ得ないネルヴァルの精神風景であるともいえよう。このような虚無意識、そしてことに「オリーヴ山のキリスト」に認められる虚無意識は確かに、『カラマーゾフの兄弟』におけるイヴァンの「僕はくるしんでいるが、しかし生活しちゃいない。僕は不定方程式におけるエッキスだ。僕は一切の初めもなく、終わりをも失った人生の幻影の一種だ。自分の名前さえ忘れているんだよ。（…）je pense, donc je suis これは僕も確かに知っている。が、僕の周囲にあるその他のすべては、つまりこの世界全体も、神も、サタンさえも――こういうものが、みんな果して実在しているか、それとも単に僕自身の発散物で、無限の過去から唯ひとり存在している『自我』の暫次発展したものか、ということは、僕には証明されていない……」[42]という意識に通ずる精神であるように思われる。これは苦しんでいながら、しかも信仰がいまだ受け入れられぬ時にあらわれる虚無意識であろう。この意識はデカルト的な近代精神を信じながら、しかもそれを超える何者かを激しく求めてやまぬ者の意識、無意識のうちにその何者かを予感し、希求している者の意識である。

どこまでいっても不幸は不幸でしかないという意識、どこまでいっても不幸は不幸でしかなく、それ自体には絶対的には意味がないという意識。一度失われてしまったものは永遠に失われたままだという意識。こうした意識の果てに現れてくる絶対的な虚無、それが『シルヴィ』的虚無の原核にある。逆説（パラドックス）を認めまいとする精神が突き当たる虚無、ひたすら真実をのみ見ようとする者の虚無、いわばイカルス的・オルフェウス的虚無である。

3．虚無を超えて、喪失の意味づけへ

だがネルヴァルはこの恐ろしい虚無に耐えられない。というより耐えることを拒否する。そしてそのような現実回帰の不可能性の確認としての〈失敗〉から再び死なるもの、夢なるものへと出発していく。つまり失敗、現実における不在性にある意味を与えようとしていく。逆にいえばそれゆえに現実を喪失せざるを得なかった闇の情念に積極的な意味を与えようとしていく。こうした夢なるもの、死なるものへの意味づけの萌芽はすでに『シルヴィ』の後半部（第十三、十四章）に現れる。前述のオーレリーの「あなたは、私を愛してはいないのですわ！ あなたはその修道女が女優の私です、と私に言ってほしいのでしょう。あなたはドラマを求めていらっしゃるのね。それだけだわ、でもあなたがお望みの大団円は実現しないわ。私はこれからはもうあなたの言うこと信じませんから」という言葉は〈私〉にとって稲妻の一撃であった（« Cette parole fut un éclair.[43] »）。この一撃は彼に一種の啓示的予感をもたらすこととなる。彼が「夜の中でかいま見、その後は夢の中でしか会えなかった、しかしやがて彼女（オーレリー）のうちに再現している」« la source de cet amour entrevu dans les nuits, rêvé plus tard, réalisé en elle[44] » この根源的な愛、あるいはまた、彼が「かくも永い間感じてきたこのような奇妙な熱情、こうした夢、こうした涙や絶望ややさしい言葉の数々……」« Ces enthousiasmes bizarres que j'avais ressentis si longtemps, ces rêves, ces pleurs, ces désespoirs et ces tendresses...[45] » それらは一体愛というものではなかったのであろうか、と自問し、もしそれが愛といえないならば、愛というものは一体どこに存在するのだろうか、と開き直っている。彼はここで自分がかくも長い間、悩まされて来た（アドリエンヌの）不吉な亡霊 « spectre funeste qui traversait ma vie.[46] »、いわば彼の闇の情念をそのように問い直すことによって意味づけようとする。この意味で第十三章「オーレリー」は『オーレリ

ア』の序章ともなっていると考えられる。

最終章では現実的なもの、健康な生のあり方への回帰の失敗の意味が考えられている。つまり第十三章で強調された死なるものの意味づけを裏から根拠づけている。「幻影は果実の皮のように、一つまた一つと落ちていく、そしてその果実とは、経験というものである。そしてその味わいは苦いものである」« Les illusions tombent l'une après l'autre, comme les écorces d'un fruit, et le fruit, c'est l'expérience. Sa saveur est amère.[47] »。死なるもの（« illusions »）は体験という現実によって一つ一つその謎を奪われてしまった。だがそれと同時にシルヴィという現実なるもの、生なるものすら、その過程で失われてしまった。「しかし不幸は人を強くする苦いものを持っている」« elle a pourtant quelque chose d'âcre qui fortifie[48] »。この不幸には意味があるのだ、という予感を彼はひそかに感じはじめる。「エルムノンヴィル！　ゲスナーの詩からさらに仏訳された古代の牧歌がなおも花咲いていた地方よ！　私の上に二重の光輝を放って玉虫のように輝いていたただ一つの星をそなたは失ってしまったのだ。青に、また薔薇色に、かわるがわる、幻惑星のアルデバランのように光を変えたその星は、アドリエンヌだったか、シルヴィであったか――それは私の唯一の愛の両半面だった。一方は気高い理想であり、他方はなつかしい現実だった。今となってはエルムノンヴィルよ、そなたの影ふかい森も、湖も、砂漠さえ、私にとって何になるだろう？　オチス、モンタニー、ロワジー、あわれな近隣の村々、修復中のシャーリ、そなたらはあの過ぎた日の面影を何一つ残していない！　時として、私はそれらの孤独と夢想の土地を訪れてみたくなる。私はその地を訪ねて、自然をこよなく愛した一時期のはかない跡を心の中で淋しくたどりなおしてみる」（『シルヴィ』第十四章）。« Ermenonville ! pays où fleurissait encore l'idylle antique, — traduite une seconde fois d'après Gessner ! tu as perdu ta seule étoile, qui chatoyait pour moi d'un double éclat. Tour à tour bleue et rose comme l'astre trompeur d'Aldébaran, c'était Adrienne ou Sylvie, — c'étaient les deux moitiés d'un seul amour. l'une était l'idéal sublime, l'autre la douce réalité. Que me font maintenant tes ombrages et tes lacs, et même ton désert ? Othys, Montagny, Loisy, pauvres hameaux voisins, Châalis, — que l'on restaure —, vous n'avez rien gardé de tout ce passé ! Quelquefois j'ai besoin de revoir ces lieux de solitude et de rêverie. J'y relève tristement en moi-même les traces fugitives d'une époque où le naturel était affecté. »[49]。ここにはそのようなネルヴァルの喪失の悲哀を感ずるとともに、同時にその喪失の意味——いわば想い出を現在化する——をそこに呼び起こそう évoquer とする彼の姿勢がうかがえる。だから彼は今はすっかり変わってしまった昔日のなつかしい村々や風物を再び眼の前にして、ふっと微笑む。昔は崇高なものに見えた花崗岩の面に刻まれたルーシェの詩句や、泉の上部とか牧神パンを祭る洞窟の上に彫られた有り難い文言を読んで、私は微笑む（« je souris parfois en lisant sur le flanc des granits certains vers de Roucher, qui m'avaient paru sublimes — ou des maximes de bienfaisance au-dessus d'une fontaine ou d'une grotte consacrée à Pan »[50]）ことができたのである。それゆえにこそ、今は菓子屋の縮れ毛と結婚しているシルヴィの平和な家庭に、心楽しく訪問することが出来るのである。だがネルヴァルの本当の心が宿っている地点は主人公〈私〉が遊ぶそのような日常的現実の持つ静かな幸福から限りなく遠い。「ここには恐らく幸福がある。しかし……」« Là était le bonheur peut-être ; cependant... »[51] というつぶやきは彼がそのような日常的幸福、地上での人間的な幸福を得ることに失敗してしまったことの告白であると同時に日常性を超えた何かに向かおうとする決意の予感をも漏らしているように見える。自分にはそのような幸福は関係ないのだ、なぜならそれよりもさらにかけがえのない何者かが自分にはあるのだから、と彼は言いたげである。あるいはまたシルヴィのそのような幸福は果たして本物なのだろうか。もっと真実な幸福、現実よりもさらに〈現実的な〉幸福がほかにあるのではなかろうか、とネルヴァルは言いたげである。すなわちこの「しかしながら」« cependant » という言葉は地上的なものの喪失の中にこそ、死なるものによって意味づけられた、真に実在的な幸福、かけがえのない幸福——たとえそれがこの世では〈不幸〉という名しか持たずとも——があるのではないか、という宗教的な在り方がネルヴァルの意識のうちにすでに芽生えつつあることを暗示しているように思われる。事実彼は『シルヴィ』第十三章で〈私〉に次のように言わせている。

エレウシスの秘儀に通じた人々が言う一見意味のないような句、「私は太鼓から食べ、シンバルから飲んだ」――それは確かに必要とあらば、無意味と不条理性の境界を乗り越えていかねばならない。ということを意味しているのであろう。私にとって理性《raison》とは私のイデア（理想）を手なづけ、しっかりとわがものとすることであった。[52]

これは紛れもなく『オーレリア』の世界に属する精神のあり方である。闇の世界、狂気の世界にある種の真実を認めようとする精神。昼の秩序を越えてしまったある原理で地上の喪失を人間化し、普遍化しようとする精神、それが『シルヴィ』の最後の二章に芽生えている。だが『シルヴィ』においてはまだ現実志向の意識が働いているため、ネルヴァルは確信を持って闇の世界、死の世界の中に踏み込んでいくことをためらっている。現実の世界から、夢の世界、死の世界へ決定的に入っていく過程を見るのは『オーレリア』を待たねばならない。

4．虚無と救済の間――『オーレリア』の世界へ

ネルヴァルは『オーレリア』において、『シルヴィ』的虚無を克服し、ある種の信仰の世界に入っていく。あるいは少なくとも入っていこうとする。そうすることによって自己の悲惨や喪失の不幸に普遍的な意味、絶対的な意味を与えようとする。あるいは逆にこうも言えようか。ある意味で彼に現実回帰を失敗させたとも言える自己の観

念的な闇の情念（たとえばアドリエンヌの「不吉な亡霊」« spectre funeste »）をそのような喪失や失敗に支えられ、いよいよ普遍化し、絶対化していく過程、それが『オーレリア』である、と。

ところでここにいうある種の信仰とは彼にあっては夢の世界の真実性と実在性を信ずることに他ならない。具体的に言えば彼の個人的な神話――女神イシスを中心とした彼の女性神話、それを支える霊魂転生 transmigration des âmes と死の彼岸での永生（世）と共生（« l'existence d'un monde où les cœurs aimants se retrouvent »）[53]――を信ずることである。彼の愛した女性たちの魂との彼岸での永遠の相会を約束するものとしての秘儀入信 initiation への信仰である。彼のこうした信仰は『オーレリア』後半部でかなり正統的なキリスト教信仰への接近が感じられるが、根本的には彼独自の女性神話を背景とした宗教的混淆主義 syncrétisme religieux[54] である。ネルヴァルがこうした膨大な女性神話を生み出すに至った背景・経緯は後で考察することとして、ここではこのような女性神話を中心とした彼のサンクレティスムは絶望的な虚無意識に苦しみながらようやく到達した信仰であったことを見るにとどめておこう。

ネルヴァルは『オーレリア』においても絶えず『シルヴィ』や「オリーヴ山のキリスト」などに見られた生なるものへの意識、これは実在ではなく夢幻に過ぎないのではないか？　という理性的意識におびやかされており、そうした煩悶の過程で生ずる虚無意識に苦しめられていた、ということである。この意味では『オーレリア』に現われる虚無は根本的にはシルヴィ的虚無と同質のものと言える。ただ前者は夢の世界――彼の信仰の世界――から醒めて、現実の世界に転落する時に現われる虚無であり、さらに言えば夢（ないしは夢想）の世界に眠っていた者が目覚めさせられる時に感ずる虚無である。

こうした『オーレリア』的虚無はつぎのように現われる。たとえば夢の中で不思議な案内人に導かれて、山岳に住む原住民族の「高いと同時に深く」[55]もある隠遁地を訪ねた彼がその楽園のように幸福な美しい地をやがて目覚めとともに離れねばならないと思うくだり。

私は失われた楽園を思い出すかのように、熱い涙をさめざめと流しはじめた。自分が異国であるとともに懐かしいかぎりのこの世界の一介の通過人であるという思いが苦く心を締めつけ、そして自分は現実の人生に戻らねばならないと思うと愕然とした。

Je me mis à pleurer à chaudes larmes, comme au souvenir d'un paradis perdu. Là, je sentis amèrement que j'étais un passant dans ce monde à la fois étranger et chéri, et je frémis à la pensée que je devais retourner dans la vie.[56]

夢から醒めて現実の生活に戻る時、あるいは夢や夢想の中でこのような意識が働く時、『オーレリア』的虚無が現われるのである。この虚無はまた夢に現われた彼の魂の救済者イシスが目覚める際、夢の消滅とともに消え去っていく時にも現れる。

こうして彼女が変貌するにつれ、私は彼女を見失っていった。というのも彼女は自身の偉大さの中に消えていくように見えたからである。「おお、逃げないで下さい！」私は叫んだ……「自然があなたとともに滅びてしまいますから！」

Je la perdais de vue à mesure qu'elle se transfigurait, car elle semblait s'évanouir dans sa propre grandeur. « Oh ! Ne fuis pas ! » m'écriai-je ... « car la nature meurt acec toi ! »[57]

夢の世界から現実へ転落する過程で生ずる虚無、この虚無はつぎのような虚無に徹底されていく。

再び失われた！　万事休す！　一切が過ぎ去ってしまった！　今やこの私は死ななければならない、希望もなく死ななければならないのだ！――死とはそもそも何だろう？　もし、それが虚無だとしたら？……

Une seconde fois perdue ! Tout est fini, tout est passé ! C'est moi maintenant qui dois mourir et mourir sans espoir.
—Qu'est-ce donc que la mort ? Si c'était le néant…[58]

「もし、それが虚無だとしたら？……」と思うのは、彼のうちの生への意識、理性志向精神が働くからである。だがネルヴァルのうちの死への意識がこのような虚無を拒否する。死はネルヴァルにとって愛する人々の魂と永遠に共にある世界でなければならないのである。そこで再びネルヴァルはこの虚無を「だが死を虚無たらしめることは神自身にさえ出来ない」« Mais Dieu lui-même ne peut faire que la mort soit le néant[59] » と言って否定する。そして再び夢の世界、神話＝信仰の世界へと入っていく。このように『オーレリア』においては絶えず死なるものへの意識と生なるものへの意識がある時は互いに否定し合い、ある時は互いに並存しながら、交錯し、絡み合っているのである。すなわち『オーレリア』、とりわけ第一部にあっては虚無意識と救済願望との間での動揺が顕著に見られるのである。例えば「かつて自分の愛した一切のものが常に自分のまわりに存在するのだと思うことは何と幸福なことだろう！」« Quel bonheur de songer que tout ce que nous avons aimé existera toujours autour de nous ![60] » という信仰の世界への志向と「〝キリスト！　キリスト！　キリスト！〟これはキリストに救いを祈願するために近所の教会（ノートル・ダム・デ・ヴィクトワール）に大勢の子供が集められたのだなと考えた。――だがキリストはもうおられないのだ！　と私は思った、子供たちはまだそのことを知らないのだ！」« *Christe ! Christe ! Christe !* … » Je pensai que l'on avait réuni dans l'église voisine (Notre-Dame-des-Victoires) un grand nombre d'enfants pour invoquer le Christ. « Mais le Christ n'est plus ! me disais-je ; ils ne le savent pas encore ![61] » という超越的なものの存在を否定し、現実世界を志向する理性的な意識とが同在し、交錯しているのである。同在し、交錯しているとはいえ、生なるものと死なるものに必ずしも同時的に引き裂かれて déchiré いる（意識の分裂 déchirement）というわけではなく、ある時は死なるものに、またある時は生なるものに、というように少なくとも『オーレリア』にあってはどちらかといえば交互的な振り子運動を示している事実に注目する必要があろう。ネルヴァルのこうした意識の運動のあり方（夢と現実の間における意識の振り子運動）は、レーモン・ジャンが同時的 simultané というより、通時的 diachronique な意識の志向性を示している表現例として、すでに指摘している「ある時は……またある時は」« tantôt..., tantôt... » や「かわるがわる」« tour à tour »[62] のほか、「時には、また時に」« quelquefois..., quelquefois... » や「あるいは……またあるいは」« ou bien..., ou bien... » といった表現などにも反映されているように思われる。『オーレリア』における意識の振り子運動は『シルヴィ』や「オリーヴ山のキリスト」において認められるような同時的な分裂とは必ずしもいえず、むしろ神秘的・宗教的なものへの志向と現実的・理性的なものへの志向の交互・往復運動による高い次元での統合・融合をめざして行なわれているようにも思われるのである。この事情をネルヴァル自身、例えば『オーレリア』の中でこう説明している。すなわち革命の嵐とその後に続く混乱した時代に生まれた者、既成の宗教を素朴に信じ込むことの不可能性を述べた後で彼は、「『智慧の樹は生命の樹ではない！』とは言いながら幾世代にもわたって頭脳明晰な人々がわれわれの精神のうちに注ぎ込んだ良きもの、あるいは悪しきものを己の精神からあっさり投げ棄ててしまうことができるだろうか？　無知は学習されるものではないのだから。私は〈神〉の慈悲により多くの希望を抱いている。あるいはわれわれは智慧からその総合と分析、信仰と否定の全循環を成就し終わり、自らを純化し、混乱と廃墟から未来の輝かしい都市をほとばしり出させることができるような、預言された時代に近づきつつあるのかもしれないのだ[63]」と言って、理性と信仰の高次元での統一を願っているのである。このようにネルヴァルにあっては生なるもの（理性）と死なるもの（信仰）への意識のあり方は『シルヴィ』

や「オリーヴ山のキリスト」にあっては、多分に相反する分裂的傾向が見られたが、『オーレリア』とりわけ第二部にあっては両者は同時的かつ分裂的な傾向は弱まり、むしろ交互的・振り子運動的傾向を示しているのである。『オーレリア』におけるこうした意識の振り子運動は理性を否定することなく、次第に信仰（救済）を願う意識が強まっていく傾向を示すこととなる。それとともに意識が夢や闇の情念から理性的な次元すなわち日常的現実につれ戻された時にも、虚無がそれほど恐ろしいものとは感じられなくなっていく。というより虚無それ自体の持つ力が弱まり、むしろ何者かの喪失の不快感といったものに変質していく。夢から目覚めている彼の眼前に現われた虚無はもはや本来の虚無性、つまり絶対的な無意味性を帯びず、ある種の超越的なものの視線の反映により、それが空洞化されてしまうのである。例えば夢の中でノルウェーの風景を見た時、彼は「眼の前に一つの深い深淵が開き、そこに凍ったバルチック海の波頭がどーどーと流れ落ちるのを見、青い水をたたえたネヴァ河の流れが、すっかり大地のこの裂け目に呑み込まれるように思われ」たにしても、その時「一条の神々しい光が上方からこの暗澹たる惨景を照らしだす[64]」ことになるのである。つまりもはや虚無と意識されぬ虚無となっているのである。それはむしろ何かの喪失の不快感が生み出すある種の感情といったものである。しかもこの喪失にはすでにある種の意味が与えられつつあるのである。そのことをアルベール・ベガンは「不幸を乗り越え、この不運の鎖を救済の梯子に変貌せしめる術を見出だ[65]」そうとして苦闘していると見る。

　この地点にまできたネルヴァルにとっては、母や恋人たちを喪失するという不幸や遺産散逸・狂気の発作による社会的信用の失墜・困窮といった現世での悲惨・苦悩は、ネルヴァルの諸教混淆によって形成された女性神話信仰への道に至るためのいわば試練 épreuves としての意味を帯びているのである。そのことをネルヴァルはつぎのように語っている。「自分が精神病患者の間にいるのを知り、これまでの一切のものは自分にとって幻影にすぎなかったことがわかった。とはいえ女神イシスが私にしてくれたと思っているあの約束は、私が受けなければならない一連の試練によって実現されるように思われた。それゆえ私はそれらの試練を甘んじて受け入れることにした」« Je compris, en me voyant parmi les aliénés, que tout n'avait été pour moi qu'illusions jusqu-là. Toutefois les promesses que j'attribuais à la déesse Isis me semblaient se réaliser par une série d'épreuves que j'étais destiné à subir. Je les acceptai donc avec résignation. »[66]。このように彼は己の不幸や苦悩を信仰に至る試練として意味づけることによって『オーレリア』の救済と虚無への意識の振り子運動を止揚していったと考えられるのである。つまり彼の虚無が超克されるためにはこうした〈試練〉という契機の介在が一つの大きな絶対条件であったように思われるのである。それゆえネルヴァルにとって試練 épreuves は逆に言えば彼の信仰における中心的存在である Vierge-Mère-Amante（聖母マリア―母―恋人）――母にして聖母マリアにして恋人である永遠の女性（かつ救済の仲介者 Médiatrice）――の実在とその力をどこまで信じられるかということをも同時に意味しているのである。

さらにこの試練について言えば、彼は自己の個人的な不幸や悲惨を全人類的救済のために自己に課せられた試練として自覚するようになる（『オーレリア』第二部第五、六章）。彼は個人的苦悩を人類的地平に開示することにより、そこに殉教者としての意味さえ見出す。アルベール・ベガンも指摘しているように[67]、詩人の個人的苦悩をオーレリア＝聖母マリア（母）＝イシスという女性神話を通して、人類＝世界救済の神話の中に融合・同化していく。個人的苦悩や喪失の普遍的意味づけである。『オーレリア』後半部の隣人愛的ないしは自己犠牲的な愛他主義の傾向はそのような意義をも持っているように思われるのである。

II 『シルヴィ』について——ヒロインシルヴィをめぐって

ネルヴァルの作品の中で、『シルヴィ』*Sylvie* ほど数多くまた多様な解釈がなされてきた作品も少ないように思われる。無論サンボリスムやシュルレアリスムとの関連でしばしば問題にされる『オーレリア』*Aurélia* はじめ『幻想詩篇』*Les Chimères* 中の「アルテミス」« Artémis » とか「エル・デスディチャド」« El Desdichado » といった作品もその神秘性、象徴性などのために、たとえばオーディア、ベガン、ル・ブルトン、ムーラン、コンスタン、アンドレ・ルソーといった人たちをはじめ、近年ではジャン・リシェ、アンドレ・ルブワ、ジェニナスカといった研究家などによって数多くの注目すべき解釈がなされてきたが[68]、二、三の特殊なものを除けば[69]、そこにはある共通した解釈の〝方向性〟といったものが認められ、その意味では、『シルヴィ』ほど多様性に富んだ解釈を許す余地の少ない、いわば〝硬構造〟作品といえよう。ところが『シルヴィ』はその文体の〝透明性〟、筋立 action の明快性にもかかわらず、一元的な解釈を与えると何か他の大事なもの、「いい尽せないもの」« cet inexplicable-là[70] » が漏れてしまうといったアンビヴァラン ambivalent な、さらにいえば多義的 polyvalent な性格を有している作品であり、このことがかくも多くの解釈を生み出させた一つの理由ともなっているように思われる。つまりそれはレヴィ＝ストロースの表現を借りるなら、「その表層構造が簡潔平明であればあるほど、その深層構造の理解は一層困難となる」[71]といった作品であり、この意味で『オーレリア』や『幻想詩篇』中の「アルテミス」や「エル・デスディチャド」などとはまったく異質の、いってみれば〝ソフトな〟構造性を有した作品のように思われる。それ故『シルヴィ』はわれわれがネルヴァルを理解しようとする場合、避けて通れぬ〝試金石〟であり、意地悪い見方をするなら、われわれ読者、研究家のみならず、作者ネルヴァルにとってさえ、一つの pierre de scandale（躓きの石）なのではなかろうか（『シルヴィ』における scandale 性といった問題は以下において再び触れることとなろう）。要するにわれわれが言いたいのは今日まで公にされたさまざまな『シルヴィ』論はジョルジュ・プーレの『シルヴィあるいはネルヴァルの思考』を別にすれば、そのすぐれた発想法や洞察力、あるいは厖大な資料に基づく厳密な論証にもかかわらず、いずれもどこかで〝躓いて〟scandalisé てしまっているのではなかろうか、ということである。少なくともこの簡潔にして〝複雑な〟小説の本質的、根源的な意味を作品それ自体に即して虚心に解明したものは少ないように思われてならないのである。

1.『シルヴィ』の主題をめぐる諸説

ところでそのような数多くの『シルヴィ』論を、この作品の主題は何か、あるいはそこに何が語られているとみるかといった観点——それは当然この作品をどのようなものとしてみるか、という個々の研究家の『シルヴィ』観、ネルヴァル観が反映されているわけだが——に限って整理してみるとおよそ次のようになろう。

（一）伝記的事実に基いた田園小説 idylle とみる立場。

『シルヴィ』のこのような見方はこの作家の同時代人——その多くは彼の友人[72]——や初期のネルヴァル伝記作者、研究家の間に多くみられるものである。その最も極端な例がネルヴァルの死後ほどなくして出たデルヴォの伝記で、彼はネルヴァルの幼年期をほとんど『シルヴィ』と『散策と回想』*Promenades et Souvenirs* を材料として〈再構成〉している。[73] もっともこうした見方はその後の研究、たとえばゴーチェ・フェリエール[74]やマリー[75]の研究――殊に後者のネルヴァル論は今日でもその資料的、伝記的価値が高く評価されており、いわばネルヴァル研究史における記念碑的労作であるが――によって小説中の〈私〉と作者ネルヴァルの相違が明かにされた結果、今日ではほとんど問題にされていない。が他方でそのような極端な見方はともかく、今日でもこの作品の多くの部分は実際の伝記的事実に拠っているとみる見方を暗黙のうちに支持している研究家も少なくない。たとえばカステックスなどは近年の新しいネルヴァル研究や『シルヴィ』研究を踏まえつつも、この作品が伝記的事実に多くの部分を負った〝ある種の〟idylle である、としている。[76] カステックスのこの説から理解できるように、『シルヴィ』を自伝的作品とみる立場は――ある意味で自然な成行ともいえるが――同時にこれを古典的完璧性 perfection classique に満ちた田園小説、牧歌的恋愛小説とみる見方が結びついている。たとえば友人ゴーチェの「パリ郊外の牧歌 idylle、だがかくも純粋・新鮮にしてかくも香気に満ち、またかくも夜露に濡れた牧歌[77]」といった言葉など当時の平均的『シルヴィ』観といえよう。こうした見方の延長線上にモーリス・バレス Maurice Barrès の『シルヴィ』観がある。彼はこの作品がフランスの風土に深く〝根付いている〟enracinement と主張、そこに非常にフランス的な聖なるものを認めている。[78] こうした見方はその後の新しい立場に立った研究によって否定されたかに見える。少なくとも『シルヴィ』の本質的主題は、たとえばプルーストがバレスのシルヴィ観に反駁して、そこに夢や〈時間〉の問題をめぐるネルヴァルの暗く激しい内面のドラマを強調したように、[79] もっと別なところにあるのではないかという見方が近・現代の支配的な見方のように思われる。だがこうした見方――たとえばこの作品に秘教的・神話的テーマをみるコンスタンやリシェの立場とか人間の運命の悲劇性をみるベガンやプーレの立場――に対して異論がないわけでもない。たとえばボネは一九七五年に発表された『シルヴィ』論の中で、さまざまな根拠を示しつつ、少なくとも作者の意図から考える限り、この作品の主題は「牧歌」idylle 的なものであるとしている。[80] ただそれは伝統的な「平凡な牧歌《idylle banale》ではない」[81] というわけである。こうしたボネやカステックスの見方は私自身の解釈にも係ってくるので以下において再び問題としたい。次に、

(二) プルースト的時間、ないし écriture の〈時間〉に対する勝利を語った物語とみる立場。

これはプルーストのシルヴィ論から出発した見方でベガンの考え方[82]も、これに近い。またプーレ[83]やレーモン・ジャン[84]あるいはチェンバーズ[85]などのシルヴィ論もこうした「失われた時」の回復や時間からの超脱が『シルヴィ』の主題の一つと考えているように思われる。次に、

(三) 〝人間の運命〟を主題としているとみる立場。

これはベガンが言い出し、プーレが完成させた画期的な説――ベガンはネルヴァルの個人的運命が同時に人類や世界の運命としての意味を持つことに着目している[86]のに対し、プーレはそこに「人間の運命を主題とした形而上的偶意性」《allégorie métaphysique, qui a pour sujet la destinée humaine》を見ようとしている[87]――で、今日までそのニュアンスこそ異にするとはいえ、多くのネルヴァリアンに支持されてきた見方である。なおある意味でこれに近い立場としてボネの太陽神話を下敷とする「聖なるもの」と「俗なるもの」との葛藤の物語とみる見方がある。[88]

(四) 夢幻的 onirique、神秘的な女性原型 archétype féminin 追求の物語、あるいは『オーレリア』に通ずるイニシアションの物語 histoire initiatique とみる立場。

このような見方はコンスタンによって確立され[89]、さらにリシェが深化・完成させた説[90]といえるが、この考え方のもとにはヒロイン、シルヴィのうちに〈火の娘〉を認めたプルーストのシルヴィ論があるように思われる。コンスタンは『シルヴィ』の中に『東方紀行』*Voyage en Orient* に出てくる〈三人のウェヌス〉を認め、そこに三元的構造からなる女性神話の存在を指摘しており、リシェもこの見方を全面的に踏襲した上、さらに発展させている。す

なわち彼によれば『シルヴィ』は「アプレイウスの『黄金のロバ』や『オーレリア』同様ある種のイニシアションの物語 « récit d'une initiation » であり、地獄下りの物語 « récit d'une descente aux enfers » である」[91]という。リシェのこのような考え方はその厖大な博士論文『ネルヴァル、その体験と創造』に収録されている『シルヴィ』論——それ以前に発表されたものに手を入れたもの——に認められるものだが、一九七二年には新しい立場に立った『シルヴィ』論を発表している。[92]同論によればこの小説の構造とその展開は時計の針の運動と黄道十二宮 signes du zodiaque のそれに対応し、さらに各章に現われる主要なヒイロンもこの黄道十二宮に照応しているという。そして最後に『シルヴィ』はネルヴァルの占星学的思想と『ポリフィルスの夢』に認められる新プラトン主義的な〈理想の愛〉の思想とが「潜在的」« virtuel » に表象された作品であると結論づけている。このリシェ最新のシルヴィ論は占星術でいう黄道十二宮の『シルヴィ』への結びつけ方自体に相当な無理がある上、占星術に詳しくないわれわれにとってははなはだ説得力を欠いた不毛な解釈という気がする。それはともかくコンスタンをはじめとするそのような一連の『シルヴィ』観はこの作品の底に潜むある種の神秘性、悲劇性をあますところなく解明した見事な研究であることは間違いないが、それにしてもある側面を必要以上に強調しすぎた見方ではなかろうかという気がしないでもない。『シルヴィ』それ自体の主題という点に限って考えてみると、このような解釈にはどこかに少し無理があるような気がする。私見によればこうした解釈の不自然さはヒロインの一人、シルヴィをどうみるかという点に象徴的にあらわれているように思われる。リシェにしてもゴーミエ[93]にしてもあるいはプルーストでさえ、この人物に関する解釈がすこぶる苦しい。この意味で私には『シルヴィ』の本質的意義を解明する上でのキイ・ポイントの一つはこのシルヴィという人物をどうみるかという一事にかかっているような気がしてならない。この点に関しては次の第2、第3節において再び考えてみることとしよう。最後にすでに挙げた㈡、㈢に密接に関連してこの小説を、

（五）一種の〝教養小説〟récit d'apprentissage とみる立場。

たとえばカステックスは「『シルヴィ』は（ゲーテの）『ヴィルヘルム・マイスター』と同様、教養小説《récit d'apprentissage》である」といっているが[94]、確かにこの作品の結末、作品中の『若きヴェルテルの悩み』への言及、さらにはネルヴァル自身『ファウスト』の訳者であったことなどを考え合わせると、こうした見方にはそれなりの根拠があると考えられる。他にもたとえばセリエも「この作品は少なくとも最初は（リシェが言うような意味での）秘儀入門小説《roman initiatique》として出発したが、最終的には作者の当初の意図を裏切って体験〔教訓〕小説《roman d'expérience》となってしまった」と述べている。[95]私はこの作品を〈人生の書〉livre de vie とも〈叡智の書〉livre de sagesse または〈認識の書〉roman de connaissance とも呼びたいところだが、それはともかくカステックスやセリエとは異なった意味で私もまたこの作品の意味するところは何かわれわれの生き方に係わる非常に精神的なある種の〝教え〟――読者のみならず作者自身に対してさえ――にあるような気がする。この意味で『シルヴィ』はネルヴァル自身が『ハーレムの版画師』*L'Imagier de Harlem* を現代における聖史劇ミステールと呼んだように[96]、中世の〝モラリテ〟moralité の小説的現代版ではなかろうかという気がしないでもない。

2．モーリス・サンド宛の手紙

『シルヴィ』の主題という点に限ってみただけでもこのようにさまざまな『シルヴィ』論があるわけだが、それらはこの作品のもつ不思議な曖昧性、そういって悪ければ豊穣性のために、いずれもそれなりの正しさと説得力とを持っていることは事実であろう。そこで次にわれわれもまたこれらの『シルヴィ』論を踏まえた上でわれわれなりのこの小説の〝読み方〟を述べてみたいが、その前にまず作者がこの作品で意図したものは何であったかということを問題にしたい。その場合作者の意識的意図ばかりでなく無意識的意図〈願望〉についても考えてみたい。次に『シルヴィ』が作者およびわれわれ読者にとってどのような〈意義〉を持ち得るのかといった問題を考察していくこととしたい。

ところでこうした問題を考える上で非常に参考になると思われる一通の書簡が近年発見された。それは一八五三年十一月五日付モーリス・サンド宛の手紙で、一九七一年五月十六〜三十一日号の『ラ・キャンゼーヌ・リテレール』紙 *La Quinzaine littéraire* にJ・リシェによって初めて公表されたものである。次に少し長いがG・ギヨームとC・ピショワ編註のプレイヤード版新全集テクストによって、末尾の一部を割愛した上引用してみよう。

À M. Maurice Sand

Passy. Ce 5 novembre 1853

Mon cher Monsieur,

J'ai écrit il y a trois ou quatre mois un petit roman qui n'est pas tout à fait un conte. C'est intitulé *Sylvie*, et cela a paru dans la *Revue des Deux Mondes* ; peut-être l'aurez-vous lu. Pardon de vous écrire à propos de cela mais voici le fait : je voudrais faire imprimer *Sylvie* dans un petit livre in-18, avec des illustrations. J'ai rencontré hier Hetzel, qui se trouvait à Paris. Il ne voit que vous qui puissiez me faire des dessins que l'on convertirait en *bois* ou en eaux-fortes. Croyez-vous avoir le temps de crayonner quelques croquis ? mais j'ai peur que le temps vous manque, car je voudrais arriver au commencement de décembre. Le sujet est un amour de jeunesse : un Parisien, qui au moment de devenir épris d'une actrice, se met à rêver d'un amour plus ancien pour une fille de village. Il veut combattre la passion dangereuse de Paris, et se rend à une fête dans le pays où est Sylvie — à Loisy, près d'Ermenonville. Il retrouve la belle, mais elle a un nouvel amoureux, lequel n'est autre que le frère de lait du Parisien. C'est une sorte d'idylle, dont votre illustre mère est un peu cause par ses bergeries du Berry. J'ai voulu illustrer aussi mon Valois. Prêterez-vous la main à cette restauration intéressée ? Je vais toujours vous envoyer les feuilles. Il y aurait :—La *fête de l'arc* dite du bouquet provincial. — un banquet rustique dans un temple à demi ruiné avec des barques sur le lac, — une scène de reconnaissance à un bal — une scène chez une vieille tante, où les amoureux se déguisent avec ses habits de noces et ceux de son mari (costumes du temps passé) — une représentation à l'abbaye de Châalis par les demoiselles d'une pension, qui jouent une pièce religieuse, — une scène d'amour dans les bois, un âne et un petit garçon qui suivent — Un souper dans une ferme avec un vieux paysan qui chante des gaudrioles. — Voilà les principaux sujets ou du moins vous pourriez choisir là-dedans. Il y a encore une scène de comédiens dans la forêt de Chantilly, une danse de jeunes filles sur le parterre d'un château du temps d'Henry IV, etc. J'ajouterai à cela des vues d'Ermenonville, de Mortefontaine et de Dammartin. La nouvelle vous indiquera suffisamment le genre du paysage qui est celui des Watteau et des Lancret. C'est là le genre même, moins sévère que le paysage du Berry, qui donnerait un caractère aux compositions. S'il était possible que cela vous plût j'en serais bien heureux. On m'a fait une traduction excellente en allemand, et les gravures serviraient pour les deux publications et pour la traduction anglaise, pour laquelle j'ai une proposition. J'ai vu chez Giraud dessins coloriés de vous qui sont charmants. Il suffirait de croquis même, puisqu'il faudra toujours mettre sur bois. Il y a deux femmes, l'une, l'actrice est blonde. — type bourbonien — Louise d'Orléans par exemple. L'autre a le type grec : Minerve, souriante et naïve, si cela peut se concevoir. Le reste peut être inventé.[97]

[…]

拝啓

三、四カ月前私は短い小説を書きましたが、これは純然たる短編小説〔コント〕といったものでもありません。「シルヴィ」という題を付け、「両世界評論」誌に掲載されました。あるいはすでに読みになったかもしれませんが。このようなことでお手紙を差し上げることをお許しください。しかし事情はこういうことなのです。私は「シルヴィ」を挿絵入りの十八折り小型本で印刷してもらおうと思っています。昨日パリに来ているエッツェル〔出版業者〕に会いました。木版かエッチングにできるような原画を描けるのはあなたしか思いつかないというのです。何点か素描を描く時間はおありでしょうか。でも、あなたに時間がないのではないかと不安です。と申しますのも、十二月には完成させたいからなのです。主題は青春時代の恋愛です。パリの青年が、ある女優に夢中になった時、昔の村娘への恋に思いを巡らせ始めるのです。彼はパリの危険な情念〔恋情〕に打ち勝とうと、シルヴィの住む田舎――エルムノンヴィルの近くにあるロワジー村――の祭りへ出かけます。恋人に再会しますが、彼女には新しい恋人がいます。この恋人がパリの青年の乳兄弟その人なのです。これは一種の牧歌で、有名なあなたのお母様が、ベリー地方の田園物語をお書きになっている影響をいささかなりとも受けております。私も自分のヴァロワ地方を描いてみたいと思ったのです。私がこんな形でわが故郷を復興させることに手を貸していただけませんでしょうか。いつでもゲラ刷りをお送りすることができます。題材としては――田舎の花束の祭りと呼ばれている「弓の祭り」――湖に小舟を浮かべて、半ば廃墟と化した神殿で行われる鄙びた宴、――踊りの集いでの再会の場面――年老いたおばさんの家の情景。この家で恋人たちはおばさんと、そのご主人の結婚衣裳（むかしの服）をまといます――寄宿学校の女生徒たちによるシャーリの修道院での宗教劇の上演――森の中での恋人たちの場面、ロバと男の子が二人のあとについていきます――農家での夕餉の場面、年老いた農夫がちょっときわどい歌を歌っています。以上が、主だった題材ですが、その中から適当にお選びくださって結構です。そのほかにも、シャンティイの森での俳優たちの場面とか、アンリ四世時代の城館の前庭での、少女たちのダンスの場面などがあります。それに加えて、エルムノンヴィル、モルトフォンテーヌ、ダマルタンの風景もあります。作品をお読みになれば、どういうジャンルの風景かは十分におわかりになるだろうと思いますが、ヴァトーやランクレの描く風景なのです。ベリー地方の景観よりも穏やかな、まさにそういうジャンルこそが、描いていただく絵に特徴を与えるだろうと思います。そのような絵がお好きなら、たいへんうれしいのですが。私のこの作品には見事なドイツ語訳ができております。版画は両方の出版に利用されるでしょうし、英語訳についても申し出を受けているところです。ジローのところであなたの彩色したデッサンを拝見しましたが、素晴らしいものですね。粗描だけでも十分だろうと思います。いずれにせよ木版に起こさなければならないわけですから。二人の女性が登場します。一方の女優はブロンドで、たとえばルイーズ・ドルレアンのような、ブルボン家のタイプの女性です。もう一方は、ギリシャ的タイプで、微笑を浮かべた純朴なミネルヴァ〔アテーナ〕といったらよいでしょうか、かりにそんな姿を想像できればですが。それ以外については、ご自由にお考えくださってかまいません。（…）

敬具

ジェラール・ド・ネルヴァル

（追伸は省略、傍点筆者）

この手紙は数多くの問題を含んでいるが、さしあたり問題となる点に注目すると、まずネルヴァルはこの小説が「一種の牧歌」« C'est une sorte d'idylle » であるといっている点およびその主題が「青春時代の恋愛」« Le sujet est un amour de jeunesse » であると述べている点である。つまり作者の意図としては青春時代の無垢な愛をテーマとした牧歌的な田園小説を書こうとし、また書いたと考えているということである。次にこの作品が純粋なフィクションというわけでもなくまた完全にお伽噺的なものというわけでもなく、自己の体験や事実に根ざした〝小さなロマン〟（« un petit roman qui n'est pas tout à fait un conte »）であるということ、したがって少なくとも作者の意図という立場から考えるかぎりこの作品を伝記的要素の濃い牧歌的恋愛小説とみる見方はそれなりに正しいといえる。無論ネルヴァルの友人たちや初期の伝記作者たちはこの作品の背後に潜むメタフィジックな意味、そのアレゴリックな象徴性を見過ごしてはいるが。この手紙から気づく第二点としてはこの小説に登場するシルヴィを含む三人の女主人公のうちオーレリー、アドリエンヌの名が一度も現われずほとんど問題にされていない点である。さらにまたスケッチの制作を希望する場面 « scènes » として作者が最初に挙げているのは第七章のシャーリでの宗教劇の場面を唯一の例外として、他はすべて主人公〈私〉とシルヴィの二人が一緒にいる場面であるということ、しかもこのように列挙された七つの scènes がこの作品の主要な主題 « sujets » であって、少なくともその中からいくつか選んで描いてくれるように（« Voilà les principaux sujets ou du moins vous pourriez choisir là-dedans »）と述べている点である。そしてさらに注目すべきことは最後に挙げている「年老いた農夫」の居合わせた「農家での夕餉」の場面（十二章）を除くこれらの場面 scènes はいずれもネルヴァリアンの間でいわゆる〝過去のシルヴィ〟（四〜七章）と〝現在のシルヴィ〟（八〜十一章）と言われているシルヴィが問題となる中心的部分、セリエのいう "Panneau central" から取り上げられている点である。（なお最後の〈農家での夕餉〉の場面は十二章冒頭部にあり、また action の展開からいっても実質的には四章から十一章までの結論部となっており、この意味では〝現在のシルヴィ〟の scènes とみることができる）。そして次になおつけ加えるべき scènes としてこの小説のプロローグの一部ともいうべき第二章（アドリエンヌの章）とエピローグ部の第十三章（女優オーレリーの章）の二つのみを補足的に挙げるにとどめている点である。これを整理して図示すると次頁図7のようになろう。

図７　モーリス・サンドへのネルヴァルの挿絵作成依頼場面一覧

主題・題材	章	ヒロイン	備　　考
田舎花束の祭りと呼ばれている「弓の祭り」	第４章「シテールへの旅」の冒頭、または第１章「失われた夜」の終末に出てくる思い出	シルヴィ （第１章の場合はオーレリー）	リシェはこれを第１章の最終部に出てくる想い出としているが、このエピソードは実質的には第４章の一部と考えられること及びこの手紙自体第４章の冒頭のことを指すともとれる。
湖に小舟が浮かべて、半ば廃墟と化した神殿で行われる鄙びた宴	第４章「シテールへの旅」の中心テーマ	シルヴィ	
踊りの集いでの再会の場面	第８章「ロワジーの踊りの集い」	シルヴィ	
年老いた叔母さんとそのご主人の古い結婚衣裳を恋人たちが身にまとう場面	第６章「オティス」	シルヴィ	
シャーリ修道院での宗教劇の上演の場面	第７章「シャーリ」	アドリエンヌ	
ロバと少年を伴った森の中での恋人たちの場面	第11章「帰り」	シルヴィ	
農家での夕餉の場面	第12章「ドデュ爺さん」	シルヴィ	この章も実質的には第11章の延長であって、“現在のシルヴィ”の章と考えることができる。
シャンティイの森での俳優たちの場面	第13章「オーレリー」	オーレリー （アドリエンヌ）	
アンリ四世時代の城館の前庭での、少女たちのダンスの場面	第２章「アドリエンヌ」	アドリエンヌ	

これら一連の事実はわれわれに一体何を語っているのであろうか。まず最初に考えられることは次のことである。ネルヴァルはこの小説の題名ともなったヒロインの一人シルヴィと彼女に係わる部分を強調しているということ。すなわち彼はシルヴィという娘をこの物語の中心的人物として理解しているということである。逆にいえばマリー[98]やゴーミエあるいはコンスタン、リシェといった研究家が『オーレリア』に至って Aurélia-Sophie-Isis-Médiatrice へと発展していくという意味で重要視している女優オーレリーやアドリエンヌを当の作者はそれほど問題にしていない、というよりむしろ意識的に隠そうとさえしているということである。こうした事実を先に指摘した点すなわちネルヴァルがこの小説を青春の恋を主題とした〈牧歌〉« idylle » であると述べている事実とを考え合わせる時、彼がこの小説に〝アドリエンヌ〟でも〝オーレリー〟でもなく〝シルヴィ〟という題名を与えた理由が理解できるような気がする。それはリシェのいうように[99]、単にシルヴィという娘がこのようにほとんどすべての章に登場してくるという理由だけで彼女の名がこの小説の題名とされたのだろうか。そして真のヒロインはシルヴィではなく、「第一章と第十三章に出てくるオーレリー」なのだろうか[100]。そうではあるまい。この手紙から判断するかぎりネルヴァルはこのシルヴィという娘および主人公〈私〉と彼女が係わる一切のものに対して非常に積極的な意義を込めているような気がする。ボネも指摘するように[101]、これまでの多くのネルヴァリアンは「シルヴィをオーレリーやアドリエンヌとの関係から理解し」ようとし、「後者を重要視し」すぎる傾向があったわけだが、そのような見方は前掲の手紙に窺える作者の意図という点からみるかぎり少々適切を欠いた解釈といわざるを得ない。要するにこの小説が〝シルヴィ〟と命名され、シルヴィという人物が「ほとんどすべての章に登場する」にはそれなりの深い理由があってのことと思われるのである。その深い理由が何であるかを明らかにするにはまずシルヴィという娘のこの小説における役割と意味といったものを解明する必要があろう。なぜならボネがいうように「『シルヴィ』は『オーレリー』ではなく[102]」あくまでも『シルヴィ』なのであり、その『シルヴィ』の本質的意味を明らかにするには、すでに述べたように、このヒロインをどう理解するかに大きなポイントがあるように思われるからである。そこで次に先に挙げた手紙にも触れつつ、このヒロインをめぐって若干の考察を試みてみることとしたい。

プルーストは評論集『サント・ブーヴに反駁して』*Contre Sainte-Beuve* に収められているネルヴァル論の中で次のようにいっている「『シルヴィ』の持つ色彩は真紅色プルプルである。それは赤紫色か菫色のビロードのように赤味がかった薔薇色をおびていて、まったくフランスの水彩画の淡い色調なんかではない。この赤はくりかえして出てくる。射撃場の的の色、赤いネッカチーフなど……またこの本の題名も二つの〔イ〕という音をともなって赤紫を帯びている――シルヴィ、これこそまことに『火の娘たち』である」[103]。プルーストのこうした直観的シルヴィ観はその後の多くの研究家――ゴーミエ、レーモン・ジャン、リシェなど――によって今日まで継承されており、ほとんど定説と化した感がある。たとえばリシェはすでにみたように『シルヴィ』の三人のヒロインがそれぞれ〈三人のウェヌス〉に対応しているとみる。そして「その役割や属性を互に変換させる」[104]天上のウェヌスたるアドリエンヌと地獄のウェヌスであるオーレリーの二人は「アルテミス」の「地獄の聖女」[105]や『東方紀行』におけるバルキスなどと同様、〈地下の火〉に連なる女性であり、またこの小説の中心的なヒロインがシルヴィではなくオーレリーである」[106]以上、さらにまた時として「シルヴィも地獄の女神 « Déesse infernale » となり」[107]、彼女が「foyer〔「家庭」と「暖炉、かまど」[109]の意があり、リシェは後者の意味にとる〕に関係がある」[108]以上、この作品の全体的な調性 « tonalité » は赤であるとしている。同氏はさらにプルーストの先に挙げた文章を引用することでこの作家のシルヴィ観を暗に肯定している。ゴーミエもリシェのこの考え方を踏襲し、シルヴィが子供時代の純粋性を喪失したことを理由として、「彼女もまたある種の地獄のウェヌス « Vénus infernale » となる」[110]と述べている。

『シルヴィ』、そしてことに同名のヒロインに対するこのような見方に対しては入沢康夫氏[111]やコンスタン（『シルヴィとその謎』一九六二年）によって異論が出されているが[112]、私もまた彼らとは異なった意味でいささか抵抗を覚えざるを得ない。この小説のヒロイン、シルヴィはプルーストやリシェあるいはゴーミエのいうように、本質的に〝火の娘〟といえるのだろうか。なるほどリシェのいうように、三人のヒロイン、オーレリー、アドリエンヌ、シルヴィの間には「互にその役割と性格を交換し合う」ことによって彼女らが神秘的な〈火〉の娘たる〝永遠の典型〟type féminin éternel へと発展していく過程が萌芽的な形で認められはする。シルヴィに限っていえば、たとえば彼女にシャーリの城館でアドリエンヌの歌った歌をうたわせることで彼女のうちにアドリエンヌを見ようとしたり、あるいは〈私〉が最後の章でシルヴィとアドリエンヌは「私の上に二重の光を放って玉虫のように輝やいていた唯一の星」であり、「私の唯一の愛の両半面であった[113]」と述べていることからも、リシェのいう三女性の一元化、融合の過程が認められないとはいえない。だがこのような〈私〉の意識の運動は後で再びみるように、別様な見方、意味づけも可能なわけで、かならずしもそこに「唯一なる女性」la Seule への運動のみをみることはできまい。事実リシェも〈オーレリー＝アドリエンヌ〉とシルヴィとの同一化 identification は不完全であり、「一方は至高の理想、他方はやさしい現実といった二重性[114]」はなお克服されていないことを認めている[115]。入沢氏も « Vous (Sylvie) êtes une nymphe antique que vous ignorez. » という〈私〉の言葉を引用した上で「少女 Sylvie が Nerval の一生を支配した恋とは本質を異にし、むしろ一種の対立者として提出されている[116]」として、彼女が〝火の娘〟とは異なる存在であることを指摘している。この辺の事情をさらに先のモーリス・サンド宛の書簡から探ってみよう。ネルヴァルはその中で『シルヴィ』に登場する二人のヒロインについて簡単な紹介を行っている。「二人の女性が登場します。一方の女優はブロンドで、たとえばルイーズ・ドルレアンのような、ブルボン家のタイプの女性です。もう一方は、ギリシャ的タイプで、微笑を浮かべた純朴なミネルヴァ〔アテーナ〕といったらよいでしょうか、かりにそんな姿を想像できればですが」« Il y a deux femmes, l'une, l'actrice est blonde — type bourbonien — Louise d'Orléan par exemple. L'autre a le type grec = (:) Minerve, souriante et naïve, si cela peut se concevoir. »。ここでまず注目されるのは主要なヒロインとして女優（オーレリー）とシルヴィだけが挙げられ、多くのネルヴァリアンによってその重要性が指摘されてきたアドリエンヌは少なくとも表面的には問題にされていないという事実である。この点に関して一言つけ加えれば、リシェは一九七一年に発表された『シルヴィ』論の中でここにアドリエンヌを読みとり、オーレリー（ジェニー・コロン）＝アドリエンヌ＝ルイーズ・ドルレアンという結合をみているが[117]、こういう読み方は明らかに作者の意に反したものではなかろうか。オーレリーやアドリエンヌに関する考察は別の機会に譲ることとして、ここではネルヴァルが挙げているもう一方のヒロイン――シルヴィ――に限って考察を進めてみよう。作者の〝解説〟によれば彼女は「ギリシア的タイプ」の女性だといい、次にイコール記号をもって（リシェ版に拠る、ギヨームとピショワの新版ではほゞ同じ意味のドゥ・ポワン）「微笑をたたえたナイーヴなミネルヴァ」だという。これはシルヴィの性格、小説中での役割や意味を考える上で少なからず重大な言葉ではなかろうか。もっとも以前から、たとえばコンスタンなどによって指摘されていたことだが[118]、シルヴィが女神ミネルヴァ、ギリシア神話でいう女神アテーナ Athêna に結びつくことはこの手紙が発見される以前から、たとえばコンスタンなどによって指摘されていたことだが、こうした結びつきはテクストからうかがい知ることもできる。たとえば「彼女のすべてがすばらしくなっていた。子供の頃からあんなに人をひきつける力のあったその黒い眼の魅力は、もはや逆らいがたいまでになっていた。弓なりの眉の下で、その眼にほほえみがうかぶと、ととのって温和な顔だちはたちまちに輝き、何かしらアテネ的な感じがした」« Tout en elle (Sylvie) avait gagné : le charme de ses yeux noirs, si séduisants dès son enfance, était devenu irrésistible ; sous l'orbite arquée de ses sourcils, son sourire éclairant tout à coup des traits réguliers et placides, avait quelque chose d'athénien[119] »（第四章）とか、あるいは「〔シルヴィは〕疲れた顔つきだった。だが、黒い眼はあいかわらず昔のままのアテネ的なほほえみに輝いていた」« Sa figure était fatiguée ; cependant son œil noir brillait toujours du sourire athénien d'autre-fois[120] »（第八章）とか、さらには「うれしそうなシルヴィの顔には、あのアテネ的なほほえみが輝いている」《Le sourire athénien de Sylvie illumine ses traits charmés.》[121]といった例が認められる。シルヴィを形容する言葉としてこれらの例にみられる“athénien”という形容詞をネルヴァルが使った時、女神アテーナ Athêna が想われていたであろうことは確実と思われる。また第十三章でも〈私〉を「深淵の縁で踏みとどまらせた」人としてシルヴィを智恵の女神に喩えており、[122]これをみても彼女が智恵の女神ミネルヴァとして考えられていることは確実と思われる。したがってこの手紙の発見によってシルヴィ＝ミネルヴァという事実が改めて確認されたわけである。そしてこのミネルヴァないしアテーナが〈火の娘〉ではなく、むしろ〈火〉を嫌う女神であるという点については後で再び触れることとなろう。ところでシルヴィが〈火の娘〉でないということの傍証としてテキスト十一章の「思い出すかい、シルヴィ、番人がぼくたちに赤い法師の話をしてくれたとき、どんなにきみがこわがったか？――まあ！　そんな話持ち出さないで」[123]といった〈私〉とシルヴィの会話を考えることはできないだろうか。ここには〈火〉に結びつく〈赤い〉ものに対して恐怖感を抱き、嫌悪感を示すシルヴィの性格があらわれていないだろうか。

　シルヴィのこうした性格はネルヴァルが作品集『火の娘たち』出版の過程で出版者に宛てた一連の書簡によって確認することもできるように思われる。例えば一八五四年一月十日の出版者ダニエル・ジロー宛の手紙の中で「この題名〝火の娘〟は勿体ぶった《frou-frou》感じで内容によく合っているとは思えない[124]」といっており、また一八五三年十二月の同氏宛の手紙では「『シルヴィ』は今度の作品集には本当は入れるべきではないのだが」とか「入れることには同意するが、他日別の体裁で出版したいのでその所有権は譲りたくない[125]」とかいっている。このことは単に『シルヴィ』の同名のヒロインが作品集の題名（『火の娘たち』）を体現していないというだけでなく、この小説の内容そのものが〝火の娘〟に適わしくないと作者が考えていたという事実を物語っているような気がする。ネルヴァルの『シルヴィ』に対するそのようなこだわりは彼がこの作品を『火の娘たち』に収録されることになる他の作品群（『オクタヴィ』は別として）とは異質のものと考え、それとは異なった意義を与えていたということを示唆しているようにも理解できる。そこでこの〝異なった意義〟とは何かということが問題になるが、その前にもう少しヒロイン、シルヴィについての考察を続ける必要があろう。

この小説の典拠 source や影響 influence を中心としたいわゆる成立過程 "genèse" の問題はジャン・リシェ、コンスタンをはじめ多くのネルヴァリアンによってほぼ解明され尽したかに見える。したがってここでは問題をシルヴィという人物を理解する上に必要と思われる部分に限って少しく考えてみよう。

マリーやブーランジエ[126]以来、シルヴィは想像上の人物、少なくとも何人かの実在した女性が総合されて成立した人物とみる見方が今日の定説となっている。確かにネルヴァルの伝記的事実の中に〝素材〟としての複数の〝生きた〟女性を求めることは可能であるにしても、彼女とほぼ重なり合うという意味での、いわゆる〝モデル〟は存在しないとみるのが妥当だろう。それにこの種の詮索は作品自体の意義を知る上でそれほど意味のある作業とも思えないので、次にシルヴィという人物の成立過程について考えてみたい。マリー以来多くの研究家が、アドリエンヌについては相当のページ数をさいて伝記や他作家の作品の中にその原型を求めているが、シルヴィについては申し合わせたようにあまり多くを語っていない。リシェはシルヴィとの関連でこの作品が『散策と回想』*Promenades et Souvenirs* とともに作品集『火の娘たち』の一編となった『アンジェリック』*Angélique* との深い関連性を指摘しているが[127]、〝シルヴィ〟という名前の由来という問題に限っていえばこの指摘は妥当な見解と思われる。たとえばネルヴァルは『散策と回想』の中では前章ですでに引用したが、「エロイーズは今は結婚している。ファンシェットもシルヴィもアンドリエンヌも私には永遠に失われてしまった。――世界は砂漠となった。愁訴をもたらす亡霊たちに満ちて世界は今、私の虚無の残骸の上で愛の歌をささやく」と語っており、この記述を見るかぎり、ヴァロワにおける子供時代の遊び友達の少女にそれらしきモデルが存在したようにも想像できなくはない。また、「アンジェリック』の中では「私は以下でそのあだ名をとってシルヴァンと呼ぶつもりの、一人の友人を連れてでなければ、この地方を旅しないことにしている。それは、この田舎では非常にありふれた名前だ。――その女性形があの優雅なシルヴィで、――シャンチイの森の花束のおかげで世に知れわたっている名前である。詩人テオフィル・ド・ヴィヨーがあれほどしばしば夢想にふけりに行ったシャンチイの森の。」« Je ne voyage jamais dans ces contrées sans me faire accompagner d'un ami, que j'appellerai, de son petit nom, Sylvain. C'est un nom très commun dans cette province, — le feminin est le gracieux nom de Sylvie, — illustré par un bouquet de bois de Chantilly, dans lequel allait rêver si souvent le poète Théophile de Viau.[128] » と述べており、〝シルヴィ〟という名称自体はこの辺から出てきているであろうことが推察される。レーモン・ジャンによれば[129]この名前は十七世紀の詩人ヴィオー Thêphile de Viau 以来多くの作家たちによってその作品名、ヒロイン名として使用されてきたいわば文学的伝統上の〝モデル名〟であったという。しかしR・ジャンはこのヒロイン自体の問題になると、彼女は、「ジェラールが幼年時代に知り得た少女たちの総合的典型 type syncrétique であろう[130]」としかいっていない。われわれはここでこのモデル名の問題に関連して次の事実を指摘しておこう。詩人ヴィオーは受難中も温かく保護してくれたシャンティイ城の女主人マリー＝フェリス・デ・ズュルサン Marie-Félice des Ursin（モンモランシー公爵夫人）を〝シルヴィ〟と呼んで、同名の長編オード『シルヴィの家』*Maison de Sylvie* を彼女に捧げている。またこの詩人の弟子で師匠同様、モンモランシー家の〝家人〟であったジャン・メレー Jean Mairet も田園劇『シルヴィ』を同公爵夫人に捧げているほか、夫人をモデルにした〝シルヴィ詩篇〟も書いているのである。またヴィオーのオード詩篇『シルヴィの家』は後でも触れるように、そのシンメトリックな円環的構造という点でもネルヴァルの『シルヴィ』との共通点が見られるのである。

　その名前の由来はともかく、シルヴィという人物の形成には一八五一年に初演されたメリー Méry との共作戯曲

『ハールレムの版画師』*L'Imagier de Harlem* と一八五〇年に発表された『ニコラの告白』*Confidences de Nicolas* が大きな影響を与えていたように思われる。前者と『シルヴィ』との類縁性については別の機会にとり上げることとし、ここでは後者と『シルヴィ』との関連性に限って考えることとしたい。『シルヴィ』は一八五二年の夏より一八五三年の夏までのほぼ一年間を費して執筆されたことが知られており、[131] またこの時期には伝記集『幻視者たち』*Les Illuminés* 収録のために『ニコラの告白』の推敲も行っていたらしい。[132]『シルヴィ』への他作家の影響と言うとき、『若きヴェルテルの悩み』のゲーテや『新エロイーズ』のルソー、『ポリフィルスの夢』のフランチェスコ・コロンナとともに必ず引き合いに出されるレチフ・ド・ラ・ブルトンヌ Rétif de La Bretonne だが、以下においてはネルヴァルの書いたレチフ伝つまり『ニコラの告白』と『シルヴィ』との親近性を両作品のヒロインの一人、ジャネット・ルソー Jeannette Rousseau とシルヴィとの関連性といった観点から考えてみよう。

この作品が顔立ちの似た複数の女性の中に永遠の女性を追求するといったいわゆる〈類似〉ressemblance ないし〈瓜二つ〉sosie のテーマ、あるいは主人公やヒロインたちの性格、筋立などの点で、きわめて『シルヴィ』と近い雰囲気と内容をもった作品であることは大方のネルヴァリアンが一致して認めているところだが、『シルヴィ』における同名のヒロインが『ニコラの告白』中のどの人物に対応しているかという点になると説が二つに分かれている。カステックスなど多くの研究家はニコラの子供時代の初恋の女性ジャネットを『シルヴィ』のアドリエンヌに対応させ、両者の類似性を論じている。[133] また逆にコンスタンはこのジャネットを『シルヴィ』における同名の少女〝シルヴィ〟に対応させている。[134] この異なった二つの説はそれぞれ根拠をもっているが、本質的にはコンスタン説の方が正しいと考えられる。というのは『ニコラの告白』のジャネットの多くの部分、というか本質的部分はシルヴィに、他の部分がアドリエンヌに引き継がれているのではないかと考えられるからである。つまりジャネットが主人公ニコラにとって幼年時代の初恋の女性であり、かつ生涯忘れることのできない理想の女性であった[135]という点では、『シルヴィ』におけるアドリエンヌと同一の意味と役割を担っているが、他方彼女らが二人とも作者自身によって女神ミネルヴァ Minerve の属性をも与えられた「優しい現実」[136]であったということ、そしてこの事実の中には後でみるように『シルヴィ』の本質的意味が秘められていると思われるからである。ジャネットが、女神ネルヴァに比せられている点についていえば、たとえば『ニコラの告白』第二部最終章「ニコラの結婚」に、「ニコラは代訟人の家へと向う。一人の老嬢が門のところにいる。それがジャネットだ。まさにあのミネルヴァのような顔だ、黒い眼が、皺の間でほほえんでいる。その身体つきは、わずかに腰が曲ったとはいうものの、上品さとかつて人々の讃嘆の的であったしなやかな優美さを保っている」« Nicolas se dirige vers la maison du notaire ; une vieille figure à la porte : C'est Jeannette ; C'est bien cette figure de Minerve, à l'œil noir, souriant à travers les rides... »[137]という言葉が見え、これはすでにみたモーリス・サンド宛書簡の言葉「もう一方は、ギリシャ的タイプで、微笑を浮かべた純朴なミネルヴァ〔アテナ〕といったらよいでしょうか」« L'autre 〔Sylvie〕 a le type grec: Minerve souriante et naïve » に符合している。また両作品の主人公にとって二人がともに〝現実の女性〟でもあったことは、たとえば『ニコラの告白』第二部の最終章の次のような言葉と『シルヴィ』との比較から確かめることができる。

彼は自分の失われた青春時代の日々を、苦い思いで夢みながら歩き回った。歩きながらジャネット・ルソーのことを思った。彼女は、これまで愛した女たちの中で、彼がついに一言も声をかける勇気を持てなかったただ一人のひとだった。「あそこには恐らく幸福があった！ ジャネットを妻にし、クールジで一生を送る、律気な農夫として、――恋の遍歴もなく、小説を書くこともなしに。それが私の生活であっただろう、私の父がそうだったように……でもジャネット・ルソーはどうなったのだろうか？ 誰かと結婚したのだろうか？ 生きているのだろうか、まだ？ 村で、彼は聞いてみた。……彼女は生きていた。彼女はとうとう結婚しずじまいだった。彼女の一生は、最初は畑仕事で、その後は近隣の城館で娘たちの教育に携わることで過ぎていった。（…）「おお、それがどうだと言うのだ、まだ時間はある」と彼は続けた。「私は一人身です、あなたが独身のままだということも存じております。……あなたは自然が私に定めていた連れ合いだったのです。遅くなってしまいましたが、私の妻になってはいただけませんでしょうか？」（傍点筆者）

Il pense à Jeannette Rousseau, la seule des femmes qu'il a aimées, à laquelle il n'a jamais osé dire un mot. « C'était là le bonheur peut-être ! Épouser Jeannette, passer sa vie à Courgis, en brave laboureur, — n'avoir point eu d'aventures, et n'avoir pas fait de romans, telle pouvait être ma vie , telle avait été celle de mon père... Mais qu'a pu devenir Jeannette Rousseau ? qui a-t-elle épousé ? est-elle vivante encore ? »

Il s'informe dans le village... Elle existe ; elle est toujours restée fille. Sa vie s'est écoulée d'abord dans le travail des champs, puis à faire l'éducation des jeunes filles dans les châteaux voisins.[...]

« ...Oh ! n'importe ! il est temps encore, reprit-il ; je suis libre aujourd'hui, je sais que vous l'êtes restée ;... vous étiez l'épouse que la nature me destinait : quoique tard, voulez-vous la devenir ? »[138]（下線筆者）

これは年老いたニコラが人生に傷つき絶望して彼の故郷、彼がかつてジャネットを愛した村クールジに帰り、今は老嬢となった彼女と再会し、結婚を申込む場面だが、これはほとんどそのまま『シルヴィ』第三章の冒頭および最終章後半部と重ね合わせることができるといってもいい程である。『シルヴィ』第三章でも主人公〈私〉はロワジーの村にいるシルヴィを想ってこう言う。

そうだ、彼女がいるのだ。善良で、心も清く暮らしているはずだ。（…）シルヴィは私を今でも待っている……。だれが彼女を嫁にもらったりするだろう？　彼女は本当にかわいそうだ！（…）彼女はちびのパリっ子と呼ばれていた私だけを愛してくれていた。伯父に会いに、ロワジーの近くへよく行った頃のことだ。その伯父も、気の毒に今すでにない。彼が私にのこしてくれた、つつましいとはいえ私の一生には十分なほどの財産を、私は三年このかたお大尽気取りで撒きちらしてきた。シルヴィといっしょに暮らしていたら、私はそれを失くさずにすんだのに。が、たまたま、その一部がもどってくることになったのだ。まだ手おくれではない。（傍点筆者）

Elle existe, elle, bonne et pure de cœur sans doute. [...] Elle m'atend encore... Qui l'aurait épousée ? elle est si pauvre ! [...] Elle m'aimait seul, moi le petit Parisien, quand j'allais voir près de Loisy mon pauvre oncle, mort aujour d'hui. Depuis trois ans, je dissipe en seigneur le bien modeste qu'il m'a laissé et qui pouvait suffire à ma vie. Avec Syvie, je l'aurais conservé. Le hasard m'en rend une partie. Il est temps encore.[139]（下線筆者）

また最終章では家庭に入ったシルヴィを訪ねてこんなふうにいう。

　台地の澄み切った空気を胸いっぱいに吸ってから、私はそこをおりて、陽気に菓子屋まで散歩に行く。「やあ、グラン・フリゼ！」「よお、ちびのパリっ子！」私たちは子供の頃のように、友情をこめて挙固をおみまいし合う。それから階段をのぼって行くと、二人の子供がよろこびの声をあげて私を迎えてくれる。うれしそうなシルヴィの顔には、あのアテネ的なほほえみが輝いている。私は心につぶやく、「たぶん、私の幸せはここにあった、しかし……」（傍点筆者）

Après avoir rempli mes poumons de l'air si pur qu'on respire sur ces plateaux, je descends gaiement et je vais faire un tour chez le pâtissier. « Te voilà, grand frisé ! — Te voilà, petit Parisien ! » Nous nous donnons les coups de poing amicaux de l'enfance, puis je gravis un certain escalier où les joyeux cris de deux enfants accueillent ma venue. Le sourire athénien de Sylvie illumine ses traits charmés. Je me dis : « Là était le bonheur peut-être ; cependant… »[140]（下線筆者）

ここに引用した両テキストの驚くほどの親近性はわれわれに両作品の間には、ある共通した本質的な何かが存在しているのではなかろうかといった感じを抱かせる。それはともかく両ヒロインが作者から共に智恵の女神ミネルヴァと規定されているという点についてさらにいえば、たとえばシルヴィは〈私〉に向って「ねえ、あなた、ものには諦めってことも肝心よ。人生って私たちの思うようにはいかないものよ[141]」とか、さらに「でも、うわついたことを考えてるわけにはいかないわ。あなたはパリでなさることがおありだし、私には私の仕事があるのですもの。あまり遅くならないうちに帰りましょう。明日は私、お日さまといっしょに起きなくてはならないのよ[142]」などと言っている。こうした彼女のミネルヴァとしての分別、土に根ざしたたくましい生活感覚は彼女が〈火の娘〉とは異質の女性であることを示している。またたとえば〈私〉はシルヴィに向かって「一生をよぎったあの不吉な幻」から「ぼくを救って下さい[143]！」と叫んだり、あるいは「ぼくを苦しめているあの亡霊を追い出してくれないかな[144]」などと哀願しており、このことは彼女が単に〈火の娘〉ではないという以上に、そうした〈不吉な幻〉spectre funesteやモーリス・サンド宛の手紙で言っている「危険な情念」« passion dangereuse » からの解放者として考えられていることを示唆しているように思われる（「彼はパリの危険な情念に打ち勝とうと、シルヴィの住む田舎の祭りに出かけます」« Il veut combattre la passion dangereuse de Paris, et se rend à une fête dans le pays où est Sylvie »）。他方『ニコラの告白』におけるジャネットの智恵の女神としての性格は直接的な言葉ではあまり語られていないが、第二部最終章の「彼女の一生は最初は畑仕事で、のちには近隣の城館で娘たちの教育をすることで過ぎていった[145]」という言葉の中にその片鱗を認めることができよう。

ところで彼女らがともに田舎の少女であり、農家の娘でもあるという事実、あるいは両作品ともシルヴィ、ジャネットがそれぞれ結婚し、家庭に入る話で終えている事実（『ニコラの告白』の場合第二部の結末）、それはミネルヴァが農耕の女神でもあり、また家庭 foyer の守護神——夫婦の和合、貞節を守る女神——でもあった[146]という事実との関連から、そこに『シルヴィ』の本質的意義および同作品におけるシルヴィの役割と意味といった問題を考える上できわめて重要な意味を含んでいると思われるが、この辺の問題は次の第3節で再び取り上げることにしたい。

シルヴィ、ジャネット＝ミネルヴァという問題に関連してもう一つ注目すべき事実がある。高津春繁氏によれば智恵の女神ミネルヴァが生れた時「太陽神ヘーリオスはロドス島の息子たちにこのことを知らせたところ、彼らは急ぎのあまり火を忘れたので、焼かない犠牲を女神に供えた。しかし女神はこれを嘉し、この習慣はリンドス《Lindos》市の女神の神殿に伝わっている」[147]（傍点筆者）という。この説をさらに敷衍すればミネルヴァは火や焼かれたものを好まないと考えることも可能であろう。とすればこの点からもミネルヴァに比されるシルヴィは〈火の娘〉とは正反対の存在ということになろう。なおリシェは「ネルヴァルがこの小説を〈シルヴィ〉と名付けた以上、そのヒロインもまた〈火の娘〉の一人と見做さざるを得ず、それは彼女が Hestia-Vesta つまり〈火〉を連想させる《foyer》の女神であるからであろう」[148]と述べているが、これは苦しい解釈という以上に誤った解釈というべきだろう。すでにわれわれがみてきたように、この場合の《foyer》とは暖炉やかまどの意ではなく、家庭の意味で充分であり、シルヴィは決して〈火の娘〉ではない。

シルヴィが〈火の娘〉ではなく、むしろその否定者であるということは彼女がしばしば水や森に結びつけられて描かれている事実から確認することもできよう。彼女が水の精 nymphe に喩えられている点はすでに入沢氏によって指摘されているが[149]、確かに彼女はその名の語源的意味にみられる通り、〃森の娘〃 fille des forêts であり、水の精といった色彩が随所に認められる。「君は自分では意識していないけど、古代のニンフなんだ。それにこのあたりの森は古代ローマの田園の森と同じくらい美しい」《Vous êtes une nymphe antique qui vous ignorez. D'ailleurs, les bois de cette contrée sont aussi beaux que ceux de la campagne romaine.》[150]。主人公〈私〉とシルヴィとの〝出会い〟の場面には必ずといっていいほど淡い色彩に彩られた小川や湖あるいは野原、木々の茂み、森のイマージュが伴っている[151]。次にそうした例を二、三挙げてみよう。

私たちはテーヴ川の岸に沿って出発し、ひなぎくやきんぽうげが一面に咲いている野原を渡り、それからサン＝ローランの森沿いに進み、近道をするために何度か小川や藪を越えた。木立では鶫《つぐみ》がするどく鳴き、私たちが歩くにつれて藪に触れると、そこから四十雀《しじゅうから》が陽気に飛び立つのだった。

Nous partîmes en suivant les bords de la Thève, à travers les près semés de marguerites et de boutons d'or, puis le long des bois de Saint-Laurent, franchissant parfois les ruisseaux et les halliers pour abréger la route. Les merles sifflaient dans les arbres, et les mésanges s'échappaient joyeusement des buissons frôlés par notre marche[152].（V. Le Village)

テーヴ川は、水源に近づいて細くなり、砂岩や砂利の間で、またしてもせせらぎの音を立てるのだった。その水源の泉では、川は、まわりにグラジオラスや菖蒲《しょうぶ》などの生えている小さな湖となって、草地の中に休らっているのである。ほどなく、私たちは村のいちばんとっつきの家々のところに着いた。

La Thève bruissait de nouveau parmi les grès et les cailloux, s'amincissant au voisinage de sa source, où elle se repose dans les prês, formant un petit lac au milieu des glaïeuls et des iris. Bientôt nous gagnâmes les premières. maisons.[153]（VI. Othys）

テーヴ川は左手で水音を立て、その曲がり目ごとによどんだ水が逆流して、黄色や白の睡蓮《すいれん》の花が開き、その縁をかざって、かよわい水草の花がひなぎくのように咲きこぼれていた。野には一面に乾し草の束や塚が散在し、その匂いは、つんと頭にこたえるのだったが、森や花ざかりのさんざしの藪で嗅いだ新鮮な香気のように人を酔わせてはくれなかった。

La Thève bruissait à notre gauche, laissant à ses coudes des remous d'eau stagnante où s'épanouissaient les nênuphars jaunes et blancs, où éclatait comme des pâquerettes la frêle broderie des étoiles d'eau. Les plaines étaient couvertes de javelles et de meules de foin, dont l'odeur me portait à la tête sans m'enivrer, comme faisait autrefois la fraîche senteur des bois et des halliers d'épines fleuries.[154]（VIII. Le Bal de Loisy）

『シルヴィ』においては水はさまざまな想像力や想起作用を始動させるモメントの一つとなっており、たとえば「白鳥たちにもきらわれる澱んだ水[155]」、「〈私〉を溺れさせる水[156]」等々といった水もあり、それらはすべてバシュラール流の意味づけが可能であろう。ここに引用したテーヴ河を中心とした自然のイマージュに限っていうなら、それはシルヴィの素朴さや平静さあるいは健康な生への〈私〉の憧憬を反映しており、さらにはシルヴィと共にある〈私〉の幸福感を反映しているように思われる。それゆえシルヴィをつつむ小川や湖、森、草原といった自然のイマージュの多くは主人公〈私〉の内部に潜む不吉な情念、〃死に至らしめる〃「危険な情念」を〃冷やし〃、鎮め、否定しようとする彼の無意識的願望を、いいかえれば彼の生命や健康性への回帰願望が投影されているように思われるのである。

これまで試みてきた考察から、次の点すなわちこの小説の真のヒロインはリシェがそう見るアドリエンヌでもオーレリーでもなく、正にシルヴィでしかあり得ないこと、そしてそのシルヴィはプルーストやリシェあるいはゴーミエがいうような意味での〈火の娘〉では決してないこと、さらに彼女は単にそうではないというだけでなく、むしろ〈火〉に通ずる「不吉な幻」spectre funeste[157]や死に至る「危険な愛」passion dangereuseの否定者であり、現世での幸福、健康な生の肯定者であるということだけは確認できたかと思う。ところでそういうものとしての彼女はこの小説において一体いかなる役割と意義を担っているのであろうか。そこで次にこうした問題を、われわれにとってこの作品のもつ本質的意味とは何かといった問題と絡み合わせて、さらに追求していくことにしたい。

3．カトリック的世界観への回帰とその挫折

『シルヴィ』、それはわれわれには何よりもまず、ネルヴァルのカトリックというか正統的なキリスト教信仰への決死的な復帰の努力とその挫折の物語、と読める。あるいは少なくとも十九世紀ロマン派に共通して認められる宗教的混淆主義syncrétismeないし折衷主義éclectismeに内在するニヒリズムの克服を試みた物語として読める。ベガンは名著『現存の詩』*Poésie de la présence*において〈神の不在〉を歌ったジャン＝パウルの「夢想」という詩がユゴーやヴィニー、ネルヴァルといったロマン派の詩人たちに大きな精神的衝撃と影響を与えた事実を指摘しているが、[158]実際ユゴーやネルヴァルにみられる宗教的サンクレティスムは常にその背後にニヒリズムnihilisme、少なくとも〈神の不在〉による虚無vide意識を隠していたと思われる。ここで何故サンクレティスムと虚無意識とがヤーヌスの双面のように表裏一体の関係にあるかといったことが問題になるが、この問題の解明には思想史的というか精神史的な側面からの考察を必要としようが、結論的にいえばサンクレティスムを含むロマン主義的精神には

本書第一部ですでに問題にした〝キリスト教的逆説〟――すなわち「神の国は外部的に目に見えるものとして到来するものではない。〈あなたたちのうちにある〉(ルカ伝十七―二十、二十一)」のであり、「この未来(神の国)はあなたのことであること、ここといまのことであること、」「イエズスは未来を天上の雲から引き降ろして毎日の現在のこととしたのであ」り、「未来(神の国)は〈やってくる〉ものではない。未来はわたしたちのことである(「イエス言ひ給ふ『われ誠に汝に告ぐ、今日なんじは我とともに天国に在るべし』」(ルカ伝二十三―四三))。それも一瞬一瞬、未来は現在に課せられる要求であり、一つ一つのいまを能うかぎり豊かに、能うかぎり要求の多いものとして十分に活かす」[159](ミラン・マホヴェッツ)というあり方(教え)――に支えられた「ここでのいま」**hic et nunc** への信頼が欠落しているという一事につきると思われる。すなわちサンクレティスムや虚無の深淵への道は存在の原点たる **hic et nunc** に超越的な絶対者の視線の反映を見い出せぬ近代人(「私は、神の眼を求めながら、黒々とした、底無しの巨大な眼窩しか、/見なかったのだ。その眼に棲う夜は、/世界の上に闇を放射しつつ、ますます暗さを増していく」« En cherchant l'œil de Dieu, je n'ai vu qu'un orbite / Vaste, noir et sans fond; d'où la nuit qui l'habite / Rayonne sur le monde et s'épaissit toujours: »[160])がたどる必然的帰結であるということ。

ユゴーはしばらく措いて、少なくともネルヴァルは Mère-Epouse-Amante[161] とかあるいは Aurélia-Artémis-Isis といった女性神話を主要な内容とする彼の愛のサンクレティスムの裡にそのような不毛性(虚無性)、不健康性が存在することを無意識的に気づいていたと思われる。そのことはたとえば「サイスの女神よ、そなたの信徒の中で最も大胆な者は、そなたのヴェールをはね上げた時、〈死〉のイマージュに直面してしまったのだろうか」[162](『イシス』*Isis*)といった言葉によって確認することもできよう。こうした彼のサンクレティスムと虚無意識との相関関係が最も顕著にあらわれているのは、『幻想詩篇』に収められている「オリーヴ山のキリスト」« Le Christe aux Oliviers » という詩であろう。そこで彼は「兄弟たちよ、私はお前らを欺いていた。深淵! 深淵! 深淵!/私が犠牲として捧げられるこの祭壇には、神がいない／神はない！　もはや神は存在しない！」だが彼らは相変らず眠りほうけていた」« Frère, je vous trompais : Abîme ! Abîme ! Abîme !/ Le dieu manque à l'autel où je suis la victime.../ Dieu n'est pas ! Dieu n'est plus ! » Mais ils dormaient toujours !... »[163] というようにキリストの神性への疑い、神の存在への疑念を表明しながら、同時に「神はもはやいない！」« Dieu n'est plus ! » といって神の絶対的な非在性に対しては断定することを避けてしまう。つまりデュリー夫人のいうように、[164] ネルヴァルの詩はどんなに否定的、虚無的な詩であっても必ずそこに〝不決断〟、〝ためらい〟の意識が働いており、事実この詩でも最終節では「その者こそまさしく彼だった、あの狂人、至高の錯乱者、／天空に昇ったあの忘れられたイカロス／神々の雷に打たれて堕ちたパエトン／虐殺され、キュベレーが生き返らせるあの美男のアッティス！」« C'est bien lui, ce fou, cet insensé sublime.../ Cet Icare oublié qui remontait les cieux, / Ce Phaéton perdu sous la foudre des dieux,/ Ce bel Atys meurtri que Cybère ranime ! »[165] を経て汎神論的詩へと転化してしまっている。こうしたネルヴァル的ニヒリスムと汎神論的混淆主義 syncrétisme panthétiste との間の精神の揺れ oscillation は散文作品の中にもしばしば認められるものである。たとえば『イシス』では「全てを否定した革命と、キリスト教の信仰をそっくりそのまま回復しようと主張する社会的反動との、相反する二つの教育の間を漂っている、不信のというよりむしろ懐疑の世紀の子である私は」[166] といっており、これとほとんど同じことを『オーレリア』第二部第一章、第四章でもいっている。[167] また『シルヴィ』第一章でも同じ趣旨の言葉が語られている。[168] つまりプーレも指摘するようにネルヴァルの不幸は当時の「ロマン派時代の青年一般同様」、信仰の「対象を欠いて」いるために、「信じたいと思うが、信ずることができない」[169] のだ。そこで「信仰を得るために、信ずるふりをして」[169]（といってしまっては言い過ぎだが、）次々と神話や伝説の女王や女神を追い求め、そこに彼独自の女性神話を成立させていったと考えられる。ここで彼の女性神話についていえば、それは彼が愛した現実の女性たち、たとえばジェニー・コロン、マリー・プレイエル、ソフィ＝シドニー、ソフィ・ドーズ、オーストリア公女ソフィあるいはJ・ギヨームが主張するようにA・ウーセー夫人ステファニー（われわれはこの説をあまり信じていないが）さらには彼の生母といった女性たちに、グノーシス派のソフィア、女神イシス、アルテミス、聖母マリアなどが融合された新プラトン主義的な色彩の強いサンクレティスムといえようが、同時にそれはネオ・ピタゴリスム néo-pythagorisme やオルフィスム orphisme の教義、殊にその霊魂転生説 transmigration des âmes や霊魂不滅説（どこまで本気で信じていたかは別として）によって支えられている。[170]

だが他方で『シルヴィ』におけるネルヴァルはこのような広い意味でのプラトン主義的な愛のサンクレティスムに――それが nihilisme と紙一重であるが故に――何か不吉なもの、彼の生の在り方を根底から覆してしまうような不健康さをも嗅ぎつけている。そのことは、『シルヴィ』における主人公〈私〉の次のような言葉から確認できる。

女優の姿の下に修道女を愛するということ！　そしてこれがまったく同一の女性だとしたら――そこには人を気違いにするようなものがある！　何かわからぬものが人をひき寄せ、破滅へと導こうとしているのだ（…）現実に帰ろう。それにしてもあれほど愛していたシルヴィを。[171]（第三章「決心」）

私の生涯をよぎった不吉な幻を想いおこしながら、さらに続けた。「ぼくを救って下さい！　今度こそ永久にあなたのもとへ帰ってきたのです」[172]（第八章「ロワジーの踊りの集い」）

「あなたのなつかしい声がこのドームに響いて、ぼくを苦しめているあの亡霊を追い払ってくれないかな、それが神聖なる霊か、人を破滅に導く霊かは別として」[173]（第十一章「帰り道」）

右の言葉はすべて〈私〉がシルヴィに対して、あるいはシルヴィを頭において発している言葉である点に注目する必要があろう。それはシルヴィが〈私〉の異常な愛、obsession に近い「危険な情念」からの解放者として考えられていることを示している。この辺の事情はすでに第2節でみた通りだが、ここではさらに一歩進めて、ではそのような不吉な情念の解放者してのシルヴィとは〈私〉にとって一体何であったかという問題を考えてみる必要があろう。

　この問題を解明する上の糸口として再びネルヴァルの〝小説的〟レチフ伝『ニコラの告白』第一～二部と『シルヴィ』との相関性、親近性を再度問題としてみたい[174]。『ニコラの告白』のヒロインの一人ジャネット・ルソーが『シルヴィ』における二人のヒロイン、アドリエンヌとシルヴィの性格や役割をあわせ持っていることもすでに第2節で述べたが、このことは『シルヴィ』の本質的意義を考える上で象徴的である。つまりジャネットはニコラにとって初恋の女性であり、生涯忘れることのできない〈理想の女性〉であったが、他方この女性は神格化され、「その生前よりも、死後において私に属する[175]」女性と考えられることもなかった。彼にとってジャネットは「神々しいばかりに美しく[176]」優雅な女性ではあったが、同時に現実の女性、手に触れ得る地上的な女性でもあった。そのことは彼が「しわの寄った」、「少し腰の曲った[177]」六十三歳の老嬢ジャネットと結婚するというこの作品（第二部）の結末をみても理解できよう。

　ところで二人の結婚に関連して注目すべき事実がもう一つある。それはジャネットが生涯敬虔なキリスト教徒であったということである。すでに引用した第二部最終章「ニコラの結婚」において作者は「そしてギリシア人たちの古い運命の神しか信じていなかったこの男は今自分がキリスト教の神を信じ confesser la Providence ねばならないことに気づいたのであった[178]」といい、その結婚がある司祭を立会いとして行われたこと、「そのことは、あるいは彼が最後の妻ジャネットのたっての願いを容れたことを示しているかも知れないし、あるいはまた彼のキリスト教思想へのおくればせながらの帰依を示しているとも思われる」[179]（傍点筆者）と語っていること。キリスト者ジャネットとの結婚、つまりニコラの〝カトリック教会との結婚〟、『ニコラの告白』のこの結末は一体何を意味しているのであろうか。それはニコラにおけるルージュモンのいう〝エロス的愛〟から〝アガペの愛〟への変容を物語るものではなかろうか。ネルヴァルが彼の『ニコラの告白』たる『シルヴィ』を書こうとした時、秘かに夢見たものはそのような〝改宗〟conversionではなかったろうか。つまりネルヴァルはアドリエンヌの幻への偏執obsession、あるいは女優へのプラトニックな愛――エロス的愛――が生命の在り方を否定しかねない〝危険な情念〟passion dangereuseであることを無意識的に予感し、それから逃れるために、シルヴィおよびシルヴィに象徴される生の在り方へと赴いたのではなかろうか。本章第2節前半部でとり上げたモーリス・サンド宛の手紙に見える次の言葉はこのような仮説をネルヴァル自身が裏付けてくれているように思われる。「パリの青年が、ある女優に夢中になった時、昔の村娘への恋に思いを巡らせ始めるのです。彼はパリの危険な情念〔恋情〕に打ち勝とうと、シルヴィの住む田舎――エルムノンヴィルの近くにあるロワジー村――の祭りへ出かけます」。« Un Parisien qui au moment de devenir épris d'une actrice, se met à rêver d'un amour plus ancien pour une fille de village. Il veut combattre la passion dangereuse de Paris, et se rend à une fête dans le pays où est Sylvie[180]—à Loisy, près d'Ermenonville. » シルヴィに帰ることによって「パリでの危険な愛に打ち勝とうとする」こと、作者がこの小説で意図した根本的命題はこのことではなかったろうか。

　このシルヴィ的なものへの志向こそ、正に彼の新プラトン主義的なサンクレティスムから正統的キリスト教、つまりカトリックないしカトリック的なものへの回帰を意味しているのではなかろうか。無論作者はそのようなことを直接語っているわけでもなく――彼のキリスト教や教会への関心を示す言及は少なくないが――、ましてやシルヴィがクリスチャンであったとも言っているわけでもない。だがここでは彼女がクリスチャンであったかどうかということはさして問題ではない。なぜなら私が当面問題にしたいのはシルヴィの精神や生の在り方、あるいはシルヴィ的なものそれ自体に『シルヴィ』執筆以前の作者の世界観、人生観あるいは生き方といったものを〈一掃〉table rase してしまうような精神原理の一つとして考えられたカトリック的精神の在り方が認められるのではないかということであり、その場合彼女がクリスチャンでなくとも、また〈私〉がカトリックに〝入信〟しなくとも一向に不都合はないからである。

作者たるネルヴァルは明確に自覚しないまでも確実に知っているのだ、主人公〈私〉のオーレリーやアドリエンヌへの愛が、現実の女性、現身の女性はいわば墓にすぎず、真の女性、理想の女性は墓の彼方、現世の彼方にしか存在しないのであり、その愛を成就するには現世の否定という犠牲を払わねばならないという異教的二元論によって支えられていることを。つまり彼は〈私〉のそのようなプラトニックな愛がルージュモンの言葉を借りれば、「地上の愛のすべてを否定」し、その「愛の幸福はあらゆる地上の幸福を否定する」[181]ものであり、「要するに人間の〈有限な〉生を罪悪視し、（…）最終的には生の否定であり肉体の死滅」[182]を意味することを知っているのであり、「人生の側にたって考える」かぎり、「かかる愛は全き不幸というほかない」[182]ということもまたそれとなく感じているのだ。だからこそネルヴァルは『ニコラの告白』の主人公がキリスト者ジャネットに帰ることでそうしたように、そのような〝危険な〟愛 passion dangereuse を否定し、生そのものであるシルヴィに帰ることで、「ここでのいま」**hic et nunc** の生の全的再肯定としてのカトリック的世界観に回帰しようとしたのではなかろうか。シルヴィという〈優しい現実〉との〝結婚〟、それはルージュモンがいうように[183]「この世にありながら新しい生が始まる」（傍点筆者）ことを意味し、ドイツ・ロマン派的な「現世の外への精神の逃避でもなく」、「世界の内部《ただなか》への積極的な回帰であり」、「生の再肯定であり、しかもその生たるや」、ロマンティスムやプラトニスムに親しい「過ぎ去った昔の生でもなければ、理想の生でもない[184]」、正に神の視線を受けて全的に意味づけられた〈現在の生〉を実現する契機として、〈私〉の前にあるのだ。そのような〃新しい生〃が正に実現されようとする決定的な場面が語られるのは第十一章最終部から第十二章冒頭部にかけてである。

「でも、うわついたことを考えてるわけにはいかないわ。あなたはパリでなさることがおありだし、私には私の仕事があるのですもの。あまり遅くならないうちに帰りましょう。明日は私、お日さまといっしょに起きなくてはならないのよ」（第十一章）

私はそれに答えようとした。シルヴィの足もとにひざまずこうとした。叔父の遺した家でいっしょに暮らそうと申し出ようとした。あの家は、私のほか数人が相続することになっていたが、この小さな遺産の配分はまだ終わっていなかったから、私がまだそれをそっくり買いとることもできたのである。[185]（第十二章）。

諦めた筈の「不吉な幻」spectre funeste――アドリエンヌの面影――にこだわりつづける〈私〉に半ば愛想をつかしたシルヴィに対して、〈私〉は「答えようとし」、彼女の足許に身を投げ出して、結婚を申し込もうとした。あるいはカトリックの現世肯定的生のあり方を無自覚的に体現しているシルヴィという客観的現実を受容しようとした。この瞬間、プーレの言葉を借りるなら、「自己とはまったく異なった外的対象に身を投げ出す魂の働き[186]」としてのシルヴィへの愛が実現されるかに見える。この時〈私〉は心につきまとう〃不吉な幻〃――「精神が自己自身のうちにしか存在しないものを外部に投影するといったナルシシスムの最終形態である[187]」エロス的愛――を決定的に否定し、手で触れ、肉眼でしかと見ることのできるシルヴィをそれ以上でもそれ以下でもない「あるがままの他者[188]」、〈私〉とまったく同格の主体を持った個別的他者として、愛し、受け入れようとしているかに見える。したがって作者がこの場面で〈私〉とシルヴィの〃結婚〃に賭けようとしたもの、それは恐らくプーレがそのシルヴィ論の中で次のように語るカトリック的世界観ではなかったろうか。

たとえこの上なく散文的な現実であっても、そこに一人の人間的存在が刻まれており、そこでその生活が形成されている、そのようなもろもろの現実との接触を手がかりとして、その人間の姿が少しずつ現われてくることになるのだ。それは理想の抽象的なイメージによかれあしかれなんらかの外見を着せて具体化したといったものではもはやなく、独自な一人の人間の魂の具体的な姿、自分の美質は自分の拠って来たる聖なる源と自分の個性とにありとする一個の人間存在の具体的な姿なのである。それは人の魂というものについてのキリスト教的な、また〔ある意味で…筆者〕ロマン主義的な考え方であって、個別的なものは無意味で、典型だけに価値を見る、あの古典主義的な、また異教的な考え方とは対立するものである。したがって、ジェラールのうちに生れたシルヴィへの関心には重大な意味がある。それは、眼に見える世界を受け入れることに彼を導くだけでなく、眼に見えない世界を、それもプラトン主義的な調和の形ではなく、それぞれ個性を保った魂の住む天国のような形の世界を思い描くように彼を導くことになるかもしれないのである。[189]（傍点筆者）

だが〈私〉はこのようなカトリック的世界観のもつ〝宗教的逆説〟――キリストの〈化肉〉Incarnation による無限と有限の同一視（ここでプーレのいう〈天国〉と、〈眼に見える世界〉との即応（相即）、あるいは〈聖なる源〉と〈自分〉との〝交わり〟）――を受け入れることができない。〈私〉はアドリエンヌへのプラトン主義的な愛のために、あるいは結局同じことだが、〈私〉の想像力が思い出の中に現出させた〈理想〉のシルヴィ――超時間的、ar-chétypique なシルヴィ――へのこだわりのために、一切を変質させ風化させる時間を確実に生きている現実のシルヴィを受け入れることができない。つまり彼は依然として〈理想〉のアドリエンヌ――〈現実〉のシルヴィ、あるいは理想化された〈回想〉のシルヴィ――現在のあるがままのシルヴィといった異教的、プラトン主義的な二元論から抜け出せないままであり、〃回心〃conversion への〈決断〉ができないままでいる。〈私〉はこの場面のみならず、これ以後物語の結末に至るまでこうしたカトリック的逆説に《scandalisé》（「躓いた」）ままとなっている。最後の二章（第十三、十四章）はこの種のカトリック的逆説の除かれたプラトニックな二元論的世界観の〃強制的な〃確認過程であり、その〃居直り的〃再肯定とみることすらできよう。〈私〉のアドリエンヌとオーレリーとの同一性確認の失敗（第十三章）、アドリエンヌの死亡確認（第十四章）といったエピソードの本質的な意味はそういうところにあると思われる。この点に関連してさらにいえば、本章第2節ですでに引用した「あそこには恐らく幸福があった！」《C'était là le bonheur peut-être !》という『ニコラの告白』第二部最終章の言葉と「たぶん、私の幸せはそこにあった、しかしながら…」《Là était le bonheur peut-être ; cependant...》という『シルヴィ』最終章の言葉、そして本質的には『シルヴィ』と同一の意義と構造を持っていると考えられる『オクタヴィ』最終章の「多分私はそこに幸せを置いてきてしまったと思う」《je me dis que peut-etre j'avais laissé là le bonheur》[190]という言葉、それらは右に述べてきたような〃結婚〃に象徴されるカトリック的世界観の獲得による「現世のただ中で」の〃幸福〃をいっているのであり、その場合「多分」《peut-être》とはそうした世界観を信じ切れないといった〈私〉（またはニコラ）の不決断、ためらいを表明していると思われる。そしてことに『シルヴィ』にあってはこの不決断は「しかしながら」《cependant》という言葉によって、現世否定のプラトン主義的世界観の再肯定となっている。

作者はそのような〈私〉の躓きscandaleを巧みな小説手法を援用することによって救っているようにも感じられる。つまり時間と有限に支配されたあるがままの他者たるシルヴィを受け入れたのは〈私〉の分身と思われるグラン・フリゼという乳兄弟であり、また〈私〉に対して「愛してくださるのが」、〃愛を愛している〃のではなく「本当に私のためを思ってくださってのことならば[191]」といった女優（オーレリー）の愛を得るのも〈私〉の分身たる劇団の座長なのである。ネルヴァルはそのように自己の人格を二分することによって彼自身の『ニコラの告白』たる『シルヴィ』において己れの果し得ぬ〝夢〟――生涯そのことを手紙の中でたった一度しか口にしたことのない〈結婚〉とカトリックへの帰依（正確にはカトリック的世界観の獲得）という二重の夢――を表出しているように思われる。

『シルヴィ』における作者ネルヴァルのこのような精神のドラマ、それは彼の実人生の面からも追認できるように思われるが、この辺の詳細な検討は別の機会に行うこととし、ここでは、二、三の事実を指摘しておくにとどめたい。その（一）はモーロンも指摘しているように[192]、ネルヴァルは一八四一年の狂気の発作以来、無意識的に自らをキリストと同一視しており、事実『ドルブルーズ手帖』や『逆説と真理』その他の覚書類でキリストやキリスト教信仰の問題、あるいは逆に「オリーヴ山のキリスト」の詩に語られているような〈神の不在〉の問題などがしばしば語られている点、また（二）として一八四一年頃よりヴァロワその他への頻繁な旅行などにみられるように自己の内面の「形而上的葛藤[193]」ないし狂気や「夢の現実生活への氾入」« l'épanchement du songe dans la vie réelle[194] »から逃れるために、「外的世界にある突破口を求めて[195]」いた、ということ、事実書簡では旅行といった直接的現実との接触が自己の精神の健康性を回復する手立てとなっていることをしばしば口にしていること[196]、また（三）として『シルヴィ』におけるこのようなカトリック的世界観獲得の努力と異教的世界観へのこだわりとの葛藤あるいは前者の最終的な挫折といったことが現実の彼の精神生活に重大な影響を及ぼしたかのように、この小説の執筆直後、十日間にも及ぶ激しい狂気の発作に襲われていること、さらには（四）『シルヴィ』執筆直後の書簡でもたとえば一八五三年十一月二十七日付の手紙ではイシス信仰やその入信者 Initiés のこと、さらには「死が、私の愛する女性たちを自分に帰してくれるのは来世である[197]」などと言っていて、異教的、二元論的な死への信仰を表明しているかと思うと、そのすぐ後の一八五三年十二月二日付の手紙ではキリスト教的な隣人愛やその神 Providence の教え leçon を受け入れようとしている事実[198]をみても、ネルヴァルの精神は現実生活においてもあいかわらずこの二つの相異なる宗教的世界観の間で揺れ動いていたらしく思われる点などが挙げられよう。

コンスタンはその『シルヴィ』論の中で「『シルヴィ』の主要な登場人物はヴァロワそれ自身ではなかろうか[199]」といい、たとえば「アドリエンヌはその神秘的なヴァロワであり」、また「シルヴィは現実のヴァロワである」としているが、このような見方自体は、彼が言わんとしていることには若干異論があるにしても、あながち見当外れとも思われない。われわれの見るところではネルヴァルは『シルヴィ』において、『ニコラの告白』のジャネットのように、アドリエンヌとシルヴィをその風土――ヴァロワ――において、またその宗教的在り方――カトリック――において、同一のものと考えようとしていたのではないかという気がしないでもない。つまりアドリエンヌという〈理想化されたヴァロワ〉――フランスのカトリック的伝統を象徴する――をシルヴィという〈実在のヴァロワ〉に結びつけ、前者を後者の裡に肉化 incarnation させようという夢を秘かに抱いていたのではなかろうか。たとえば第二章「アドリエンヌ」には、〈私〉が「昔のフランス王家に連なる名門の当主の孫娘であり、したがって彼女のうちにはヴァロワ王朝の血が流れている[200]」アドリエンヌの混る踊りに、「少女たちが、芝生の上で、母たちから伝えられた古い歌を歌いながら輪になって踊っていた。かくも自然で純粋なフランス語でうたわれたその歌を聞いていると、千年以上もの間フランスの心が脈打ってきたこのヴァロワという古い土地に自分が今確実に身をおいているのだという感を覚えるのであった[201]」という少女たちのロンドの踊りに、ヴァロワという「この土地に私を結びつけている、今でも生き生きとして若いただ一人の女性[202]」、シルヴィと一緒に加わるといった有名なエピソードがあり、あるいはまた第十一章には、アドリエンヌの歌った歌をシルヴィに歌わせるといったエピソード[203]がある、それはネルヴァルの今述べたような無意識的願望の顕れであるようにも思われる。また最終章には「私の上に二重の光を放って玉虫のように輝いていた唯一の星を、そなたは失ってしまったのだ。青に、また薔薇色に、かわるがわる、幻惑星のアルデバランのように光を変えたその星は、アドリエンヌだったか、シルヴィであったか――それは私の唯一の愛の両半面だった」[204]という言葉が見えるが、これは少なくとも作者の無意識的願望からすれば、彼がアドリエンヌとシルヴィとを、カトリック的なもの、フランス的なものの象徴たる〈ヴァロワ〉への彼の愛を通して、同一視しようとしていたことを物語っているようにも感じられる。つまりネルヴァルは『ニコラの告白』のジャネットがほぼそれを体現しているかに見える「お伽噺の国が何処とも知れぬまったき架空の空間に逃げているのではなく、〈現存する〉事物のなかに隠れていること」[205]を確認したかったのであり、「霊的なものの確かな現存を求めてゆくのは、他の場所においてではなく、ヒク・エト・ヌンクすなわち此処での今においてなのだ」（A・ベガン）ということを自らに納得させようとして『シルヴィ』を書いたようにも思われる。要するにネルヴァルがその無意識的な願望として、アドリエンヌ＝シルヴィ、正確にいうならアドリエンヌ的なもの＝シルヴィ的なものと考えようとした根底には、ベガンがそのアラン＝フルニエ論でいわんとした意味でのフランスの伝統――カトリック的な世界観――への回帰願望があるように思われるのである。ベガンによれば「フランスでは、精神的なものと肉体的なもののあいだに深淵や、敵対関係（オステリテ）が存することを認める傾向は、けっしてなかった。フランスでは、〈自然〉のなかに唾棄すべき腐敗した現実しか見ない精神主義と同じく、自然と生命を讃美することによって精神（エスプリ）を異邦人か敵対者として考えている唯物主義も、嫌悪されている」[205]のであり、さらに同氏が「彼（アラン＝フルニエ）は一個の〈亡命者〉だが、しかしやがてその流謫の地が美しい地であることに気づき、お伽噺の国が何処とも知れぬまったき架空の空間に逃れているのではなく、〈現存する〉事物の中に隠れていることを理解するのである。彼が霊的なものの確かな現存を求めてゆくのは他の場所ではなく、ヒク・エト・ヌンク、すなわちここでの今においてなのだ」[207]（傍点筆者）と言っている意味でのキリスト教的な「ここといま」**hic et nunc**

の喪失が問題なのである。すなわちベガンが同書の中で「フランスの伝統の真のあり方をなしているものとは、精神がどんな瞬間にも化肉して、具体的なものの中に根づくという確信であり、ペギーが述べているように、現世の事物や構成が天国の〈前兆（一端）〉であり、〈始まり〉であるという確信であ」[208]（傍点筆者）り、これこそが「キリスト教の、いやもっと正確にはカトリックの、伝統なのだ」ということを『シルヴィ』という作品を通して、自らに納得させようとしたのではなかったろうか、ということである。ネルヴァルはこの作品を通して、そのようなフランスの、またカトリックの伝統――カトリック的世界観――に帰ることによって、彼の内部に深く沁み込んでいる『ファウスト』的、ノヴァーリス的ドイツ・ロマン主義に、またある意味でドイツ・プロテスタンティスムに内在するある種の二元論的世界観を克服しようとしたのではなかったろうか。だが『シルヴィ』という作品に現に〝着床〟された彼女らは、作者のそのようなひそかな願望とは裏腹に、右に挙げたテキストに続けて引用される「一方は至高な理想であり、他方はやさしい現実であった」[209]という〈私〉の言葉から理解できるように、少なくとも〈私〉にとっては一方は〝危険な〟エロス的愛の対象であることをやめず、ついには「死の女」[210]と化しており、他方は〝やさしい現実〟ではあっても、そこに無限なるもの、聖なるものの反映を感じられない「物質的人間」[211]に堕してしまっている。この意味でアドリエンヌとシルヴィとの間にはベガンやルージュモンが言うような意味での融合、すなわち有限のただ中での無限の現在、現世にありながらの永世、「精神がどんな瞬間にも化肉して、具体的なものの中に根づく」といったカトリック的逆説に裏打ちされた融合ないし相即は実現されていない。

シルヴィとアドリエンヌの関係についてはあるいは次のように見る方が妥当かも知れない。彼女たちが作者の意に反してそのようなカトリック的世界観によって融合され得なかった真の原因は〈私〉が現実のシルヴィの彼方に時間による dégradation を受けていない〈理想化されたシルヴィ〉――想い出の中のシルヴィ――を求めていたからであり、これは〈想像する〉とは想い出すことだといったプラトン的想起の理論、すなわち idéal なもの、archêtypique なものの追認 reconnaissance の中にしか真実を認めまいとする彼のプラトン主義にあるともいえよう。したがってプーレがいうように、彼が想像力によって現出させようとする超時間的な理想のシルヴィ――想い出のシルヴィ――にこだわる〈私〉の精神の在り方はアドリエンヌへのこだわり方とまったく同一であり、この意味で〈想い出〉のシルヴィとアドリエンヌは「唯一の愛の両面」であり、ともに〝エロス的愛〟の対象と化していると考えることができよう。つまり『シルヴィ』は作者の無意識的意図としては、アドリエンヌとシルヴィとをカトリック的な世界観に基いて融合させようとして出発しながら、結果的、実質的には〈私〉を介して、あるがままのシルヴィ――実在のシルヴィ――と想い出の中で理想化されたシルヴィ――超時間的・原型的 archétypique なシルヴィ――というように彼女を二分化し、後者のみをアドリエンヌと同一視し、前者をなおざりにするという、プラトン主義的な、またある意味でロマン主義的な二元論的世界観の再肯定で終っていると考えられる。[212]

4．最後に

ところでシルヴィというヒロインが、ネルヴァルのそのようなロマン主義的精神の在り方の超克、逆にいえばカトリック的精神の在り方への回帰願望の偶意《アレゴリー》として措定されているとすれば、本章第1節で問題にしたこの小説の主題ないしその意味するところをめぐる諸説の当否も自ずと明かになったと思う。すなわちすでに見てきたように、『シルヴィ』の本質的意義の一つが、少なくとも作者の無意識的な願望からみるかぎり、カトリック的な〝相即思想〟、すなわち「今とここ」に無限なるものが現前するといった、あるいは逆に「今とここ」の生がそのまま無限なるものの裡に透入しているといった思想――が「神の国は〈あなたのうちにある〉（ルカ伝）のであり、「この未来はあなたのことであり、ここといまのことである」（マホヴェッツ）という思想――のネルヴァル流の確認

〈あるいはその挫折〉にある以上、この小説の「真のヒロイン」はアドリエンヌでもましてやオーレリーでもなく、正にシルヴィその人であると考えざるを得ないということ――コンスタンやリシェはオーレリーやアドリエンヌにヒロインとしてのポイントを置いている――、またシルヴィが真のヒロインだとすれば、この物語の筋がシルヴィを軸として展開している以上、この小説を牧歌的恋愛小説とみる一部研究家の説も、その多くは表面的な意味づけに終っているとはいえ、説自体としては決して誤っているわけではないということ、そのことがこれまで試みてきたいくつかの考察から確認できたのではないかと思う。

このような『シルヴィ』観ないしシルヴィ観の正当性を側面から証拠づけるものとして、第2節ですでに少し触れたが、ここでさらに作品集『火の娘たち』*Les Filles des Feu* の題名決定をめぐる経緯を挙げることができよう。この作品集ははじめ「過ぎ去る恋または人生の場面」« L'Amour qui passe ou Scène de la vie (1852) » とされ、次に『火の娘たち』« Les Filles du Feu » と変ったが、ネルヴァルはこの題名が内容に即さず「けばけばしい」« frou-frou » であるとして、かわりに「失恋」« Les Amours perdues » または「過ぎ去った愛」« Les Amours passées » ではどうかと出版者に提案している（一八五四年一月）。最終的には恐らく出版者の意向を入れて二番目の Les Filles du Feu とせざるを得なかったが、この事実は『シルヴィ』の主題とその本質的意義が〈火の娘〉に象徴される神秘的、サンクレティックな〝原型〟archétype 追求にあるのではなく、あくまで〈失恋〉とその意味の探求にあることを示唆しており、また初案の « Scène de la vie » という副題は同集に収録された作品群、ことに『シルヴィ』が生き方とか世界観といった〝人生〟の問題をも内包させていることを暗示しているように思われる。

こう考えてくるとバレスの『シルヴィ』に対する見方もプルースト[213]やレーモン・ジャン[214]がいうようには見当はずれでもないのではなかろうかという気がする。というのはこの小説に込められたネルヴァルの密かな意図が、すでに見てきたようにフランスの本質的伝統への、またカトリック的精神の在り方への回帰の試みにあるとすれば、バレスが〝神聖なシルヴィ〟と称え、この小説の中にフランス的なものの〈根づき〉enracinement を見ているのもあながち〈右翼的偏見〉とはいえないからである。

ところでこの小説を『オーレリア』の前編ともなるべき秘儀入門的 initiatique な作品とみる見方があり、またそれが近・現代のほぼ定説化した『シルヴィ』観であることはすでに述べた通りである。コンスタンやジャン・リシェに代表されるこうした『シルヴィ』観[215]はこの作品における〈女神イシス＝聖母マリア＝恋人〉Déesse-Mère-Amante たる仲介者 Médiatrice による現世の彼方での魂の救済の問題、あるいはその苦悩体験に裏打ちされたネルヴァル独特なサンクレティスムの問題、もっと一般的にいうなら、精神原理として考えられたネルヴァルにおけるロマンティスムの問題のもつ意義と役割の重要性を強調、そこに『シルヴィ』の主題とその本質的意義を認めた解釈といえよう。だがわれわれにはプルーストを含むコンスタンやリシェあるいはゴーミエなどにみられるこうしたシルヴィ観ないし『シルヴィ』観はネルヴァルの神秘主義的な側面、そのロマン主義的サンクレティスムを、あるいはプルーストのいう《hantise maladive[216]》への側面を強調しすぎた解釈であり、われわれがすでにみてきたようなロマン主義的精神原理に内在するその二元論的な世界観のもつ〝病性〟へのネルヴァルの抵抗と反撥といった側面をあまりにも看過しすぎた解釈のような気がしないでもない。確かに、『シルヴィ』における主人公〈私〉はシルヴィへの愛と彼女の生の在り方に象徴されるアガペ的愛とカトリック的世界観への回帰に――その宗教的パラドックスの故に――躓き（第十二章）、その危険性、不健康性を理由に一度は否定しようとしたプラトン主義的なエロスの愛とそれを支える現世否定の二元論的世界観を、結局は再肯定し、積極的に意味づけようとしている（第十三、十四章）わけで、この意味ではそうしたリシェ流の『シルヴィ』観もそれなりの根拠を持ってはいる。だが翻って考えてみると、少なくとも小説中の〈私〉の上位に位置する作者ネルヴァルにあっては〈私〉のそのような努力の挫折と失敗にもかかわらず、ある種の、この言葉の積極的な意味で、〈教訓〉を得たように思う。つまりネルヴァルは〈私〉の愛の挫折とともに彼の分身たるグラン・フリゼがシルヴィを得、「本当に彼女のためを思って愛した」座長がオーレリーを得たことの深い意味を思いながら、そのような愛にもまた、アガペ的愛の実現とそれを支えるカトリック的世界観の獲得といった可能性も存在し得ることを確認しているわけで、その限りでは『シルヴィ』はネルヴァル自身にとってもリシェのいう意味での roman initiatique ではなく、むしろセリエやカステックなどがいうように一種の「体験〔教訓〕小説」« roman d'expérience » ないし教養小説 roman d'apprentissage であったといえよう。あるいはプーレ流にいうならそれは人間の運命といった問題を主題としたメタフィジックな偶意小説であり、私の言葉でいえば、われわれの生き方とか世界に対する人間精神の在り方をめぐるカトリック的・実存的な偶意小説 roman allégorique と見ることができるのではなかろうか。

最後に『オーレリア』との関連で一言すれば、セリエは『シルヴィ』と『オーレリア』とを本質的に同一の作品とみ、前者を後者の前編とみるリシェの見方を否定して、両者は〝構造的観点〟から見る限り、対立的関係にあるとしているが――前者が〝閉じられた構造〟をもつ体験〔教訓〕小説 « roman d'expérience » であるのに対し、後者は〝開かれた構造〟をもった « roman initiatique » であるという[217]――、私には構造的には対立的作品だといっただけでは何もいったことにもならず、不毛な論議であるように思われるが、ただ『シルヴィ』が秘儀入門的小説でない理由として、秘儀入門的小説である『オーレリア』がそうであるように、「ロマン・イニシアティックは定義上開かれた作品である」としているセリエの見解自体にはわれわれも首肯できる。確かに『シルヴィ』は、セリエの見事な構造分析で明らかなように、外形的にはⅣ章とⅧ章、Ⅴ章とⅨ章、Ⅵ章とⅩ章、Ⅶ章とⅪ章が過去と現在で重なり合い、第Ⅰ章と最後の第ⅩⅣ章が、第Ⅲ章とⅫ章とがそれぞれ照応・呼応し合っており、見事なシンメトリー構造ないし、円環的構造、すなわち閉鎖構造となっている[218]ことは事実である。そこで思い出すのは、第2節で触れた、これとまったく同一のシンメトリックで円環的構造を有するテオフィル・ド・ヴィオーの長編オード『シルヴィの家』である。すでに述べたように、ネルヴァルはあるいはその題名も含め、その小説構造まで、もしかするとこのヴィオー詩作品の影響を受けたのではないかと思いたくなるほどである。それはともかく確かにセリエとは異った意味で両者は対立的な作品とみることもできるように思う。だが別の見方をすれば、リシェやコンスタンとはニュアンスを異にした意味で、両者は本質的には同一の意義と主題をもった作品とみることもできる。そこでまず対立的な側面について考えてみると、『シルヴィ』の世界はよりカトリック的であり、より現世肯定に近づいており、『オーレリア』はより非カトリック的であり、より現世否定の傾向が強いといえよう。また前者はより〝カトリック的逆説〟に真剣に対決しようとしているのに対し、後者はことに第二部に至っては、この〝逆説〟を欠いた世界観すなわちサンクレティックな要素の混入した、いってみれば擬カトリック的世界観を展開している。この意味で私には『シルヴィ』におけるほどネルヴァルがカトリック信仰、ことにその世界観の獲得といった問題に──『オーレリア』にみられるごとくの宗教的言辞や分析的言語を使用することなく──真剣に近づいた作品はほかにないように思われる。したがってネルヴァルの内面のドラマ、精神の葛藤は『シルヴィ』（ことにその第十一章から十二章冒頭まで）において最高点に達したのであって、『オーレリア』はすでに述べたように『シルヴィ』第十三、十四章に語られる〝カトリック的逆説なしに魂の救済が可能か〟といったテーゼの居直り的延長とすら考えられなくもない。この意味からいえばコンスタンやリシェとはまったく逆に『オーレリア』は『シルヴィ』から“détaché”された派生的作品とみることさえ不可能ではない。無論『オーレリア』にあっても異教的・プラトン主義的世界観を超克し正統的なキリスト教とその世界観に回帰しようとする努力はある意味で『シルヴィ』以上に認められるわけで、この意味からいえばリシェやコンスタンとは異なった意味で両作品は本質的に同一のテーマと構造をもった作品と考えることもできる。ただ両者の相違点は『オーレリア』におけるヒロイン、オーレリアのもつプラトニックな側面が彼女のシルヴィ的側面より一貫して優位に立っている点、および〈私〉のカトリック的世界観への志向も物語の進展につれて、その独特なサンクレティスムの中に繰り込まれていく傾向を持っている点、さらにいえばそうした二つの信仰、二つの世界観をめぐるネルヴァルの精神の葛藤は両者に共通して存在するとはいえ、『オーレリア』の世界観は『シルヴィ』のそれに比して、その実存的真摯さ——いってみればニーチェ的真摯さ——が幾分欠けており、多少観念的となっているといった点が考えられる。それ故『オーレリア』の最良の部分ないし本質的な部分とは『シルヴィ』とは異なったところに、たとえばベガンが正しく感じ取っていたように、自己の個人的な不幸体験、苦悩体験を人類的全体の救済の問題とするというその普遍化を通して、自己の苦悩を彼流に深化し、意味づけようとしたネルヴァルの〝近代人〟としての精神の苦闘といったところに求められるような気がしないでもない。

註

1 Jean Richer, *Nerval, expérience et création*, éd. Hachette, 1963, p. 303.

2 François Constans, « Sur la pelouse de Mortefontaine ». dans les *Cahiers du Sud*, no. 292, 1948, pp. 397-412.

3 J. Richer, « Gérard de Nerval et Sylvie », dans la *Revue de Paris*, 1955, pp. 116-126. リシェは同論考の中で『シルヴィ』を、『オーレリア』同様、一種のイニシアッションの小説、地獄下りの小説と規定しているが、これは『シルヴィ』のテーマの最終的行方、ないし帰結点という意味では理解できるが、全体的に見た場合、神秘性を強調しすぎているように思われる。

4 Raymond Jean, *Nerval par lui-même*, éd. Seuil, 1964, pp. 58-81. もっとも Jean のこの説はジャン・リシェの *Nerval, expérience et création* 中の『シルヴィ』論 « personage et temps du récit dans Sylvie » の schéma (p. 311) に類似しており、これに示唆を受けて同説を考案したということも考えられるが、あるいは二人とも同時に同じようなことを考えていたのかも知れない。

5 R. Jean, *op. cit.*, pp. 63-65. « ...Il est caractéristique de voir que le plan B, jouant un rôle analogue à celui du plan A, deviendra lui-même une sorte de présent au second degré (c'est-à-dire un passé saisi comme présent grâce au pouvoir revivisent de la mémoire), un nouveau point de départ, un nouveau tremplin qui permettra d'autres bonds, d'autres plongées dans le passé. »

6 *Œuvres* I éd. Pléiade, 1966, p. 241.（以下、*Œ.* I と略）

7　*Ibid.*, p. 762. 佐藤正彰氏訳。
8　*Ibid.*, p. 322.
9　*Ibid.*, p. 242.
10　J. Richer, *Nerval, expérience et création*, pp. 15–16.
11　Œ. I, p. 243.
12　*Ibid.*, pp. 246–247.
13　大浜甫氏「ネルヴァル『シルヴィ』について」「慶應義塾創立百年記念」論文集『仏文学』九四頁。
14　Œ. I, p. 247.
15　*Ibid.*, p. 247.
16　*Ibid.*, p. 247.
17　R. Jean, *op. cit.*, pp. 78–79.
18　Œ. I, p. 242.
19　Œ. I, p. 272.
20　*Ibid.*, p. 259.
21　*Ibid.*, p. 265.
22　*Ibid.*, p. 266. 入沢康夫氏訳。
23　*Ibid.*, p. 266.
24　*Ibid.*, p. 267. 入沢康夫氏訳。
25　*Ibid.*, p. 267. 入沢康夫氏訳。
26　*Ibid.*, p. 269. 入沢康夫氏訳。
27　*Ibid.*, p. 269.
28　Raymond Jean, *op. cit.*, p. 81.
29　Œ. I, p. 271.
30　*Ibid.*, p. 273.
31　*Ibid.*, p. 270.
32　*Ibid.*, p. 271.
33　*Ibid.*, p. 271. *Sylvie* XIII, « Vous cherchez un drame, voilà tout, et le dénoûment vous échappe. »
34　ドストエフスキー『カラマーゾフの兄弟』（米川正夫訳、修道社）下巻、第十一編第九章、三十九頁。
35　Œ. compl. III, pp. 648–649.
36　新約聖書マルコ伝第十五章三十四節。
37　cf. Œ. compl. III, p. 649. 例えば « Le Christ au Oliviers » II では « En cherchant l'œil de Dieu, je n'ai vu qu'un orbite / Vaste, noir et sans fond, d'où la nuit qui l'habite / Rayonne sur le monde et s'épaissit toujours » と歌われている。
38　Œ. compl. III, p. 648. « Le Christ aux Oliviers » I.
39　*Ibid.*, p. 649. « Le Christ aux Oliviers » II.
40　*Ibid.*, p. 649. « Le Christ aux Oliviers » II. « Un arc-en-ciel étrange entoure ce puits sombre, / Seuil de l'ancien chaos dont le néant est l'ombre / Spirale engloutissant les Mondes et les Jours ! »
41　Œ. I, p. 139. *Promenades et Souvenirs* « VI. Héloïse ».
42　ドストエフスキー『カラマーゾフの兄弟』(下)第十一編第九章「イヴァンの悪夢」三十九頁（修道社版、米川正夫訳）。
43　Œ. I, p. 271. *Sylvie* XIII.
44　*Ibid.*, p. 271. *Sylvie* XIII.
45　*Ibid.*, p. 271. *Sylvie* XIII.
46　*Ibid.*, p. 259. *Sylvie* VIII.
47　*Ibid.*, p. 271. *Sylvie* XIII.
48　*Ibid.*, p. 271. *Syvie* XIII.
49　*Ibid.*, p. 272. *Sylvie* XIV.
50　*Ibid.*, p. 272. *Sylvie* XIV.
51　*Ibid.*, p. 273. *Sylvie* XIV.

52 *Ibid*., p. 270. *Sylvie* XIII.

53 Œ. I, p. 374 *Aurélia* I-7.

54 *Ibid*., p. 374. *Aurélia* I-6.

54 J. Richer, *Gérard de Nerval et les doctrines ésotériques*, Griffon d'or, 1947, pp. 131-138.

55 Œ. I, p. 370. *Aurélia* I-5.

56 *Ibid*., p. 371. *Aurélia* I-5.

57 *Ibid*., p. 374. *Aurélia* I-6.

58 *Ibid*., p. 385. *Aurélia* II-1.

59 *Ibid*., p. 285. *Aurélia* II-1.

60 *Ibid*., p. 368. *Aurélia* I-4.

61 *Ibid*., pp. 397-398. *Aurélia* II-4.

62 R. Jean, *op. cit*., pp. 56.

63 Œ. I, p. 386. *Aurélia* II-1.

64 *Ibid*., p. 412. *Aurélia*, II « Mémorables ».

65 Albert Béguin, *Gérard de Nerval*, José Corti, 1945., p. 29.

66 Œ. I, p. 401. *Aurélia* II-5.

67 A. Béguin, *op. cit*., pp. 35, 135.

68 『幻想詩篇』中のとくに「エル・デスディチャド」と「アテミス」を、両詩に関して今日まで発表されてきた主要な解釈を紹介した上、それらを踏えながら、独自の解明を試みている優れた論考として入沢康夫氏の「ネルヴァルの詩と神秘主義」(『パイデイア』一九七一年春季号、竹内書店)がある。

69 たとえば、Jacques Geninasca, *Analyse structurale des Chimères de Nerval*, Baconnière, 1971 ; Les Chimères de Nerval, Larousse, 1973; Antonin Artaud, Lettres à Georges Le Breton, 7 mars 1946 dans « Tel Quel ».

70 Marcel Proust, *Contre Sainte-Beuve*, Gallimard, 1971, p. 192.

71 Léon Cellier, *De "Sylvie" à Aurélia*, Archives des lettres modernes no. 11, 1971, p. 9.

72 マリーによれば、ネルヴァルの友人Royはわざわざヴァロワ地方に出かけていき、〃本当のシルヴィ〃を探し出したと主張していたという。cf. Aristide Marie, *Gérard de Nerval, le poète et l'homme*, Hachette, 1955, p. 370.

73 Alfred Delvau, *Gérard de Nerval, sa vie et ses œuvres*, Mme Bachelin-Deflorenne, 1865.

74 Gauthier Ferrières, *Gérard de Nerval, la vie et l'œuvre*, Alphonse Lemerre, 1906.

75 Aristide Marie, *op. cit*.

76 Pierre-Georges Castex, *Sylvie de Gérard de Nerval*, C.D.U., SEDES, 1970, pp. 9-22, 155-158, etc.

77 *Ibid*., p. 19.

78 *Ibid*., p. 19.

79 Marcel Proust, *op. cit*., pp. 233-242, 599-600.

80 Henri Bonnet, *Sylvie de Nerval*, Hachette, 1975, pp. 1-7, 31-39.

81 P.-G. Castex, *op. cit*., p. 158.

82 Albert Béguin, *op. cit*.

83 Georges Poulet, « Sylvie ou la pensée de Nerval », dans *Trois Essais de mythologie romantiques*, José Corti, 1966, pp. 13-81.

84 R. Jean, *op. cit*., pp. 58-81.

85 Ross Chambers, *Gérard de Nerval et la poétique du voyage*, José Corti, 1969, pp. 255-268.

86 A. Béguin, *op. cit*., pp. 114-116.

87 G. Poulet, *op. cit*., p. 15.

88 H. Bonnet, *op. cit*., pp. 1-7.

89 François Constans, *op. cit.*, pp. 397–412 ; « Sophie, Aurélia, Artémis », dans la *Mercure de France*, juin, 1951, pp. 267–281 : « "Sylvie" et ses énigmes » dans la *Revue des Sciences humaines*, avril-juin, 1962.

90 J. Richer, Gérard de Nerval et "Sylvie", dans la *Revue de Paris*, octobre, 1955, pp. 116–126 ; « Nerval et ses fantômes », dans la *Mercure de France*, no. 1054, 1951, pp. 282–301 ; *Nerval, expérience et création*, pp. 301–319.

91 J. Richer, « Gérard de Nerval et "Sylvie" » dans la *Revue de Paris*, octobre, 1955, p. 124 ; *Nerval expérience et création*, p. 316.

92 Jean Richer : *Nerval au royaume des archétypes*, « Archives des lettres modernes », no. 10.

93 Jean Gaulmier, *Gérard de Nerval et les Filles du feu*, Nizet, 1956, pp. 26–27, 55–77.

94 P.-G. Castex, *op. cit.*, p. 191.

95 Léon Cellier, *De « Sylvie » à Aurélia, Structure close et Structure ouverte*, « Archives des lettres modernes », no. 11, pp. 35, 37.

96 Œ., I, p. 1025, lettre 192.

97 Gérard de Nerval, *Œuvres complètes* III, nouvelle édition publiée sous la direction de Jean Guillaume et Claude Pichois, Gallimard, Biblio. de la Pléiade, 1993, pp. 819–820.

98 A. Marie, *Gérard de Nerval, la vie et l'homme*, pp. 72–103, etc.

99 J. Richer, *Gérard de Nerval au royaume des archétypes*, p. 49.

100 J. Richer, « Gérard de Nerval et "Sylvie" », *op. cit.*, *p. 125*.

101 *H. Bonnet, op. cit.*, pp. 1–2.

102 *Ibid.*, p. 1.

103 Marcel Proust, *op. cit.*, p. 239. なお訳文は川田靖子氏訳による。

104 J. Richer, « Gérard de Nerval et "Sylvie" », op. cit., p. 121.

105 Œ. I, p. 6.

106 J. Richer, Gérard de Nerval et "Sylvie", op. cit., p. 125.

107 J. Richer, « Nerval et ses fantômes », dans la *Mercure de France*, no. 1054, 1951, p. 295.

108 J. Richer, *Nerval au royaume des archétypes*, p. 32.

109 J. Richer, *Nerval, expérience et création*, p. 316.

110 J. Gaulmier, *op. cit.*, p. 62.

111 入沢康夫氏「Géard de Nerval の "Octavie" について」（『フランス文学研究』、日本フランス文学会、一九六〇年）。

112 François Constans, «"Sylvie" et ses énigmes », dans la *Revue des Sciences humaines*, avril-juin, 1962, p. 248.

113 Œ. I, p. 274.

114 *Ibid.*, p. 272.

115 J. Richer, *Nerval, expérience et création*, p. 310.

116 入沢康夫氏、前掲論文、九五頁。

117 J. Richer, *Nerval au royaume des archétypes, Archives des lettres modernes, 1971, pp. 46–47.*

118 *François Constans*, «"Sylvie" et ses énigmes », *dans la Revue des Sciences humaines*, avril-juin, 1962, p. 248.

119 Œ. I, p. 250. 入沢康夫氏訳、新篇『ネルヴァル全集V』。

120 *Ibid.*, p. 258. 入沢康夫氏訳同右。

121 *Ibid.*, p. 273. 入沢康夫氏訳同右。

122 *Ibid.*, p. 269.

123 *Ibid.*, p. 265. 入沢康夫氏訳参照。

124 *Ibid.*, p. 1116, lettrre 294 bis.

125 *Ibid.*, p. 1101, lettre 277 ter.

126 Jacques Boulenger, *Au pays de Gérard de Nerval*, Champion, 1914.

127 J. Richer, *Nerval, expérience et création*, pp. 313–315.

128 *Œ.* I, p. 215. 入沢康夫氏訳。新編『ネルヴァル全集Ⅴ』。
129 Raymond Jean, « Introduction de Sylvie », *Aurélia de Gérard de Nerval*, José Corti, 1964, p. XIX.
130 *Ibid.*, p. XVIII.
131 H. Bonnet（op. cit., p. 10）によれば、『シルヴィ』は一八五一年一月〜二月にかけて着想されていたとする説もあるという。例えばJ. Gaulmier, *Lettres à Franz List*, Presses universitaires de Namur, 1972.
132 J. Gaulmier, *Gérard de Nerval et les Filles du Feu*, Nizet, 1956, p. 58.
133 P.-G. Castex, *op. cit.*, p. 131.
134 François Constans, «"Sylvie" et ses énigmes », dans la *Revue des Sciences humaines*, avril-juin, 1962, p. 247.
135 *Œuvres II*, éd. Pléiade, 1961, pp. 1015-1018.（以下*Œ.* IIと略）。
136 *Œ.* I, p. 272.
137 *Œ.* II, p. 1088. 入沢康夫氏訳。（新編『ネルヴァル全集Ⅳ』）
138 *Ibid.*, pp. 1087-1088.
139 *Œ.* I, p. 247. 入沢康夫氏訳。（新編『ネルヴァル全集Ⅴ』）
140 *Ibid.*, p. 273. 入沢康夫氏訳。（新編『ネルヴァル全集Ⅴ』）
141 *Ibid.*, p. 259.
142 *Ibid.*, p. 266.
143 *Ibid.*, p. 259.
144 *Ibid.*, p. 265.
145 *Œ.* II, p. 1088.
146 Joël Schmidt, *Dictionnaire de la mythologie grecque et romaine*, Larousse, 1965, pp. 53-55, 205.
147 高津春繁氏『ギリシャ・ローマ神話辞典』、岩波書店、一九六五年刊、二十〜二十一頁。
148 Jean Richer, *Nerval au royaume des archétypes*, p. 32.
149 入沢康夫氏、前掲論文、九五頁。
150 *Œ.* I, p. 259.
151 『シルヴィ』における〝水〟を含む〈自然〉のイマージュの問題はすでに小浜俊郎氏によって詳細な研究がなされている（「ジェラール・ド・ネルヴァルに於ける『自然』のイマージュに就いて」、『藝文研究』第九号、慶應義塾大学藝文学会刊）。
152 *Œ.* I, p. 252. 入沢康夫氏訳。（新編『ネルヴァル全集Ⅴ』）
153 *Ibid.*, p. 253. 入沢康夫氏訳。（新編『ネルヴァル全集Ⅴ』）
154 *Ibid.*, p. 259. 入沢康夫氏訳。（新編『ネルヴァル全集Ⅴ』）
155 *Ibid.*, p. 272.
156 *Ibid.*, p. 268.
157 *Ibid.*, p. 259.
158 Albert Béguin, *Poésie de la présence*, éd. de la Baconnière, 1957, pp. 151-165.
159 ミラン・マホヴッツ『イエズスとの対話、無神論者にとってのイエズス』（荻原勝代訳、北洋社、一九八〇年、一一二〜一一三頁）。Milan Machoveč, *Jesus für Atheisten*, 1973.
160 *Œ.* complètes, III, p. 649.
161 *Ibid.*, p. 303.
162 *Œ.* I, p. 300.
163 *Œ.* complètes, III, p. 649.
164 Marie-Jeanne Durry, *Gérard de Nerval et le mythe*, Flammarion, 1956, pp. 50-55.
165 *Œ.* complètes, III, p. 650.
166 *Œ.* I, pp. 299-300.
167 *Ibid.*, pp. 358-387, 393-395.
168 *Ibid.*, pp. 242-243.

169　Georges Poulet, *op. cit.*, p. 26.

170　『オーレリア』や『イシス』など参照。たとえば Aurélia の *Œ.* I, pp. 374, 399-400, 401, 404, 408-413, 410. あるいは Isis の *Œ.* I, pp. 300-304. など。

171　*Œ.* I, p. 247.

172　*Ibid.*, p. 259.

173　*Ibid.*, p. 265.

174　すでに本書第五部第II章第2節で触れたように『シルヴィ』との親近性ということでいうなら、むしろ一八五一年に初演されたメリー **Méry** とネルヴァルの共作戯曲『ハールレムの版画師』*L'Imagier de Harlem* を挙げるべきかも知れない。両作品の類似性についてはネルヴァルの『補遺作品集』（リシェ編）第五巻『ハールレムの版画師』の序文において、リシェがすでに指摘している。がそれも主人公コスターと彼の妻カトリーヌの言葉の中に、『シルヴィ』や『オーレリア』のいくつかの *passages* を思わせる部分があると述べるにとどまり、両作品の内的な関連性やその本質的意義の同一性をいっているわけではない。私の知るかぎり、そうした点にまで深く立ち入った研究はまだ現われていないように思われる。

　ところで一八五一年十二月二十七日付ジュール・ジャナン宛の手紙の中でネルヴァル自身がこの戯曲の意図や主題について解説しているように、そこには本質的に『シルヴィ』と同一のメタフィジックな精神のドラマ、同じような対立関係を有する人物設立などが認められる。すなわち彼自身の言葉を借りれば「この戯曲は根本的には中世の聖史劇《ミステール》のように宗教劇であって」、その要旨は「悪魔 Diable が阻害しようとした光明や進歩を助けるのはキリスト教の神の力であり」、「発明家コスターには二人の女性がいる。すなわち一方は市民階級の女性（彼の妻カトリーヌ）で、彼女は彼のことを理解してくれず、彼を苦しめるが、彼女の宗教感情によって最後に彼を救済するのも彼女である。——他方は理想の女性であって、これは彼の夢、自尊心 « amour-propre » にとらわれた天才コスターの永遠の夢を体現した女性である。彼女は『ファウスト』の作者がヘレナによって象徴した女性といえるが、この戯曲ではアリラ Alilah という名になっている。つまり彼女はアラブの伝説によって永遠に断罪されている女性、デーモンがあらゆる偉大な男たちを誘惑し、彼らに自己の目的を失わせようとする時、彼から利用される女性リリト Lilith というわけである」（*Œ.* I, pp. 1025-1026, lettre 192）。

　実際このドラマの中心的なヒロイン、カトリーヌとアリラは『シルヴィ』における同名のヒロインとオーレリー（アドリエンヌ）と同一の形而上的ないし宗教的な意義を担っているように思われる。すなわち前者の主人公コスターのアリラへの異教的、プラトン主義的な愛とカトリーヌへのキリスト教的な愛という二つの愛の在り方の間にあって苦しむコスターの精神的葛藤はそのまま『シルヴィ』においても再現されているように見える。ただ両者の異なる点は前者がキリスト教的な結婚愛にあきたらぬ主人公がアリラというプラトン主義的愛へと赴いた結果、破滅しそうになりながら結局、カトリーヌというキリスト教的な愛で救われるという構造をもっているのに対して、後者はプラトニックな「危険な愛」にとりつかれている主人公がその生命否定の不健康さを自覚し、それから逃れる契機として、カトリック的な愛——シルヴィ的なもの——へと赴きはするものの、結局挫折し、最終的に、「不吉なる幻」*spectre funeste* への愛を再肯定するという形で終っていることである。

　なお『ハールレムの版画』については、大浜甫氏が『カイエ』（一九七九年二月号）のネルヴァル特集で「ヘレネ、アリラ、リリト」と題して詳しく論じている。

175 *Œ*. I, p. 247.

176 *Œ*. II, p. 1016.

177 *Ibid*., p. 1088.

178 *Ibid*., p. 1089.

179 *Ibid*., p. 1089.

180 *Œ*. compl. III, p. 820.

181 Denis de Rougemont, *L'Amour et l'occident*, Plon, 1930, p. 49. なお以下の引用文は同書の邦訳『愛について』鈴木健郎・川村克己氏訳（岩波書店）による。

182 *Ibid*., p. 49.

183 *Ibid*., p. 50.

184 *Ibid*., p. 50.

185 *Œ*. I, pp. 266-267. 入沢康夫氏訳、一部変更。

186 Georges Poulet, *op. cit*., p. 64. なお訳文は金子博氏訳による。以下同じ。

187 *Ibid*., p. 64.

188 Denis de Rougemont, *L'Amour et l'occident*, *Plon*, 1939, p. 52.

189 Georges Poulet, *op. cit*., pp. 63-64. 金子博氏訳。

190 *Œ*. I, p. 292.

191 *Ibid*., p. 270.

192 Charles Mauron, « Nerval et la psycho-critique », dans les *Cahiers du Sud*, no. 292, 1948, p. 89.

193 *Ibid*., p. 89.

194 *Œ*. I, p. 363.

195 Charles Mauron. *op. cit*., p. 89.

196 たとえば « Ce voyage m'a fait énormément de bien physiquement et moralement » (*Œ*. I, p. 949, lettre 105.) ; « le voyage m'a rendu entièrment à mon état naturel. » (*Ibid*., p. 1146, lettre 321) ; « Ces voyages n'ont-ils fait que me remettre en bonne disposition et liberté d'esprit, ce serait déjà un grand point. » (*Ibid*., p. 953, lettre 108), etc.

197 *Ibid*., pp. 1098-1099, lettre 275.

198 *Ibid*., p. 1103, lettre 281.

199 François Constans, « Sylvie » et ses énigmes, dans la *Revue des Sciences humaines*, avril-juin, 1962, p. 248.

200 *Œ*. I, p. 246.

201 *Ibid*., p. 245.

202 *Ibid*., p. 261.

203 *Ibid*., p. 265.

204 *Ibid*., p. 272.

205 Albert Béguin, *Poésie de la présence*, p. 191. なお引用文は山口佳己氏訳による。

206 Albert Béguin, *Poésie de la présence, de Chrétien, de Troyes à Pierre Emmanuel*, Édition de la Baconnière, 1957, Neuchâtel, p. 196. なお訳文は一部、山口佳己氏訳に拠り、その他の部分も同氏訳を参照。

207 *Ibid*., p. 191. « il est un « exilé », mais qui parvient à trouver beau le lieu de son exil et à comprendre que la féerie est cachée dans les choses, non pas réfugiée en quelque espace tout imaginaire. Ce n'est pas ailleurs qu'il va quêter la sûre présence du spirituel, mais *hic et nunc*, ici et maintenant. »

208 *Ibid*., p. 196.

209 *Œ*. I, p. 272.

210 *Ibid*., p. 5.

211 *Ibid*., p. 242.

212 シルヴィをアドリエンヌと同一視しようとしていたという点について、ここでさらに注目される点は、『火の娘たち』に収められている『イシス』の中で女神イシスが「アテナイではミネルヴァとも呼ばれていた」というアプレイウスの『黄金のろば』にみえる言葉が引用されている事実である。

この図式を『ニコラの告白』や『シルヴィ』のヒロインに機械的に当てはめるとジャネット＝ミネルヴァ＝〔アドリエンヌ／シルヴィ〕＝ミネルヴァ＝女神イシスとなり、シルヴィもミネルヴァを介してイシスに融合され、つまりは〈火の娘〉となりかねない。だが『ニコラの告白』や『シルヴィ』をテキストに即して読むかぎり、ジャネットやシルヴィはミネルヴァを通してイシスを連想させ得るにしても、『オーレリア』における女神イシス、つまり〈現世での死と永生（世）への復活〉を保証するMédiatriceとしてのイシスに直接結びつく女性としては考えられていないように思われる。つまり彼女たちはネルヴァルにとって宿命的な〈火の娘〉たる『オーレリア』におけるイシス、彼の宗教的な愛のサンクレティスムの中心に位置する女神イシスとして考えられているわけではなく、それにまたカトリックとの対比においてイシス信仰のもつ異教性、その二元論的な世界観までを明確に自覚した上で、シルヴィやジャネットをミネルヴァ＝女神イシスと考えていたわけでもないと推察される。その論証は省くが、もしこの見方に誤りがないとすれば、『イシス』で女神イシス＝ミネルヴァという言及が認められるにもかかわらず、シルヴィはわれわれがすでにみてきたように〈火の娘〉でも『オーレリア』におけるような女神イシスでもないと考えて不都合はないと思われる。

213　M. Proust, *op. cit.*, pp. 233-234, 240.

214　R. Jean, *op. cit.*, p. 8.

215　コンスタン、リシェとほぼ同じ立場に立ちながら、彼らの説を含め、それまでの重要な『シルヴィ』論のほとんどすべてを批判的に検討しなおすことによって、またこの博学な両ネルヴァリアンも指摘することのなかった幾つかの問題点を独自の立場から、指摘、考察した本格的なシルヴィ論として大浜甫氏の論考が三編ある。①「ネルヴァルの『シルヴィ』について」（慶應義塾創立百年記念論文集『仏文学』、一九五八年）、②「Sylvieにおける神秘的なimage」（『フランス語フランス文学研究』第五号、日本フランス語フランス文学会刊、一九六四年）、③『シルヴィ』（ネルヴァル論考25―30）（『形成』一九七九年九月～八〇年七月号。なお、この論考は後に同氏著『イシス幻想』（共立出版、一九八六年）に収録される（二七六～三二七頁）。

わが国におけるシルヴィ論としては他にも小林茂氏のものや鈴村和成氏のもの（『薄明の四時間――ネルヴァル『シルヴィ』一面』『思潮』第六号所収）とか篠田知和基氏のもの（『ネルヴァルの生涯と文学』（牧神社、一九七七年、二四九～二六四頁）、入沢康夫氏の『火の娘たち』の解説（『世界の文学』第八巻所収）などもある。

216　M. Proust, *op. cit.*, p. 241.

217　L. Cellier, *op. cit.*, pp. 35-39, 46.

218　L. Cellier, *op. cit.*, pp. 16, 39.

†なお『シルヴィ』、『イシス』、『ニコラの告白』からの引用は多くは入沢康夫氏の訳に拠っているが、その他の場合も同氏の訳文を参考にさせていただいた。

第六部　喪神意識と黒い太陽について

「オリーヴ山のキリスト」と『オーレリア』の世界

本書の序ですでに引用したネルヴァルのあの戦標的な断章をここで再度取り上げてみよう。

イエス・キリストの兄弟たちはイエスを死刑に処した。──使徒たちは彼を知らないといって見捨てた。彼らのうち誰一人として彼のために自らの生命を犠牲にしようとする者はなかった──事が済んでしまうまでは。──彼らはみな信じてはいなかったのだ。[1]

ネルヴァルという不思議な人物とその作品の謎を解く鍵──それは、もしかするとこんなところに隠されているのかも知れない。この言葉から、十九世紀という〝近代〟を生きたこの詩人の赤裸々な内面の声が聞きとれはしないだろうか。彼のあの苦悩、あの絶望、あの不幸な意識、あの引き裂かれた魂の悲しみが、この言葉のうちに集約されてはいないだろうか。われわれは、そこに「不信というよりはむしろ懐疑の世紀[2]」に生れ合わせてしまったが故の、ネルヴァルの、近代人としての魂の悲痛な叫びを聞きとることができないだろうか。この言葉のうちには、詩人の、イエス・キリストに対する無上の共感とともに、使徒たちへの無意識的な同意すら読み取り得るように思われる。すなわち己れの悲惨で不幸な運命を十字架の人のそれに準《なぞら》えるとともに、神の子としてのイエスを条理を抜きにして、全的に信じてしまおうとする自分と、使徒たちと同じく、信じようにも信じられない自分とを……なぜなら十字架の人自身「わが神、わが神、なんぞ我を見棄て給ひし」（エロイ、エロイ、ラマサバクタニ）」（マタイ伝27・46、マルコ伝15・34）と叫んでいるではないか、と。己れの不幸はどこまでいっても不幸のままであり無意味のままではないのか、と。ネルヴァルもまた、その生涯のあらゆる不幸、苦悩、悲しみを前にして、そのように、復活以前のキリスト、人の子としてのイエスのこの悲痛な叫びを繰り返しつつ、その意味を問いつづけたように思う。彼にあっては、「信ずるためには手で触れることを望んだ弟子[3]」デドモの「我はその手に釘の痕を見、わが指を釘の痕にさし入れ、わが手をその脅《わき》に差入るるにあらずば信ぜじ」（ヨハネ伝20・25）という懐疑的な精神の在り方への共感は生涯変わることがなかったが、同時に「神秘の樹から解き放たれたキリストの血まみれの足へ聖母マリアの無垢の衣へ、涙をたれ、祈りを口にしつつ、とりすがるべきではなかろうか」[4]というキリスト教信仰そのものへの回帰願望もまた、同時代の詩人たちの誰よりも強烈であったように思う。彼のこうしたキリスト教信仰への執着は冒頭に挙げた言葉の行間にも確実ににじみ出ている。そこにわれわれは、「みなイエスを棄てて逃げ去った」（マルコ伝14・50）弟子たち以上にキリストを信じようとする心性、「事が済んでしまう」まえから、すなわち「三日ののち」復活するまえから、アブラハムがその子イサクをそうしようとしたように、必要とあらば「彼のために自らの生命を犠牲にしようとする」無意識的な、それだけに一層一途な、ネルヴァルの深い宗教的心性すら読み取ることができはしないだろうか。

このようにネルヴァルにあっては、アブラハム的心性と、「わが手で触れるまでは信じまい」とする懐疑的な精神、いわばデドモ的心性とが共在し、葛藤している。彼の魂は、無限や永生（世）への絶望的なまでの渇望感に引き裂かれながらも、こうした二つの相反する精神の在り方の間を動揺しつづけていたように思われてならない。それはまた十九世紀〝近代〟という、「あらゆる信仰が破壊されてしまった革命と嵐の日々に生まれ」[5]、「不信というよりはむしろ懐疑の世紀」に生れ合わせた者が好むと好まざるとにかかわらず引き受けねばならなかった〝時代〟の宿命であった。こうした葛藤は、序章ですでに述べたように、やや比喩的にいうなら、信じようとして、自己の実存に誠実に生きようとした〝近代人〟が等しく直面せざるを得なかった〝内部の深淵〟とも〝魂の白夜〟ともいうべき、内面の苦闘であり戦慄であったと考えられるのである。

ところでネルヴァルはこうした〝内部の深淵〟とも〝魂の白夜〟ともいうべきものにどのように耐え、あるいは対決していったのであろうか。それは作品の上でいうなら、後年『幻想詩篇』*Les Chimères* に収められた中期の注目すべき詩作品「オリーヴ山のキリスト」[6]《Le Christ aux Oliviers》、あるいは晩年の傑作『シルヴィ』*Sylvie* とか『オーレリア』*Aurélia* といった作品の内部に潜む詩人の精神の軌跡ないし魂の在り方をたどることによってほぼ明らかにすることができるように思われる。そこで本書では主として「オリーヴ山のキリスト」をめぐるいくつかの問題――たとえばネルヴァルの〝キリスト・コンプレックス〟の問題、「黒々とした虚ろな眼窩」＝「黒い太陽」＝〈神の死〉といった問題など――の考察を通して、こうしたネルヴァルの内面の葛藤を、というよりそのあり様の一端をたどってみることとしたい。とはいえ、本書ではネルヴァルにおける懐疑主義をめぐる幾つかの問題、「黒々とした虚ろな眼窩」＝「黒い太陽」といったイマージュ、あるいは「螺旋」《spirale》や「井戸」《puits》のイマージュのもつ意味といった問題の考察が中心となり、彼における苦悩そのもの、内面の〝白夜〟たる魂の葛藤・軋轢そのものの考察はそれほど詳細にはなされずに終ることとなろう。この問題は稿を改めて考えることとしたい。

I　喪神意識＝虚無意識

ネルヴァルは『火の娘たち』*Les Filles du Feu* の中の一篇『イシス』*Isis* 第三章の最後のところで、次のように述べている。少し長いが引用すれば、

すべてを否定する大革命の教育と、キリスト教信仰を全的に再び蘇らせようと主張する社会的反動の教育との、二つの相反する教育の間で揺れ動いている、不信というよりはむしろ懐疑の世紀の子である私は、ちょうどわれわれの父の哲学者たちが一切を否定せざるを得ないところにまで立ち至ってしまったように、一切を信じざるを得ないところにまで導かれてしまうのであろうか？　私は、ヴォルネイの『廃墟論』のあの素晴しい序言に思いをめぐらせた。その彼はパルミラの廃墟の上に「過去の精神《ジェニー》」を出現させはしたが、数々の崇高な啓示から、人類の宗教的伝統の総体を徐々に破壊する力しか取り出さなかったのだ！　このようにして、滅んでいくのだ、近代理性の攻撃にさらされて、かつてより高き理性の名のもとに、天上から古き神々を追放した最後の啓示者であるキリストその人でさえ！　おお、自然よ！　おお、永遠の母よ！　本当にこれが、あなたの天の息子たちの最後の者のために用意されていた運命だったのだろうか？　人間たちはどんな希望も、いかなる驚異 « prestige »

をも拒絶するところにまで来てしまったのだろうか？　そしてサイスの女神よ！　あなたの信者の中で最も大胆な者は、あなたのヴェールをもち上げたために、**死**の像に直面してしまったのだろうか？[7]

これらの言葉にはネルヴァルが、宗教ないし信仰といった問題に対して示すある特徴的な傾向が認められるように思われる。すなわち彼は、自分が「全てを否定する大革命」の伝統を受け継ぐ合理主義的教育と王政復古期にみられたような「キリスト教信仰を全面的に復活させようとする」保守的教育という二つの「相反する教育」を受けたために、信仰への憧憬、キリストその人への深い愛着にもかかわらず、それらをにわかには受け入れることできないという自己認識、すなわち、「不信というよりはむしろ懐疑の世紀の子」として育ってしまったという自己認識を持っているということである。信仰の問題に対するネルヴァルのこのような微妙な態度、それは同時に、彼が生きた十九世紀という時代の全般的な精神状況に対する彼自身の時代認識でもあったわけだが、この点についてはあとで再びふれることとして、ここではネルヴァルのこの種の問題に対する態度についてもう少し考察してみよう。彼はここで前世紀の哲学者たち、たとえばヴォルネイが『廃墟論』で「数々の崇高な霊感から、人類の宗教的伝統の総体を徐々に破壊する力しか取り出さなかった」反動として、自分が「一切を信じざるを得ないところにまで立ち至ってしまうのだろうか」と自問しているが、無論この「一切を信じざるを得ないところにまでたち至る」« entraîné à tout croire » という苦しい表現には、彼の内部に抗《あらが》い難く存在する懐疑主義的意識、たとえば『オーレリア』第二部第一章の「あらゆる信仰が破壊されてしまった数次にわたる革命と嵐の日々に生れたわれわれにとって、——また幾つかの形式的な宗礼でお茶を濁しているあのうわべだけの信仰、それに無自覚的に同意することは恐らく不信や異端にもまして罪深いとさえいえるのであるが」[8]とか、同二部第四章の「私は幼年時代、フランス大革命から出てきた諸思想にあまりにも浸透されすぎた上、教育もあまりに自由すぎ、生活はあまりに放浪性を帯びていたので、多くの点で今なお私の理性に背きかねないくびき joug を、安易には受け入れることができないのだ」[9]といった意識を踏まえていることはいうまでもない。つまりこの場合、彼は「信仰が次々と没落していったあげくに、このような〔恐しい〕結果に立ちいたるのであれば、むしろ正反対の行きすぎに陥り、過去の幻覚にすがりつこうと試みることのほうが、まだしも慰めになるというものではあるまいか」[10]と思われるが故に、「一切を信じざるを得ない」ところにまでいこうとしているわけである。いいかえれば、ネルヴァルもまた同時代の人々が「信じたいと思うが、信ずることができない」« ils veulent croire, ils ne le peuvent » ので、敢えて「信ずるふりをすることによって、信仰に到達しようとし」« feignant de croire pour arriver à croire »[11]（G・プーレ）たように、本心からは信じられないにもかかわらず、前世紀の精神による人類の宗教的伝統の全的破壊によってもたらされるさまざま精神的荒廃と混乱という恐しい結果を避けるために、敢えて「過去の幻覚」にすがりつこうとしているのである。ネルヴァルの宗教に対する態度は、このように一方において、それへの憧憬、渇望が存在しながら、他方において、彼の「理性に背きかねない」真理を含む宗教は信じようにも、信ずることができないという、互に矛盾した二つの心性から成立しているのである。こうしたネルヴァルにおける神への渇望と懐疑という問題は、後で再び取り上げることとして、ここでは以下に述べるような彼の懐疑主義の一つの注目すべき特性について一言しておこう。それは上に引用した次の部分、すなわちサイス（イシス女神）の信者の最も大胆な者が、その神秘のヴェールを敢えて「たくし上げる」という行為を試みた結果として、彼はそこに「死神」の像（死の映像 « image de la mort »）と対面せざるを得なかったのではなかろうか、というネルヴァルの考え方である。これらの言葉はネルヴァルの内部にある「信ぜんがためには触れることを欲した」デドモ的意識を暗示していると同時に、そういう意識、すなわち超越的なものの現存を、具体的なものの裡に確認しようとする意識、別な言葉でいうなら、Idéal なものを感覚的なものを通して確認してからでなければその存在を信じられないといった意識が、そうした確認行為の結果として得るものは、恐らくサイスの女神の信者同様、死であり、虚無でしかないであろうということ、このことをネルヴァルが知っていた事実をも暗示しているように思われる。信仰とは正にまず信ずること、すなわちプラトン主義的、ないしグノーシス派的な二元論におけるがごとく、超越的・霊的なものが、此岸のかなた、未来あるいは死の中にありと信ずるにせよ、あるいは正統的キリスト教信仰におけるがごとく、それが「何処とも知れぬまったき架空の空間に」あると信ずるのではなく、「現存する事物のなかに隠れて」おり、「ヒク・エト・ヌンク、すなわちここでの今」[12]（A・ベカン）のうちに化肉し、根づき、生きていると信ずるにせよ、いずれの場合であれ、そう信ずることが先決なのであり、この種の「確認行為」« vérification » によっては信仰獲得はおろか、むしろ信仰そのものすら破壊しかねない行為であるということ、ネルヴァルはこれらの言葉を語りながら、そのことを明確に自覚しないまでも知っていたように思われる。直観的には知ってはいるが、自分が「不信、というよりはむしろ懐疑の世紀の子」であるが故に、信じようとすればするほど、このような確認行為を試みざるを得なかったのだ。ネルヴァルの悲劇は彼の同時代人と同じように、このようなジレンマから生涯脱け出られぬまま、苦しみ続けたことである。彼もまたカトリック作家レオン・ブロア Léon Bloy がユダヤ人の悲劇として定式化したあの有名な言葉、すなわち「ユダヤ人は、キリストが十字架から降りたならば、そのときはじめて改宗するであろう。だがキリストは、ユダヤ人が改宗したならば、そのときはじめて十字架から降りることができるであろう。[13]」（『ユダヤ人による救い』*Le Salut par les Juifs*）という言葉の意味する悲劇（ジレンマ）を身をもって生きざるを得なかったともいえよう。信仰のもつ、このようなパラドックスないし飛躍を受容しえぬ者にとって、サイスの信者流の「確認行為」がもたらすものは、「無」つまり vide であり、虚無 néant でしかあり得ないのは当然であろう。[14]

ここで再び本題に戻れば、信仰をめぐるネルヴァルのこうした自己認識、すなわち自己が「不信というよりはむしろ懐疑の世紀の子である」が故に、宗教、殊にキリスト教信仰を率直には受け入れられなくなってしまっているという意識は、はじめに引用した『イシス』のほか、『東方紀行』*Voyage en Orient* や『幻視者たち』*Les Illuminés* の中の一編『クイントゥス・オークレール』*Quintus Aucler* の中で、さらには『シルヴィ』第一章や『オーレリア』第二部第一章、同第四章などにも認められるものである。たとえば『東方紀行』では、

> そしてフランチェスコ・コロンナが実際に見ることなく描いたこの聖なる島（シテール島）に降り立とうとしている私は、ああ悲しいことに、つねに、信ずるためには手で触れ、廃虚の上に立って、過去を夢想せずにはいられない、という幻想を奪われてしまった世紀の息子なのではなかろうか。[15]

とか、さらには、

> そしてこの私、懐疑の世紀の子 « fils d'un siècle douteur » としてのこの私は、その閾 « seuil » を越えることを遠慮した方がよかったのではなかろうか。[16]

とか、さらにもう一例挙げれば「……で私自身は（…）哲学的思想に培われたパリっ子、こうした律気な人々の意見によれば、不信者でさえあるヴォルテールの息子がオリエントの国々で代表し得るものが何であるか誰が知っていよう」[17]（同『カイロの女たち』第六部「サンタ゠バルバラ」）などの例がみられる。最初の例では、『ポリフィルスの夢』の一舞台となったシテール島を実際に見ることもなく、この恋物語を描き、恐らく自らその物語を信ずることもできたであろう時代に生きたフランチェスコ・コロンナとは異なり、自分は「夢を奪われた懐疑の世紀」に生れ合わせてしまったために、手で触れてみなければ信じられず、その廃墟に実際に降り立って過去を夢想せざるを

得ないのだ、と自己の時代的宿命を嘆いており、以下の例もいずれも、自分がヴォルテールの息子、すなわち信仰を喪失した時代の息子ゆえ、そうした宗教的な事柄に対しては発言の資格がないのではなかろうかといったためらいを告白した部分である。そして『クイントゥス・オークレール』や『オーレリア』に至ると、信仰をめぐるこうした内部の葛藤は一層激しくなり、それとともに、自己の信仰に対するこの種の「不決断」irrésolution[18]、ためらいを越えていこうとする心性も現われてくる。たとえば『オーレリア』第二部第一章では、すでに引用した「あらゆる信仰が崩壊させられてしまった数次にわたる革命と嵐の日々に生れた者にとって（…）うわべだけの信仰に無自覚的に同意することは恐らく不信や異端にもまして罪深いとさえいえるのであるが[19]」という部分につづけて「そういう漠とした信仰の中で育つのがせいぜいであったわれわれにとって、その欲求を感じたからといって、純心無垢な人々や素朴な人々が心の中ですでに描かれている図面通りに受け入れるそうした神秘の殿堂をにわかに再建するのはきわめて困難なのである。（…）私は神の善意により多くの希望を抱いている。（…）それに人間理性は、自らを全面的に卑下することによって、何ものかが得られると思うほどに、理性の安売をしてはなるまい。そんなことをすれば、人間性の神的起源を難ずるに等しくなるからだ。神は多分これらの意図の純粋さを評価してくれるであろう。それにまた、息子が自分の面前で論理《raisonnement》と誇りをまったく放棄するのを見て喜ぶような父親がはたしているだろうか。手で触れてみなければ信ずることができなかった使徒も、そのために呪われることはなかったのだ[20]」と述べている。ネルヴァルはここで、自分が「うわべだけの信仰《foi vague》ではなく、「真正で真摯な信仰」《foi véritable et sérieuse》を求めていること、それにもかかわらず、キリスト教信仰のもつ理性を超えた部分——たとえばイエス・キリストの化肉 incarnation や復活といった——が障害となっていること、そして信仰を得んがために、「純心な人々や素朴な人々」のように、たやすく人間理性を放棄してしまってはならない理由として、キリストの復活を、その傷口に手を触れた後でなければ信じないといった十二使徒の一人デドモの例を挙げる。だがネルヴァルはこう述べた後、すぐ続けて「私はここに何を書いたのだろう。これは冒瀆の言葉の数々であり、キリスト教的謙譲の精神をもってすれば、こんな風には語られない筈だ。このような思想は決して魂を感動させることはできない。これらの思想はその額に悪魔の冠の倣慢な輝きをいだいている」[21]といって、自らの考え方を批判している。つまり、彼はここで、このような考え方は、真のキリスト教信仰からはほど遠く、むしろそれを冒瀆するものであり、したがって真の回心というものがあるとすれば、それは「魂を深く感動させる」ということのうちにこそ求められるべきなのだ、といっているように思われる。さらに『オーレリア』第二部第四章では、一方においてこうしたキリスト教信仰への渇望を抱きながら、他方において「大革命から出てきた各種の自由思想」のために、すなわち十八世紀の合理主義、唯物論の影響を受けた幼年時代以来の教育のために、理性と矛盾する真理を含む信仰は受け入れられない、といった自己の精神的葛藤を告白しているが、同時に、そうした、不信と虚無に通ずる懐疑の「坂道」への転落がもたらす危険と恐怖についても語っている。「私は幼年時代、フランス大革命から出てきた諸思想にあまりにも浸透されすぎた上、教育もあまりに自由すぎ、生活もあまりに放浪性を帯びていたために、今なお数多くの点で、私の理性に背きかねないくびき《joug》を、容易には受け入れることができないのだ。もしここ二世紀間の自由思想からもたらされたいくつかの原理、さらにまた各種の宗教研究が、この坂道を転げ落ちてゆく自分を止めることができないならば、私は一体どのようなキリスト教徒になるのだろうか、と思って慄然とするのであった[22]」。

　また『クイントゥス・オークレール』にみえる次の言葉も、ネルヴァルが近代における宗教の衰退という事態をどのように受けとめ、それがもたらす「虚無に向って開かれた暗い入口」《portes sombres ouvertes sur le néant》をどれほど恐れていたかということをわれわれに教えてくれる。

たしかに、歴史の中には数々の帝国の没落よりも、もっと恐るべきものがある。それは数々の宗教の死滅で、あのヴォルネーでさえ、かつて神殿であった建物の廃墟を訪れては、この感情を味わったのだった。真の信者なら、こういう印象を受けずに済むのだろうが、われらの時代の懐疑主義を心に抱きつつこれほど多くの虚無に向って開かれた扉に出くわす時、ともすれば身うちがうちふるえるのである（傍点筆者）。

Il y a, certes, quelque chose de plus effrayant dans l'histoire que la chute des empires, c'est la mort des religions, Volney, lui-même, éprouvait ce sentiment en visitant les ruines des édifices autrefois sacrés. Le croyant véritable peut échapper à cette impression, mais, avec le scepticisme de notre époque, on frémit parfois de rencontrer tant de portes sombres ouvertes sur le néant[23]

ところで『オーレリア』、とりわけ第二部にみられるごとくのネルヴァルの永生（世）や救済への激しい渇望、信じようとする心と、「懐疑の世紀の子」故の、信仰に対する「不決断」、ためらい、あるいは上にみたごとくの、宗教（神）は死滅したのではないか、といった意識、このようなネルヴァルにおける信仰をめぐるさまざまな問題が集約的に現われている作品として、「オリーヴ山のキリスト」« Le Christ aux Oliviers » という詩を考えることができよう。そこで次にこの作品にあらわれたネルヴァルにおける〈神の不在〉といった問題、およびこの問題と密接な関連があると思われる「黒々とした、底無しの眼窩」や「黒い太陽」といったイマージュのもつ意味、あるいは「理性に背きかねないくびき」を含む信仰を容易に信じ得ない〝近代人〟としてのネルヴァルの内面の苦悩がどのようなものであったか、といった問題について若干の考察を試みることとしたい。

II　「オリーヴ山のキリスト」とジャン＝パウルの『ジーベンケース』の断章その他との比較

この作品は一八四四年「アルチスト」誌にはじめて発表され、後に『幻想詩篇』（一八五三年）の中に収められたかなり長い詩である。これは共観福音書やヨハネ福音書にみえるオリーヴ山上、および同山麓のゲッセマネの園におけるキリスト、すなわちゴルゴタでの受難前夜におけるキリストの苦悩を主題としているが、そこに描かれているキリストは聖書におけるキリストとはかなり趣きを異にしており、殊にこの詩の前半部IからIVのソネにおいては、むしろ「神の不在」という事実によってもたらされた世界の虚無を前にしてのキリスト＝ネルヴァルの人間としての苦悩、戦慄が問題にされている。この詩は五つのソネより成っているが、以下においては、前半部（I、IIIソネの部分）を中心に考察を進めてみよう。

オリーヴ山のキリスト

神は死せり！　天は虚し…
子供らよ、泣け！　もはや父はなし！
ジャン＝パウル

I

主は、詩人たちのように、聖なる樹々の下で、
やせ細った腕を天に挙げ、長い間、
言葉にならぬ苦しみの中で我を失っていたが、
やがて、自分が不実な友らに裏切られたことを知った。

そこで主はふり返った、下で彼を待っている者たちの方に、
王に、賢者に、また預言者になる夢をみつつ……それでいて
獣の眠りをむさぼり、ほうけている彼らに向って、
主は叫びはじめた、「いな、神は存在しない！」と。

彼らはその時眠っていた。「友よ、福音を知っているか？
私はわが額で永遠の天蓋に触れたのだ。
だから私は何日も打ちくだかれ、血だらけで、苦しんでいるのだ！

兄弟たちよ、私はお前らを欺いていた。深淵！　深淵！　深淵！
私が犠牲として捧げられるこの祭壇には、神がいない
神はない！　もはや神は存在しない！」だが彼らは相変らず眠りほうけていた。

Le Christ aux Oliviers

Dieu est mort ! le ciel est vide !
Pleurez ! enfants, vous n'avez plus de père !
Jean-Paul.

I

Quand le Seigneur, levant au ciel ses maigres bras,
Sous les arbres sacrés, comme font les poètes,
Se fut longtemps perdu dans ses douleurs muettes,
Et se jugea trahi par des amis ingrats ;

Il se tourna vers ceux qui l'attendaient en bas
Rêvant d'être des rois, des sages, des prophètes...
Mais engourdis, perdus dans le sommeil des bêtes,
Et se prit à crier : « Non, Dieu n'existe pas ! »

Ils dormaient. « Mes amis, savez-vous *la nouvelle ?*
J'ai touché de mon front à la voûte éternelle ;
Je suis sangant, brisé, souffrant pour bien des jours !

Frères, je vous trompais : Abîme ! abîme ! abîme !
Le dieu manque à l'autel, où je suis la victime...
Dieu n'est pas ! Dieu n'est plus ! » Mais ils dormaient toujours !...[24]

ネルヴァルはこの恐るべき詩において、やがて四十年後にニーチェが宣告することになる〈神の死〉とその必然的帰結たるヨーロッパにおけるニヒリズムの到来を予告するかのように、神の不在と神なき世界の虚無の深淵が人間精神に与える戦慄を歌っている。ネルヴァルは自己の、あの近代人としての〝宿命〟を、すなわち〝真理〟を、というより〝本当のこと〟をどこまでもつきつめて認識しようとする、あの近代人特有の〝自我〟が引き受けねばならなかった宿命を背負いながら、しかもなお自己の宗教的渇望感から、イエス・キリストという一個の〝謎〟に一生こだわりつづけたように見えるのである。われわれはこの詩に、ネルヴァルのそうした〝キリスト・コンプレックス〟を垣間見ることができる。この詩の場合、キリストの受難前夜の苦悩をネルヴァルなりに捉え直し、その意味を問うており、そのことは先に挙げた第一ソネ部の第一詩節で「詩人たちがそうするように、主は」と語り出している事実でも明かであろう。つまりネルヴァルはこの詩において、キリストの苦悩を自己の苦悩として、さらにいうなら〈神〉の問題をめぐる自己の実存上の問題として、捉えようとしており、この意味で、同詩における主キリストとは、ネルヴァルその人でもあるといえる。そのキリスト＝ネルヴァルは、「父よ、御旨《みむね》ならば、此の酒杯を我より取り去りたまへ、されど我が意《こころ》にあらずして御意《みこころ》の成らんことを願ふ」（ルカ伝22・42）と祈る聖書のキリストとはほど遠く、神の不在を知ってしまったが故に、「苦しみに打ちひしがれて茫然としている」キリストである。彼はやがてゲッセマネのオリーヴ園で惰眠をむさぼる弟子たちにこの衝撃的な「最悪の知らせ」（福音《la nouvelle》を伝える。「兄弟たちよ、（…）私が犠牲として捧げられるこの祭壇には、神がいない、神はない！

もはや神は存在しない」、今や眼前には虚無の「深淵」《abîme》しか存在しないという。自らが犠牲として捧げられる祭壇に神が欠落している以上、すなわち自己の死をあがなってくれる者が存在しない以上、これまで自ら信じ、また人々に説いてきた死してのちの永生（世）も、神の国での栄光もすべて虚妄にしかすぎず、したがって十字架上の自己犠牲は犬死にであり、まったく無意味な死にしかすぎないことになる！　この時キリスト＝ネルヴァルはやがて訪れるであろう自己の〝犠牲〟とその苦しみに対して、何故弟子たちが自己の教えを信じぬばかりか、裏切りさえしたかということの意味をはじめて理解する。ウソの福音を説教して彼らをあざむいてきた者が、師の神性への疑い故に、彼らから見捨てられ、裏切られたのは当然であり、その裏切りを決して責めるわけにはいかないのだ、と。だがキリストのこうした苦渋に満ちた叫びにもかかわらず、弟子たちは「相変らず獣の眠りをむさぼり」つづけており、したがってこの福音を知ることもなく、ただ一人目覚めているキリストのみが、この恐しい〈真実〉、神の不在という事実を知っているのであり、また神なき世界の虚無の深淵、自己の無意味な〝犠牲〟を前にして、苦しみつづけているのだ。[25]

II

主は続けた。「一切が死んだ！　諸々の世界を訪ね廻った。
そしてその無数の銀河の中で道を失った、
生命が、自らの豊かな血管（鉱脈）の中に、
金の砂と銀の波を注いでいる、はるか遠くにまで。

いたるところに、周囲を波に洗われている荒漠とした地、

大荒れの大洋のさかまく渦巻の数々……
虚空の一陣の風が、彷徨える諸天体を揺り動かす、
だが、この果しない世界の裡には、いかなる精神も存在しない。

私は、神の眼を求めながら、黒々とした、底無しの巨大な眼窩しか
見なかったのだ。その眼に棲う夜は
世界の上に闇を放射しつつ、ますます暗さを増していく。

不思議な虹がひとつ、この暗い井戸を取り巻いている、
それは虚無が闇なす太古の混沌の入口、
諸々の世界と**日々**を呑み込む螺旋！

II

Il reprit : « Tout est mort ! J'ai parcouru les mondes ;
Et j'ai perdu mon vol dans leurs chemins lactés,
Aussi loin que la vie, en ses veines fécondes,
Répand des sables d'or et des flots argentés :

Partout le sol désert côtoyé par des ondes,

Des tourbillons confus d'océans agités…
Un souffle vague émeut les sphères vagabondes,
Mais nul esprit n'existe en ces immensités.

En cherchant l'œil de Dieu, je n'ai vu qu'un orbite
Vaste, noir et sans fond, d'où la nuit qui l'habite
Rayonne sur le monde et s'épaissit toujours ;

Un arc-en-ciel étrange entoure ce puits sombre,
Seuil de l'ancien chaos dont le néant est l'ombre,
Spirale engloutissant les Mondes et les Jours ! »[26]

第二ソネ部では、キリストが訪ね廻った神なき世界（宇宙）の光景がどのようなものであり、それがどんなに恐しい様相を帯びているものであるかということが語られている。すなわち神なき宇宙には「いたるところに、周囲を波に洗われている荒漠とした地」があり、そこには「大荒れの大洋の渦巻」が無数に逆巻いており、要するにこの宇宙とは「いかなる精神も存在しない」「果しない世界」« ces immensités » としての虚無世界であるという。いいかえると、ネルヴァルは神なき世界の光景をそのような虚無的ヴィジョンによってわれわれに呈示したのであり、そしてこのヴィジョンは次の第二テルセに至って、さらに戦慄的なイマージュとなって展開されていく。すなわちその世界とは、〈私〉（キリスト）が必死に探し求めていた神の眼のかわりに、「黒々とした、底無しの巨大な眼窩」

《un orbite vaste, noir et sans fond》を持つ世界であり、その眼に棲みつく夜が地上に、いや宇宙に闇を放射しつつ、不断に暗さを増してゆく世界であるという。しかもこの黒々とした巨大な眼は、不思議な虹が取り巻く暗い井戸であり、虚無が黒々と影なす太古の入口であり、諸世界と日々とを呑み込む螺旋《spirale》でもあるという。ここに現われる「黒々とした、底無しの巨大な眼窩」というイマージュについていえば、あとで再び詳しくみるように〈眼〉がヨーロッパにあって神の象徴であったことを考え合わせるまでもなく、それが神の死あるいは少なくともその不在を表象していることは明らかである。そのことは、この眼窩が「暗い井戸」《puits sombre》であり、「虚無が闇なす太古の混沌の入口」、「諸々の世界と日々を呑み込む螺旋」でもあるといっている事実から確認することもできよう。つまりこれら一連のイマージュはネルヴァルが神の死ないしその不在によって生じた空白、虚無vide を無意識に、埋め合わせる虚像としての神、実体の失われた神の影として意識している事実を物語っているといえる。[27]

ここでネルヴァルの井戸や螺旋、あるいは（螺旋状の）階段といったイマージュへの執着について一言しておこう。こうしたイマージュは一人ネルヴァルにのみ認められる特徴というわけではなく——ネルヴァルにあってはこれらのイマージュは多くの場合、不吉な深淵を表わしている——、ケラー Luzius Keller[28] やプーレ Georges Poulet[29] も指摘しているように、ロマン派の詩人たちに一般的に認められる傾向であった。ネルヴァルの場合もたとえば、『十月の夜』*Les Nuits d'Octobre* では「さらば、さらば、永遠にさらば！……お前はダンテの黄金色の熾天使に似ている。ポエジーの最後の閃きを闇の世界に放ち——そして、その冥界は巨大な螺旋形をなして縮まりつづけ、遂にはルシフェルが最後の審判の日までつながれている暗い井戸と化すのである」[30] といった例がみられる。ケラーはダンテ Dante が『神曲』において、地獄を螺旋状のものとして描いている事実から、螺旋のイマージュのもつ西欧人にとっての宗教的・心理的意義について詳しく論じているが、[31] 同論を俟つまでもなくネルヴァルのこのイマージュが、ダンテの『神曲』における螺旋形ないし逆円錐形地獄に依拠しているのは明らかである。ただここではそれが「暗い井戸」のイマージュとも結びついて、神不在の世界、虚無の深淵に惹かれる彼の暗い意識を暗示しているように思われる。さらに前記『十月の夜』第十七章には「廊下——果しなく続く廊下！　階段——登り、降り、また再び登っていく階段、その下部は、橋の巨大なアーチの下を水車で動かされている黒い水にいつも漬っている。……入り組み錯綜した骨組の間から！　昇り降り、あるいは廊下を走り廻るということ——そしてこうしたことは幾万劫年もの間……自らの過ちのために、私に課せられている刑罰ででもあるのだろうか[32]」といったイマージュがみられるが、これなども彼の自我地獄の一つの無意識的な象徴、すなわち意識が何者かを必死に求めながら、何か空虚で荒廃したものにしか触れ得ないといった彼の意識の苦悶を反映したヴィジョンのように思われる。この意味でネルヴァルの『十月の夜』におけるこうした螺旋や階段のイマージュはミュッセ Alfred de Musset の「眩暈のなかに陶酔を見出すというあの気違いじみた回教僧のように、思いが思いの上をめぐり、思いを絞り尽したとき、思いは空しい仕事に飽き、恐れて立ち止まるのである。人間はうつろになってしまい、已れのうちへと下って行ったあげく、螺旋階段の最後の段に行き着くらしい[33]」（『世俗の児の告白』）といった言葉やT・ゴーチェの「踊り場に着くごとに、疲れはいや増し、痩せ細り、幽鬼のようになって行くのが見える。そんなに努力して、大地の中心から生えたこのバベルの塔のような階段の天辺に着いたと思ったら、おそろしいことに、そこは押し上げることのできない揚蓋で行き止まりになっているのがわかって男は絶望するのである[34]」（『ダフネ嬢』 *Mademoiselle de Dafné*）といった言葉にみられる螺旋階段のイマージュが暗示する意味とほぼ同じような意義をもっているように思われる。すなわち、それらは、ロマン派的自我が無限や超越的なものを求めながら——上方的にであれ、下方的にであれ——、結局は「行く先がいずれも行き止まりになってしまう[35]」といった自我の絶望的な閉塞状況、そうしたロマン派的自我が螺旋階段の行き止まりのところで感じざるを得なかった「その先には何もない！」といった虚脱感、虚無感をも暗示しているように思われる。「オリーヴ山のキリスト」におけるあの〝暗い井戸〟や無数の世界と時間とを同時に呑み込む〝螺旋〟のイマージュはこれらとは異なり、直接的には神の不在によって生じた巨大な空白＝宇宙的虚無を表象しているが、間接的には、ミュッセやゴーチェにおけるピラネージ的螺旋階段のイマージュ、あるいは『十月の夜』にみえる階段や螺旋、井戸のイマージュ同様、何者かを必死で求めながら、結局は何も得られないといった焦燥感が、ネルヴァルというロマン派的自我の内部に穿つ虚無の深淵をも暗示しているように思われる。

先に問題にした「黒々とした、底無しの巨大な眼窩」という神秘的であると同時に衝撃的なイマージュ、これはネルヴァルの独創ではなく、ドイツ・ロマン派の異才ジャン＝パウル・リヒター Jean-Paul Friedrich Richter の長編小説『ジーベンケース』*Siebenkäs* から採られてきた「世界の建物の高所から、神はなしと語る死せるキリストの言葉」« Rede des toten Christus vom Weltgebäude herab, dass kein Gott sei » という散文詩ともいうべき断章にみえる「空洞のように虚ろな、底無しの眼窩」というイマージュに依拠している。そればかりでなく、ネルヴァルはこの詩全体、とりわけ第二、第三ソネ部の発想さえ、ジャン＝パウルのこの断章に依拠しており、事実、第二、第三ソネの部分に至っては個々の用語、表現さえ、〝原詩〟のそれと酷似している部分が少なくない。もっともこの点についてはネルヴァル自身、この詩に「神は死せり！　天は虚し…／子供らよ、泣け！　もはや父はなし！　ジャン＝パウル」というエピグラフを付すことによって（一八五三年の発表形）、また一八四四年に「アルチスト」誌上にはじめて発表した時には、卒直にも「ジャン＝パウルの模作」という断わり書を題下に付すことで、ジャン＝パウルからの影響を自ら認めている。こう考えてくると、この詩の、少なくとも第四ソネ部までの中心的主題である〈神の不在〉という観念自体もジャン＝パウルのこの断章から出ているといえるが、しかしネルヴァルはこの〈神の不在〉という問題を単に観念として、この詩の〝素材〟として理解しているわけではなく、むしろ自己の内在的・実存的な問題として受けとめ、考えようとしている側面も認められるのであり、この意味では、この詩をジャン＝パウルの単なる〝模作〟とみることはできない。というのはネルヴァルはこの詩の第一、第四ソネ部において、ジャン＝パウルの断章では終末部にわずかに暗示されているとはいえ、直接的にはほとんど問題となっていないゴルゴタでの受難前夜のキリストの苦悩、使徒たちのキリストへの〝懐疑〟、ユダの裏切といった聖書にみえる事蹟を自己の信仰上の問題、自己の実存に係わる問題として、この〈神の不在〉という問題と関連づけて、捉え直し、考えようとしているからである。さらにいえば、この詩の最終ソネ部（第五ソネ）では、このキリストはギリシア神話のイカルスやパエトン、アティスとも同一視され、「エホバ（唯一神）の世界観も、ギリシヤの神々（ゼウスとオリュンポス神族）の世界観をも超えて、原初の宇宙に立ち戻り、原初の宇宙の内に永遠の回帰を繰り返す、植物的な生命の継承者[36]」（久世順子氏）として捉えられており、ある意味でエリアーデ Mircea Eliade のいう生命の永遠回帰の神話に近いネルヴァル特有 のサンクレチックな「死と再生の神話」が語られているからである。

それはともかく、ジャン＝パウルはネルヴァルばかりでなく、多くのフランス・ロマン派の作家にも非常に大きな、かつ深刻な影響を及ぼしている。ことにこの断章はスタール夫人 Madame de Staël が『ドイツ論』*De l'Allemagne* の中で「ある夢」《Une Songe》と題して紹介して以来——フランスではジャン＝パウルのこの断章は一般に「夢」と呼ばれている——、彼らの間に衝撃的な反響を呼び起こすと同時に、彼らから圧倒的な支持と共感を得ることとなった。この辺の事情はアルベール・べガン Albert Béguin が「ジャン＝パウルの夢想とヴィクトル・ユゴー」《Le Songe de Jean-Paul et Victor Hugo》（『現存の詩』*Poésie de la Présence* に収録）という論考において[37]、さらにクロード・ピショワ Claude　Pichois が、『フランス文学におけるジャン＝パウル・リヒターのイマージュ』*L'Image de Jean-Paul Richter dans les lettres françaises* において[38]、詳細に明かにしている。たとえばアルベール・べガンは「ノディエ、バルザック、キネー、ならびにヴィニーたちが、ジャン＝パウルの幻視の全般的意義や、神の不在の主題や孤児と化した人類についての観念を銘記するかたわら——この空洞のような眼窩〔のイマージュ〕が、もっとも幻惑的なかたちで、ネルヴァル、ルナン、わけてもユゴーを特に震憾させることとなったのである」[39]としているが、ただベガンはいかにもカトリック系評論家らしく同論で、「それゆえ彼（ユゴー）にとっては、ジャン＝パウルは『夢想』の作者としてのみ存在しており、しかもユゴーは多くの同時代人と同様に、この作品のうちに無神論の絶望のヴィジョンだけを見ている。実際、スタール夫人の手で、覚醒によって慰めを与えられる作品として公けにされたのはでなく、あの虚無の苦悩に対する絶えざる答えとなっているジャン＝パウルのこの作品全体から切り離されたがゆえに、この夢だけが〔英訳では「無神論者の夢」と題されている〕、〝絶望の歌〟〔ノディエ〕として受けとめられてしまっていたのである」[40]と述べ、フランス・ロマン派の作家たちが、虚無の絶望に対する慰撫と救済が主題となっている長編小説『ジーベンケース』の作者ジャン＝パウルから、無神論の絶望のヴィジョンだけを読み取る傾向をスタール夫人の紹介の仕方のまずさ、一面性にあるとしており、ピショワも同氏とほぼ同じ見方をしている。[41] 確かにそういう一面もあろうが、われわれにはむしろ、たとえば十九世紀初頭に発表されたシャトーブリアン F. R. de Chateaubriand の『ルネ』*René* やセナンクール E. de Sénancour の『オーベルマン』*Obermann* あるいはコンスタン B. Constant の『アドルフ』*Adolphe* などにみられるあの存在に対するアンヌュイ ennui、真に信じ得るものの欠如意識、さらにはミュッセに代表される「世紀病」mal du siècle などを見てもわかるように、フランス・ロマン派の詩人たち自身が、神の不在という事態を、実感として、かつ時代思潮として確実に感じていたために、たまたまジャン＝パウルによって〈神の不在〉という観念が「底無しの、黒々とした虚ろな眼窩」（スタール夫人訳）という新鮮で衝撃的な表現でイマージュ化されたことが一つの契機となって、この断章が彼らから圧倒的な支持と共感を受けることになったのではなかろうか、と思われるのである。[42] というのは、たとえばネルヴァルはこの「オリーヴ山のキリスト」という作品以前にもそれより十四年も前に、すでにジャン＝パウルの『ある不幸な男の新年の夜』*La Nuit du Nouvel An d'un malheureux*（一八三〇年）や『月蝕』*L'Éclipse de Lune*（同年）といった作品を翻訳発表しており、またそれ以外の作品も原文で読んでおり、[43]こうした事実を考え合わせるなら、ユゴーはともかく、少なくともネルヴァルは、ベガンがいうように、「虚無の苦悩に対する絶えざる慰め」ないし虚無や無神論の超克を意図するジャン＝パウルの多くの作品、少なくともこの断章がその一部となっている『ジーベンケース』という小説全体の意味を理解していなかったとは、必ずしも言えないからである。このようにネルヴァルはジャン＝パウルの作品に対して、かなり正確な理解を持っていたと考えられる。他方彼もまたスタール夫人訳によるこの夢の断章から、少なからぬ影響を受けたことも事実のようである。そこで次に彼女の『ドイツ論』中の「小説」の項に紹介されている同断章の仏訳の一部を日本語訳でみてみよう。

（…）その時高所から、光輝く気品にみちた気高い姿が祭壇の上に降りたった。その姿には果てしない苦しみの印が焼きつけられていた。死者たちは口々に叫んだ、「キリストさま！　神様はいらっしゃらないのですか？」――すると彼は答えた、「いらっしゃらない」と。亡霊たちは一様にはげしくふるえはじめ、キリストはさらにつづけていった。「私は世界中をかけめぐった。太陽たちのはるか彼方にまで登ったが、そこにも神様はおられなかった。そこで宇宙の最後の境にまで降りていって、深淵をのぞきこみ、私は次のように叫んだ、「父上、どこにいらっしゃるのですか？」。だが私は深淵に一滴また一滴と落ちてゆく雨音を聞くだけで、いかなる秩序も統治し得ない永遠の嵐が応えてくれるだけであった。ひきつづいて天空を見上げると、私はそこに、黒々とした底知れぬうつろな眼窩《un orbite vide, noir et sans fond》を見ただけであった。永遠〔の未来〕は混沌の上に横たわり、それを噛みしめ、自らゆっくりそれをむさぼり食っていた。だからお前たちの苦々しい悲痛なげきを噛みしめるがよい。いくつもの鋭い悲鳴が亡霊たちを追いはらってくれるだろう。そらもう始まった」。

憂いにうち沈む亡霊たちは、冷気におしかためられた白い蒸気のように消え失せて、やがて聖堂にもひと気がなくなる。だがその時突然おそろしい光景がくりひろげられたのだ。墓地でめざめた子供たちの死体がかけよってきて、祭壇の上のあのおごそかな御姿の前にひれ伏し、「イエスさま、父上は、もういらっしゃらないのですか？」と叫んだ。――キリストは、あふれるばかりの涙にくれて、「われわれはみな孤児になってしまったのだ。おまえたちも、私も父を失ったのだ」とこたえた。――この言葉に聖堂も子供たちもともに奈落におち、世界全体が私の眼前で無限の中に崩れ去った。[44]（稲生永氏訳、一部変更、傍点筆者）

こうしてみると、スタール夫人訳はネルヴァルのこの詩に、とりわけわれわれが今問題にしている第二ソネ部に多少の影響を与えていることが明らかであろう。すなわちスタール夫人が原詩の「空洞のように実体のない（虚ろな）底無しの眼窩」« einer leeren bodenlosen *Augenhöhle* » の部分を「次に天空の穹窿へと視線を向けると、私はそこに虚ろで黒々とした底無しの眼窩しか見出さなかった」« Relevant ensuite mes regards vers la voûte des cieux, je n'y ai trouvé qu'un orbite vide, *noir* et sans fond » と訳したその訳し方――ネルヴァルはこの部分を「私は、神の眼を求めながら、黒々とした、底無しの巨大な眼窩しか、見なかった」と表現――などに同夫人訳のこの詩への影響を認めることができよう。だが私見によれば、この詩全体の発想や構成あるいは用語などは一般にいわれているほどこのスタール夫人訳（『ある夢』*Une Songe*）に依拠しているわけではなく、むしろジャン＝パウルのドイツ語の原典および聖書における受難前夜のキリストの苦悩を主題としているヴィニー A. Vigny の『オリーヴ山』*Le Mont des Oliviers* に多くを負っているように思われる。そのことは、たとえば(1)例の「底無しの眼窩」の部分で、ネルヴァルは「私は、神の眼を求めながら、黒々とした底無しの、巨大な眼窩しか、見なかったのだ」« En cherchant l'œil de Dieu, je n'ai vu qu'un orbite /Vaste, noir et sans fond » と表現しており、これはジャン＝パウルの原文「そして私が神の〈眼〉を求めて、そのはてしない世界を仰ぎ見たとき、世界はその空洞のように空っぽの底無しの

〈眼窩〉で、私を凝視した」《Und als ich aufblikte zur unermeβlichen Welt nach dem göttlichen *Auge*, starrte sie mich mit einer leeren bodenlosen *Augenhöle* an.》[45]にかなり正確に対応しているのに対し、スタール夫人は、そこを「次に天空の穹窿へと視線を向けると、私はそこに虚ろで黒々とした底無しの眼窩しか見出さなかった」と訳し、原文の「神の眼を求めて」《nach dem göttlichen *Auge*》を省略してしまっているという事実、あるいはまた(2)ネルヴァルのこの詩の第一ソネの部分はジャン＝パウルの「夢」すなわち『死せるキリストの言葉』に直接依拠しており、スタール夫人は『ドイツ論』の中ではネルヴァルの第三ソネ部に対応する部分を省略しているという事実によって確認することができよう。

　ちなみにネルヴァルのこの詩の第二ソネ部にほぼ対応していると思われるジャン＝パウルの断章をみてみると、「主はさらに続けていった。『私は諸世界をかけめぐり、いくつもの太陽の間へと昇っていった。そして私は天空の荒漠たる地帯（砂漠）を、幾つもの銀河とともに（に乗って）飛翔した。しかしそこにも神は決して存在しなかった。私は〈存在〉が投影する影さえ届かぬところにまで降り立っていった。そしてその深淵をのぞき込み、こう叫んだ。〈父よ、あなたはどこにおられるのですか?〉と。しかし私はそこに何ものも統御することのない永劫の嵐《Sturm》の音を聞くばかりであった。そして〈存在〉のきらめく虹は、その深淵の上にかかり、その中に滴をしたたらせていた。しかしその虹を創り出した太陽は一つとして存在しなかった。それから私が神の眼を求めて、その窮まりない世界を仰ぎ見たとき、世界はその空洞のように空っぽの底無しの眼窩で私を凝視した。そして永遠が混沌の上に横たわり、それをかみ砕き、反芻していた。』（…）――そしてキリストは測り知れない自然の絶頂にたたずんで、無数の太陽で貫かれた、世界という建物を下方に眺めた。それはまるで永却の夜に向って掘られた鉱山の中を眺めているかのようであった。そこには、かの太陽がいくつも、坑夫のカンテラのように行き過ぎ、また銀河が銀鉱脈のように走っているのであった。

そしてキリストが諸世界のひしめく雑踏や天空の鬼火の松明踊り、さらに脈打つ心臓の珊瑚《さんご》礁を見たとき、そしてまた水球がそのきらめく光を波間に撒き散らすように、天体はそのかすかに光る魂を一つまた一つと死者の海にそそぎこむさまをみたとき、またこの上なく高貴な究極者と同じ大いなる姿で、上方の〝虚無〟に対して、荒蓼たる無窮の世界に対して、眼を向けていった[46]」

"Christus fuhr fort : « Ich ging durch die Welten, ich stieg in die Sonnen und flog mit den Milchstraßen durch die Wüsten des Himmels ; aber es ist kein Gott. Ich stieg herab, soweit das Sein seine Schatten wirft, und schauete in den Abgrund rief : 〉Vater, wo bist du ?〈 aber ich hörte nur den ewigen Sturm, den niemand regiert, und der schimmernde Regenbogen aus Wesen stand ohne eine Sonne, die ihn schuf, über dem Abgrunde und tropfte hinunter. Und als ich aufblickte zur unermeßlichen Welt nach dem göttlichen *Auge*, starrte sie mich mit einer leeren bodenlosen *Augenhöhle* an ; und die Ewigkeit lag auf dem Chaos und zernagte es und wiederkäuete sich. » [...]
— und oben am Gipfel der unermeßlichen Natur stand Christus und schauete in das mit tausend Sonnen durchbrochne Weltgebäude herab, gleichsam in das in die ewige Nacht gewühlte Bergwerk, in dem die Sonnen wie Grubenlichter und die Milchstraßen wie Silberadern gehen.

Und als Christus das reibende Gedränge der Welten, den Fackeltanz der himmlischen Irrlichter und die Korallenbänke schlagender Herzen sah, und als er sah, wie eine weltkugel um die andere ihre glimmenden Seelen auf das Totenmeer ausschüttete, wie eine Wasserkugel schwimmende Lichter auf die Wellen streuet : so hob er groß wie der höchste Endliche die Augen empor gegen das Nichts und gegen die leere Unermeßlichkeit und sagte ;[46]"

となっている。これをみてもわかるように、傍点を付した部分は、とりわけネルヴァルのこの詩の第二ソネ部にみえる幾つかの詩句との対応関係が明確に窺えよう。すなわちこの第二ソネ部にあっても、ジャン゠パウルの「夢」の、スタール夫人によって訳出されなかった要素が種々反映されている。煩瑣にわたるが幾例かみてみると、銀河 chemins lactés、豊かな血管 veines fécondes、黄金の砂と銀の波 des sables d'or et des flots argents／銀河 Milchstassen、銀鉱脈 Silberadern、坑内灯 Grubenlichter。荒漠とした地（砂漠）sol désert／天空の砂漠 Wüsten des Himmels。銀河の中で道を失った、はるか遠くにまで j'ai perdu mon vol dans leur chemins lactés, Aussi loin que／私は〈存在〉が投影する影さえ届かぬところにまで降り立っていった Ich stieg herab, soweit das Sein seine Schatten wirft。大荒れの大洋の、さかまく渦巻の数々 Des tourbillons confus d'océans agités／永却の嵐（渦）ewigen Sturm、諸世界のひしめく雑踏 Gedränge der Welten、死者の海 Totenmeer。虚空の一陣の風が、彷徨える諸天体を揺り動かす Un souffle vague émeut les sphères vagabondes／天体はそのかすかに光る魂を一つまた一つと死者の海にそそぎこむ eine Weltkugel um die andere ihre glimmenden Seelen auf das Totenmeer auschüttete。不思議な虹がひとつ、この暗い井戸を取り巻いている Un arc-en-ciel étrange entourne ce puits sombre／〈存在〉のきらめく虹は、その深淵の上にかかり der schimmernde Regenbogen aus Wesen stand [...] über dem Abgrunde といった具合である。

このようにネルヴァルは「オリーヴ山のキリスト」にあっては――第二ソネ部でさえ――、スタール夫人訳以上にジャン゠パウルの「夢」に直接依拠しているのであるが、それにもかかわらず、同夫人訳の「虚ろで黒々とした底無しの眼窩」というイマージュ、すなわちジャン゠パウルの「夢」にはない「黒々とした」« noir » という形容詞が加えられた結果、より戦慄的、衝撃的となったこのイマージュの重大性を考えるならば、同夫人訳のこの詩への影響はより本質的なものであったということができるのも事実である。ジャン゠パウルの「夢」のネルヴァルへの影響は他にも『オーレリア』などに認められるが、この点は後で再びふれることとして、次にこの作家のフランス文学に与えた深刻な影響、ことにスタール夫人訳による「虚ろで黒々とした底無しの眼窩」という衝撃的なイマージュおよび〈神の不在（死）〉という観念が、十九世紀のフランスの作家に対して、いかに広汎かつ深刻な影響を与えたかという問題に関して、本章に関連すると思われる部分に限って、簡単に触れておこう。

クロード・ピショワによれば十九世紀フランス文学へのスタール夫人訳によるジャン＝パウルの「夢」の影響はまずヴィニーに現われるという。それはすでに『ステロ』*Stello*（一八三二年）に認められ、『オリーヴ山』（一八四三年）に至って顕著になるという。[47] ヴィニーのこの『オリーヴ山』という詩については、ネルヴァルが「オリーヴ山のキリスト」を書くにあたって、ジャン＝パウルの「夢」とともに、この作品から大きな影響を受けたと思われるので、本章の最後のところで再びとり上げることとしたい。ジャン＝パウルの「夢」の影響はミュッセにもみられ、たとえば『世俗の児の告白』*La Confession d'un enfant du siècle* ではスタール夫人訳によるジャン＝パウルの「夢」にみられる《**néant**》（虚無）とか《**abîme**》（深淵）、さらには《**vide**》（「空虚な、虚ろな」、「空虚、むなしさ」）といった語が頻出しており、事実この作品には、いってみれば「神を信じない者」《**enfant du siècle**》が体験したジャン＝パウルの「夢」の世俗版といった側面が認められる。また一八三三年に発表された『ロラ』*Rolla* という詩にはミュッセのキリストへの不信が語られている（「おおキリストよ、私はあなたの聖なる言葉を信じない／私はあまりにも遅れてこの世にやって来た[48]」）。

またスタール夫人訳によるこのイマージュのゴーチェへの影響は、たとえば『死の喜劇』*La Comédie de la Mort*（一八三八年）にみえる「私の眼はそのために空洞のようにうつろになってしまうのだ」《**Mon œil en devient creux**》[49]とか、あるいは「彼（キリスト）の瞳の欠けた、黒々とした眼窩からは／生ける眼のごとく、／鹿毛色《フォーヴ》の輝きが突如溢れ出た」《**De ses orbites noirs où manquaient les prunelles,/ Jaillirent tout à coup de fauve étincelles / Comme d'un vivant**》[50]といった詩句を見ても明らかであろう（ピショワは何故かこれらの詩句は問題にしていない）。

それ故、ネルヴァルの「オリーヴ山のキリスト」における神の死の観念やその象徴たる「黒々とした底無しの眼窩」といったイマージュの成立には、ゴーチェのこれらの詩も何らかの影響を与えているのではないかと考えられる。それはともかく、ジャン＝パウルの「夢」、とりわけこの「眼窩」のイマージュは、ユゴーに対しても深刻な影響を与えているが、それについてはすでにベガンが詳しく論じているのでここでは触れないが、次章IIIで〈黒い太陽〉との関係で取り上げることとしたい。このドイツ作家のフランス文学への影響は、ピショワによれば、ほかにもミシュレ J. Michelet、ルコント・ド・リール Leconte de Lisle をへて、ボードレール C. Baudelaire、フローベール G. Flaubert そしてルナン E. Renan にまで及んでいるという[51]。

このようにみてくると、われわれはここで次のことを、すなわち、ネルヴァルの、とりわけ「オリーヴ山のキリスト」や次にとり上げる『オーレリア』にみられる〈神の死〉ないし〈神の不在〉という観念（ないしは意識）、あるいは「黒々とした底無しの眼窩」といったイマージュ、さらには虚無の深淵のヴィジョンなどは、ネルヴァルだけでなく、十九世紀以降の多くのフランスの作家たち、わけてもロマン派作家たちに多かれ少なかれ、共通して認められるものであり、しかもそうした観念（意識）やヴィジョンの成立には、ジャン＝パウルの作品、ことに「夢」（「死せるキリストの言葉」）が、直接的であれ、間接的であれ、少なからず係わっているという事実を確認することができよう。

III

不動の宿命よ、黙せる歩哨たる
冷たい必然よ！　偶然よ、お前は万年雪の下で、
死んでしまった諸世界の間を前へと進みながら、

少しずつ宇宙を冷やし、蒼白にしていく。

お前は自ら為すところを知っているのか、原初の力よ、
互いに衝突しつつ、消えていくお前の太陽たちに対して……
死に行く世界と生まれ来る世界の間に、
不死の吐息を吹き送れると思っているのか？……

おお我が父よ！　我が内に感じるのはあなたですか？
生きる力、死に打ち勝つ力をあなたはお持ちでしょうか？
あの破門された夜の天使の、
最後の攻撃を受けて、押しつぶされておしまいになったのですか……
というのは、私は唯一人で嘆き悲しみ、苦しんでいる気がするからです、
ああ、何ということだ！　私が死ぬとするなら、全てが死にゆくことだ！

III

Immobile Destin, muette sentinelle,
Froide Nécessité !... Hasard qui t'avançant,
Parmi les mondes morts sous la neige éternelle,

Refroidis, par degrés l'univers pâlissant,

Sais-tu ce que tu fais, puissance originelle,
De tes soleils éteints, l'un l'autre se froissant…
Es-tu sûr de transmettre une haleine immortelle,
Entre un monde qui meurt et l'autre renaissant ?…

O mon père ! Est-ce toi que je sens en moi-même ?
As-tu pouvoir de vivre et de vaincre la mort ?
Aurais-tu succombé sous un dernier effort

De cet ange des nuits que frappa l'anathème…
Car je me sens tout seul à pleurer et souffrir,
Hélas ! et, si je meurs, c'est que tout va mourir ! »[52]

ここに挙げた第三ソネは、すでに述べたように、ジャン＝パウルの「夢」の、『ドイツ論』にみえるスタール夫人訳では省略されている部分に直接依拠しており、しかも同テキストをかなり忠実に〝模作〟しており、とりわけカトラン部（前半の二節）は〝原詩〟に近い。ちなみにカトラン部に対応していると思われるジャン＝バウルの断章をみてみると、

「不動にして、口きかぬ虚無よ！ 冷たき永遠の必然よ！ 狂った偶然よ！ そなたらは、そなたらの下方にあるものが何であるかを知っているのか？ そなたらはこの世界という建物を、この私自身を何時打ち壊すのか？…偶然よ、そなたは、自己自身を知っているのか？ 星々の吹雪の間を、嵐とともに歩み行き、一つまた一つと太陽を吹き払う（消す）のは何時であるかを？ そしてまたそなたがそこを通りすぎることで、諸星座のきらめく露が光り輝やくのをやめてしまうのは何時であるかを？

Starres, stummes Nichts! Kalte, ewige Notwendigkeit! Wahnsinniger Zufall! Kennt ihr das unter euch? Wann zerschlagt ihr das Gebäude und mich? — Zufall, weißt du selber, wenn du mit Orkanen durch das Sternen-Schneegestöber schreitest und eine Sonne um die andere auswehest, und wenn der funkelnde, Tau der Gestirne ausblinkt, indem du vorübergehest?[53]

となっている。カトラン部では第二ソネで明らかとなった神不在によってもたらされた虚無と暗黒の世界を支配する原理について思索しているように見える。すなわちこの世界を支配する原理とは、「不動の宿命」＝「黙せる歩哨たる必然」＝「偶然」に他ならない、という。この「いかなる精神も存在しない」混沌の宇宙にあっては、もはやそれを支配し得る「原初の力」とは、必然＝偶然たる物理的力にすぎないという。ここで注目すべきことは、すでに第二部第II章で論じたように、[54]ネルヴァルはそうした物理的必然を偶然ともみていることである。ここにわれわれはネルヴァルにおける偶然性の問題と神の不在および虚無の問題との結節点を認めることができる。つまり神の存在していた世界にあっては「宿命」に意味があったが、神不在の今となってはその宿命は人間にその意味を語らなくなってしまい、ただの物理的必然、すなわち「原因と結果といった因果関係[55]」を決定するにすぎないものとしての必然と化し、この意味で、宿命も必然も、もはやただの偶然、いいかえるなら、まったく意味を失った不条理な宿命であり、必然ということになる。ジャン＝パウルの「夢」では、この部分は先にみたように、「おお、不動にして、ものいわぬ虚無よ！　永遠の冷たき必然よ！　狂った偶然よ！」となっており、したがって両者の異なっている部分は、ネルヴァルが冒頭で「不動の宿命よ」といっているのに対して、ジャン＝パウルは「不動にして口きかぬ虚無よ！」と〝虚無〟に対して呼びかけている点である。〝原詩〟の方が明解だが、ネルヴァルが「虚無」といわず「宿命」といったところにいかにもネルヴァルのネルヴァルらしさが現われていて興味深い。ところでその〝偶然〟とは、いわば「不動にして、ものいわぬ虚無」、世界に内在する「冷たき永遠の必然」と変わるところなく、ただの死んだ世界、少しずつ宇宙から熱と生命を奪い、蒼白にしてゆくことによってそれを確実に死へと追い立てていく原理に他ならない。[56]それ故、ネルヴァルはこのカトラン部では〈神の不在〉によってもたらされた虚無世界を、偶然＝意味のない必然しか存在しない恐しい世界として意識し、戦慄しつつ、「原初の力」puissance originelle でもあるそういう〝偶然〟＝〝必然〟が自ら世界に対して行う破壊的運動とは一体何であるか、ということを問うているように思われる。そのような〝偶然〟＝〝必然〟には「死に行く世界」と「生れ来る世界」とを結び合わせる「不死の吐息」（霊的精神）をそれらの世界に与え得る力、ないし可能性が存在するかどうか、を自問しているように思われる。

ここで、「死に行く世界」と「生れ来る世界」とは何か、ということが問題になろうが、今日までの多くの研究家は、前者を異教的世界、後者をキリスト教的世界のことをいっているとしており、[57]確かにこの解釈も、次のテルセ部や第五ソネ部の解釈の仕方によっては可能だが、われわれにはむしろ逆で、ここでいう「死に行く世界」とはキリスト教世界であり、「生れ来る世界」の方が異教的世界なのではないかと思われる。理由は、この詩の前半部で問題になっているのは、正にキリスト教の神の不在ないし死という問題であり、その神が「立ち去ってしまった」[58]ないし死んでしまった虚無世界こそ、「死に行く世界」に他ならないように思うからである。また第五ソネ部もこの見方を裏付けているように思われる。というのは、すでに述べたように、この詩節にはキリスト教の神の死の後に現われた異教の神々への信仰を含むネルヴァル独自の死と再生の永遠回帰への願望、すなわちエリアーデがいう意味での永遠回帰の神話に通ずる、死と復活の秘義を通しての永生（世）と救済の獲得というネルヴァルの諸教混淆《サンクレティスム》的信仰の反映が認められるのであり、この意味で「生まれ来る世界」とは異教的世界のことをいっているとも考えられるからである。それはともかくネルヴァルはここで「不死の吐息を……」と語ることによって、自己の〝霊性〟への欲求、その永生（世）への願望を告白している。この傾向は次のテルセ部に至って一層顕著になる。

テルセ部では、第一、第二ソネ部において示された「神は存在しない、もはや存在しない」という認識、判断に対するネルヴァルのためらいの意識を読み取ることができる。すなわち、神はもしかすると死んだのではなく、隠れているだけではないか、この世界、この宇宙には不在でも、本当はどこかに隠れて生きているのではなかろうか、という意識を読み取ることができる（「おお、わが父よ、我がうちに感ずるのはあなたですか？」、あるいは「生きる力、死に打ち勝つ力をお持ちでしょうか」といった部分）。しかしやはり本当に死んでしまったのではなかろうかとも思う。というのは、キリスト＝ネルヴァルは「父」の声を一向に耳にすることなく、唯一人で悲しみ、苦しんでいる気がするからである（「あの破門された夜の天使（サタン）の最後の攻撃に敗れ、死んでしまったのではないでしょうか？／というのは私は唯一人で嘆き悲しみ、苦しんでいる気がするからです」）。そして最後にイエス＝ネルヴァルたる「主」は恐しい言葉を口にする。

おお、何ということだ！　もし私が死ぬとするなら、全てが死にゆくことだ！

もし神が不在なら、あるいは死んでしまったなら、ドストエフスキー Dostoïevski がイヴァンに「Je pense, donc je suis これは僕も確かに知っている。が、僕の周囲にあるその他のすべては、つまり、この世界全体も、神も、サタンさえも――こういうものが、みんな果たして実在しているのか、それとも単に、僕自身の発散物で、無限の過去から唯ひとり存在している『自我』の漸次、発展したものか、ということは、僕に証明されていない[59]」と言わせているごとく、〝私〟、私の〈自我〉こそすべてであり、自我をそのように理解した近代人としてのキリスト＝ネルヴァルにとって、その〝私〟の死とは、全て、すなわち世界の死、その消滅を意味するということにならざるを得ない。キリストのこの言葉は、ブリュンティエール F. Bruntière がロマン主義の本質を「ロマンティスムとは何よりもまず、文学および芸術においては個人主義の勝利であり、ないしは〈自我〉の全的で絶対的な解放である」« le romantisme, c'est avant tout, en littérature et en art, le triomphe de l'individualisme, ou l'émancipation entière et absolue du Moi[60] » と定義したその自我が全的かつ絶対的に解放され、伸長された場合、その行きつく先が何であるかということを端的に物語っているように思われる。すなわちロマン派的自我はそのように自らを全的かつ絶対的に解放しつづけることによって、最終的には虚無の淵に至らざるを得ないであろう、ということを。しかもネルヴァルは近代人が宿命的に引け受けなければならなかった、そういう自我の絶対化を一つの危機、望ましくない事態として考えていたように思われる。そのことはたとえば、「もし私が死ぬとするなら」の言葉の直前で、「おお、何ということだ！」Hélas ! と叫んでいる事実によって窺うこともできよう。

ところでテルセ部に対するわれわれのこのような解釈は、この部分に対応しているジャン＝パウルの「夢」によって裏付けることもできよう。ちなみにこのテルセ部に対応していると思われる部分をみてみると、「ああ、おのおのは、〈宇宙〉の広大な地下納骨堂の中で、かくも一人ぼっちなのだ！　私のそばには、私自身しか存在しない――おお父よ、おお父よ、私が安らかに憩えるあなたの果てることのない胸は一体どこにあるのですか？――ああ、おのおのの自我がおのれ自身の父であり創造主であるというなら、どうしておのおのもまたおのれ自身の死の天使であっていけないわけがありましょう[61]」

となっている。これでみる限り、ネルヴァルの「夜の天使」《ange des nuits》に対して、ジャン＝パウルの「死の天使」《Würgengel》、「私はただ一人で、嘆き苦しんでいる気がするので――」《Wie ist jeder son allein in der weiten Leichengruft des All! Ich bin nur neben mir ―― O Vater! O Vater! wo ist deine unendliche Brust, daβ ich an ihr ruche?[62]》とが対応しており、またネルヴァルの「私が死ぬとするなら、全てが死にゆくことだ！」《Si je meurs, c'est que tout va mourir!》に対して、「私のそばには、私自身」すなわち私の〈自我〉「しか存在しない」とか「ああ、おのおのの〈自我〉が〈父〉であり、〈創造主〉であるというなら、どうしておのおのもまたおのれ自身の〈死の天使〉であっていけないことがありましょう」《Ach wenn jedes Ich sein eigner Vater und Schöpfer ist, warum kann es nicht auch sein eigner Würgengel sein?[63]》とが対応するというように、このテルセ部もジャン＝パウルの〝原詩〟に、かなり忠実に対応している。ただ第一テルセから第二テルセにかけての「おお、わが父よ！ 我うちに感じるのはあなたですか？ (…) あの破門された夜の天使の最後の攻撃を受けてあなたは敗滅しておしまいなのですか？」の部分にはジャン＝パウルの「おお父よ、おお父よ、私が安らかに憩えるあなたの果てることのない胸は一体どこにあるのですか？」という部分が反映しているように思われるが、明確な対応関係はみられない。それはともかく、われわれが先にみた第三ソネ部の最終詩句《Si je meurs, c'est que tout va mourir!》の意味は、この部分に対応するジャン＝パウルの「夢」をみると一層明確になる。すなわちそれは、「私のそばには私自身しか存在しない」《Ich bin nur neben mir》、つまり私の外部に神はなく、自己の内部にはただ〈自我〉しか存在せず、「おのおのの〈自我〉が、おのれ自身の「父」《Vater》であり、「創造主」《Schöpfer》であるというなら、おのおのもまたおのれ自身の「死の天使」《Würgengel》であっていけないわけもなく」、要するにキリスト教的神が死んだ以上、〈私〉、私の〈自我〉がすべてであり、新たなる神であり、絶対者である、ということ、そしてそのようなロマン派的自我の絶対化は、同時に自我が自ら「死の天使」、ないし「破壊天使」« Ange destructeur »[64]となって、自己と世界の破壊や死をもたらし得るということであり、この絶対的〈自我〉の死とは、全て＝世界Allの死を意味せざるを得ない、ということである。恐らくネルヴァルは、ジャン＝パウルがこの断章で〈自我〉Ichに与えているこのような意味合いを踏まえながら、この詩句を語っているように思われる。

　ここで、ジャン＝パウルの「夢」とともに、この詩に対して大きな影響を与えていると考えられるヴィニーの「オリーヴ山」という詩についても触れておこう。両作品は次にみるように、その主題や場面設定において非常に類似した部分があり、この点からもヴィニーのネルヴァルへの影響は明らかである。ヴィニーのこの作品は三部よりなるかなり長い詩である。なお第三部の最後にみえる「沈黙」と題された部分は一八四三年に発表されたときにはなく、後に（一八六二年）加えられた詩節である。

夜が訪れ、イエスはただ一人で歩いていた。
経帷子の死者のように、白装束を身にまとい、
弟子たちは山の麓、不吉な風でゆらめく、
オリーヴの樹々の間で眠っていた。
イエスはその枝々のようにふるえつつ、大股に歩いていた。
死ぬほど悲しく、暗く、陰うつな眼をして、
うつむいて両腕を前に組み、まるで、

盗品を隠しもつ夜盗のように、
踏みならされた小径より、心得た岩山を進んで、
彼はゲッセマネと呼ばれる園に至ってたち止まる。
腰をかがめてひざまずき、顔を、地につけると、
やがて彼は空を見上げて、こう叫んだ、「わが父よ！」
――だが空は相変らず黒々としたままで、神はこたえない。
イエスは驚いて思わず立ち上がり、またも大股で歩く。
ふるえるオリーヴの枝葉に触れながら、頭から、
じわじわと血のにじむ冷汗を流す。
イエスは退き、山を下り、恐怖の叫びを上げる、
「お前たち、私とともに眠らず、祈りを捧げてくれまいか」
だが死にそうな睡魔に弟子たちは打ち勝つことができない。
ペテロも他の弟子たち同様主の声が耳に入らない、
〈人の子〉はそこで再び、重い足どりで山に登っていく。

…………

イエスは、三十三年間苦しんできたことどもを思い出しつつ、人間に化身した。
すると、不安が死すべき心臓を耐えがたいほど締めつけた。
彼は寒けを覚えた。そして空しく三度呼びかけた、
「父よ！」だがその声に答えるものは風ばかりであった。

彼はどっと倒れて、砂の上に座ると苦しみながら、
この世と人間についての思いをめぐらした
――すると大地は、戦慄《おのの》いた、「創造主」の足もとに、
倒れた「救い主」の重みをひしひしと感じながら。[65]

以上が第一部であるが、第二部はヴィニー一流の神学的論議、すなわちイエス＝ヴィニーによる神への長々とした愁訴、イエスの受難前夜の神への祈りを踏まえた場面となっている。
　第三部は次のようになっている。

かくのごとく神の子は父なる神に語った。
かれはふたたびひれ伏し、待ち、そして期待するのであった
だが彼は、諦めると、口を開いた「わが心ではなく、
御心の永遠に行われますように！」
底知れぬ恐怖、果しない苦悩故に、
彼の刑苦、徐々に迫る死の苦悶は一段と増してゆく。
イエスはいつまでも見つめ、長い間見るともなく探し求めた。
夜空は一面喪の大理石のように、黒々としていた。
大地には光も見えず星一つなく、曙光もない。
そして今もそうであるごとく、魂の明るみもなく、

震えていた――森の中に足音が聞こえた。
やがて彼は、ユダの炬火がゆらめき進むのを認めた。[66]

このあと「たしかに聖書にみえるごとく聖なる園で、〈人の子〉が／伝えられるごとく語ったとするなら、／被造物の訴えに口を閉ざし、目を閉じ、／耳ふさいでいる天がもし、流産した世界にそうするように、／わたしたちを置き去りにしたとするなら、／心正しき者は、この神の不在に対して、軽蔑をもって、／〈神〉の永遠の沈黙に対してはもはやただ／冷ややかな沈黙をもって答えるばかりであろう。[67]」という後年つけ加えられた「沈黙」という詩節が続く。これをみてもヴィニーがその主題や比喩、イマージュの表出法などにおいてジャン＝パウルの「夢」、それもスタール夫人訳からかなりの影響を受けていることは明らかであろう。たとえば第一部の「だが空は相変わらず黒々としたままで〈神〉はこたえない」《Mais le ciel reste noir, et Dieu ne répond pas》[68]といった表現、あるいは第三部の「イエスはいつまでも見つめ、長い間見るともなく探し求めた／夜空は一面喪の大理石のように、黒々としていた」《Il regarde longtemps, longtemps cherche sans voir./ Comme un marbre de deuil tout le ciel était noir》といった暗黒のイマージュにはスタール夫人の「虚ろで、黒々とした底無しの眼窩」のイマージュの影響を認めることができるほか、「そして空しく三度呼びかけた。／『わが父よ！』だがその声に答えるのは風ばかりであった」《Vainement il appela trois fois : / « Mon Père ! » Le vent seul répondit à sa voix.》といった詩句にも、同夫人の「そして私は叫んだ、『父よ、あなたはどこにいらっしゃるのですか？』。だが私は深淵に一滴また一滴と落ちてゆく雨音を耳にするだけで、いかなる秩序も統治し得ない永遠の嵐が答えてくれるのみであった」《et je me suis écrié : Père, où es-tu ? —— Mais je n'ai entendu que la pluie qui tombait goute à goute dans l'abîme, et l'éternelle tempête, que nul ordre ne régit, m'a seule répondu》といった一節が、主題的にも、また表現・発想法的にも、反映されているように思われる。

次にヴィニーの「オリーヴ山」とネルヴァルの「オリーヴ山のキリスト」を、両者の〝プロット〟、場面設定という点から比較してみると、ネルヴァルのこの詩の第一ソネ部はヴィニーの『オリーヴ山』第一部に、同詩第四ソネ部はヴィニーの同詩第三部とそれぞれ対応していると考えられる。また内容的には、両詩がともに共観福音書の伝える受難前夜のキリスト（の苦悩）を扱いながら、ヴィニーのキリストはネルヴァルにおけるよりずっと福音書のキリストに近づけて描かれている。さらにいえば、両作品ともジャン＝パウルの「夢」に認められる〈神の不在〉を問題にしているとはいえ、ヴィニーの場合、神の永遠の〝沈黙〟の意味およびその沈黙に対するキリスト＝ヴィニーの嘆き、非難に重点が置かれ、ジャン＝パウルの「夢」にみられる〈神の死〉という問題および神なき世界に開かれた宇宙的な虚無と混沌のヴィジョンは捨象されているのに対して、ネルヴァルは、この詩において、ヴィニーが直接的には問題にしなかった〈神の死〉、近代における自我の絶対化といった問題、あるいは「虚ろで、底無しの眼窩」のイマージュ、神なき後の宇宙的な虚無世界のヴィジョンといった〝原詩〟にみられる幾つかの要素を再び問題にしている。

そこで次にこれまで取り上げてきたネルヴァルの「オリーヴ山のキリスト」に対する他作品の影響関係を図示してみると、およそ次頁の図8のようになろう。

「オリーヴ山のキリスト」という詩を中心にこれまで考察してきたことを、ここでもう一度整理しておこう。ネルヴァルがこの詩（第五ソネ部を除く）で語ろうとしたこと、それは、まず第一に①〈神の不在（死）〉という問題であり、別な言葉でいえば、ネルヴァルの喪神体験の問題であり、また②そうした神の不在を前にしてのキリストの十字架受難、彼の自己犠牲の意味を、詩人自らの問題として問い直しており――ネルヴァルにおけるキリスト・コンプレックスの問題――、さらには③キリスト教の神、唯一神としての神の不在という観念（意識）を〈黒々と

図８　ネルヴァルの『オリーヴ山のキリスト』への他作品の影響関係図

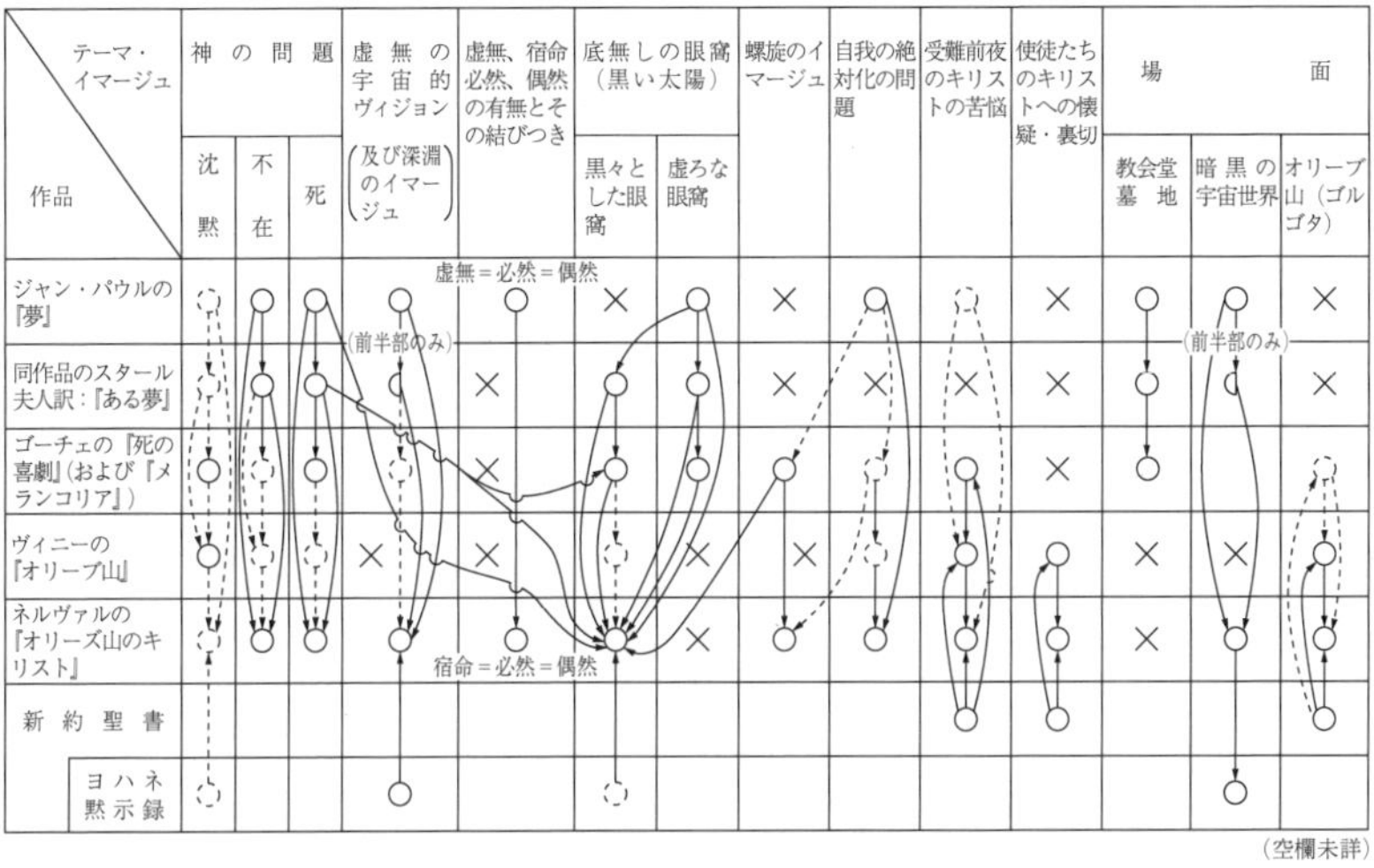

した、底無しの眼窩〉というイマージュで捉え、表出したということ、あるいは④神の不在によって生じた精神の空白部、虚無の深淵を〈暗い井戸〉、〈螺旋〉といったイマージュで認識したということ――ネルヴァルにおける虚無体験の問題――、そのことであった。このうち、②のキリスト・コンプレックスの問題については、①の問題とも関連させながら、最終章Ⅳにおいて再び取り上げることとし、また①、③、④、とりわけ①、③の問題については、次章Ⅲにおいて、『オーレリア』をはじめ、二、三のネルヴァル作品にあらわれる〈黒い太陽〉という不吉なイマージュをめぐる幾つかの問題を考察する過程で、再び触れることとなろう。

III　「黒々とした底無しの眼窩」＝黒い太陽

前章IIにおけるわれわれの考察で明らかなごとく、ネルヴァルをはじめ、ゴーチェ、ミュッセ、ユゴーといったフランス・ロマン派作家たちが、神の〝消失〟の跡に見い出したもの、神が本来存在すべき場所に見たもの、それは神のネガ、〝ブラック・ホール〟としての「黒々とした底無しの眼窩」であり、存在を呑み込む〈暗い井戸〉であり、〈螺旋〉であった。彼らは〈神の不在〉という観念をそのようなイマージュを通して理解し、捉えようとした。だが彼らの喪神意識ないし虚無意識のイマージュ化には、そのようなものの他に、もう一つ、「黒い太陽」soleil noir というイマージュないしヴィジョンがあった。[69] もっともこれは、少なくともネルヴァル、ユゴーなどにあっては、先に挙げたイマージュ群とは、別個の、単一イマージュというより、前節でみた「黒々とした虚ろな眼窩」のイマージュと結びつき、融合した複合的イマージュとなっており、この意味では、ある同一の事象を表象する二つの異なったイマージュと考えることができる。この〈黒い太陽〉のイマージュとジャン＝パウルの「夢」にあらわれる「虚ろで、黒々とした底無しの眼窩」（スタール夫人訳）のイマージュとがフランス・ロマン派詩人たちの間で、なぜまたどのようにして結びついていったかという点については、ピショワが前掲書において、[70] またマルク・アイゲルディンガー Marc Eigeldinger が「テオフィル・ゴーチェの詩における太陽のイマージュ」« L'Image solaire dans la poésie de Théophile Gautier » という論考において、[71] 論じているが、われわれとしては、まずはじめにこの二つのイマージュがどのように結びつき、融合しているかを、ゴーチェ、ユゴーの場合にも若干触れつつ、ネルヴァルを中心にみた上で、次にこの詩人における〈黒い太陽〉のイマージュをめぐる幾つかの問題について考えていくこととしたい。

　ネルヴァルは先にみた「オリーヴ山のキリスト」において、すでにこの二つのイマージュを重ね合わせている。「私は神の眼を探しながら、黒々とした、底無しの巨大な眼窩しか／見なかったのだ。その眼に棲まう夜は／世界の上に闇を放射しつつ、ますます暗さを増していく」« En cherchant l'œil de Dieu, je n'ai vu qu'un orbite/Vaste, noir et sans fond, d'où la nuit qui l'habite/Rayonne sur le monde et s'épaissit toujours. »[72]。ネルヴァルはこの詩では、「黒い太陽」という言葉こそ使っていないが、ここにいう「底無しの黒い巨大な眼窩」が、「世界の上に闇を放射 « Rayonne »」しているという表現によって知られるように、〈黒い太陽〉でもあることは自明であろう。事実、彼はこの詩（一八四四年）では「黒い太陽」という言葉を使わずに、黒々とした〈眼〉（眼窩）と〈黒い太陽〉のイマージュを融合させているが、一八四八年に発表した友人ハインリッヒ・ハイネ Heinrich Heine の詩の仏訳（「遭難者」« Le Naufragé » 原詩名 « Der Schiffbrüchige »）の中では、この〈眼〉と〈黒い太陽〉とを明確に結びつけている。「彼女の優しく、蒼白い顔には、（…）黒い太陽にも似た眼が輝いている。黒い太陽、そう、君は何度、その熱情の身を焼き尽すごとくの焔を私に注いだことだろう！」« Dans son doux et pâle visage...rayonne son œil semblable à un soleil noir. Noir soleil, combien de fois tu m'as versé les flammes dévorantes de l'enthousiasme ! »[73] もっともこの例は、ハイネの詩にみえる「黒い太陽」« schwarze Sonne » という言葉を« soleil noir »、« Noir soleil » と単に仏訳したにすぎないといえなくもない。だがそれにしても彼はこの詩を仏訳しながら、このイマージュに含まれる深いニュアンス、その眼との結びつきについては十分意識していたように思う。[74] ハイネ詩仏訳の « ... *rayonne* son œil semblable à un solei noir.》（「黒い太陽にも似た彼女の眼が輝き〔光〕を放っている」）という表現は前章でみた「オリーヴ山のキリスト」の第三ソネの《Un orbite, Vaste, noir et sans fond, d'où la nuit (...) *Rayonne* ...》とほぼ同一の発想と構造を持っており、両者は光と闇の相違はあるにしても、共に「〈黒い太陽のような眼〉が光〔闇〕を放射している」という点では同一であり、この点からも前者は後者の詩のイマージュ形式に何らかの影響を与えているように思われる。〈眼〉（ないし〈眼窩〉）と〈黒い太陽〉とのこうした結合例はネルヴァルに限らず、ロマン派作家の間にかなり一般的に認められるのであるが、参考までにユゴーの詩からもう一例だけ挙げておこう。これは『静観詩集』*Les Contemplations* に収められた「影の口が語りしこと」《Ce que dit la bouche d'ombre》（一八五五年作）という詩の一節だが、ここには〈眼〉œil ないし〈眼窩〉orbite と〈黒い太陽〉との結合がみられるばかりでなく、そこにネルヴァルからの顕著な影響、すなわち「オリーヴ山のキリスト」における「世界の上に闇を放射している」「黒々とした、底無しの巨大な眼窩」たる黒い太陽のイマージュの反映を認めることができる。

眼が、敢えて奥底にまで降り立っていくとき、
生命の、吐息の、物音の彼方に認めるものは、
夜がそこから輝やき出している一つのおぞましい黒い太陽なのだ。（傍点筆者）

Et l'on voit tout au fond, quand l'œil ose y descendre,
Au delà de la vie et du souffle et du bruit,
Un affreux soleil noir d'où rayonne la nuit.[75]

ネルヴァルの作品の中に、黒い太陽がそう名づけられてはじめて出てくるのは、一八四六年に「両世界評論」誌に発表された『奴隷たち』*Les Esclaves*（後に『東方紀行』に収録）という作品においてであると思われるが、ただこの作品に現われる黒い太陽のイマージュには、「オリーヴ山のキリスト」における黒い太陽たる「黒々とした、底無しの巨大な眼窩」にみられるごとくの深刻な喪神感情や虚無意識は、少なくとも直接的には反映されていない。これに対して「エル・デスディチャド」（一八五三年発表）や『オーレリア』（一八五五年）に現われる黒い太陽は「オリーヴ山のキリスト」におけるそれと同様、そうしたネルヴァルの内面の苦悩が見事に表象されている。たとえば「エル・デスディチャド」では、

私の唯一の星は死んだ。――そして星ちりばめた私の琵琶《リュート》には、
〈憂愁《メランコリア》〉の〈黒い太陽〉が刻まれている。

Ma seule *Étoile* est morte, ―― et mon luth constellé
Porte le *Soleil noir* de la *Mélancolie*.[76]

と歌われており、この〈憂愁〉の〈黒い太陽〉が、「私の唯一の星」たる Aurélia-Marie-Isis という彼にとっての「神」（女神）が失われてしまったことの象徴であることは明らかだが、今はそれには触れず、ここで注目したいのは、この〈黒い太陽〉が大文字ではじまるイタリック体で〈憂愁（メランコリー）〉の、と形容されている点である。この事実は、すでに多くの研究家が指摘しているように、[77] それが第一義的にはアルブレヒト・デューラー Albrecht Dürer の有名な銅版画『メランコリアI』*MELENCOLIA I* をさしているということをわれわれに示唆しているよ

うに思われる。このような見方は、たとえば、先に挙げた『東方紀行』中の一篇『奴隷たち』にみえる黒い太陽が「アルブレヒト・デューラーの夢見る天使の額に、暗い光を注いでいる、憂愁（メランコリー）の黒い太陽は[78]」と形容されている事実、また『オーレリア』第一部第二章には、「途方もなく大きな人間が――男か女かはわからなかったが――、空中をやっとの思いで飛び回っていたが、それはまるで厚い雲の中でもがいているようであった（…）この男はアルブレヒト・デューラーの『メランコリア』の〈天使〉に似ていた。[79]」といった記述からも窺えるように、ネルヴァルが生涯アルブレヒト・デューラーのこの銅版画『メランコリアⅠ』に偏執的といえるほどの強い関心を示していた事実から裏付けることができよう。さらにここで注目したいのは、このようにネルヴァルにあっては、黒い太陽は多くの場合デューラーの銅版画『メランコリアⅠ』と結びつけて考えられている事実、しかもその銅版画の中に黒い太陽をみている事実である。もっともこれはネルヴァルだけでなく、たとえば友人ゴーチェなども、ネルヴァルとまったく同様の結びつけ方、見方をしている。たとえばゴーチェは、一八三四年に発表された「メランコリア」という詩の中で、デューラーの銅版画を評してこんなふうに歌っている。

画面の奥にみえる果しない水平線の上空に、／老父大洋が、暗く沈んだ顔面を上げ、／そしてその深い鏡の青いクリスタル・ガラスの中に、／黒々とした巨大な太陽の光線を反射させている。／一匹のこうもりが、小塔より飛び立って、／細長い小旗（パンドール）のように拡げたその翼には、〈メランコリア〉という文字が刻まれている。

« Dans le fond du tableau, sur l'horizon sans borne, / Le vieux père Océan lève sa face morne, / Et dans le bleu cristal de son profond miroir / Réfléchit les rayons d'un grand soleil tout noir. / Une chauve-souris, qui d'un donjon s'envole, / Porte écrit dans son aile ouverte en banderole : / MÉLANCOLIE.[80] »

同様の例は『アヴァタール』*Avatar* という小説にも認められる。

かくもほめそやされているこの美しい太陽も、彼にはアルブレヒト・デューラーの銅版画の太陽と同じように、黒々としているように思われた。その翼にあのメランコリアという文字が書き印されているこうもりは[81]（…）

これらの例から明らかなように、ネルヴァルやゴーチェは、デューラーのこの銅版画（『メランコリアⅠ』）の左上の奥に描かれている謎めいた天体、黒々としているが眩いばかりの白色光線を放っている不思議な天体を〈黒い太陽〉とみていたわけであるが、エレーヌ・テュゼ **Hélène Tuzet** によれば、デューラーのこの謎の天体は、実は「メランコリアの星」つまり土星でも、ゴーチェやネルヴァルがそう思い込んでいた〈黒い太陽〉でもなく、彗星に他ならない、という。[82] テュゼはこの説の根拠の一つとして、デューラーの問題の天体が「決して黒くなく（その「中心」《**noyau**》は光り輝やいている）、たやすく彗星と識別し得る[83]」からだという。一九五七年に発表されたこの説は、その後黒い太陽の問題を論じたクロード・ピショワやマルク・アイゲルディンガーといった研究家からも支持されているが[84]、確かに、テュゼが言うように、その天体は〝中心〟が白く光り輝やいており、そこから二条の太い白色光線および無数の細い光線を放射させており、そのため全体としては白っぽく感じられなくもない。また太い二条の白色光は彗星の尾のように見えるのも事実であり、こうした幾つかの事実をみるかぎり、同説は正しいようにも思われなくもないが、われわれは採らない。理由は二点あり、一つは問題の銅版画に対するテュゼの事実認識に誤まりがあるのではないか、という点である。すなわち彼女はこの天体が「全然黒くなく」としているがはたしてそうだろうか。よく注意しないと見落しやすいのだが、この白い光線を放つ中心点のさらに奥に黒々とした大きな半円形（下半部は水平線に没している）――テュゼもこれを問題にしているようにも思われるが、そうだとすれば、「全然黒くなく」というのはおかしい——が描かれているという事実、これは黒い太陽以外の何者でもなく、ネルヴァルやゴーチェはまさにこの黒々とした大きな半円形の天体を指して「黒い太陽」といったのであり、黒々とした天体の中心近くに白く輝やく小球を黒い太陽といったのではなさそうだからである。事実、さきに引用したゴーチェの詩の、« Le vieux père océan [...] / Réfléchit les rayons d'un grand soleil tout noir »、という部分も「年老いた父大洋は（…）真っ黒な大きな太陽の〔放つ白い〕光線を（…）反射させている」と読める。

次に第二点として、この銅版画の成立事情に基いた異議である。これはイタリア・ルネサンス期の新プラトン学者マルシリオ・フィチーノ Marsilio Ficino の著作の影響を強く受けて成立した作品であるということ、すなわち「メランコリアを無為の病的な状況と見做す中世以来の四気質説の解釈を捨てて、これを瞑想的・創造的・知的な人間が陥り易い傾向と見做す古代のアリストテレスにまで遡る解釈に基いて」[85]成立した作品であり、そこに「土星をメランコリアの星であるとする占星術の諸観念」も「取り入れられている」[86]という事実である。こうした成立事情をみるならば、少なくとも作者デューラーその人は問題の天体を「メランコリアの星」すなわち土星として描いたことは間違いない事実のように思われる。したがって、ネルヴァル、そしてとりわけゴーチェに誤解があるとすれば、作者デューラーが土星ないしメランコリア気質に与えたこのような積極的意味、すなわち「メランコリアなしには大いなる進歩なし」[87]（モンフォーコン・ド・ヴィラール Montfaucon de Villars）といったメランコリア気質こそ創造的・天才的な気質とみるデューラーのアリストテレス的・ルネサンス的な考え方がそれほど明確に意識されず、メランコリアという言葉ないしメランコリアを象徴する土星が与える病的で憂愁を帯び、かつ黒い印象——中世以来の伝統的見方——が強く意識された結果、それを黒い星（土星）→黒い天体→黒い太陽と見做したというふうにも考えられる。あるいは少なくともネルヴァルはメランコリア＝土星のそうしたデューラー的・錬金術的な積極的意義を承知の上で、この星の占星術的意義、すなわちエレーヌ・テュゼのいう「バビロニア地方、ついでギリシア人の間で土星は、太陽の夜の代理者となり、地獄の夜空における太陽の影となる。黒色はカルディア人よりこのかた土星の属性となるのであり」、要するに「古代以来、土星は光輝やく〔昼の〕太陽の対極たる黒い太陽と同一視されてきたのである」[88]といった意義をも知っていたが故に、デューラーの銅版画に描かれた天体を土星⇓夜の太陽⇓黒い太陽と見做していたとも考えられる。

そこで次にネルヴァルにあって、この黒い太陽というイマージュの源泉がどこにあり、またその本質的意義は何であるかといった問題について若干の考察を試みてみたい。これらの問題を考えるにあたって非常に重要な手がかりを与えてくれると思われるのは『オーレリア』第二部第四章の次の一節およびそこにでてくる黒い太陽である。

コンコルド広場に着いた時、私は自分を滅ぼしてしまおうという考えしかなかった。何度も何度も私はセーヌ河の方へ足を運んだが、しかし何ものかがこの思いを果たすことを妨げた。夜空には星々が輝やいていたが、不意に私はこれらの星も教会で見かけた蠟燭のように、つい先ほどまではみな消えていたのではなかろうかと思った。そこで私は時が満ち、ヨハネ黙示録に告げられているこの世の終末にわれわれが近づいているのだと思った。私は荒涼とした空に黒い太陽とチュイルリー宮殿の上空に血ぬられた赤い天体を認めたように思った。「永遠の夜が始まり、しかもそれは恐しいものとなろうとしている。人々が太陽のもはや存在しないことに気づいたら、一体どういうことになるのだろう」と私は思った。私はサン゠トノレ通りを通って帰ったが、道すがら仕事で夜の遅い百姓たちに出会って気の毒に思った。ルーヴル宮あたりにまでくると、私は広場まで進んだ。するとそこには異様な光景が私を待っていた。雲がまたたく間に風に吹き払われ、その雲越しに異常な速さで通り過ぎてゆくいくつもの月を見たのだ。これは、地球がその軌道 orbite からはずれて、マストを失った船のように夜空を漂流し、星に近づいたり遠ざかったりしており、それで星がかわるがわる大きくなったり、小さくなったりしているのだなと思った。私は二、三時間この宇宙の無秩序にじっと見入っていたが、とうとう中央市場の方角に向って歩き出した。農民たちは農作物を運んでいたが、「夜が果しなく続くのを知ったら、どんなに驚くことだろう」と思った。だがその時犬があちこちで吠えはじめ、鶏が時を告げはじめていた。[89]（傍点筆者）

これはネルヴァルが狂気の発作に襲われた折の幻覚体験として語られているが、同時に彼の終末幻想（終末論的意識）ないし虚無体験の告白ともなっている。ところでここにいう「黒い太陽」と「血のように赤い天体」とは、ネルヴァル自身「時が満ちて、ヨハネ黙示録に告げられた世界の終末に近づいたと思った」と述べているように、同黙示録に予言されている世界の終末の日に現われる「黒い太陽」と「赤い月」のことをいっている。少なくともネルヴァルは、そう意識したのであり、これらを世界の終末と永遠の夜、宇宙の大混乱の象徴、その予兆として受けとめていることを示している。つまり彼が体験したこととして語っているこの終末的ヴィジョンは、最後の審判の日の情景、すなわちヤーヴェの大いなる怒りのためにもたらされた世界の崩壊という恐しい情景を黙示している同黙示録第六章第十二節以下に対応している。

第六の封印解き給ひし時、われ見しに、大いなる地震ありて日は荒き毛布のごとく黒く、月は全面血のごとくなり、天の星は無花実の樹の大風に揺られて、生り後の果の落つるごとく地におち、天は巻物を捲くごとく去りゆき、山と島とは悉とくその処を移されたり。（ヨハネ黙示録6・12―24、傍点筆者）

それ故この『オーレリア』第二部に出てくる黒い太陽のイマージュの主要な源泉は、ネルヴァリアンが等しく認めているように、このヨハネ黙示録にあると考えられる。しかし先にみた「エル・デスディチャド」や『東方紀行』に現われるそれをも含めたネルヴァルにおける黒い太陽のイマージュの生成過程ということで考えると、その源泉は他にも幾つか挙げることができよう。たとえば何人かのネルヴァル研究者は、このイマージュの出所を、われわれが先に検討したハイネの詩、すなわちネルヴァルによって仏訳されたハイネの詩にみえる「黒い太陽」やあるいは、ジャン＝パウルの「夢」（この断章の中にはわれわれがすでに見たように、「空洞で底無しの眼窩」のイマージュのほか、〝偶然〟が嵐とともに太陽や星々を吹きとばし消し去ることによって、宇宙の夜を到来させるというヴィジョンも出てくる）、さらにはデューラーの鋼版画『メランコリアI』の黒い太陽（土星）、またこの銅版画に関連してドン・ペルネッティ Don Pernéty のいう〈メランコリア〉（錬金術における最初の工程の呼称）の錬金術的意味、そしてレイモン・リュル Raymond Lulle のいう〈闇の太陽〉（錬金術における黒色になった化金石の呼称）などに求めている。[90] これらの説にはいずれもそれなりの根拠があり、われわれとしても、こうしたさまざまな要素がこのイマージュの形成に、またそれに彼が与えようとした意味内容に微妙な形で影響を及ぼしていることを否定するつもりはない。だがわれわれにはこれらのほかにネルヴァルやテオフィル・ゴーチェ――彼はフランス文学に黒い太陽のイマージュを最初に導入した人として、諸家から一致して認められている[91]――が愛した十七世紀初頭の鬼才テオフィル・ド・ヴィオー Théophile de Viau の異様な詩的ヴィジョンからの影響を考えることができるように思う。というのはネルヴァルは『ボヘミアの小さな城』*Le Petit Château de Bohême* の「第一の城」第二章で友人テオフィル・ゴーチェの思い出を語りながら、「彼はその時、彼の渾名のテオフィル・ド・ヴィオー、君があの汎神論的な愛を描写したことのあるヴィオーに、『シルヴィの並木』の影多い道を通って、次第次第に会いに行きつつあったわけだ。二世紀の歳月に隔てられたこの二人の詩人は[92]（…）」とこの詩人に言及しており、また『シルヴィ』や『アンジェリック』*Angélique* に登場する〝シルヴィ〟という女性の名は、ヴィオーが、敬愛していたモンモランシー公爵夫人に与えていた呼称でもあり、また実際『シルヴィの家』*La Maison de Sylvie* という長大な詩も書いているといった事実、さらにゴーチェに至っては『奇人伝』*Les Grotesques* その他において大小二つのヴィオー論を書くほどの熱の入れようであったという事実を考えるとき、ネルヴァルやゴーチェへのヴィオーの影響というものは充分考えられるからだ。この詩人は、たとえばあるオードでこんな風に歌っている。

からすが一羽私の眼前でかあかあ鳴き、
死者の影が私の視線をさえぎり、
小貂が二匹、そして狐が二匹、
私の通るところを横切って行く
私の馬はぐらぐらとよろめき、
従僕は癲癇発作を起して倒れ、
雷がめりめりと鳴り渡るを聞く。
亡霊が私の前に姿を現し、
私は冥府の渡し守カーロンが私を呼ぶのを耳にし、
地球の中心をしかと見る。

そこの小川は源泉《みなもと》に逆流し、
雄牛が一匹鐘楼によじ登り、
血潮がそこの岩から流れ出し、
まむしは雌熊と交尾する。

Une corbeau devant moy croasse,
Une ombre offusque mes regards
Deux belletes, et deux renards,
Traversent l'endroit où je passe :
Les pieds faillent à mon cheval,
Mon laquay tombe du haut mal,
J'entends craqueter le tonnerre,
Un esprit se presente à moy,
J'oy Charon qui m'appelle à soy,
Je voy le centre de la terre.

Ce ruisseau remonte en sa source,
Un bœuf gravit sur un clocher,
Le sang coule de ce rocher,
Un aspic s'accouple d'une ourse.

古びた尖塔の頂で
蛇が禿鷹をずたずたに喰いちぎり
火は氷の中で燃えさかり、
太陽は真黒になった。
月が墜落していくのをながめ、
そこの樹は場所を変えてしまった。

Sur le haut d'une vieille tour
Un serpent deschire un vautour,
Le feu brusle dedans la glace,
Le Soleil est devenu noir,
Je voy la Lune qui va cheoir,
Cet arbre est sorty de sa place.[93]

この詩はシュルレアリスムの先駆者ピエール・ルヴェルディ Pierre Reverdy に深い影響を与えたことで有名な詩である。事実この詩はそれ自体がすでに超現実主義的雰囲気と異様で倒錯したヴィジョンに満ちており、ある意味でネルヴァルの狂気のヴィジョンにも通ずるきわめて近代的な感受性が認められる点で注目すべき作品である。これは無論『ヨーロッパ文学とラテン中世』の著者E・R・クルティウスはじめ、多くの評者が論じているいわゆる[94]〈逆さ世界〉**le monde à l'envers**（renversé）のヴィジョンすなわち修辞学上の伝統的、トポスの一つにすぎず、この意味では長いヨーロッパ文学の伝統の中では取り立てて異常かつ独創的なイメージとは言えないとの見方もあるが、われわれは、必ずしもそうは思わない。ヴィオーは文学伝統を受け継ぎながらも、ここである種の近代的な感受性、新たな衝撃的ヴィジョンを表出しているように感ずるのである。それはさておきわれわれがここでとりわけ問題にしたい点は、第二詩節第八行目の「太陽は真黒になった」« Le Soleil est devenu noir » という詩句で、ゴーチェと同じように、ネルヴァルもヨハネ黙示録の「太陽は黒くなった」« Le soleil devint noir » というヴィジョンとともに、ここに黒い太陽のイマージュの原核の一つ、それも有力な原核を認めていたのではなかろうか、と思われる。というのは、ヴィオーは彼自身もまたネルヴァル同様、ヨハネ黙示録第六章における終末ヴィジョンから、大きな影響を受けているとはいえ、この詩で彼流の異様で異常な世界の終末ヴィジョン、世界崩壊ヴィジョンないし闇の世界、この世の終末の後に訪れる死の、死者の世界のヴィジョンを表象しているように思われるからである。すなわち、彼の前に「死者の亡霊が現われ」、冥府の渡守カーロンに呼ばれ、遂に「私は地球の中心を目撃する」つまり眼前に地獄の深淵が開き、その冥界を目のあたりにするのであり、地上はその秩序の一切が狂い、逆転してしまった結果、神なきおぞましい光景、信じられないような恐しい光景を呈しているからである。すなわち彼の眼の前に出現している光景とは、大地に根を張る木が瞬間的にぱっと場所をかえてしまい、小川はその源泉へと逆流し、雄牛が鐘楼によじのぼり、まむしは雌熊とつがい、火は氷の中で燃えさかるというまさにあり得べからざる異様な世界なのだ。しかもここにはそういうあり得べからざる〈逆さ世界〉が現実にあり得ても少しも不思議ではないと感じようとする意志、世界に対する常識的、日常的現実感（感性）を破壊して、そのように信じがたい現実の一切をしかと見据え、受容し得る新しい感性を獲得しようとする意志——いわば、ヴィオーにおける世界の〝価値転換〟、〝感性の変換〟への不敵な意志——をも窺えるのだが、この問題はいずれ別の機会に稿を改めて論ずることとして話を元に戻そう。ヴィオーのこの詩には、死者の亡霊の訪れといい、よみの国のアケロン河の渡守カーロンの呼びかけといい、「地球の中心」« le centre de la terre » の目撃といい、これらはいずれも『オーレリア』や『エル・デスディチャド』に認められるテーマであり、さらにいえば、宇宙の秩序が失われ、星々や月が崩れ落ちて空から失われ、太陽が黒くなるというヴィジョンもネルヴァルの『オーレリア』第二部、ことにさきに引用した第四章の幻覚体験の描写の中に認められるものだ。もっともこの詩の編注者のジャンヌ・ストレッシェール Jeanne Streicher はこの « Le Soleil est devenu noir » とは日蝕のことだ、と解しており、事実、そうとれないこともないが、ここはコンテックストからいって、単なる日蝕をいっているのではなく、ヨハネ黙示録にみえるごとくの宇宙の終末の日に「太陽が黒々と変容してしまった」と文字通りにとるべきであり、さらにいえばそれは太場の死をも暗示しているとみるべきであろう。それにかりに日蝕と解したにしてもエレーヌ・テュゼやジャン・シュヴァリエ Jean Chevalier の『象徴辞典』*Dictionnaire des symboles*（ロベール・ラフォン社）によれば、日蝕 éclipse は古代エジプトや中国をはじめ、全世界的に、天体の死に関連し、不吉な事件を予告するものとして、さらにいえば大異変よってもたらされる天地の秩序喪失を予告するものとして理解されており[95]、ヴィオーのこの詩に描かれた情景も、まさに天地の大異変によってこの世の秩序が大混乱し、失われてしまった異様な世界に他ならないのである。ヴィオーの作品には他にもたとえば、

L'œil du monde qui par ses flammes
Nourrit autant de corps et d'ames
Qu'en peut porter chaque element,
Ne sçauroit vivre demie heure
Où m'a logé le Parlement,
Et faut que ce bel Astre meure
Lors qu'il arrive seulement
Au premier pas de ma demeure.
Chers Lieutenans des Dieux
　　qui gouvernez mon sort,
Croyez-vous que je vive
　　où *le Soleil est mort*?[96]

それぞれの〈基本元素〉（四元）が擁し得るかぎりの
多くの肉体と魂とを
その焔で養う世界の眼（太陽）さえ、
最高法院が私を泊めている場所では、
半時も生きのびることはかなわないでしょう。
そして、この美しい**天体**は
私の住まいの戸口のとば口にほんの少しでも
至るやいなや死なねばなるまい。
私の運命を支配している
　　神々の親愛なる代理官殿、
あなたがたは、私が**太陽**の死んだところに
　　生きてるなどとお信じになれるでしょうか。

〔最高法院の閣下各位へのテオフィルの嘆願〕（傍点筆者）

といった詩がある。この詩にみえる〈太陽の死〉« Cet Astre meure [...] le Soleil est mort » も第一義的にはここでは「陽も射さない」ほど暗いとか、「太陽も死んでしまうほど」（太陽の光もたちまちその暗闇に吸いとられて消えてしまうほど）暗く、陰惨なところ（暗黒の獄舎）という意味だろうが、そこにゴーチェやネヴァルが太陽の死↓死んだ太陽↓光を放射しない太陽↓黒い太陽というイマージュの連関を認めなかったとはいえない。ヴィオー流のこうしたイマージュがネルヴァルの「黒々とした、底無しの巨大な眼窩」のイマージュやゴーチェやネルヴァルの黒い太陽のイマージュ形成に何らかの影響を与えたのではないかと考えることは可能であるように思う。また事実、この詩には「それぞれの〈基本元素〉（四元）が（…）／多くの肉体と魂とを／その焔で養う世界の眼さえ」と太陽 soleil と眼 œil との結合、同一視が見られるのである。他にもヴィオーには「墓に落ちかかるこの**太陽**が／一層大きく、美しいその眼を**世界**の上に投げかけていたように」（傍点筆者）« Ainsi que ce Soleil penchant vers le tombeau/Jetroit sur l'Univers l'œil plus grand et plus beau »[97] というように、太陽とその光線とが Soleil-œil と表現され、そこに太陽と眼との結びつきがみられる。さらに「この太陽が（…）その眼を世界の上に投げかけていた」という表現には、先に見た「オリーヴ山のキリスト」における「黒々とした、底無しの巨大な眼窩」に「棲う夜は／世界の上に闇を放射しつつ、ますます暗さを増していく」という表現とイマージュの発想および構造の上で類似点が認められるのだ。ゴーチェ、そしてことにネルヴァルにおけるこうした〈眼〉（ないし眼窩）と〈黒い太陽〉とのイマージュ結合に対するヴィオーの影響は、先に引用した詩の冒頭部にみえる「世界の眼」« l'œil du monde » が太陽のことをいっているという事実、すなわち、ヴィオーにあっては太陽が眼、〃世界の眼〃として意識されていたという事実から裏付けることもできよう。また先に引用した『オーレリア』の第二部第四章のこの節に出てくる、「地球がその軌道を外れ」« la terre était sortie de son orbite » という部分も、地球が自分の眼窩 orbite としての〈世界の眼〉l'œil du monde すなわち太陽から外れ、それを見失う、という意味もこめられているように思う。ちょうどヨハネ黙示録の山や島が、「その処を移され」« furent remuées de leurs places »、ヴィオーの詩の樹木がその場を外れてしまったように « Cet arbre est sorty de sa place »。

したがって、ヴィオーとともに、ネルヴァルにとっても太陽は、神の象徴であり、その太陽の死（「オリーヴ山のキリスト」の〈黒々とした底無しの巨大な眼〉＝〈黒い太陽〉、「エル・デスディチャド」、『オーレリア』にみえる、黒い太陽）とは神の死、ないし神の不在を意味していたことはいうまでもない。ネルヴァルにとって、太陽が神の象徴でもあったという事実はたとえばネルヴァルの思想形成に大きな影響を与えたと思われる大叔父アントワーヌ・ブーシェに関するつぎのエピソードによって裏付けることもできよう。

（…）ある日私は叔父に神とは何かとたずねた。『神とは太陽のことだよ』と彼は答えた。これが生涯を通してキリスト教徒として生きてきたが、大革命の洗礼を受け、多くの人々が神というものについて同一の観念を抱いている地方に共通してみられる一個の誠実な人間の内心の思想なのであった[98]（『オーレリア』第二部第四章）。

ところで先述の『象徴辞典』によれば、ヴェーダ哲学では、太陽を「世界の心臓」« le cœur du monde » または「世界の眼」« l'œil du monde » と呼び、太陽が「一切を見とおす神の眼」« l'œil divin qui voit tout » を象徴していた[99]、とのことであり、この点でもヴィオーがヴェーダ哲学を知っていたかどうかは別として、ネルヴァルもヴィオーの詩を通してか、あるいは直接ヴェーダ哲学から太陽＝眼、太陽＝〈世界の眼〉＝神の眼という観念を得、それが「オリーヴ山のキリスト」における黒い太陽＝〈黒々とした、底無しの巨大な眼窩〉というイマージュ形成に影響を与えたとも考えられる[100]。そしてこの黒い太陽＝〈黒々とした、底無しの巨大な眼窩〉とはネルヴァルにとって、同時に〈世界の眼〉の死、すなわち〈神の死〉をも意味していることは先の叔父の言葉「神とは太陽のことだ」という言葉によって確認することができるだけでなく、ネルヴァルが関心を寄せていた古代オリエント思想やヨーロッパの異端ないし異教的伝統の中にみられる〝眼の形而上学〟métaphysique de l'œil によって確かめることもできよう。すなわちリシェによれば、古代エジプト人は、眼でオシリス神を象徴しており、この考え方は後のヨーロッパ、ことに新プラトン主義の思想家たちの考え方の中にも受け継がれ、眼が神の可視的な反映たる太陽と同一視されることによって、神を表象するようになったという。[101] ネルヴァルも『ポリフィルスの夢』の作者フランチェスコ・コロンナ Francesco Colonna やマルシーリオ・フィチーノといったイタリアの新プラトン学派の思想家やヤーコブ・ベーメ Jacob Böhme などの著作からこうした眼＝太陽＝神といった考え方を知っていたと考えられる。無論ネルヴァルは、すでに述べたようにヴェーダ哲学もプラトン哲学にも深い理解を示していたと思われるプラトニシャンであり、自由思想家（リベルタン）でもあった牢獄詩人テオフィル・ド・ヴィオーの作品を介してもこのような眼の、あるいは太陽の形而上学を知っていたであろうと推測されるが、明確な、というか理論的・体系的な形では、リシェの指摘するように、こうしたフィレンツェの新プラトン学派の思想家やヤーコブ・ベーメを通して知ったというのが事実であろう。たとえばフィチーノは「神は眼であり、それを介して万人の眼は見ることができるのだ。したがって神とは、オルフェウスの言葉を借りるなら、個々の事物 « chaque objet » の中にすべてを見、その中に万物を真に認め得るような眼なのである」[102]（傍点筆者）といっており、こうした眼＝太陽（＝神の眼）といった考え方は古代エジプトや古代インドばかりでなく、同『象徴辞典』によれば北欧やガリア人の間でも認められるという。[103] また同辞典にはフリーメースンの伝統の中にも同様な考え方があるという。すなわち「眼は物質的次元にあっては、目に見える太陽 « soleil visible » を象徴し、そこから生命 « vie » と光明 « lumière » が流出するのである。それはまた中間的天体的次元にあっては、神言 « verbe » とロゴス « logos » および創造原理を、また精神的、神的次元にあっては宇宙の偉大な建築物を象徴」しているという。[104] フリーメースン団の思想にはネルヴァル自身も影響を受けており――一部には彼が実際にその結社員であったとの説もあるが、現在までのところその確証はない――、こうしたフリーメースンの思想も彼の眼の形而上学あるいはその〈黒い太陽〉＝〈黒々とした、底無しの眼窩〉＝〝世界の眼の死〟＝神の死（不在）という一連のイマージュ形成とその精神的・象徴的意味の獲得に少なからず影響を与えたのではなかろうかと考えられる。

このようにみてくるならば、われわれがすでにとり上げた「オリーヴ山のキリスト」における「黒々とした、底無しの巨大な眼窩」がそのような万物の中に一切を見るいわば神の眼の陰画であり、また「エル・デスディチャド」や『オーレリア』第二部にあらわれる〈黒い太陽〉が地上に生命と光明とを流出する〈世界の眼〉としての〈輝やける太陽〉のネガであり、そういう神の眼の死、さらにいえば、神の死ないし不在を、またある意味で虚無の深淵 abîme du néant を意味していることは明らかである。[105] このようにネルヴァルは自己の喪神体験を、そうしたいくつかのヴィジョンによって受けとめ、理解し、イマージュ化することによって、その意味を問いつづけていたように思われる。

それにしてもわれわれには先に挙げた『オーレリア』第二部第四章の一節に語られている異様な世界はテオフィル・ド・ヴィオーのあの詩に漂う不気味な雰囲気に通ずるものがあるように感じられる。一方が《Il me sembla》「私には……のように思われた」とか《Je croyais》または《Je pensais》「私には……と思われた」といった語り口で、〝幻覚〟として語り、他方は《J'entends》とか「私は見る」《Je voy》といって〝事実〟として語っているという相違は認められるにせよ、いずれも〈私〉にとっては眼の前の現実が、あり得べからざる世界、この世の終末の光景であるように感じられるのであり、逆にいえば作者はそのように戦慄的なヴィジョンを通して、自らの内なる神の死ないしは不在の意識を、その虚無意識を表出しているようにも思われる。したがってこのような詩を書かずにはいられなかったヴィオーの深い宗教的魂が神への渇望と絶対への飢渇とにどんなに責めさいなまれていたにしても、そうした彼が当局から無神論と異端のかどで、死刑を宣告され、後に投獄と国外永久追放の刑に処されたのには、それが一面において政治的裁判であったとはいえ、それなりの根拠があったとも言えなくないのである。十九世紀のネルヴァルはヴィオーのごとく、その故に投獄処分こそ受けなかったが、「神はもう存在しないのではないか」という意識に生涯苦しみ続けた彼の内心の苦悩はヴィオーにまさるとも劣ることはなかった。事実、先に引用した『オーレリア』第二部第四章の後にすぐ続けて彼はこう記している。

疲れ果てて家に戻ると私はベッドに倒れ込んだ。目がさめて再び日の光を見て、私はびっくりした。おりから神秘的な合唱のようなものが聞えてきた。それは子供たちが繰り返し、繰り返し『キリスト！　キリスト！　キリスト！』と合唱している声であった。私はこれは大人たちが近くの教会（ノートルダム・ド・ヴィクトワール）に沢山の子供たちを集めて、キリストに救いの祈願をさせているのだなと思った。『だがキリストはもはやいまさぬ！　あの子たちはまだ、それを知らないのだ！』と私は独りごちた。このお祈りはほぼ一時間に及んだ。私はようやく起床して、パレ・ロワイヤルの回廊に出かけた。多分太陽にはまだ三日間は大地を照らすに足る光が残っていたが、しかし太陽は自身の実体を消耗しつつあるのだと思うと、実際それは、冷々と色あせてみえた。（…）（ドイツの詩人の）家に入ると、私は彼に、『一切は終った、この上はわれわれは死ぬ覚悟をしなければならない』と言った。[106]

われわれはこの一節にネルヴァルの深い喪神意識やその終末論的な意識を読みとることができるが、しかしそれは、救世主キリストの不在ないし死ゆえに、「一切は終わ」り、「死ぬ覚悟をしなければならない」にしても、ニーチェの「神は死んだままだ！」《Gott bleibt tot！》という意味での、すなわち死後の永生（世）も神の国への復活の確信をも失った絶望的な終末意識をわれわれに予感させるのである。そして、とりわけ「キリストはもういないのだ」といった彼の喪神意識については先に引用した〈黒い太陽〉が出てくる一節の直前にみえる、「私は自分の過ちに対する赦しを求めて聖処女マリアの祭壇にひざまずいた。だが私のうちなる何者かが私にいった。『聖処女マリアは亡くなった。だからお前の祈りは無駄だ』と」[107]という言葉によって確かめることもできよう。なお、ここで、この一節の直前に出てきた黒い太陽との関連にふれるならば、ここに語られている「自身の実体を消耗し」て、「冷々と色あせてみえ」る太陽は前節に語られた黒い太陽の前型ないし変型としてネルヴァルに意識されており、この意味でそれはネルヴァルにとって神の死（「キリストはもはや存在しないのだ！」）と救いのない文字通りのこの世の終わり（「すべては終った。もはや死ぬ覚悟をせねばならない！」）の前兆に他ならなかった。

ここで〈黒い太陽〉をめぐるネルヴァルへの影響関係について一言しておくなら、先に引用した二節、すなわち『オーレリア』第二部第四章の最終部の全体的ヴィジョン（黒い太陽のヴィジョンも含めて）には、ヨハネ黙示録にみられる終末ヴィジョンのほか、ジャン＝パウルの「夢」に現われる「虚ろで黒々とした底無しの眼窩」（スタール夫人訳も含めて）の映像が影響しているのは事実だが、われわれには、ここにはむしろ、すでに述べたテオフィル・ド・ヴィオーの例の詩にみられる異様なヴィジョンの影響のほか、「疲れ果てて家に戻ると」から「われわれは死ぬ覚悟をしなければならない」という部分には、とりわけジャン＝パウルの「夢」における「死せる子供たちとキリストの問答」の場面（スタール夫人訳も含めて）に認められるヴィジョンの影響が大きいように思う。ちなみに同夫人訳の『ある夢』と『オーレリア』のこの部分とを対比してみると、死せるキリスト（スタール夫人訳『ある夢』、以下同じ）／〈私〉（『オーレリア』、以下同じ）。教会堂／教会堂。（死せる子供たちが）「イエス様、父上はもういらっしゃらないのですか？」と叫んだ。――キリストは、あふれんばかりの涙にくれて「われわれは皆孤児になったのだ。お前たちも私も父を失った」とこたえた。／（子供たちの）「キリスト！　キリスト！　キリスト！（…）」（という祈りの合唱）『だがキリストはもう存在しないのだ』と私は思った[108]」。

とかさらには、

この言葉に教会堂も子供たちも奈落におち、世界全体が私の眼の前で無限の中に崩れ去った。（スタール夫人訳『ある夢』）／「時が満ちてわれわれはヨハネ黙示録に告げられているこの世の終末に近づいている」と思った。（…）一切は終った。われわれは死ぬ覚悟をしなければならない。」（『オーレリア』第二部第四章）

といった具合である。

次に『オーレリア』第二部第四章のこの一節にほぼ対応していると思われるジャン＝パウルの「夢」の断章の部分をみてみると、

そのとき、墓地で目を覚ました死せる子供たちが、恐怖におののきながら、教会堂の中に入ってきた。そして彼らは祭壇上の気高い御姿の前に身を投げだして、こういった。「イエス様！　わたしたちには父上はもういらっしゃらないのですか？」――そしてキリストはあふれんばかりの涙を浮べて、こう答えた。「われわれは皆孤児になったのだ。わたしもお前たちも、われわれには父上はないのだ」。このとき、凶音がいよいよ激しくぎしぎしと鳴った――揺れる寺院の壁が別々に分れてしりぞいた――そして寺院も子供たちも下方へと沈んでいった――大地（地球）全体も太陽も沈んでいった――そして世界という建物全体も、その無窮の広がりもろとも、われわれの眼の前を通って、沈んでいった。

Da Kamen, schrecklich für das Herz, die gestorbenen Kinder, die im Gottesacker erwacht waren, in den Tempel und warfen sich vor die hohe Gestalt am Altare und sagten : » Jesus ! haben wir keinen Vater ? » — Und er antwortete mit strömenden Tränen : » Wir sind alle Waisen, ich und ihr, wir sind ohne Vater. « Da kreischten die *Mißtöne* heftiger — die zitternden Tempelmauern rückten auseinander — und der Tempel und die Kinder sanken unter — und die ganze Erde und die Sonne sanken nach — und das ganze Weltgebäude sank mit seiner Unemeßlichkeit vor uns vorbei.[109]

となっており、これを『オーレリア』第二部第四章最終部と対比させてみると、

（…）夜空には星々が輝やいていたが、不意に私はこれらの星も教会で見かけた蝋燭のように、つい先ほどまではみな消えていたのではなかろうかと思った。そこで私は時が満ち、ヨハネ黙示録に告げられているこの世の終末にわれわれが近づいているのだと思った。私は荒涼とした空に黒い太陽とチュイルリー宮殿の上空に血ぬられた赤い天体を認めたように思った。「永遠の夜が始まり、しかもそれは恐ろしいものとなろうとしている。人々が太陽のもはや存在しないことに気づいたら、一体どういうことになるのだろう」と私は思った。（…）するとそこには異様な光景が私を待っていた。雲がまたたく間に風に吹き払われ、その雲越しに異常な速さで通り

図9　ネルヴァルの〈黒い太陽〉をめぐる影響関係図

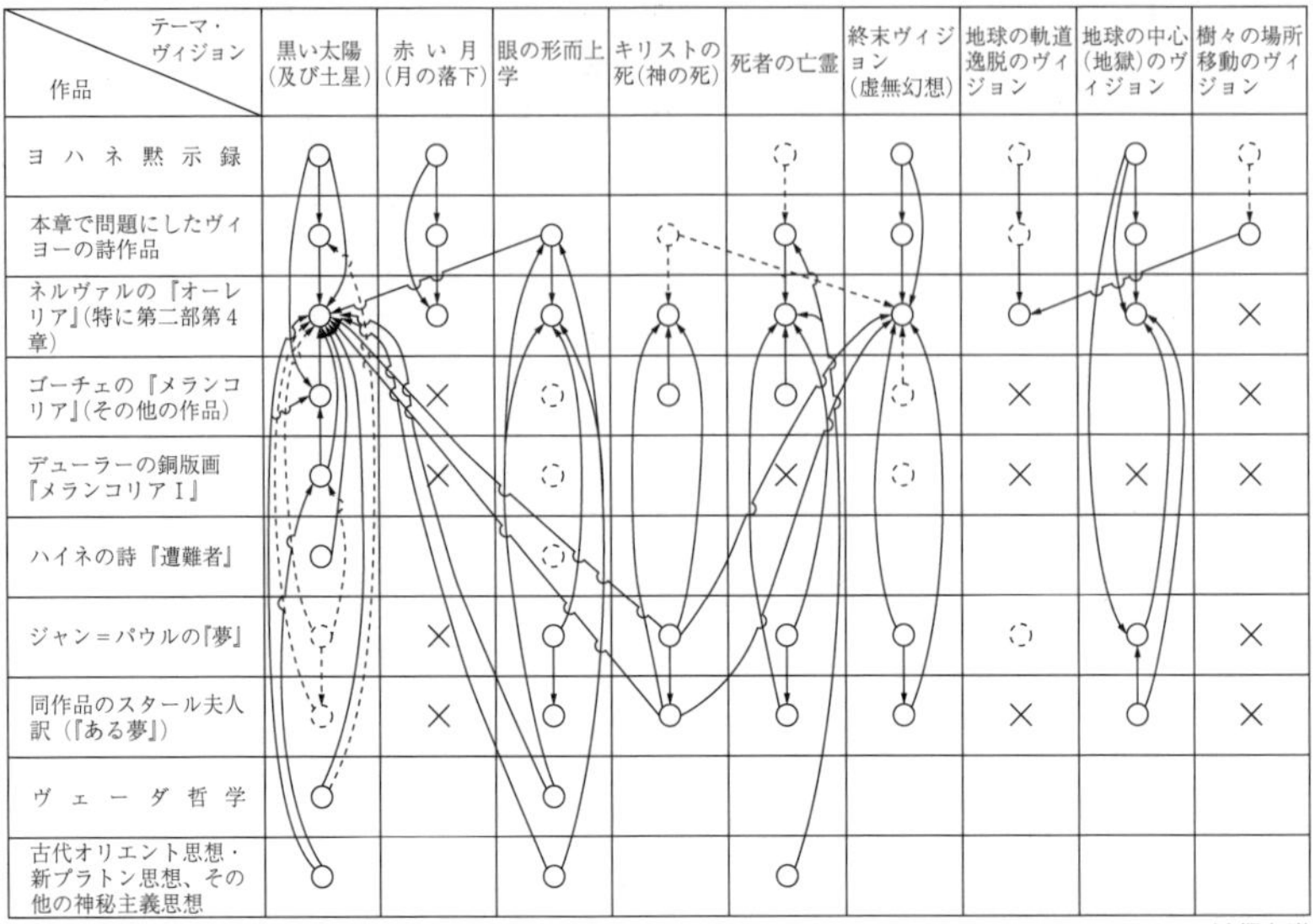

（空欄未詳）

過ぎてゆくいくつもの月を見たのだ。これは、地球がその軌道《orbite》からはずれて、マストを失った船のように夜空を漂流し、星に近づいたり遠ざかったりしており、それで星がかわるがわる大きくなったり、小さくなったりしているのだなと思った。私は二、三時間この宇宙の無秩序にじっと見入っていたが、とうとう中央市場の方角に向って歩き出した。農民たちは農作物を運んでいたが、「夜が果しなく続くのを知ったら、どんなに驚くことだろう……」と思った。

疲れ果てて家に戻ると私はベッドに倒れ込んだ。目がさめて再び日の光を見て、私はびっくりした。おりから神秘的な合唱のようなものが聞えてきた。それは子供たちが繰り返し、繰り返し『キリスト！　キリスト！　キリスト！』と合唱している声であった。私はこれは大人たちが近くの教会（ノートルダム・ド・ヴィクトワール）に沢山の子供たちを集めて、キリストに救いの祈願をさせているのだなと思った。『だがキリストはもはやいまさぬ！　あの子たちはまだ、それを知らないのだ！』と私は独りごちた。（…）多分太陽にはまだ三日間は大地を照らすに足る光が残っていたが、しかし太陽は自身の実体を消耗しつつあるのだと思うと、実際それは、冷々と色あせてみえた。（…）（ドイツの詩人の）家に入ると、私は彼に、『一切は終った。この上はわれわれは死ぬ覚悟をしなければならない』と言った。[110]

となっており、以上の引用例だけをみても、スタール夫人訳以上にジャン＝パウルの「原詩」の方が『オーレリア』のこの部分により大きな影響を与えているように感じられる。というのも『オーレリア』では、ジャン＝パウルの「原詩」における世界（宇宙）という〈建物〉の奈落への大崩落のヴィジョンと子供たちとキリストの教会堂への登場の場面は、順序が逆になっているとはいえ、簡略な描写のスタール夫人訳よりも詳細に地球や宇宙の異常および太陽消滅のヴィジョンを描いており、さらにスタール夫人訳では省略されてしまっている原詩の「大地（地球）全体も太陽も続いて沈んでいった」の部分も、「黒い太陽云々」、「地球が軌道を外れ云々」という形で、ここに生かされて描出されているからである。

最後に『オーレリア』第二部第四章にあらわれる黒い太陽のイマージュを中心にこれまでみてきたその影響関係をまとめてみるとおよそ前頁の図9のようになろう。

IV　喪神意識＝求神意識――ネルヴァルはニーチェの先駆者？

ネルヴァルは先にみた「オリーヴ山のキリスト」という詩において（特に第一、第四ソネ部において）、ニーチェとともに、ヴィニーより一層明確に神の〝沈黙〟、その永遠の沈黙の意味をキリストに託して問うているように思われる。神が本当に不在であり、あるいは死んでしまっているなら、キリストの犠牲は犬死にであり、まったく無意味で不条理な死にほかならず、したがってその死は虚無そのものを意味せざるを得ないのではないか、と。この詩におけるネルヴァルは「オリーヴ山」におけるヴィニー同様、聖書のキリストが神の沈黙に対して発した「わが神、わが神なんぞ我を見捨て給ひし（エロイ、エロイ、ラマサバクタニ）」（マルコ伝15・34、マタイ伝27・46）という叫びを、そのような神不在による自己犠牲の無意味さを、逆にいえば「アバ父よ、父には能はぬ事なし、此の酒杯を我より取り去り給へ」（マルコ伝14・36）と祈ったにもかかわらず、この死という苦杯を一向に取り去ってくれない神、何度エリアを呼んでもその人を出現させてくれない神、一向に〈人の子〉に変容させてくれない神に対する不信、絶望を読み取っていたように思われる。そればかりか十字架上のキリストのこの叫びのうちに、自己の神性への、人間としてのキリスト自身の自己の神性への疑いさえ読み取り、キリストのそうした、人間としての極限的な苦悩に共感しているようにも思われる。無論キリストのこの言葉は、遠藤周作氏も指摘するように[111]、キリスト教会内部にあっては「わが神わが神なんぞ我をすてたまふや、何《いか》なれば遠くはなれて我をすくはず、わが歎きのこゑをきゝ給はざるか」ではじまる旧約の「詩篇」第二十二章のことばであり、これは同詩篇第三十一章の「わが霊魂《たましひ》をなんぢの手《みて》にゆだね、ヱホバまことの神よ、なんぢはわれを贖たまへり」という「神を讃美する歌の冒頭部」[112]、すなわち神への信仰告白に至る導入部にすぎず、したがってキリストのこの言葉には、キリストの神に対する絶望はないとみるのが一般的な解釈であろう。だが「不信というよりむしろ懐疑の世紀の子」たるネルヴァルは、ヴィニーや「信仰の失われたこの世紀の子」**enfant de ce siècle sans foi**[113] たるミュッセと同じように、このことばにそうしたクリスチャン的解釈を与えていたとは考えられない。少なくともこの詩におけるネルヴァルは聖書にみえるこの言葉に、人間としてのキリストの、神の沈黙に対する絶望、自己の神性に対する疑いを読み取った上で、主人公キリストに「私が犠牲として捧げられる祭壇に、神はない！　神は存在しない、神はもはや存在しないのだ！」という戦慄的な言葉を叫ばせているように思う。というのは、ネルヴァルは『東方紀行』中の一篇『カリフ・ハーキムの物語』*Histoire du calife Hakem* の中で、こんなふうに述べているからである。

> 人間には、突如として己れを予言者と感じる、あるいは神と感じる男の魂の中で一体何が起きているのか、自分の力だけでは思い描くことができないが、少なくも神話（ファーブル）と歴史は、これらの神のごとき天性の中で、その知性が化身のかりそめのきずなから自由になる不確かな時期に、どんな疑惑が、どんな苦悩が生じるのに相違ないかということを、想像させてはくれるものである。ハーキムはオリーヴ山上の〈人の子〉のように、ときどき自分を疑うことがあった。[114]（傍点筆者）

これらの言葉から明らかなように、ネルヴァルはここにいう〈人の子〉、すなわち人の世に遣わされた〈神の子〉

といった聖書的意味での〈人の子〉としてではなく、文字通りの意味での人の子、人間としてのイエスの自己の神性に対する懐疑、その苦悩に対して深い共感を示すとともに、生涯その懐疑と苦悩の意味を、自己の内なるキリストの問題として問いつづけることをやめなかった。無論それは、単にキリストの人間としての懐疑、苦悩に共感するというのではなく、他方において十字架の人はやはり神の子ではなかったろうか、という思い、レオン・ブロア流にいうなら、「十字架から降りる以前のキリスト」を信じなければ、真の信仰は得られないのではなかろうか、という思いを拒むことのできないもう一人の自分を感じながらのキリストへの関心であった。彼がそのように、十字架の人にこだわるのは、何よりもまず彼自身が、「闇の者、妻なき者、慰めなき者[115]」であり、「苦悩に責めさいなまれる魂」« **la tête bourrelée d'ennuis**[116] » の持主であったからである。「今これを書きながらぼくは泣いています。これが悔恨のしるしでないとしても、ぼくが間違っていたか正しかったか、ぼくが善良なのか性悪なのか、どうしてぼくにわかるでしょう。手紙をください。あなたのこと父のことを考えると、心がなごむのです。ぼくはどうすべきか書いてください、ほんとに悩んでいるのです、それも心底から。まだ悔い改めの時が少しでも残っているのなら、もちろん！　ぼくは悔い改めます。しかしぼくはまだ闇の中を歩いているのです[117]」（一八五四年七月十一日、エミール・ブランシュ医師宛書簡）。悔悟 **repentir** による入信を渇望しながらも、生涯、闇の中、苦悩の中を歩み « **je marche encore dans les ténèbres** » つづけざるを得なかったネルヴァル。自己の魂の奥底に存在する途方もない悲しみ、絶望、苦悩ゆえに、キリストの苦悩に対して本質的共感を示しつづけたネルヴァル……彼は自己のそうした何ものによっても癒しがたい悲しみや苦悩、絶望を、たとえば「御位高き奥方様《マダム・エ・スーヴレーヌ》」« Madame et Souveraine » と「墓碑銘《エピターフ》」といった詩（一八九七年に『国際小評論』誌 *Petite Revue inernationale* にソルム夫人によって初めて公開され、同夫人宛のネルヴァル書簡とともに、ジャン・リシェによって旧プレイヤード版に収録されたが、その後恐らく発表者のソルム夫人への不信ゆえに、ギヨームとピショワによって一九九三年に刊行された新版プレイヤード全集では削除されてしまったが、われわれはいくつかの理由で[118]現在でもネルヴァルの作品と信じている）のうちに最晩年のネルヴァルの苦悩、彼の魂の白夜の中に吹き荒んでいた吹雪がどのようなものであったかを垣間見る気がするのである。

『御位高き奥方様』の中では、「『御位高き奥方様《マダム・エ・スーヴレーヌ》／ぼくの心は悲しみでいっぱい』（…）／なぜか昨夜は、このルフランが／ぼくの頭の中をかけめぐり、ぼくの心を悲しみでいっぱいにしたのです／（…）／ぼくは怠け者、だらしない雑文家／パンの上においしい言葉をつけて食事する／年よりも老け、苦い恨みで胸いっぱい／鼠のように用心深く、それでもいつも欺されつづけ、／真の友情なぞ、これっぽっちも信じていない、／ぼくが、あえて、気高い心の限りをつくして、／あなたに、悲惨の国に打ち捨てられた一個の魂の／苦しみを慰めていただこうとするのです。／（…）／というのは、ぼくのペンは今黒々とした冬の日々に凍てついてしまっているのですから。／火の気もなく、窓にはガラスもないぼくのあばら屋で、／ぼくは天国と地獄の接ぎ手を見つけ出そうとしています。／そしてぼくはあの世とやらに赴くために、足に脚絆を巻きつけたのです、／（…）鳩時計も寒さでとまり、／悲惨のあまり、ぼくの頭は満足に働かなくなってしまいました」[119]と歌い、また『墓碑銘』*Épitaphe* という詩の中では、「（…）そして冬の日のある夕暮、人生《このよ》に疲れ果て、／最期の時が来て、とうとう彼から魂が奪われる時、／この男はこう言いながら、逝ってしまった。――どうしてぼくはこの世に生れてきたのだろう？――」[120]と歌っている。

　ところで『オーレリア』にいたると、ネルヴァルのこのようなキリストその人に対するこだわりはさらに顕著になる。たとえば前章IIIにおいてすでに引用した『オーレリア』第二部第四章の一節にみえる「『キリスト！　キリスト！　キリスト！』（…）だがキリストはもはや存在しないのだ！（…）子供たちはまだ、それを知らないのだ！」という言葉は、「オリーヴ山のキリスト」における以上に、ネルヴァルがどんなにイエス・キリストにこだわり、捉えられていたかということをわれわれに教えている。つまり、同詩にあっては〈神の死〉をなお観念として受けとめている側面が認められないでもないが、『オーレリア』のこれらの言葉には、ネルヴァルがそれを単なる観念としてというより、実感として感じていたということ、しかもそれにもかかわらず、というよりそれ故に一層キリストを求め、慕いつづけずにはいられなかった彼の深い宗教的魂の慟哭を認めることができるように思う。そこにわれわれは彼の死から三十数年後、決然と神の死を宣告しながら、それにもかかわらず、古き神、さらには十字架の人にこだわりつづけることになるニーチェ F. Nietzsche におけると同じように、求神意識の裏返しとしての痛ましい喪神意識をみることができるのだ。それはニーチェのあの有名な狂人の叫びに通ずる絶望的なまでの喪神意識＝求神意識といえないであろうか。

> **狂気の人間。**――諸君はあの狂気の人間のことを耳にしなかったか、――白昼に提灯をつけながら、市場へ駆けてきて、ひっきりなしに「おれは神を探している！　おれは神を探している！」と叫んだ人間のことを。――市場には折しも、神を信じないひとびとが大勢群がっていたので、たちまち彼はひどい物笑いの種となった。「神さまが行方知れずになったというのか？」と或る者は言った。「神さまが子供のように迷い子になったのか？」と他の者は言った（…）。――彼らはがやがやわめき立て嘲笑した。狂気の人間は彼らの中にとびこみ、孔のあくほどひとりびとりを睨みつけた。「神がどこへ行ったかって？」と彼は叫んだ、「おれがお前たちに言ってやる！　**おれたちが神を殺したのだ**――お前たちとおれがだ！　おれたちはみな神の殺害者なのだ！」だが、どうしてそんなことをやったのか？　どうしておれたちは海を飲みほすことができたんだ？　地平線をのこらず拭い去る海綿を誰がおれたちに与えたのか？　この地球を太陽から切り離すようなことを何かおれたちはやったのか？　地球は今どっちへ動いているのだ？　おれたちはどっちへ動いているのだ？　あらゆる太陽から離れ去ってゆくのか？　おれたちは絶えず突き進んでいるのではないか？　それとも後方へなのか、側方へなのか、前方へなのか、四方八方へなのか、上方と下方がまだあるのか？　おれたちは無限の虚無の中を彷徨するように、

さ迷ってゆくのではないか？　寂寞とした虚空がおれたちに息を吹きつけているのではないか？　いよいよ冷たくなっていくのではないか？　たえず夜が、ますます深い夜がやってくるのではないか？　白昼に提灯をつけなければならないのではないか？　神を埋葬する墓掘人たちのざわめきがまだ何もきこえてこないか？　神の腐る臭いがまだ何もしてこないか？——神だって腐るのだ！　神は死んだ、神は死んだままだ！　それも、おれたちが神を殺したのだ！　殺害者中の殺害者であるおれたちは、どうやって自分を慰めたらいいのだ？　世界がこれまで所有していた最も神聖なもの、最も強力なもの、それがおれたちの刃で血まみれになって死んだのだ、——おれたちが浴びたこの血を誰が拭いとってくれるのだ？　どんな水でおれたちは体を洗い浄めたらいいのだ？　どんな贖罪の式典を、どんな聖なる奏楽を、おれたちは案出しなければならなくなるだろうか？　こうした所業の偉大さは、おれたちの手にあまるのではないか？　それをやれるだけの資格があるとされるには、おれたち自身が神々とならねばならないのではないか？」（…）——なおひとびとの話では、その同じ日に狂気の人間はあちこちの教会に押し入り、そこで彼の「神の永遠鎮魂弥撒曲」（Requiem aeternam deo）を歌った、ということだ。教会から連れだされて難詰されると、彼はただこう口答えするだけだったそうだ——「これら教会は、神の墓穴にして墓碑でないとしたら、一体何なのだ[121]？（傍点筆者）

『悦ばしき知識』*Die fröhliche Wissenschaft*（*la Gaya Scienza*）第三書にみえるニーチェのこの悲痛な叫び、それは単に近代ヨーロッパの最大の〝事件〟としての「神の死」という事実の告知にとどまらず、ゴッホ同様、ともに牧師を父としたニーチェ自身が身をもって体験した喪神体験からもたらされた深刻な実存的苦悩、「神を求め（「おれは神を探している！」）、永遠性を憧れてやまなかった宗教的魂を宿していた」[122]ニーチェが自らの喪神体験を通して発せずにはいられなかった魂の、悲痛な呻きであり、慟哭でもあった。ネルヴァルは「オリーヴ山のキリスト」や

『オーレリア』にあって、これほど悲劇的かつドラマチックに自らの喪神体験を語っているわけではないが、しかしニーチェのこの叫びの原核ないし萌芽はすでに確実に認められるのだ。たとえば「オリーヴ山のキリスト」におけるキリストや『オーレリア』第二部第四章における〈私〉はニーチェのこの狂人を思わせるし、とりわけ同詩の「私が犠牲として捧げられるこの祭壇には、神が欠けている！」とか「神はない！　もはや存在しない！」といった叫びなど、ニーチェの「これらの教会は、神の墓穴にして墓碑でないとしたら、一体なんなのだ？」とか「神は死んだ、神は死んだままだ！」《Gott ist tot! Gott bleibt tot!》といった言葉に認められる虚無意識ないし喪神意識にあと一歩である。またこのアフォリズムの中ほどで狂気の人間が語るヴィジョン、すなわち「この地球を太陽から切り離すようなことを何かおれたちはやったのか？　地球は今どっちへ動いてるのだ？　あらゆる太陽から離れ去ってゆくのか？　おれたちは無限の虚無の中を彷徨するように、さ迷ってゆくのではないか？　寂寞とした虚空がおれたちに息を吹きつけてくるのではないか？　いよいよ冷たくなっていくのではないか？　たえず夜が、ますます深い夜がやってくるのではないか？」といった宇宙的な虚無のヴィジョンは、そのままジャン＝パウルの「夢」（実際、ニーチェのこのアフォリズムには、推測だがジャン＝パウルのこの断章からの深刻な影響が窺える）や「オリーヴ山のキリスト」の第二、第三ソネ部のヴィジョン、あるいは先に挙げた『オーレリア』第二部第四章に出てくる「黒い太陽」と「赤い天体」の現われた「永遠の夜」にあって、「地球が自分の軌道を離れて」しまうといった宇宙的な終末ヴィジョンにも通じている。そしてまた信太正三氏も指摘しているように、[123]ニーチェがここで「海」Meer といい、「太陽」Sonne といい、「地平線（水平線）」Horizont というとき、それらは、いずれも神の比喩ないし象徴として語られているが、[124]ほぼ同じことがネルヴァルにあっても言えるように思う。たとえば太陽が神の象徴として語られている事実については前章II、IIIで、すでにみてきた通りだが、彼は地平線（水平線）に対しても、これまたすでに本書第三部第II章でも指摘したように、きわめて深い愛着ないしこだわりを示しており、ある場合には、ニーチェ同様、それを神的なものの象徴ないし神を暗示する予兆 signe として意識してさえいるのだが、[125] この点についてはすでに本書第三部や他のところで論じたので、[126] ここではネルヴァルにあっても地平線（水平線）Horizon へのそうした特異な偏執が存在するという事実を指摘するにとどめておこう。

ところでニーチェがこのアフォリズムの中で「神は死んだ！　神は死んだままだ！」というときの「神」とは、「これら教会は、神の墓穴にして墓碑」という後段の狂人の言葉から窺えるように、何よりもまずキリスト教における神を指していよう。[127] ネルヴァルの場合も同様で、彼の喪神体験には、なるほど『東方紀行』序章第二十節「サン・ジョルジュ」にみえる「大いなるパンの神は死んだ！」[128] という言葉、あるいは同序章第十二節「エーゲ海」にみえる「古代の神々は（この島から）逃れ去ってしまった」[129] とか、さらには『クイントゥス・オークレール』における「たしかに歴史の中には、数々の帝国の没落よりも、もっと恐るべきものがある。それは数々の宗教の死滅で」[130] といった言葉に窺える、古代の神々の死という観念ないしそうした神々を喪失してしまったという意識も認められるとはいえ、その中心には、やはり「オリーヴ山のキリスト」や『オーレリア』に明らかなごとく、キリスト教の神の死、それも「神は死んだままだ！」という意味でのキリストの死——復活なき、永遠の虚無としての死——の自覚があったように思う。

アルフォンス・カール Alphonse Karr の伝える次の言葉、すなわちネルヴァルがユゴー宅で語ったという「神の死」も、このキリスト教の神の死のことを言っているに違いない。そしてわれわれはこの証言から、ネルヴァルもニーチェ同様、このキリスト教の神の死、あるいはそれによってもたらされたニヒリズムを十九世紀が経験しつつあったあらゆる精神的混乱と荒廃の原因とみていた事実を知ることができる。

話題は世相や人々の精神的混乱にまで及び、その原因と特効薬を追求することになった。——「原因なら知っていますよ」とジェラールが言った。「ぼくだけがそれを知っているんです。それに薬なんてないんですよ。ところでその諸々の原因は、誰にも明かしてはいけないことになっているんですが、外で言いふらさないでもらえるなら、あなたがたに明かしてあげましょう。」それから彼は、悲しくもまた厳かに真面目な顔付になり、断乎とした確信を示す口調でつけ加えた、「神が死んだのです」と。[131]

ただネルヴァルとニーチェに異なるところがあるとすれば、それは、一方がそのような喪神（殺神）体験をヨーロッパ・ニヒリズムの到来と規定し、そのニヒリズムを、超人による「永遠回帰」Ewige Wiederkunftすることによって、そしてまた「これが生であったか？　さあ！　もう一度！[132]」という断乎とした決意をもって、生き抜こうとしたのに対して、他方は、各種の異端や異教、すなわち古代オリエントの宗教やオルフェウス派、新プラトン派の信仰、あるいはヤーコプ・ベーメ、スウェーデンボリ E. Swedenborgなどにみられる神秘思想の裡に自己の信仰の契機を求めたり、あるいは悔悟 repentirと慈悲 charitéよるキリスト教信仰への回帰を試みたりすることによって、そうした喪神体験がもたらすニヒリズムの恐怖から逃れようとした点である。だが実をいえばそんな違いはさして問題ではない。重要なのは、キリスト教信仰にかわる、そうした永遠回帰なり、超人の思想といったニーチェの新しき信仰も、ネルヴァルにおけるそうしたサンクレティックな思想（信仰）も、決して彼らに真の救いをもたらすことなく、むしろますますその内部に深い深淵 Abgrundを穿ちつづけ、魂の〝白夜〟を深めるだけであったということである。それはともかく、ネルヴァルにおけるそうした信仰をめぐる内面の葛藤、すなわちキリストを無条件に信じようとする意識と、「前世紀の哲学的偏見」のために「触れてみなければ信じられない」といったデドモ的知性との葛藤から生じた彼の魂の〝白夜〟、その深刻な実存的苦悩、それは『オーレリア』第二部にあますところなく語られているが、こうした問題は、すでに本書その他でも多少論じているので[133]、ここではそれと幾分異なった点、すなわちそれが彼のキリスト・コンプレックスと関連する部分に限って、若干の補足的考察を試み、本稿を終えることとしたい。ネルヴァルは一方で「神はもう存在しないのではないか」といった喪神意識を、そしてまた先に引用した『カリフ・ハーキムの物語』の一節にみられるようなイエス・キリストの神性に対する疑いを抱きながら、他方で、それにもかかわらず、というよりそれ故に一層、そうしたキリストを死の瞬間まで信じようとしていたようにも思われるのだ。たとえば彼は『クイントゥス・オークレール』の第一章ではこんなふうに語っている。「近代のある哲学者が述べているように、キリスト教はあとせいぜい一世紀そこそこしか生きつづけられないというのが本当だとしたら、――神秘の樹から解き放たれたキリストの血まみれの足へ、聖母マリアの無垢の衣へ、涙をたれ、祈りを口にしつつ、とりすがるべきではないのだろうか。――それは、天と地の古き結合の至高の表現――涙をうかべて飛び去っていく聖霊の最後のくちづけなのだ！」[134] ここにはキリストの謎、十字架上のキリストを謎は謎として、そのまま信じようとする意識がある。こうしたネルヴァルのキリストに対するこだわりは、すでに第Ⅰ章でも指摘したことだが、それはたとえば『フランスの貴族階級について』*De l'aristocratie en France* というエッセーの中にみえる「そして人間たちは神にこう叫ぶことになろう。――『父よ！ あなたは何故われら人間をお見捨になられたのですか？』と。それに対して、父はこう答えるであろう。――『私は古き世界を救うために、わが息子をつかわせた。だがこの世界は彼を磔刑に処した。そこで私は新しき世界を救うために彼の十字架を送りとどけた。だがこの世界もまたその十字架を台なしにしてしまった』[135]」といった言葉、あるいは本書でも冒頭はじめ、何度か引用した「イエス・キリストの兄弟たちはイエスを死刑に処した云々」という言葉のうちに一層明確に認めることができよう。彼はレオン・ブロアとともに、使徒たちはなぜ「イエスが十字架から降りる前に」信じ得なかったのか、復活以前のキリストを信じ得なかったのかと自問する。そしてその信じ得なかったことの意味を、自らもそういう弟子たちと同じ者として、生涯問いつづけたように思う。イエス・キリストとは一体何者であったのか、本当に神の子であったのだろうか、それともただの人間にすぎなかったのか、と。そして後者の意識は、あるときは「オリーヴ山のキリスト」第一ソネ部にみられる「私が犠牲として捧げられるこの祭壇に、神はない」、「私はお前たちを欺いていたのだ」とか、「神は存在しない！　神はもはや存在しないのだ！」という絶望的な叫びとなり、また前者の意識は、『オーレリア』第二部や『クイントゥス・オークレール』の先に挙げた言葉にみられるキリスト教の神やキリストその人を信じようとする意識となって現われているように思う。ネルヴァルのキリストに対するこうした相反するこだわりは、自らを《ecce homo（「この人を見よ」の意味で、キリストのこと）とか、「ディオニュソス、十字架につけられし者」と呼んだその言い方、あるいはノートに走り書きされていたという「光はわが十字架、十字架はわが光！」《Lux, mea crux ; Crux, mea lux !》[136]といった言葉に窺えるニーチェのキリスト・コンプレックス、すなわちキリストの神性を否定しながら、しかもなおキリストその人の謎にこだわりつづけたその複雑で、両義的（アンビヴァラント）な意識に比較することができよう。[137]このようにみてくるならば、われわれが本稿で主として取り上げてきた「オリーヴ山のキリスト」や『オーレリア』といった作品は「前世紀の似非哲学がロマン派時代の宗教的魂の中に穿った虚無《le vide》に関する疑う余地のない証言《document》[138]」（フランソワ・コンスタン）としての意味をも担っているとみることができるのではなかろうか。

註

1　*Œuvres* I, éd. Pléiade, 1966, p. 434.（以下、*Œ.* I と略）
2　*Ibid*., p. 299.
3　*Ibid*., p. 386.
4　*Œuvres* II, éd. Pléiade, 1961, p. 1187.（以下、*Œ.* II と略）
5　*Œ.* I, p. 386.
6　一部にヴィニーの《Le Mont des Oliviers》は『オリーヴ山』だが、ネルヴァルのこの詩《Le Christ aux Oliviers》は、訳としては、『橄欖樹下のキリスト』（中村真一郎氏訳）の方が原題に近いのではないか、との見方があるが、確かに《aux Oliviers》には、（オリーヴ山麓における）「オリーヴ樹下の」sous les oliviers（Nerval : sous les

arbres sacrés）といった意味も含まれているとのこと（selon M. Serge Saunière）であり、事実、この詩も聖書の伝える「オリーヴ山における〈人の子〉（キリスト）」« le Fils de l'homme au mont des Oliviers »（『カリフ・ハーキムの物語』）の苦悩を踏えており、これらの理由から、私はこの詩の題を「オリーヴ山のキリスト」と訳した。

7　*Œ*. I, pp. 299-300.

8　*Œ*. I, p. 386.

9　*Ibid*., p. 393.

10　*Œ*. I, p. 300. *Isis*.

11　Georges Poulet, « Sylvie ou la pensée de Nerval », dans *Trois Essais de Mythologie romantique*, José Corti, 1966, p. 26.

12　Albert Béguin, *Poésie de la présence*, Baconnière, 1957, p. 191. 山口佳己氏訳。

13　*Œuvres de Léon Bloy*, IX, édition établie par Jacques Petit, Mercure de France, 1969, p. 51. « Les Juifs ne se convertiront que lorsque Jésus sera descendu de sa Croix, et précisément Jésus ne peut en descendre que lorsque les Juifs se seront convertis. »

14　同様のことは、『火の娘たち』の一篇『シルヴィ』という作品における主人公〈私〉のあの執拗なまでの一連の〈確認行為〉についてもいえよう。たとえば、

(1)あるがままのシルヴィ、実在の、時間とともに変質しつつ、死へと向っている現身のシルヴィの中に、過去の一点に凝固された、いわば超時間的、archétypique なシルヴィ、自己の救済実現者として理想化された〈過去のシルヴィ〉を求め、その存在を確認しようとする行為（第八、十二章）、あるいはまた

(2)幼年時代といういわば特権的時間の中にかつて〈私〉の眼の前に現われたアドリエンヌという天使のような女性——後に女神イシスや聖母マリアとも融合されることになる理想の女性、自己の救済と贖罪の仲介者の位置にまで高められることになる女性——の実在を現実の女優オーレリーのうちに求め、確認しようとする行為（第十三章）——いずれの場合もこうした行為そのものが〈私〉の失恋の主因となっているのであるが——が〈私〉に与えるあの奇妙に空しい喪失感、挫折感、さらにいえば

(3)シャーリの僧院で宗教劇が催され、その劇にアドリエンヌが天使の役で登場したことなどを述べながら、「こういうこまかな点について記憶をたどっていくうちに、私は、はたしてこれが本当にあったことなのか、それとも夢でみたことなのかと、自問したい気持になってくる。（…）それにしても、こういったこまごました事物と同じように、そして、また、あのシャーリの僧院の存在は否みようもない事実であるのと同じように、アドリエンヌの出現も本当のことだったろうか？（…）いや、この思い出はおそらくは私の心につきまとっている不吉なまぼろしなのだ！」（第七章、入沢康夫氏訳）といった作者の物語 récit への不自然な介入 intervention にみられる〈確認行為〉が作者の心に引き起こすあの奇妙な困惑、あの虚無意識もまた、このような事情に起因していると考えられる。すなわち『シルヴィ』という作品にしばしば認められるこのような虚脱意識 sentiment du vide ないし虚無意識 sentiment du néant はそのような「信ぜんがためには触れようと欲した」精神、宗教的な逆説や飛躍をそのまま信じようとするのではなく、「キリストが十字架から降りてみせたなら信じよう」といった精神が、ある対象なり空間内に、眼に見え、手で触れる形では超越的なものの現存を確認し得なかった時に抱く、喪失感、失望感とみることができよう。

たとえば一度はシルヴィとの結婚を決意して、あるがままのシルヴィを受け入れようとした（第八章および十二章冒頭）主人公

〈私〉の眼に映るシルヴィは、絶対的な他者、自己とまったく同一の人格を有する他者と考えられたシルヴィであり、いいかえるなら、プーレが、「シルヴィあるいはネルヴァルの思考」« Sylvie ou la pensée de Nerval » の中で「たとえこの上なく散文的な現実であっても、そこに一人の人間存在が刻まれており、そこで生活が形成されている、そのようなもろもろの現実との接触を手がかりとして、その人間の姿が少しずつ現われてくることになるのだ。それは、理想の抽象的イメージによかれあしかれなんらかの外見を着せて具体化したといったものではもはやなく、独自な一人の人間の魂の具体的な姿、自分の美質は自分の拠って来た聖なる源と自分の個性とにありとする一個の人間存在の具体的な姿なのである。それは人の魂というものについてのキリスト教的な、またロマン主義的な考え方であって、個別的なものは無意味で、典型だけに価値を見る、あの古典主義的な、また異教的な考え方とは対立するものである。

したがって、ジェラールのうちに生れたシルヴィへの関心には重大な意味がある。それは、眼に見える世界を受け入れることに彼を導くだけではなく、眼に見えない世界を、それもプラトン主義的な調和の形ではなく、それぞれ個性を保った魂の住む天国のような形の世界を思い描くように彼を導くことになるかもしれないのである」(金子博氏訳) と意味づけるキリスト教でいう隣人としてのシルヴィである。そのようなカトリック的な逆説――ミラン・マホヴェツ Milan Machovečが『イエズスとの対話――無神論者にとってのイエズス――』*Jesus für Atheisten* の中でいう「キリスト教的なパラドックス」すなわち「この未来（神の国）はあなたのことであること、ここといまのことであること、(…) この意味でイエズスは未来を天上の雲から引き降ろして毎日の現在のこととしたのであり」、またイエスは「未来はわたしたちのことである。それも一瞬一瞬、未来は現在に課せられる要求であり、一つ一つのいまを能うるかぎり豊かに、能うかぎり要求の多いものとして十分に活かす」ことを教えているのであり、さらにいえば「人間にとって現在の代用物でしかないような未来を克服すること、失われた、あわれな、無駄に過ごされた未来、現実の仮借ない苦しみを人間に対してたんに夢で補完するにすぎないような未来を克服する」(一一三～一一四頁、以上、荻原勝氏訳、傍点筆者) 生き方としてイエスが示した「いまの弁証法」「パラドックスの宗教」としてのキリスト教信仰のもつ「いまの弁証法」(マホヴェッツ) をそれと意識することなく十全に生きているかにみえるシルヴィである。それ故〈私〉はこうしたキリスト教的な世界観へと回帰しようとしているかにみえる。少なくともそうしたシルヴィを受け入れることによって、少なくともそうしたキリスト教的な世界観へと回帰しようとしているかにみえる。「だが、その時はもうロワジーに来てしまっていた」ために、実際にはそうした〈結婚申込み〉も実現されることなく、彼女を失ってしまうことになる (第十三章)。それは彼が現実のシルヴィを、そのような一個の人格を有する他者、キリスト教的な隣人として、本心から受け入れる決断が結局はなされ得なかったこと、すなわちそのような逆説を含む正統的なキリスト教的世界観をネルヴァルは結局は信じ得なかったことを象徴的に物語っているように思われる。

この点についてはすでに拙論『ネルヴァルの〝シルヴィ〟について』(『教養論叢』第四十五号) および本書第五部ですでに検討したので、ここでは主人公〈私〉の例の確認行為のもつ意義についてさらに一言しておこう。つまり〈私〉が現実のシルヴィ、現在のシルヴィのなかに、サイスの信者のごとく、自らの救済をも可能にするような「ただ一人の女性」、「いつも同じ女」である理想の女性 (回想の中で理想化されたシルヴィ) を求め、その存在を確認しようとしたために、彼女から愛想をつかされてしまう (たとえば「『シルヴィ、きみはもうぼくを愛していないのだね！』と私はいった。彼女はためいきをつきながら言った。『ねえ、人生にはあきらめねばならないってものもあるのよ、人生って私たちの思うようにならないものですわ』」といった第八章の言葉や、あるいは第十一章にみえる〈私〉とシルヴィがかつてアドリエンヌが神秘劇を演じたように思われたシャーリの修道院を再訪した折、そこで彼がシルヴィを愛するのではなく、彼女を通してアドリエンヌの面影を愛していることを知って発するシルヴィの言葉など）のであるが、その失恋の事実をネルヴァルは十二章の終末部で驚くほど手短に語って済ませてしまう。

「私の乳兄弟はみるからにどぎまぎしていた。私にはすっかり訳がわかった。――乳母というものを廃しようとしたルソーによって有名なこの土地で、乳兄弟を持つというのも、これも私にとっての宿命というものだ！――ドヂュ爺さんは、シルヴィとグラン・フリゼの結婚の話が今もっぱらとりざたされていること、グラン・フリゼはダマルタンに出て菓子の製造所をはじめたいと考えていることを、私に教えてくれた。私はそれ以上はたずねなかった。その翌日、ナントゥイユ＝ル＝オードワン通いの馬車は、私をパリへと連れもどした」（入沢康夫氏訳）。

この部分の記述が、その内面の衝撃の大きさに反して、このように感情をおし殺した、ごく短かな走り書きのテンポで済まされてしまっている理由は、いみじくもプーレが指摘しているように、ネルヴァルは事ここに至って「もはや見るべきものは何もなく、無を認識することのほかは、語るべきことは一つもない」（傍点筆者）からである。つまり〈私〉は理想を敢えてこの眼で確かめようと、「ヴェールを持ち上げてみたが、そこには何も見えなかった」からに他ならない。同じことは主人公〈私〉が女優オーレリーのうちにアドリエンヌを確認しようとする場面（十三章）についてもいえよう。すなわちオーレリーと親しくなった〈私〉はさる「真実の地」terrain de vérité――彼が幼年時代、アドリエンヌとはじめて会った城館の前の緑の広場――でオーレリーとアドリエンヌを対決 confronter させようと試みる。「私にはなつかしい思い出のあるこういった景色を前にしても、彼女（オーレリー）は立ちどまって見たいというほどの興味も起こさなかった。私はあらかじめ予定していたとおり、オーレリーをオリーの近くの城の、はじめてアドリエンヌに会った例の緑の広場に連れて行った。彼女は何の感動も示さなかった」（入沢康夫氏訳）。ここには〈私〉の、もしかして二人は同一人ではないかとの思いとその考えが事実かどうかを確認しようとする意思が窺われるが、別な言い方をすれば、大浜氏も指摘しているように（「ネルヴァルの〝シルヴィ〟について」、慶應義塾百年記念論文集『仏文学』）、いわゆる霊魂転生説 transmigration des âmes が問題になっているのであり、ただネルヴァルは『シルヴィ』にあってはまだこの信仰へのためらい〈疑い〉があるために、このような確認行為を敢えて企てたと考えるべきだろう。つまりネルヴァルはここで、アドリエンヌという〈理想〉、彼のいう女性の「永遠の典型」type éternel がオーレリーという実在の人物のうちに現存しているかどうか確認しようと試みたわけである。したがって彼女が「何の感動も示さなかった」ということはオーレリーという現に生きている具体的存在の裡には、彼のいう〈理想〉が存在しなかったということ、少なくとも超越的・霊的なものの具体的存在への化肉 incarnation ないし転生 transmigration は physiquement には〈確認〉し得ないということ、逆にいうならこのような強引な確認行為は、そこに〈無〉以外の何ものも開示し得ないということを意味している。しかもシルヴィと同じように、作者はこの〈理想〉の不在、すなわち〈無〉という事実それ自体については直接的には一言も語ろうとしない。ただシルヴィの場合と異なるのは、今度はこの行為についての釈明、彼女の決然とした〝審判〟（判決）の言葉から受けた〈私〉の心的動揺、さらにはこの〈無〉という事実を確認してしまった彼の愁訴、悲嘆、絶望、慟哭の言葉が激しい調子で語られていることである（第十三章）

同様のことは、『オーレリア書簡』とも『愛の書簡』とも称せられている一連の書簡における〈私〉が「女王や女神のように見えなければならない」女性を敢えてその台座から降ろそうとし、「指で触れよう」とした時感じたあの奇妙な困惑や幻滅、罪責感の生因についても言えようが、問題は、「自己の内部に成立させたナルシシックな情念の外部世界への反映」（プーレ）であれ、プラトン主義的な archétypique な〈理想〉——自己の救済を仲介する者 Médiatrice としての永遠の女性——であれ、あるいは霊魂転生説における魂の他者存在への転生であれ、いずれの場合であれ、それを敢えて現実存在のうちに、「ここでの今において」、物理的・感覚的 physique-ment に検証しようとするなら、そこには〈無〉、虚無の映像しか確認し得ない、という事実である。『シルヴィ』という作品はネルヴァルが、実人生においてもこうした痛ましい事実を身をもって確認し、体験したに違いないということをわれわれに暗示しているように思われる。

15 Œ. II, p. 67.
16 *Ibid*., p. 85.
17 *Ibid*., p. 263.
18 Œ. I, p. 394.
19 *Ibid*., p. 386.
20 *Ibid*., p. 386.
21 *Ibid*., p. 386.
22 *Ibid*., p. 393.
23 Œ. II., pp. 1185-1186. 入沢康夫氏訳。
24 Œuvres complètes, tIII, édition publiée sous la direction de Jean Guillaume et Claude Pichois, Gallimard, 1993, pp. 648-649.（以下 Œ. compl. III と略）
25 なお、アルフレッド・ド・ヴィニーも、ネルヴァルがこの詩を発表する前の年に、受難前夜のキリストの苦悩という、ネルヴァルのこの詩とほぼ同じテーマを扱った詩（『オリーヴ山』）を発表している。ただ両者にはネルヴァルが神の不在ないし死を前にしてのキリストの苦悩を語っているのに対し、ヴィニーの場合は神の死というより、神の永遠の〝沈黙〟を前にしてのキリスト＝ヴィニーの苦悩が語られているといった相違が認められるが、ヴィニーのこの詩については本章最終部で触れることとしたい。またこの第一ソネ部にみられるネルヴァルのキリストに対するこの種のこだわり（これをかりにネルヴァルにおける〝キリスト・コンプレックス〟と呼んでおこう）については第六部最終章Ⅳにおいて再び取り上げることとなろう。
26 Œ. compl. III., p. 649.
27 久世順子氏も同趣旨の指摘を行っている（「ジェラール・ド・ネルヴァルと虚無の超克」『現代文学』第八号、一九七三年、四九頁）。
28 cf. Luzius Georg Keller, *Piranèse et les romantiques français*, José Corti, 1966.
29 G. Poulet, « Sylie ou la pensée de Nerval », *op. cit*., pp. 135-187.
30 Œ. I, p. 92.
31 L. G. Keller, *op. cit*., pp. 9-51.
32 Œ. I, p. 104.

33 Alfred de Musset, *Œuvres complètes en prose*, texte établi et annoté par Maurice Allem et Paul-Courant, éd. Pléiade, 1960, p. 253. 金子博氏訳。

34 Théophile Gautier, *Mademoiselle Dafné de Montbriand*, p. 36, cité par L. G. Keller dans *Piranèse et les romantiques français*, p. 133. 金子博氏訳。

35 G. Poulet, *op. cit.*, p. 161.

36 久世順子氏，前掲論文，五八頁。

37 Albert Béguin, *op. cit.*, pp. 151–165.

38 Claude Pichois, *L'Image de Jean-Paul Richter dans les lettres françaises*, José Corti, 1963.

39 Albert Béguin, *op. cit.*, p. 149. 山口佳己氏訳。

40 *Ibid*, p. 153.

41 Claude Pichois, *op. cit.*, pp. 255–262.

42 久世順子氏も前掲論考においてほぼ同じ見方をしている。

43 Albert Béguin, *op. cit.*, p. 167.

44 Madame de Staël, *De l'Allemagne*, t. II, éd. Ernest Flammarion, p. 71. « Alors descendit des hauts lieux sur l'autel une figure rayonnante, noble, élevée, et qui portait l'empreinte d'une impérissable douleur ; les morts s'écrièrent : —— O Christ ! n'est-il point de Dieu ? —— Il répondit : —— Il n'en est point. —— Toutes les ombres se prirent à trembler avec violence, et le Christ continua ainsi : —— J'ai parcouru les mondes, je me suis élevé au-dessus des soleils, et là aussi il n'est point de Dieu ; je suis descendu jusqu'aux dernières limites de l'univers, j'ai regardé dans l'abîme et je me suis écrié : —— Père, où es-tu ? —— Mais je n' ai entendu que la pluie qui tombait goute à goute dans l'abîme, l'éternelle tempête, que nul ordre ne régit, m'a seule répondu. Relevant ensuite mes regards vers la voûte des cieux, je n'y ai trouvé qu'un orbite vide, noir et sans fond. L'éternité reposait sur le chaos et le rongeait, et se dévorait lentement elle-même : redoublez vos plaintes amères et déchirantes ; que des cris aigus dispersent les ombres, car c'en est fait. « Les ombres désolées s'évanouirent comme la vapeur blanchâtre que le froid a condensée ; l'église fut bientôt déserte ; mais tout à coup, spectacle offreux ! les enfants morts, qui s' étaient réveillés à leur tour dans le cimetière, accoururent et se prosternèrent devant la figure majestueuse qui était sur l'autel, et dirent : —— Jésus, n'avons-nous pas de père ? —— Et il répondit avec un torrent de larmes : —— Nous sommes tous orphelins ; moi et vous, nous n'avons point de père. —— A ces mots, le temple et les enfants s'abîmèrent, et tout l'édifice du monde s'écroula devant moi dans son immensité. »

45 Jean-Paul Richter, *Werke in zwölf Bänden*, Hrsg. v. Norbert Miller, Bd. 3. Carl Hanser Verlag, 1975, p. 273.

46 *Ibid.*, pp. 273–274.

47 C. Pichois, *op. cit.*, p. 264.

48 A. de Musset, *Poésies complètes*, édition établie et annotée par Maurice Allem, Pléiade, 1957. p. 274.

49 *Poésies complètes de Théophile Gautier*, publiées par René Jasinski, t. II, 1970., p. 13.

50 *Ibid.*, p. 19.

51 C. Pichois, *op. cit.*, p. 266. 同氏によれば，ジャン＝パウルのフランス文学への影響は二十世紀にまで，たとえばジャルー E. Jalou やジロドウ J. Giraudoux，さらにはマルロー A. Malraux などにまで及んでいる（*op. cit.*, p. 426.）とのことだが，私にはピエール・エマニュエル Pierre Emmanuel などもその影響が認められるように思う。この詩人にはたとえば，こんなイマージュがある。« mille fontaines / nées de cet Œil sans pulpe et creux, de ce profond / Néant inquisteur, que nomment Dieu les hommes. »

52　Œ. compl. III, pp. 649-650.
53　J.-P. Richter, *op. cit.*, p. 274.
54　拙論「偶然・夢・狂気・現実――ネルヴァルにおける認識論的懐疑――」(『思潮』第六号、一九七二年)を修正・補筆して本書に再録。
55　Marie-Jeanne Durry, *Gérard de Nerval et le mythe*, Flammarion, 1956, p. 51.
56　偶然性の概念が無や死の観念と結びつくことは語源的にもいえよう。たとえばジャン＝パウルのこの断章にもでてくるドイツ語の「偶然」zufall という語は zufallen（崩れ落ちる、落ちて縮まる）といった語に連なっており、また同じく偶然を意味するフランス語の chance という語はラテン語の cadere（落ちる）から出た後期ラテン語の cadentia（落ちる）から来ており、しかもこの cadere や cadentia はフランス語の tomber（落ちる、倒れる）という語以上に、「崩れる」、「滅亡する」という意味で使われる傾向が強い。事実ネルヴァルも、たとえば『クイントゥス・オークレール』にみえる「死体 « cadavre » の特性は、〈落ちる（倒れる）〉ということにある。それがこの語の語源的なもともとの意味である」といった言葉から窺えるように、ラテン語の cadaver（死体）と cadere（落ちる）、それらとフランス語の chance（hasard）といった語との連関、すなわち死・崩壊と偶然との意味連関を意識していたと思われる（前掲拙論「偶然・夢・狂気・現実」、『思潮』六号、一一八頁、参照）。
57　たとえば Janine Moulin, *Gérard de Nerval : Les Chimères*, Droz, 1963, p. 74.
58　Œ. II, p. 64.
59　ドストエフスキー『カラマーゾフの兄弟』(米川正夫訳、修道社) 下巻、第十一編第九章、三十九頁。
60　Ferdinand Bruntière, *Manuel de l'histoire de la littérature française*, 1925, Delagrave, p. 421.
61　J.-P. Richter, *op. cit.*, p. 274.
62　*Ibid.*, p. 274.
63　*Ibid.*, p. 274.
64　Albert Béguin, *Jean-Paul : Choix de rêves*, éd. Fourcade, 1931, p. 116.
65　*Œuvres complètes d'Alfred de Vigny*, texte présenté et commenté par F. Baldensperger, Pléiade, 1950, pp. 204-205. なお引用部の原文を示しておくと、"Alors il était nuit, et Jésus marchait seul, / Vêtu de blanc ainsi qu'un mort de son linceul ; / Les disciples dormaient au pied de la colline. / Parmi les oliviers, qu'un vent sinistre incline, / Jésus marche à grands pas en frissonnant comme eux ; / Triste jusqu'à la mort, l'œil sombre et ténébreux, / Le front baissé, croissant les deux bras sur sa robe / Comme un voleur de nuit cachant ce qu'il dérobe ; / Connaissant les rochers mieux qu'un sentier uni, / Il s'arrête en un lieu nommé Gethsémané. / Il se courbe, à genoux, le front contre la terre ;/Puis regarde le ciel en appelant : « Mon Père ! » / ――Mais le ciel reste noir, et Dieu ne répond pas. / Il se lève étonné, marche encore à grand pas, / Froissant les oliviers qui tremblent. Froide et lente / Découle de sa tête une sueur sanglante. / Il recule, il descend, il crie avec effroi : / « Ne pouviez-vous prier et veiller avec moi ? » / Mais un sommeil de mort accable les apôtres. / Pierre à la voix du maître est sourd comme les autres./Le Fils de l'homme alors remonte lentement :/ [...] /Jésus, se rappelant ce qu'il avait souffert/ Depuis trente-trois ans, devint homme, et la crainte/Serra son cœur mortel d'une invincible étreinte. / Il eut froid. Vainement il appela trois fois : / « Mon Père ! » Le vent seul répondit à sa voix / Il tomba sur le sable assis et, dans sa peine, / Eut sur le monde et l'homme une pensée humaine. /

—— Et la Terre trembla, sentant la pesanteur / Du Sauveur qui tombait aux pieds du Créateur."（以上第一部）

"Ainsi le divin Fils parlait au divin Père. / Il se prosterne encore, il attend, il espère... / Mais il renonce et dit : « Que votre volonté / Soit faite et non la mienne, et pour l'Éternité ! » / Une terreur profonde, une angoisse infiinie / Redoublent sa torture et sa lente agonie. / Il regarde longtemps, longtemps cherche sans voir. / Comme un marbre de deuil tout le ciel était noir ; / La Terre sans clartés, sans astre et sans aurore. / Et sans clartés de l'âme ainsi qu'elle est encore, / Frémissait. —— Dans le bois il entendit des pas, / Et puis il vit rôder la torche de Judas."（以上、第三部）

66 *Ibid*., p. 208.

67 *Ibid*., p. 208.

68 スタール夫人訳のこの詩句への影響については、すでに稲生永氏も指摘している（「ネルヴァルの黒い幻想――オーレリア研究――」、『明治学院論叢』第一六九号、一九七〇年、一七九頁）。

69 ネルヴァルにおける「黒い太陽」をめぐるさまざまな問題については、すでに稲生永氏が詳細かつ多岐にわたって考察を試みている（「ネルヴァルの黒い幻想――オーレリア研究――」、『明治学院論叢』第一六九号、一九七〇年。「ネルヴァルの黒い太陽――『オーレリア』の黙示文学性」、『思潮』第六号、一九七二年）。同氏は、とりわけこのイマージュのもつ錬金術的・占星術的意義について、『オーレリア』などにみられるネルヴァルの神秘主義的思想（死と再生の永遠回帰の神話）との関連から考察されている。

70 C. Pichois, *op. cit*., pp. 283–288.

71 Marc Eigeldinger, L'Image solaire dans la poésie de Théohile Gautier, dans la *Revue d'Histoire littéraire de la France*, juillet-août-, 1972, pp. 600–640.

72 *Œ. compl*. III, p. 649.

73 cité par Gilbert Rouger, En marge des Chimères, dans les *Cahiers du Sud*, no. 292, 1948, p. 431.

74 事実、ジルベール・ルジェはハイネのこの詩にでてくる「黒い太陽」をネルヴァルおける同イマージュの重要な源泉《スルス》の一つとみている。*G. Rouger, op. cit*., p. 431.

75 Victor Hugo, *Les Contemplations*, édition établie par Pierre Albouy, Gallimard. 1973. p. 391.

76 *Œ*. I, p. 3.

77 例えば稲生永氏はじめ（「ネルヴァルの黒い太陽」、『思潮』第六号、六五〜六六頁）、ジャン・リシェ Jean Richer（Le Luth constellé de Nerval, dans les *Cahiers du Sud*, no. 331, 1955, pp. 379–380 ; *Nerval, expérience et création*, Hachette, 1963, pp. 558–559, etc.）、ロベール・フォリッソン Robert Faurisson (*La Clé des Chimères de Nerval*, J.-J. Pauvert, 1977, p. 20.)、ジャニーヌ・ムーラン（*Gérard de Nerval, Les Chimères*, exégèses de Jeanine Moulin, p. 12.）など多数。

78 *Œ*. II, p. 132.

79 *Œ*. I, p. 362.

80 *Poésies complètes de Théophile Gautier*, publieés par René Jasinski, nouvelle édition revue et augumentée, Nizet, 1970, 3 vo., II, pp. 87–88.

81 Théophile Gautier, *Avatar* (Charpentier, 1891), p. 2 (selon *Œuvres complètes*, IV, Slatkine Reprints, 1978.)

82 Hélène Tuzet, L'Image du soleil noir, dans la *Revue des Sciences*, octobre-décembre, 1957, pp. 484–486.

83 Hélène Tuzet, *op. cit*., pp. 485–486. なおテュゼはこの説のもう一つの根拠として、この銅版画が製作された頃、すなわち一五一三〜一四年頃、実際彗星が現われたと主張している。デューラーはこの彗星を描いたのだという。

84　Claude Pichois, *op. cit.*, pp. 283–285 ; Marc Eigeldinger, *op. cit.*, p. 639. 両氏はデューラーの銅版画に描かれている天体を彗星とみる同女史の説を認めた上で、テュゼのいう、ゴーチェやネルヴァルの犯したこうした「視覚的錯誤」erreur visuelle は、彼らの「意図的な転位」transposition intentionnelle すなわち意識的読み替え（取り違え）であったとしている。またネルヴァル研究家のジャン・リシェは主著『ネルヴァル――体験と創造――』の注において、同女史のこの説を簡単に紹介するにとどめ、同説への賛否を留保している（J. Richer, *Nerval, expérience et création*, *op. cit.*, p. 576.）。

85　『デューラーとドイツ・ルネッサンス展』カタログ、国立西洋美術館監修、日本経済新聞社刊、一九七二年、一八八頁。

86　前掲書、一八八頁。

87　J. Richer, *Nerval, expérience et création*, p. 560.

88　Hélène Tuzet, *op. cit.*, p. 479.

89　*Œ*. I, p. 397. « Arrivé sur la place de la Concorde, ma pensée était de me détruire. A plusieurs reprises, je me dirigeai vers la Seine, mais quelque chose m'empêchait d'accomplir mon dessein. Les étoiles brillaient dans le firmament. Tout à coup il me sembla qu'elles venaient de s'éteindre à la fois comme les bougies que j'avais vues à l'église. Je crus que les temps étaient accomplis, et que nous touchions à la fin du monde annoncée dans l'Apocalypse de saint Jean. Je croyais voir un soleil noir dans le ciel désert et un globe rouge de sang au-dessus des Tuileries. Je me dis : « la nuit éternelle commence, et elle va être terrible. Que va-t-il arriver quand les hommes s'apercevront qu'il n'y a plus de soleil ? Je revins par la rue Saint-Honoré, et je plaignais les paysans attardés que je rencontrais. Arrivé vers le Louvre, je marchai jusqu'à la place, et là un spectacle étrange m'attendait. A travers des nuages rapidement chassés par le vent, je vis plusieurs lunes qui passaient avec une grande rapidité. Je pensai que la terre était sortie de son orbite et qu'elle errait dans le firmament comme un vaisseau démâté, se rapprochant ou s'éloignant des étoiles qui grandissaient ou diminuaient tour à tour. Pendant deux ou trois heures, je contemplai ce désordre et je finis par me diriger du côté des halles. Les paysans apportaient leur denrées et je me disais : « Que sera leur étonnement en voyant que la nuit se prolonge... » Cependant, les chiens aboyaient çà et là et les coqs chantaient. »

90　たとえばジャン・リシェ（*Nerval, expérience et création*, pp. 558–560）やジルベール・ルジェ（En marge des Chimères, dans les *Cahiers du Sud*, no 292, 1948, p. 431）など。

91　たとえばエレーヌ・テュゼ（*op. cit.*, p. 485）やマルク・アイゲルディンガー（*op. cit.*, p. 638）など。

92　*Œ*. I, p. 63. 中村真一郎・入沢康夫氏訳、一部変更。

93　Théophile de Viau, *Œuvres poétiques, première partie*, édition critique avec introduction et commentaire par Jeanne Streicher, Droz, 1951, pp. 164–165.

94　Ernst Robert Curtius, *La Littérature européenne et le moyen âge latin*, traduit par J. Bréjoux, Paris, P.U.F., 1956, pp. 118–9. etc.（邦訳：南大路・岸本・中村各氏訳『ヨーロッパ文学とラテン中世』みすず書房、一九七一年、一三二～一三六頁）

なおヴィオーの〈逆さ世界〉の問題については拙論「ヴィオー詩における「太陽と逆さ世界のテーマについて」（『教養論叢』第七十七号、一九八八年）および Guido Saba, « Des « impossibilia » au monde renversé dans la poésie de Th. de Viau », in *Le Langage littéraire au XVIe siècle, De la rhétorique à la littéraire*, éd. Par Ch. Wentzlaff-Eggebert, 1988, pp. 195–208. 参照。また一九七七年ツール大学で十六世紀末から十七世紀中葉にかけてのフランスを中心とした文学や〝周辺文学〟para-littéraire における逆さ世界とその文学的表現に関する国際シンポジウムが開催され、その成果がヴラン社から出版されている。*L'Image du monde renversé et ses représentations littéraires et para-littéraires de la fin du XVI*^{e} *siècle au milieu du XVII*^{e}, Librairie philosophique J. Vrin, 1979.

95 *Dictionnaire des symboles*, sous la direction de Jean Chevalier, avec la collobaration d'Alain Gheerbrant, Robert Laffont, 1969. p. 315.

96 Théophile de Viau, *Œuvres poétiques seconde et troisième parties*, édition critique avec introduction et commentaire par Jeanne Streicher, Droz, 1958, pp. 110–111.

97 Théophile de Viau, *Œuvres poétiques, première partie*, p. 172.

98 *Œ*. I, p. 394.

99 Jean Chevalier, Alain Gheerbrant, *Dictionnaire des symboles*, pp. 710–714.

100 ネルヴァルにおける同イマージュの成立には、無論、すでに見たように、ハイネの詩『遭難者』にでてくる「黒い太陽」や、ジャン＝パウルの例の断章にみられる「空洞のようにうつろな、底無しの眼窩」、あるいは〝偶然〟によって「吹き消されてしまう太陽」といったイマージュも、少なからぬ影響を与えたであろうことはいうまでもない。

101 Jean Richer, *Nerval, expérience et création*, p. 72.

102 *Ibid*., p. 72.

103 J. Chevalier, *op. cit*., p. 551.

104 *Ibid*., p. 552.

105 cf. François Constans, *Gérard de Nerval devant le destin*, Nizet, 1979, p. 150.

106 *Œ*. I, pp. 397–398. « Brisé de fatigue, je rentrai chez moi et je me jetai sur mon lit. En m'éveillant, je fus étonné de revoir la lumière. Une sorte de chœur mystérieux arriva à mon oreille ; des voix enfantines répétaient en chœur : *Christe ! Christe ! Christe !* ... Je pensai que l'on avait réuni dans l'église voisine (Notre-Dame-des-Victoires) un grand nombre d'enfants pour invoquer le Christ. « Mais le Christ n'est plus ! me disais-je; ils ne le savent pas encore ! » L'invocation dura environ une heure. Je me levai enfin et j'allai sous les galeries du Palais-Royal. Je me dis que probablement le soleil avait encore conservé assez de lumière pour éclairer la terre pendant trois jours, mais qu'il usait de sa propre substance, et en effet, je le trouvais froid et décoloré. [...] En entrant, je lui dis que tout était fini et qu'il fallait nous préparer à mourir. »

107 *Ibid*., p. 396.

108 *Œ. I*, pp. 397–398.

109 Jean-Paul Richter, *op. cit*., p. 273.

110 *Œ. I*, pp. 397–398.

111 遠藤周作『キリストの誕生』（新潮社）、十七頁。なおマホヴェッツはキリストのこの言葉をめぐるそうした二つの伝統的な解釈のいずれにも同意せず、それをキリストの「〈人の子〉に変容する」エリア〈再来〉の願望と関連づけて解釈している。「これまでのすべての聖書解釈学の、また聖書解釈の伝統は、「私の神よ、私の神よ、なぜ私を見すてられたのですか（エロイ、エロイ、ラマ、サバクタニ）」（マルコ伝15・34、マタイ伝27・46）というイエズスの驚くべき、したがってまた、一見最高に信ずるに価すると思われる叫びに魅せられて、事実上、次のことについてだけ論争していたということである。すなわち、その叫びは絶望、失望の叫び——恐ろしい苦しみからの、だがやはり、〈人の子〉への待望の変容が実現しなかったことの失望からの叫び——だったのか（主として反対派の、

〈異端の〉、ヒューマニズム的、実存主義的ないし社会主義的な解釈者たちの主張である）、それとも、その叫びは詩篇二二章からの引用にすぎないのか。この詩篇はそのようなことばで始まっており、また十字架上のイエズスが捧げた祈りでもあった。それゆえイエズスの叫びは、それだけ切り離された引用句から考えられるかもしれないような、見捨てられたことの、絶望の、不信仰の叫びではけっしてなく、深い敬虔と従順との叫びである。このことはこの詩篇の全体の意味と結論とが暗示していることである。だからこそルカは、イエズスの叫びを次のように訂正することによって、意味豊かに解釈しようとしたのである。「父よ、私の霊をみ手にゆだねます」（ルカ伝23・46）。わたしたちは、以上の二つの伝統的な解釈のいずれにも賛成しない。

（…）またイエズスその人が、「すべてのことは実現するだろう」（ルカ18・31）という希望を抱いてエルサレムに上ったときすでに、そのうえ、十字架上においてさえも、かれの変容を、栄光化を、〈神の国〉への移行を、未来の時代の国の開始を、期待していたのだとすれば、かれがエリアを呼んだことは偶然ではない。かれはエリアの〈再来〉をまさしく期待していたのである。このほうが、「私の神よ、私の神よ、なぜ私を見すてられたのですか」という実存主義的な深淵からの叫びだったとするよりははるかに自然であり、また論理的なのである。イエズスはかれの民族の子として、モーゼとエリアとの伝統のうちに生きたユダヤの最大の預言者として死んだのである。――キルケゴールのイエズス像として死んだのではなかった」（マホヴェッツ『イエズスとの対話――無神論者にとってのイエズス――』、引用は荻原勝氏訳、北洋社、二一七〜二二〇頁）。

112　遠藤周作、前掲書、十七頁。

113　Alfred de Musset, *Poésies complètes*, *op. cit.*, p. 274.

114　*Œ*. II, p. 380. « Si les mortels ne peuvent concevoir par eux-mêmes ce qui se passe dans l'âme d'un homme qui tout à coup se sent prophète, ou d'un mortel qui se sent dieu, la Fable et l'histoire du moins leur ont permis de supposer quels doutes, quelles angoisses doivent se produire dans ces divines natures à l'époque indécise où leur intelligence se dégage des liens passagers de l'incarnation. Hakem arrivait par instants à douter de lui-même, comme le Fils de l'homme au mont des Oliviers. » 前田祝一氏訳、一部変更。

115　*Œ*. I, p. 3.

116　*Ibid*., p. 1051.

117　*Ibid*., p. 1157.

118　プレイヤード叢書新ネルヴァル全集の編註者が排除したソルム夫人発表の、同夫人宛書簡を含め、この二作品をネルヴァルものとわれわれが信じる理由は、(1)確かにソルム夫人は異性関係はじめ、その人格に多少の疑念は拭い切れないとはいえ、ジャン・リシェが一八五二年十二月二日と推定した同夫人宛書簡および同書簡に同封されていたというこの二つの詩作品をソルム夫人（またはその他の第三者）がネルヴァルのものとして創作し、彼女が発表するという大胆な捏造まで行ったとは考えにくいこと、また(2)同書簡とこの二つの詩作品に認められる文体や思想から考えてみて、たとえば『御位高き奥方様《マダム・エ・スーヴレーヌ》』の詩には、ユーモアと諧謔味のあるネルヴァル流「レアリスム」文体と自嘲的思考が認められる一八五二年の「十月の夜」や一八五四年の「パンドラ」との共通点が認められること、そしてとりわけこの書簡・詩と同時期の一八五四年十一月に書かれた四行詩オード形式のコンスタン・アルヌー宛書簡（「出しぬけですが、／載せてください、／「一文無し」に向いているなら／駆け出し者の戯れ歌を。／／（…）／／僕たちゃ文無し！　なんたる大罪／

こんな金持ちの時世に！／僕たちゃ和解！　でもどうして／野次られるのさ、老いぼれに？／／（…）／／僕たちはテーブルも椅子も燃やす／悲しいかな！　外套を乾かすためさ／安逸を夢見て僕たちは／ボルドーワインのかわりに水を飲む。／／（…）／／餓鬼あつかいされるなら／文学少年というならば／「黙れ阿呆ども」と言い返そう、／「無知蒙昧ノ輩」という意味さ。／／さあ、友よ、出港を前に／沈没とでも相成れば／天の恵みを期待して／ひとふしうたって厄払い。／／返［歌］／／さて「一文無しが／いつか小金を貯め込めば／僕たちゃ白いネクタイしめ／新聞も出ないが爪弾きともおさらばだ」）（丸山義博氏訳）とが、その「レアリスム」的文体と自虐的・自嘲的思考という点で類似しているなどである。

119　Œ.I, p. 45-46.

120　*Ibid.*, p. 44.

121　Friedrich Nietzsche, *Die Fröhliche Wissenschaft* (« La Gaya Scienza »), mit einem Nachwort von Alfred Baeumler, Alfred Kröner Verlag in Stuttgart, 1956, III, § 125, pp. 140-141.

« Der tolle Mensch. ——Habt ihr nicht von jenem tollen Menschen gehört, der am hellen Vormittage eine Laterne anzündete, auf den Markt lief und unaufhörlich schrie: "Ich suche Gott! Ich suche Gott! ——Da dort gerade viele von denen zusammenstanden, welche nicht an Gott glaubten, so erregte er ein *großes* Gelächter. Ist er denn verlorengegangen? sagte der eine. (...) ——so schrien und lachten sie durcheinander. Der tolle Mensch sprang mitten unter sie und durchbohrte sie mit seinen Blicken.,, Wohin ist Gott? rief er, ich will es euch sagen! Wir haben ihn getötet — ihr und ich! Wir alle sind seine Mörder! Aber wie haben wir dies gemacht? Wie vermochten wir das Meer auszutrinken? Wer gab uns den Schwamm, um den ganzen Horizont wegzuwischen?　Was taten wir, als wir diese Erde von ihrer Sonne losketteten? Wohin bewegt sie sich nun? Wohin bewegen wir uns? Fort von allen Sonnen? Stürzen wir nicht fortwährend? Und rückwärts, seitwärts, vorwärts, nach allen Seiten? Gibt es noch ein Oben und ein Unten? Irren wir nicht wie durch ein unendliches Nichts? Haucht uns nicht der leere Raum an? Ist es nicht kälter geworden? Kommt nicht immerfort die Nacht und mehr Nacht? Müssen nicht Laternen am Vormittage angezündet werden? Hören wir noch nichts von dem Lärm der Totengräber, welche Gott begraben? Riechen wir noch nichts von der göttlichen Verwesung?— auch Götter verwesen! Gott ist tot! Gott bleibt tot! Und wir haben ihn *getötet*! Wie trösten wir uns, die Mörder aller Mörder? Das Heiligste und Mächtigste, was die Welt bisher besaß, es ist unter unseren Messern verblutet — wer wischt dies Blut von uns ab? Mit welchem Wasser könnten wir uns reinigen? Welche Sühnefeiern, welche heiligen Spiele werden wir erfinden müssen? Ist nicht die Größe dieser Tat zu *groß* für uns? Müssen wir nicht selber zu Göttern werden, um nur ihrer würdig zu erscheinen? (...) — Man erzählt noch, daß der tolle Mensch desselbigen Tages in verschiedene Kirchen eingedrungen sei und darin sein Requiem aeternam deo angestimmt habe. Hinausgeführt und zur Rede gesetzt, habe er immer nur dies entgegnet: ,,Was sind denn diese Kirchen noch, wenn sie nicht die Grüfte und Grabmäler Gottes sind?" »『ニーチェ全集』第八巻（信太正三氏訳、理想社）、一八七～一八九頁。

122　信太正三『永遠回帰と遊戯の哲学――ニーチェにおける無限革命の論理』、勁草書房、三四八頁。

123　信太正三氏、前掲書、八二頁。

124　ユーゲン・ビーゼルによれば、地（水）平線 horizont という言葉は、ヨーロッパのキリスト教的伝統の中で長い間、神の比喩あるいは象徴として使われてきたという（Eugen Biser : “Gott ist tot” Nietzsches Destruktion des christlichen Bewußtseino, Kösel-Verlag München, 1962, pp. 40–62.）。ネルヴァルが地平線 horizon に偏執的な愛着を示すのは、こうしたキリスト教的な伝統が彼の内部に沈潜しているためかも知れない。

125 その一例を挙げておこう。「彼女（暁の女神）が近づいてくる、そしてシテール島の住民たちに生命を与えた聖なる波面を優しく滑ってくる（…）われわれの前方、はるか彼方の水平線には、あの真紅に輝く岸辺が、雲のように見える紫色をしたあの丘々が見える。それこそ女神ウェヌスの島そのものであり、斑岩石に富んだ古代シテール島なのだ……」。

« Elle vient, elle glisse amoureusement sur les flôts divins qui ont donné le jour à Cythérée... devant nous, là-bas, à l'horizon, cette côte vermeilles, ces collines empourprées qui semblent des nuages, c'est l'île même de Vénus, c'est l'antique Cythère aux rochers de porphyre...... » (*Œ*. II, p. 64.)

126 拙論「ネルヴァルにおける意識の運動《ムーヴマン》——その救済願望をめぐって——」（『教養論叢』、第五〇号、一九七八年）および本書第三部第II章第1節参照。

127 ハイデッガーは、ニーチェが「神は死んだ」というときの〈神〉とは単にキリスト教の神を意味しているのではなく、「さまざまな理念と理想との領域」、すなわち「超感性的な世界一般」、いいかえればプラトン以来の形而上学的な彼岸の世界、超越的世界をも表わす名であるとしている（ハイデッガー選集II、『神は死せり』、細谷貞雄氏訳、理想社、十二～十三頁）が、信太正三氏も指摘しているように、私にはやはりニーチェの喪神ないし殺神という体験の原核には、何よりもまずキリスト教の神の死（殺害）があったように思う。

128 *Œ*. II, p. 83.

129 *Ibid*., p. 64 .

130 *Ibid*., p. 1185–1186.

131 J. Richer, *Nerval par les témoins de sa vie*, Minard, 1970, p. 105. 稲生永氏訳。

132 Friedrich Nietzsche, *Also sprach Zarathustra*. III–Von Gesicht und Rätsel, §1. 吉沢伝三郎氏訳。

133 拙論「ネルヴァルの罪の意識について」（『教養論叢』第五十二号、一九七九年）、「ネルヴァルの死について」（『亜細亜大学教養部紀要』第八号、一九七三年）他参照。

134 *Œ*. II, p. 1188. 入沢康夫氏訳。

135 *Œuvres complémentaires de Gérard de Nerval*, VIII, textes réunis et présentés par Jean Richer, Minard, 1964, p. 13.

136 『ニーチェ全集』第八巻『悦ばしき知識』（信太正三氏訳、理想社）、四三二頁。

137 シャルル・モーロンもネルヴァルのこうしたキリストと自己との同一視を推測している（Charles Mauron, Nerval et la psycho-critique, dans les *Cahiers du Sud*, no. 293, 1949, p. 89.）。もっともこうした「苦悩せるキリスト」への愛着は、ネルヴァルに限らず、フランス・ロマン派の詩人たちに共通してみられ、この意味ではロマン派に特有な時代的・全般的傾向とみることもできよう。

138 François Constans, Sophie Aurélia Artémis, dans la *Mercure de France*, no. 1064, 1951, p. 277.

†なお引用例のうち一部は文中またはそれぞれの注に記した各氏の訳文に拠り、その他の場合も佐藤正彰、稲生永、入沢康夫、中村真一郎、平岡昇の各氏の訳文を参照させていただいた。

第七部　ネルヴァルの死について

I　謎の死

ジェラール・ド・ネルヴァル Gèrard de Nerval は一八五五年一月二十六日未明、パリの下町、ヴィエイユ＝ランテルヌ通りの薄暗い路地裏で縊死体となって発見された。以来この謎の死をめぐって、さまざまな臆説が提出されてきた。これらの臆説の代表的なものを挙げれば、[1] まず第一に自殺説がある。この説はさらに『オーレリア』*Aurélia* における輝かしい救済の夢を〝現実化〟するために彼自ら積極的に死を〝選び取った〟とみるか（ジャン・リシェ Jean Richer やアルベール・ベガン Albert Béguin などの説）、あるいは経済的不安・創作力の枯渇への不安などで人生に絶望して、自殺したと見るか（レーモン・ジャン Raymond Jean などの説）によって二説に分かれる。次に何者かによって殺害された後、自殺のように装われたとみる他殺説があり、これにはさらに秘密結社説（ネルヴァルはある秘密結社に属しており、そのメンバーが作品発表による秘密の漏洩を防ぐために殺害した、とするもの）、追いはぎ説、誤解説（作品の素材集めのため夜のパリをまわってメモなどを取っていたネルヴァルを何者かが警察への密告者と誤解して殺害した、とみる説）などがあり、これは主としてゴーチェ Gautier、A・デュマ Dumas、A・ウーセー Houssaye といった彼の友人たちによって出された説である。この他殺説はジャン・リシェやレオン・セリエ Léon Cellier もあまりに小説的 romanesque であるとして退けているが同感である。最後に事故説があるが、これはレオン・セリエ、[2] H・ルメートル Lemaître、[3] J・ポミエ Pommier[4] などが主張している説である。セリエによればネルヴァルはバルザック Balzac の『人間喜劇』中の小説『追放された人々』の主人公ゴドフロワ Godefroid と自分を同一視し、詩人ダンテに救われることを期待して、死と再生の儀式を自作自演したのだという。この儀式を演じながら、誤って自殺と同じ結果を招いた、と見る。この事故説には他にもスキャロン Scarron の『ロマン・コミック』の影響を重視するグラーフ H. de Graaf の説[5]などがあるという。ジャン・ポミエの説は次のようなものである。『ジグザグ』*Zigzags* という旅行記の中でゴーチェが伝える証言によれば、ネルヴァルは旅行中、馬車の中で、マフラー foulard を輪にして下げ、そこにあごを掛けてうたたねをする習慣があったという。彼は一月二十六日の明け方、この方法で仮眠しようとして、誤って紐が締ってしまったという見方である。この他にも精神錯乱による無自覚な発作的自殺とみる説もある。

このようにネルヴァルの奇怪な死をめぐって無数の説が出されてきたわけだが、これらの説のいずれをも可能ならしめるところに、ネルヴァルの死の実相がある、と考えられもするが、われわれは以下に述べる理由によりネルヴァルの死は自死であった、と考えたい。だがその場合ネルヴァルは救済を得るため、死を積極的に選びとったのだろうか、それとも生きることに絶望し、死を余儀なくされたのだろうか。そしてまた、いずれの場合にせよ、ネルヴァルの死は彼自身にとってまたわれわれにとってどのような意味を持っているのだろうか。

II　矛盾

自己の贖罪と救済の書としての『オーレリア』とヴィエイユ゠ランテルヌの悲劇（自死）との矛盾、この矛盾は一体何を意味しているのであろうか。というのは『オーレリア』における彼のキリスト教への復帰――この点に関しても疑義はあるが――が実人生においても実現されていたならば、自らの生命を絶つという悲劇は、周知のごとく少なくとも五世紀以後のヨーロッパのキリスト教では自殺を大罪として厳しく禁じている以上、常識的にはあり得べからざることだからである。ところでジャン・リシェ[6]とかアルベール・ベガン[7]といったネルヴァリアンは彼の死について、この『オーレリア』とヴィエイユ゠ランテルヌの悲劇との矛盾を見事に解消するある種の説明を行っている。リシェやベガンのいう通り、なるほどネルヴァルは『オーレリア』において自己の不幸や悲惨を「救済」に至る一連の「試練」として自覚し、狂気の幻覚に翻弄されるかわりに、これを理性によって支配し、美的に結晶させ、そこに自己の生の実存的意味を見い出すに至ったと思われる。『オーレリア』最終章および「メモラーブル」におけるあの輝かしい救済の夢やその救済のヴィジョンを支えている魔術的な文体から喚起される新鮮な現実感――ベガンのいう「限りなく神秘的ではあるが同時に限りなく現実的な現実[8]」、いわば軽やかな開かれた現実といったものが、そこには感じられる――は彼の〈救い〉とそうした夢の世界（「新しい第二の人生[9]」）の現在性

actualité を彼が現実に確信するに至ったことをわれわれに納得させるかに見える。リシェはネルヴァルのこうした文学的（詩的）勝利を彼の実人生に直結して考えようとする。すなわちそのように夢の世界を信じ得、死の世界での救済を信じ得たものには『オクタヴィ』*Octavie* における〈私〉の告白通り、死は願わしいもの、なんら恐しいもの、不吉なもの、人生の敗北者の逃避所でもなく、むしろ魂に永遠の安らぎと平和を与えるもの、と感じられたにちがいないという。そのようにネルヴァルにおける詩的現実のプランと現に生身の人間が生きている日常的現実としての実人生のプランとを同一次元で直線的、連続的に結びつけ、死がこの両者の必然的な融合と完結であると見る。すなわちネルヴァルはこの詩的現実の真実性を最終的に完結するため、あるいはその真実性を最終的に証明するため、実人生を犠牲としたのだ、とリシェは考える。このような見方は作品の世界に立って考える限り正しいように思われる。事実、ネルヴァルは『オクタヴィ』の主人公「私」を通して次のようにいっている。

死ぬということ、おお神よ！　何故こんな考えが、たえず私に立ち返ってくるのでしょうか。まるであなたのお約束なさる幸福に相応しいものは私が死ぬことだけだ、とでもいうように。死！　このことばは然し私の心の中に少しも暗い影を拡げはしません。死は祝宴の終わりの時のように色あせたバラの冠をかむって現われる。私は時々夢に見ました。死が幸福と陶酔の後で、最愛の女の枕辺に微笑みながら私を待っているのを、そして私に呼びかけるのを。「さあ、若者よ！　お前はこの世におけるお前の歓びの分け前をすべて尽してしまった。今は眠りにつきにおいで、私の腕の中に憩いにおいで。私は美くはない、しかし私は善なるものだし、いかなる人をも救って上げるものです。私は快楽を与えはしない。けれども永遠の安らぎを与えよう」と。[10]

この『オクタヴィ』の主人公「私」が現実のネルヴァルと同一人ではないにしても、書簡などから判断して、非常に作者に近い人物であるということもまた事実である。それ故この「私」をかりに作者ネルヴァルとすれば、彼は死というものをそのように考えており、死は彼にとって恐しいもの、不吉なものではなく、むしろ安らぎを与える願わしいものである。『オーレリア』になるとこの考え方はさらに進み、死は彼にとってかつて愛したすべての人々と永遠に相会し、共生する安息の場と考えられるに至る。[11] そのことを彼はたとえば次のようにいう。「オーレリアが死んだのであった。……私自身もあとほんの僅かしか生きる時間がないと思い込み、それ以来愛する心と心とが再会する世界の存在をかたく信じていた。それに彼女はその生におけるよりも、死においてはるかに多く、私のものなのであった」[12]。ネルヴァルのこうした「死」――というより死後の世界――にかける期待は一つの信仰にまで高められていたと思われる。そしてこの信仰は詩「アルテミス」においてある種の神秘主義を通して詩的現実の中に結晶化されたように思われる。

揺籠から柩の中までお前を愛してくれた人を愛せ、
私一人が愛した女《ひと》は、いまなお私を優しく愛してくれる、
それは死だ、――あるいは死の女だ……おお、喜びだ、おお、苦しみだ[13]!

彼の信仰の原核となっている〈聖母マリア＝女神アルテミス＝イシス〉Vierge-Déesse (Artémis)-Isis（オーレリアであり、アドリエンヌであり、理想化され昇華された彼の生母でもある）という三位一体的な、サンクレティックな女性神話はこのように死と同一の次元で考えられており、この地点ではほとんど死と救済とが同一の意味内容をもっているかの如き印象をわれわれに与える。このように考えてくると確かにネルヴァルは日常生活における敗北者の絶望から、現実逃避として死を求めたのではなく、彼が作品に表現した詩的現実の世界を最終的に完成するため――

さらにいいかえれば、後年研究家によって「ネルヴァル神話」と呼ばれることとなるサンクレティックな女性神話の世界に実際に踏み入っていくための積極的な出発として――自らすすんで死を選びとったのだ、と考えることもそれほど不自然ではないように思われる。このような見方はたしかに『オーレリア』とヴィエイユ＝ランテルヌの悲劇との矛盾をみごとに解決している。われわれもまたこの解釈がネルヴァルの死の意義を結果論的にまた観念的に、そういって悪ければ本質論的に考えた場合、多くの点で妥当性を獲得しているということを認めるのにやぶさかではない。

だがここに一つの疑問がある。それはジャン・リシェが一八五一年の「メルキュール・ド・フランス」誌 *Mercure de France* に載せた「ネルヴァルとその亡霊《まぼろし》」« Nerval et ses fantômes » という論文では『オーレリア』におけるネルヴァル救済説を否定している事実である。長いが要点を引用すれば「ネルヴァルはこれまでいかなる真の秘儀入信 « initiation » にも接せず、いかなる深い回心も心中に起こることはなかった。（真の信仰に入るのを妨げる）障害は依然同じままであった。ネルヴァルがこの種の閾 « passe » への夢の啓示を、神によって認められた救済の確証に他ならぬと信ずることができたのは彼の自己暗示 « auto-suggestion » によってなのである。それゆえ彼の体験には何ら神秘的意味を与えることもできないし、また彼自身そうした自己の体験の限界をよく知っていた」[14] というものである。われわれもこの見解をある種の留保つきで支持するものだが、だとすれば上述のごとくのネルヴァルの死に関する同氏の解釈――神秘主義信仰（秘儀入信）に基づいた救済を得るための積極的な死――は矛盾することになる。同氏もこの矛盾を感じていたらしく、彼の長年のネルヴァル研究をまとめた膨大な博士論文（『ネルヴァル――その体験と創造――』*Nerval, expérience et création* として一九六三年、Hachette 社から出版）では一九四〇年代のこのような見解を多少修正している。すなわちネルヴァルの死が(1)老衰の拒絶、生理的なある種の原因、(2)精神的悲惨、孤独感、人生における挫折感、創作能力への不安などもその一因であったことを認めるにいたっている。だが、同氏はこの博士論文においても、ネルヴァルの死は根本的には上に述べたような神秘思想のために積極的に選び取られたものである、として従来の説を変えていない。[15] 根本的に変えていない以上、先に述べた矛盾はこの博士論文においても依然として解決されていない。

それではネルヴァルの死に関して、一体どのような見方が考えられるであろうか。現に一日一日を生きている人間は死といった人生の一大事を前にした場合、リシェが考える以上に、複雑な反応の仕方をするのではなかろうか。ネルヴァルがいかに神秘主義思想に深く影響を受けていたとはいえ、フランツ・ヘレンス Franz Hellens も指摘するとおり、[16] 彼も根本的に近代人――すなわちカルテジアンとしての理性人――であり、さらにいえば、レーモン・ジャンが強調するように、[17] 日常的現実においては非常に現実主義的側面が感じられる人でもあった。一例として彼は生涯、ブルジョワ意識――売文家、そういって悪ければジャーナリスト、劇評家としての意識――を持つことに徹した人であった。[18] たとえば劇作家として成功し、あるいはまたバルザック同様、印刷術の発明などにより「金持」になることすらひそかに夢見た人であり、[19] 実生活では当時の典型的な文士としての意識を持っていた。これは重要な点である。ネルヴァルはもし自分にものを書くという機会が与えられなくなったり、創作力の減退から書けなくなってしまったら、もはや自分は生きてはいけない、という強迫観念 obsession につかれながら書きまくった人である。[20] それゆえネルヴァルはリシェなどがいうように、その思想的・文学的結論として死を選んだのではなく、彼の死の原因ないし動機はもっと具体的なところにあったように考えられる。文学者や思想家が自死する場合、一般の常識に反して、彼は自己の思想や信念のために――その行きづまりのためにせよ、そのあかしのためにせよ――自ら死を選ぶことはまれのように思われる。彼らが自ら死を選ぶとき、それは実際にはもっと身近な、ある意味では非常に俗っぽいことがらに起因している場合が意外に多いように思われる。

実際、ブランシュ病院を退院（一八五四年十月九日）してからの彼は親身になって面倒をみてくれる者にだれ一人恵まれず、またきまった住いも持たず、いわば放浪者のような常軌を逸した生活をしていた。安定した収入源も途絶え、死の直前の彼は身につけるものにも不自由するほどの経済的窮状に陥っていた。[21] さらにまた、このころには精神的にも肉体的にも相当疲れ果てていたらしく、「私は人生に疲れ果てていた」[22] とか「すべては終わりだ！」[23] などといった絶望的な言葉を遺している。レーモン・ジャンが指摘する如く、[24] 実際こうした彼の物質的・精神的悲惨が彼の自死の直接的な原因をもっとも決定的に説明しているように思われる。さらに彼の精神病が精神の抵抗力を正常時よりも弱いものにしていたということ、そしてそうした精神の衰弱が彼の死を早めたということも当然考えられる。だがそれ以上に注目すべきことは、彼が晩年自己の創作力の枯渇を非常に気にしていた、という事実である。

一八五四年六月二十七日付ジョルジュ・ベル George Bell 宛の手紙で彼は「君はわかってくれるだろうか、私の創作能力に対する不安が私をもっとも落胆させるものだ、ということを」[25] といっている。また死の直前、友人の一人ルイ・ルグラン Louis Legrand に「私は自分を見出すのにまったく数時間もかかる。そしてそうした努力が永遠に終ることはないでしょう。君は信じてくれるだろうか。一日かかってやっと二行位しか書けない、ということを」[26] と訴えている。さらに一月二十五日の朝、すなわち死の前日、友人のアスリノー Asselineau に「自分に何が起ころうとしているのかわからない。とにかく不安なのだ。ここ数日来、文字通りもう一行も書けない。もうどんな作品も書けないのではないかと恐れている……今日もう一度試みてみたいとは思っているが」[27] と語っている。「自分に何が起ころうとしているのかわからない」という告白は彼自身、忍び寄る死の影を意識するともなく感じていることを暗示するような言葉であり、また「とにかく不安なのだ」といった言葉は死の前日だけに芥川の「将来に対する漠たる不安」といった言葉を思わせる自死者に共通した不吉なものを感じさせるが、それはともかく、作家にとってものが書けない、ということは恐らく決定的なことなのであろう。少なくとも、ネルヴァルは作品を創造するという文学者としての役割を引受けることができないならば、もはや生きていく意味がない――というよりもはや生きていけないと――短絡的に思いつめてしまったのではなかろうか。作家というものは、ものが書けなくなれば作家という職業をやめ、他の仕事を見つけて生きていけばよい、といった通俗的な考え方が通用しない人々のように思われる。そこには度しがたい彼の過去の栄光、作家としてのプライドというものもあろう。それゆえ繰り返せばネルヴァルは決して思想や信仰のために、――少なくともそれが直接的動機で――死んだのではなくむしろ現実生活における物質的精神的悲惨、行きづまりのために死んだのではなかろうか、ということである。クロード・ピショワとミシェル・ブリックスによる伝記の中で紹介されている精神科医エミール・ブランシュ〔同医師はネルヴァルの精神の病を献身的に治療し、最後まで退院することに難色を示していた〕の「以前と同じ想像力や創作力があると信じて氏は昔と同じように作品を発表して生計を立てるつもりであった。しかし氏の期待は裏切られた。他方、独立不羈の性格と矜持のせいで、氏はもっとも信頼できる友人からでさえ、必要不可欠な援助を受け取ることを潔しとしなかった。氏の精神がますます常軌を逸していったのにはこうした道徳的背景がある」[28]という証言は、われわれがこれまで述べてきた創作力の枯渇〔への不安〕から来る作家としての行き詰まりと作家以外で生きることや、友人の援助を受けることを潔しとしない彼の矜持が作家を自死に導いたという事実を裏付けているように思われるのである。この意味ではネルヴァルは文学的には夢の世界や超越的なものの真実性と実在性を信じ得、それゆえ救済された〔ベガン〕、あるいは救済の予感を確実にもち得た〔リシェ〕であろうが、実人生におけるネルヴァル、つまり生身の人間としての彼はそれにもかかわらず、救済され得なかったのではないか、と感ぜざるを得ないのである。

III　殉教

ネルヴァルの死がデカルト哲学でいう〝コギト的延長〟のごとく、作品の世界の直線的延長として、すなわち作品の世界と現実の人生との最終的な融合と完結として、彼が積極的に選びとったものであると仮定してみよう。これが事実なら、彼はある意味で救済されたといえよう。なぜなら、彼は遺作『オーレシア』や『幻想詩篇』とりわけ「アルテミス」の世界において予感した愛する人々との永遠の共生《coexistence》[29]や魂の救済といったものの全的実現には現実の生が犠牲として捧げられねばならぬ——自死という最終的・究極的な試練を経ねばならぬ——と固く信じて死の扉を叩いたのであろうから。彼がそのように信じて現実の生を死の犠牲にしたのだとすれば、それこそ、われわれが本書第一部で定義した意味での、〝ロマンティスム[30]〟の悲劇そのものといえないだろうか。なぜなら正統的な宗教は多くの場合超越的なものの存在と来世での救済を説いているにもかかわらず、いやむしろそれ故にこそ「ここでのいま」**hic et nunc** としての現実（現世）の生をかえって大切にすべきことを教えているからである。

正統的な真のキリスト教信仰は、たとえばパウル・ティリッヒ Paul Tilich が現代人、とりわけヨーロッパ人について語った「彼らは過去によって支えられ、そこから自らを引き離すことができず、さもなければ未来に向かって逃げ、現在に休息を得ることができない……彼らは〈現存〉を受けとめる勇気を欠けている」[31]という言葉がそのことを示唆しているように、「ここでのいま」をこそ、十全に生きるべきことを教えているからである。あるいはまたベール・ベガンが『現存の詩』*Poésie de la présence* で言っている意味、すなわち超越的なものは「何処とも知れぬまったき架空の空間に逃れているのではなく、〈現存する〉事物の中に隠れている」« *la féerie est cachée dans les choses, non pas réfugiée en quelque espace tout imaginaire.* » のであり、キリスト者が「霊的なものの確かな現存を求めてゆくのは他の場所ではなく、ヒク・エト・ヌンク、すなわちここでの今においてなのであり」« Ce n'est pas ailleurs qu'il va quêter la sûre présence du spirituel, mais *hic et nunc*, ici et maintenant »[32]、「フランスの伝統の真のあり方をなしているものとは、精神がどんな瞬間にも化肉して、具体的なものの中に根づくという確信であり、ペギーが述べているように、現世の事物や構成が天国の〈前兆（一端）〉であり、〈始まり〉であるという確信である」« Ce qui est l'attitude véritable de la tradition française, c'est cette conviction que, à tout instant, l'esprit s'incarne, s'enracine dans le concret, que les choses et les odronnances de cette terre sont, comme le dit Péguy, « l'essai et le commencement » du ciel. »[33] と語っている意味での霊的（超越的）なものの「化肉し、根づいた」ヒク・エト・ヌンクを大事にするあり方こそが——そのようなキリスト教的なパラドックスを信じ、生きることこそが、すなわち「この未来（神の国）はあなたのことであること、ここといまのことであること（…）この意味でイエズスは未来を天上の雲から引き降ろして毎日の現在のこととしたのであり」また「未来はわたしたちのことである。それも一瞬一瞬、未来は現在に課せられる要求であり、一つ一つのいまを能うるかぎり豊かに、能うるかぎり要求の多いものとして十分に活かす」[34]（ミラン・マホヴェッツ）ことこそが——、真のキリスト者の生き方であることを教えているからである。

　このように正統的な信仰には、死後の世界の意味と現実の生の意味とを決して直線的に同一次元では結びつけぬある種の絶対的ともいえるパラドックスが存在していると考えられるのに[35]対して、われわれのいうロマンティスムに認められる無限なるものや超越的なものへのあこがれの意識にはこうした逆説が欠けていると思われるのである。つまり近代のロマンティスムにはパウル・ティリッヒが言うように、「今」**nunc** ではなく過去や未来に、「ここに」**hic** ではなく彼方に、しかも、デカルト的コギトの延長線上に、すなわち逆説や飛躍の欠如した、コギトと一元的に連続したところに、そうした無限なるものや、超越的なものを求める傾向が認められるのである。したがってネルヴァルが死後の世界のために現実の生を自ら好んで捨てたのであるとすれば、それは正しく彼の信仰にこうした逆説が欠けていたということ、その意味でロマンティスムそのものであり、その必然的帰結であったということになろう。この間の事情を小説『シルヴィ』*Sylvie* を例にとって考えれば、ネルヴァルはこの小説中で一度は〈現実〉の中に生きる意味を求めて、日常的な世界における **hic et nunc** に回帰しようとした。しかし彼は現実の生の中にもはや意味を見出すことができなかった。つまり彼はそのような **hic et nunc** のうちにそれを意味づけ、その中に生きることの正当性を保証するある種の絶対的な視線をもはや感ずることができなかったからだ。そうした超越的な何者かの視線の不在性に耐えられず――別な言い方をするなら、そうした **hic et nunc** の無意味性に耐えられず――再び夢の世界へ、「地平線の彼方」の世界へと向かい、そこにのみ彼の生の意味が存在することを確信するに至る。こうした彼の精神のドラマ、すなわち生なるものから死なるものへという精神の傾向は他の作品にも、たとえば詩では「従妹」や「祖母」から「エル・デスディチャド」や「アルテミス」へ、小説では『シルヴィ』から、『オーレリア』へといったプロセスのうちにも認めることができる。

　彼の夢見る信仰の世界――具体的には自ら作り出した〈女神アルテミス＝聖処女マリア＝母＝女神イシス〉Déesse (Artémis)-Vierge-Mère-Isis といった女性神話を中心とした宗教的混淆主義《サンクレティスム》だが――は死の世界に属するものであるため、当然の帰結として死を自らの手で「現実生活のただ中に」« dans la vie réelle »[36] たぐり寄せることになったのである。このように時間と空間を越えた世界、いわば夢の世界において無限なるもの、超越的なものの存在を信じ得ていながら、日常生活における「ここでのいま」**hic et nunc**に、さらにいえば非常に具体的な事柄のうちには絶対者の視線の反映を感じることができない、というジレンマ、これは正しくロマンティスムの根源的な構造であり、本質である。そのためにある人間が現実の生を自らの手で絶ったとすれば、その人は正にロマンティスムの犠牲者、そういって悪ければ殉教者である。ともあれそれは人間としてはやはり悲劇である。われわれにはそう思われる。

しかしネルヴァルは、――間接的・無意識的にはそういう面もあったにせよ――直接的にはそのように考えて自己のサンクレティックな女性神話信仰のために、自死したのではないように思われる。彼の死はすでに述べたごとく精神の衰弱、極度の貧困、孤独、その夜の恐しいほどの寒さ（マイナス18℃）といった非常に平凡なことがその直接的な動機であったのではないだろうか。そしてさらに根本的な原因は彼の創作能力の枯渇ないし枯渇への不安――それはほとんど強迫観念の色を帯びていた――であったように思われる。自分が好んで選んだ仕事、そしてそれを自己の天職と信じ、それに自己の生きる意味を感じていた仕事、そういう仕事を続け得なくなった場合、人は時として生きる意欲を失ってしまうに違いない。その時には絶望するというより、思考を停止させてしまうような恐しい――それでいて心地よいといった――名づけようもないある種の眩暈を感ずるものなのであろう。そしてこの眩暈こそ――それが摂氏零下十八度という雪の夜であってみればなおのこと――恐らく『オクタヴィ』に出てくるような死の女神のもつあらがい難い魔力の別名ではなかったろうか。

ネルヴァルの作家としての職業への執心――書けなくなったらもはや生きてはいけないというた思いつめた意識――、そこに彼の悲劇が隠されている。つまりそのように思いつめることそれ自体、翻って考えてみれば人間精神のもつ恐しいエゴイスム、というよりエゴサントリスム égocentrisme というものではなかろうか。生きる意味を自己の内部にしか求め得ない者の悲劇。すなわちロマンティスムの悲劇。自己の存在理由、存在の証し、人生の至上の意味を自己の外においたなら、この種の悲劇は避けられたのではなかろうか。少なくともこの種の意識の自家中毒症状を引き起す事態は避けられたのではなかろうか。自己を捨て、他者の中に、他者のために生きようと決心したなら、たとえ創作は不可能になろうとも他に生きる道はあったのではあるまいか。自己の内部にではなく、他者性の中に自己の存在意義を見い出したなら、ランボーとは異った意味で、彼のように文学を捨て、日常性の中に、――さらにいえば社会の中に――生き得たのではなかろうか。己の肉体を殺すのではなく、その自意識を殺し、世界を世界として、他者を他者としてその十全なる姿であらしめ、その新しい関係の中に生きるという道がなかったろうか。「その時、私があなたの裡に愛していたのは女性ではなく、〈女神〉に対して愛を捧げていたのでした[37]」といった彼の現実捨象をともなうイデアリスムないしプラトニスムから脱する方法が考えられなかったろうか。ともあれ現実には、彼はそのように考えることができなかったわけで、そこに〝ロマンティスト〟としてのネルヴァルの限界――〝近代人〟としてのネルヴァルの限界――があったと考えられる。結論的にいうなら、彼はその死因がジャン・リシェやアルベール・ベガンのいうように自己の思想、信仰にあったにせよ、レーモン・ジャンのいうような創作力の枯渇への不安などにあったにせよ、いずれの場合であれ、広い意味でのロマンティスム、すなわち近代の人間中心主義 anthropocentrisme、およびそれが内包する矛盾の犠牲者、殉教者ではなかったろうか。

IV　残された謎

だが、そうはいってもA・ベガンも指摘する通り[38]、彼の死にはわれわれ生者には理解しようにもとうてい理解できない絶対的な謎が残されてしまうこともまた事実である。同時に、ネルヴァルという人間そのものについてもある種の不可解なもの、しかとは見すえがたい何か身につまされるものが依然として残されていることを認めざるを得ない。彼の死についてさらにつけ加えるなら、彼自身『逆説と真理』の中で「葬いほど厳粛なものはない。死というこの重大事を前にしては人間というものがどんなにつまらなく見えてくることか[39]」と述べているように、一人の人間の現実の死を前にしてわれわれのそれについてのいかなる詮議、憶測も空しい。死とは体験不可能な厳然たる現実であり、それについて無限の解釈が行われうるが、解釈というものはどこまでいっても所詮は解釈にすぎず、問題の死という現実そのものには決して到達し得ないものである。したがってネルヴァルの死についてその原因が何であったか、ということは本来どうでもいいことである。もしそこに問題があるとすれば、それはせいぜい、「死の意味」というか、われわれにとって彼の死がどのような意味を持ちうるか、という点だけである。この意味ではジャン・リシェやアルベール・ベガンの論説は有効であり、私の関心も実はそういうところにあった。だがもとより、この点に関しても深く掘り下げ得たとは思われない。今となってはネルヴァルの死の謎は謎として残しておこう。実をいえばそれがせめてもの死者に対する礼というものだろう。

　ところで話を元に戻せば、ネルヴァルその人に残されてしまった謎とは次のことだ。われわれはネルヴァルという人間を近代人に共通した精神傾向としてのロマンティスムの殉教者として〝解釈〟してきた。それに違いないのだが、それだけだろうか。「イエス・キリストの兄弟たちは彼を死刑に処した。――使徒たちは彼を見捨てた。彼らのうち誰一人として彼のために自らの生命を犠牲にしようとする者はなかった……事が済んでしまうまでは――彼らはみな信じてはいなかったのだ[40]」というわれわれが何度も引用してきたネルヴァルのこの言葉にはすでに述べた〝ロマンティスム〟という概念では捉えられない、いわば〝原キリスト的心性〟といった感受性が認められはしないだろうか。それは単に「オリーヴ山のキリスト」ばかりでなく、『オーレリア』や「エル・デスディチャド」、『御位高き奥方様《マダム・エ・スーヴレーヌ》』といった詩にさえ深く息づいている感受性だ。これを抜きにして、ネルヴァルその人を、ましてや彼の「死」を真の意味で語ることはできないのではないだろうか。そのことは一八九七年に「国際小評論」誌 *Petite Revue internationale* にソルム夫人によって初めて公開され、同夫人宛のネルヴァル書簡とともに、ジャン・リシェによって旧プレイヤード版に収録されたが、その後恐らくとかくの噂の絶えなかった公表者のソルム夫人その人の人格への不信ゆえに、ギヨームとピショワによって一九九三年に刊行された新版プレイヤード全集では削除されてしまった次の二つの詩作品（『御位高き奥方様《マダム・エ・スーヴレーヌ》』および『墓碑銘《エピターフ》』）、――われわれはいくつかの理由で[41]現在でもネルヴァルの作品と信じている――のうちに最晩年のネルヴァルの苦悩、彼の魂の白夜の中に吹き荒んでいた吹雪がどのようなものであったかを垣間見る気がするのである。

「御位高き奥方様《マダム・エ・スーヴレーヌ》
僕の心は悲しみでいっぱい……」

（……）
なぜか今夜はこのルフランが
頭の中をこぜわしく走り、僕の心を悲しみでいっぱいにする
（……）
怠け者の僕は気ままな雑文家
美しい言葉をパンにつけて食事とし
年よりも老け、苦い恨みが胸いっぱい
鼠のように用心深く、それでも始終裏切られ
真の友情なぞこれっぽっちも信じられなくなった
僕が、敢えて気高い心の限りを尽くして、
悲惨の国に見捨てられた魂の
苦しみを、あなた様に慰めてもらおうとしているのです。
（……）
しかし借りは返さねばならないでしょう、
つまり、奥方様、あなた様はいつの日か緑のキャラコ地の紐で
そっと結わえられた草稿や手紙をお受け取りになることでしょう。
僕のペンは今真冬の黒々とした日々に凍てついてしまっているのですから。
火の気もなく、窓にはガラスもない僕のあばら屋で、
僕は天国と地獄の接ぎ手を見つけ出そうとしているのです。

（« Je vais trouver le *joint* du ciel ou de l'énfer. »）

そして今僕はあの世とやらに赴くために、足に脚絆を巻いたのです。

（« Et j'ai pour l'autre monde enfin bouclé mes guêtres. »）

（……）

鳩時計も寒さで止まり、
悲惨のあまり僕の頭は満足に働かなくなってしまいました[42]！


ここにもまた復活以前の原キリスト的心性といったものがボードレール流の自虐趣味と感傷性を帯びて息づいている。ネルヴァルの心には実に深い悲しみと苦悩があり、それは何ものによっても癒しがたいものであった。ネルヴァルおよび彼の死について真に語ろうとするなら、ここから出発すべきであったのだろう。ネルヴァルの詩と人生を神話学や錬金術で「解釈」しようとしたジョルジュ・ル・ブルトン Georges Le Breton に激しく反発して、アントナン・アルトー Antonin Artaud が「私の作品から知って頂きたいのですが、私は身の内に凄まじい嵐の渦巻く、狂暴かつ激越な人間で、その嵐をつねに詩や絵画、演出、著作の中へと流し出してきました。その嵐を決して表に出さないことも、私の生活からやはりご承知おき下さい。と言うのも、ジェラール・ド・ネルヴァルの人生をつねにどれほど私の人生の間近に感じてきたか、そしてあなたが解明の努力を注がれている『幻想詩篇』の詩が、私にどれほどまでにそうした心の縺《もつ》れを、幾度となく圧し殺し嚙み潰された毒液を含んだあの古い歯牙を想い描かせるかを、あなたに言いたいからなのです。それらの詩によってジェラール・ド・ネルヴァルは、精神的腫瘍に犯されつつも、錬金術から取り戻し、諸々の神話から奪い還し、タロット・カードの下積みの中から救い出した存在に、生命を与えることに成功したのです。私にとっては、神話上のアンテロス、イシス、クネフ、ベルス、ダゴン、ミルトは、もはや決して神話的伝説のいい加減なつくり話の人物ではなく、未曾有の新たなる存在なのです。それらの存在はもはや以前とは同じ意味を持たず、周知の苦悩を表すのでもなく、ある朝首を吊ったジェラール・ド・ネルヴァルの不吉な苦悩を表現する以外の何ものでもありません。つまり、神話に対峙する一人の偉大な詩人の抵抗力は〈絶大〉である、が、しかし、ジェラール・ド・ネルヴァルは、あなたが論文のどこかで述べておられていたように、さらに彼自身の変貌――幻視者としてでなく、一人の縊死者の変貌を、そしてつねに縊死者を感じつづける変貌を――附加した、と私は言いたいのです。夜明けに裏街の街灯の下で首を吊るには、そのような内在的な縊死の予兆としての心理的捻転があるはずです。苦悶があるはずです。それをジェラール・ド・ネルヴァルは信じ難い音楽に仕立て上げえたのであり、その音楽は旋律や楽曲によってではなく、その低音部、つまり傷ついた心の底の、腹部の空洞ゆえに価値があるのです。[43]」（傍点筆者）と語ったように、われわれはネルヴァルの詩と死の前に立った時、ただ驚嘆し、共感し、ともに泣くしかないのかも知れない。

そのアルトーは先に引用した同じ書簡草稿の中でこんな風にも言う。

「百年来、『幻想詩篇』の詩句を難解だと断じてきた人々は、永遠に怠惰な者たちなのだ。彼らは、苦悶を目前にするとつねに、あまり近寄りすぎて触れることを恐れ、自分自身も間近にその苦悶を味わうことを嫌い、つまり、黒死病の腫大したリンパ腺や、あるいは自殺者の喉の黒い痕跡を見る時のように、ジェラール・ド・ネルヴァルの魂を知ることの恐怖から、詩句の材源を求める批評研究の中に逃避した者たちなのである。ちょうど、司祭らが、磔刑に処せられた者の死の痙攣を見ないようにミサの儀式の中に逃避するのと同じだ。――なぜなら、ユダヤ人司祭の典礼に則した、痛みを知らぬ批評の儀式こそが、かの人の身体に擦傷や腫脹をつけたのだから。

彼もまた、ある日、磔刑台上に四肢に釘打たれて吊るされ、その身体は犬に脂肉を与えるが如くに牛糞の堆肥の中に投げ捨てられた。

ジェラール・ド・ネルヴァルは、ゴルゴタの丘で吊るされはしなかったが、少なくとも自らの手で街灯の下で首を吊った。あたかも、ひどく鞭打たれた身体を包んでいた外套が古釘に吊るされているように、釘に吊るされた古い絶望的な絵のように」[44]（傍点筆者）。

アルトーが言うように、われわれは「ネルヴァルの魂を知る恐怖」に耐え、その赤裸々な在りようを作品に即してもっともっと虚心に見つめるべきであったかも知れない。前部第Ⅳ章「喪神意識＝求神意識」ですでに見たように、ネルヴァルが魂の内奥で最期までゴルゴタの人に思いを馳せ、その苦悩に共感し追体験しようとしていた以上に……。

彼は自らの死が〝解釈〟されることを拒むかのように、『墓碑銘』*Epitaphe* という詩の中でこんな風に歌っている――いみじくもアントナン・アルトーが詩について言ったように、死はただ「歌う」ことによってしか語り得ないのだ、とでもいうように……。

（……）
ある日、彼は誰かがドアをノックする音を耳にした。
それは**死神**だった！　そこで彼は最後のソネに
終止符を打つまで待ってもらった。
それから自若として、冷たい柩の底に
横たわり、身を震わせた。

彼は怠け者だった、と人は語り草で言うだろう。
ものを書くには、インク壺をあまりにも乾涸びさせたままにしていた、と。
彼はすべてを知ろうと望みながら、何一つ知ることはなかった、と。

冬の日のある夕暮、人生《このよ》に疲れ果て、
最期の時が来て、とうとう彼から魂が奪われる時、
彼はこう言いながら逝ってしまった。
「私はどうしてこの世にやってきたのだろう？[45]」

一八五五年一月二十六日の朝もまた、彼はそのように「私はどうしてこの世にやってきたのだろう」と呟きながら、雪降り積るヴィエイユ゠ランテルヌ街の路上に立ちすくんでいたのであろう……一八四一年、最初の狂気の発作時、友人ジャナンJaninに「今日はとてもいい日なので、家の中でお会いすることも抱擁することもできません。急いで帰ります。さらば《アディオ》[46]」という謎の言葉を残したように、今度もまた身元引受人の叔母に死の前日、「すべてに打ち勝ったら、僕が叔母さんの家においていただいているように、僕のオリンポス山に叔母さんをお迎えすることになるでしょう。今夜は私の帰りをお待ちにならないで下さい、夜は黒く、また白くなるでしょうから[47][48]」という不思議な言葉を遺したまま……。

註

1　Léon Cellier はそのネルヴァル論の中でそれまでいわれてきた詩人の死に関する多くの説を詳細に紹介している（*Gérard de Nerval*, éd. Hatier, 1963. pp. 160–169）。

2　*Ibid.*, pp. 168–169.

3　Henri Lemaître, « Introduction » des *Œuvres de Gérard de Nerval*, éd. Garnier, t. I, 1958, p. XII.

4　Léon Cellier, *op. cit.*, p. 166.

5　*Ibid.*, pp. 167.

6　Jean Richer, *Gérard de Nerval et les doctrines ésotériques*, éd. Griffon d'Or, 1947, pp. 189–192 ; *Nerval, expérience et création*, éd. Hachette, 1963, pp. 637–647.

7　Albert Béguin, *Gérard de Nerval*, éd. José Corti, 1945, pp. 76–77, 129.

8　*Ibid.*, p. 62.

9　*Œuvres de Gérard de Nerval*, éd. Pléiade, t.I, 1966, p. 359.（以下、*Œ.* I と略）

10　*Ibid.*, pp. 287–288.

11　例えば *Œ.* I, *Aurélia*, I–4 (pp. 367–368), I–5 (pp. 371–372), I–9 (p. 380), II–6 (pp. 402–404) など。

12　*Œ.* I, p. 374.

13　*Ibid.*, p. 5.

14　Jean Richer, « Nerval et ses fantômes », dans *Mercure de France*, no. 1054, 1951, p. 291.

15　Jean Richer, *Nerval, expérience et création*, pp. 641–647.

16　Franz Hellens, « Nerval, le romantique », dans *Europe*, avril, 1972, pp. 31–33.

17　Raymond Jean, *Nerval par lui-même*, éd. du Seauil, 1964, pp. 88–90.

18　*Ibid.*, pp. 30–34.

19　*Œ.* I, pp. 830–835, Cors. no. 46.

20　R. Jean, *op. cit.*, p. 34.

21　Aristide Marie, *Gérard de Nerval, le poète et 1'homme*, éd. Hachette, 1955, p. 343.

22　*Œ.* I, p. 368.

23　*Ibid.*, p. 385.

24　R. Jean, *op. cit.*, p. 47.

25　*Œ.* I, p. 1148, Cors. no. 323.

26　Aristide Marie, *Gérard de Nerval, le poète et l'homme*, éd. Hachette, 1955, p. 343.

27　*Ibid.*, p. 347.

28　Claude Pichois et Michel Brix, *Gérard de NERVAL*, Fayard,1995, p. 371. なお訳文は丸山義博氏訳による。

29　*Œ.* I, p. 413.

30　われわれのいう〝ロマンティスム〟とは、本書第一部ですでに定義したように、狭義のロマン主義すなわちフランスの場合、一八三〇年代に最盛期を迎えた文学流派 école littéraire としてのロマン主義のことではなく、あらゆる近代精神、ルネサンス以後次第に顕在化し、十九世紀に至って頂点に達した一切の人間主義、自我中心主義の思想ないしそうした精神の態度を意味している。つまり合理主義思想、進歩の思想、狭義のロマン主義思潮、社会主義思想といった宗教的逆説を欠いたあらゆる近代思想を包括し得る上位概念として、〝ロマンティスム〟なる言葉を使用。

31　パウル・ティリッヒ著『永遠の今』新教出版社、一六六頁。

32　Albert Béguin : *Poésie de la présence, de Chrétien de Troyes à Pierre Emmanuel*, Édition de la Baconnière, 1957, p. 191. なお引用文は山口佳己氏訳による。

33　*Ibid.*, p. 196. なお訳文は一部、山口佳己氏訳に拠り、その他の部分も参照。

34　マホヴェッツ『イエズスとの対話─無神論者にとってのイエズス─』、荻原勝氏訳、北洋社、二一九〜二二〇頁。

35　パウル・ティリッヒ著前掲書一五八〜一五九頁。Tillich はたとえば〈永遠〉は「時間の後に（after）」あるのではなく、時間の上に（above）、現にある」といっている。

36　*Œ*. I, p. 363, *Aurélia*.

37　*Œ*. I, p. 762, lettre, no. VII および Sardou 版の variante (p. 1364) に拠る。

38　Albert Béguin, *Gérard de Nerval*, p. 129.

39　*Œ*. I, p. 436.

40　*Ibid.*, p. 434. なお Charles Mauron も「ネルヴァルは一八四一年以来、無意識のうちに自分をキリストと同一視していたのではなかろうか」と述べ、ネルヴァルにおけるキリスト的心性の存在に言及している（« Nerval et la psycho-critique », dans *Cahier du Sud*, no. 293, 1949）。

41　プレイヤード叢書新ネルヴァル全集の編註者が排除したソルム夫人発表の、同夫人宛書簡を含め、この二作品をネルヴァルものとわれわれが信ずる理由については、本書第六部の註118を参照されたい。

42　*Œ*. I, pp. 43-44.

43　Antonin Artaud, « A Georges Le Breton (Projet de lettre) », in *Tel Quel*, no. 22, 1965. pp. 3-4. なお訳文は田村毅氏による（『ネルヴァル全集VI』、筑摩書房刊、二〇〇三年）五四九頁）。

44　*Ibid.*, p. 5. 田村毅氏訳（同全集VI五五一頁）。

45　*Œ*. I, p. 44.

46　*Ibid.*, p. 901, Cors. no. 84.

47　厳密にいえば死の前々日、すなわち一八五五年一月二十四日。

48　*Œ*. I, p. 1186, Cors. no. 359.

ジェラール・ド・ネルヴァル年譜

一八〇八年
五月二十二日、ジェラール・ド・ネルヴァル Gérard de Nerval（本名ジェラール・ラブリュニー Gérard Labrunie）、南仏アジャン出身の医師エチエンヌ・ラブリュニーとヴァロワ地方からパリに来たローラン家出身の妻マリー＝アントワネット・マルグリットの長男として、パリのサン＝マルタン通り九六番地に生まれる。
十二月、父エチエンヌはライン方面軍付軍医に任命される。このためジェラールはヴァロワ地方に里子に出されたか（通説）、モルトフォンテーヌに住む母方の大叔父アントワーヌ・ブーシェに預けられたらしい（梅比良節子氏説）。

一八〇九年（一歳）
父エチエンヌ、妻とともに、任地ドイツ、オーストリア、ポーランドに軍医として服務。

一八一〇年（二歳）
母、従軍先のポーランド、シュレージエン地方グロガウで病死（二五歳）。同地のカトリック墓地に埋葬される。
ジェラール、大叔父アントワーヌ・ブーシェのもとで育てられる。

一八一四年（六歳）
父エチエンヌ帰還し、ジェラールとともにパリで暮らす。

一八一五年（七歳）
父エチエンヌ退役し、婦人科医を開業する。

一八二〇年（十二歳）
大叔父アントワーヌ・ブーシェ、モルトフォンーヌで死去（六十二歳）。

一八二二年（十四歳）
ジェラール、シャルルマーニュ中学校に入学。

一八二六年（十八歳）
詩集『ナポレオンならびに戦うフランス・国民悲歌集』、『タルマの死・国民悲歌』、『ナポレオンとタルマ・新国民悲歌集』、『アカデミー、あるいは見いだせぬ会員たち』出版。

一八二七年（十九歳）
ゲーテの『ファウスト』第一部を翻訳出版。

一八二八年（二十歳）
この頃ユゴーに紹介される。

一八三〇年（二十二歳）
ジェラールは、二月二十五日、ゴーチェ、ペトリュス・ボレル等とともに、ユゴーの『エルナニ』上演の成功によりロマン派を勝利に導くため、いわゆる「エルナニ合戦」に参加する。この頃より彼らと共に彫刻家ジャン・デュセニュールのアトリエに集まるようになり、プチ・セナークルが結成される。クロプシュトック、ゲーテ、シラー等の詩の翻訳『ドイツ詩集』、十六世紀フランス詩人の詩を編纂した『ロンサール、デュ＝ベレー、バイフ、ベロー、デュバルタス、シャシニェ、デポルト、レニエ詩選』などを出版。

七月革命。

一八三一年（二十三歳）

『阿呆の王』、オデオン座で採用されるが、上演されず。この頃より私信でネルヴァルというペンネームが使用される。十一月、街頭での騒動のかどで逮捕され、サント＝ペラジー監獄に短期間投獄される。詩集『オドレット』発表。

一八三二年（二十四歳）

二月三日に起きたプルヴェール街での正統王党派による騒乱事件に巻きこまれて逮捕、再度サント＝ペラジー監獄に収監される。父を手伝ってコレラ患者の防疫医療活動に参加。ジェラール、「プチ・セナークル」に参加。「栄光の手」（後年『魔法にかけられた手』と改題）『閲覧室』誌（九月）に発表。

一八三三年（二十五歳）

この頃、ヴァリエテ座に出演していた女優ジェニー・コロンをみそめたものと思われる。

一八三四年（二十六歳）

一月、母方の祖父ピエール＝シャルル・ローラン死去、約三万フランの遺産を相続。九月、南フランスを経てイタリア旅行に出発。

一八三五年（二十七歳）

この頃より、ドワヤネ袋小路三番地の画家カミーユ・ロジエの家に同居。ゴーチェ、ウーセー等と「粋なボヘミアン生活」を送る。五月、遺産の残りを使って雑誌『演劇界』を創刊。十月、フーシェール男爵夫人ソフィー、モルトフォンテーヌの大叔父アントワーヌ・ブーシェの家を買い取る。

一八三六年（二十八歳）

三月、ジェラール、ブーシャルディとともに政府寄りの新聞『カルーゼル』創刊。六月、資金難のため「演劇界」誌、人手に渡る。以後新聞寄稿家として生計を立てていかざるを得なくなる。七月末書店との出版契約前金でゴーチェとベルギー旅行、アントウェルペン、ガン、ブリュッセル等を訪れ、九月下旬パリに帰る。

一八三七年（二十九歳）

アレクサンドル・デュマとの共作『ピキーヨ』がオペラ・コミック座で上演され、ジェニー・コロンがプリマドンナ役をつとめる。

一八三八年（三十歳）

この年、私信ではじめて「ジェラール・ド・ネルヴァル」のペンネームが使用される。

四月、ジェニー・コロン、オペラ座のフルート奏者ルプリュスと結婚。八月、デュマとドイツ旅行に出発、ストラスブール、ハイデルブルグ、フランクフルト等を訪れ、十月帰国。「メサージュ」誌（九月）に旅行記。散文劇『レオ・ビュルカール』創作。

一八三九年（三十一歳）

A・デュマとの合作『錬金術師』、『レオ・ビュルカール』上演されるが、評判はかんばしからず。十月、オーストリア旅行、ミュンヘン、ザルツブルクを経てウィーンに至り、同地にしばらく滞在、そこでピアニストのマリー・プレイエルと知り合う。

一八四〇年（三十二歳）
三月、ウィーンよりパリに戻る。スペイン旅行に出たゴーチェに代り「プレス」紙の劇評を担当。十月、ベルギーに旅行。十二月十五日、ブリュッセルに着き、マリー・プレイエルに再会。

一八四一年（三十三歳）
二月下旬、最初の精神錯乱の発作に襲われる。三月再発、十一月頃まで入院。

一八四二年（三十四歳）
ネルヴァル、アルセーヌ・ウーセーと女優ステファニー・ブルジョワとの結婚式に出席。女優ジェニー・コロン死去（三十三歳）。文部大臣より三百フランの助成金が支給され、これで同年末よりオリエント旅行に出発。『小説素材』発表。

一八四三年（三十五歳）
一月マルセイユよりナポリ経由でオリエント旅行（東方旅行）へ。十二月五日マルセイユに戻り、年末パリに帰る。

一八四四年（三十六歳）
九月、ウーセーとともにベルギー・オランダ旅行。十月、「ステレオグラフ」と名づける印刷機の特許を申請。

一八四五年（三十七歳）
六～九月、アルジェリア旅行に出かけたゴーチェに代って「プレス」紙の劇評を担当。カゾット『恋する悪魔』序文。『東方紀行』のプレオリジナルを「アルチスト」誌（六、十一月）に、「フランス最良の王」（のちの『幻視者たち』中の「ラウル・スピファーム」）を「ルヴュ・ピトレスク」誌に、『イシス神殿・ポンペイの思い出』（のちの『火の娘たち』中の「イシス」）を「ファランジュ」誌に発表。

一八四六年（三十八歳）
『ローレライ』のプレオリジナルを「アルチスト」誌に、『東方紀行』のプレオリジナル「カイロの女たち」を「両世界評論」誌に発表。

一八四七年（三十九歳）
『カリフ・ハーキムの物語』など『東方紀行』のプレオリジナルを『両世界評論』誌に発表。

一八四八年（四十歳）
『東方生活情景第一巻、カイロの女たち』刊行。パリ在住のドイツの詩人ハイネと親交、仏訳詩『ハインリヒ・ハイネの詩』を「両世界評論」誌に発表。二月革命。

一八四九年（四十一歳）
『東方紀行』のプレオリジナル「アル＝カーヒラ　東方の思い出」を「シルエット」誌に連載開始。『モンテネグロ人』初演。『ファイヨール侯爵』を「タン」紙に連載。
四月、病気再発。ゴーチェとともにロンドンへ旅行。
一八五〇年（四十二歳）

『東方紀行』のプレオリジナル「ラマダンの夜」を「ナショナル」紙に連載。メリメとの合作『子供の小車』初演。『逆説と真理』を発表。八～九月、ドイツ、ベルギー旅行。『ニコラの告白』を「両世界評論」誌に発表。「海賊」紙にネルヴァルの政治的変節を非難する記事が載る。十月三十一日、それに対するネルヴァルの反論書簡が同紙に発表される。十月『塩密輸入者たち　ド・ビュコワ神父の物語』、「ナショナル」紙に連載。

一八五一年（四十三歳）
『東方紀行』（定本初版）刊行。十二月、メリーと合作した『ハールレムの版画師』、ポルト＝サン・マルタン座で初演、不評。

一八五二年（四十四歳）
市立デュボワ病院に「丹毒と錯乱を伴う高熱」のため入院。五月、ベルギー、オランダ旅行、『粋なボヘミアン生活』を「アルチスト」誌に。『十月の夜』を「イリュストラション」誌に連載。『ローレライ――ドイツの思い出』、『幻視者たち』を刊行。
十二月、ルイ＝ナポレオンによるクーデタ勃発、翌年より第二帝政が始まる。

一八五三年（四十五歳）
二月「発熱」のため市立デュボワ病院に入院。八月、「両世界評論」誌に『シルヴィ』を発表。同月、再び精神錯乱の発作に襲われ、慈善病院、次いでブランシュ病院に入院。十月錯乱再発。

一八五四年（四十六歳）
一月『火の娘たち』（巻末に『幻想詩篇』を収める）を出版。五月、ブランシュ病院を退院。ドイツ旅行へ、ライプチッヒに四、五日滞在しているので、この間に長くない命を予感してグロガウの母の墓にお参りをしているかも知れない。帰国後間もない八月初旬再びブランシュ病院に入院。十月十九日、強引に退院、一応叔母のジャンヌ・ラモールが身元引受人となってはいたが、以後住所不定がちの放浪生活に入る。十月、『ウィーンの恋・パンドラ』を「銃士」紙に、『散策と回想』を「イリュストラシオン」誌に発表。『オーレリア』執筆。

一八五五年（四十六歳）
『オーレリア』第一部を「パリ評論」誌（一月一日）に発表。叔母の家にほとんど居つかず（多分遠慮があったのだろう）、パリの街をさまよっていたらしい。一月二十六日、早朝ヴィエイユ＝ランテルヌ通りで首を吊っているところを発見される。一月三十一日、ノートル・ダム大聖堂で葬儀が行われ、ペール・ラシェーズ墓地に埋葬される。『散策と回想』、「イリュストラシオン」誌に、『オーレリア』第二部、「パリ評論」誌に掲載。

（著者編）

†なお、年譜作成に当たっては、旧プレイヤード版作品集（一九六六年）、新プレイヤード版全集（一九八九年、一九八四年、一九九三年）のクロノロジー、また、大濱甫氏『イシス幻想』（共立出版、一九八六年）、入沢康夫氏『ネルヴァル覚書』（花神社、一九八四年）、篠田知和基氏『ネルヴァルの生涯と文学』（牧神社、一九七七年）、梅比良節子氏（新編『ネルヴァル全集』（筑摩書房、二〇〇三年）より各氏作成の年譜を参照させていただいた。

あとがき

本書に収めた論文は、慶應義塾大学法学研究会別冊『教養論叢』および亜細亜大学『教養部紀要』、日本経済短期大学（現亜細亜大学短期大学部）紀要さらに雑誌『思潮』（思潮社）に発表された論文八点に若干の加筆・修正を加えたものが中心となっている。それ以外の部分は「まえがき」でも触れたように、はるか昔に書かれた未発表旧稿に補筆・訂正を施して加えたものである。すなわち第一部第II章「詩作品における生への意識と死への意識の変遷・交錯」、および第五部第I章「『シルヴィ』の世界とその〈虚無〉について」がそれである。旧懐の私情から、これらの未熟な論考を敢えて含めたことについてはご批判もあろうかと思うが、私のネルヴァル研究の出発点、原核ともなっていて、捨てがたかったゆえであり、御寛宥いただければ幸甚である。

これまたすでに「まえがき」でも少し触れたように、近年のネルヴァル研究の高まりとその驚異的な進展ぶりには目を見張るばかりだが、とりわけ一九八四年から始まり、九三年に完成したジャン・ギヨームとクロード・ピショワによる三巻本のプレイヤード版『ネルヴァル全集』の刊行は、そのテクスト校訂の厳密さ、文献学的・実証的検証の厳密さ・周到さ、原作者の意図に忠実にとの考え方のもとに、可能な限り発表当時の形式でテクスト校訂を行い、作品と書簡も執筆年代順に配列、とりわけそれまでの作品集には未収録であった青年期の詩作品や新聞寄稿作品（ジャーナリストとしての作品）を数多く収録するなどの点で、画期的業績と言えよう。ジャン・ギヨームやクロード・ピショワたちの研究業績は、全集刊行はじめ、研究手法・コンテンツ両面において、新しいネルヴァル研究の一つの契機ないし出発点となったように思われる。というのもこの全集刊行と前後してそれに呼応するかのように、フランソワ・コンスタンやアルベール・ベガン、そしてとりわけジャン・リシェに代表されるネルヴァルの神秘主義やジェニー・コロン＝オーレリア神話を強調するそれまでの研究の内容・手法・発想とはかなり異なった研究、すなわち当時の社会的・政治的コンテクストの中にネルヴァルとその作品を置き直して研究したり、現代思想や構造分析、言語学的見地からの分析等々が見られるようになってきたからである。すなわち本書冒頭でも挙げたダニエル・サンシュはじめ、研究者ではないがピエール・ガスカール、ジャック・ボニー、ミシェル・ブリックス、ミシェル・カルル、フランソワーズ・シルヴォス、フランク・ポール・ボーマン、ジャン＝ニコラ・イルーズ、マルク・フロマン＝ムーリスなどなどである。このように「ナミュール学派」の総帥ジャン・ギヨームやクロード・ピショワなどのネルヴァル研究における功績は大きいのであるが、筆者のようにアルベール・ベガンやジョルジュ・プーレから多大の影響を受け、特に留学中個人的にもお世話になったジャン・リシェ教授からも多くを学んだ者としては、ベガンやリシェ、とりわけ後者に対する彼らのポジションが少々フェアーに欠けているように見えるのは私だけであろうか。――新しい見地・知見を世にアピールするためにはそれまでの権威を批判・攻撃せざるを得ないのは止むを得ないにしても――それはともかくジャン・ギヨームらによるフランスにおける新編『ネルヴァル全集』の刊行を機に、日本でも入沢康夫氏・田村毅氏などが中心となり、この新プレイヤード版に対応した新たな全集の刊行が企画され、筑摩書房より六巻本新編『ネルヴァル全集』（旧版は三巻本）が、この出版不況下にあって質・量・装丁とも誠に充実した立派な形で二〇〇三年の第Ⅵ巻をもって無事刊行にこぎつけたことを（以前駒場の研究室で行われていたネルヴァル共同研究会に参加させていただいたかつての、ネルヴァリアンとして共に喜ぶとともに、本書をまとめるに当たり、労多かったであろうその功績に大いに与かり、同書より多々ご教示いただいたことを心より感謝申し上げたい。

本書は本来ならもっと早くにまとめるべきであったし、少なくとも筆者の主要な関心が、ネルヴァルへの影響関係を研究している過程で、十七世紀初頭の詩人・自由思想家テオフィル・ド・ヴィオー Théophile de Viau（一五九〇～一六二六年）へと移っていった段階で、整理しておくべきであった。筆者の怠慢以外の何ものでもなく、慙愧の至りだが、一つだけエクスキューズさせていただくなら、前述のギヨームとピショワの新プレイヤード版が出始めた頃、それ以前に書いた論考の引用をこの新版に変えてからと考え、最終巻が刊行された九三年の段階で、いざ取りかかろうとしたところ、この作業があまりにも膨大煩瑣であることに改めて気づかされ、単行本にまとめることを半ば放棄してしまったというのが実情である。ところが数年前、「旧版の註のままで構わないではないですか」との後輩同僚からの意外な（?）有り難い一言で気持ちが吹っ切れ、不本意ながらこのような形で出版する気になった次第である。

このたび、つたない論稿をこのような形で出版する機会を与えて下さり、また怠惰から大幅に遅れてしまった加筆・修正作業を寛大にも辛抱強く待っていただいた慶應義塾大学法学研究会編集委員の先生方、ならびに編集その他で大変お世話になった慶應義塾大学出版会編集部の小室佐絵様に心より感謝申し上げる次第である。

二〇〇五年　五月

井田　三夫

文献目録抄
BIBLIOGRAPHIE CHOISIE

I　書誌

1. Jean Senelier, *Gérard de Nerval, Essai de bibliographie*, Nizet, 1959.
2. ———, *Bibliographie nervalienne* (1960-1967), Nizet, 1968.
3. James Villas, *Gérard de Nerval, A Critical Bibliography, (1900 to 1967)*, University of Missouri Press, 1968.
4. 篠田知和基『ネルヴァルの生涯と文学』巻末「作品一覧，国外ネルヴァル関係書目抄，国内書誌抄」，牧神社，1977 年。
5. 大濱甫『イシス幻想――ネルヴァルの文学とロマン主義の時代』巻末「書誌」，芸立出版，1986 年。
6. Jean Senelier, *Bibliographie nervalienne* (1968-1980), Nizet, 1992.
7. Kakeshi TAMURA, Setsuko UMEHIRA, Yoshihiro MARUYAMA et Sadahumi MURAMATSU, *Répertoire des œuvres, articles et lettres de Gérard de Nerval*, Département de langue et littérature françaises, Faculté des Lettres, Université de Tokyo, 1994.
8. Michel Brix, *Manuel bibliographique des œuvres de Gérard de Nerval*, Presses universitaires de Namur, 1997.

II　作品

1. Gérard de Nerval, *Œuvres*, étabies, annotées et présentées par Albert Béguin et Jean Richer « Bibliothèque de la Pléiade », 2 vols, Gallimard, 1952-1956 (t. I, 2e éd. 1956, 3e éd. 1960, 4e éd. 1966, 5e éd.1974; t. II, 2e éd. 1960, 3e éd. 1970)
2. Gérard de Nerval, *Œuvres*, présentées par Henri Lemaître, 2 vols, Classique Garnier, 1958.
3. Gérard de Nerval, *Œuvres complémentaires*, 8 vols, Minard, 1959-1981.（第VII巻未刊。次の 5 には入っていない共作劇作品――第III巻『ピキーヨ』，『モンテネグロ人たち』，第V巻『ハーレルムの版画師』――を収録）

4. *Le Carnet de Dolbreuse*, Jean Richer, Minard, 1967.
5. Gérard de Nerval, *Œuvres complètes*, publiées sous la direction de Jean Guillaume et de Claude Pichois « Bibliothèque de la Pléiade », 3 vols, Gallimard, t. Ⅰ, 1989, t. Ⅱ, 1984, t. Ⅲ, 1993.（最新の研究成果に依拠して，ネルヴァルのものと確認された作品のみを収めた本格的な編年体作品集。共作作品は除かれているとはいえ，これまで知られていなかった初期の詩作品や新聞・雑誌記事，書簡などが新たに収録された最新・最良の全集）
6. *Le Carnet de « Dolbreuse », G. Chamarat-Malandain éd. « Études nervaliennes et romantiques »*, no 10, Presses Universitaires de Namur, 1993.
7.『幻視者』上下巻，入沢康夫訳，現代思潮社，1968 年。
8.『新集　世界の文学 8 ネルヴァル／ボードレール』［火の娘・オーレリア］入沢康夫・稲生永訳，中央公論社，1970 年。
9.『阿呆の王』篠田知和基訳，思潮社，1972 年。
10.『ネルヴァル全集』全 3 巻，渡辺一夫ほか監修，中村真一郎・入沢康夫・稲生永・井村実名子ほか訳，筑摩書房，1975～76 年。
11.『世界文学全集 73 ネルヴァル／ロートレアモン』［シルヴィ・オーレリア・東方紀行(抄)・詩篇］稲生永・入沢康夫・田村毅ほか訳，講談社，1977 年。
12.『ネルヴァル全詩』篠田知和基訳，思潮社，1981 年。
13.『東方の旅』全二巻，篠田知和基訳，国書刊行会，1984 年。
14.『オーレリア――夢と生』篠田知和基訳，思潮社，1986 年。
15.『火の娘たち』篠田知和基訳，思潮社，1987 年。
16.［新編］『ネルヴァル全集』（全 6 巻）中村真一郎，入沢康夫，田村毅，大浜甫，村松定史，井村実名子，橋本綱，丸山義博，水野尚，朝比奈美知子，梅比良節子，藤田衆，市川裕史，小林宣之，野崎歓，白井恵一，坂口勝弘，畑浩一郎訳，筑摩書房，1997～2003 年。

Ⅲ　伝記

1. Aristide Marie, Gérard de Nerval, le poète et l'homme, Hachette, 1914.
2. Jean Richer, *Gérard de Nerval*, « Poètes d'aujourd hui » 21, Seghers, 1950.（『ジェラール・ド・ネルヴァル』篠田知和基訳，思潮社，1972 年）
3. Édouard Peyrouzet, *Gérard de Nerval inconnu*, Corti, 1965.
4. Jean Richer, *Nerval par les témoins de sa vie*, Minard, 1970.（同時代人の証言集）
5. Caude Pichois et Michel Brix, *Gérard de Nerval*, Fayard, 1995.

IV　研究

1. Corinne Bayle, *Gérard de Nerval la marche à l'Étoile*, Champ Vallon, 2001.
2. Albert Béguin, *L'Âme romantique et le rêve*, Corti, 1939.（アルベール・ベガン『ロマン的魂と夢』小浜俊郎・後藤信幸訳，国文社，1972 年）
3. Paul Bénichou, *Nerval et la chanson folklorique*, Corti, 1970.
4. Henri Bonnet, *Sylvie de Nerval*, Hachette, 1975.
5. Jean-Paul Bourre, *Gérard de Nerval*, Bartillat, 2001.
6. Frank Paul Bowman, *Gérard de Nerval La conquête de soi par écriture*, Paradigme, 1997.
7. Jacques Bony, *Le Récit nervalien*, Corti, 1990.
8. ———, *L'Esthétique de Nerval*, SEDES, 1997.
9. Michel Brix, *Nerval Journaliste (1826-1851)*, Presses Universitaires de Namur, 1986.
10. ———, *Les Déesses absentes Vérité et simulacre dans l'œuvre de Gérard de Nerval*, Klincksieck, 1997.
11. Cahiers, *Gérard de Nerval No. 1-17 (1978-94)*, Société de Gérard de Nerval.
12. Pierre Campion, *Nerval : Une crise dans la pensée*, Interférences, 1998.
13. Castex, *Sylvie de Gérard de Nerval*, SEDES, 1970.
14. ———, *Aurélia de Gérard de Nerval*, SEDES, 1971.
15. Michel Carle, *Du citoyen à l'artiste Gérard de Nerval et ses premiers écrits*, Les Presses de l'Université d'Ottawa, 1992.
16. Léon Cellier, *De Sylvie à Aurélia*, Lettres Modernes, 1971.
17. ———, *Gérard de Nerval*, Hatier, 1974.
18. Ross Chambers, *Gérard de Nerval et la poétique du voyage, Corti, 1969.*
19. François Constans, *Gérard de Nerval devant le destin*, Nizet, 1979.
20. Charles Dédeyan, *Gérard de Nerval et l'Allemagne*, 2 vols. SEDES, 1957-58.
21. Florence Delay, *Dit Nerval*, Gallimard, 1999.
22. Philippe Destruel, *Les filles du Feu de Gérard de Nerval*, Gallimard, 2001.
23. Alfred Dubruck, *Gérard de Nerval and the German heritage*, Mouton, 1965.
24. Camille Ducray, *Gérard de Nerval*, Tallandier. 1946.
25. Marie-Jeanne Durry, *Gérard de Nerval et le mythe*, Flammarion, 1956.（マリ＝ジャンヌ・デュリー『ネルヴァルの神話』篠田知和基訳，思潮社，1971 年）
26. Uri Eisenzweig, *L'Espace imaginaire d'un récit; Sylvie de Gérard de Nerval*, A la

Baconnière, 1976.
27. *Etudes nervaliennes et romantiques* I–VII, 1978–84, Presses Universitaires de Namur.
28. *Europe* no. 516 avril 1972.
29. Robert Faurisson, *La Clé des Chimères et Autres Chimères de Nerval*, J.-J. Pauvert, 1977.
30. Pierre Gascar, *Gérard de Nerval et son temps*, Gallimard, 1981.（ピエール・ガスカール『ネルヴァルとその時代』入沢康夫・橋本綱共訳，筑摩書房，1984 年）
31. Théophile Gautier, *Histoire du romantisme*, Charpentier, 1874.（テオフィル・ゴーチェ『ロマンチスムの誕生』渡辺一夫訳，青木書店，1939 年）
32. Jacques Geninasca, *Analyse structurale des Chimères*, A la Baconière, 1971.
33. ———, *Les Chimères de Nerval*, Larousse, 1973.
34. Jean Gaulmier, *Gérard de Nerval et les Filles du feu*, Nizet, 1956.
35. Jean Guillaume, *Aurélia prolégomène à une édition critique*, Presses Universitaires de Namur, 1972.
36. ———, *Nerval Masques et visage*, Presses Universitaires de Namur, 1988.
37. *L'Herne* no.37 Gérard de Nerval 1980.
38. George René Humphry, *L'Esthétique de la poésie de Gérard de Nerval*, Nizet, 1969.
39. 井村実名子『フランスロマン派』花神社，1985 年。
40. 入沢康夫『ネルヴァル覚書』花神社，1984 年。
41. Raymond Jean, *Nerval par lui-même*, Seuil, 1964.（レーモン・ジャン『ネルヴァル――生涯と作品』入沢康夫・井村実名子訳，筑摩書房，1975 年）
42. ———, *La Poétique du désir*, Seuil, 1974.
43. Michel Jeanneret, *La Lettre perdue écriture et folie dans l'œuvre de Nerval*, Flammarion, 1987.
44.『カイエ』(「ネルヴァル特集〈幻想の系譜〉」冬樹社，1979 年 2 月号。
45. Bettina L. Knapp, *Gérard de Nerval the mystic's dilemma*, The University of Alabama Press, 1980.
46. Sarah Kofman, *Nerval le charme de la répétition*, L'Age d'Homme, 1979.
47. André Lebois, *Fabuleux Nerval*, Denoël, 1972.
48. George Le Breton, *Nerval, Poète alchimique, la clef des Chimères*, Curandera,

1982.
49. Pierre Moreau, *Sylvie et ses sœurs nervaliennes*, SEDFS, 1966.
50. Georges Poulet, *Trois essais de mythologie romantique*, Corti, 1966.（ジョルジュ・プーレ『三つのロマン的神話学試論』金子博訳，審美社，1975 年）
51. Jean-Pierre Richard, *Poésie et profondeur*, Seuil, 1955.（ジャン・ピエール・リシャール『詩と深さ』有田史郎訳，思潮社，1972 年）
52. Jean Richer, *Gérard de Nerval et les doctrines ésotériques*, Griffon d'or, 1947.
53. ———, *Nerval, Expérience et création*, Hachette, 1970.
54. ———, *Gérard de Nerval Expérience vécue et création ésotérique*, Guy Trédaniel, 1987.
55. Norma Rinsler, *Gérard de Nerval, Les Chimères*, The Ahtlone Press, 1973.
56. Gérard Schaeffer, *Le Voyage en Orient de Nerval, Etude des structures*, A la Baconnière, 1967
57. ——, *Une Double lecture de Gérard de Nerval*, A la Baconnière, 1977.
58. Kurt Scharer, *Thématique de Nerval*, Minard, 1968.
59. ———, *Pour une poétique des Chimères de Nerval*, Lettres Modernes, 1981.
60. L.-H Sebillotte, *Le secret de Gérard de Nerval*, Corti, 1948.
61. Françoise Sylvos, *Nerval ou l'antimonde Discours et figures de l'utopie, 1826-1855*, L'Harmattan, 1997.
62.『思潮 6』「G・ド・ネルヴァルと神秘主義」思潮社，1972 年。
63. 篠田知和基『幻想の城——ネルヴァルの世界』思潮社，1972 年。
64. ———,『ネルヴァルの生涯と文学』牧神社，1977 年。
65. Dominique Tailleur, *L'Espace nervalien*, Nizet, 1975.
66. Heidi Uster, *Identité et dualité dans l'œuvre de Gérard de Nerval*, Jurius Druck, 1970.
67. Daniel Vouga, *Nerval et ses Chimères*, Corti, 1981.
68. Dagmar Wieser, *Nerval, Une poétique du deuil à l'âge romantique*, Droz, 2004.

†なお，文献の順序はⅠ, Ⅱ, Ⅲが作品の刊行年順（Ⅱは欧文と和文を区別），Ⅳのみ人名のアルファベット順とした。

初出一覧

第一部　ネルヴァルの詩作品に現われた二つの精神の流れ
　Ⅰ　「ネルヴァルの初期詩篇『オドレット』試解」（『亜細亜大学教養部紀要』第九号、一九七四年）
　Ⅱ　ネルヴァルの詩作品における生への意識と死への意識の変遷・交錯（未発表旧稿）
第二部　偶然・夢・狂気・現実――ネルヴァルにおける認識論的懐疑（『思潮』第六号、一九七二年、思潮社）
第三部　ネルヴァルにおける空間的・心理的動性への欲求――その救済願望をめぐって
　Ⅰ　ネルヴァルにおける〝移動〟への欲求の諸相とその意義（「ネルヴァルにおける“Mouvement”の意義」との題名で、『日本経済短期大学紀要』第四号、一九七三年、現亜細亜大学短期大学部紀要）
　Ⅱ　ネルヴァルにおける意識の運動――その救済願望をめぐって（慶應義塾大学法学部『法学研究』別冊『教養論叢』第五〇号、一九七八年）
第四部　ネルヴァルの罪責意識について（『教養論叢』第五二号、一九七九年）
第五部　『シルヴィ』の世界――ネルヴァルの虚無意識と救済願望をめぐって
　Ⅰ　『シルヴィ』の世界とその〈虚無〉について（未発表旧稿）
　Ⅱ　ネルヴァルの『シルヴィ』について――ヒロイン、シルヴィをめぐって（『教養論叢』第四五号、一九七七年）
第六部　ネルヴァルの喪神意識と黒い太陽について（『教養論叢』第五五号、一九八〇年）
第七部　ネルヴァルの死について（『亜細亜大学紀要』第八号、一九七三年）

跋

学問的価値の高い研究成果であつてそれが公表せられないために世に知られず、そのためにこれが学問的に利用せられずして、そのまま忘れられるものは少なくないであろう。又たとえ公表せられたものであつても、口頭で発表せられたために広く伝わらない場合があり、印刷公表せられた場合にも、新聞あるいは学術誌等に断続して載せられた場合は、後日それ等をまとめて通読することに不便がある。これ等の諸点を考えるならば、学術的研究の成果は、これを一本にまとめて出版することが、それを周知せしめる点からも又これを利用せしめる点からも最善の方法であることは明かである。この度法学研究会において法学部専任者の研究でかつて機関誌「法学研究」および「教養論叢」その他に発表せられたもの、又は未発表の研究成果で、学問的価値の高いもの、または、既刊のもので学問的価値が高く今日入手困難のものなどを法学研究会叢書あるいは同別冊として逐次刊行することにした。これによつて、われわれの研究が世に知られ、多少でも学問の発達に寄与することができるならば、本叢書刊行の目的は達せられるわけである。

昭和三十四年六月三十日

慶應義塾大学法学研究会

井田三夫（いだ　みつお）

1942年埼玉県本庄市生まれ。慶應義塾大学文学部仏文科卒（1967年）、同大学院文学研究科博士課程修了（1974年）、新ソルボンヌ大学（パリ第3大学）博士課程留学（ジャック・モレル教授に師事1981～82年）、19世紀フランスロマン主義文学、16～17世紀フランスマニエリスム・バロック文学専攻。現在慶應義塾大学法学部教授。1990年フランス・クレラック市におけるテオフィル・ド・ヴィオー生誕四百年祭でCNRS（国立科学研究所）のモーリス・ルヴェール教授とともに記念講演を行う（演題：L'État présent de Théophile de Viau, son lieu de naissance et sa mère)。
三田文学会員、雑誌『三田文学』に評論「詩におけるユーモアの復権――内藤丈草論」を掲載（1974年）。俳人協会主催春季俳句古典講座（「芭蕉の弟子たち」）で内藤丈草を担当、講演（1988年）。

慶應義塾大学法学研究会叢書　別冊13

ネルヴァルの幻想世界
その虚無意識と救済願望

2005年7月10日　初版第1刷発行

著　者――井田三夫
発行者――慶應義塾大学法学研究会
代表者　坂原正夫
〒108-8345　東京都港区三田2-15-45
TEL 03-3453-4511
発売所――慶應義塾大学出版会株式会社
〒108-8346　東京都港区三田2-19-30
TEL 03-3451-3584　FAX 03-3451-3122
装　丁――廣田清子
印刷・製本――株式会社太平印刷社

Printed in Japan　ISBN4-7664-1152-8

慶應義塾大学法学研究会叢書　別冊

1 ジュリヤン・グリーン
佐分純一著　900円

4 詩　不可視なるもの
—フランス近代詩人論—
小浜俊郎著　3000円

5 RHYME AND PRONUNCIATION（中英語の脚韻と発音）
Some Studies of English Rhymes from *Kyng Alisaunder* to Skelton
池上昌著　8700円

6 シェイクスピア悲劇の研究 —闇と光—
黒川高志著　4000円

7 根源と流動
—Vorsokratiker・Herakleitos・Hegel 論攷—
山崎照雄著　9000円

8 詩　場所なるもの
—フランス近代詩人論（II）—
小浜俊郎著　7000円

9 ホーフマンスタールの青春
—夢幻の世界から実在へ—
小名木榮三郎著　5400円

10 ウィリアム・クーパー詩集
—『課題』と短編詩—
林瑛二訳　5300円

11 自然と対話する魂の軌跡
—アーダルベルト・シュティフター論—
小名木榮三郎著　7800円

12 プルーストの詩学
櫻木泰行著　9000円

表示価格は刊行時の本体価格（税別）です。欠番は品切れ。

［発行］慶應義塾大学法学研究会　［発売］慶應義塾大学出版会
www.keio-up.co.jp/